# Petite sœur, mon amour

Mummy

Mummy has broken and we are trapped
here forever and I can't protect Mummy from
and I can't protect BLISS I can't even
protect myself

I would not let two
I could not let two

Mummy broke

# Joyce Carol Oates

# PETITE SŒUR, MON AMOUR

## L'histoire intime de Skyler Rampike

Traduit de l'anglais (États-Unis) par Claude Seban

PHILIPPE REY

## Note de la traductrice

« Un nom propre est une chose importante dans un roman, une chose capitale », écrit Flaubert.

Pris dans la réalité ou inventés, noms de personnages et de lieux font partie intégrante de l'univers imaginaire de l'écrivain. Ils valent pour leur sonorité, pour leur sens, pour leur graphie et, bien entendu, ils ancrent le roman dans une réalité géographique. Les traduire pour tenter d'en restituer la saveur et le pouvoir évocateur reviendrait donc à expatrier le roman en le francisant abusivement.

Pour ne prendre qu'un exemple, « Rampike », nom du personnage principal de *Petite sœur, mon amour*, suggère à la fois le nom réel de la famille dont le drame a inspiré Joyce Carol Oates – les Ramsey –, un arbre mort pour avoir été frappé par la foudre et, si on le scinde en ses deux éléments, « bélier » (*ram*) et « brochet » (*pike*).

Étant donné la richesse onomastique particulière de *Petite sœur, mon amour*, il me paraissait utile de présenter une courte liste des noms les plus évidemment évocateurs, essentiellement pour attirer l'attention du lecteur sur cet aspect du roman.

### Noms de personnes

*Burr* (avocat) : le mot *burr* peut désigner, entre autres, les bractées de la bardane et, par extension, une personne « collante », un « raseur ».

*Cuttlebone* (agent immobilier) : os de seiche.

*Fyce* (intervieweuse) : roquet.

*Kruk* (avocat) : évoque *crook*, « escroc ».

*Muddick* (médecin) : *mud*, *muddie*, « boueux ».

*Murdstone* (psychiatre) : personnage de *David Copperfield*. On peut aussi y entendre le début de *murder*, « meurtre ».

*Sckulhorne* (nom de jeune fille de Betsey Rampike) : on peut y lire *skull*, « crâne », et *horn*, « corne ».

*Screed* (dermatologue) : 1. Laïus ; 2. Règle à araser (le béton).

*Splint* (psychiatre) : attelle.

*Sledge and Slugg* (enquêteurs) : luge et limace.

### Noms de rues et de lieux

Dans la banlieue aisée de Fair Hills (« Belles/Blondes Collines »), les rues ont des noms bucoliques – *Hawksmoor Lane* (« chemin de la lande des faucons »), *Sylvan Glen* (« vallée sylvestre ») ; le Women's Club se réunit *place Idle* (« place des Oisifs »), et les Rampike habitent *Ravens Crest Drive* (« crête des corbeaux »).

Chassé de ce « paradis », Skyler Rampike se retrouvera dans un immeuble de *Pitts Street*, nom de rue courant, mais où l'on peut entendre *the pit* (« l'enfer »), *the pits* (« la galère ») et peut-être aussi un rappel de Pittsburgh, la ville d'origine des Rampike.

Il fera également un séjour dans le centre de traitement de *Bleek Springs* (*bleak*, « morne », « lugubre »). Son père, lui, avait fréquenté dans sa jeunesse le lycée militaire de *Bleak Mountain* à *Gallowsville* (« Mont Morne », « Gibetville »).

Notons pour finir que Bix Rampike conduit des véhicules nommés *Crusher* (« Écraseur »), *Road Warrior* (« Guerrier/Combattant des routes », cf. *Mad Max*) ou *Reaper* (« Faucheuse »).

# AVERTISSEMENT DE L'AUTEUR

Bien que *My Sister, My Love : The Intimate Story of Skyler Rampike* (*Petite sœur, mon amour : l'histoire intime de Skyler Rampike*) s'inspire d'une « véritable énigme criminelle » qui a défrayé la chronique aux États-Unis à la fin du XX^e siècle, c'est une œuvre purement imaginaire qui ne prétend aucunement représenter des personnes, des lieux ou des événements réels. Cela vaut pour tous les personnages de la famille Rampike, leurs avocats et leurs amis. L'« enfer tabloïd » tel que décrit dans ce roman ne se veut pas non plus une description littérale de la couverture médiatique donnée à cette affaire.

À LA MÉMOIRE DE MA SŒUR BLISS
(1991-1997)

« Le désespoir est une maladie de l'esprit, du moi, et peut ainsi prendre trois formes : le désespoir où l'on n'a pas conscience d'avoir un moi (ou désespoir improprement dit) ; le désespoir où l'on ne veut pas être soi ; le désespoir où l'on veut être soi. »

**Søren Kierkegaard,**
*La Maladie à la mort* *


« La mort d'une belle petite fille de moins de dix ans est, incontestablement, le sujet le plus poétique qu'il y ait au monde. »

**E. A. Pym,**
*L'Esthétique de la composition,* 1846

---

* In *Œuvres complètes* 16, L'Orante, Paris, 1971 *(NdT).*

# TABLE

# I

## Cœur à l'encre rouge

Ta place n'est pas ici

# PETITE SŒUR, MON AMOUR

*SKYLER AIDE-MOI          SKYLER JE SUIS SI SEULE ICI SKYLER*
*j'ai si peur          j'ai si mal Skyler          tu ne me vas pas me laisser*
*dans cet endroit horrible, dis          Skyler ?*
    Neuf ans, dix mois, cinq jours.
    Cette voix d'enfant dans ma tête.

## « SURVIVANT »

**LES FAMILLES DYSFONCTIONNELLES SE RESSEMBLENT TOUTES.**
Idem pour les « survivants ».

Moi, je suis l'enfant « survivant » d'une famille américaine tristement célèbre mais, près de dix ans ayant passé, vous ne vous souvenez probablement pas de moi : Skyler.

Un prénom qui en jette, non ? *Skyler : sky – ciel.*

Un prénom choisi tout spécialement par mon père, qui plaçait de grands espoirs en moi, son fils premier né.

Un prénom qui, de l'avis de mon père, Bix Rampike, mettrait son porteur à l'abri du platement ordinaire.

Mon nom de famille – « Rampike » – vous a fait battre un cil, n'est-ce pas ? *Ram-pike.* À moins de vous prétendre « au-dessus de tout ça » (à savoir la terre ravagée de l'Amérique tabloïd), d'être délibérément obtus, déficient mental ou vraiment très jeune, ce nom vous dit certainement quelque chose.

*Rampike ? Cette fameuse famille ? La petite patineuse, celle qui…*

*Et on n'a jamais su qui…*

*Les parents, ou un maniaque sexuel, ou…*

*Quelque part dans le New Jersey, il y a longtemps, une bonne dizaine d'années au moins…*

Raison pour laquelle – finalement ! – je me suis obligé à commencer ceci, sans trop savoir ce que ce sera, un genre de document personnel – un « document personnel unique » – pas simplement un témoignage mais (peut-être) une confession. (Vu que pour certains Skyler Rampike est un *suspect*, je devrais avoir beaucoup à confesser, vous ne croyez pas ?) Comme de juste, ce document ne sera pas chronologique/linéaire, mais suivra un chemin d'associations libres organisées par une logique intérieure invariable (quoique indécelable) : sans prétention littéraire, d'un amateurisme crasse désarmant, imprégné de culpabilité, conforme au « survivant » qui abandonna sa sœur de six ans à son « sort » aux « petites heures » du 29 janvier 1997, dans notre maison de Fair Hills, New Jersey. *Oui, je suis ce Rampike-là.*

Le frère aîné de l'enfant de six ans la plus célèbre de toute l'histoire des États-Unis voire de l'Amérique du Nord voire du monde entier, car combien connaissez-vous d'enfants de six ans, filles ou garçons, américains ou autres, qui aient la « notoriété » de Bliss Rampike, combien dont le nom apparaisse plus de cinq cent mille fois sur Internet, combien qui soient immortalisés par plus de trois cents sites/pages/blogs alimentés par des webfans fidèles/fêlés ? Voilà des faits.

L'ironie de la chose, c'est que cette célébrité pour laquelle les parents de presque tous les enfants de six ans de ce pays seraient prêts à sacrifier leur vie, ma sœur ne l'acquit qu'à titre posthume.

Quid de moi, Skyler ? Aussi anonyme et insignifiant qu'une bulle de savon. Bon, d'accord : une bulle de savon qui a une drôle de tête. Si vous avez suivi l'affaire Bliss Rampike, il est très probable que vous n'ayez fait qu'entrapercevoir Skyler. Vous avez glissé sur le frère, trop pressés de reluquer, avec des froncements de sourcils bégueules et réprobateurs, les documents croustillants mis en ligne sur Internet, photos piratées de la famille Rampike, photos du lieu du crime, photos de la morgue et rapports d'autopsie illicitement acquis, sans compter un stock apparemment inépuisable de séquences vidéo montrant Bliss Rampike au sommet de sa courte-mais-éblouissante carrière, alors que, plus jeune Mini Miss Princesse de la glace du Jersey « de tous les temps », elle patine vers la victoire sur la glace froide scintillante de la patinoire du War Memorial Center de Newark. Si « angélique » dans son costume de satin pailleté couleur fraise avec coquette jupe de tulle et soupçon de culotte blanche en dentelle au-dessous, minuscules étincelles – « poussière d'étoile » – sur ses bouclettes blondes comme dans ses grands yeux humides, votre cœur se serre en la regardant, une petite fille seule sur la glace, un paysage lunaire scintillant sous les lames étincelantes de ses patins, ah ! voilà un saut qui arrache une exclamation à l'assistance, voilà une pirouette sur deux pieds, et puis une pirouette sur un seul pied, des figures difficiles même pour des patineurs confirmés, plus âgés, des figures si précisément minutées que la moindre hésitation, le moindre flottement, une grimace de douleur, seraient désastreux, et vous avez beau avoir vu cette séquence d'innombrables fois (si vous aviez le malheur d'être moi, Skyler Rampike, évidemment), vous n'échappez pas aux fameuses sueurs froides en contemplant cette fillette sur la glace, vous priez qu'elle ne glisse pas, qu'elle ne tombe pas… Mais Bliss obtiendra la note de 5,9 sur un maximum de 6,0.

Tout cela sur le rythme disco rock-soft de *Do What Feels Right*, un tube des années 80.

(DES COMPAGNONS D'INFORTUNE ATTEINTS DU SCR\* PARMI mes lecteurs ? Si oui, vous comprendrez mon besoin irrépressible de répéter, re-voir et ré-examiner *ad nauseam* certains épisodes de mon passé/du passé de ma sœur.)

À L'APOGÉE DE LA CÉLÉBRITÉ FRACASSANTE/INFAMANTE DE ma famille dans les années 1997-1999, il était difficile de ne pas voir des photos poignantes de la petite patineuse « prodige » qui avait été assassinée chez elle, dans une riche agglomération du New Jersey située à moins de cent trente kilomètres du pont George-Washington. Il était difficile de ne pas voir des photos de la petite fille avec sa famille, et notamment la photo préférée des médias,

---

\* « Syndrome compulsif de répétition ». Une maladie qui se passe d'explication, reconnue tout récemment par l'Association américaine des praticiens en santé mentale.

prise juste avant Noël 1996 et montrant les Rampike assis devant un sapin haut de trois mètres outrageusement décoré, dans la salle de séjour de leur maison de style colonial « partiellement restaurée » de Fair Hills, New Jersey : Bruce « Bix » Rampike, séduisant, large d'épaules, le papa de Bliss ; Betsey Rampike, tenue saisissante, sourire enthousiaste, la maman de Bliss ; entre papa et maman qui la tiennent tous les deux fermement par un bras*, la petite Bliss, robe de velours rouge ornée de fourrure blanche (hermine), petite tête couronnée de son diadème scintillant de Princesse de la glace du Jersey, bas blancs ajourés, ballerines en verni noir, et ce célèbre sourire d'ange adorablement timide ; et, dangereusement près du bord du portrait de famille, facile à éliminer d'un coup de ciseau, Skyler, le frère aîné sans talent.

Par « aîné », entendez neuf ans en décembre 1996. Trois ans de plus que Bliss. Aujourd'hui, incroyablement, j'en ai treize de plus qu'elle, quand elle est morte. *Skyler ? Qu'est-ce qui t'est arrivé ? Quelle chose terrible t'est arrivée à toi          aussi ?*

Je ne crois pas que je vais me décrire tout de suite. Un « narrateur invisible » me paraît une bonne idée.

Sur cette photo de famille des Rampike à la Noël 1996 – qui servit ensuite à fabriquer une carte de Noël et dont maman ferait la photo familiale officielle des Rampike en remplacement d'une autre, dépassée, prise avant que ma sœur n'eût été couronnée Mini Miss Princesse de la glace du Jersey 1996 – je suis un gosse gringalet au sourire si large qu'on le dirait fendu au couteau. Pour obéir aux injonctions assommantes répétées par le photographe *Souriez s'il vous plaît ! Encore une fois... souriez s'il vous plaît !* le petit gringalet sourit comme si sa mâchoire s'était décrochée. J'imagine, sans fausse modestie – on me l'a dit –, que j'étais « mignon », « adorable », un « petit gentleman », mais personne ne me trouvait « angélique » – encore moins « magiquement photogénique » comme ma sœur,

---

* Si vous examinez de près cette photo souvent téléchargée, avec une loupe et la minutie monomaniaque d'un vrai fan de Bliss Rampike, vous verrez que Bix Rampike, « papa », a aussi la main gauche en coupe sous le pied de Bliss, avec naturel, semble-t-il.

et je ne suis pas « photogénique » sur cette photo. Pas de tenue de Noël pour moi ! Pas de diadème en argent ! Dieu sait ce que maman m'a enfilé à la va-vite – chemise froissée, cravate à clip, blazer et pantalon en laine-qui-gratte – après avoir passé une heure angoissée à maquiller le visage de Bliss qui devait être maquillé pour acquérir cette beauté de poupée de porcelaine fragile et innocente que l'on en était venu à associer avec Bliss Rampike, et à arranger ses cheveux mous et trop fins en une cascade de bouclettes mettant en valeur le diadème, puis à l'habiller, déshabiller, rhabiller – pour ne rien dire des minutes encore plus angoissées que maman était obligée de se consacrer à elle-même afin d'acquérir l'apparence glamour/assurée/ et néanmoins chaudement maternelle que Betsey Rampike désirait*. Me donnant à la hâte un coup de brosse, se penchant pour chercher mon regard fuyant, suppliant à voix basse *Je t'en prie Skyler mon chéri pour faire plaisir à maman essaie de ne pas te tortiller et de ne pas faire ces horribles grimaces ! Essaie d'avoir l'air heureux pour faire plaisir à maman c'est Noël chez les Rampike et papa est de retour parmi nous et nous voulons que le monde entier voie combien nous sommes fiers de Bliss et quelle belle famille heureuse nous sommes.*

J'essayais, pour faire plaisir à maman. Vous verrez à quel point.

On ne pouvait pas voir que j'étais infirme, pas sur une photo en tout cas, et pourtant sur ces photos de famille festives on a l'impression que je le suis, ou alors peut-être difforme, rencogné tout au bord de l'image comme si j'allais en tomber. On a envie de me regarder de plus près pour voir si je n'aurais pas par hasard un appareil orthopédique aux jambes, si je ne suis pas ratatiné dans un mini-fauteuil roulant, mais *non*.

---

* Sur cette photo, Betsey Rampike n'a que trente-trois ans mais paraît davantage, moins à cause de son visage (un visage aux joues rouges et rebondies à la Renoir) que de son corps. Comme maman le confiait à Skyler avant que Bliss ne fasse irruption dans leur vie telle une comète, elle avait toujours « lutté » contre un « problème de poids ». Ces années-là maman privilégiait une coiffure « bouffante », « structurée », de peur que sa tête ne paraisse « trop petite » par rapport à son corps. Et quand ses cheveux châtains se mirent à grisonner, elle les fit teindre sur-le-champ. Mais cela ne vint que plus tard.

D'accord, j'avais des problèmes « physiques ». « Mentaux »
aussi. Et j'étais « médicamenté ». (Mais qui, à Fair Hills, New
Jersey, ne l'était pas ?)

Tout ce que vous vous rappelez de Skyler Rampike, à supposer
que vous vous rappeliez quoi que ce soit, c'est une interview télévisée en *prime time* où je n'apparaissais pas. Il s'agit de la fameuse
interview menée par la vedette du petit écran B… W… qui fut
diffusée plusieurs mois après la mort de ma sœur à un moment
où, sur les conseils de leurs avocats, mes parents « ne souhaitaient
pas » s'entretenir avec la police de Fair Hills. La rusée Mme W…
accueillit Bix et Betsey Rampike avec chaleur en affectant de com-
patir à leur « perte tragique », puis se mit à les interroger sur le
« fait » que l'on n'avait trouvé sur le lieu du crime aucune preuve
établissant qu'un étranger à la famille Rampike, un intrus ou un
« ravisseur », eût tué leur fille : « Comment l'expliquez-vous ? »
B… W… avait paru d'abord si amicale que cette question fut un
choc pour mes parents ; avant que mon père retrouve assez de sang-
froid pour répondre, ma mère sourit bravement et dit : « Tout ce
que nous pouvons "expliquer", c'est que Dieu a mis notre foi à
l'épreuve, et que nous serons à la hauteur de cette épreuve. Un
inconnu est entré dans nos vies et nous a enlevé notre petite Bliss
chérie… c'est tout ce que nous savons ! Car je n'ai pas assassiné
Bliss, et mon mari n'a pas assassiné Bliss, et… – marquant une
pause, un pli creusé entre les sourcils, une rougeur seyante aux joues
– … notre fils Skyler n'a pas assassiné Bliss. » B… W… s'exclama :
« "Votre fils Skyler"… mais il n'a que neuf ans, madame Rampike »,
et ma mère dit aussitôt : « Quoi qu'il en soit, ce n'est pas lui. »

MALGRÉ TOUT, JE L'AIMAIS. JE LES AIMAIS TOUS LES DEUX.
C'était terrible. c'est.

 *

* Trou noir dans lequel le « mémorialiste » désespéré semble avoir disparu pendant un laps de temps inexpliqué, environ quarante-huit heures de paralysie et d'amnésie catatoniques, irrécupérables et disparues à jamais dans le néant.

# QUI JE SUIS, ET POURQUOI JE SUIS QUI JE SUIS I

J'AIMERAIS QUE CE TEXTE SOIT « ÉDIFIANT », « INITIATIQUE »
– mais ce n'est pas le cas.

Les Américains courent après les guides, ils veulent savoir *comment-faire* ; je n'ai à offrir qu'un témoignage de première main sur *comment-ne-pas-faire*. (J'avais d'abord choisi pour titre *Tous ne survivent pas : histoire non expurgée de Skyler Rampike*. Titre de rechange : *À vau-l'eau avec Skyler Rampike.*) Rien à voir avec un récit chrétien d'édification – péché-souffrance-illumination-rédemption –, le genre d'histoires vécues « poignantes », « déchirantes », « transfigurantes », présentées par les talk-shows dans la grasse torpeur femelle des fins d'après-midi télévisuelles avant la mâle sobriété des journaux du soir.

CE À QUOI JE CROIS :
    **le péché (originel et dérivés)**
    **le mal (aux dimensions de la Shoah & mesquin/minable/banal)**
        **les crimes/actes criminels (tels que définis par la loi)**
        **l'« indifférence coupable pour la vie humaine » (idem)**

Et je crois au couple rédemption/pardon. Pour vous autres, sinon pour moi.

La seule personne dont le pardon pourrait me « rédimer » sera morte, ce soir à minuit, depuis neuf ans, dix mois et seize jours.

*Skyler        où es-tu Skyler s'il te plaît        aide-moi*

Le dixième anniversaire de la mort de ma sœur approche à toute vitesse. Ce qui est la raison d'être de ce document. Accroupi sur les rails, je regarde la locomotive foncer sur moi. Les yeux rivés sur ses phares aveuglants comme sur une vision divine, hypnotisé/ paralysé/incapable de m'écarter.

*Skyler il fait si noir ici*

*Skyler ne me laisse pas          seule ici*

*Skyler est-ce que tu mourrais          à ma place ?*

Et c'est bien la question cruciale, n'est-ce pas ? *Est-ce que tu mourrais à ma place.*

Interrogez-vous, lecteurs : existe-t-il quelqu'un pour qui vous renonceriez à la vie ? Pas une (simple) greffe de rein mais une greffe du cœur ? Pour sauver la vie d'un *être aimé* ?

COCHEZ ICI :

 ☐ **Renoncerais à la vie sans hésiter pour tout *être aimé***

 ☐ **Renoncerais à la vie en hésitant pour tout *être aimé***

 ☐ **Renoncerais à la vie pour tout *être aimé* porteur de mon ADN**

 ☐ **Renoncerais à la vie – peut-être – pour un ou deux *êtres aimés* très chers porteurs de mon ADN**

 ☐ **Renoncerais à la vie pour un seul *être aimé* très cher porteur de mon ADN**

 ☐ **Désolé, *êtres aimés*, ma vie m'est trop précieuse**

(L'enquête est confidentielle, ne vous inquiétez pas ! Vous n'avez qu'à cocher la case correspondante, déchirer la feuille compromettante et la jeter, qui saura la vérité dérangeante que vous avez découverte sur vous-même ?)

(J'éprouve l'étrange tentation de mettre fin prématurément à ce document : m'arroser de pétrole, craquer une allumette. Une mort aseptisante à connotations rituelles qui serait aussi diablement spectaculaire, du premier choix pour la télé-tabloïd.)

(Nous les Rampike ! Des vieux routiers de l'enfer tabloïd qui connaissent les ficelles.)

(Lecteurs, ne vous inquiétez pas : je suis peut-être un petit égocentrique mais je ne suis pas cruel au point de souhaiter mettre le feu à une maison entière et faire flamber des inconnus sur mon bûcher funéraire. Je veillerais évidemment à m'« incinérer », à m'« immoler » au grand air. De préférence dans un cadre lugubrement romantique, au bord des eaux moroses du Raritan, accessible pour un boiteux.) (Franchement oui, je préférerais un cadre plus flamboyant, plus pittoresque, une rive élevée de l'Hudson, imposant et majestueux, sous un ciel d'hiver tourmenté, mais l'Hudson est fichtrement trop loin, il faudrait que j'emprunte une voiture.) (Plus pratique : derrière cette résidence décatie à la limite sud du campus tentaculaire de Rutgers, il y a une ruelle de poubelles, bennes débordantes, malstrom – maelstrom ? – de détritus, un vrai pastiche de chutes de montage d'un David Lynch, pimenté d'une odeur prenante d'égouts, et pourtant – merveille des merveilles ! – à moins de cinq cents mètres dans Livingstone Avenue se dresse la croix en faux or bravement brillante de l'Église évangélique du Christ ressuscité de la Nouvelle Canaan où chaque dimanche matin et chaque mercredi soir ainsi qu'à d'autres moments non répertoriés de fervents chrétiens viennent adorer leur Dieu insaisissable et Son Fils unique. Cette ruelle, avec en fond la présence suggestive de la croix en faux or d'une obscure secte chrétienne, peut-on rêver endroit plus approprié pour que *Skyler Rampike* s'y efface de l'histoire, comme sa sœur Bliss en avait été effacée près de dix ans auparavant ?)

## LONGTEMPS SUSPECTÉ DU MEURTRE DE SA SŒUR, IL S'IMMOLE À NEW BRUNSWICK ; VERS UNE RÉOUVERTURE DE L'AFFAIRE BLISS RAMPIKE, « EN SOUFFRANCE » DEPUIS 1997 ?

# QUI JE SUIS, ET POURQUOI JE SUIS QUI JE SUIS II

LES NUITS SONT DURES. « LES PETITES HEURES » DE LA NUIT entre 1 heure et 4 h 30 du matin, moment auquel le médecin légiste du comté de Morris le Dr Virgil Elyse détermina que Bliss ma sœur de six ans était morte d'un « trauma contondant à la tête », bien que son cadavre n'eût été découvert que vers 8 h 30 et que son « refroidissement » eût été empêché par la chaleur de l'endroit (chaufferie) où on le trouva. Et donc pendant ces « petites heures » du moins les nuits où il n'est pas médicamenté le « suspect » n'arrive pas à dormir et n'essaie même pas.

Les amateurs ne savent pas raconter les histoires, même celle de leur propre vie qui brille comme des larmes dans leurs yeux bruns de toutou. Je le reconnais, car mon instinct me pousse à tout cracher tout de suite sans rien retenir, sauf que l'écriture est *linéaire* et *diachronique*, ce qui signifie que si vous jetez une première carte X, elle prend la place de toutes les autres cartes possibles – Y, Z, A, B, et cetera. Si je révèle que j'ai dix-neuf ans – quatre-vingt-dix-neuf, oui ! –, cela évince le fait sans doute plus crucial que, depuis la mort de ma sœur aux « petites heures » du 29 janvier 1997, aucun meurtrier n'a été inculpé, poursuivi ni jugé ; cette affaire célèbre reste « ouverte », « non élucidée » – une *cold case* pour parler télébranché. Et pourquoi ? En dépit des trente mille pages de documents accumulées par la police (police de Fair Hills, bureau du shérif du comté de Morris, police de l'État du New Jersey) et par le FBI, des rapports médicaux et médico-légaux ? Lecteurs, vous saurez pourquoi.

Non que j'aie lu ces rapports. Beaucoup sont classifiés, mais même les documents accessibles me sont interdits. Car je compte aborder ce sujet uniquement de l'intérieur, tel que je l'ai vécu. Faites-moi confiance ! Je jure de ne dire que la vérité *telle que je l'ai vécue.*

•   •   •

*SKYLER ?*        *AIDE-MOI*        *S'IL TE PLAÎT*

Trop tard car Bliss a déjà été réveillée. Quelqu'un s'est introduit furtivement dans sa chambre. La lampe Ma-Mère-l'Oie, allumée, brille faiblement sur la table de chevet. Juste assez de lumière pour pouvoir se déplacer. Une fois que cela a commencé, cela ne peut pas être arrêté.

Ne peut pas être arrêté par Skyler qui dormait dans son lit à ce moment-là. Un gosse taille riquiqui d'à peine neuf ans.

Skyler qui a toujours neuf ans.

Déjà la petite bouche de Bliss a été fermée par un sparadrap qui l'empêche de crier. Déjà ses petits poignets et ses chevilles ont été liés avec un adhésif toilé qui l'empêche de se démener. Une enfant si menue, dix-neuf kilos (précision du Dr Elyse), qu'on l'a envelop-pée dans la couverture (en cachemire rose) de son lit, et très vite on l'emporte le long d'un couloir sombre – en passant devant la cham-bre de son frère Skyler – puis dans un escalier sombre puis dans un escalier encore plus sombre qui descend au sous-sol et Bliss  se débat pour se libérer, pour respirer, surtout pour respirer, un ani-mal fou de panique luttant pour respirer, le cœur cognant frénéti-quement comme un poing minuscule qu'on peut sentir *Skyler à l'aide*        *aide-moi !* mais Skyler ne l'aidera pas parce que Skyler dort dans son lit dans sa chambre ne sachant rien du sort de sa sœur dort d'un sommeil si lourd/profond/sans rêve qu'on croirait (presque) qu'il a été drogué car sa mère terrifiée aura du mal à le réveiller bien des heures plus tard et maintenant cela fait neuf ans, dix mois et vingt jours et ce maudit gosse n'est toujours pas com-plètement réveillé.

# « UNE PETITE FILLE TRÈS COURAGEUSE »

*... ET MAINTENANT NOTRE PETITE CONCURRENTE SUIVANTE pour le titre Miss Ice Capades 1995 d'Atlantic City ici dans le fan-tastique nouvel hôtel-casino Trump d'Atlantic City, New Jersey, mesdames-zé-messieurs, voici une petite patineuse qui est vraiment petite, tout simplement exquise ! angélique ! fan-tas-tique ! Quel spectacle délicieux le public en a le souffle coupé : une cascade floconneuse de bouclettes blond platine        elle porte un voile espagnol en dentelle noire une mantille je crois ?        un costume vrai-ment saisissant pour une enfant de cinq ans        l'un des plus spectaculaires de cette fan-tas-tique soirée mesdames-zé-messieurs        le public apprécie ! cette petite patineuse est une vraie pro        épaule gauche hardiment dénudée        corsage noir ajusté et pailleté        jupe de taffetas noir très très courte        entraperçu de culotte de dentelle au-dessous        bas noirs ajourés et patins sexy façon bottines de cuir noir avec applications de roses rouges !        admirez l'éclat de ces lames de patin        cette petite fille patine/danse sur le rythme latin trépidant de* Begin the Beguine        *on applaudit* MLLE BLISS RAMPIKE *de Fair Hills, New Jersey        Miss Bouts-de-chou-sur-glace 1994        Mini Miss StarSkate 1995        seconde le mois dernier au Challenge de patinage artistique Miss Nouvelle-Angleterre 1995        quelle performance mesdames-zé-messieurs !        regardez la grâce de ces glissés ! Miss Bliss est positivement angélique        la foule l'adore        ah ! une pirouette presque parfaite        un triple huit et maintenant        une pirouette sautée ?        et Miss Bliss Rampike a réussi cette figure difficile        courageusement        cela pourrait bien être le clou de notre*

32

*soirée ici à l'hôtel-casino Trump      le public retient son souffle
compétition féroce pour le trophée d'or, un prix de cinq mille dollars,
photo et cv sur tous les supports publicitaires des hôtel-casinos Trump
pendant une année entière      on dit que le Boss en personne est dans
la salle      in-co-gni-to      il se pourrait mesdames-zé-messieurs
que nous ayons ici une future médaille d'or des Jeux olympiques une
future Sonja Henie (dix titres mondiaux à son actif : Sonja Henie)
oups j'ai peut-être parlé trop vite      une infime hésitation      un
moment de flottement      mais la patineuse se ressaisit aussitôt      elle
pirouette maintenant sur deux patins sans vaciller      une pirouette
avec déplacement      retenez votre souffle mesdames-zé-messieurs c'est
parfois      délicat      les juges prennent des notes      les juges
sont impressionnés      les juges tiendront compte de la difficulté de
ces figures      et maintenant      oui ?      une pirouette sautée      quel
adorable sourire !      mais la mantille semble glisser de la tête de Bliss
ha ha on dirait une… pirouette sautée ?… exécutée avec un peu d'hésitation      une faiblesse à la cheville gauche ?      on parle d'une
blessure à cette cheville      cette petite fille est courageuse      écoutez
ces applaudissements      Miss Bliss Rampike et l'incroyable Miss
Kiki Chang championne 1994 de l'Ice Capades des hôtels-casinos-
Trump (catégorie junior) sont manifestement les préférées du public ce
soir      oh là là !      cette sacrée bon sang de mantille est tombée sur la
glace espérons que les patins de Bliss ne s'y prendront pas      et voici
maintenant une pirouette sautée      aucune hésitation      une petite
grimace quand elle se reçoit sur son patin gauche      rythme toujours
plus rapide, plus trépidant de* Begin the Beguine      *encore un saut,
oups ! quel dommage      une petite fille courageuse vraiment Miss
Bliss Rampike a repris son équilibre elle ne baisse pas les bras      des
larmes coulent sur ses joues de poupée elle ne baisse pas les bras      le
public s'est tu      le public est profondément ému      le public
éclate en applaudissements      le public est debout      espérons que
le Boss soit vraiment parmi nous ce soir in-cog-ni-to ou autrement
      une prestation fan-tas-tique applaudissons une dernière fois
Miss Bliss Rampike cinq ans de Fair Hills, New Jersey      une petite
fille très courageuse promise à un grand avenir*

## CŒUR À L'ENCRE ROUGE

*DESSINE-MOI UN PETIT CŒUR ROUGE        SKYLER ?     DESSINE-*
*moi un petit cœur rouge comme le tien Skyler ?*          *s'il te plaît*
   Dans deux jours Bliss aurait sept ans. J'en avais neuf. Le 28 janvier 1997 à l'heure du coucher.
   *Skyler s'il te plaît          maman ne saura pas*
   Maman tordait le nez sur les petits tatouages à l'encre rouge qui
étaient ma spécialité de l'époque*. Il n'était pas déraisonnable de la
part de maman, comme de n'importe quelle maman, particulièrement à Fair Hills, New Jersey (où surfaces impeccables, cire ultra-
brillante, luxe « discret » étaient la norme), de désapprouver pour
leurs enfants des tatouages à l'encre « vulgaires », « sales » et « difficiles à faire partir ». Dessiner un petit cœur rouge identique au
mien sur la paume gauche de Bliss devait donc être fait en secret,
de même que les figures minuscules que je tatouais sur mes propres
mains et sur d'autres parties moins visibles de mon anatomie (aisselles, ventre, petit nombril pincé).

---

* Il faut croire que dès l'âge de neuf ans Skyler était la proie d'un comportement
« ritualiste », « compulsif obsessionnel », notamment concernant son corps chétif
de petit mâle. En plus de minuscules cœurs rouges ce psychopathe en herbe dessinait sur sa peau des serpents violets iridescents aux crochets menaçants, des araignées et des scorpions d'un noir brillant, des poignards dégouttant de sang, des
crânes ricaneurs et même, imitant sans vergogne une bande de garçons plus âgés
de son école de Fair Hills Day, des croix gammées. (Drôlement dur de « tatouer »
au stylo noir un svastika de la taille d'un ongle sur un coin caché de son petit
corps ! Jamais réussi à le faire comme il faut.) Maman aurait été horrifiée, et papa
écœuré !... Mais ils n'ont jamais su.

Des secrets ! Si nombreux.

Papa était absent. De plus en plus souvent, papa était absent : parti à Singapour, Tokyo, Bangkok, Sydney... ou peut-être seulement à New York où il avait un appartement. Ou encore, très mystérieusement, papa était quelque part, beaucoup plus près, mais tout de même *absent.*

Dans ces cas-là il ne fallait pas parler de papa, lisait-on dans le regard farouche de maman. Il ne fallait pas poser de question.

Et pourtant : papa pouvait arriver brusquement à la maison. Comme dans un film de Disney aux transformations et rebondissements fantastiques, papa surgissait et grimpait les marches quatre à quatre juste à temps pour « border » le petit Skyler et la petite Bliss dans leur lit ; papa-penaud, papa-rayonnant, papa-yeux-mouillés-d'amour et (parfois ! c'étaient les moments les plus heureux) papa et maman se tenant par la main et maman souriant bravement comme si papa n'avait jamais été parti ; comme si maman ne s'était jamais enfermée à clé dans la salle de bains où elle sanglotait et marmottait et refusait d'ouvrir la porte quand Skyler frappait timidement : « Ma-*man* ? »

*Skyler      je suis si triste des fois*

*Personne ne m'aime Skyler      est-ce que tu m'aimes      Skyler ?*

Chez les Rampike pendant ces années cruciales il y avait deux sortes de moments : ceux où Bliss patinait, et ceux où Bliss ne patinait pas. Quand Bliss patinait, il y avait une excitation dans l'air pareille à l'électricité statique avant un orage et quand elle ne patinait pas – parce qu'elle « s'était fait mal », par exemple, ou qu'elle avait été mise sur la touche par une « douleur fantôme » – il y avait une appréhension dans l'air pareille à l'électricité statique avant un orage.

Il y avait donc toujours : l'électricité statique d'avant un orage !

Le cœur à l'encre rouge la protégerait, croyait Bliss.

*Sky-ler s'il te plaît ? Maman ne saura pas.*

Maman avait entraîné Bliss à ouvrir tout grand ses yeux bleu cobalt et à sourire d'une certaine façon, sans « grigner » ni « grimacer », à sourire timidement, joliment. Juste assez pour montrer ses

35

belles dents nacrées. *Dessine-moi un petit cœur rouge comme le tien Skyler s'il te plaît ?*

Dans notre cours de physique de terminale à Basking Ridge, notre professeur nous disait avec humour que le Temps est

– **fini ; ou alors,**
– **infini ; ou alors,**
– **« un fleuve » qui nous emporte avec lui ; ou alors,**
– **« statique » : une quatrième dimension où tout ce qui arrivera jamais est déjà arrivé et continue d'arriver et ne pourrait pas ne pas être arrivé et comment alors aurait-on pu empêcher quoi que ce soit ?**

La carrière commença avec Bouts-de-chou-sur-glace, Meadow-lands, le jour de la Saint-Valentin 1994. La carrière finirait avec le Festival de patinage jeunes filles des chocolats Hershey's Kisses, à Hershey, Pennsylvanie, le 11 janvier 1997.

*Skyler s'il te plaît ?*     *un cœur à l'encre rouge*     et donc je pris la petite main moite de ma sœur et dessinai dans sa paume un petit cœur rouge pareil au mien.

# « SEXY », « SÉDUISANT », « MYSTÉRIEUX »

DAVANTAGE SUR *MOI* ? VOUS VOUDRIEZ ME « VOIR » ?
Je vous comprends, j'imagine. Même le lecteur qui n'a pas acheté ce livre mais ne fait que le feuilleter – pas trop vite, s'il vous plaît ! – dans une librairie a le droit de « voir » qui peut bien être le zèbre qui s'adresse à lui. Car de toute évidence l'avantage pour la plupart des écrivains est que personne ne les voit. L'écrivain est invisible, ce qui lui confère un pouvoir.

La première chose que vous remarqueriez chez Skyler Rampike, quand par exemple il boite dans Livingstone Avenue, qui croise Pitts Street, c'est que c'est un mec zarbi.

Les cheveux, surtout.

Après la mort de Bliss, mes cheveux bouclés couleur « fauve » sont tombés par touffes. Mon petit crâne dur a vite été chauve, j'avais des yeux de zombi mornes et fixes. Cancer ? Chimio ? Leucémie enfantine ? Au bout d'un an ils ont repoussé mais de cette bizarre couleur métallique genre zinc qu'ils ont maintenant, à se demander s'ils ne sont pas radioactifs et ne brillent pas dans le noir ; fini les cheveux de petit garçon fins et bouclés, ils sont rudes et épais comme ces mauvaises herbes têtues qui paraît-il adorent les sols toxiques. On me croit souvent plus âgé et/ou atteint d'une maladie particulièrement répugnante (lèpre, sida). Pendant ma scolarité mes professeurs avaient pour stratégie de ne pas me voir et, plus récemment, maintenant que je suis un « grand » adolescent monté en graine, les gens se méfient de moi dans la rue.

Ces cheveux zingués sont raides et hérissés, on dirait des tuyaux de plume. En général je les porte coupés à ras du crâne. (Un crâne osseux et raboteux ! Avec des plaques rouges sur le cuir chevelu parce que je me gratte.) Il m'est arrivé d'avoir une petite queue de cheval branchée, les côtés de la tête rasés façon nazie, et ça ne passe pas inaperçu. Il se pourrait donc, bien que je sois humble d'esprit et aspire à être comme un petit enfant, que je sois en même temps un fils de pute arrogant assez semblable à mon père Bruce « Bix » Rampike, la carrure et le « charisme » de papa en moins.

(Détestez-vous le mot « charisme » autant que moi ? Trouver un synonyme acceptable n'est pourtant pas facile.)

Voici le plus étonnant : avec ses cheveux zinc façon tuyaux de plume, avec ou sans queue de cheval branchée, « Skyler Rampike » s'est révélé attirant pour certains tordus des deux sexes. Maman m'avait supplié de me faire teindre les cheveux pour leur rendre leur ancienne couleur – « Si Bliss te voyait si changé, si ravagé, elle ne te reconnaîtrait pas » – mais je lui avais dit *Non*.

Parce que si on croyait en Dieu, on pouvait dire que ces cheveux zinc étaient un signe qu'Il m'envoyait.

Maman m'avait regardé sans oser me toucher ni oser demander *Un signe de quoi, Skyler ?…* de peur que je ne réponde *Le signe que je suis damné, maman. La marque de Satan sur le crâne de ton petit homme.*

La deuxième chose que vous remarqueriez, c'est que Zarbi Skyler boite – tout ce qu'il lui reste de son passé de petit gymnaste prodige (j'y reviendrai plus tard, au profit des lecteurs éprouvant un intérêt morbide pour la juste punition de ceux qui osent « viser l'or »). Cette boiterie est parfois à peine perceptible à l'œil nu mais il y a des moments où elle est impossible à dissimuler, les jours de froid pénétrant je marche avec une canne et traîne une jambe (droite) raide qui me lancine comme de vieux souvenirs d'enfance. Pendant des années j'ai offert un spectacle risible – un mot chic pour dire « comique » – au regard grossier et cruel des prépubères quand, avorton prépubère moi-même, je claudiquais avec ma canne naine comme un curieux insecte à trois pattes. (Il faut me voir aujourd'hui avec ma canne d'homme, je boite vite, avec un air belliqueux, et tant pis pour les piétons alarmés que je force à bondir hors de ma route ; inversement – ou perversement –, si j'ai ma canne, vous pouvez compter sur moi pour prendre tout mon temps quand je traverse une rue. *Osez un peu me renverser, bande de salauds !*)

Comme ma mère anxieuse le prévoyait, à onze ans, mes rictus/grimaces compulsifs, ce que maman appelait mes « grimaces de martyr », avaient à peu près effacé mon visage – « mignon », « adorable » – de petit garçon de neuf ans. En classe de seconde, dans mon lycée privé, un masque noueux façon racines d'arbres s'était bizarrement superposé à mon visage d'adolescent. Le pasteur Bob a dit *Ton âme brille dans tes yeux, Skyler, tu ne peux pas dissimuler ton âme* mais est-ce vrai ?

Pourtant – à ma stupéfaction ! – et à mon écœurement ! – il y a dans le cyberespace tout un tas de tordus qui prétendent trouver Skyler Rampike attirant – « sexy », « séduisant », « mystérieux » – et qui publient sur des sites Web scabreux des images de mes visage ravagé et cheveux zinc à la nazie accompagnées de légendes du genre

SKYLER RAMPIKE LE FRÈRE AÎNÉ « SURVIVANT »
DE BLISS RAMPIKE,
LA PRINCESSE DE LA GLACE ASSASSINÉE

# QUELQUE CHOSE DE VILAIN*

*SKYLER AIDE-MOI IL Y A QUELQUE CHOSE DE VILAIN*     *DANS*
*mon lit*

---

\* Ce petit chapitre énigmatique est tout ce qui reste des dizaines de pages gri-
bouillées ces dernières soixante-douze heures. Car je me trompais l'autre jour, ce
n'est pas un « accès de panique », mais un véritable « accès maniaque » dont je suis
victime maintenant que j'ai définitivement décroché des psychotropes.

## FAUX POTS

PAR SOUCI DE TOTALE TRANSPARENCE, CETTE RÉVÉLATION : Skyler a rompu son Serment d'abstinence.

Son dernier Serment d'abstinence en date, précisons.

Après avoir écrit le chapitre précédent, j'ai craqué. D'accord, c'est un misérable chapitre de rien du tout et, d'accord, n'importe lequel d'entre vous aurait pu le torcher en quelques heures, mais pour Skyler c'était un tord-tripes/triture-nerfs/torture-cerveau et donc Skyler a craqué, le cinquante-neuvième jour. Après avoir enduré cinquante-neuf jours abominables, aux très petites heures du soixantième, Skyler a « rechuté » avec des cachets d'hydroco-done (nom générique du Vicodin) d'allure suspecte achetés à un Black hip-hop de ma connaissance.

Comme disait papa avec son sourire penaud-faraud *Pardonnez-moi mes* faux pots *comme vous aimeriez qu'on vous pardonne les vôtres, hein ?*


UN BOUT DE TEMPS QUE JE N'AI PLUS NEUF ANS. ET ON M'A éloigné de la maison quand on a retrouvé Bliss, et je n'ai jamais revu ma sœur, et mes cheveux sont tombés par poignées, et quand ils ont repoussé, ils ont repoussé bizarres. Et il y a quelque chose de bizarre dans mon cerveau.

# CIVIÈRE

*AU COMMENCEMENT – IL Y A BIEN LONGTEMPS ! – IL N'Y AVAIT pas Bliss.*

Voilà comment je compte commencer. J'ai écrit cette phrase quantité de fois. J'ai écrit cette phrase sur plusieurs feuilles de papier en espérant que ça en ferait « démarrer » une deuxième, puis, avec le temps, une troisième, mais jusqu'à présent, jusqu'à présent seule cette phrase unique a émergé. Mais je suis de nouveau Abstinent, et je vais le rester. Je le jure.

Cela dit, le pasteur Bob m'a suggéré qu'il serait peut-être plus facile de commencer *in medias stress** plutôt qu'au commencement étant donné que les commencements ont quelque chose de terrifiant, un peu comme le chiffre (si c'en est un à strictement parler) zéro.

Un enfant ne peut pas appréhender le zéro. Pas plus qu'il ne peut appréhender l'immense poubelle de temps qui a précédé sa naissance.

Je suis de nouveau Abstinent, je l'ai noté ? Par bravade j'ai jeté six cachets d'hydrocodone (« Mise en garde : peut provoquer vertiges, palpitations, défaillance hépatique ») dans les toilettes comme un personnage de série télé !

(Sauf que ces fichues toilettes – que nous sommes plusieurs à partager ici au deuxième étage – ne marchent pas vraiment. Les

---

* Expression latine classe qui signifie « au milieu de l' », « en pleine », action. *In medias stress*, voilà comment la plupart d'entre nous vivons nos vies bornées, trébuchantes, ignorantes, sans savoir où nous allons, ni même quel chemin nous avons bien pu suivre.

42

cachets ont tournoyé longtemps en me faisant la nique mais ils n'ont pas disparu et pour ce que j'en sais, et croyez-moi, chers lecteurs, vous n'avez pas non plus envie de savoir, l'un de mes colocataires les a peut-être repêchés pour son propre usage.)

Pur hasard, une feuille de journal apportée par le vent, dans l'herbe humide et rugueuse à côté de mon immeuble. Un terrain vague plein de gravats, de mauvaises herbes, et de détritus en tous genres, dont une partie de la page 22 du *Star-Ledger* de Newark datée du 2 décembre 2006 et, dessus, le Dr Virgil Elyse louchant vers moi avec un sourire de hyène.

Non que je sache à quoi le médecin légiste du comté de Morris (c'était là que nous habitions, à Fair Hills ; New Brunswick se trouve dans le comté de Middlesex) ressemblait. Je ne l'avais jamais vu.

Le Dr Elyse avait disséqué, ainsi qu'il le déclarait affablement à un journaliste à l'occasion de son départ à la retraite (âgé de soixante-huit ans), « aux environs de douze mille six cents cadavres » au cours de ses quarante-trois ans d'activité. Je parcourus rapidement les colonnes de caractères maculés jusqu'à voir le nom de *Rampike* me sauter au visage comme je l'avais prévu, et le nom de *Bliss*, et je repoussai aussitôt le journal du pied.

Mais pas avant d'avoir lu *affaire la plus célèbre. La plus controversée.*

Bien que ne n'ayant jamais vu le Dr Elyse avec ses bi-cycles (?) miroitantes, j'eus l'impression à ce moment-là que si, je l'avais vu. Pendant cette période confuse d'après la mort de ma sœur quand le petit Skyler était tellement médicamenté qu'il dormait une bonne partie de la journée pour ne se réveiller très agité qu'entre 1 heure et 4 heures du matin et paralysé sous ses couvertures il voyait alors le Dr Elyse s'approcher de son lit qui était devenu une civière mortuaire comme l'air de la pièce était devenu l'air froid formaldéhydé de la morgue du comté de Morris. Le Dr Elyse s'approchait (à la demande des parents Rampike ?) sur des semelles de caoutchouc qui crissaient, un tablier taché de boucher noué sur son costume de ville, et ces bi-cycles sans monture lui faisaient de gros yeux de mouche au moment horrible où il brandissait une scie à métaux pour scier le crâne de Skyler avec l'intention d'introduire adroitement un fer à souder dans son cerveau (à la demande des parents Rampike ?). Raison pour laquelle Skyler a tant de mal à se souvenir depuis.

Et du mal avec les maths ! Alors qu'avant, bien que sacrément dyslexique, il n'en avait pas.

En désintox, les méthomanes disaient : le crystal méth, c'est le top ! Le *high* que toutes les autres drogues essaient de procurer sans y arriver.

Pourquoi êtes-vous là, alors ? avait envie de demander Skyler. Si ce high est si fantastique. S'il vaut qu'on risque sa vie pour lui, pourquoi quiconque voudrait-il vivre ?

Skyler n'a pas le choix. Skyler doit vivre. Un jour, Skyler doit révéler tout ce qu'il sait de la vie/mort de sa sœur Bliss. C'est la responsabilité de Skyler Rampike.

(Ai-je noté que, quand Skyler s'est fait serrer et expédier en désintox, il pesait soixante-trois kilos pour son mètre quatre-vingts ? Il avait les cheveux coupés ras et des tuyaux de plume zingués commençaient à repousser par plaques, comme l'urticaire. Même les méthomanes tatoués de têtes de mort flamboyantes et de veuves noires à huit pattes passaient au large.)

En réalité, le crystal méth me fait peur. Question de classe sociale.

Fair Hills, New Jersey, est bien loin de Jersey City, New Jersey.

Dans l'ensemble, nous évitons de priser, sniffer, injecter. Les aiguilles nous fichent la trouille. Nous « avalons des cachets », exactement comme nos mères.

Uniquement des drogues « légales » dans les banlieues chic : celles qu'on peut acheter en pharmacie.

Même si on se les procure dans la rue, elles sont quand même « légales ». Un médecin, quelque part, un médecin patenté, aurait pu vous les prescrire. C'est une classe supérieure de criminels.

Le pasteur Bob a dit : Les drogues sont une béquille, mon garçon. Tu le sais.

Répondu au pasteur Bob : Qu'est-ce que je ferais d'une béquille, j'ai déjà une canne.

Répondu au pasteur Bob que ce n'étaient pas ses oignons, si ?

Répondu au pasteur Bob qu'il ne me connaissait pas… et qu'il arrête de me regarder.

Répondu au pasteur Bob : Du large, mec.

Le pasteur Bob m'a laissé parler. Le pasteur Bob a dit : Cette souffrance sur ton visage, mon garçon. J'ai tout de suite vu. Tu sais ce que j'ai vu, mon garçon ? Sur ton visage ?

Répondu au pasteur Bob nooon. Répondu au pasteur Bob veux pas le savoir.

Le pasteur Bob a dit : Il y a une souffrance christique sur ton visage, mon garçon. Chez quelqu'un d'aussi jeune que toi.

Répondu au pasteur Bob : Conneries.

Le pasteur Bob a dit : Tu entends ta voix ? La peur dans ta voix ?

Répondu au pasteur Bob : Crainte et tremblement ? La maladie à la mort ?

Répondu au pasteur Bob : C'est usé, c'est cliché. Personne ne croit plus à ces conneries.

Le pasteur Bob a dit : Il faut décharger ton âme, mon garçon. Il faut raconter ton histoire.

Répondu au pasteur Bob Pas de chance je suis dyslexique. Ou un truc comme ça.

Le pasteur Bob a dit : Dicte-moi ton histoire. L'histoire de ta sœur disparue. Avec ta voix à toi, mon garçon. Nous pouvons commencer aujourd'hui.

Répondu au pasteur Bob qu'il n'y avait pas de « ton histoire ». Nooon.

Répondu au pasteur Bob qu'il devait être fou. Un cinglé religieux comme ce type… « Kirky-gard ». Des conneries auxquelles personne ne croit à part de lamentables crétins qui ont le QI dans les chaussettes. Espèce de gros lard, j'ai dit. Ne me touchez pas.

Avec calme le pasteur Bob a dit : Ta sœur Bliss est au paradis, mon garçon. Mais même au paradis il arrive que les êtres que nous aimons souffrent. Quand nous sommes malheureux, ils souffrent. Tu dois donner le repos à l'âme de ta sœur, mon garçon. Tu le sais.

Répondu au pasteur Bob qu'il ne m'écoutait pas, que personne ne peut me demander une chose pareille, que personne au monde n'a osé me demander une chose pareille, *personne, jamais !*... et ma fureur de Christ malade a fait grimacer le pasteur Bob mais il m'a serré dans ses gros bras robustes jusqu'à ce que je me calme : Tu te trompes, mon garçon, a-t-il dit. Fais-moi confiance*.

---

* Oh, je sais : moi aussi, je fais la grimace. Ce genre de scène mal conduite est pénible à lire, mais plus pénible encore à écrire. Et encore plus pénible à vivre... En ma qualité d'écrivain amateur ayant vécu l'essentiel de sa vie en amateur, j'aimerais que ce document contienne des passages plus élégamment tournés, ainsi qu'une dramatis personæ [sic ?] plus raffinée, mais dans les documents confessionnels il faut faire avec ce qu'on a.

# QU'AS-TU FAIT

*SKYLER     RÉVEILLE-TOI*

Pas sa sœur mais sa mère le secoue, en ce matin confus et lointain qui n'était pas matin mais nuit noire comme au fond de la mer.

Maman, cheveux emmêlés, yeux affolés. Maman dans une chemise de nuit en soie et les gros seins ballants de maman bombant l'étoffe, que Skyler a vu par une porte entrouverte papa empoigner et pétrir de ses mains de papa-joueur et maintenant comme alors Skyler détourne vite le regard.

*Skyler ? où est*

Près du fond de la mer des formes de vie bizarres tout en bouches, dents acérées étincelantes, ailerons, dos épineux. Mais tout de même un sommeil doux cotonneux dont il est désagréable d'être tiré, et Skyler comprend que c'est quelque chose de très grave parce que maman n'est pas en colère, maman est perturbée et perdue et Skyler essaie de repousser maman mais maman est trop forte, avec un petit cri de maman-exaspérée elle tire les couvertures sous lesquelles Skyler est recroquevillé sur le côté gauche façon bretzel, mains entre les genoux et genoux remontés contre la poitrine comme une créature encore dans sa coquille.

*Elle est là Skyler     cachée là-dessous ?*

Maman frénétique fouille au fond du lit de Skyler comme si sa sœur de six ans pouvait y être cachée. Avec un sanglot/soupir maman s'agenouille pour regarder sous le lit, va ensuite en trébuchant jusqu'à la penderie, allume la lumière et fourrage dans les vêtements de Skyler, s'agenouille et palpe le sol. Elle marmonne entre ses dents *Où ! Où est* puis revient en trébuchant comme une femme soûle vers Skyler qui est debout près de son lit, hébété et effrayé en pyjama, grelottant les pieds nus, ce regard dans les yeux de maman, l'inquiétude dans la voix de maman, avec brusquerie maman entraîne Skyler de l'autre côté du couloir dans la chambre de Bliss, manifestement maman a déjà cherché Bliss dans sa chambre, le lit de Bliss est vide, maman a arraché le couvre-lit et les draps et maman marmotte tout bas comme Skyler le fait souvent quand il est seul parce que les pensées de maman s'échappent de la tête de maman comme une volée de chauves-souris. Où est papa ? se demande Skyler. A-t-il emmené Bliss pendant la nuit ? Est-ce pour la sortie d'anniversaire de Bliss à New York que papa et Bliss sont partis ? Skyler est perdu, Skyler ne se rappellera rien clairement, aucun des événements de cette nuit sur lesquels il sera interrogé et s'interrogera quoiqu'il se rappelle que dans la chambre de Bliss (une ex-nursery avec une porte magique dans le mur communiquant avec la grande chambre à coucher de maman et papa) il y a sur la table de chevet une lampe en forme de Ma Mère l'Oie qui avait été celle de Skyler quand il était bébé, une lampe spéciale qui doit être allumée la nuit sinon Bliss ne peut pas dormir ou, si elle arrive à dormir, elle rêve de choses horribles qui se cachent sous son lit comme dans la pénombre épaisse entourant les patinoires violemment éclairées où la foule éclate en applaudissements spontanés dès qu'apparaît Miss Bouts-de-chou-sur-glace, Mini Miss StarSkate, Mini Miss Princesse de la glace du Jersey sauf que maintenant c'est un autre moment, maman n'est pas en train d'applaudir avec les autres, elle agrippe Skyler par le bras comme s'il avait fait quelque chose de mal en même temps qu'elle regarde le petit lit de Bliss avec son dosseret de satin blanc, le beau couvre-lit de satin rose nacré décoré d'applications de patins à glace qui est maintenant en tas sur le sol avec les draps et les couvertures, et le traversin de Bliss qui semble avoir été jeté par terre. Et il y a l'odeur.

*Vilaine fille ! Encore*

*Exprès pour     me contrarier*

Maman comme Skyler voient le matelas taché, et sentent l'odeur âcre, l'odeur d'ammoniaque de l'urine, et de pire que l'urine, car il y a des traces étoilées couleur de boue sur l'un des draps de lin blanc. Et maman furieuse – ou peut-être effrayée ? – enfonce les ongles dans les épaules maigres de Skyler sous son pyjama de flanelle, maman implore *Skyler qu'as-tu fait à Bliss ? Où as-tu emmené ta petite sœur ?*

II

« La petite fille la plus
heureuse du monde »

# AU COMMENCEMENT

**AU COMMENCEMENT – IL Y A BIEN LONGTEMPS ! – IL N'Y AVAIT** pas Bliss.

Il y avait Skyler, mais pas Bliss. Pas encore Bliss !

Personne ne le sait. Personne ne l'a noté. Sur les dizaines de milliers de fans de Bliss qui ont pollué le cyberespace de leurs pseudo-faits délirants, de leurs divagations de pervers, pas un seul ne sait ceci : qu'au commencement, c'était Skyler qui devait être la star, Skyler qui devait devenir le patineur prodige de Fair Hills, New Jersey. Ou un prodige d'un genre quelconque.

« SKYLER ! CE SERA NOTRE SECRET. »

Un matin très froid de la deuxième semaine de décembre 1991. Maman était haletante, maman était excitée, maman portait son long manteau d'hiver rouge matelassé garni de duvet d'oie qui ne pesait presque rien, et sur la tête de maman, bien enfoncé sur les cheveux bruns de maman, un bonnet tricoté aux couleurs vives de l'arc-en-ciel, un bonnet avec un gros pompon flottant de vingt centimètres comme pourrait en porter un personnage de dessin animé ou un clown pour vous faire sourire. Mais je me trompais peut-être, car Skyler se trompait bien souvent quand il levait anxieusement les yeux vers les adultes géants qui l'entouraient, observait leurs sourires énigmatiques, leurs froncements de sourcils, leurs grimaces, leurs mimiques et leurs tics, tous ces signaux mystérieux qu'on ne pouvait espérer décoder, oui, le petit Skyler se trompait probablement sur le nouveau bonnet de maman, le bonnet arc-en-ciel au pompon flottant était censé être *élégant*, acheté récemment à l'Arctic Shoppe de Main Street où il était exposé en vitrine sur des mannequins d'adolescentes anorexiques avec paire de skis ou de patins sur l'épaule. Le nouveau bonnet de maman avec son pompon et ses rayures arc-en-ciel était *sérieux*.

« … notre secret, Skyler, qu'il ne faut surtout pas dire à papa, tu sais qu'il est terriblement moqueur, parfois. Promis, Skyler ? »

La petite tête enthousiaste de Skyler s'inclina *Oui ! Oui maman.*

« … me reproche de "gaspiller de l'essence" ! De "ne jamais être à la maison" ! Un de ces jours il va vérifier ce machin sur ma voiture… l'"audimètre", qui dit combien de kilomètres tu as faits, tu sais ? Un petit compteur sur le tableau de bord ? »

Skyler hocha la tête, avec un peu moins d'assurance. Il n'était pas certain de savoir ce qu'était un « audimètre » mais il savait ce qu'on appelait le « tableau de bord ».

« Aujourd'hui, notre petite expédition a… une destination. Je pense qu'elle va te plaire, Skyler ! »

Ces *petites expéditions* en voiture, nous en faisions de plus en plus souvent, maman et moi, officiellement pour des courses en ville, mais nous prenions en fait des itinéraires buissonniers et tortueux qui nous conduisaient loin dans la campagne « pittoresque » au nord et à l'est du Village historique de Fair Hills, New Jersey (où nous n'habitions que depuis le mois de septembre) et, oui, il y avait souvent une destination vers laquelle maman se dirigeait comme malgré elle par ces itinéraires tortueux. « Inutile que papa sache, Skyler. "Moins il en sait, mieux nous nous porterons." » Maman riait, avec un petit frisson frissonnant.

« Skyler ! Enfonce tes petits bras potelés dans ces manches. »

Zut : j'ai oublié de « planter le décor ».

Nous étions dans le garage. Nous avions « filé » par la porte de la cuisine qui communiquait avec le garage, et nous murmurions. Ou, plutôt, maman murmurait. Maman murmurait si souvent que cela avait fini par sembler naturel et on savait qu'il fallait aussi répondre en murmurant ou mieux encore en hochant juste la tête

*Oui maman !* Car ce jour-là il y avait urgence. Le téléphone avait sonné presque toute la matinée, mais aucun des appels n'avait été celui que maman attendait, rien que des fournisseurs, des démarcheurs, maman ne répondrait plus, elle laisserait le service répondeur prendre les messages et les écouterait plus tard, ce qui serait bien assez tôt pour maman, qui ne voulait pas gâcher ce jour exceptionnel. D'humeur guillerette, déjà zippée dans son manteau rouge matelassé qui faisait ressembler maman… à un ballon rouge rebondi, son pompon aux couleurs gaies lui tombant sur le front, maman prit le temps d'embrasser le petit nez mignon de Skyler, bien qu'il y eût probablement une goutte au bout de ce nez, ce pauvre bougre de gamin a toujours l'air enrhumé, disait papa. « Chut ! Il ne faut pas que Maria nous entende. » En vitesse maman m'empaqueta dans une petite parka doublée mouton dont le capuchon était ajusté bien serré, presque trop serré, par des cordons autour du cou manœuvrés par maman. Et sur mes jambes potelées un jogging en flanelle bien chaud, et à mes pieds potelés des bottes imperméables. La parka comme le jogging avaient encore leurs étiquettes parce qu'ils venaient d'être achetés à l'Arctic Kids Shoppe.

« Skyler, tu entends… Est-ce…? »

Une peur coupable écarquilla les yeux de maman. Nous écoutâmes.

Au loin peut-être, très vaguement : un petit son plaintif. Peut-être une sirène. Ou un avion haut dans le ciel. Ou le vent dans la cheminée de brique centenaire dont Mme Cuttlebone l'agente immobilière enjouée/rusée qui avait vendu cette maison hors de prix à M. et Mme Rampike avait dit avec un petit rire nerveux : « Des fantômes ! Toutes nos maisons "historiques" de Fair Hills en ont. » Mais le danger passa, personne n'ouvrit la porte derrière nous. Personne ne posa sur maman des yeux noirs interrogateurs en demandant poliment avec un fort accent étranger quand Mme Rampike pensait être de retour.

« … sortira très bien. Elle n'a pas besoin de *moi*. Personne n'a besoin de *moi*. *J'ai besoin de moi.* »

Dans notre garage trois places, il n'y avait que deux véhicules ce matin-là. Car papa était parti au « siège social » de Baddaxe Oil et avait pris sa Lincoln Continental noire, que maman n'était pas « encouragée » à conduire. Restait la Land Rover gris acier de papa, encore plus massive et plus lourde, tellement grosse et « difficile à manœuvrer » que seul papa pouvait la conduire en toute sécurité. Mais il y avait la Chevrolet Impala vert pomme (un cadeau de papa acheté à maman pour « remonter le moral de ma chérie » quand nous avions quitté Parsippany pour Fair Hills où maman n'avait pas eu envie de déménager) que maman prenait au moins une fois par jour pour aller en ville. C'était sur le siège arrière de l'Impala vert pomme que maman avait placé, sans explication, un gros sac à fermeture Éclair. Skyler Œil-de-lynx avait demandé : « Qu'est-ce qu'il y a dedans, maman ? »

*Était-ce Bébé ? Petite Sœur Edna Louise ? Ce petit bout de rien du tout ? Dont maman ne voulait pas, ou en tout cas pas aussi vite après Skyler ? Dont maman avait assez parce qu'elle pleurait tout le temps, qu'elle avait la colique et empêchait maman de dormir, un bébé agité, un bébé vilain, un bébé aux gros yeux bleus globuleux, un bébé chauve avec juste quelques poils blonds sur la tête, un bête bébé fille qui n'avait pas de vrai zizi comme Skyler, un bébé exaspérant qu'il fallait toujours faire manger (du lait poudre-de-craie préparé par Maria), qu'il fallait toujours changer, baigner et refaire manger, bercer, baigner, essuyer, rechanger, dodo pipi caca les bébés ne savent faire que ça et hurler comme si on tuait un chat et les bébés essaient de gagner votre cœur en gazouillant « souriant » et tendant vers vous leurs étonnants petits doigts de bébé mais les bébés sont ENNUYEUX ne savent même pas dire leur nom ni marcher debout ni aller au petit coin en tirant la chasse. Pas comme Skyler qui est le petit homme de maman !*

Au volant de l'Impala vert pomme, maman fredonnait. On voyait que Betsey Rampike était *heureuse*.

« On boucle sa ceinture, Skyler. "Sécurité d'abord". »

Comme Skyler était encore un peu trop petit pour être confortablement installé dans le siège passager, maman lui avait mis un coussin. (Était-ce légal ? La ceinture était plutôt lâche.) Tout fier d'avoir quitté le bête siège baquet à l'arrière qui, maintenant, quand il fallait transporter vilaine Edna Louise, ne servait plus que pour *elle*.

Sournoisement Skyler jetait des coups d'œil au sac à l'arrière. Remuait-il ? Y avait-il quelque chose de vivant à l'intérieur ? Était-ce Bébé ?

Skyler redemanda ce qu'il y avait dans le sac et maman répondit avec un sourire mystérieux qu'il le saurait bientôt.

« On est partis ! »

L'Impala jaillit du garage arrière-train en premier comme une explosion.

L'AIR HIVERNAL ÉTAIT D'UNE CLARTÉ AVEUGLANTE. LE CIEL semblait peint en bleu turquoise. Sur le sol, des congères et des volutes de neige sculptée d'un blanc éclatant de détergent ou de polystyrène. (Mes excuses, hein : c'est ainsi que ce souvenir me revient, un flash aveuglant façon Dexedrine. Et j'ai le cœur qui cogne : deux cent soixante pulsations minute !) On était forcé d'en conclure que, s'il y avait des « toxines » en suspension au-dessus des collines idylliques du New Jersey central-nord où résident les nantis, toxines apportées par des vents espiègles du « couloir industriel » situé quatre-vingts kilomètres à l'est, de ces cheminées panachées de flammes qui bordent l'autoroute de l'Enfer, alias New Jersey Turnpike, lesdites toxines se transformaient magiquement en neige du blanc le plus éblouissant. Maman chercha à tâtons ses élégantes lunettes de soleil à monture en plastique doré, et Skyler cligna vaillamment ses petits yeux larmoyants. Chaque petite expédition avec maman était une aventure !

La route serpentine de Ravens Crest Drive ! Dans mon cerveau fiévreux, où je voyage sans cesse à la façon d'un astronaute tournoyant dans l'espace, défilent comme en rêve les maisons de nos voisins (des « voisins » qui étaient de parfaits inconnus, des maisons à peine visibles de la route) et les courbes, tournants, virages de cette route trop étroite où les voitures arrivant en sens inverse étaient un danger permanent : des épouses distraites de Fair Hills roulant comme maman, occupant le milieu de la chaussée, au volant de véhicules surdimensionnés du genre de l'Impala. Maman avait l'habitude de rouler lentement dans Pheasant Run, Hawksmoor Lane, Woodsmoke Drive et Great Road (fréquemment empruntée, d'après les livres d'histoire ancienne, par le général George Washington et ses aides de camp dans les années 1770), où nous passions devant des boîtes aux lettres portant des noms tels que « Tyce », « Hambruck », « McGreety », « Stubbe », « Brugh ». Cette partie de la *petite expédition* m'était devenue si familière que j'avais retenu les noms et les prononçais, comme maman, avec admiration, respect, émerveillement – « Frass », « Durkee », « Bloomgren », « Hudd ». En dépit de mon âge tendre, je savais apparemment que dans cette litanie de noms se cachaient les noms des amis à venir de maman et papa ; tout comme le Fair Hills Golf and Country Club (au croisement de Cross Tree Road et de la Great Road), le Pebble Hill Tennis Club (sur la route accidentée de Brookside Drive), le Sylvan Glen Golf Club (sur la route labyrinthique de Sylvan Glen Pass, annoncée par des panneaux VOIE PRIVÉE SANS ISSUE que maman, en se mordillant les lèvres, ignorait hardiment), et (au cœur du petit « quartier historique » du Village de Fair Hills, sur la place Idle) le Women's Club dans son élégante villa à l'italienne étaient des destinations à venir. « Le Sylvan Glen Golf Club est beaucoup plus fermé que le Fair Hills Golf and Country Club, confiait maman à Skyler, toujours intéressé par le savoir d'initiée de maman, … Mme Cuttlebone nous a assuré que, si on était invité à devenir membre du Sylvan, comme on dit, tous les autres clubs de Fair Hills vous ouvraient leur porte. » Du Pebble Hill Tennis Club, maman disait : « Le fils de Mme Cuttlebone est fiancé à la fille du président du club, elle a promis que nous ferions sa connaissance pendant la saison des fêtes. Papa joue au tennis, comme il joue au golf, au squash et au racket-ball, mais nous pourrions prendre des cours de tennis ensemble au club, Skyler ! Toi et moi. »

Ai-je dit qu'au volant de l'Impala vert pomme, maman était aussi enthousiaste et optimiste qu'une jeune fille ? – ou qu'un jeune homme, d'ailleurs. Elle était d'une humeur adolescente, pleine de désirs ardents : une humeur qu'on n'avait pas envie de contrarier.

Ai-je dit que maman avait de beaux yeux bruns (anxieux, mouillés-brillants, un peu rapprochés) qui, fixés sur moi, Skyler, semblaient pénétrer les profondeurs (modestes) de mon âme d'enfant ? Que j'aimais maman avec désespoir avant même qu'il n'y ait de désespoir dans notre vie ?

Ces *petites expéditions* ! Évidemment quand on est gamin, on pense que *ce qui est* durera éternellement. Cette période merveilleuse où le « petit homme » de maman était enfin assez grand pour servir de compagnon à maman mais pas tout à fait assez pour l'école maternelle. Où papa était un jeune cadre « prometteur » au siège social de Baddaxe Oil, distant de vingt-cinq kilomètres à peine, et rentrait donc dîner presque tous les soirs avant 20 heures. Où la petite sœur de Skyler était si jeune – si petite – qu'on pouvait faire comme si elle ne comptait pas. Et où maman ne demandait qu'à fuir la grande maison blanche de style colonial où le téléphone sonnait très souvent mais où *ce n'était jamais l'appel que maman attendait*.

« Skyler ! Dis-moi la vérité. »

Dans son manteau rouge matelassé, maman devait transpirer. Car maman avait une conduite houleuse… enfonçait l'accélérateur et puis le relâchait, l'enfonçait de nouveau, etc., de sorte que le moteur semblait hoqueter ou près de caler. Le nez sensible de Skyler percevait l'odeur familière mi-talc mi-sel des dessous de bras de maman et du sillon sombre entre les seins de maman, merveilleusement réconfortante comme l'odeur du pain chaud ou celle des draps de Skyler quand il les tirait par-dessus sa tête*.

---

* Crénom, j'ai vraiment écrit ça ? Ces mots-là ? Hier soir, pendant l'équivalent d'un flash à la Dexedrine ? C'est peut-être pour ça que le moindre fumet de chair femelle talquée transpirante me rend nauséeux/totalement impuissant.

Sèchement maman dit : « Skyler ? Tu m'écoutes ? Pourquoi est-ce que les gens ne m'aiment pas, d'après toi ? »

Skyler bégaya : « Je t... t'aime bien, maman.

– Toi ? Tu es mon fils. Qu'est-ce que tu sais ? »

Maman rit pour indiquer que c'était censé être drôle. Mais Skyler ne trouvait pas. Car déjà à quatre ans – à quatre ans et demi, plus précisément – il était forcé de comprendre que cet amour-là n'était pas suffisant.

Maman dit, avec un soupir : « C'est mesquin, je sais. J'essaie de prier tous les matins Mon Dieu fais que je m'élève au-dessus de cela, *Jésus viens-moi en aide car je ne suis pas seulement une pécheresse mais une femme ridicule* et pourtant : les gens sont fous de Bix Rampike... pourquoi pas de *moi* ? Est-ce que ça ne devrait pas rejaillir un peu sur moi ? Est-ce que ça ne serait pas normal ? Je suis la femme de Bix. Bon, "fous de moi", je n'en demande pas tant... personne n'a jamais été fou de moi à part un ou deux garçons obsédés de sexe et ça, ce n'est pas "aimer"... ça n'a rien de digne. (Pardon de parler franchement, Skyler, je sais que tu es un garçon, et j'espère que tu seras un garçon normal et sain mais pas "obsédé" par ça. Pas mon Skyler ! Pas mon petit homme !) Pourquoi les femmes ne m'aiment pas, voilà ce qui me tourmente. À Parsippany, j'avais des amies. J'avais quelques amies. Ton papa gravit si vite les échelons du "monde de l'entreprise" que nous ne restons jamais au même endroit assez longtemps pour nous "enraciner" – les épouses des collègues de Bix ne comptent pas, ce ne sont *pas des amies*. Ici à Fair Hills, ces femmes que je rencontre, à qui je donne mon numéro de téléphone, que j'appelle ou essaie d'appeler, pourquoi ne me rappellent-elles pas ? Fair Hills est horrible, ces femmes sont cruelles, nous sommes ici depuis presque quatre mois, les hommes me regardent, certains hommes en tout cas, mais les femmes font comme si elles ne me voyaient pas. Pourquoi, Skyler ? »

Le pauvre Skyler ne put que répéter, faiblement : « Mais maman, je t... t'aime...

– Dieu sait que je fais des efforts ! coupa maman. Toujours souriante, toujours de "bonne humeur", et "drôle", et "sympathique", j'en ai ma claque d'être "sympathique". Au lycée, on m'aimait bien. J'avais de vraies amies, pas seulement des garçons qui me couraient après. En 1981, au lycée de Hagarstown, j'ai été deuxième sur quarante-deux quand on a élu la reine de notre grand bal des terminales. Ce n'est pas rien, Skyler ! Ces concours de popularité dans les lycées sont un véritable enfer. Quand j'avais quatorze ans – le jour le plus excitant de ma vie, Skyler ! –, je me suis qualifiée pour le challenge de patinage artistique junior des Trois Comtés. L'année suivante j'ai disputé le tournoi régional jeunes filles des Adirondacks et je ne me suis pas si mal débrouillée si on considère que j'étais terrifiée, et au bord de l'évanouissement à force de jeûner pour entrer dans mon costume. Les juges ont des préjugés contre les filles "rondes", c'est connu – et on est "ronde" même quand on a un poids tout à fait normal, dans un costume de patineuse moulant comme un maillot de bain, le moindre bourrelet se *voit*. Sur la glace on n'a pas envie d'être sifflée, on a envie d'être applaudie. Si on m'avait encouragée, j'aurais fait mieux – si je ne m'étais pas foulé la cheville – mais j'ai fait *ce que j'ai pu*, Skyler. Tu me crois, chéri, n'est-ce pas ? » Maman chercha ma main, quittant dangereusement des yeux l'étroite route gravillonnée qui était peut-être Charlemagne Pass, ou Monument Lane, ou Bear Mountain Road. Une larme unique roula sur la joue empourprée de maman. Un sourire douloureux-courageux crispa les lèvres rouges de maman.

Skyler marmotta *Oui ! Oui maman.*

(J'ai dû dire ça, vous ne croyez pas ? Même si je n'avais aucune idée du sujet, ni d'aucun des sujets qui avaient une importance si capitale pour les adultes qui m'entouraient.)

« À Hagarstown, ma famille était "connue". Ton arrière-grand-père Sckulhorne, un "héros décoré" de la Seconde Guerre mondiale, était maire à l'époque où j'étais au lycée, et notre famille possédait la plus grande fabrique de textiles sur la Champlain, on y faisait des articles en tricot pour les femmes et les enfants, dans une petite ville comme ça où tout le monde se connaît, nous étions des personnalités. Les gens nous considéraient, nous les Sckulhorne, ils avaient des attentes et, eh bien… cela pouvait être un peu…

"claustraphobe", tu sais, un endroit où on a du mal à *respirer*. C'est pour ça que j'ai dû m'enfuir, ou presque m'enfuir !… à l'université d'État d'Albany. Je travaillais à temps partiel pour payer mes frais de scolarité, j'ai étudié les "arts de la communication", tu sais, et travaillé pour la chaîne de télé de l'université, je rêvais de devenir "présentatrice"… et puis j'ai rencontré ton papa dans une soirée complètement folle à Cornell, j'espère que tu ne te conduiras jamais avec l'inconscience de Bix Rampike et de ses camarades déjantés de la fraternité Ep Phi Pi, Skyler ! Quoi qu'il en soit… » Maman soupira, souriante, le regard soudain lointain. « … La suite, tout le monde la connaît, j'imagine. »

Derrière nous, un coup de klaxon impoli retentit. Le pied de maman avait relâché la pédale d'accélérateur et un pick-up était à quelques centimètres du pare-chocs arrière de l'Impala. Maman, la conductrice la moins agressive et la plus facile à intimider qui soit, se hâta de se ranger sur le bas-côté pour le laisser passer.

J'entraperçus le chauffeur, un costaud à la mâchoire saillante, coiffé d'une casquette de charpentier, qui nous regardait d'un air furibond, mais quand il vit mieux maman, il se radoucit et lui jeta un sourire indulgent.

Les hommes semblaient effectivement aimer maman. Skyler comprenait pourquoi.


« SKYLER ! TU TE RAPPELLERAS CE JOUR TOUTE TA VIE : TON premier jour *sur la glace*. »

La voix de maman vibrait d'excitation. Skyler regardait. On ne sait comment, nous avions abouti au Memorial Park Horace C. Slipp, dans un quartier de Fair Hills que je ne connaissais pas. Dans une patinoire qui, à la belle saison, devait être un petit bain et une piscine pour enfants. Une musique tintinnabulante tombait du plafond. Sur la piste, où la glace brillait d'un éclat mauvais, des dizaines de gens patinaient, des enfants et des adolescents en majorité. Les enfants semblaient avoir des années de plus que Skyler. Une bande de garçons hurlaient, se poussaient et se bousculaient comme des joueurs de hockey. Des adolescentes, jean et gros pull, longs cheveux brillants tombant en cascade sur les épaules. Et parmi eux, une poignée d'adultes dont quelques « seniors » fringants patinant au mépris de leurs articulations raides et de leurs os fragiles. Il y avait de jeunes mères et des Maria-nounous qui encourageaient des enfants à s'aventurer sur la glace et les aidaient à se relever quand ils tombaient. Cris perçants, hurlements de rire. S'il y avait des cris de douleur, de désarroi, d'effroi, ils étaient apparemment étouffés. L'atmosphère générale était à la gaieté, à la fête. Le cœur taille enfant de Skyler rétrécit encore davantage. Il avait la bouche sèche. « Maman, je n… ne… »

« La glace est-elle bien lisse ? demandait maman. Est-elle… sûre ? » mais les jeunes patineuses à qui elle osait s'adresser lui accordaient à peine un regard : une inconnue dans un manteau ballon, un bonnet loufoque sur le crâne, tenant par la main un petit garçon tremblant. Maman était d'une humeur trop exaltée pour remarquer leur impolitesse, elle fit asseoir Skyler sur un banc, lui retira ses bottes et les remplaça par ses patins Olympics Junior « tout beaux tout neufs », « la réplique exacte » de patins adultes, rouge foncé avec des éclairs zigzaguant sur les côtés. « N'est-ce pas qu'ils sont magnifiques, Skyler ? Ton cadeau surprise d'avant Noël parce que tu as été bien sage. Maman est impatiente de te voir patiner avec ! »

Dans le sac mystérieux, il y avait aussi des patins Lady Champ en cuir blanc pour maman. *Car maman allait patiner avec Skyler.*

« J'ai peur, maman, protesta Skyler en essuyant son nez goutteux sur ses moufles, je n… ne me sens pas bien… » mais maman ne l'écouta pas. « Tu vas adorer la glace, Skyler. À ton âge on apprend vite. Les enfants sont des sportifs nés. Mon handicap, c'est d'avoir commencé trop tard. J'avais treize ans et j'étais "mûre" pour mon âge. J'attirais l'attention, ça oui, mais pas pour mon patinage. Toi, tu commences jeune. J'ai l'impression que tu es le plus jeune, ici ! Et papa n'a pas à savoir quoi que ce soit avant que tu patines assez bien pour le lui montrer. Promis, Skyler ? »

Que promettait maman ? Skyler n'en avait aucune idée.

Maman laçait serré les Olympics Junior. Par ses pieds, Skyler se sut piégé.

Maman laça ses beaux patins blancs Lady Champ et se leva, laissant glisser le manteau rouge matelassé sur le banc à la façon d'un déshabillé, et apparaissant aux yeux stupéfaits de Skyler dans une tenue qu'il n'avait jamais vue : un beau pull violet à torsades, visiblement tout neuf, une minijupe écossaise plissée, fermée sur le côté par une grosse épingle en laiton, et des bas à motifs violets qui mettaient en valeur les belles jambes de maman, ses genoux dodus et un bout de ses cuisses potelées. Et il y avait le bonnet tricoté aux couleurs vives de l'arc-en-ciel avec son pompon flottant censé voler derrière la patineuse quand elle filerait sur la glace. Skyler avait beau être trop petit pour avoir été exposé à la cruauté des barbares d'âge scolaire, il sentit aussitôt que sa superbe maman allait attirer la même attention déplacée ici, au Horace C. Slipp de Fair Hills, New Jersey, qu'autrefois à Hagarstown, New York. Mais maman battait des mains avec un enthousiasme enfantin : « Allez viens, mon chou ! Regarde comme tout le monde s'amuse ! »

Skyler restant timidement sur son banc, maman le souleva à demi et le conduisit, clopinant et apeuré – marcher sur des *lames de patin,* je vous demande un peu ! – sur la glace. Oh, mais Skyler ne voulait pas patiner ! Skyler ne voulait pas tomber et se faire mal et qu'on se moque de lui, comme ça lui était arrivé plus d'une fois dans ses « goûters-rencontres » sur terre ferme. La musique tintinnabulante jouait avec encore plus de férocité. « Comme ça, Skyler ! Ne te raidis pas. Avance ton pied droit. Juste un peu, Skyler, allez, *essaie* ! » Mais Skyler a les chevilles faibles, comme sans os. Les patins sont trop hauts, il est naturel de tomber. Et les genoux de Skyler plient. Et ce satané nez coule comme un robinet qui fuit. « J'ai l'estomac tout bizarre, maman, gémit Skyler, j'ai froid aux pieds ! » Maman gronde : « Est-ce que tu es mon petit homme, Skyler, ou juste un *bébé pleurnicheur* ? » C'est une insulte terrible que maman le traite de bébé, de bébé pleurnicheur comme le bébé fille que maman a fui en le laissant à la maison, alors que Skyler a *quatre ans et demi et marche debout.*

Au moment où maman recule lentement sur la glace en essayant de tirer Skyler en avant, un patineur manque la heurter et marmonne : « Pardon, m'dame », et maman répond d'un ton d'excuse : « C'est moi qui vous demande pardon, je n'ai pas fait de patin depuis vingt ans… » Une deuxième patineuse, une fille aux longs cheveux châtains chatoyants, mince comme un fil, portant la veste d'uniforme de l'école privée de Fair Hills Day, fait un écart pour éviter maman, qui s'écrie : « Oh je suis désolée ! Je n'ai pas fait de patin depuis vingt ans, j'ai eu deux enfants et ces patins sont *neufs* ! » Skyler aimerait détaler à quatre pattes, son petit visage est rouge d'embarras, pour maman et pour lui. Un flot continu de patineurs file autour d'eux, certains en les ignorant, d'autres en les dévisageant grossièrement. Plusieurs garçons tapageurs d'une douzaine d'années arrivent en se bousculant, en se donnant des coups de coude, et le bras de quelqu'un heurte le dos de Skyler, qui titube sur ses patins, perd son équilibre instable et tombe ; aussitôt la glace vole vers lui et frappe, durement, ses fesses et l'os sensible que maman appelle coq-six. Habitué à tomber sur des surfaces plus molles, telles que tapis, herbe, Skyler découvre avec stupéfaction à quel point la glace est *dure*. Trop surpris pour pleurer, il reste assis par terre, bouche ouverte, et maman s'efforce de le relever. Un garçon baraqué passe à les raser, manquant de peu la main nue de Skyler sur la glace – Skyler a perdu sa moufle, apparemment – et lance laconiquement : « Connard ! » Si maman entend, elle ne le montre pas. Ses joues rebondies flambent comme si on les avait giflées. Le ridicule pompon arc-en-ciel se balance devant son nez. Maman supplie Skyler de se relever : « Tu ne t'es pas fait mal, chéri. Les os d'un enfant sont pratiquement en caoutchouc. Ils plient mais ne cassent pas. Une petite chute, ce n'est rien du tout. C'est ton premier jour, mon chéri, et c'est si *amusant*. » Avec quelle force maman remet debout le petit corps inerte et mou de Skyler ! Il a toujours les pieds prisonniers de ces terribles patins et, l'espace de quelques secondes, à la façon d'un personnage de bande dessinée qui a dépassé le bord d'une falaise mais qui, n'ayant pas encore conscience d'être suspendu dans les airs, ne tombe pas, Skyler parvient à rester debout et à conserver son équilibre. Maman donne des instructions : « Tu vois comment j'avance mon pied ? Fais pareil. Pousse sur ce pied, mon chou, le pied droit, comme si tu glissais en chaussettes sur le plancher, voilà, comme ça, et maintenant ton pied gauche, ne te raidis pas, chéri, maman est là. » Maman rit, le souffle court. Maman tient Skyler sous les bras, comme un sac de quelque chose, et pendant plusieurs secondes, incroyablement, maman et Skyler « patinent » – *c'est amusant !* – et puis de nouveau, avec une grossière brutalité, cette satanée glace vole vers Skyler et frappe son derrière. Et aussi son coude droit, sa jambe droite, le côté droit de sa tête. Par chance, il a toujours le capuchon de sa parka sur la tête. « Tu t'es fait mal, Skyler ? Oh ! mon Dieu... qu'est-ce que je vais dire à Bix si... » L'une des vieilles dames patineuses à cheveux blancs s'arrête pour les aider. Elle dit avec bienveillance : « Votre petit garçon est bien petit. Quel âge a-t-il ? » Très vite maman répond : « Skyler a quatre ans et demi. Il aura cinq ans en juin. Il est précoce pour son âge. Ses "capacités de coordination motrice" sont excellentes pour son âge. Il aime tous les sports, et il aime le grand air. Il tient de son père. Il se débrouille très bien. » La grand-mère patineuse tend un mouchoir à Skyler parce que son nez coule horriblement. Maman la remercie, mais on voit qu'elle est contrariée. Avant de s'éloigner, avec une aisance étonnante, la vieille dame aux cheveux blancs secoue la tête d'un air sceptique. « Votre fils m'a vraiment l'air bien petit pour patiner. »

Tout bas maman murmure : « Mêle-toi de ce qui te regarde, vieille chouette. » À Skyler, elle dit gaiement : « Tu *n'es pas petit*, chéri. Pas pour ton âge. Ce n'est que ta première leçon de patinage, bon sang ! » Quand Skyler est debout, maman époussette ses vêtements, examine le côté de sa tête, fronce les sourcils et embrasse son nez retroussé. « Ce serait bien ma chance si cette vieille dame était en fait une "VIP" de Fair Hills, ou l'une de nos voisines, ou la présidente du comité d'admission du Sylvan Golf Club, ce serait vraiment la *fatalité*, hein ? » Malin, Skyler se plaint que sa jambe lui fait mal, et son coude, et qu'il a l'estomac tout bizarre, si bien que maman accepte qu'il s'assoie un moment pour reprendre son souffle ; pendant ce temps, maman va lui montrer quelques mouvements simples. Avec Skyler pour public, maman fait de petites glissades hésitantes et raides comme si elle craignait que la glace ne craque sous elle. « Ça c'est un "glissé", tu vois ? Il suffit de... glisser. » À plusieurs reprises maman manque déraper et tomber, Skyler ferme les yeux d'appréhension. Mais maman réussit à se redresser en riant. « Oh ! je n'ai pas la forme. Cinq kilos au moins depuis... l'hiver dernier. J'aurais besoin d'un peu d'entraînement... » Skyler grimace en remarquant les regards, amusés, franchement curieux ou carrément grossiers, que les patineurs jettent à maman. Des garçons ricanent et se donnent des coups de coude, mais les pires ce sont les petites morveuses qui pouffent quand elles passent près de maman, glissant sans effort sur leurs patins. Skyler est indigné : qu'est-ce que maman a de si drôle ? Elle est la plus jolie à regarder de toute cette patinoire à la noix ! On dirait une femme dans un film, ou sur une affiche géante, avec son grand visage rond, sa peau lisse et rosée, ses lèvres bien rouges, et sa tenue de patinage tellement plus jolie que les jeans tristes et les parkas ternes des autres patineurs. Le pull neuf de maman moule son buste ample comme un gant et la minijupe écossaise de maman virevolte autour de ses hanches en découvrant ses jambes gainées de bas violets, ses genoux et ses cuisses. Skyler préférerait tout de même que maman ne le hèle pas comme ça, qu'elle ne rie et ne bavarde pas aussi fort, comme si elle cherchait à attirer l'attention, ou qu'en tout cas ça ne la dérange pas : « Tu vois, Skyler ? Regarde-moi. C'est ta leçon, chéri. Maman "glisse"... Tu vois comme c'est facile ? Et voilà mon premier "huit" depuis vingt ans. Oups ! » Maman semble perdre l'équilibre, à moins qu'elle ne se torde la cheville, car brusquement, avec un cri, maman tombe, durement, sur le derrière. Voilà maman assise jambes écartées sur la glace, l'air stupéfait et blessé, et on voit que maman ne porte que les bas violets sous sa minijupe et qu'il y a des bourrelets de chair sur le haut de ses cuisses. Le bonnet arc-en-ciel est de travers sur sa tête et sa respiration sort par petites bouffées fumantes.

Plusieurs patineurs s'arrêtent aussitôt pour aider maman à se relever. Elle les étonne en fondant en larmes. « Ma vie est finie ! Mon corps m'a trahie ! Ce n'est pas juste ! Je suis encore jeune ! *Je ne sais plus patiner.* »

Les patineurs qui avaient aidé maman à se relever et à rejoindre en boitant le banc où se trouvait Skyler étaient deux femmes assez jeunes, et un homme, assez jeune lui aussi, qui avait des cheveux souples couleur rouille, des lèvres épaisses, un haut front osseux en dôme et un gros nez en patate. Il portait un jean délavé et une veste chic en faux daim fauve, ses patins montants avaient des éclairs d'argent sur les côtés et il avait une sorte de clou d'argent à l'oreille gauche. Il semblait légèrement plus jeune que maman et pas plus grand qu'elle et moins solidement bâti et pourquoi en ai-je gardé le souvenir\*... parce qu'il y avait quelque chose de merveilleux dans la façon dont il prit le bras de maman pour la soutenir, avec beaucoup de gentillesse, et parce qu'il me regarda avec son sourire lippu en disant à maman : « Est-ce votre belle petite fille, madame, ou votre beau petit garçon ? » et maman répondit, essuyant les larmes sur son visage en feu : « Skyler est mon beau *petit homme.* »

---

\* Le lecteur malin notera que je dois avoir une raison pour attirer l'attention sur ce personnage excentrique qui apparaît fugitivement dans ce chapitre comme à la fois « gentil » et vaguement sinistre. N'oubliez pas ce jeune homme lippu ! (Si j'étais un écrivain révéré, je pourrais supposer mes lecteurs préparés à lire ma prose, eh bien... avec révérence et attention. Mais je ne le suis pas et donc je ne peux pas. Notez cependant que *rien dans ce document n'est hors sujet.*)

## AIDE-MOI MON DIEU

*AIDE-MOI MON DIEU À M'ÉLEVER AU-DESSUS DE CELA, JÉSUS viens-moi en aide, je ne suis pas née pour être cette femme non seulement pécheresse mais ridicule* telle était la prière ardente de maman et cette prière fut-elle exaucée ?... quelque chose de stupéfiant et d'entièrement inattendu – d'« immérité » – arriva-t-il à Betsey Rampike dans les années qui suivirent, quoique d'une direction et sous une forme terrestre que personne, et sûrement pas Betsey Rampike, n'aurait pu prévoir ?

Quand la bénédiction divine nous frappe, elle frappe comme la foudre d'une source inattendue. Comme la foudre elle fracasse les simples êtres mortels que nous sommes pour fondre et purifier nos âmes.

ET MAMAN RÉUSSIT-ELLE DANS SA CAMPAGNE PLUS IMMÉdiate, se *fit-elle des amies* à Fair Hills comme elle le souhaitait si désespérément ? Son aspiration enfantine, qui faisait peine à voir dans l'intimité, fut-elle enfin satisfaite ? Oui !

Pour ne pas tenir le lecteur en suspens : Oui.

Mais, comme prévenait papa d'un ton grondeur : « Pas du jour au lendemain, Betsey. Tu ne te feras pas le genre d'amie que tu aimerais avoir, et que j'aimerais que tu aies, du jour au lendemain. Alors, calme-toi. »

Dans l'intervalle il faut reconnaître que maman ne se lia pas tout de suite avec les femmes les plus populaires/socialement haut

placées/admirées de Fair Hills, ces femmes au maquillage impecca-
ble et aux tenues élégantes dont les photos paraissaient dans les
pages Style-de-vie du *Fair Hills Beacon* après un week-end « tour-
billonnant » de soirées privées, réceptions somptueuses, galas de
bienfaisance (bal de Noël des Amis du centre médical de Fair Hills,
dîner dansant de la Saint-Valentin avec enchères silencieuses des
Amis de la bibliothèque publique de Fair Hills, déjeuner des Tulipes
du Planning familial de Fair Hills, etc.), des femmes qui semblaient
uniformément blondes, uniformément taille 38, uniformément
très fortunées et sans âge discernable mais *pas-âgées*. Maman se *fit
des amies* essentiellement parmi les épouses des autres jeunes cadres
de Baddaxe et parmi les épouses des partenaires, hommes d'affaires
et membres des professions libérales, avec qui Bix Rampike, de
plus en plus « connu » (et « populaire ») à Fair Hills, se mit à jouer
fréquemment au golf, squash, tennis et poker. Notre église était la
pittoresque église épiscopalienne XVIII$^e$ de la Trinité au cœur du
Village historique – un édifice comme vous en avez vu des centaines : pierre grise vénérable, vitraux de bon goût, clocher de calendrier, carillons sonores qui semblent des réverbérations de la digne
divinité épiscopalienne dans le ciel. (Bien que maman admît avoir
été baptisée et élevée suivant le rite de l'Église méthodiste unie, et
que les ancêtres de papa eussent appartenu à une secte calviniste
radicale du nord de l'Angleterre dont le dogme premier était que
l'humanité entière était damnée par le péché originel. Aucune
exception.) Maman et papa s'étaient mariés (Skyler n'était pas sur
les lieux, évidemment !) dans la première église épiscopalienne de
Pittsburgh où habitait la famille aisée de papa parce que, comme le
disait sagement papa, dans le monde de l'entreprise, l'Épiscopalienne enfonce la Méthodiste, et pas qu'un peu !

*Aide-nous à réussir mon Dieu, Skyler est capable de patiner s'il fait
un effort je le sais* fut une autre des prières murmurées mi-plaisan-
terie/mi-sérieux par maman quand, dans l'Impala vert pomme,
nous reprîmes le chemin du – vous allez frémir ! – Memorial Park
Horace C. Flipp, pardon, Slipp. Oui, la patinoire ! La glace !
Incroyable, non ? *Quatre* fois au cours de cet hiver 1991-1992

maman insista pour m'emmener « réessayer » car maman croyait avec ferveur au credo américain *Si vous ne réussissez pas du premier coup, réessayez !* – un impératif exaltant qui fit sa première apparition, en allemand, au-dessus de l'entrée d'Auschwitz ; à moins qu'il n'ait été gravé, dans l'italien de Dante, au-dessus de l'entrée de l'enfer. Dans un document littéraire plus calculé, composé de « scènes dramatiques choisies », la première leçon de patinage épouvantable de Skyler aurait été la dernière, mais il se trouve que ce document est un exposé sans fioritures, brut et véridique de notre vie à nous, Rampike, au cours des années tumultueuses menant aux petites heures du 29 janvier 1997 et au-delà, et non une simple fiction (concoctable par n'importe qui, ignorant tout de ma famille), et je suis donc obligé de dire ici que, oui, maman emmena Skyler connaître de nouvelles humiliations, administrées par maman, avec détermination et obstination et souvent en souriant bravement maman remmena Skyler au Memorial Park Horace C. Slipp animée de la conviction folle qu'il avait sûrement – sûrement ! – hérité d'au moins une pincée des gènes – ADN, chromosomes ou autres – de son grand gaillard (un mètre quatre-vingt-dix, quatre-vingt-quinze kilos de chair majoritairement ferme) et ex-sportif (fullback, équipe première de football américain de Cornell 1981-1982) de père et peut-être du désir passionné de réussite/reconnaissance publique de sa mère. Curieusement – tristement ! – maman ne mit plus jamais ses beaux patins neufs Lady Champ mais garda ses bottes pour accompagner ce pauvre Skyler sur la glace, agripper ses épaules tremblantes sous la parka, lui donner une poussée pour le faire « glisser » et le relever quand, inévitablement, il tombait. Plus jamais (pour autant que Skyler puisse le savoir) elle ne remit le magnifique pull à torsades violet ni la minijupe écossaise plissée ni le bonnet arc-en-ciel au pompon rigolo. Sur la glace avec Skyler, comme d'autres mamans-avec-enfants, elle portait un pantalon en laine et une veste, ou le manteau rouge matelassé qui la faisait ressembler à un ballon. Sans doute – car maman demeurait au fond d'elle-même une fille frugale du New York rural – avait-elle rapporté, ou essayé de rapporter ses patins coûteux au magasin Winter

71

Wonderland ! du centre commercial Valley de Fair Hills, mais maman se refusa à rapporter les patins Olympics Junior de Skyler parce que maman considérait qu'il ne fallait jamais abandonner, pas avant de s'être battu. À sa grande déception, pourtant, et apparemment à son sincère étonnement, les leçons suivantes ne furent pas plus probantes que la première et, à la quatrième, son fils habituellement malléable devint boudeur/rebelle/intenable, et encore plus mal coordonné tant il s'était mis à craindre, redouter et haïr tout ce qui se rapportait au patinage. La glace ! La musique tintinnabulante ! Bientôt, Skyler se mit à geindre et à trembler à la seule vue de l'Impala vert pomme dont il avait été jusqu'alors un passager si fier et si joyeux. Et maman soupira, maman finit par dire : « Très bien, Skyler, tu as gagné. Ton petit cœur buté et ratatiné comme un raisin sec *a gagné*. Je ferai don de ces fichus patins au Goodwill, un autre petit garçon reconnaissant sera content de les avoir. »

# DEUX MAMANS

SKY-LER !

Des souvenirs vifs mais hachés, saccadés et décousus comme les images d'un film à petit budget tourné caméra à l'épaule.

*Skyler !* Un cri, mais frêle et faible et peut-être en fait n'avait-il pas entendu le cri *Skyler !* retentir dans l'air frémissant *le petit homme de maman, que maman aime pour toute la vie.* Peut-être cela se confondait-il dans les pensées de l'enfant avec les pleurs de Bébé, car Bébé pleurait souvent, Bébé gigotait dans sa chaise haute de la cuisine agitant ses petits poings de bébé, oh oh oh ! quels hurlements, bien que Maria essaie de nourrir Bébé, Bébé tout rouge avec une bouche bec minuscule d'oiseau, une bouillie baveuse grumeleuse innommable sur le menton, sur la serviette tachée autour de son cou, Bébé était un bébé fille minuscule mais d'une force étonnante, si Bébé vous donnait un coup de pied, vous le sentiez, et si Bébé serrait votre doigt potelé dans son petit poing fermé, vous le sentiez, et si Bébé gazouillait et « souriait » et vous attirait tout près de son petit visage écarlate, de ses yeux bleu cobalt envoûtants, il arrivait que Bébé prenne brusquement peur et se mette à hurler, et oh oh oh ! qu'as-tu fait à Bébé, *vilain Skyler pourquoi as-tu fait pleurer Bébé ?*

Bébé était un petit ballot brûlant et frémissant dans les bras de Maria-du-Guatemala. Maria-du-Guatemala savait calmer Bébé par des roucoulements, des baisers, des incantations magiques murmurées dans ce qu'on devait supposer être sa langue, incompréhensible pour Skyler comme pour maman et les excluant tous les deux.

Mais où était maman ?

Maria-du-Guatemala effrayée tordant ses robustes mains de paysanne demandant à Skyler avec son fort accent étranger, où est Mme Rampike ? Skyler où est ta mère ? mais Skyler ne savait pas où était maman, Skyler lui- même avait appelé maman ? ma-*man* ? d'un ton plaintif d'enfant, dans une autre pièce Bébé hurlait, ou Bébé « faisait une fièvre », ou Bébé avait « vomi son petit déjeuner », et où était papa ? – « parti ». En fait, papa s'était envolé pour Burbank en Californie et ne rentrerait pas avant la « fin de la semaine » – de quelle semaine, se demandait Skyler – et ce satané téléphone dring/dring/dringuait et personne ne répondait parce que maman ne voulait pas que Maria réponde, qu'elle laisse le service téléphonique prendre les messages, maman les écouterait le soir (peut-être) avec un petit remontant (le scotch de papa, sans glace), sauf que Maria demande du secours à Skyler, que doit-elle dire aux dames ? – car apparemment Mme Higley et deux autres femmes viennent d'arriver pour emmener Betsey Rampike à l'un des déjeuners de l'Association des paroissiennes de la Trinité au Fair Hills Golf and Country Club, car Mme Higley est l'épouse parfumée à grosse poitrine du révérend Archibald (« Archie ») Higley, le pasteur aux cheveux de neige de l'église épiscopalienne de la Trinité, cette chère « Mattie » Higley qui a été si bonne pour Betsey Rampike, qui l'a « prise sous son aile », mais où est Betsey Rampike, *où diable se cache maman ?* Ou, plus alarmant encore, une bande d'ouvriers mexicains basanés (charpentiers ? peintres ? couvreurs ? jardiniers ?) ne parlant pas un mot d'anglais vient d'arriver pour accomplir une tâche dont seul Bix Rampike pourrait avoir une idée, mais papa n'est pas là, quand maman essaie d'appeler papa « au travail » souvent papa « n'est pas dans son bureau », papa est si populaire et si demandé qu'on pourrait presque croire qu'il n'a pas de bureau chez Baddaxe Oil, Inc., quoique papa n'ait pas une mais plusieurs assistantes/secrétaires à la voix suave et roucoulante pour apaiser la maman-épouse hystérique, lui promettre de dire à M. Rampike de téléphoner chez lui dès que possible. *Mais où est maman ?*

CACHETTES POSSIBLES DE MAMAN :

• **Salle de bains.** Sous le jet violent fumant de la douche où maman ne peut pas entendre les pleurs de Bébé. Théoriquement.

• **Chambre à coucher.** Les stores baissés contre le soleil du matin et dans l'énorme lit « king size » sous un monceau de couvertures dans une chemise de nuit de soie noire glamour à décolleté plongeant contenant de justesse sa poitrine blanche avec ses gros bouts de seins et ses veines bleutées, maman mécontente injurie l'intrus, Skyler évidemment, qui la tire du plus délicieux des sommeils alors qu'elle vient juste de s'endormir après une affreuse nuit d'insomnie où Bébé n'a pas cessé de pleurer dans la nursery voisine *Skyler va-t'en bon sang fiche-moi la paix quelle heure est-il ne dis rien à papa ferme la porte derrière toi* pressant un coussin sur sa tête pour assourdir les pleurs de Bébé.

• **Pièces diverses** de la maison y compris chambres et salles de bains d'amis, grenier, au sous-sol la cachette préférée est la chaufferie où, quand il fait froid, *deux* grosses chaudières ronflent, cognent, vibrent et cliquettent en dégageant une chaleur étouffante, et où il est impossible d'entendre Bébé pleurer même à l'étage au-dessus.

• **Garage.** Dans l'Impala vert pomme, Skyler n'a trouvé maman qu'une seule fois dans ce lieu (sombre, sans lumière) mais cela reste un souvenir mémorable, une puanteur de gaz d'échappement dans l'air froid et le capot est chaud sous les doigts de Skyler comme si le moteur, éteint maintenant, venait juste d'arrêter de tourner parce que maman vient de couper le contact, maman affalée derrière le volant en chemise de nuit sous son manteau rouge matelassé mal fermé, maman qui se redresse très vite, passe la main sur son visage pâle, terreux, pas maquillé, et regarde Skyler à travers ses doigts : « Surprise ! Je t'ai eu. »

*MAMAN POURQUOI TU PLEURES* DEMANDE SKYLER ET MAMAN dit *ne sois pas ridicule je ne pleure pas* et Skyler demande *C'est Bébé qui te fait pleurer* et maman dit avec colère *Je ne pleure pas, ce n'est pas la faute de Bébé* et Skyler dit *Est-ce que tu n'aimes pas Bébé* et maman dit encore plus en colère *J'adore Bébé ! Tu n'as pas honte de dire des choses pareilles* et Skyler dit *Est-ce que tu détestes Bébé* et maman répète *J'adore Bébé, J'adore Bébé et j'adore Skyler et j'adore papa et j'adore ma vie ici, tous les jours je remercie Dieu à genoux de ma vie ici, c'est terrible de dire des choses pareilles, vilain Skyler !* et Skyler torturé par une anxiété, une angoisse enfantine dit *Est-ce qu'on ne devrait pas donner Bébé ? Peut-être que quelqu'un d'autre voudrait Bébé, comme pour mes patins ?* et avec un rire qui râpe maman s'essuie les yeux de la paume de la main et gronde *Skyler ! Tu sais très bien que Bébé est ta sœur Edna Louise, elle porte le nom de grand-mère Rampike et elle est avec nous pour toujours.*

MAIS : IL Y AVAIT L'AUTRE MAMAN, TRANSFORMÉE, SPLENDIDE dans un nouveau tailleur en cachemire beige champagne acheté à The English Shoppe, ou dans une nouvelle robe en soie froissée groseille de la boutique de mode Chez Renée, ou dans une robe cocktail noire « mincissante » de chez Sacks, cheveux châtains « bouffant » gaiement grâce au centre de beauté Evita où les ongles de maman, qui ont tendance à être courts, cassés, rongés, ont eux aussi été hardiment ré-imaginés en griffes glamour du même rouge que sa bouche souriante ; une maman qui ne trébuche plus pieds nus dans la maison, ne traîne plus la pantoufle, mais porte des talons aiguilles qui lui donnent soudain hauteur, dignité et détermination. Une maman adorée par son fils Skyler : « Ma-*man* ! Tu es jolie. » Une maman qui n'est pas crainte ni plainte ni méprisée par Maria-du-Guatemala (que suivraient à intervalles chaotiques Maria-du-Mexique, Maria-du-Paraguay, puis, finalement Lila-des-Philippines) mais respectée et admirée : « Madame Rampike !

J'aime beaucoup la nouvelle "tenue". » Une maman radieuse accueillant avec chaleur ses invitées à la porte : « Entrez ! Quel plaisir de vous voir ! Julia, Francine, et... Henrietta ?... et Mattie ! Entrez. » Une maman, pull blanc en angora douillet et pantalon blanc en laine-et-soie, mules dorées, talons cliquetant comme de petits sabots, courant étreindre papa qui vient de rentrer de Burbank, Dallas ou Atlanta ; maman enlacée par papa : « Ma superbe poupée ! Tu m'as manqué. » Et voilà Bébé baigné de frais qui sent le talc pour bébé et non le caca de bébé, Bébé Edna Louise ni pleurnicheuse ni hurleuse mais agitant gaiement des poings miniatures de bébé, jouant de ses prunelles miniatures de bébé, gargouillant, souriant, gazouillant quelque chose comme « Pa-*pa* ! Pa-*pa* ! » dans les bras de maman toute fière. (Où est Maria-du-Guatemala ? Disparue du paysage.) Penché au-dessus de maman et de Bébé Edna Louise, papa dit, très ému : « Mes deux superbes poupées ! Tout m'a l'air de rouler au 93, Ravens Crest Drive. » L'espace terrible d'un instant, il semble que papa ait oublié Skyler qui se tient timidement à l'écart, mais papa le voit, papa le voit bien sûr, et l'empoigne et le soulève de terre au creux de son bras si bien que papa enlace à la fois maman, Bébé Edna Louise et Skyler : « Ma petite famille. Vous m'avez tous manqué. »

Et il y a maman en mousseline pêche qui se penche sur Skyler couché dans son lit en faisant bien attention de ne pas mettre de rouge à lèvres sur la joue de Skyler, car c'est la veille du nouvel an et papa et maman vont partir pour une ou plusieurs soirées. « Bonne année, chéri ! Cette nouvelle année sera beaucoup, beaucoup plus agréable que l'ancienne, promis. » Mais Skyler n'a aucune idée de l'année dont il s'agit*.

---

* Pauvre nigaud ! Il devait être étourdi/ébloui par le parfum de maman et par les seins crémeux de maman menaçant de déborder de l'étroit corsage en mousseline pêche. Et peut-être papa, ou une haute silhouette imposante, un Terminator en « smoking », s'encadrait-il dans la porte derrière maman. Selon mes calculs, la nouvelle année promise par maman doit être 1992. Précision : elle ne serait pas très différente de la précédente.

CES DEUX MAMANS EXISTAIENT PLUS OU MOINS EN MÊME temps, dans la même maison. Comme les petits personnages d'une horloge météorologique – « beau » temps, « mauvais » temps – quand une maman apparaissait, l'autre restait cachée. Mais cachée seulement.

## « SALE, ODIEUX, ABOMINABLE »*

IL A ÉTÉ NOTÉ, QUELQUES PAGES PLUS HAUT, QUE MES ANCÊ-
tres Rampike étaient originaires du nord de l'Angleterre et membres d'une « secte calviniste radicale » ; en fait, l'ancêtre le plus
remarquable (l'unique ?) de mon père était le célèbre et décrié
révérend Joshua Rampike qui en 1688 avait emmené son troupeau d'ouailles (« troupeau » – un cliché, malheureusement ! – est
invariablement le mot le plus approprié pour désigner mes ancêtres chrétiens/calvinistes), modeste mais fanatiquement dévoué,
dans la colonie de Philadelphie, nouvellement créée ; ils espéraient
échapper aux persécutions religieuses de leurs collines abyssale-
ment lugubres de l'Humberside, sur la mer du Nord, et, le ton-
nant révérend Rampike à leur tête, établir une théocratie où ils
pourraient persécuter d'autres chrétiens. Sur les quarante et quelques pèlerins du troupeau de mon illustre ancêtre, moins de la
moitié survécurent aux semaines infernales de la traversée ; le sort
le plus cruel étant d'endurer des semaines de mal de mer, de
dysenterie et de désespoir pour mourir tout près du but ; les plus
chanceux moururent vite, encore en vue des côtes anglaises. Dans
les mois qui suivirent leur installation à Philadelphie, d'autres
ouailles moururent, dont la femme du révérend Rampike et plusieurs de ses huit enfants ; curieusement, le révérend semble pour-

---

* Ce chapitre s'adresse à mes lecteurs, probablement très peu nombreux, férus
d'histoire puritaine. Tous les autres peuvent survoler et sauter au paragraphe qui
commence par « Les quakers – bien plus sensés, comme nous le sommes nous-
mêmes ! »

tant avoir prospéré dans le Nouveau Monde : il se remaria, engendra d'autres enfants (dix-neuf en tout) et marqua d'une empreinte de feu cette région, colonisée essentiellement par des quakers pacifiques, avec ces sermons terrifiants sur le péché originel, la prédestination, la dépravation-absolue-de-l'humanité et la damnation des nouveau-nés.

Comme d'autres colons chrétiens du Nouveau Monde, le révérend Rampike croyait avec passion que faire des enfants, les élever et les « conduire au salut » était la tâche première ; à la différence de la plupart des chrétiens de son époque ou de n'importe quelle autre, le révérend Rampike ne voyait dans les enfants que « des animaux miniatures d'apparence grossièrement humaine » qui devaient être soumis à une « discipline continuelle et sévère » par leurs père et mère, et par la communauté ; les mères ne devaient pas laisser leurs bébés ramper « plus que nécessaire » parce que la ressemblance entre le « bébé bestial rampant » et le « serpent sur son ventre » était « répugnante ». L'âme des enfants assez malchanceux pour mourir avant le baptême allait directement en enfer ; l'âme de ceux qui parvenaient à vivre plus longtemps avait des chances de salut à peine plus élevées, la majeure partie de l'humanité étant condamnée, quels que soient ses efforts pour gagner son salut. La vie adulte consistait à travailler, sauf le jour du Seigneur ; les enfants devaient être mis au travail dès l'âge de trois ans, ou même de deux. Mon austère ancêtre calviniste, père de dix-neuf enfants braillards, était sans doute bien placé pour savoir que les bébés sont « souillés par la tare du péché originel, sales, odieux et abominables ». Il admettait néanmoins la possibilité qu'il existe, chez les bébés les plus bestiaux, une étincelle divine que le péché originel ne pouvait entièrement éteindre. Sur cette étincelle, prêchait-il, « seul Jésus-Christ notre Sauveur peut souffler pour en faire jaillir la flamme du Salut ».

L'histoire familiale des Rampike ! Peut-être m'impressionne-t-elle un tout petit peu.

Les quakers – bien plus sensés, comme nous le sommes nous-mêmes ! – avaient tendance à croire les petits enfants « purs », « innocents », « cire malléable » entre des mains adultes attentionnées.

Skyler ne savait pas trop ce qu'il croyait. Quand il observait Bébé de près.

Une fois que Bébé fut capable de tituber sur ses deux jambes, Skyler dut admettre que cela allait être une vraie personne, mais une vraie personne qui ne serait jamais très importante, pas comme Skyler.

Car Bébé serait toujours une *fille*. Et Skyler était le *petit homme* de maman.

À deux ans, Edna Louise se mit à trotter partout en titubant, « un vrai petit démon qui renverse tout sur son passage » (disait maman). Apparemment, Edna Louise était « très mignonne » sauf que quelquefois on voyait qu'elle était « tout à fait quelconque, comme moi » (disait maman). Les visiteurs admiraient ses « beaux » yeux bleu cobalt, mais c'étaient aussi des yeux dérangeants qui regardaient si intensément qu'ils semblaient parfois sortir de leurs orbites. (Beurk ! En secret Skyler arracha les deux bêtes yeux de verre bleu de la poupée en caoutchouc préférée d'Edna Louise, puis effrayé par les orbites vides, jeta les pièces à conviction dans la poubelle où personne, pas même Maria-du-Mexique, ne put les retrouver.) « Quel ange ! » roucoulaient les visiteurs, et notamment les femmes ; pourtant, une fois les visiteurs disparus, Edna Louise était souvent une « très vilaine petite fille » (disait maman).

Pauvre Edna Louise ! Maman secouait la tête : elle avait un si vilain prénom !

(Anxieusement Skyler demandait si « Skyler » aussi était un vilain prénom. Et maman répondait aussitôt que non ! « Skyler » était un beau nom.)

Edna Louise avait reçu le prénom de grand-mère Rampike qui était la mère de papa à Pittsburgh. Le but, croyait comprendre Skyler, c'était que grand-mère Rampike « aime » Edna Louise, et maman, mieux qu'elle ne les aurait aimées sans cela ; car, comme le reconnaissait papa, grand-mère Rampike était une « vieille taupe au cœur de glace » qui souriait « exactement » comme sourirait un *pike* – un brochet – « si un brochet savait sourire ».

(Skyler se tordait de rire quand papa disait des choses drôles comme ça parce que souvent papa, lui, ne souriait pas mais parlait avec gravité, ce qui le rendait encore plus drôle. Et si maman ne riait pas, si elle avait l'air embarrassé ou si elle rougissait, eh bien, c'était encore plus drôle. Skyler riait aussi beaucoup quand papa disait que grand-mère Rampike et certains de ses parents habitaient « Pigs-burgh », « la ville porc qui sue et qui pue ».)

Papa adorait Edna Louise, dans l'ensemble. Skyler éprouvait un pincement de jalousie quand il fondait sur Edna Louise et la soulevait de terre en l'appelant « ma jolie petite fille la plus préférée ». Mais la plupart du temps papa n'était pas à la maison. Maman était à la maison.

Skyler observait maman avec Edna Louise et n'était pas jaloux, car il sentait que maman n'aimait pas Edna Louise. Pas comme elle aimait Skyler. Car maman inscrivit Edna Louise à l'école Montessori dès qu'elle eut deux ans, alors qu'elle n'avait pas voulu inscrire Skyler à cet âge-là parce qu'il était son *petit homme* et son compagnon des jours de solitude.

Maria-du-Mexique s'occupait d'Edna Louise presque en permanence. Skyler entendait maman lui donner des instructions d'une voix rapide et distraite comme si elle pensait à d'autres choses, plus importantes. Tous les matins d'école, Maria préparait Edna Louise et l'accompagnait au bout de l'allée où le minibus Montessori passait la prendre ; mais c'était maman qui préparait Skyler et, souvent, elle le conduisait à son école dans l'Impala vert pomme et elle venait le rechercher l'après-midi.

Quelquefois Edna Louise se sentait si seule !... que même quand elle voyait que maman n'était pas d'humeur, elle tournait autour d'elle en chignant et chouinant pour que maman lui fasse un câlin ; au point que maman finissait par dire, d'un ton exaspéré : « Tu me fatigues, Edna Louise. J'ai l'impression qu'on est ensemble depuis très, très longtemps. Va-t'en. »

Skyler éprouvait un vilain frisson de plaisir quand il entendait cela. Quand maman disait à Skyler de s'en aller, il était clair qu'elle ne le pensait pas.

Quand maman se radoucissait et disait à Edna Louise qu'elle était une très gentille petite fille et que maman l'aimait, Skyler entendait la gaieté forcée dans sa voix et se disait *Non ! Maman m'aime, moi !*

Un jour d'hiver Skyler trouva sa petite sœur blonde couchée sur le sol de la salle de séjour au milieu de poupées éparpillées comme des choses mortes. Il avait entendu la voix sèche de maman, il avait entendu maman dans l'escalier. (Maman n'avait pas frappé ni giflé Edna Louise, bien entendu, même si cette enfant étrange et têtue l'exaspérait, et jamais non plus maman ne frappait ni ne giflait Skyler. Ce n'était pas dans ses habitudes !) Et Skyler s'approcha d'Edna Louise, Skyler lui demanda ce qui n'allait pas, pourquoi elle pleurait, et Edna Louise renifla, et essuya son petit nez morveux sur sa main d'une façon qui aurait dégoûté maman si elle avait vu ; Edna Louise leva ses yeux bleu cobalt pleins de larmes vers Skyler qui était tellement plus grand qu'elle, et plus vieux, et plus important, et Edna Louise dit d'une voix plaintive : « Pourquoi est-ce que maman ne m'aime pas comme elle t'aime, toi ? »

Ce fut ce jour-là que Skyler se mit à aimer sa petite sœur. Un tout petit peu.

## GOLD MEDAL GYM ET FITNESS CLUB I

« QUI SE PLAINT ? » ÉTAIT L'UNE DES PHRASES FAVORITES DE papa à la maison. Et aussi « Qu'est-ce qui coince ? », « Où est le problème ? », « Où est la ligne de touche ? » Avec une véhémence enjouée, papa déclarait « Pas de problème ! », « Affaire classée ! », « *Fi-ni-to* » et « *Batta* » et « Mission accomplie ! », « *Homo homin lupus !* » Papa chassait peurs, pleurs et terreurs enfantines d'un claquement de doigts car papa avait un dicton ou une réplique percutante pour toutes les situations : « Tiens le cap ! » (papa avait été élève officier au lycée militaire de Bleak Mountain de Gallowsville, Pennsylvanie, dans sa jeunesse) ; « On limite la casse ! » (papa avait abandonné Bleak Mountain au bout de deux ans) ; « Ne jamais dire jamais ! » (papa avait été un sportif très célébré au lycée et à l'université) ; « On ne jette pas son argent aux chiens ! » (l'essence de la sagesse financière, transmise à papa par son père financier et industriel). Pour un type encore relativement jeune, Bix Rampike avait déjà accumulé assez de sagesse universelle pour farcir de devises tout un Grand Canyon de beignets chinois.

Je l'aimais. Il me terrorisait.

Comme maman. (Beaucoup trop comme maman !) Car même blessé, indigné, écœuré, on ne pouvait s'empêcher d'aimer Bix Rampike, comme un chiot battu et peureux, et de souhaiter que Bix Rampike vous aime.

Papa était l'un de ces grands mâles alphas apparemment maladroits/vifs et ayant l'« esprit de compétition ». Tête de bison hirsute, visage cabossé-séduisant, yeux bruns expressifs débordant de sympathie et de sincérité. Robuste, enjoué, affable et habile, il exerçait un immense attrait sur les hommes comme sur les femmes. (Vous pensez à Bill Clinton ? Bix Rampike était Willy le Roublard avec un soupçon de Ronald Reagan. Politiquement parlant, papa était cent pour cent Reagan.) Il avait une peau rose généreusement irriguée, et de grosses dents massives souvent découvertes par un joyeux sourire carnivore. Ces yeux expressifs étaient « empathiques » – pensez à cette grosse araignée d'eau bien pulpeuse qui, le regard rivé sur la grenouille paralysée, la suce jusqu'à la moelle avec une lenteur inexorable « parfaitement naturelle » : « empathique ». Vous sentiez, qui que vous soyez, grand comme Bix ou plus petit, beauté éblouissante ou thon, VIP (masculin) de Fair Hills, assistante de traiteur chic en minijupe noire, ou l'une quelconque des Maria à poitrine robuste que tout le monde employait/critiquait à Fair Hills… vous sentiez, même quand vous étiez son rejeton avorton, que Bix Rampike vous regardait au fond de l'âme et n'« interagissait » qu'avec *vous*. Vous seul.

Sauf que, soyons franc : dans une pièce bondée, comme dans les vastes espaces de la vie, il y a tant de *vous* à prendre en considération, comment attendre de Bix Rampike qu'il se souvienne de vous tous ?

*Ce que j'en dis, fils : du cran.*

*Tiens le cap, ne dis jamais jamais, rappelle-toi que papa t'aime et que c'est la ligne de touche, amen.*

*Ta mère me l'a montrée, fils. La vidéo.*

*Elle a été détruite, fils. Pour ta protection. Mais sache une chose : Dieu pardonnera.*

NON. CE N'EST PAS CE QUE JE VEUX. LECTEURS, EFFACEZ-ÇA. Lecteurs effacez ça. *Taboulé rasa** d'urgence !

---

* *Taboulé rasa.* Cette fichue « expression étrangère » n'est pas dans mon dictionnaire, ce qui est inquiétant pour mon orthographe. N'importe : pour ceux d'entre nous, éduqués au petit bonheur (quoique à prix d'or) et prétentieux en diable, les sans-diplôme soucieux de passer pour *O current*, *O fate* et *O fund*, comme on dit

AVANCE RAPIDE ET ARRÊT SUR : BRUCE « BIX » RAMPIKE, JEUNE père de trente-trois ans. Nous sommes en 1993. Skyler a six ans et marche (bon Dieu, regardez ça !) sans la moindre ombre de boiterie, sans grimacer de douleur ni réprimer stoïquement une grimace de douleur. Un petit garçon naïvement heureux, pourriez-vous raisonnablement penser... mais vous vous trompez.

« Sky ? Fils ? » – voici papa qui fait irruption dans la salle de séjour avec son grand sourire tout en dents, frappant son pantalon kaki du plat de la main par excès d'exubérance paternelle ; à moins que cela se passe dans la chambre de Skyler, au premier ; ce doit être un samedi puisque apparemment il n'y a pas école et que papa n'est pas au travail ni parti pour le week-end comme cela lui arrive si souvent ; et Skyler est assis l'air sournois au bord de son lit (sur le couvre-lit bleu pâle à motifs nautiques : voiliers, frégates, navires de guerre, harpons et ancres) ; courbé absorbé Skyler étudie sourcils froncés l'un des livres de la collection Sciences Junior qu'il a rapporté de la bibliothèque scolaire – *Les héros des navettes spatiales ? Les aventures d'un chasseur de microbes ? Fabriquer une bombe A : la chimie en s'amusant ? Nos amis venimeux : prudence ?* – mais non, aucun de ces titres admirables, Skyler étudie en fait l'un des magazines de luxe (interdits) de maman, ces magazines glamour que maman rapporte dans son somptueux sac Prada ; le petit Skyler n'est pas attiré par les jeunes modèles pâles, émaciées, terriblement jeunes, exposées presque nues en couverture, ni par les senteurs grisantes qu'on libère en grattant un bout de papier spécial sur les publicités de parfum ; Skyler n'est même pas attiré par les titres sensationnels COMMENT REPIMENTER VOTRE VIE DE COUPLE : SIX MÉTHODES INFAILLIBLES – SEULE OU AVEC D'AUTRES ? DIX-NEUF MÉTHODES INFAILLIBLES POUR ATTEINDRE L'ORGASME –

---

en français, membres de la caste des *zérudits, polylingues, polymorphes* et *non plus ultra,* cela signifie, peut-être en latin, « tablette lisse ou effacée » : c'est-à-dire « l'esprit dans son hypothétique état premier, vierge ou vide ». (Tentant, non !)

DIVORCE : LES MEILLEURS AVOCATS VOUS CONSEILLENT – MIEUX
QUE LE PROZAC : LE BOTOX ? – CONFESSIONS D'UN COACH
PERSONNEL (SEXY) – LIPOSUCCION : LE « COACH PERSONNEL »
DE L'AVENIR ? – mais par le désir, pathétique chez un enfant de six
ans aux capacités de lecture hésitantes et fiévreuses de futur dyslexique, de comprendre pourquoi maman est si malheureuse même
maintenant qu'Edna Louise ne pleure plus la nuit et que Skyler, son
*petit homme,* a de si bons résultats dans sa classe de CP de l'école
(chic et chère) de Fair Hills Day qu'il est « sérieusement envisagé »
de l'inscrire dans le groupe de niveau « très compétitif » appelé HIP
(j'y reviendrai plus tard, malheureusement) ; et avant que Skyler
puisse s'y préparer ou se protéger, vlan ! une tape – joueuse ! – mais
vigoureuse – sur la tête de Skyler, qui voit des petits soleils, des
météores d'étincelles neurologiques, et papa arrache la revue à ses
doigts moites sans même la regarder, la jette dans un coin avec un
petit rire féroce : « Tu t'es assez abîmé les yeux sur ces conneries
imprimées, fils. On sort. J'ai une surprise pour toi. *Water und zone,*
hein ? *Vita !* »

MON DIEU. LÀ NON PLUS JE NE VAIS PEUT-ÊTRE PAS Y ARRIVER.
Car cela mène tout droit aux redoutés Souvenirs du Gold Medal
Gym et Fitness Club I. (Des années de psychologues, de thérapeutes, d'adultes tenacement « empathiques » fouillant, avec Skyler,
dans la chair pourrie et véreuse de l'Enfance fin XXe cent pour cent
américaine de Skyler Rampike, ont réduit mes souvenirs les plus
traumatisants à ce genre de raccourcis sténographiques ; et les événements eux-mêmes, particulièrement horribles en raison de leur
apparente banalité, de la façon innocente (comme ci-dessus) dont
ils commencent, ont été réduits à des sortes d'intrigues éculées de
série télévisée.)

*Water und zone.* Qu'est-ce que ça veut dire ? De temps à autre
papa lançait ces mots-là dans ma direction, avec un petit rire paternel, et si maman était dans les parages, papa me coulait un clin
d'œil de connivence masculine, mais qu'est-ce que ça veut dire ?

(Maman n'en avait aucune idée non plus. « Un des "dictons" étrangers de papa », expliquait-elle vaguement.) *Vita !* n'était prononcé qu'à la fin d'une déclaration et s'accompagnait d'ordinaire d'un claquement de doigts, si bien qu'on comprenait qu'il fallait y aller, se dépêcher ; des années plus tard, grand-mère Rampike expliqua que *Vita !* était un ordre italien, ou peut-être français, qu'aimait beaucoup feu mon grand-père Winston Rampike, le père de papa, et qu'il accompagnait invariablement d'un claquement de doigts impatient. Traduction approximative : « Magnetoi le cul ! »

Pour le moment, vu que je ne me sens pas vraiment d'attaque, je vais peut-être faire marche arrière, laisser le Gold Medal et cetera pour revenir à une époque antérieure. Papa vu par des yeux d'enfant vous rappellera peut-être votre papa à vous, le papa qui n'était qu'à vous. Et si vous n'avez jamais eu un papa de ce genre (veinards !), vous éprouverez peut-être une pointe perverse d'envie.

Donc... papa était imposant. (Je l'ai déjà dit ?) Papa dominait, papa écrasait. Parfois, peut-être pour jouer (mais comment pouvait-on en être sûr ?), ou pour menacer, papa vacillait au-dessus de vous. Papa pinçait, papa bousculait, papa chatouillait. (Les « doigts araignées » de papa !) Papa arrivait toujours en coup de vent de quelque part (d'où ça ?) pour étreindre (des « gros câlins d'ours »... à vous étouffer !) et embrasser (des « bisous dindon », des « bisous boa constrictor »... à vous faire mourir de rire !). Papa était si grand qu'il était toujours en train de plonger et de fondre et de saisir dans ses bras-de-papa puissants, et papa vous soulevait si haut dans les airs que votre tête frôlait le plafond, papa vous faisait tournoyer, sauter, « voltiger ». Papa avait des « petits noms » pour vous : petit gars, petit bout, P'tit-qui-pue (à l'époque où tout juste sorti des couches-culottes Skyler apprenait le pot, mais passons), Pipi junior (passons). Plus tard vinrent mon grand, le Crack, Sky, fils. Et gamin. Et mon pote. Papa avait beaucoup moins de petits noms pour la petite sœur de Skyler et seulement quelques-uns pour maman qu'il appelait ma poupée, ma poupée pulpeuse, ma bimbo pulpeuse aux lolos fabuleux, ma pastèque au cul de rêve, ma girl-scout adorée, ma Pussy Galore, et cetera. (Certains de ces noms étaient grognés dans la gorge de papa tandis que, en riant, ou rouge d'embarras, ou de contrariété, maman tentait de le repousser ; Skyler n'était sans doute pas censé entendre. Nous allons donc passer, là encore.) (Tout comme j'ai l'intention de passer sur l'inventaire des gadgets sexuels de Bix Rampike. Ne comptez pas sur moi.)

Chez nous, nous étions très fiers de papa. Grand-mère Rampike, la vieille taupe au cœur de glace et au sourire de brochet, était, espérait-on, fière de papa. (Et traiterait plus généreusement papa dans son testament que ses ratés de frères et sœurs intrigants, fourbes et menteurs, qui étaient, sous d'autres formes, les « oncles » et les « tantes » de Skyler.) Car, dans toutes les réunions, papa était généralement l'homme le plus grand de la pièce ; et pendant longtemps, il fut souvent le plus jeune. On disait de Bix Rampike qu'il était « plein d'avenir » et on disait qu'il était poursuivi sans trêve par des « chasseurs de têtes ». Un jour où le sujet fut abordé chez les Rampike, en présence de Skyler, ce petit idiot piaula avec terreur : « Des "chasseurs de têtes" ? Ils veulent la t… tête de papa ? » et maman et papa se moquèrent de Skyler, et enregistrèrent ce mot d'enfant afin de le répéter, pour faire rire, au cours des années suivantes ; ils expliquèrent à Skyler que c'étaient des chasseurs de têtes d'« entreprise » qui poursuivaient papa en lui présentant les offres tentantes de concurrents de Baddaxe Oil, et qu'intéresser ainsi les « entreprises » était une très bonne chose parce que cela « valorisait » papa et le mettait « en position de force pour négocier ». Maman dit avec un rire nerveux : « Nous ne pouvons pas redéménager, chéri. Nous venons juste de nous installer. » Et papa dit : « Il ne faut jamais dire jamais, chérie. » Maman rit de nouveau, bien qu'elle eût des yeux effrayés, et elle dit : « Parsipanny me manque encore, nous étions heureux là-bas », et papa dit, avec un petit rire : « Tu disais exactement la même chose quand nous habitions Parsipanny, ma beauté : Whippany te manquait. Et avant ça, c'était New Axis. » (Whippany dans le New Jersey, et New Axis, une banlieue de Philadelphie, dataient d'avant Skyler et ne lui disaient rien, elles pouvaient bien disparaître au fond d'énormes cratères ou de lacs d'asphalte, il s'en fichait ! Sauf que ce n'était apparemment pas l'avis de maman.) (Skyler n'aimait pas imaginer une vie de maman *avant Skyler* et encore moins qu'elle affirme les larmes aux yeux avoir été « heureuse » dans cette vie-là.) Papa parlait d'un ton aimable mais un peu tendu ; et maman parlait d'une voix trébuchante, comme si elle ne savait pas ce qu'elle disait ; papa dit : « Dans ce domaine, le *scinde-fioud* est la meilleure stratégie. Comme sur un terrain de foot. Ou au poker. Pour que ces fils de p... ne puissent pas te cerner. » Maman demanda, d'un ton sceptique : « Ce ne serait pas plutôt *scène-freud* ? » Papa rit : « "Freud", le Juif psychanalyste ! Qu'est-ce qu'il vient faire là-dedans ? » et maman dit : « "Juif", c'est un peu choquant, Bix. À Fair Hills, les gens ne parlent pas comme ça », et papa dit : « Les Juifs disent sans arrêt qu'ils sont juifs. Qu'est-ce que ça a de choquant ? » et maman dit : « Tu as une façon de le dire différente, Bix » et papa dit, toujours d'un ton aimable : « Différente en quoi ? » et maman dit : « Il y a beaucoup de personnes de confession juive à Fair Hills. Rien que dans notre rue... » et papa dit : « Mais pas au Sylvan Glen Golf Club, je ne pense pas », et maman dit, tout excitée : « Le Sylvan Glen ? Tu as bien dit le *Sylvan Glen* ? Tu as joué au golf, Bix ? C'est là que tu étais aujourd'hui ? »

Ils s'éloignaient, Skyler cessa de les entendre.


AU COURS DE CES ANNÉES-LÀ LE SUJET *WATER UND ZONE* revint à intervalles irréguliers chez les Rampike. Skyler comprenait qu'il s'agissait pour papa de passer des « moments de qualité » avec lui, et non (par exemple) avec sa petite sœur, ou avec maman. (Maman disait : « Tu ne voudrais pas que Skyler devienne "gay", un garçon a besoin d'un "modèle masculin" », et papa répondait, avec un petit rire dur : « Pas de risque qu'un de mes gosses devienne "gay". Ne dis pas de gros mots, chérie. ») (Skyler entendait-il vraiment ce genre de conversation ? Souvent !) Dans la salle de séjour de l'immense maison blanche de Ravens Crest Drive,

papa avait installé non pas un mais deux gigantesques écrans de
télé « dernier cri » de sorte que, quand des événements sportifs
capitaux avaient lieu simultanément, papa pouvait les regarder en
même temps, une télécommande dans chaque main. Parfois quelques bons copains de papa venaient regarder avec lui « les Stags
balayer les Bruins », « les Pythons écraser les Elks », « les Stingrays
anéantir les Condors », « Crampas démolir McSween » – et à
chacune de ces occasions, qui provoquaient chez Bix, Jim, Dan,
Wade, Russ et Rich* un enthousiasme bruyant et leur donnaient
très faim, et très soif, papa tenait à ce que Skyler soit présent.
« Skyler ! Dis bonjour à mes amis, ordonnait jovialement papa, et
cours dire à ta maman qu'on aimerait un service drive-in, ici. »
(Papa plaisantait ! Bien sûr.) Vite maman arrivait, mules à talons
cubains, pull en cachemire couleur fraise écrasée, jean de marque,
cheveux parfumés-bouffants-gonflants, et maman rougissait de
plaisir, maman se savait très admirée par les potes de papa, et
donc par papa lui-même, elle apportait des bières glacées, des bières d'importation, des coupes remplies de bretzels, de chips et de
la sauce pimentée préférée de papa, et les noix de cajou préférées
de papa ; et après quelques minutes de plaisanteries, flirteuses,
légèrement osées, maman repartait d'un pas léger, et Bix et ses
amis retournaient avidement aux écrans de télé géants où, pendant la saison de football américain, des méga-mâles, silhouettes
humanoïdes aux tenues bizarrement rembourrées et aux casques
brillants comme des carapaces de scarabée, se fonçaient les uns sur
les autres, impitoyablement, infatigablement, à la poursuite d'un
objet qui, de loin, ressemblait à une cacahuète géante. « Merde !
Putain de merde vous avez vu *ça* ? » – ces cris répétés éclataient

---

* Les potes de Bix amateurs de sports et de bitures présentent-ils pour nous le
moindre intérêt ? Souhaitons-nous connaître leur nom de famille, savoir à quoi ils
ressemblaient, où ils habitaient, et si leurs femmes étaient en bons/pas très bons
termes avec maman ? La réponse est non. Car d'ici quelques mois, s'étant élevé au-
dessus de leur niveau de revenus/statut social, Bix Rampike, le jeune cadre « plein
d'avenir » larguera Jim, Dan, Wade, Russ et Rich en ne jetant en arrière qu'un
fugitif regard de regret vaguement confus.

autour de Skyler, qui en était tout hébété et désorienté. Il évitait de bâiller car (comme maman le disait souvent avec tendresse) papa avait « des yeux de piranha sur les côtés de la tête » et Skyler n'avait pas envie de se faire gronder par papa devant ses amis mais Skyler ne pouvait empêcher des larmes d'ennui de couler sur ses joues.

(Dans la cuisine, maman riait. Pourquoi maman riait-elle ? Et était-ce le rire triste ou le rire heureux de maman ? Et est-ce qu'Edna Louise était avec maman ? Skyler aurait voulu être avec elles pour être le *petit homme* et le centre de leur attention à toutes les deux.)

(Skyler n'était pas jaloux d'Edna Louise parce qu'elle n'était pas heureuse à l'école Montessori, où le directeur la trouvait « triste » et « léthargique » ; alors que Skyler, en CP à Fair Hills Day, était l'un des meilleurs élèves de sa classe et avait « au moins un niveau de CE2 en lecture ».)

Les sports à la télé avaient beau être abrutissants d'ennui, les mi-temps et les pauses étaient encore plus terribles parce que papa voulait alors que Skyler « parle sport » avec ses potes, tous pourvus d'au moins un fils sportif baraqué, prénommé Mikey, Dickie, Kevin ou Charles, et la question lancée à Skyler concernait son sport préféré et Skyler n'en avait pas, Skyler détestait par-dessus tout les sports brutaux barbares où il faut courir et crier (foot, football américain) dans le seul but de triompher en ricanant : ON GAGNE, VOUS PERDEZ. Il fallait pourtant que Skyler réponde, il n'avait pas intérêt à hausser les épaules ni à marmonner, papa ne supportait pas les marmonneurs parce qu'« il n'y a que les ratés qui marmonnent », ou peut-être les « connards », Skyler avait perçu le frisson de fierté avec lequel Bix Rampike l'avait présenté à ses amis *Voici mon fils. Voici mon ADN* et il ne voulait pas décevoir papa, alors, ayant vu quelques minutes de gymnastique olympique à la télé, des jeunes gymnastes de Chine, de Russie, d'Ukraine à l'agilité stupéfiante, il répondit au petit bonheur : « La gymnastique. » Les hommes le contemplèrent avec une expression impénétrable et Bix, qui maniait les deux télécommandes, jura tout bas pour on ne sait quelle raison.

Le match était fini ! L'un des matchs, du moins.

Ce devait être la mi-temps. Les hommes bavardaient. Comme Bix Rampike, c'étaient des hommes affables, gais, joviaux, qui riaient souvent et fort. Il y avait un genre de concours entre eux, c'était à qui ferait rire les autres le plus fort, ou à qui rirait le plus fort. Mais voici que papa disait : « Bon Dieu, mon équipe me manque. Mes camarades de Cornell. Ma jeunesse me manque. Cette jeunesse-là. Les deux entraînements par jour en pleine chaleur. Une chaleur à crever. Après, pendant la saison, ça filait à la vitesse d'une locomotive, on jouait dans la boue, quand venait la neige on jouait dans la neige, on prenait des coups, à la tête, dans le bide, on passait la nuit à boire, à baiser, à se défoncer, et le lendemain en début d'après-midi on était prêts à y retourner, bon Dieu, ça c'était vivre ! » Papa soupira, s'essuya brutalement la bouche d'un revers de main. « Cette vie-là, on l'a perdue. »

Les potes de papa souriaient toujours, mais avec une expression de doute et d'incertitude. L'un deux, Rich ou peut-être Russ, émit un grognement pour annoncer une remarque un peu moqueuse, pleine de bon sens : « Merde, d'accord, mais il y a des compensations, non ? On ne peut pas avoir vingt ans toute sa vie. »

Un autre dit, avec entrain : « Il y a, euh... le mariage. Les gosses. »

Un long silence.

« Il y a gagner de l'argent. »

Les hommes rirent bruyamment. Il y eut un tintement gai de bouteilles de bière contre des dents.

Mais papa insista, d'un ton pensif : « Ça, c'est ce qu'on obtient après avoir perdu le reste. Les générations futures d'*Homo sapens* se manipuleront pour ne pas vieillir. Le "génie génétique". Vu de ma fenêtre, d'ici un siècle l'*Homo sapens* aura disparu, je parle de l'ancienne espèce, hein, parce que nous ne sommes déjà plus comme nos ancêtres rachos, d'accord ?... on est plus grands, plus intelligents et on vit plus longtemps même si ce n'est pas encore assez. "L'humanité est quelque chose qui doit être dépassé". »

« MONTE, SKYLER. DEPÊCHE-TOI, ON EST EN RETARD. »
Papa était pressé. Papa n'aimait pas être retardé. Avec impatience papa enfonça la clé dans le démarreur de sa nouvelle Jeep Crusher XL pendant que Skyler se hissait tant bien que mal dans l'habitacle qui était aussi haut au-dessus du sol que Skyler était grand. Papa ne prêta pas attention aux efforts poussifs de Skyler et ne vérifia pas non plus, comme maman le faisait toujours, si Skyler avait bien bouclé son harnais de sécurité.

D'une main papa dirigeait le nouveau véhicule bleu acier dans les virages serpentins de Ravens Crest Drive à deux fois la vitesse autorisée – pas de danger qu'un costaud coiffé d'une casquette de charpentier lui colle au train en klaxonnant, oh non ! – tandis que de l'autre il tripotait les volets d'aération, les commandes de chauffage, l'autoradio. Papa portait un sweatshirt Cornell (fané), un pantalon kaki froissé et des Nike taille 45 et les cheveux de papa avaient été récemment coupés et se dressaient sur sa tête comme une herbe touffue. Son profil semblait taillé dans une pierre grossière (pierre à savon ?) mais son expression se voulait optimiste. (L'un des dictons les plus récents de papa était *Si tu n'es pas optimiste, tu es mort.*) La semaine précédente avait été plus perturbée que d'habitude à la maison parce que papa n'avait pas été là plusieurs soirs de suite et que maman n'avait pas eu l'air de savoir où il était, ni quand il reviendrait. Au croisement de Great Road, papa jura tout bas en faisant un écart pour éviter une équipe d'ouvriers hispaniques moroses qui attendaient sous la pluie (apparemment il pleuvait à cet endroit-là) qu'un contremaître vienne les chercher. Papa dit : « Voilà ce qu'un Blanc n'aura jamais à faire, s'il a fait des études. »

Timidement Skyler demanda où ils allaient, mais papa ne répondit pas parce que papa attendait qu'un feu passe au vert et surveillait de l'autre côté de l'intersection un type au volant d'une Road Warrior dont le clignotant rouge indiquait *tourne-à-gauche*. Doucement papa murmura : « N'y pense même pas, mon vieux. »

À l'instant même où le feu changea, papa écrasa l'accélérateur et la Jeep Crusher XL chargea et papa eut un petit rire guttural en voyant la tête de l'autre conducteur. À cause de l'accélération brutale de la Jeep, Skyler s'était emmêlé dans le harnais de sécurité mais il réussit à s'en dépêtrer sans attirer l'attention de papa. De sa voix songeuse/visionnaire, papa disait : « Vu de ma fenêtre, fils, ta génération d'Américains, celle de la fin des années 80, va bientôt débouler des stalles. Tu n'es peut-être qu'un gosse – tu as quoi ? sept ans ?... *six* ? – mais déjà à six ans, dans d'autres coins du monde, la nouvelle génération se prépare au combat. La civilisation, ce sont des "mondes en collision". La civilisation, c'est la "loi du plus fort". Les États-Unis sont la seule superpuissance qui reste depuis que les cocos ont été écrasés, et du coup toutes les petites puissances nous ont dans le collimateur. Voici le deal, Skyler : ta grand-mère Rampike a fait pression sur ta maman et moi pour que nous te donnions le prénom de mon père, Winston Rampike, et tu sais quoi ?... ta maman a cédé, mais moi j'ai refusé. J'ai dit : "J'aimais papa mais c'est à moi de nommer mon fils, maman, et le nom que j'ai choisi pour mon fils premier-né est Skyler. Sky-ler Ram-pike." C'est un beau nom. Quand on t'a mis dans mes bras, à l'hôpital, bon Dieu ! J'en ai encore les larmes aux yeux quand j'y pense. "Skyler" s'élèvera au-dessus de l'ordinaire, fils. Il aura le "ciel" pour limite !... Tel est ton destin secret. Maman le croit aussi. Elle a les mêmes espoirs que moi. Voilà pourquoi nous avons fait ces kilomètres supplémentaires pour t'inscrire à l'école privée de Fair Hills, fils, pour te démarquer de ces enfants qui fréquentent les établissements publics. Mais maman m'a dit que le proviseur lui avait dit : "Skyler va avoir besoin d'un coup de pouce en éducation physique"... c'est le directeur sportif qui l'en a informé. Tu n'es qu'en CP, bien sûr, mais comme je disais la "loi du plus fort", la "survie des meilleurs", ça commence de bonne heure. Pour la plupart des animaux, la survie se compte en jours, en minutes même ! » Papa rit avec exubérance, comme si c'était amusant, ou que ce soit bien fait pour la plupart des animaux. « Pour entrer dans ce groupe HIP, par exemple...

– HPI, papa », corrigea Skyler. Ce que disait papa était difficile à suivre et ce qu'il arrivait à suivre le perturbait, mais ça, Skyler savait : HPI. (Même s'il n'avait aucune idée de la signification des initiales.)

« HIP, HPI… peu importe. La ligne de touche, c'est que c'est la voie rapide dans cette bon Dieu d'école de luxe et que nous n'allons pas bousiller les chances de notre gosse pour le restant de ses jours parce qu'il a besoin d'un "coup de pouce" en sport. Moi, mon truc, c'était les sports d'équipe. Je pouvais à peine tenir une batte que je jouais déjà en compétition – et sacrément bien, en plus. Maintenant, je joue plutôt au golf, au tennis, au squash, mais quand j'étais môme et à l'université, je sortais avec les gars de l'équipe, je faisais le coup de poing avec eux. Pour un homme, ce sont les meilleures années de la vie, s'il est honnête, il te le dira. Sur le terrain, avec tes potes, tu connais la vie pour ce qu'elle est, et tout le reste est foutaise. La gymnastique, c'est autre chose, c'est fait pour un autre genre de sportif, un autre genre d'anatomie. Je dois reconnaître, Skyler, que j'ai été un peu… eh bien, blessé… quand… »

La gymnastique ? C'était ça la surprise ? Papa l'emmenait faire… de la gymnastique ? Dans un gymnase ? Skyler sentit le harnais se resserrer autour de sa gorge comme une main.

« … mais un père apprend à mettre de côté ses sentiments personnels. Le deal, c'est de t'y mettre très jeune pour que tu restes dans la course. Dans le monde libre où nous vivons, on ne croupit pas dans les programmes sportifs subventionnés. Les individus doivent payer. Ça n'est pas compris dans les impôts fonciers. "Il n'y a pas de repas gratuit dans l'univers"… tu sais qui a dit ça, Skyler ? Einstein. Et aussi : "Dieu ne joue pas aux dés avec l'univers." Le père de la bombe A. Einstein était un Juif et on ne la fait pas aux Juifs, Skyler. Mon père disait : "Je suis peut-être un peu juif", avec un clin d'œil, pour dire qu'il avait le flair juif pour faire de l'argent et j'aime penser que j'en ai hérité et que je te l'ai un peu transmis à toi aussi, Skyler. C'est pour ça que j'ai quitté Rensselaer Polytechnic pour Cornell, que je suis passé du génie chimique à la gestion, et je ne l'ai jamais regretté, je t'assure. Quand tu es ingénieur, tu es embauché et tu fais ce qu'on t'ordonne. Quand tu es cadre, c'est toi qui embauches et qui ordonnes, et tu n'as pas à te casser la tête sur ces foutues "mathématiques supérieures". En dernière année de fac, il y avait des équipes de football pro qui cherchaient à me recruter et de grandes sociétés qui voulaient m'engager et l'important, Skyler, pour faire son trou, c'est de commencer jeune et de *tenir le cap.* Qui seront les médaillés olympiques de ta génération, d'après toi, sinon ceux qui... »

Alors que papa tournait dans Cross Tree Road, son téléphone de voiture sonna, papa jura tout bas et décrocha à tâtons : « Rampike à l'appareil ». Skyler le regardait d'un air hébété, il n'avait compris que des bribes de tout ce que papa avait paru lui confier, mais il sentait que quelque chose de crucial allait se passer et qu'il ne devait pas décevoir papa une nouvelle fois.

Au téléphone papa parlait à voix basse. Murmurait : « Non, pas possible. Demain. C'est ça ! » Papa écouta un court moment, grogna un monosyllabe et raccrocha.

« Je t'ai raconté que j'étais fullback dans mon équipe au lycée, fils ? On jouait contre ces bouseux des lycées de campagne, des types baraqués, sacrément baraqués... et sans stéroïdes, hein, à l'époque. » Papa secoua la tête, admiratif malgré lui. « Ils m'ont drôlement amoché, mais ils m'ont beaucoup appris. J'ai appris qu'un garçon ne choisit pas la facilité, comme un homme ne doit pas choisir la facilité. J'ai appris que tes camarades d'équipe sont tes frères les plus proches, sur qui tu peux compter. Mon meilleur ami s'appelait Spit Hotchkiss – un joueur qui n'avait peur de rien, et malin. Mais ces salauds de bouseux se sont ligués contre lui. Notre premier match à l'extérieur, en dernière année, Spit s'est fait tacler, il est tombé, et la moitié de l'équipe adverse lui a sauté dessus, il a eu le cou cassé et les "vertèbres supérieures", on l'a emmené sur une civière et... » Un sanglot étouffé s'échappa de la gorge de papa, qui insérait adroitement la Jeep Crusher XL dans le flot de la circulation. « ... l'important là-dedans, Skyler, en ce jour crucial de notre vie à tous les deux, c'est que mon copain Spit s'est retrouvé dans un fauteuil roulant après ce fameux soir et que pendant le reste de la saison, avant chacun de nos matchs, toute l'équipe le portait sur le terrain, et nos pom-pom girls de North Hills l'acclamaient par un chant fait spécialement pour lui que le public adorait. Écoute bien ce que je te dis, fils : à chaque étape de ta vie, demande-toi où elle va, qui va bien pouvoir te porter sur le terrain dans ton fauteuil roulant et t'acclamer, toi. »

Et soudain, ils étaient arrivés au Gold Medal Gym et Fitness Club.

DANS LA MÉMOIRE VACILLANTE DE SKYLER LE BÂTIMENT STUqué qui occupait un coin entier du centre commercial Cross Tree est immense, entouré d'une mer de véhicules étincelants. Sur la façade sans fenêtre, des « mosaïques » de gigantesques sportifs humanoïdes accomplissant des activités physiques éreintantes : plongeon ! natation ! course ! tennis ! haltères ! saut à la perche ! Gaiement papa dit : « Nous y voilà, petit ! La nouvelle vie de Skyler commence. » Papa ne s'intéresse pas à la façon dont Skyler se débat avec son fichu harnais de sécurité, à la façon dont il parvient à descendre/tomber de l'habitacle haut perché de la Jeep, découvrant ce faisant que quelque chose s'est collé à la semelle d'une de ses baskets – une boule de chewing-gum et un Kleenex raidi, séché, taché de Ketchup ou de sang. « Racle-moi ça de ta chaussure avant d'entrer, dit papa avec irritation, comme si Skyler y était pour quelque chose. » Skyler contemple ce qui ressemble à un petit ballon de caoutchouc, dégonflé, ramolli, collé à la semelle de sa basket : que fait un petit ballon, dégonflé, ramolli, sur le sol de la nouvelle Jeep Crusher XL flambant neuve de papa* ? Et le Kleenex taché ? Vite papa pousse Skyler

---

* Qu'est-ce que c'est que ce truc ? Un vieux préservatif ? Un préservatif ? Dans la Jeep Crusher neuve de papa ? Le salaud ! Le fils de pute ! Je comprends seulement maintenant que papa devait avoir sauté l'une de ses assistantes ou, qui sait, une prostituée ramassée sur le trottoir. Skyler, ce pauvre gosse idiot, n'avait pas l'ombre d'un début d'idée de ce que c'était, car tout ce qu'il savait du « sexe » c'était que cela supposait l'emploi de moyens désespérés pour « éviter que votre cher et tendre ne papillonne ».

dans le Gold Medal Gym et Fitness Club en disant qu'ils sont en retard pour leur rendez-vous, que maman leur a fait perdre du temps. Papa a pourtant l'air de bonne humeur, comme si l'atmosphère spéciale du Gold Medal suffisait à lui donner de l'entrain. Dans son sweatshirt Cornell (fané) et son pantalon kaki froissé, papa avance comme un ours affable sur ses pattes de derrière, flairant une proie.

Une jeune réceptionniste dans une combinaison rouge cerise aux énormes fermetures Éclair bronze, cheveux frisés éclaircis de mèches blondes et ongles vernis de huit centimètres, accueille le duo père/fils avec chaleur. Note le nom de papa et appelle aussitôt « Vassili » au téléphone. Dit à papa, cils baissés : « Vous savez à qui vous me faites penser, monsieur Rampike ? À Arnold Schwarzenegger. » Papa remue les épaules avec une modestie gamine, bien que cette ressemblance ait déjà été signalée à Bix Rampike. « J'aimerais bien, Chérie. » (Car CHÉRIE est écrit en lettres de satin doré sur le sein gauche cerise de la réceptionniste.) Étant donné que c'est la première fois que M. Rampike vient au club, Chérie propose de les accompagner, lui et son fils : « Ce serait dommage que vous vous perdiez… » Skyler ne fait que vaguement attention à papa et à la réceptionniste tandis que, comme un chiot redoutant d'être abandonné, il trotte derrière les adultes qui semblent l'avoir oublié. Papa se fait si vite des amis ! Partout où ils vont, surtout quand maman n'est pas avec eux, papa engage la conversation avec de parfaits inconnus. Surtout des femmes.

Heureusement que Chérie guide papa et Skyler parce que le Gold Medal Gym et Fitness Club est immense et labyrinthique. Il y a des terrains violemment éclairés : RACKET-BALL, BASKET-BALL, VOLLEY-BALL. Il y a des espaces ACUPUNCTURE, CHIROPRATIQUE, THÉRAPIE ANTI-ÂGE. Il y a SAUNA, MASSAGE, RENFORCEMENT MUSCULAIRE et il y a CENTRE FITNESS : un vaste espace très éclairé avec musique rock entraînante, où des individus de tailles variées se battent avec des machines (Skyler reconnaît NordicTrack, Nautilus, des tapis de course et des vélos d'appartement, mais d'autres machines plus sinistres, bardées de sangles de cuir comme des fauteuils de

torture, le font frémir), entourés de miroirs moqueurs qui reproduisent leurs efforts frénétiques. Il y a une immense piscine, une
eau turquoise où des gens nagent dans des couloirs comme des
phoques en folie et la SALLE DE MUSCULATION où des individus
grimaçants, grognants et suants, majoritairement des hommes,
s'évertuent à soulever des poids en même temps qu'ils épient à la
dérobée leur reflet dans d'immenses glaces qui semblent frissonner
d'un rire inaudible. Skyler trouve que c'est une punition cruelle
d'avoir à se démener ainsi, et d'être obligé de se regarder dans une
glace par-dessus le marché.

Tout au fond du bâtiment, comme une sorte d'antichambre de
l'enfer, c'était l'ESPACE GYMNASTIQUE. Là, la musique rock entraînante était remplacée par une musique électronique sombre, une
pulsation lente, faible, à peine perceptible sous le bourdonnement
vibrant de la climatisation. « Vassili ! Voici M. Rampike et son fils
Skyler », dit gaiement Chérie à un petit gnome qui s'occupait d'un
garçon maigre en fâcheuse posture : un pied pris dans un cerceau
de cuir qui pendait du plafond, l'autre pied libre, il oscillait la tête
en bas, dangereusement près d'un tapis de sol, comme un ver au
bout d'un hameçon. Skyler sentit la panique le gagner : papa allait
lui faire faire *ça* ?

Avant de partir, Chérie souhaita « très bonne chance » à Skyler
et donna à papa sa « carte personnelle » que papa glissa dans la
poche de son pantalon d'un geste fluide et intime.

Adroitement papa fit avancer Skyler, les doigts légèrement refermés sur sa nuque. Les yeux effrayés de Skyler notèrent qu'il était de
loin le plus jeune et le plus petit de l'Espace Gymnastique. Il devait
y avoir vingt ou vingt-cinq gymnastes – filles, garçons ? – difficile
à dire parce que tous étaient terriblement maigres. Les plus énergi-
ques étaient ceux qui se balançaient à des anneaux, les pieds en
l'air, les bras et les épaules tendus par l'effort, le visage crispé de
concentration. D'autres travaillaient sur des barres parallèles, des
barres fixes, et sur des cordes redoutables qui pendaient du plafond, très haut au-dessus d'eux. Il y avait un grand trampoline sur
lequel plusieurs individus sautaient bruyamment, battaient des

bras, faisaient des sauts périlleux avant, des sauts périlleux arrière, des plongeons et des bonds capricieux, comme ballottés par de violentes rafales de vent. (Les trampolines n'étaient-ils pas dangereux ? Les enfants ne se cassaient-ils pas le cou, le dos, en tombant ? Skyler se réconforta en se disant que jamais maman ne le laisserait monter sur un sale trampoline, jamais !) Sur de longs tapis posés sur le parquet, des gymnastes faisaient des « cabrioles » : culbutes multiples, équilibre sur les mains, roues, ponts, grands écarts terrifiants. Un gymnaste solitaire (manifestement de sexe masculin, adolescent, avec des parties génitales riquiqui, grosses comme des grains de raisin, moulées par un collant en Lycra) se tenait en équilibre sur la tête et les avant-bras, aussi immobile qu'une stalagmite.

En cours d'« Ed Phys » à Fair Hills, Skyler et les autres garçons de CP avaient fait des « cabrioles » sur le même genre de tapis gris brillant, des culbutes surtout, roulant jusqu'au bout du tapis où, qu'il fasse attention ou non, Skyler finissait toujours par se cogner un genou sur le sol et par grimacer de douleur.

C'étaient les tapis qu'il détestait : leur vue, et leur odeur.

Des serpents aplatis, voilà à quoi ils ressemblaient. Ou pire, à ces bêtes sous-marines plates et sans yeux qu'on appelait des raies. Leur odeur caractéristique – caoutchouc et plastique, moiteur et sueur – le prenait aux narines.

Skyler tira papa par le bras en murmurant : « Papa, je ne v... veux pas être ici », mais papa s'adressait déjà au gnome Vassili : « Bonjour ! Je suis Bix Rampike et voici mon fils Skyler qui veut être le meilleur gymnaste que vous réussirez à faire de lui. »

Vassili sourit, pris de court. Son sourire découvre des gencives humides et des dents couleur thé bizarrement espacées. Il semble impressionné par ce papa américain immense, qui lui serre la main avec vigueur. L'entraîneur doit faire un mètre soixante-cinq, face au mètre quatre-vingt-dix de papa, et il doit peser trente bons kilos de moins que lui. On lui donne n'importe quel âge entre trente-cinq et cinquante-cinq ans ; il a un corps ferme et compact couvert de muscles noueux ressemblant à des cicatrices, un visage ridé et malin, de petits yeux méfiants, aux aguets. Avec un accent exotique, il dit : « Ram-pick. Skil-eur. Bon-*jour*. Je suis entraîneur, ici : "coach". Je suis Vassili Andreievitch Volokhomski. Je suis "Russe blanc". Je suis vainqueur médaille d'argent, gymnastique, Jeux olympiques Japon 1972, quand j'ai dix-huit ans. Je quitte Union soviétique, 1973. Maintenant je suis citoyen américain. Franchement, je suis le meilleur coach pour jeunes sportifs à des centaines de kilomètres. » Papa est impressionné : « C'est la première fois que je serre la main d'un médaillé olympique, dit-il. Magnifique, Vassili ! Nous, nous sommes des "Américains blancs". Comme presque tout le monde dans ce coin du New Jersey, sauf dans certains domaines, l'informatique par exemple, l'engineering, la technologie médicale, la "recherche"… » La voix de papa s'éteint, il est temps de pousser Skyler en avant pour qu'il serre la main de Vassili Andreievitch Volokhomski, lui aussi.

« Skil-eur ? Nom pas habituel, hein ? » Vassili lâche très vite la petite main molle de Skyler comme s'il craignait de la briser. « Il est très très jeune, monsieur. Il y a des cours pour préscolaires, mais pas ici. Ils se vantent de faire "des stars de tous leurs gymnastes". Mais pas ici, nous sommes plus sérieux. »

Papa dit : « Moi aussi, je suis sérieux. Ma femme et moi tenons à soutenir notre fils qui rêve de devenir gymnaste et ne peut pas bénéficier d'un entraînement professionnel correct dans son école. Franchement, nous n'avons pas le temps de traîner. Skyler a presque huit ans.

– Huit ans ? dit Vassili, d'un air sceptique. Très jeune pour huit ans, et ses muscles sont mous, ça se voit. »

Papa rit de bon cœur de l'erreur de Vassili. Adroitement il plie le biceps droit de Skyler et presse la chair minuscule entre son pouce et son index massifs. « Vous voyez ? Le gamin a du muscle. Du muscle en bouton. Et les muscles de ses jambes – papa empoigne le mollet droit de Skyler – sont encore plus impressionnants. Pas mal pour un gosse de banlieue qui passe son temps le cul sur une chaise à faire ses devoirs et à potasser les revues érotiques de sa mère, hein ? (Papa fait un clin d'œil à Skyler qui le regarde bouche bée. Il plaisante !) Je sais bien qu'il y a des cours de gymnastique pour les jeunes enfants, Vassili. Mais Skyler n'est pas comme les gosses de son âge. Ces conneries sur les "groupes de pairs", marcher au pas comme des robots socialistes, très peu pour nous. (Désolé : vous êtes peut-être "marxiste", hein ? Sauf que si vous êtes citoyen américain comme nous, c'est peut-être que le capitalisme est plus attirant ?) Comme je disais, nous n'avons pas le temps de traîner. J'ai payé pour une heure de cours, aujourd'hui, et nous perdons notre temps à bavarder. Commencez par lui faire faire des "cabrioles" comme ces gosses, là, ça n'a pas l'air trop dur. Petit comme il est, Skyler se débrouillera très bien au sol et dans ces numéros tape-à-l'œil que les gymnastes olympiques font sur les barres. Avec de l'entraînement, il pourra ensuite passer aux anneaux et aux cordes, je suppose que c'est plus difficile. Moi – papa rit, remue les épaules d'un air confus – je serais nul en gymnastique. Je jouais déjà au football à l'école primaire, j'ai fini fullback à Cornell et j'ai eu quelques propositions professionnelles. Je suis un golfeur correct, je joue au tennis et au squash, mais la gymnastique… ? Je me briserais le cou sur les tapis ou je démolirais le plafond aux anneaux. Je vais donc vous confier l'avenir sportif de mon fils, Vassili, parce que vous n'êtes pas seulement un pro qui m'a été chaudement recommandé, vous êtes aussi un champion olympique, vous connaissez les ficelles du sport amateur, et si Skyler fait des progrès pendant les mois qui viennent, si cela correspond à ce que j'espère, la ligne de touche, c'est qu'il y aura un bonus pour vous, camarade ! "Sky" pour limite, hein ? »

Pendant ce discours passionné, le Russe blanc aux allures de gnome a contemplé Bix Rampike bouche bée et yeux levés : cet Américain ardent, avec son visage franc et gamin, son regard intense et expressif, un je-ne-sais-quoi de rusé et de carnivore dans la bouche. « Je vais essayer, monsieur Ram-pike. Skil-eur et moi, nous essaierons très fort. »

SKYLER, LUI, REGARDAIT UN JEUNE GYMNASTE – LES CÔTES saillantes, le bassin osseux moulé dans un justaucorps en Lycra bleu-noir, un visage anguleux à l'expression figée et fanatique – peut-être une fille d'une quinzaine d'années – les cheveux férocement tirés en arrière et réunis en une maigre queue de cheval – qui se soulevait avec une lenteur torturante sur une barre fixe, et puis, on ne sait comment, grâce à sa seule force, s'élevait au-dessus de la barre, tendons du cou comme des cordes, bras tremblant sous l'effort. Les yeux vitreux de la jeune fille se fixèrent sur Skyler *Sauve-toi ! Sauve-toi d'ici ! Il n'est pas trop tard, sauve-toi !*

Au lieu de quoi Skyler ferma les yeux.

# GOLD MEDAL GYM ET FITNESS CLUB II

VOUS, LES LECTEURS MALINS/PERSPICACES AUX (SUBTILES, secrètes) tendances sadiques, vous croyez savoir où tout cela va mener, pas vrai ? Ce pauvre malheureux Skyler abandonné dans l'Espace Gymnastique avec Vassili Andreievitch Volokhomski tandis que papa part tranquillement, animé d'admirables intentions : il va « faire des haltères » ou peut-être un peu de tapis de course, bref ce que font les papas, les papas remuants et cavaleurs du genre de Bix Rampike qui s'entendent fréquemment dire par des jeunes femmes admiratives du genre de Chérie qu'ils ressemblent au Terminator Schwarzenegger soi-même ; ce pauvre Skyler sur qui son destin fonce comme un semi-remorque dévalant tous freins fichus une route de montagne abrupte. Vous vous préparez à l'inévitable collision. Vous fermez peut-être même les yeux, comme le fit Skyler en ce jour non précisé de 1993 où il marchait sans la moindre trace de boiterie et où « Bliss Rampike » n'avait pas encore été inventée.

Une époque plus heureuse, sans doute. Une époque plus innocente.

Car *Et si* Skyler avait été un jeune gymnaste doué ? *Et si* ce jour-là au Gold Medal Gym et Fitness Club Skyler avait révélé des talents sportifs inattendus et insoupçonnés jusqu'alors ? *Et si* c'était le fils et non la fille des Rampike qui était devenu l'enfant prodige célèbre de Fair Hills, New Jersey ?

*Et si.* Ces lambeaux de souvenirs effilochés et corrodés sont présentés dans ce document comme s'ils étaient en train de se dérou-

105

ler, comme une sorte de film au présent, ce qui est trompeur, car bien entendu tout cela est terminé. Skyler dans l'Espace Gymnastique où, ce premier jour, il s'épuise en « exercices d'étirement » répétitifs sur un tapis caoutchouteux et n'exécute que quelques culbutes maladroites, surveillé avec dédain par le Russe blanc, *et sans se blesser* ; le papa de Skyler disparaissant mystérieusement qui sait où et avec qui, revenant avec quarante minutes de retard et lançant, avec un grand sourire oblique, confus mais impénitent : « Alors, camarade, comment s'est débrouillé le gamin* ? » ; le Gold Medal Gym et Fitness Club occupant un coin entier du centre commercial Cross Tree avec sa forteresse stuquée et ses « mosaïques » de sportifs humanoïdes, réduit à la faillite depuis longtemps ; le bâtiment même, éventré, rasé et remplacé par une tour de bureaux en acier et aluminium. (Car le centre commercial Cross Tree, haut de gamme et éblouissant en son temps, fut incapable de soutenir la concurrence avec le gigantesque Mall of Liberty, encore plus éblouissant et haut de gamme, construit à moins de cinq kilomètres près d'une sortie commode de l'Interstate 80.) *Sic pourrit gloria,* ou quelque chose comme ça (c'est du latin), mon éditeur saura peut-être.

---

* « Jamais d'excuse, jamais d'explication ! » était l'une des pierres angulaires de l'éthique personnelle de Bix Rampike. Dans la famille Rampike, nous ne savions donc jamais où était papa, particulièrement quand il était censé être avec nous. (Voilà ce dont maman s'était rendu compte. Avec un certain déplaisir.) Dans le cas présent, au gymnase – et cela se reproduirait chacun des samedis suivants, quatre au total –, papa était un peu essoufflé, un peu empourpré, apparemment distrait mais de très bonne humeur, comme si, peut-être, la blonde et glamoureuse Chérie et lui s'étaient retrouvés quelque part pour une galipette romantique/érotique (il y avait des toilettes pour handicapés dans le couloir près de la réception, un espace confortable et totalement privé ; il y avait un local à serviettes sales ; il y avait le domaine de la masseuse K. Chee, inoccupé à ce moment-là) ; ou alors, moins titillant, décevant (désolé !) pour le lecteur-voyeur, papa avait véritablement fait des haltères (« travaillé ses pecs »), haleté sur le tapis de course ou sur une autre de ces terrifiantes machines cardiovasculaires ; peut-être encore, qui sait, avait-il carrément quitté le Gold Medal pour aller boire une bière ou deux au Cross Tree Bistro voisin. Peut-être avait-il rappelé l'inconnu(e) qui avait osé l'appeler un samedi matin sur son téléphone de voiture. *Hé, je te l'avais dit, non ? Jamais quand je suis en famille.*

Jésus ! Ces avances rapides vertigineuses dans ce qu'on appelle le futur, elles me font peur, elles aussi !

Revenons à ce premier samedi. Et avance au ralenti comme dans un montage cinématographique rêveur : papa, doigts refermés sur ma nuque, me guidant fermement en sens inverse le long des couloirs labyrinthiques du Gold Medal Gym et Fitness Club, puis vers la Jeep Crusher XL garée dans une mer de SUV américains d'allure militaire également étincelants et coûteux, me demanda ce que je pensais de ma première « séance d'entraînement » avec mon « coach personnel », et avec un enthousiasme typiquement skylérien (en dépit d'une sensation de tournis due aux culbutes sur le tapis et de douleurs aiguës dans les deux genoux dues aux heurts contre le sol du gymnase, j'éprouvais un réel frémissement de... était-ce de l'espoir ?), je dis : « B... bien, papa ! Ça m'a plu », et papa poussa un petit *ouaouh !* de plaisir, m'étreignit d'un bras musclé et me posa un baiser mouillé sur la bouche en disant, de sa voix de papa-ému : « Je suis drôlement fier de toi, fils. Je suis *impressionné.* »

Papa ! J'adorais ce fils de pute, j'imagine, comme tout le monde.


(MAMAN ET EDNA LOUISE DEMANDÈRENT À SKYLER CE QU'IL avait appris au gymnase, et donc, sur l'épais tapis de la salle de séjour, Skyler refit maladroitement des culbutes, un appui renversé ou deux, ou plutôt des essais d'appuis renversés qui se terminèrent par une collision avec une chaise, la chute d'une lampe. Maman rit, et maman gronda. Et Edna Louise qui n'était qu'une fille, tellement plus petite que Skyler, et plus agile, imita son grand frère en enchaînant les culbutes d'un mouvement presque fluide. Ses appuis renversés furent un peu moins assurés, au début. « Pas mal pour une fille », commenta Skyler.)

LES SÉANCES SUIVANTES, COMME LE SUBODORENT LES lecteurs malins/perspicaces à tendances sadiques, ne furent pas toujours aussi festives, et ne se terminèrent pas non plus par une étreinte et un baiser de papa. Pas invariablement !

Il faut néanmoins reconnaître que Vassili fit de vaillants efforts et sans ironie apparente (mis à part, parfois, un roulement d'yeux impénétrables, une légère crispation de la mâchoire) pour initier Skyler aux rigueurs et aux récompenses du travail « élémentaire » au sol ; et pour lui instiller, dans un anglais solennel et exotique, le catéchisme du gymnaste : « Force. Flexibilité. Maîtrise. Ce sont nos objectifs. Auxquels nous ajoutons : grâce, harmonie des mouvements, maîtrise. Auxquels nous ajoutons : vaincre l'incertitude, et vaincre la peur de la douleur. "En gymnastique, tout élève est une star potentielle." *Voilà* ce que croit Vassili Andreievitch Volokhomski, Skil-eur. Si on échoue, c'est par manque de volonté. »

Skyler souriait faiblement. Vaincre la peur de la douleur était-il une bonne chose ? Ne valait-il pas mieux vaincre la douleur ? raisonnait le sagace Skyler. Ou, mieux encore, éviter la douleur ?

*Si on échoue, c'est par manque de volonté.*

Cet implacable proverbe populaire russe a encore le don de me faire courir des frissons le long de l'épine dorsale.

Et pourtant : en dépit de la suite des événements, vous penseriez à tort que je n'ai pas de bons souvenirs de l'Espace Gymnastique et des heures d'« entraînement » sous la tutelle du gnome Vassili. Parce que j'en ai, je vous assure !

• Ce moment extraordinaire où, aidé par les mains patientes et expertes de Vassili, je réussis à tenir en équilibre sur la tête et les avant-bras, jambes tremblantes tendues en l'air, pieds joints, assez longtemps pour mériter les applaudissements spontanés de plusieurs jeunes gymnastes (« Super, Skyler ! Cool, Skyler ! ») et les compliments exagérés et insincères de Vassili (« Tu vois que ce n'est pas si dur, hein, Skil-eur ! »)

• Une démonstration éblouissante du gymnaste vedette de Vassili, Kevin, qui comprenait un saut lancé, une série de roues parfaites sur toute la longueur du tapis et retour ; des flips avant et arrière plus remarquables encore, exécutés courageusement et sans effort apparent ; le sourire rare que mon expression stupéfaite m'attira de la part de Kevin, et la prédiction marmonnée que je « ferais aussi bien un jour, si je m'accrochais ».

• Une question murmurée par le taciturne Vassili, un matin, peu après que papa eut quitté le gymnase en coup de vent : « Ton papa doit être VIP, je pense, Skil-eur ? "Ram-pike"… un homme politique ? »

• Les encouragements bienveillants de Vassili quand, agrippant la barre fixe, je réussis enfin à me soulever – presque ! – jusqu'à hauteur de menton – plusieurs fois de suite ! – et même, tremblant sous l'effort, à me maintenir ainsi quelques secondes avant de faiblir et de retomber sur le tapis : « Très bien, Skil-eur ! Chaque petit pas est un pas vers la réussite. »

(Ne pas ricaner, svp : ces paroles désinvoltes prononcées avec un accent exotique résonnent encore dans l'air de cette pièce sordide et sombre de Pitts Street, New Brunswick, treize ans plus tard. Je sais que Vassili n'y croyait pas une nanoseconde, et pourtant ! pour ceux qu'on complimente rarement, même l'insincérité peut toucher au cœur.)


ET PUIS.
    Si brusquement.
    Si bizarrement…
    Sourire sombre/joues mal rasées Bix Rampike grincheux et comateux à cause d'un voyage en Arabie Saoudite (Skyler avait compris Arabie Subite) pour affaires pétrolières conduisit en catastrophe

Skyler à l'Espace Gymnastique en cet ultime samedi d'une saison lugubre (l'hiver ? un ciel couvert comme l'intérieur d'une tente de toile sale), grosses épaules massives courbées sur le volant de la Jeep Crusher XL et lèvre charnue projetée en avant. Alors que les samedis précédents, papa avait été gai et bavard et d'une humeur de papa-gentil, ce jour-là papa n'était apparemment pas papa-gentil et regardait à peine Skyler, ficelé dans son harnais de sécurité. Plus tôt dans la journée, Skyler avait entendu des voix étouffées dans la chambre à coucher de maman et papa, et (à moins qu'il eût rêvé) pendant la nuit aussi. Devant la chambre de leurs parents, sur la dernière marche de l'escalier, sa poupée xviiie siècle américain dans les bras, la petite Edna Louise grelottait, pieds nus et en pyjama. Skyler la gronda comme maman l'aurait fait : « Tu ne devrais pas être pieds nus, Edna Louise. Il fait *froid*. » Skyler aimait gronder sa petite sœur, car elle le regardait alors d'un air implorant, comme pour le supplier de lui pardonner ; et Skyler aimait pardonner. Il prit la petite main froide et molle de sa sœur et la raccompagna dans la nursery et lui trouva des pantoufles jaunes duveteuses. Il était 7 h 50 et la lampe Ma-Mère-l'Oie qui avait la taille d'une vraie oie avait brillé toute la nuit. Skyler, qui était tellement plus grand, plus vieux et plus intelligent qu'Edna Louise, et qui s'entraînait maintenant pour être gymnaste, n'avait pas besoin d'une « veilleuse » pour dormir. Plus maintenant !

Les yeux écarquillés, Edna Louise dit : « Où est-ce que papa va quand il s'en va ? » et Skyler répondit, en prenant un air important : « En Arabie Subite. Pour le pétrole. »

Les enfants sont mignons, non ? Du moins, avant dix ans.

DANS L'ESPACE GYMNASTIQUE, PAPA NE SALUA PAS VASSILI Andreievitch Volokhomski de son sourire rayonnant habituel, et ne tendit pas son énorme paluche paternelle pour l'habituelle poignée de mains broyeuse entre mâles, fussent-ils de tailles et de morphologies contrastées. Papa salua le minuscule Vassili avec froideur : « B'jour. » Et papa s'attarda plus longtemps que de coutume – ce qui était mauvais signe, Skyler aurait pu le dire à Vassili – pour regarder son fils travailler sur les tapis ; il finit par interrompre Vassili en disant à voix basse, mais pas basse au point que d'autres ne puissent entendre : « Pardon, Vas'li Andervitch... Kolonoskopi... ou je ne sais quoi, mais je ne constate pas beaucoup de progrès. Je sais que vous êtes un pro, un médaillé olympique garanti label Rouge, je le sais parce que j'ai fait ma petite enquête, camarade, mais à ce prix-là, je dois admettre que je suis un tout petit peu déçu, *versteyenne* ? Mon fils n'est pas un sportif "né", d'accord. Il a des dons plutôt "intellectuels", "cérébraux". Je veux bien. Mais vous, Vas'li, vous ne le poussez pas assez. Ce fichu gamin est aussi empoté aujourd'hui que la semaine dernière et la semaine d'avant, voilà la ligne de touche. On fait des progrès, ou on n'en fait pas. On s'améliore, ou on patauge. À voir Skyler aujourd'hui, je me dis qu'il ne "progresse" pas à un rythme raisonnable. Des gosses plus jeunes que lui sont déjà des gymnastes de classe internationale et regardez-le... il tire la langue comme un chien. À ce tarif-là, camarade, je veux mieux pour mon fils que le *bulgomme PQ**, hein ? J'ai fait du sport pendant toute ma scolarité. J'ai eu de sacrés bons entraîneurs, et ils nous faisaient travailler dur. Ils nous bottaient le train quand on ne se défonçait pas assez. La ligne de touche, Vas'li, c'est que ce qui se passe ici ne me satisfait pas. Je reviendrai bientôt jeter un coup d'œil, et cette fois il faudra que les "progrès" soient visibles. Plus question qu'il tire la langue comme un chien, *ver-chsteyzenne-zi* ? »

Papa quitta la salle. On entendit l'air se fendre sur son passage. Le pauvre Vassili resta figé sur place, immobile comme s'il avait été traversé par un éclair qui l'avait rivé au sol en même temps qu'étripé. Skyler n'avait pas besoin de regarder le gnome pour savoir qu'une rougeur brûlante avait envahi son visage fripé jusqu'à la racine des cheveux, quoiqu'il restât droit comme un I.

Sur le tapis serpent-aplati à l'odeur vaguement écœurante, Skyler se mit à faire des culbutes, vite, vite, VITE.

---

* *Bulgomme PQ* ? Cette fois, je sèche.

MERDE : ALLONS-Y POUR L'AVANCE RAPIDE. FIN DE CET ÉPISODE
lamentable de l'enfance de Skyler vingt minutes plus tard : le
gamin (langue pendante) est tombé. Violemment. Comme un sac
de sable mouillé, sonné, il gît sous des anneaux qui se balancent
gaiement, puis se met à gémir et à se tordre sur le plancher de bois
dur où l'élan de son vol imprudent l'a – fatalement – précipité. La
plus stupide des erreurs pour un gymnaste : ne pas atterrir sur le
tapis. Quelques secondes plus tôt il avait paru ne pas entendre son
entraîneur lui dire de s'arrêter, il se balançait furieusement, follement *Hé super ! J'y arrive ! Regardez-moi j'y arrive* et puis comme
on pouvait s'y attendre sa main gauche lâcha et il tomba, tomba
violemment, plus violemment qu'on ne l'attendrait d'un corps
aussi chétif, et dans le même instant il se foule le poignet droit, le
côté droit de son crâne frappe le sol, il se fait une double fracture
à la jambe droite (fémur, péroné), ce gosse sera un genre de
curiosité médicale au centre médical de Fair Hills. Et le tragique
Vassili Andreievitch Volokhomski accourt en trébuchant, voyant,
dans l'enfant qui se tord de douleur, son rêve de bonus s'évaporer
comme un mirage sous un soleil brûlant, et le pauvre Vassili hurle
dans une langue incompréhensible qu'on appelle le 911.

# INFIRME ?*

**BON DIEU PETIT JE SUIS DÉSOLÉ**
Skyler mon chéri ?     c'est maman     maman t'aime très fort
     te le jure, fils     jamais voulu mettre la pression     fils
prions pour toi chéri     tous les deux maman et
     ce qui se fait de mieux en orthopétrie     pédiatique
comme neuf, chéri !     maman et papa promettent
               salopard de Vas'li     faire confiance à un coco
Edna Louise est ici chéri     tu peux ouvrir les yeux chéri ?
procès millions de dollars salaud de coco     et le Gold Medal
Club
(« Gold », forcément des Juifs)
nous prions tous pour ton rétablissement Skyler

---

* J'ai rendu ici avec art les voix désincarnées qui flottaient jusqu'à mon lit d'hôpital de l'aile des enfants estropiés – ou peut-être des enfants tout court – du centre médical Robert Wood Johnson de New Brunswick, N.J. Ces voix presque reconnaissables pénétraient difficilement une brume de douleur curieusement pulsative (pensez lumières stroboscopiques) mousseuse/écumeuse, amincie par la magie pharmaceutique de l'analgésique codéiné Nixil. Il y avait quantité d'autres voix (médecins, infirmières, soignants, visiteurs, et cetera) que je ne prendrai pas la peine de noter. Peu après mon admission à l'hôpital, apparut de façon inattendue (quand vous flottez très haut au-dessus de votre petit corps meurtri sur des cumulus blancs floconneux presque tout est « inattendu ») une vieille femme aux cheveux d'acier et à la grande bouche de brochet qui me contempla avec une sollicitude/anxiété grand-maternelle insoupçonnée jusqu'alors : « Mon beau petit-fils va-t-il être infirme ? Cet enfant va-t-il boiter jusqu'à la fin de ses jours ? »

t'aime très fort mon chou
　　n'avais pas été aussi casse-cou, frimer aux anneaux
*t'aime très fort mon chou*
*les meilleurs soins médicaux*　　　sinon quelqu'un va déguster
petit homme de maman

# LA NAISSANCE DE BLISS RAMPIKE I

POUR LES LECTEURS QUE J'ENTENDS GROMMELER AVEC IMPA-
tience *Où diable est Bliss Rampike, pourquoi faut-il aussi longtemps
pour en arriver à notre petite princesse de la glace,* ce chapitre va enfin
introduire Bliss : cinq mois après la disparition du *petit homme,*
« Bliss » voit le jour.
DES CENDRES DU FILS BRISÉ, LE PHÉNIX RESPLENDISSANT DE
LA FILLE.

(Je me disais que cette phrase accrocheuse ferait bien sur la
jaquette de mon livre, ou en tout cas sur la couverture sensationnelle de l'édition de poche, mais elle n'a pas plu aux responsables
marketing. Je reconnais qu'elle est non seulement boursouflée et
prétentieuse, mais illogique. Il n'empêche que c'est un « langage
poétique » et que le style journalistique plat que j'ai utilisé jusqu'à
présent ne convient guère pour rendre les ambiguïtés subtiles/
paradoxales de notre vie psychique.)

Le fait est, cela dit, que pendant que Skyler était encore en rééducation, un « patient externe » souvent grognon-ronchon mais
clopinant bravement sur des béquilles avortonnes, traînant une
énorme jambe-momie de plâtre blanc, tel un morceau de sa tombe
future, il arriva, comme dans un conte de fées, l'un des contes
cruels des frères Grimm, que la petite sœur de Skyler, Edna Louise,
âgée d'à peine quatre ans, chaussa pour la première fois une paire
de patins et...

« Tout le monde connaît la suite de l'histoire. » (Imaginez une
voix off, masculine et sonore.)

Mais pas l'histoire de ce pauvre Skyler : car Skyler, le premier né, le *petit homme* chéri et préféré de la famille Rampike, s'efface maintenant aussi rapidement et irrévocablement que le rêve-mirage de bonus alléchant promis à Vassili par papa. Comme on dit dans la langue vernaculaire des jeunes *Skyler est mort.*

• • •

« MAMAN ! REGARDE. »

Sur l'immense écran de télé qui semble flotter contre l'un des murs de notre salle de séjour une jeune patineuse glisse, saute, pirouette au son d'une musique délicieusement romantique. Une très gracieuse et très jolie patineuse dans un beau costume scintillant à jupe courte qui, maintenant, lève ses bras minces, incline la tête, sourit avec une modestie charmante, saluée par les applaudissements d'un public nombreux.

« Ma-man, je peux patiner aussi ? Ma-man *s'il te plaît.* »

Il faut que vous imaginiez – ou plutôt, il faut que j'imagine, étant donné que Skyler n'était pas dans la pièce à ce moment-là – une voix d'enfant vibrante d'espoir et d'attente ; et le sourire suppliant adressé à maman qui, le regard fixé sur l'écran, semble à peine consciente de la présence d'Edna Louise.

Edna Louise ne sait pas si elle voit le visage de maman-gentille ou celui de l'autre maman.

Maman-gentille est maman-qui-aime-Edna-Louise. L'autre-maman est maman-qui-n'aime-pas-Edna-Louise.

(Mais pourquoi ? Pourquoi est-ce ainsi ? À presque quatre ans, Edna Louise a découvert que la plupart des mamans aiment leur petite fille tout le temps. On le voit dans leurs yeux, on l'entend dans leur voix, même quand elles grondent leur fille, on sait. Edna Louise demanderait bien *Pourquoi est-ce que tu ne m'aimes pas tout le temps maman* sauf qu'elle n'ose pas parce qu'elle a peur de la réponse de maman.)

Elle ne peut tout de même pas s'empêcher d'insister : « Maman ? Je peux patiner aussi ? Je sais que je peux, maman. Je te promets que je peux. »

Était-ce l'Olympic Festival 1993 que mère et fille regardaient ce soir-là ? L'événement télévisé national qui révéla l'éblouissante patineuse de treize ans Michelle Kwan ? Ou était-ce Skate America 1993, dont Michelle Kwan était l'une des stars ?

« Ma-man ! Ma-man ! Ma-man ! *S'il te plaît.* »

C'est un fait : maman dit *non.*

Dans combien d'interviews « franches », « intimes », « à cœur ouvert », pendant combien d'années, y compris celles qui suivraient la mort tragique de sa fille prodige, Betsey Rampike dirait-elle avec un petit rire incrédule, en pressant une rangée d'ongles rouges manucurés contre ses seins *Vous vous rendez compte : j'ai dit non. Non ! À Bliss Rampike. Dans mon ignorance.*

Car maman trouvait presque pénible de regarder ces jeunes patineuses stupéfiantes à la télé. Car maman – recroquevillée dans son fauteuil, bras serrés autour du corps d'une façon qui laissait deviner son désir de se faire plus petite, de redevenir une jeune fille – se rappelait ce temps lointain où elle avait eu l'immense espoir de faire carrière dans le patinage... jusqu'à ce qu'elle se foule la cheville et que « le rêve prenne fin ».

Avec mélancolie, et souvent, maman parlait de son « rêve perdu » à Skyler et à Edna Louise qui en retiraient l'impression, peut-être fausse, qu'ils étaient coupables d'avoir fait de maman une « maman » et de l'avoir frustrée d'une carrière. Maman avait appris à ne pas faire allusion devant papa à son rêve perdu ni à la possibilité d'une autre vie pour Betsey Rampike, car papa risquait d'éclater d'un rire tonitruant, de donner un gros baiser sonore à sa « bimbo pulpeuse aux lolos fabuleux » et de déclarer, avec une moue signalant une pensée profonde : « Il faut limiter la casse, mon chou. On ne jette pas son argent aux chiens. »

Bix avait raison évidemment ! Bix avait toujours raison.

Et pourtant : Betsey avait eu le vague espoir – « Oh je sais que c'était naïf, je crois que je le savais même sur le moment » – que le petit Skyler aurait un certain talent pour le patinage.

Souhaitant croire à la transmission du gène du talent. De mère en fils ?

(Ledit Skyler clopine maintenant sur ses béquilles à l'étage du dessus. Même quand il essaie de ne pas faire de bruit, de ne se déplacer que sur les tapis, sa maman peut l'entendre.)

Voilà pourquoi, quand la petite sœur de Skyler parle de patiner, maman se mord la lèvre pour ne pas répliquer sèchement à l'enfant qui se tient devant elle, ardente et exaspérante, la moitié des doigts de la main fourrée dans la bouche, un tic nerveux que les enseignants de l'école Montessori ont remarqué, ainsi que cette manie qu'elle a de se tirer les cheveux, de se gratter, purement par nervosité, à moins que ce ne soit pour agacer, pour donner envie à maman d'empoigner ses petites épaules et de *secouer ! secouer ! secouer !* pour lui apprendre les bonnes manières comme Betsey les a apprises autrefois secouée par sa mère exaspérée sauf que secouer les enfants, surtout petits comme Edna Louise, n'est pas une pratique approuvée à Fair Hills, New Jersey. Vraiment pas.

Maman sourit à Edna Louise pour atténuer la dureté de ce qu'elle a à lui dire : « Je ne pense pas, mon canard. Tu es trop petite et tu n'es pas très gracieuse. Tu te cognes partout, tu sais bien, et tu ne sais même pas encore manger proprement, et tu oublies de tirer la chasse. Ces patineuses sont bien plus grandes que toi. Et ce sont des petites filles très extraordinaires, ça se voit. »

Sur l'écran, les patineuses continuent à glisser sans effort apparent, elles sont trois maintenant, les trois premières, qui avec une grâce stupéfiante glissent, sautent, pirouettent, patinent en arrière, les bras en berceau, sourient avec une modestie charmante quand le public les applaudit de nouveau. On sent que ces applaudissements sont vitaux pour les patineuses et que sans eux il ne peut y avoir de vie.

Cela, la petite Edna Louise le saisit d'instinct, elle qui aurait été incapable de l'exprimer par des mots.

C'est à moi, le « survivant », que cette tâche revient. Comme l'a dit le pasteur Bob *Mets en mots ce qui ne peut être dit parce qu'il n'y a pas de mots adéquats et par conséquent il faut que tu crées ces mots en allant chercher au fond de tes tripes.*

Ce jour-là, il y a des années, quand ni Bliss Rampike ni même l'idée de Bliss Rampike n'existaient, mais seulement Edna Louise contemplant maman avec un mélange de douleur et d'espoir, maman ajouta, comme forcée de dire la vérité pour le bien de sa fille : « Et puis, il faut être jolie, Edna Louise. Regarde le visage ravissant de ces patineuses. Le tien est osseux, et tes yeux sont trop petits et vraiment étranges, et *durs*. Tu donnes l'impression de fixer les gens, et ça les met mal à l'aise. Mieux vaut que tu le saches avant d'avoir le cœur brisé.

– Mais tu pourrais me rendre jolie, maman ? Comme tu fais pour toi, maman. *S'il te plaît.* »

Maman rit, surprise. Elle ne s'attendait pas qu'Edna Louise proteste. Et pas de cette façon.

« Eh bien, peut-être ! Un jour. »

En attendant maman éteint la télé et l'écran géant qui semble flotter sur le mur devient tout noir.

·   ·   ·

*VOUS VOUS RENDEZ COMPTE ! J'AI DIT NON*
*Dans mon ignorance.*

MAIS – JE VOUS AVAIS BIEN DIT QUE C'ÉTAIT UN CONTE DE FÉES des frères Grimm, non ? – il se trouva malgré tout que l'une des amies d'Edna Louise à l'école Montessori, la petite Carrie Chaplin, cinq ans, était une patineuse débutante ; et que les Chaplin, une famille aisée de Fair Hills, avaient deux filles plus âgées qui, patineuses « prometteuses » toutes les deux, prenaient des cours à la patinoire d'Alcyon Hills avec une médaillée de bronze des Jeux olympiques d'hiver 1980.

Quand Edna Louise dit avec excitation à maman que son amie Carrie l'avait invitée à aller patiner avec elle, comment maman aurait-elle pu dire *non* ? Car Betsey Rampike espérait ardemment les invitations (relativement rares) des mères des camarades de

PETITE SŒUR, MON AMOUR

classe de sa fille, de même qu'elle espérait ardemment les invitations (encore plus rares) des mères des camarades de classe de Skyler. « Tu as bien dit "Chaplin", Edna Louise ? Les Chaplin de Charlemagne Drive ? » La voix de maman tremblait parce qu'elle connaissait Henry et Patricia Chaplin par le *Fair Hills Beacon* où la photo de ces personnalités locales figurait souvent, et en première page et dans la rubrique Style-de-vie. « Mais oui, Edna Louise, bien sûr que tu peux aller patiner avec Carrie. Et je t'accompagnerai pour être certaine qu'il ne t'arrive rien. »

Edna Louise refoula ses larmes. Edna Louise aimait tellement maman !

(Que c'est sentimental ! Et que cela passe mal en prose. Skyler se rappelle pourtant les larmes enfantines que versait sa petite sœur, submergée par un bonheur enfantin ; la façon dont elle étreignait, ou essayait d'étreindre maman ; la façon dont elle s'écriait : « Maman je t'aime. » Impossible à rendre dans une prose littéraire et respectable d'adulte, non ? Il faut pourtant que j'essaie.)

Emmener des petites filles à la patinoire d'Alcyon Hills, située à une vingtaine de kilomètres à l'est de Fair Hills, exigea naturellement un nombre considérable de coups de téléphone, car rien à Fair Hills ne se faisait jamais facilement, surtout quand des enfants étaient concernés (« Les enfants : notre bien le plus précieux », telle était la devise de plus d'un établissement scolaire de Fair Hills, privé ou public.) Mme Chaplin téléphona à maman, et maman téléphona à Mme Chaplin. Enfin un appel destiné à Betsey Rampike auquel Betsey Rampike attachait du prix ! Mme Chaplin (dont le prénom était Patricia, « Trix » pour les intimes) se montra si étonnamment chaleureuse avec Betsey Rampike qu'il sembla à maman que, du jour au lendemain, sa vilaine petite fille exaspérante devenait plus facile à aimer.

Il fut décidé que maman irait en voiture chez les Chaplin, et que Trix Chaplin emmènerait tout le monde à la patinoire dans son SUV, un Road Warrior huit places. D'un ton hésitant maman demanda si elle pourrait louer des patins pour Edna Louise à la patinoire et, après une pause infime, Trix Chaplin répondit : « Ma foi, non, je ne pense pas. Mais j'apporterai les patins de Carrie de l'an dernier, je suis sûre qu'ils iront à Edna Louise. »

Maman se mordit la lèvre ! Maman avait-elle fait un *faux pot*, comme aurait dit Bix ?

(Quelle mauvaise volonté mettait maman à acheter des patins à sa fille de quatre ans, surtout le genre de patins coûteux que l'on s'attendait à voir à la patinoire d'Alcyon Hills ; après avoir payé si cher les patins du petit Skyler, et pour si peu de résultats.)

Charlemagne Drive était à moins de trois kilomètres de Ravens Crest Drive et néanmoins de l'autre côté d'un gouffre social, comme le savait bien Betsey Rampike. Cette route privée sinuait sur la crête nord du Village de Fair Hills et les Chaplin y habitaient une maison à plusieurs niveaux construite par l'architecte Shubishi au flanc d'une petite montagne qui avait vue sur le lac Sylvan (un lac *non* artificiel) et sur le domaine/haras de cent vingt hectares de l'ex-sénateur Mack Steadley ; Trix Chaplin se plaignait tristement que sa famille fût maintenant « à l'étroit », « entassée », dans cette maison qui n'avait que six chambres à coucher (les Chaplin avaient quatre enfants, dont Carrie était la plus jeune, et la vieille mère de M. Chaplin vivait chez eux) ; une piscine couverte, une maison d'amis, un pavillon, des courts de tennis et un étang (trop petit pour que les filles puissent y faire sérieusement du patinage, d'autant que la glace était ondulée, pas assez lisse). Le tout sur deux hectares à peine ! M. Chaplin, Bud pour les intimes, était responsable des investissements à la Fiduciary Trust du New Jersey, et Trix Chaplin, diplômée en droit de l'université de Fordham, était une « maman à plein temps » – « et même à heures supplémentaires » – comme Betsey Rampike.

Il se trouvait que, lors de ses *petites expéditions* mélancoliques dans l'Impala vert pomme, Betsey Rampike avait souvent pris Charlemagne Drive malgré les panneaux VOIE PRIVÉE SANS ISSUE mais elle n'avait jamais vu la maison des Chaplin, en retrait de la route et dissimulée par des persistants. Si bien que le jour où maman s'engagea dans l'allée de gravier des Chaplin et découvrit la maison en verre et stuc construite au flanc d'une colline donnant sur le lac Sylvan, elle écarquilla les yeux et parut sur le point de parler mais ne parla pas ; assise à côté d'elle sur le siège passager, Edna Louise dit, craintivement : « C'est là qu'habite Carrie, maman ? C'est une *maison* ? »

À LA PATINOIRE D'ALCYON HILLS, QUI ÉTAIT BIEN PLUS GRANDE et bien plus agréable que la patinoire en plein air Horace C. Slipp, maman tâcha de ne pas être intimidée par les autres mères, ni par leurs filles patineuses, toutes plus âgées qu'Edna Louise ; elle tâcha de ne pas attendre trop d'Edna Louise, comme elle avait eu la bêtise de le faire pour Skyler. Il y avait là des patineuses adolescentes qui patinaient aussi bien ou mieux que Betsey Sckulhorne n'avait patiné à leur âge, et notamment la sœur aînée de Carrie Chaplin, Michelle, dix-sept ans, qui était en terminale à Fair Hills Day. Edna Louise était d'une impatience presque fiévreuse quand maman laça sur ses petits pieds les anciens patins de Carrie Chaplin (chevreau blanc, soutiens pour les chevilles, coutures exquises) et la guida par la main sur la glace où, dans un grand vacarme, d'autres jeunes enfants, garçons et filles, dérapaient, titubaient, perdaient l'équilibre et tombaient, étaient remis sur leurs jambes et recommençaient ; les sourcils froncés de concentration, plissant ses étranges yeux bleu cobalt, Edna Louise vacilla d'abord un peu sur ces patins tout nouveaux, mais peu à peu, serrant fort la main de maman et suivant ses instructions – « Va doucement, chérie : maman te tient » – « Avance le pied droit, mon ange : "glisse" » – Edna Louise donna l'impression de savoir déjà patiner, d'instinct.

Les autres filles étaient si encourageantes ! Trix Chaplin riait de plaisir : « Edna Louise se débrouille vraiment très bien, Betsey ! Vous êtes sûre qu'elle n'a jamais patiné ? »

Ce fut pendant cette première séance de patinage, en regardant Edna Louise sur ses patins d'emprunt, guidée maintenant par la petite June Chaplin, âgée de onze ans, qui l'avait prise par la main, que Betsey Rampike se dit pour la première fois *Ma fille est unique !*

*ma fille est bénie de Dieu ! c'est à travers ma fille que Dieu récompensera ma foi et Dieu l'élèvera au-dessus de toutes ses rivales\*.*

AINSI DONC, PRESQUE PAR HASARD, À L'AUTOMNE 1994, alors que Skyler Rampike était encore soumis aux rigueurs/douleurs de trois séances de rééducation par semaine, sa petite sœur Edna Louise commença à prendre des leçons de patinage à la patinoire d'Alcyon avec les petites Chaplin ; et Betsey Rampike qui avait tant désiré faire partie, un jour, de ces mères Montessori que les Chaplin invitaient tous les ans à leur soirée de Noël, fut invitée cette année-là, avec son mari Bix Rampike. Parmi les patineuses qui s'entraînaient régulièrement à la patinoire, Edna Louise captivait l'attention des spectateurs en raison de sa taille minuscule et d'un talent qui semblait hors de proportion avec cette taille. « Quel petit ange ! » entendait Betsey Rampike, dont le cœur battait d'espoir et d'appréhension.

Il fut remarqué aussi que, à la différence des autres enfants qui tombaient souvent et pleuraient, le « petit ange » ne tombait pas souvent ou, si cela lui arrivait, riait pour montrer qu'elle ne s'était pas fait mal, se remettait très vite debout et continuait à patiner.

Il était fréquent aussi qu'Edna Louise fût le dernier enfant à quitter la patinoire. Le dernier enfant à délacer ses patins. *Elle patinait comme si sa vie en dépendait,* nota plus d'un observateur. *Comme si, même aussi jeune, elle voyait l'avenir et pressentait son destin†.*

---

\* Vous vous demandez comment je le sais ? Comment Skyler Rampike, qui n'était même pas à la patinoire cet après-midi-là, peut connaître les pensées les plus intimes de sa mère ? L'explication est simple : Betsey Rampike a parlé de ce « moment de révélation » à de nombreuses reprises dans ses nombreuses interviews. Possédée par la certitude de sa foi chrétienne, Betsey ne vacilla ni ne douta jamais que Dieu l'eût choisie, en même temps que sa fille, pour une destinée hors du commun.

† Voir le documentaire d'ABC *Ascension et chute d'une enfant prodige : l'histoire de Bliss Rampike,* février 1999. Ces remarques énigmatiques/prophétiques furent faites par la coach Ivana Zuev, médaille de bronze aux Jeux olympiques, qui fut le

Edna Louise Rampike fit partie de la trentaine de petits patineurs qui participèrent au Festival d'hiver de l'Alcyon, un gala auquel assistaient surtout parents et familles en adoration, et ce soir-là sur la glace, sur une musique amplifiée et amusante de Tchaïkovski (*Danse de la fée Dragée),* Edna Louise séduisit, minuscule dans son costume de fée en satin rose avec ailes bondissantes attachées à ses frêles épaules, rubans assortis dans les cheveux et grands yeux effrayés. (Cherchant dans la salle maman ? papa ? – mais naturellement papa n'avait pas pu venir, papa était en voyage d'affaires et « sacrément désolé ».) Skyler qui n'avait jamais vu sa sœur en public, patinant timidement en costume de fée avec une troupe de petits patineurs novices, grimaça à ce spectacle, se prépara à la chute inévitable, ferma les yeux – et quand il les rouvrit, la courte représentation un peu chancelante s'achevait, et Edna Louise, visiblement la plus douée de la petite troupe, était toujours debout. Les applaudissements furent immédiats et nourris : « Bravo ! Magnifique ! » Avec d'autres mères, maman courut embrasser sa chère petite patineuse tandis que Skyler restait à sa place, tout désorienté. Car Edna Louise n'était-elle pas tombée ? Ne l'avait-il pas vue tomber ? Comme lui-même était tombé sur la glace, et des anneaux du gymnase, en se blessant ?

Des larmes étincelantes dans ses beaux yeux bruns, maman étreignait une Edna Louise hébétée. Alors que Skyler les rejoignait en boitant, il entendit la voix extatique de maman : « Si seulement papa avait pu te voir, chérie. Il aurait été si fier de nous deux. La prochaine fois ! »

•   •   •

SKYLER FUT-IL JALOUX DE SA PETITE SŒUR, *NOOON PAS DU tout.*

---

premier professeur de ma sœur à la patinoire d'Alcyon Hills. Je cite ici Ivana Zuev bien que dans la même interview cette femme malveillante tienne des propos cruels et d'une véracité douteuse sur Betsey Rampike.

Skyler avait-il espéré que sa courageuse petite sœur trébuche sur la glace, qu'elle se blesse, *noooon pas du tout.*

**(C'EST VRAIMENT VRAI ! JE LE JURE.)**

**COMME TOUS LES FANS DE BLISS LE SAVENT, CE NE FUT PAS AU** Festival d'hiver d'Alcyon en 1994 que Bliss Rampike fit ses débuts officiels mais à Bouts-de-chou-sur-glace, à la Meadowlands, le jour de la Saint-Valentin 1994.

Bouts-de-chou-sur-glace était un événement annuel populaire ouvert à tous les jeunes aspirants patineurs pourvu que leurs parents soient prêts à payer les deux cents dollars de droit d'entrée contre la possibilité de gagner des diadèmes scintillants en faux argent et des trophées en faux cuivre, plus quelques secondes aux informations télévisées locales et quelques photos en dernière page des journaux. Pour les parents ambitieux/illusionnés s'imaginant lancer leur enfant dans la course aux Jeux olympiques, Bouts-de-chou-sur-glace était idéal. Selon la phrase célèbre de Mary Baker Eddy *Sous-estimer le goût des Américains ne vous mettra jamais sur la paille.*

À moins que cette prophétesse sagace n'ait dit *Les poires se cueillent tous les jours.* Je vous laisse choisir.

À la patinoire d'Alcyon Hills, où l'on s'était pris d'affection pour Edna Louise Rampike, l'une des jeunes patineuses les plus zélées et les plus douées, on suggéra à Betsey Rampike d'inscrire sa fille à Bouts-de-chou-sur-glace, bien qu'elle fût très jeune et très inexpérimentée. (Il n'y avait que deux catégories pour chaque sexe : patineurs de moins de huit ans, et patineurs de moins de onze ans.) Les aînées des filles Chaplin avaient toutes les deux participé à de précédentes éditions et, à dix ans, Michelle, l'aînée, s'était classée deuxième dans sa catégorie. Mais Trix Chaplin pensait que Carrie, qui avait cinq ans, n'était pas encore prête pour cette compétition ; et qu'il serait peut-être « prématuré » et « inconsidéré » d'y inscrire

Edna Louise. « C'est de toute évidence une patineuse douée, mais elle n'a pas l'habitude de se produire devant un public aussi nombreux et aussi bruyant. Elle sera bien plus forte l'an prochain. »

Maman, qui adorait Trix Chaplin*, tout en étant intimidée par Trix Chaplin, en éprouvant une sorte de ressentiment, d'antipathie pour Trix Chaplin, sentit l'acide de sa jalousie. *Prématuré ! Inconsidéré !* Depuis des semaines, à la patinoire d'Alcyon Hills, maman sentait la jalousie et l'envie presque palpables, la malveillance sourde des autres mères de patineuses, ce qui lui rappelait la jalousie, l'envie, et la malveillance beaucoup moins sourde de ses camarades de lycée quand Betsey Sckulhorne, fille d'une famille en vue de Hagarstown, remportait des concours de beauté et patinait dans des challenges régionaux.

Et il y avait les femmes de Fair Hills qui enviaient à Betsey Rampike son mari séduisant, sociable, franchement sexy, et qui murmuraient derrière son dos *Que peut-il bien lui trouver* et, plus venimeux encore, *Voilà un mariage qui ne durera pas.*

Poliment maman déclara à Trix Chaplin : « Je ferai ce que souhaitera ma fille. Et ce qui servira le mieux la carrière de ma fille. »

*UN RÊVE SI INTENSE ! TROIS SOIRS AVANT LA SAINT-VALENTIN.*

*J'avais l'impression que mes yeux étaient ouverts, une lumière aveuglante brillait dans la pièce, j'ai d'abord été terrifiée croyant que c'était l'ange Gabriel qui apparaît dans une lumière aveuglante mais plus merveilleux encore c'était ma propre fille qui m'apparaissait transfigurée sous la forme d'un ange blond et qui m'effleurait le visage de ses*

---

* Oh, pardon : je n'ai pas décrit Mme Chaplin – « Trix » pour les intimes – à l'intention des lecteurs (femmes) éprouvant un intérêt malsain pour le mode de vie des riches banlieues américaines. En fait, Skyler n'aperçut que rarement Mme Chaplin et comme la plupart des jeunes enfants il ne faisait guère attention aux adultes. Disons seulement que Trix Chaplin était l'une de ces blondes sans âge que célèbrent les pages mondaines de tous les journaux suburbains : riche, élégante, souriante, svelte et immuablement taille 36. À côté de Trix Chaplin, la pauvre Betsey Rampike (taille 44) paraissait et se sentait nabote, boulotte, sans élégance ; en un mot, comme le disait papa avec une moue sombre, *gouche.*

mains douces en disant maman je ne suis pas Edna Louise, tu ne dois pas m'appeler de ce nom illégitime je suis BLISS, la Félicité, je suis ta fille BLISS envoyée par Dieu pour t'annoncer que tu es bénie comme je le suis, avec la bénédiction de Dieu nous réaliserons notre destinée sur la glace envers et contre tous nos ennemis, nous ne connaîtrons pas la défaite.

# LA NAISSANCE DE BLISS RAMPIKE II

BIX FUT ABASOURDI. CHANGER LE *NOM* DE LEUR FILLE ?
Abandonner *Edna Louise* pour... *Bliss* ?
« Ma mère ne comprendra pas, mon chou. Elle sera sacrément blessée. »

Betsey murmura qu'elle essaierait de lui expliquer. Elle écrirait une lettre à sa belle-mère. Elle soutiendrait que la vision lui était apparue avec une telle clarté, une telle force, que c'était forcément plus qu'un rêve ordinaire, un message divin envoyé par Dieu.

Dieu ? Message divin ? Bix eut un sourire incertain. Il avait une foi inconditionnelle en Dieu – le Dieu blanc/biblique/chrétien – mais il n'aimait pas discuter de Dieu parce que ce sujet l'embarrassait. Comme l'aurait terriblement embarrassé d'avoir à prononcer des termes cliniques tels que *rapports sexuels, masturbation,* alors qu'il employait sans hésitation avec des compagnons masculins les mots *baiser, foutre, branler*. Une rougeur maussade lui monta au visage. Il arrivait tout juste de l'aéroport de Newark, trois heures et demie de retard sur le vol de Francfort où il avait été envoyé pour une affaire urgente par son supérieur de Scor Chemicals, Inc., un nouvel emploi pour Bix Rampike, un emploi très bien payé, sauf qu'il impliquait et impliquerait des déplacements, et que, s'il y a une chose qu'un jeune assistant de gestion Projet férocement compétitif attend de sa femme et de sa famille, c'est qu'ils ne le surprennent pas.

Chez les Rampike les surprises devaient venir de papa, exclusivement. C'était la ligne de touche.

Malgré tout Bix souriait. Les pupilles rétrécies comme deux pointes de pic à glace.

Malgré tout Bix caressait le bras de sa femme, au-dessus du coude. Serrant la chair molle et tendre entre un pouce et un index massifs.

« Tu connais ma mère, Betsey. Si elle est blessée dans son amour-propre, nous le paierons. »

Inexprimée entre mari et femme, la crainte que Mme Rampike mère ne les punisse en rayant Bix de son testament. Ou, presque aussi cruel, en ne laissant à son fils préféré qu'une fraction de ce qu'elle laisserait à ses ratés intrigants de frères et sœurs.

« Mère n'a déjà pas l'air d'aimer beaucoup sa petite-fille, même sous le nom d'Edna Louise. Tu crois qu'elle l'aimera davantage si elle s'appelle "Bliss" comme une pop star bandante ou une pseudo-mystique indienne de mes deux ? »

Betsey tiqua. « Bliss » était un beau nom !

« C'est "Bliss" elle-même, Bix, notre fille, qui m'est apparue en rêve. La pièce était inondée de lumière et Bliss arrivait comme un ange pour m'expliquer qu'on l'avait mal nommée, que son destin était d'être appelée…

– Tu prends quoi déjà comme médicament… de l'Elixil… du Nixil ? C'est ça qui te donne des "visions" ? »

Betsey se dégagea. Son bras gardait la marque rouge des doigts de Bix. Comme lui, elle avait le visage empourpré et brûlant, et sa voix vibrait d'excitation. « Ma vision venait de Dieu. Tu ne me priveras pas de ma vision. Nous faisons toujours ce que tu veux, la "ligne de touche", c'est ce que Bix décide, mais là, je sais que j'ai raison, et que l'histoire me donnera raison. Depuis que j'emmène Edna Louise – c'est-à-dire Bliss – à la patinoire, les écailles me sont tombées des yeux. Notre fille est une patineuse née, personne ne lui arrive à la cheville, et elle est si jeune ! La coach Ivana Zuev – qui a remporté une médaille de bronze aux Jeux olympiques – dit que notre fille a une "âme ancienne", qu'elle a "vécu de nombreuses vies avant celle-ci" et qu'elle est venue au patinage dans cette vie-ci avec le souvenir d'une vie antérieure. Ne prends pas cet air sceptique,

Bix : je suis convaincue qu'Ivana a raison. Notre fille est destinée à… de grandes choses ! Je n'ai rien imaginé, et d'ailleurs je prends moins d'Elixil que le Dr Tyde ne m'en a prescrit. Dans mon rêve, Bliss venait à moi pour me dire qu'il était urgent que nous corrigions notre erreur. Notre fille est "Bliss", pas "Edna Louise".

– Betsey… pour l'amour du ciel…

– C'est pour l'amour du ciel, et pour nous. Bliss Rampike patinera sous son véritable nom demain soir à la Meadowlands, et "Edna Louise" n'est plus. »

Quel ton farouche avait Betsey ! Et ces yeux dilatés, vitreux ! Quand Bix fit un geste pour la calmer, ou pour la maîtriser, elle repoussa sa main avec désinvolture comme elle n'avait encore jamais osé le faire, et Bix la contempla avec stupéfaction. Était-ce vraiment sa poupée pulpeuse, sa bimbo aux lolos fabuleux qui bégayait quand elle était surexcitée et que la timidité paralysait en société ? Était-ce vraiment *maman* ? Dans le couloir obscur le petit Skyler s'était approché en boitant attiré par les éclats de voix, il avait vu que la porte de la chambre à coucher de ses parents n'était pas totalement fermée et qu'il pouvait donc écouter sans être vu, c'était la plus innocente des manœuvres enfantines, le pauvre Skyler avait pris l'habitude d'écouter ses parents quand ils ne se doutaient pas qu'on les écoutait. *Vont-ils parler de moi ?* espère l'enfant. *Que vont-ils dire de moi ?* Car papa, qui venait de rentrer d'un voyage d'affaires, n'avait pas vu son fils depuis plusieurs jours, et pourtant : qui aurait deviné que les Rampike avaient un autre enfant que cette nouvelle et mystérieuse « Bliss » ?


(BON DIEU ! QUE CES PAGES SONT MALADROITES. CE QUE J'AI surpris de la conversation de mes parents est à peu près ce que j'ai noté ici, mais ça sonne faux. (Non ?) Je crois qu'en cherchant à imaginer ce que Bix Rampike pensait et éprouvait, ce que Betsey pensait et éprouvait, je ne m'en suis pas très bien sorti. Pas facile ! Ce travail d'imagination a quelque chose d'interdit quand il concerne nos parents ; un tabou, peut-être. En décidant d'appeler mes parents Bix et Betsey, au lieu de papa/maman, je me disais que la plupart du temps nos parents ne se pensent pas comme des parents, mais comme des individus distincts, sans rapport avec nous. Paradoxalement pourtant, je ne peux les connaître que comme papa, maman. Je ne peux les connaître que comme *mes* parents.)

« "BLISS" ! C'EST TON NOUVEAU NOM, CHÉRIE. "EDNA LOUISE" est devenue "Bliss"… c'est merveilleux, non ? »

La petite fille sourit à maman avec perplexité. Était-ce une bonne nouvelle ? Était-ce une bonne surprise ? À en juger d'après l'expression de maman, ça en avait l'air. « Ton nouveau nom, "Bliss"… comment est-ce que tu le prononces ?

– "Bli-zz" ?

– "Bliss". "Bliss Rampike". »

C'était si bizarre, les noms ! Pourquoi un nom est-il ce qu'il est, et pourquoi est-il attaché à une personne ou à une chose ? La petite Edna Louise, devenue la petite Bliss, souriait d'un air hésitant comme si elle avait reçu un cadeau – comme souvent, quand on est enfant, on reçoit des cadeaux d'adultes rayonnants qui ont été très gentils avec vous et souhaitent que cette gentillesse soit reconnue – un cadeau qu'elle ne comprenait pas, tout en percevant qu'il était très précieux et qu'elle devait se montrer reconnaissante.

« Et donc quand les gens te demanderont ton nom, chérie, surtout à la patinoire, tu leur répondras : "Bliss". Ça s'écrit B-L-I-S-S. C'est une vision de Dieu. Tu comprends ? »

Edna Louise hocha la tête avec vigueur. *Oui maman !*

CAR N'AVAIT-ELLE PAS TRAVAILLÉ SES « FIGURES » SOUS LA direction sévère de Mlle Zuev, dont le visage, pourtant encore jeune, était sillonné de rides d'impatience ; Mlle Zuev et elle n'avaient-elles pas patiné ensemble à l'Alcyon des jours durant au rythme de la mélodie entraînante *Over the Rainbow* – choisie par maman ! – et tous ceux qui les remarquaient ne s'étaient-ils pas attardés pour les regarder et pour complimenter la formidable petite patineuse ? La raison en était maintenant révélée : sur la glace, Edna Louise n'avait pas été « Edna Louise » du tout, mais « Bliss ».

*Oui maman !*

D'UN PAS ÉNERGIQUE MAMAN ENTRA DANS LA CHAMBRE DE Skyler, que Maria aidait à s'habiller pour l'école en ce matin froid de février. « Skyler ? Maria ? Il y a un changement dans la famille Rampike : dorénavant Edna Louise a un nouveau nom, "Bliss". »

Bliss ? Skyler fit la grimace. Bien qu'on ne puisse pas dire qu'il fût vraiment surpris.

« Dorénavant, Skyler, Maria… vous appellerez la petite sœur de Skyler "Bliss" et non "Edna Louise". Plus jamais "Edna Louise". » Maman frissonna et rit, comme s'ils avaient tous échappé de justesse à quelque chose de très désagréable.

Habituée aux caprices et desiderata des *gringas* de Fair Hills, invariablement énoncés d'un ton profond, Maria-de-l'Équateur murmura poliment *Oui madame.* Tandis que d'une humeur d'affreux jojo parce que sa jambe-cassée-en-deux-morceaux-lente-à-guérir lui faisait un mal de chien, et son genou aussi, et que sa dose matinale de Nixil n'avait pas encore agi, Skyler se crut obligé de demander *Pourquoi ?*

« Pourquoi ? Parce que maman le dit, chéri. Maman a déjà expliqué : ta petite sœur n'est plus "Edna Louise" mais "Bliss". Tu l'appelleras "Bliss" à partir de maintenant.

– "Bliss". » Skyler essuya son nez morveux d'un revers de main comme font les gamins des rues dans les films documentaires bruts. Pas comme les garçons de Fair Hills qui haussent juste les épaules dans leur blazer scolaire bleu marine frappé de l'écusson héraldique de Fair Hills Day – lion rampant, crosses ou masses croisées, livre sacré d'où jaillissent des flammes miniatures. « C'est nul comme nom, maman. Ça va faire rire les gens. » Skyler rit, plutôt gaiement, comme pour illustrer, mais maman n'était pas d'humeur à se laisser amuser par son petit homme. « Personne ne se moquera de ta sœur, Skyler, je te le certifie. Le changement de nom sera légal dès que notre avocat aura déposé la demande au tribunal. En attendant, appelle ta sœur "Bliss" – un prénom bien plus joli et plus unique qu'"Edna Louise". Et ne fais pas ces grimaces idiotes de bébé. »

Grimaces idiotes de bébé ! Skyler fut blessé que sa mère l'insulte en présence de la bonne.

Maman était pressée de partir, cela se voyait, mais Skyler la tira tout de même par le bras pour demander : « Est-ce que j'ai un nouveau nom, moi aussi ? » bien qu'il sût parfaitement que non ; et maman répondit en riant : « Mais non, chéri. Pourquoi papa et moi voudrions-nous changer ton nom ? "Skyler" est un beau nom unique, un nom "signifiant" dont tu devrais être fier. »

Mais le sagace Skyler savait : il n'y aurait rien dont Skyler devrait être fier.

# « MISS BOUTS-DE-CHOU-SUR-GLACE 1994 »

« LE JOUR LE PLUS HEUREUX DE MA VIE. »
Ou un cauchemar ? À vous de choisir !

AU LIEU DE LA VILAINE ET QUELCONQUE EDNA LOUISE CE FUT
Bliss, belle et transfigurée, qui fit ses débuts dans le patinage, âgée
de quatre ans, à la patinoire Meadowlands par un soir de neige et
de vent, le jour de la Saint-Valentin 1994. Maman pleura de reconnaissance quand les responsables de Bouts-de-chou-sur-glace
acceptèrent de procéder à un changement de nom de dernière
minute moyennant une simple amende de cinquante dollars.

Il n'y avait pas de programme imprimé à la patinoire. Il n'y
avait pas de places réservées. Les billets coûtaient douze dollars
pour les adultes, six pour les enfants, on se frayait un passage
dans les gradins. L'air était froid mais sentait le renfermé : dans un
couloir d'accès, Skyler avait vu des cages grillagées sinistres, des
cages de chenil, empilées jusqu'au plafond. (Sans doute y avait-il
eu une exposition canine, la veille. Une puanteur de poils, de panique, d'excréments canins flottait dans l'air.) Sous les pieds, un sol
de béton poissé par les boissons et les aliments renversés. Des
vendeurs ambulants criaient bruyamment boissons, aliments et
articles de patinage. Au plafond, des lumières fluorescentes aveuglantes. Craché par des haut-parleurs tonitruants, du Tchaïkovski
sirupeux et assourdissant : *Danse de la fée Dragée*. Les portes de la
patinoire avaient ouvert à 18 heures, à 18 h 45 la foule était déjà

considérable. On voyait peu de placeurs, et c'étaient de jolies jeunes filles portant costume de patineuse, escarpins de satin rose et casquette de satin rose avec BOUTS-DE-CHOU-SUR-GLACE 1994 en lettres blanches. Il semblait y avoir peu de vigiles, et c'étaient des Noirs âgés. L'ambiance était survoltée, festive. De nombreux enfants couraient et hurlaient sans surveillance. Des photographes tournaient en rond, des individus armés de caméras vidéo, trois hommes de la New Jersey Network-TV filmaient les patineuses les plus âgées et les plus glamour avec leurs jupes courtes et leurs corsages collants comme des maillots de bain. Maman était arrivée de bonne heure, après avoir roulé à une vitesse prudente et saccadée sur la Turnpike en murmurant des prières ferventes sous les rafales de neige qui ralentissaient la circulation ; maman avait fait en sorte que nous – Bliss, Skyler et Maria – quittions la maison à 16 heures et nous étions donc arrivés suffisamment de bonne heure pour nous assurer des sièges au premier rang, mais des inconnus agressifs guignaient sans cesse ces places de choix : « C'est occupé ? Toutes ces places-là ? » Mis à part quelques hommes et quelques garçons, la foule était de sexe féminin, des mères et des parentes des jeunes patineuses : pas le style Fair Hills, mais ce que maman appela avec une moue dédaigneuse « le bas de gamme du New Jersey ». Leur gabarit était impressionnant. Même les jeunes femmes, même les adolescentes et les petites filles, étaient imposantes. Dans cette mêlée Betsey Rampike avec son manteau de mohair à col de vison, ses bottes italiennes coûteuses et ses cheveux châtains élégamment coiffés faisait relativement mince, et jeune. Les lèvres de maman étaient très rouges, et les yeux de maman étaient humides d'excitation. À plusieurs reprises maman composa sur son portable un numéro qui ne répondit pas. « Papa va s'arranger pour venir, j'en suis sûre, dit-elle à Bliss. Il viendra directement de son bureau. "Pas question que je manque les débuts de ma petite fille la plus préférée !" a dit papa. Il sait où se trouve la Meadowlands, je lui ai donné l'itinéraire. Avec toutes ces banderoles BOUTS-DE-CHOU-SUR-GLACE, impossible de rater la patinoire. Papa tient à te voir concourir, Bliss ! Mais son nouveau bureau n'est pas aussi près de la Turnpike que l'ancien. "Scor Chemicals" – c'est presque à Paramus – et tellement grand qu'ils ont leur propre code postal ! » Maman bavardait avec nervosité, Bliss ne semblait pas entendre : recroquevillée sur son siège, elle grelottait dans son manteau, le regard vitreux. Tout ce bruit ! Tous ces gens ! « Bouts-de-chou-sur-glace » ne ressemblait en rien au très familial Festival d'hiver de l'Alcyon. Pourquoi n'y avait-il personne ici que maman connaissait ? Aucune des autres jeunes patineuses avec qui Bliss prenait des cours ? Apparemment Trix Chaplin snobait Bouts-de-chou-sur-glace cette année-là parce que la petite Carrie n'était pas assez bonne pour y faire ses débuts. (Maman avait-elle espéré que son amie Trix viendrait avec ses filles ? Pour soutenir Betsey et Bliss ?) Maman était excitée, angoissée. Maman ne cessait de se lever, de parcourir la foule du regard. Maman ne pouvait s'empêcher de tapoter les cheveux de Bliss, qui étaient fins, plutôt mous et sans couleur distincte ; maman peignait et faisait bouffer la frange de Bliss, arrangeait ses barrettes-papillons en satin rose. Sous son manteau, Bliss portait une tenue de petite patineuse que maman avait commandée chez Miss Lady Champ juniors : satin rose, courte jupe plissée et culotte rose en dessous, minuscule cœur rouge au-dessus du sein gauche de Bliss, ou de ce qui aurait été un sein gauche chez une fille plus âgée, et ailes transparentes. Maman n'avait pas maquillé le visage de Bliss parce qu'elle n'avait que quatre ans et que Trix Chaplin lui avait dit qu'elle trouvait « vulgaire », « inacceptable », que certaines mères « plâtrent outrageusement » leur enfant, mais voilà que maman constatait avec consternation que les autres débutantes, qui concourraient contre Bliss, portaient apparemment rouge à lèvres, fard et même eye-liner. (Peut-être alors, en vitesse, une touche du rouge à lèvres cerise de maman ? Et pour que Bliss n'ait pas l'air aussi affreusement pâle, ne donne pas l'impression d'être atteinte d'une terrible maladie enfantine genre leucémie, une touche discrète de blush sur les deux joues ? Bliss repoussa faiblement les mains de maman, mais céda vite.) Skyler avait remarqué lui aussi les autres petites patineuses et leurs mères imposantes qui obligeaient les Rampike et Maria à se serrer sur leur banc. Et Skyler avait repéré, par-ci par-là dans la salle, des hommes solitaires, généralement entre deux âges, équipés de caméras. Skyler commençait à avoir peur pour sa petite sœur qui allait patiner devant ce public chahuteur. Ces derniers temps, depuis qu'elle avait reçu son nouveau nom spécial, Skyler n'aimait pas beaucoup sa sœur, c'est un fait, mais en la voyant si minuscule sur son siège, les pieds ne touchant même pas le sol, pâle et résignée comme l'un de ses petits compagnons d'infortune du centre de rééducation, Skyler prit ses mains froides et inertes dans les siennes pour la réconforter : Bliss frissonna mais ne dit rien. Ses yeux étranges, durs et vitreux, étaient rivés sur la glace, elle semblait aveugle et sourde à ce qui l'entourait. Skyler vit que maman ne se rendait pas compte de la peur terrible de Bliss parce qu'elle était distraite par les autres patineuses (ongles vernis ! oreilles percées ! costumes vulgaires ! à quoi pensaient leurs mères !) et par le besoin continuel de se lever et de scruter le fond de la salle dans l'espoir d'apercevoir un visage connu. (Mais Skyler savait : papa ne viendrait pas. Papa n'arrivait déjà presque jamais à rentrer à temps pour le dîner, alors il y avait peu de chances qu'il vienne à la Meadowlands ; peu de chances aussi qu'il mette les pieds dans un endroit aussi « populo », « racailleux ».) « Maman ? On devrait peut-être rentrer à la maison ? Avant que ça commence ? » Skyler tira maman par la manche de son manteau, mais maman ne fit pas la moindre attention à lui parce qu'elle avait enfin repéré quelqu'un qu'elle connaissait – une femme ? – quelques rangées derrière eux. Maman était debout, elle agitait la main et appelait, et pourtant : personne ne lui répondait.

Brutalement, au beau milieu d'une note, le tonitruant Tchaïkovski se tut. Les haut-parleurs diffusèrent des annonces assourdissantes concernant les sorties de secours, les consignes d'évacuation en cas d'incendie. Au bord de la patinoire, un mastodonte à tête de lézard, vêtu d'un smoking noir avec large ceinture ornée de cœurs de Saint-Valentin, souriait de toutes ses dents dans le rond d'un projecteur, un micro à la main. Ses paupières paraissaient enflammées, il s'adressait à la foule avec jovialité et familiarité. Ses cheveux, longs et teints d'un noir de jais, étaient séparés par une raie médiane. Dès son apparition, ce personnage étonnant fut salué par des applaudissements, des cris et des sifflets bon enfant. L'homme à la tête de lézard les accueillit en affectant la modestie. Sa voix – un baryton rocailleux, subtilement moqueur – crissa sur le micro comme des ongles : « Bon-jour, mesdames-zé-messieurs et tous les autres – une pause pour les rires, les gloussements – je me présente, votre "humble serviteur" pour cette édition 1994 perspisexcitante et non puérile de Bouts-de-chou-sur-glace... Jeremiah Jericho ! » Une nouvelle vague d'applaudissements, de rires et de coups de sifflet roula sur la salle comme une eau savonneuse, et M. Jericho Lézard salua, un peu gêné par sa corpulence. « Nos estimés juges – mondialement respectés dans le monde du patinage – sont de retour dans la sublime Meadowlands pour une nouvelle soirée grandissime... » Sur un signe de Jericho, trois individus d'âge et de sexe indéterminés, tous solidement bâtis, vêtus de noir avec rose rouge voyante au revers, se levèrent de leur siège du premier rang pour sourire et saluer la foule. Skyler n'était pas sûr d'avoir bien entendu leurs noms : Krunk, Snicks, D'Ambrosia ?

Pendant que maman et les autres mères préparaient nerveusement leurs filles pour la première compétition, le maître de cérémonie à tête de lézard présenta Miss Bouts-de-chou-sur-glace 1993, la gagnante du « Grand Prix » de l'année précédente, Tiffany Pirro de Jersey City, qui ouvrit le programme en exécutant un numéro tapageur de patinage/danse au rythme scandé disco sexy de *I Will Survive*, saluée par des applaudissements explosifs. Tiffany, petite, toute en courbes et en rondeurs, n'avait sans doute pas plus de douze ans mais faisait très mûre pour son âge, cheveux cuivrés, justaucorps brillant en Lycra bleu roi, veste de cow-girl cloutée de diamants fantaisie, jupe évasée ultracourte et culotte tachetée léopard, multiples boucles d'oreilles, lèvres cerise boudeuses. Avec des accélérations théâtrales, Tiffany exécuta des huit, des glissés arrière, une jambe musclée tendue dans les airs, des virages et des pirouettes abruptes, puis un saut soudain qui la laissa étalée sur la glace, le souffle court, intentionnellement ou pas, cela ne semblait pas avoir d'importance. Car Jeremiah Jericho exhortait déjà le public : « On applaudit bien fort l'adorable Tiff ! Allez-y, qu'on vous entende ! »

Les supporters de Jersey City applaudirent furieusement Tiffany, apparemment peu désireux de la voir remplacée par des patineuses bien moins spectaculaires et sexy, les concurrentes du prix Miss Bouts-de-chou-sur-glace Débutantes 1994, âgées de quatre à huit ans. Elles étaient neuf, dont Bliss Rampike, la septième par ordre alphabétique. Les six premières, plus âgées que Bliss mais flageolantes et craintives, s'attirèrent des murmures de sympathie et quelques rires. Deux d'entre elles tombèrent presque immédiatement. Une petite Hispanique dodue, âgée de sept ans, une beauté brune aux tresses d'un noir brillant, patinant au rythme de *I Wanna Be Loved by You*, réussit à aller jusqu'au bout de son programme sans tomber ni trébucher et fut saluée par des applaudissements enthousiastes. Puis, annoncée par la voix râpeuse et intime de Jeremiah Jericho : « Mlle Bliss Rampike – quatre ans – de Fair Hills, New Jersey ! Bien-venue, Bliss ! Mais… oh là là ! quelle *pe-tite* petite fille ! et *ra-vis-sante* ! » Bien que Fair Hills n'eût pas de supporters dans les gradins, dès que la petite sœur de Skyler s'avança sur la glace, un peu chancelante d'abord, puis plus assurée, dans son costume de satin rose avec corsage à dentelle, jupe plissée, bas blancs ajourés et ailes translucides de papillon ou de fée attachées aux omoplates, la foule fut enthousiaste. Si jeune ! Quatre ans ! Si *petite* ! Le plus surprenant, le public s'en rendit rapidement compte, était que ce bout de chou de patineuse savait patiner, et avec la grâce et le talent d'une enfant beaucoup plus âgée ; il devient vite évident, sur la mélodie entraînante d'*Over the Rainbow*, qu'elle patinait mieux que Tiffany Pirro : longs glissés réguliers, virages et pirouettes lentes exécutés avec la précision d'une poupée mécanique. Les yeux de Bliss étaient sombres sous sa frange blonde bouffante, et la bouche en cerise que maman avait peinte sur sa petite bouche pâle dessinait un sourire adorablement timide qui ne vacillait jamais. Ce fut le patinage arrière de Bliss, un huit gracieux quoique assez étudié, qui stupéfia le plus la foule et déclencha des salves d'applaudissements.

Bliss avait si souvent répété son programme de six minutes sous les yeux de lynx d'Ivana Zuev et de maman, elle s'était concentrée si farouchement sur chaque mouvement qu'à la fin des six minutes les applaudissements la firent sursauter, comme si elle avait entièrement oublié où elle se trouvait, ce qui attendrit encore un peu plus les spectateurs enthousiastes. Skyler qui avait regardé le spectacle les yeux plissés, attendant le faux pas, la chute inévitable, le *Ohhh !* de la foule, battit des paupières, aussi étonné que sa sœur, quand les applaudissements explosèrent dans la salle et que de nombreux spectateurs se levèrent.

Même Jeremiah Jericho paraissait stupéfait : « Quels dé-buts ébouripoustouflants, mesdames-zé-messieurs ! La Sonja Henie du New Jersey ! Ici même, à Bouts-de-chou-sur-glace 1994 ! In-*croyable*. »

Le numéro de Bliss était-il terminé ? Si vite ? Les photographes qui s'étaient si peu intéressés aux petites patineuses précédentes se bousculaient maintenant pour photographier Bliss, l'effrayant avec leurs flashes. Galvanisée, l'équipe de la NJN-TV filmait la petite fille hébétée, et sa mère rayonnante qui déclara dans le micro qu'on lui tendait : « Merci, merci pour vos applaudissements, ma fille est une patineuse née, ma fille *sera* la prochaine Sonja Henie, nous sommes si reconnaissantes de cette merveilleuse occasion, c'est le jour le plus heureux de notre vie, et merci surtout à… » mais le micro de la NJN lui fut retiré avant qu'elle puisse dire *Dieu*.

Revenue à côté de Skyler et de Maria, alors que le public s'apaisait peu à peu et que Jeremiah Jericho le Lézard annonçait la petite patineuse suivante, maman continua à étreindre Bliss et la prit gauchement sur ses genoux, patins compris. Des larmes ruisselaient sur les joues de maman tellement elle était heureuse. « Maman est si fière de toi, Bliss. Et papa !… Tu verras quand il saura. Tu étais bien meilleure que ces autres petites filles, *tu vas forcément gagner*. Mais que tu gagnes ou non, chérie, maman t'aime. Et Dieu t'aime, cette soirée en est la preuve. » À côté d'elle, Skyler tentait de se glisser dans les bras de maman, lui aussi. Tentait de se sentir heureux et fier et excité, lui aussi.

Et pourtant : Bliss n'était-elle pas tombée sur la glace ? Quand elle patinait en arrière pour épater les spectateurs ? Skyler n'avait-il pas vu son audacieuse petite sœur trébucher, commencer à tomber ?... et il avait aussitôt fermé les yeux pour éviter de voir. Est-ce que cela n'était pas arrivé ?

LE RESTE DE LA SOIRÉE PASSA DANS UN BROUILLARD CONFUS d'excitation, d'attente fiévreuse. Plusieurs fois maman essaya d'appeler papa sur son portable, mais put seulement laisser un message : « Bix, mon chéri ! Bliss vient de passer, et elle a été merveilleuse. Les spectateurs l'ont adorée, Bix ! Notre fille ! Si tu peux être ici avant 10 heures, viens, s'il te plaît. Tu as encore le temps, on n'annoncera les vainqueurs qu'à la fin de la soirée, et si Bliss gagne sa compétition... »

Mourant de faim, ils achetèrent à manger à des vendeurs ambulants – le genre de choses que maman ne permettait jamais à la maison – hot-dogs, frites, tranches de pizza gluantes, Coca géants. Bliss fixait la glace scintillante sans paraître la voir, Skyler avait beaucoup de mal à tenir en place. Sous le prétexte d'aller aux toilettes, il rôda dans la salle en cherchant... papa ? qu'il savait n'avoir aucune chance de trouver ? (Mais on ne peut pas s'empêcher de chercher.) Dans les toilettes minables, un homme relativement jeune aux cheveux rouille et au sourire intense s'approcha de Skyler qui contemplait le lavabo crasseux d'un air sombre en se demandant s'il devait se laver les mains ou regagner sa place avec des mains contaminées et lui demanda : « Petit garçon ? Tu es perdu ? Ou... tu cherches ton papa ? »

Impoliment Skyler s'enfuit.

LE PROGRAMME SE TERMINAIT ENFIN. DANS UN DÉFERLEMENT de musique amplifiée – pas le Tchaïkovski torturé du début mais une interprétation rock and roll de l'adagio de *Spartacus* – le mastodonte Jeremiah Jericho s'avança dans la lumière pour annoncer les vainqueurs de la soirée. Alors que maman serrait très fort les mains de Bliss et de Skyler, et que ses lèvres formaient une prière silencieuse, la voix intime et râpeuse proclama : « Notre débutante Bouts-de-chou-sur-glace 1994 est... ça va de soi, la préférée du public... Miss Bliss Ranpick de Fair Hills, New Jersey ! Applaudissons-la bien fort, mesdames-zé-messieurs, une fan-tas-tique petite fille promise à une fan-tas-tique carrière ! » Maman hurla, et maman et Maria s'étreignirent, et maman emmena Bliss, hébétée de fatigue, paralysée de timidité, les doigts fourrés dans la bouche, recevoir des mains du maître de cérémonie égrillard un bouquet de roses rouges cireuses, une diadème en « argent » poids plume, un trophée en « argent » poids plume et une ceinture de satin rose la proclamant Débutante Bouts-de-chou-sur-glace 1994. Badinant jovialement avec maman, Jeremiah Jericho l'aida à arranger la prestigieuse ceinture en biais sur la maigre poitrine de la petite Bliss : « Madame Ranpick ! Où étiez-vous donc quand le p'tit Jerry Jericho de Jersey City épatait son monde sur ses patins au bon vieux temps voyou du rock and roll ? » Maman rougit de confusion, ce qui déclencha des rires et un rugissement d'approbation dans le public qui avait apparemment décidé, touché par l'émotion profonde de maman, par son visage de jeune fille brillant de larmes, qu'il aimait bien Fair Hills, finalement. Quand maman et Bliss regagnèrent leur place, des photographes fondirent sur elles, appareils à flash braqués sur leur visage, et l'équipe de télé leur emboîta le pas. « Souris-nous, Bliss ! Par ici, mon chou ! Souris ! » Dans une ambiance de kermesse, des admirateurs se pressèrent autour d'elles comme de vieux amis, demandant des autographes à la petite fille blonde hébétée, et comme elle était trop jeune même pour tracer une signature, sa mère souriante dut le faire à sa place : BLISS RAMPIKE. Parmi les plus enthousiastes et les plus empressés on remarquait quelques hommes équipés de caméras vidéo, et le plus empressé de tous était un grand type maigre assez jeune aux lèvres lippues béatement souriantes, aux cheveux frisés couleur rouille, une écharpe de soie rouge orangé nouée autour du cou, qui se pencha vers maman et Bliss pour recueillir les mots bégayés par maman : « Ce... c'est... le jour le plus heureux de ma vie. »

Maman saisit aussi la main de Skyler. La serrant si fort qu'il eut l'impression que les os craquaient. Mais c'était une bonne sensation, qui lui réchauffa le cœur : *Maman m'aime, moi aussi.*

# POST-SCRIPTUM

VOUS LE RECONNAISSEZ ? *LE GRAND TYPE MAIGRE ASSEZ JEUNE aux lèvres épaisses béatement souriantes...* Moi, en fait, je ne le reconnus pas. Et maman non plus, probablement. La suite des événements nous apprit pourtant que Gunther Ruscha, trente et un ans à l'époque, était certainement à la patinoire Meadowsland ce soir-là, assis devant et au centre (seul ? ou avec un compagnon de même tournure d'esprit ?) puisque les cassettes vidéo saisies par la police de Fair Hills chez Ruscha montreraient toutes les jeunes patineuses de « Bouts-de-chou-sur-glace », Bliss Rampike comprise ; et quand maman ramena Bliss à son siège en se frayant un chemin à travers un essaim bourdonnant d'admirateurs, Ruscha tenait sa caméra à quelques dizaines de centimètres d'elles. Sur cette vidéo floue et granuleuse, le petit visage pâle de Bliss est flasque d'épuisement et la prestigieuse ceinture de satin rose la proclamant débutante Bouts-de-chou-sur-glace 1994 est toute de travers, et le visage rond de maman brille de transpiration. Il semble évident sur la vidéo que Gunther Ruscha parlait à maman et qu'elle l'écoutait ; et que Skyler, qui était tout près, aurait très bien pu entendre ces mots : « Félicitations, madame Rampike ! Votre fille est belle ! Une patineuse née ! Une championne née ! Vous vous souvenez de moi ? Au Memorial Park Horace Slipp ? Ce jour-là vous aviez un beau petit garçon avec vous, et maintenant... vous avez une belle petite fille. »

## « ÂMES LIQUIDES »

ET QUEL EST LE JOUR LE PLUS HEUREUX DE TA VIE, SKYLER ?
*J'attends encore.*

LES HABITANTS DES ÎLES FIDJI\*, CES VEINARDS D'ABORIGÈNES
appréciés des anthropologues, disent des très jeunes enfants qu'ils
ont une « âme liquide » – ce qui signifie qu'ils sont indéfinis, indis-
tincts, incomplets, jusqu'à l'âge où ils sont pris dans le réseau de
relations humaines réciproques. Être humain, c'est ne pas être
« liquide », mais défini par un système de parenté qui fait que vous
avez des devoirs à remplir, des responsabilités à assumer, et que
vous serez puni/récompensé en conséquence.

Puni, en tout cas ! Ça, c'est sûr.

Du coup je me demande : Bliss, qui est morte si jeune, a-t-elle
jamais acquis une âme humaine ? Skyler, qui est mort si jeune

---

\* Impressionné par mon érudition ? Peut-être pas. Mais cette pépite d'information scientifique m'impressionne, moi. La proposition est soufflante : *Sans
culture humaine, il n'y a pas de nature humaine.* Est-ce possible ? Pour acquérir
davantage qu'une âme liquide et informe, je dois, moi, Skyler Rampike, trouver
un moyen quelconque de rétablir le contact avec le reste, ou avec certains, d'entre
vous ?

Cette information provient de *The Interpretation of Cultures* du célèbre anthro-
pologue Clifford Geertz que je lisais, ou plutôt parcourais, hier dans une librairie
du coin ; autant l'avouer, je suis comme vous, comme les pires d'entre vous,
j'achète rarement un livre, même de poche (pas les moyens), je traîne dans les
allées des librairies en gênant le passage des clients sérieux.

– pardon, qui n'est pas mort si jeune mais a « survécu » –, a-t-il jamais acquis une âme humaine ?

Ou alors : Bliss a-t-elle été la seule d'entre nous à acquérir une âme humaine ?

*Dessine-moi un petit cœur rouge Skyler*        *comme le tien ?*
*Maman ne saura pas.*

Et cette évidence m'apparaît : si seulement Bliss avait perdu cette première compétition à la Meadowlands ! Si seulement (comme Skyler, jaloux, le souhaitait à moitié), l'adorable petite fille de quatre ans n'avait pas exécuté son numéro comme une poupée mécanique, mais glissé et chuté mignonnement sur son petit popotin ! Elle serait très vraisemblablement en vie aujourd'hui. Son dix-septième anniversaire approcherait. Nous serions peut-être ensemble en cet instant précis. Ou nous serions peut-être loin l'un de l'autre, mais en vie tous les deux. Elle serait peut-être redevenue Edna Louise.

## « VIDÉ »

« SKYLER, TÂCHE DE NE PAS BOITER. TU PEUX MARCHER TOUT à fait normalement si tu fais un effort. Et s'il te plaît ne te contorsionne pas, ne te tortille pas, ne fais pas ta "tête de martyr"… ça déprime les gens et ils t'éviteront. » Maman prenait maintenant un ton gentiment grondeur, réprobateur, avec Skyler. Mais tout de suite maman se penchait pour embrasser Skyler et le serrer dans ses bras, pour lui montrer qu'il était toujours le *petit homme* de maman. Bien sûr !

N'allez surtout pas croire que Skyler fut négligé par ses parents pendant ces années frénétiques où l'étoile de sa sœur monta si rapidement. (Les étoiles montent-elles ? Je ferais peut-être mieux de parler de météores.) Les détracteurs de Betsey Rampike qui ignorent tout de notre famille affirmeraient qu'elle et papa m'oublièrent pour se concentrer sur Bliss, mais ce n'est pas vrai, pas entièrement. Disons simplement que Skyler fut vidé de la première place.

Il devint deuxième sur deux. Est-ce vraiment honteux ?

Mais il est vrai que maman et Skyler ne faisaient plus leurs petites expéditions quotidiennes, parce que maman s'occupait de Bliss. C'était Maria qui aidait Skyler à se préparer pour l'école le matin et qui veillait à ce qu'il prenne ses médicaments et c'était Maria qui préparait les repas de Skyler quand personne d'autre ne semblait être à la maison ; c'était Maria qui accompagnait Skyler à ses séances de rééducation redoutées, qui lui tenait la main et le réconfortait en affirmant avec son accent prononcé que *Oui !* Skyler allait mieux, que bientôt il remarcherait normalement ; et Skyler répondait gravement, le visage ratatiné par l'une de ses « grimaces de martyr » : « Tu dois me prendre pour un petit garçon vraiment idiot pour penser que je te crois », ce qui faisait rougir Maria jusqu'à la racine de ses épais cheveux noirs. À présent, c'était Bliss que maman préparait et conduisait à l'école ; naturellement, maman surveillait aussi les cours de patinage de Bliss (après la sombre Ivana Zuev vint une autre médaillée olympique, pathologiquement gaie, Olga Zych) et maman conduisait Bliss à des compétitions de patinage, dans le New Jersey d'abord, puis l'étoile de Bliss continuant à monter, de plus en plus loin. *Aussi haut que ses ailes la porteront, Jésus ! En ton nom, amen.*

Le nouveau poste compliqué de papa chez Scor Chemicals, Inc. l'obligeait à voyager (Tokyo, São Paulo, Stuttgart, Singapour) encore davantage que son ancien poste chez Baddaxe Oil, mais quand papa était à Ravens Crest Drive, *chez nous* comme il disait, il était là ! « Où est ma petite fille la plus préférée ? Où est mon grand garçon, mon Sky à moi ? Je vous aime, les gosses ! » La tête de bison hirsute de papa fondait sur nous pour un baiser, les yeux expressifs de papa se remplissaient de larmes sentimentales, papa entrait en trombe dans les pièces en se frottant vigoureusement les mains, regardant Skyler et Bliss comme s'il tâchait de se rappeler qui nous étions et pourquoi il nous aimait. Il fallait concentrer dans les week-ends, et les vacances de la famille Rampike et les sorties de la famille Rampike ; si papa était d'humeur joueuse, c'étaient de folles parties de cache-cache dans le dédale de la grande maison, qui avaient le don de mettre maman au bord des larmes : « Imagine que Bliss se blesse en jouant à ce jeu idiot, Bix ? Notre fille n'est pas une enfant ordinaire, elle est Bliss Rampike. » Papa regrettait sincèrement de ne pas avoir encore eu le temps de voir Bliss patiner autrement que sur vidéocassette, sur l'un des écrans de télévision géants de la maison ; la première fois qu'il vit sa petite fille patiner avec un talent si inattendu, papa en resta stupéfait, il passa les mains dans ses cheveux vigoureux et sourit d'un air stupide : « Bon Dieu. C'est ma fille ? » Avec un sourire de reproche acéré, maman dit : « Notre fille. »

Papa veillait aussi à passer des moments de qualité avec Skyler. Oh oui !

Il regardait avec lui les émissions de sport du week-end bien que Skyler énervât son papa parce qu'il s'agitait, se tortillait et n'avait jamais l'air de comprendre ce qui se passait sur le terrain ; il l'emmenait à ses rendez-vous de kinésithérapie ou chez le chirurgien orthopédiste pédiatrique ; dans les bureaux cossus des avocats Kruk, Burr, Crampf & Rosenblatt où bredouillant et bafouillant d'une façon exaspérante son fils fit une « déposition » dont le rusé Morris Kruk tirerait artistement la pièce maîtresse de l'action en dommages-intérêts de six millions de dollars intentée par Bix Rampike contre le Gold Medal Gym et Fitness Club et son (ex-)employé Vassili Andreievitch Volokhomski*. En revenant du cabinet de Kruk un jour de grand vent papa se confia à Skyler comme sur une impulsion : gros plan sur Big Dabe Bix se confiant avec chaleur à Fiston Skyler l'avorton attaché à côté de lui sur le siège passager de la Jeep Crusher : « Vu de ma fenêtre, Sky, on n'apprend jamais trop jeune les règles de combat sur le terrain de jeu. Tu as quel âge… neuf ans ? dix ?… huit seulement ? – les yeux chaleureux de papa se troublèrent un instant, puis s'éclaircirent – quoi qu'il en soit, il n'est pas trop tôt pour que nous nous mettions autour d'une table, et peut-être maman aussi, avec le "coach en stratégie de carrière" de ton école huppée pour voir un peu où tu en es, ce HPI ou je ne sais quoi : la "voie rapide". Maman me dit : "Skyler n'a pas l'air d'aimer l'école", "les professeurs de Skyler trouvent qu'il n'est pas à la hauteur de son potentiel", "la jambe de Skyler n'a pas l'air de guérir comme il faudrait", "Skyler n'a pas l'air d'avoir beaucoup d'amis"…

---

* Cette action pour préjudice personnel, très contestée par les avocats du Gold Medal Gym et Fitness Club, serait finalement réglée à l'amiable contre versement d'une somme non divulguée – de 350 000 à 1 000 000 de dollars selon certaines rumeurs – dont le mineur Skyler, le plus mineur des mineurs, « affligé d'un handicap permanent », ne verrait jamais un sou. (Vous pensez que papa Bix la mit de côté pour les futures études de Skyler dans une université de l'Ivy League ? C'est gentil de votre part.) Peu après, le Gold Medal Gym et Fitness Club disparut de notre centre commercial et de la mémoire locale.

je ne vais pas donner crédit à ces angoisses maternelles névrotiques en te demandant tout cru si elles sont fondées, fils, je vais supposer que maman exagère, qu'elle dramatise comme ça lui arrive parfois. La ligne de touche, la voilà : "Demain, ta nouvelle vie commence, et pas question de merder." Mettons que tu veuilles suivre ton père dans le monde compétitif de l'entreprise, ou que tu préfères tracer ta propre route dans le droit ou la médecine ou la biotechnologie pharmaceutique... il va te falloir la meilleure éducation dans ces domaines, et un solide réseau de contacts pour t'aplanir le chemin. Ta génération, mon vieux !... vous allez devoir être plus malins que vos parents. *Homo homin lupus,* comme disait mon père. Tu sais ce que ça veut dire ? "Le loup est l'ami de l'homme", en grec. Traduction : il faut être assez homme pour exploiter le loup, le sang de loup qui court dans tes veines "civilisées", fils... » À cet instant dramatique, au grand soulagement de Skyler, papa fut interrompu par la sonnerie du téléphone de voiture.

Et, presque tous les dimanches, nous les Rampike allions ensemble à l'église.

Dans l'église épiscopalienne de la Trinité, « charmant » bâtiment de style vaguement anglais, sous le regard bienveillant et souriant du père Archibald Higley, les Rampike devinrent, le temps de la carrière « météorique » de ma sœur, une présence lumineuse sur leur banc du troisième rang trois-quarts centre. Ainsi que je l'ai dit plus haut, maman et papa étaient des chrétiens on ne peut plus américains : inconditionnels et inébranlables. Maman parlait rarement de sa famille, mais elle avait bien entendu reçu une éducation chrétienne, comme papa. La réussite temporelle est incontestablement un signe de la grâce divine aux yeux de la plupart des chrétiens – quoi qu'aient pu prêcher de vieux théologiens moralisateurs comme Joshua Rampike, l'ancêtre puritain de papa – et Bliss Rampike étant perçue comme quelqu'un d'exceptionnel, la famille Rampike le fut aussi ; les Rampike étant membres de l'église épiscopalienne de la Trinité, les fidèles de cette église furent perçus comme exceptionnels, et notamment le révérend Higley, notre pasteur spirituel. Dieu les bénisse tous, amen.

Quel mystère ! À l'âge de huit ans, Skyler put constater l'illogisme suprême du monde adulte : sa petite sœur avait le pouvoir de conférer l'« exceptionnalité » à ceux, inconnus compris, qui gravitaient dans son orbite, alors qu'elle-même était timide, doutait d'elle et craignait de tomber sur la glace, comme tous les patineurs.

*Si je tombe, Skyler, personne ne m'aimera !*

Et le cruel Skyler disait *Tu n'as pas intérêt à tomber, alors.*

**GROS PLAN DOULOUREUX : DANS LA VOITURE DE MAMAN QUI** quitte la New Jersey Turnpike à Camden, direction le comté de Cumberland, maman parle au téléphone avec sa nouvelle voix qui ne vibre plus d'hésitation, d'appréhension, de peur, mais d'énergie et d'assurance entrepreneuriales, et Bliss est assise à côté d'elle, aussi immobile qu'une poupée de chiffon dans sa tenue ajustée de patineuse, son manteau d'hiver par-dessus.

Les cheveux fraîchement crêpés de Bliss ont des reflets d'un blond pâle surprenant, et son visage artistement maquillé, avec petite bouche en cerise « appelant le baiser », imite celui d'une poupée de porcelaine. Bliss regarde la brume sépia des banlieues du New Jersey qui défile derrière la vitre telles des bribes décousues et brouillées de rêves usés, et Skyler se dit avec une satisfaction cruelle *Elle a peur, elle sait qu'elle va tomber ce soir* et Bliss presse son front contre la vitre en frissonnant comme si quelque chose dans ce paysage fragmenté et fuyant avait une importance capitale, et Skyler (qui est du voyage à la fois pour soutenir sa petite sœur et pour servir de navigateur à maman qui se perd sans retour sur des autoroutes monstrueuses telles que la New Jersey Turnpike) prenant un ton calme pour dissimuler le malaise qu'il éprouve ne peut s'empêcher de demander où ils vont, et maman qui vient de terminer sa conversation téléphonique répond de sa nouvelle voix de maman gaie : « Au War Memorial de Fort Street, Pennsauken, c'est là qu'a lieu le Challenge jeunes filles de l'État-Jardin du New Jersey », et, plissant des yeux larmoyants dans la lumière déclinante, le nez collé sur la carte routière, Skyler repère la sortie de Fort Street, Skyler indique à maman où quitter la Turnpike en quête de cette couronne miroitante, de ce titre ou de ce trophée en plaqué argent : « Mini Miss patineuse débutante du Jersey », « Mini Miss royale du New Jersey 1994 », « Miss Princesse de la glace junior 1994 ».

Autant d'honneurs que Bliss Rampike remporterait avec le temps. Et bien d'autres encore !

# AVENTURES AU PAYS DES GOÛTERS-RENCONTRES I

**Goûter-rencontre (n. m.)** : rendez-vous organisé par les adultes entre de jeunes enfants, généralement au domicile de l'un d'eux, dans l'intention préméditée de les faire « jouer ». Une caractéristique des banlieues huppées de l'Amérique contemporaine où la « vie de quartier » n'existe plus, où les enfants ne passent plus les uns chez les autres et ne jouent plus « dans la rue ». Du fait de l'absence de trottoirs dans les nouvelles résidences « protégées », les enfants ne peuvent aller « à pied » à ces goûters mais doivent y être conduits en voiture par des adultes, généralement leur mère. Un « goûter-rencontre » n'a jamais lieu à l'initiative des participants (à savoir les enfants) mais toujours à celle de leur mère.

POUR CEUX DE MES LECTEURS – POTENTIELLEMENT DES millions ! – passionnés par le rôle du goûter-rencontre dans l'ascension sociale suburbaine en Amérique, voici le chapitre que vous attendiez. Car dans l'une des pièces du premier où maman s'était aménagé un « espace personnel » se trouvait un élégant bureau rouge baiser, brillant comme du plastique laminé, et dans un tiroir central de ce bureau, une grande feuille de papier bricolage rose-classe maternelle où figurait une pyramide de noms soigneusement écrits, certains encadrés, d'autres suivis de *, ** ou ***, tous accompagnés de codes mystérieux et de flèches entrecroisées, un ensemble déroutant au premier regard, mais qui, comme toute énigme cryptée, livre peu à peu ses secrets à qui, comme le petit Skyler, les scrute avec une attention maniaque, comme si en trouver la clé était une question de vie ou de mort. Par solitude/curiosité morbide précoce, Skyler se retrouvait souvent dans la chambre parfumée, joliment décorée de maman quand maman n'était pas là, et Skyler, qui fouillait sans vergogne dans les affaires de maman, découvrit dans le tiroir central ce document auquel maman avait donné le titre « FAFH » – « Futurs Amis de Fair Hills » ? – et dont même un enfant de huit ans atteint selon un diagnostic récent de dyslexie naissante pouvait discerner le sens poignant. Une pyramide de noms méticuleusement construite –

STEADLEY  WHITTAKER  WHITTIER
McGREETY  KRUK  HAMBRUCK  FRASS
STUBBE  DURKEE  O'STRYKER  FENN  McCONE
HOVER  GRUBB  MARROW  KLAUS  BURR  KLEINHAUS

– et ainsi de suite, jusqu'au bas de la feuille de papier bricolage rose où les noms étaient plus nombreux et (supposait-on) moins remarquables, moins éminents. Je n'ai pas cherché à reproduire ici les nombreux codes attachés à ces noms – EG (église ?) par exemple, BX (Bix ? relations de Bix ?), PAT (patinage ?), HOP (les auxiliaires-bénévoles de l'hôpital de Fair Hills, l'une des associations locales les plus accessibles, composée essentiellement de dames respectables et assez désœuvrées), FHCC (Fair Hills Country Club ?), PHTAC (Pebble Hill Tennis Club ?), SGGC (Sylvan Glen Golf Club ?), VWC (Village Women's Club ?), FHD (Fair Hills Day ?). Certains noms, et notamment McGREETY, très haut placé, étaient flanqués du code GR : *goûter-rencontre*.

« SKYLER ! TÂCHE DE NE PAS BOITER, ET NE TE TORTILLE PAS, ne fais pas tes horribles "grimaces de martyr". Un goûter-rencontre est fait pour *s'amuser.* »

Ce devait être en mars 1995. Alors que Skyler, âgé de huit ans tout juste, était en CM1 à Fair Hills  Day, que sa jambe droite deux fois fracturée n'était pas encore entièrement guérie mais que le règlement amiable avec le Gold Medal Gym et Fitness Club avait été conclu. (Pour une somme « non divulguée », nota discrètement le *Fair Hills Beacon*.) À l'époque où papa partait toutes les semaines en voyage d'affaires pour Scor Chemicals, société américaine agressive qui était entrée, selon les termes de papa, dans « sa phase de globalisation ». Cette période épuisante pendant laquelle Bliss commença à concourir dans des compétitions régionales où, quand elle ne remportait pas le titre, elle se classait deuxième ou troisième contre des concurrentes généralement bien plus âgées qu'elle ; une période où Bliss n'allait plus à l'école avec ses petites camarades mais recevait un « enseignement à domicile », dispensé par une succession de professeurs sous la supervision de maman. (Bliss : « L'école me manque, maman ! Mes p… professeurs et mes amies me manquent. » Maman : « Ne dis pas de bêtises, chérie : tu vas te faire beaucoup d'amies patineuses – tu va nouer des contacts professionnels pour la vie. Tu es une petite fille qui a beaucoup de chance. »)

Si prise que fût Betsey Rampike par la carrière « en plein essor » de sa fille, maman était résolue à procurer des « contacts sociaux » à son fils problématique qui semblait n'avoir quasiment aucun ami ; ou en tout cas pas le genre de relations précieuses que maman souhaitait pour lui, et dont elle avait inscrit les noms sur la feuille de papier bricolage rose. Zoom sur une scène de série télé entre maman et Skyler :

« "McGreety". J'ai entendu dire qu'il y avait un petit McGreety dans ta classe, Skyler, c'est vrai ? » – une lueur alerte dans les yeux bruns limpides de maman, bien que *Skyler* marmonne une réponse-reniflement se voulant décourageante. Mais maman insiste : « Quel est le prénom de ce garçon, Skyler ? » et en se tortillant, prévoyant le résultat de cette conversation, Skyler est obligé de révéler : « T… Tyler. » Aussitôt maman dit : « Tyler McGreety. Ce doit être le fils de Tyler McGreety le "génie de la finance"… sa mère s'appelle Thea ?… Theodora ? Elle a souvent sa photo dans les pages Style-de-vie du journal. Je suis sûre de l'avoir rencontrée au moins une fois. »

*Tyler, Skyler.* La rime même était de mauvais augure.

Coupons maintenant – un *flash-forward* élégant – sur maman conduisant Skyler à son goûter-rencontre dans le manoir de style normand des McGreety, East Camelot Drive ; gros plan sur le visage déçu de maman, son regard surpris et blessé, ses yeux qui papillotent, quand l'énorme porte d'entrée ne s'ouvre pas sur l'éminente Theodora McGreety, mais sur une domestique au visage olivâtre qui dit, imitant avec application le sourire courtois-insincère de son employeuse *gringa* : « Madame Ranpick ? Mme McGreety "regrette" beaucoup de ne pas être là pour vous "saluer". Elle vous demande de bien vouloir revenir chercher votre fils à 5 heures, merci. »

Maman sourit bravement. Maman pousse Skyler vers un garçon blafard au sourire suffisant embusqué dans l'encadrement d'une porte, Tyler McGreety, qui marmonne d'une voix à peine audible : « B'jour. »

Tyler, Skyler. La mine lugubre, les deux garçons se regardent. Maman embrasse Skyler : « Amusez-vous bien, les enfants ! »

UNE FOIS DANS SA CHAMBRE DU PREMIER, QUI EST DEUX FOIS plus grande que toutes celles que Skyler a pu voir, avec salle de bains et jacuzzi attenants, Tyler se déride un peu et invite Skyler à « regarder ce qu'il veut et faire ce qu'il a envie de faire ». Tyler se vautre sur son lit, observant Skyler de ses petits yeux rapprochés et boueux que Skyler trouve déconcertants. (Le lit de Tyler et presque toutes les surfaces disponibles sont couvertes d'objets qui semblent à la fois coûteux et délaissés : jouets motorisés à piles, jeux électroniques, maquettes de fusée spatiale et de missile, Robo-Boy, Terminator-Boy, Star-Boy, dinosaures et oiseaux reptiliens préhistoriques d'un réalisme inquiétant, gros comme des rats. Certains de ces objets se trouvent sur des étagères, d'autres sur des rebords de fenêtre ou par terre. Skyler trébuche sur – est-ce possible ? – une poupée sans tête de la taille approximative d'un vrai bébé, tranchée en deux comme par un couteau, et dont le caoutchouc imite de façon

stupéfiante la chair humaine.) Sur son lit, le suffisant Tyler dit :
« Fiche un coup de pied à Dolly si elle te gêne, Sky. Pas de problème. »

Skyler s'écarte en frissonnant. Skyler compte s'occuper avec
l'un des véhicules motorisés, ESCADRON DE LA MORT US, n'est-ce
pas ce qu'un invité normal ferait à un goûter-rencontre ? Pendant
ce temps Tyler lui apprend qu'il est fils « unique » : « Mes parents
sont plutôt vieux, tu comprends. Surtout mon père, le "génie de la
finance". Alors, quand ils m'ont eu, ils ont décidé d'en rester là. »
Tyler glousse, très amusé. Skyler rit poliment. « Et toi ?

– M... moi ? Quoi ?

– Tu n'aurais pas un "déficit mental", par hasard ? Tu n'arrêtes
pas de dire "Quoi" ?

– Non. Je ne sais pas ce que tu me demandes, c'est tout.

– Si tu as une "fratrie"... ou si tu es un "singleton" comme
moi. »

Skyler hésite. Ces mots ont un côté désagréablement médical,
comme ceux que le chirurgien orthopédiste a dits à ses parents et
qu'il regrette d'avoir entendus.

Avec une patience exagérée, comme s'il parlait à un demeuré,
Tyler demande à Skyler s'il a des frères et sœurs. Skyler répond aussitôt que oui : « Ma sœur est Bliss Rampike. »

Tyler claque grossièrement des lèvres : « Ah oui ? Et qui est Bliz
Rampue ? »

Skyler est choqué. Pour quelqu'un qui porte un badge HPI à
son revers, et pour un fils de parents riches, Tyler McGreety est
d'une vulgarité inattendue. Comment est-il possible qu'il n'ait
jamais entendu parler de Bliss Rampike ? Maman n'en reviendrait
pas. Maman ne le croirait pas. Chez les Rampike, on est persuadé
que tout le monde à Fair Hills, et peut-être même dans le New
Jersey, connaît Bliss Rampike, la patineuse prodige de quatre
ans...

Tyler dit, avec philosophie : « Tu sais, Sky, c'est plus avantageux
d'être seul. Un "singleton". Tes parents se concentrent sur toi.
Et s'ils ne le font parce qu'ils sont trop occupés, ils savent qu'ils

devraient le faire, et tu peux en tirer parti. Tout ça, par exemple – Tyler désigne d'un geste négligent les centaines – milliers ? – de dollars de jouets coûteux éparpillés dans la pièce –, sans parler du fric. Maman est toujours en train de geindre : "Pourquoi n'invites-tu pas tes petits amis à la maison comme le font les enfants normaux, Tyler", mais j'ai l'impression qu'à Fair Hills Day, personne n'a tant de loisirs que ça. Pas les HPI, en tout cas. » Tyler se mordille la lèvre, l'air suffisant ; puis, avec une brutalité d'enfant : « Comment tu es devenu infirme ? »

Skyler est pris totalement au dépourvu. Il bafouille : « Je... je ne suis pas. Infirme.

– Tu parles ! Tout le monde à l'école sait que tu boites.

– Je ne *boite* pas. Je ne suis pas *infirme*.

– Et tu bégaies, aussi.

– P... p... pas du tout !

– Ta jambe droite est plus courte que l'autre ? Le problème pourrait venir de là, je pense. »

Tyler observe pensivement Skyler. Sans suffisance.

Skyler proteste : « Elle n'est *pas* plus courte. Il n'y a pas de *problème*.

– Je peux t'examiner ? Je suis en préparatoire de médecine. »

Skyler recule. « N... non.

– Je vais pas te faire de mal, mon vieux. Je voudrais mesurer tes deux jambes, c'est tout.

– J'ai dit non. Reste où tu es.

– Je connais un test super-cool, Sky : le neurologue te pique les "extrémités" avec des aiguilles, les orteils par exemple, pour voir si tu as des "sensations". C'est un genre de jeu, si tu sens l'aiguille, tu fais semblant que non. On peut essayer ?

– Non. »

Skyler est froissé, indigné. Lui qui depuis des mois pensait avoir réussi à dissimuler sa boiterie... lui qui suit même les cours redoutés d'EP – d'éducation physique – comme les enfants normaux.

Tel un jeune apprenti médecin enthousiaste, Tyler insiste, demande à Skyler si son problème à la jambe est « congénital » ou s'il résulte d'un accident et Skyler s'entend reconnaître que, oui, il s'est cassé la jambe à deux endroits quand il avait six ans, et son genou aussi a été « bousillé », mais il a été opéré, sa jambe est « presque guérie », il ne se sert plus jamais de béquilles et n'a presque jamais besoin de canne...

Tyler demande comment c'est arrivé, et Skyler répond, avec embarras : « Je m'ent... traînais pour être gymnaste. Je suis tombé.

– Gymnaste ! rigole Tyler. Toi ?

– C'est papa qui voulait. C'était son idée. »

Là, Tyler comprend. Il sait ce que c'est, les idées paternelles qui tournent mal.

« Ben, moi aussi je suis un infirme, Sky. Tu sais garder un secret ? »

Bien sûr.

« Depuis la maternelle, j'ai le syndrome de l'EIP » Tyler fait cet aveu avec une fierté à peine dissimulée, mais Skyler n'a aucune idée de ce que ça signifie.

« Ah bon ? » Tyler paraît déçu. « Vu qu'à l'école tu es plutôt du genre bizarre, agité, nerveux, renfrogné, je me disais que tu étais peut-être l'un des nôtres, un "enfant intellectuellement précoce". »

Intellectuellement précoce ! Skyler est bien obligé de se demander s'il ne l'est pas. Car il y a des faits le concernant qui ne sont connus que des administrateurs de Fair Hills, et de maman qui informe rarement Skyler des résultats des nombreux tests, « cognitifs » et « psychologiques » qu'il a dû passer depuis le jardin d'enfants ; sauf quand elle s'arrange pour les lui faire repasser, parfois plus d'une fois – le but général et permanent étant d'*améliorer son score*.

*Améliorer son score !* Les enfants de Fair Hills savent qu'ils en ont pour leur vie entière.

Skyler demande ce que veut dire « syndrome » et Tyler le lui explique avec une précision clinique : « Un syndrome est un agrégat de "symptômes", apparemment liés mais pas nécessairement. Plus les symptômes sont nombreux, plus le "quotient pathologique" du sujet est élevé. Certains des EIP de notre classe n'ont qu'un niveau D. J'ai le niveau A. » Tyler marque une pause pour plus d'effet. Skyler dit d'un ton d'excuse qu'il a seulement été diagnostiqué DN et TDAN (quoique en réalité il ait été classé un cran infinitésimal au-dessous du TDAN). Tyler ne paraît pas très impressionné : « Dyslexie naissante, trouble déficitaire de l'attention naissant. Bien sûr. Mais chez les EIP à quotient élevé, on a aussi ces troubles, plus un QI minimum de 155. (Révéler son QI n'est pas cool, Sky. Alors motus !) J'ai tellement d'agrégats de symptômes, "intermittents" et "chroniques", que mon neurologue pédiatrique du Columbia Presbyterian et mon psychiatre pédiatrique du Robert Wood Johnson écrivent tous les deux des articles sur moi. Tu as peut-être remarqué que mon œil gauche n'a pas le même axe que le droit ? C'est un peu comme si je regardais deux endroits en même temps, sauf que mon cerveau ne peut traiter qu'un champ de vision à la fois. "Un enfant prodigieux", c'est ce qu'a dit le proviseur Hannity à ma mère, et tu peux être sûr qu'elle l'a répété partout. (Maman est atteinte de SCR – Syndrome compulsif de répétition – particulièrement quand elle sait qu'elle ne doit pas répéter. C'est plus fort qu'elle, la pauvre, alors j'essaie de ne pas lui en vouloir.) On m'a aussi trouvé une "déficience cérébelleuse", et comme cela provoque des "troubles de la coordination", je suis définitivement dispensé d'EP, alors que vous, tas de ballots, vous êtes obligés de vous traîner dehors dans le froid pour taper bêtement dans un ballon de foot. (Tu savais qu'à l'origine les "ballons" étaient des têtes humaines ? Les têtes d'ennemis décapités ? Cool, non ?) Si tu voulais, tu pourrais obtenir une DMP – Dispense médicale permanente. Demande à ta mère de faire pression sur Hannity. Tu es infirme, après tout. »

Skyler grimace : il n'est pas infirme.

Skyler proteste : il veut faire de la gym comme les autres, il veut être normal…

« Les enfants bizarres comme nous ne peuvent pas être "normaux", dit Tyler avec suffisance. D'après mon psy, notre génération a atteint un nouveau stade d'évolution. "Normal", ça veut juste dire "moyen"… vraiment pas cool. Mon dernier diagnostic en date,

c'est une MAP – mélancolie aiguë précoce –, une maladie généralement réservée aux gens d'âge mûr. On pense que c'est génétique
parce que Tyler père en a souffert toute sa vie. Vu ta tête d'enterrement, Sky, tu pourrais bien être MAP, toi aussi, on dirait que tu as
avalé un truc vraiment dégueu que tu n'arrives pas à cracher. Tu
veux essayer mes médicaments ? Ils sont super-cool. »

Skyler proteste faiblement qu'il vaut mieux pas : il a déjà les
siens à prendre trois fois par jour, et on n'est pas censé mélanger.
Pour la première fois, Tyler le regarde avec un véritable intérêt. « Tu
prends des médicaments ? Quel genre ? » Quand Skyler répond
qu'il prend du Nixil, mais que son médecin a diminué les doses,
Tyler dit : « Le Nixil, c'est cool, mais tu n'as pas essayé l'Excelsia…
le nouvel antidépresseur que la FDA vient d'autoriser ? Ma mère et
moi, on est des fans. » Avec une énergie soudaine, Tyler quitte le lit
défait où il se vautre, va d'un pas lourd dans la salle de bains dont
il revient avec une poignée de tubes en plastique qu'il dispose avec
révérence sur son lit, avant d'en extraire des échantillons. Puis,
grognant sous l'effort, il fourrage sous son matelas et en sort sa
« planque » : une bonne dizaine de « psychotropes » qu'il a piqués
dans diverses armoires à pharmacie, dont celle de ses parents. Il
fait aussi du troc avec des enfants de l'école. Il a tout du gamin
avide qui montre à un ami sa précieuse collection de billes, sauf
qu'à Fair Hills, les enfants ne collectionnent plus les billes. « Tranquillisants, amphèts, "myorelaxants", Ritaline. Un vieux classique :
la Dexedrine. Ces comprimés-là, qui ont une drôle de couleur,
sont à maman. » Skyler regarde des pilules vert vif, des capsules
vert terne, des pilules d'un blanc crayeux, de gros cachets jaunes,
de minuscules pilules beige, et des comprimés couleur sang séché
à l'air redoutable. Il reconnaît un ou deux médicaments, des anti-
douleurs/sédatifs qu'il a pris pendant les terribles mois qui ont
suivi sa chute. Pourquoi pas ? Peut-être que comme ça Tyler
McGreety l'aimera mieux et voudra être son ami, et maman sera
contente de lui, plus qu'elle ne l'est depuis un moment. Skyler
avale une pilule vert vif, une grosse pilule jaune et l'une des redoutables capsules sang. Tyler, qui le regarde, siffle entre ses dents,

paraît sur le point de l'arrêter mais ne le fait pas. « Cool, Sky. Super-cool. » Il attrape l'une des capsules couleur sang séché et l'avale tout rond.

Suit alors, avec les glissades, les embardées et les sauts d'un film en accéléré, un laps de temps indéterminé pendant lequel l'hôte bavard de Skyler se confie à lui, en soufflant des bouffées d'haleine moite : « … veut absolument que je "marche sur ses traces", raison pour laquelle j'ai commencé l'algèbre et le mandarin cette année, je suis le seul CE2 dans une classe de sixièmes débiles… » tandis que Skyler éprouve une sensation très bizarre, un bourdonnement ronflant/vibrant à la base du crâne, très probablement dans le cervelet, et que son cœur bat frénétiquement comme un papillon prisonnier d'une toile d'araignée, « … le "rêve le plus cher" de papa est que je devienne un "génie de la finance" comme lui, maîtrise à Yale comme le vieux, société secrète Skull and Bones comme le vieux, Wharton ensuite, et puis… "McGreety Père et Fils, Inc."… la folie des grandeurs ! Mais il se trouve que Ty junior veut faire autre chose de sa vie zarbi d'EIP… » Un goût de craie dans la bouche de Skyler. Son cœur-papillon palpite dans sa poitrine. Plus bizarre encore, les élancements de douleur dans ses jambes semblent avoir disparu – en fait, les deux jambes de Skyler semblent avoir disparu – mais Skyler sourit tout de même niaisement en clignant les yeux pour tâcher de voir clair. *Ne déçois pas maman… pas cette fois !* avait embrassé/murmuré maman à l'oreille honteuse de Skyler car (Skyler préférerait ne pas s'en souvenir) plusieurs goûters-rencontres récents, arrangés avec tant d'espoir par maman, n'avaient pas vraiment été de francs succès ; car les mères des enfants rencontrés n'avaient pas rappelé maman ni même – un gros sujet de préoccupation à Fair Hills – répondu à ses appels répétés. Skyler est donc résolu à ne pas décevoir/contrarier/offenser/ennuyer ce camarade de classe étrangement excité qui l'entraîne maintenant vers son lit pour lui montrer des livres médicaux grand format contenant des planches couleur de – Skyler plisse les yeux, essaie de voir – une chair rose humide, une chair horriblement veinée de rouge, une chair couleur saindoux et une peau grise cireuse, un treillis d'os terriblement blancs – Skyler regarde bouche bée, il n'a jamais rien vu de pareil de sa vie. « … la pathologie c'est super-cool, Sky : tu travailles comme un chirurgien, mais il n'y a pas de "patients" pour t'embêter… ils sont morts. Pas besoin de leur parler, à eux ni à personne ; tu décides de ton emploi du temps, tu travailles seul, et personne ne risque de se plaindre ni de te poursuivre pour "faute professionnelle" » – Tyler pouffe, il frissonne et s'essuie la bouche en tournant les pages, lentement, respectueusement, pour les montrer à Skyler – « Maman fait sans arrêt des raids dans ma chambre pour me confisquer ces bouquins, comme si la profession que j'ai choisie avait quelque chose de malsain. Papa dit que ça me passera, que c'est une question d'âge… comme s'ils savaient quoi que ce soit sur moi ! Regarde, Sky… voilà les "étapes d'une autopsie"… tu utilises une vraie scie pour le crâne et la cage thoracique ; le cœur, tu le sors plus ou moins à la main et tu le mets dans ce genre de bocal. Si tu veux emporter certaines de ces photos, je peux te les photocopier dans le bureau de papa, il a une photocopieuse couleur. Sur Internet, on peut commander des "kits du petit pathologiste", j'ai essayé mais quelqu'un, sûrement ma mère, les intercepte. J'ai déjà essayé trois fois mais je ne baisse pas les bras, et je me disais que je pourrais peut-être donner ton adresse, Sky ? Tu recevrais le kit… on se reverrait ici pour jouer, et tu l'apporterais… cool, non ? Tiens, voilà ma préférée. À la façon dont elle a été ouverte, même s'ils ne montrent pas le visage, on voit que c'est une fille de notre âge ou un peu plus jeune. Super-cool, hein ? » Skyler cligne des yeux horrifiés, ses petits poings se lèvent, ses poings frappent le visage stupéfait de Tyler, juste avant qu'une faille – une entaille ? – noire ne s'ouvre et ne l'engloutisse.


À 5 HEURES PRÉCISES COMME DEMANDÉ, N'OSANT PAS S'AUTO-riser la moindre minute de retard, dans son manteau de cachemire pêche qui lui donne une allure gamine et festive contrastant avec son sourire contraint, la mère de Skyler arrive devant la porte en chêne du manoir en faux style normand des McGreety : espérant que la très influente Theodora McGreety lui ouvrira, quoique une partie d'elle-même, plus pessimiste, sache que Theodora ne sera pas là pour la saluer. Et quand la porte s'ouvre, alors que maman a encore le doigt sur la sonnette, comme si on avait guetté son arrivée avec impatience, elle se retrouve face à la domestique au visage olivâtre dans son uniforme (beaucoup moins) blanc, qui n'est pas hautaine ni snob comme tout à l'heure mais franchement effrayée, bouleversée ; dans une cascade confuse de mots, avec un fort accent, elle informe « Mme Ranpick » que son fils est tombé « malade », « un genre de grippe », qu'il a « rendu », eu « comme une crise d'éplepsie » et que Mme Ranpick doit « l'emporter » tout de suite avant que Mme McGreety rentre parce que Mme McGreety va être très « contrariée » par la « vilaine odeur à cause qu'il a vomi partout » – manifestement la domestique a beaucoup plus peur de sa riche employeuse *gringa* que de la mère *gringa* qui la dévisage avec stupéfaction.

Et là… est-ce vraiment Skyler ?… sur un canapé nain du vestibule, recroquevillé comme un fœtus, grelottant sous une couverture dans laquelle on l'a apparemment enveloppé à la hâte, le *petit homme* de maman tremblant et gémissant, pâle comme un mort ; il est hébété, incohérent et, bizarrement, a les vêtements et les cheveux trempés. (Il s'avérera que Ty, affolé par la réaction alarmante de son camarade au mélange de médicaments qu'il avait avalé, l'avait traîné dans la salle de bains, puis dans la douche, où il avait ouvert l'eau froide « à fond » pour tenter de « calmer » les convulsions de Skyler.) Au moment où Betsey Rampike arrive pour emmener son fils mal en point, Tyler junior n'est nulle part en vue.

« Oh ! mon Dieu ! Oh Skyler ! Qu'est-ce que tu as fait ! »

Par bonheur, alors que la voiture de maman roule vers le centre médical de Fair Hills, Skyler semble se ranimer un peu ; il vomit une sorte de bouillie jaune sur le plancher et assure qu'il va bien, qu'il se sent beaucoup mieux, si bien que maman renonce aux urgences comme elle renoncera à raconter ce malheureux incident au père de Skyler quand il reviendra de Tokyo, de Singapour ou peut-être de Bangkok. À la maison, Skyler l'entend parler avec agitation au téléphone, de la voix compassée qu'elle prend quand elle laisse des messages qu'elle soupçonne inutiles : « Theodora ? Betsey Ranpick – Rampike ! – à l'appareil. J'aimerais vous parler. Pourriez-vous me rappeler dès que vous aurez ce message ? Je suis un peu contrariée par ce qui s'est passé chez vous... ce que mon fils m'a dit qu'il s'était passé chez vous cet après-midi... pas terriblement contrariée, bien sûr, mais quand même, contrariée... pourriez-vous me rappeler, s'il vous plaît ? Skyler va beaucoup, beaucoup mieux – vous serez certainement soulagée de l'apprendre – dites-le à votre fils, surtout – et il espère – et j'espère – qu'ils p... pourront se revoir... que nous pourrons p... prévoir une autre rencontre b... bientôt ? »

Maman a beau téléphoner à Mme McGreety plusieurs fois, ses messages restent sans réponse ; et quand les deux femmes se rencontreront dans Fair Hills, ce qui n'arrivera pas fréquemment, et toujours en présence de tiers, Mme McGreety donnera l'impression de ne pas savoir qui est Mme Rampike.

Essuyant sur la joue de Skyler une larme qu'il ne savait pas avoir versée, maman murmure d'un ton farouche : « Ne pleure pas, Skyler ! La prochaine fois, nous ferons encore plus d'*efforts*. »

# AVENTURES AU PAYS DES GOÛTERS-RENCONTRES II

*SKYLER ! TU AURAS UNE VIE SOCIALE, JE TE LE PROMETS ! NOUS n'abandonnerons pas.* Il y en eut donc d'autres. De nombreux autres. Des goûters-rencontres avec d'autres enfants de Fair Hills, presque toujours des garçons, et presque toujours des élèves de Fair Hills Day ou de la Drumthwrack Academy, plus privée et plus prestigieuse encore, ou des enfants de paroissiens de l'église épiscopalienne de la Trinité, des rencontres que maman, plus exigeante, ambitieuse et optimiste que jamais, organisa dans les interstices de son calendrier toujours plus chargé de mère-manager de Bliss Rampike pendant les années trépidantes de 1995 à décembre 1996 – car après janvier 1997 il n'y aurait plus de goûters-rencontres pour Skyler Rampike, non, vraiment plus.

Ah ! mais les souvenirs. Qu'est-ce que l'enfance sinon une mine vertigineuse de souvenirs ! Coupe rapide sur : Albert Kruk, grosse bouille/glousseur-boudeur, un an de plus que Skyler, en CM1 à Fair Hills mais ni HPI ni EIP, qui avait pour père Morris Kruk, avocat au criminel « très considéré », et pour mère Biffy Kruk, présidente du comité d'adhésion du Village Women's Club, une personnalité « influente » de Fair Hills dont la photo figurait souvent dans les pages Style-de-vie du *Fair Hills Beacon*... Albert Kruk qui n'avait manifestement eu aucun désir de rencontrer Skyler Rampike mais qui l'emmena « pêcher » – selon ses termes – sur l'immense terrasse dallée de sa maison de Hawksmoor Lane, c'est-à-dire piétiner de malheureux vers de terre échoués sur la terrasse après une violente averse, mais Skyler ne montra pas beaucoup d'enthousiasme pour cette « pêche » et le goûter-rencontre ne fut pas une réussite et n'aurait pas de suite. Et il y eut Elyot Grubbe, en CM1 à la Drumthwrack Academy, dont maman connaissait la mère, une riche héritière, par le révérend et Mme Higley : Elyot était un garçon intellectuellement précoce (assurait-on) mais à l'élocution étrangement ralentie, aux mouvements lents et onduleux de paresseux, enclin à regarder dans le vide, comme sous l'effet d'un sédatif léger ; un partenaire de goûter-rencontre avec qui, que ce soit chez Elyot ou chez lui, Skyler pouvait passer un après-midi paisible, voire totalement silencieux, l'un et l'autre s'absorbant dans leurs devoirs de classe sans avoir besoin d'échanger les banalités idiotes d'usage : « Tu aimes l'école ? – Ça va. Et toi ? – Ça va. » De tous ses partenaires, Elyot Grubbe était le préféré de Skyler ; s'il avait eu un frère, Elyot Grubbe était ce frère ; peut-être parce que, quoiqu'il ne le sache évidemment pas à l'époque, Elyot Grubbe devait devenir un jour l'enfant d'un scandale médiatique (en avril 1999, Imogene, la mère-héritière d'Elyot, serait « sauvagement assassinée » dans sa demeure de style néo-édouardien de Great Road au moment précis où le père d'Elyot, A. J. Grubbe, pêchait au gros avec des amis dans la mer des Caraïbes, au large de Saint-Bart, à bord de son voilier de neuf mètres) comme s'il prévoyait que sa vie, telle celle de Skyler Rampike, ne serait plus ensuite qu'une note de bas de page*. Et il y eut Billy Durkee, un camarade de classe de Fair Hills aux talents mathématiques prodigieux qui apprit le poker à Skyler (« Un stud à cinq cartes, vieux, c'est le nom du jeu : tu es partant ? ») afin de soulager le petit naïf de son

---

* Si le « criminel récidiviste » qui avoua en mai 1999 avoir tué Mme Grubbe contre 75 000 dollars (25 000 d'avance, le solde à venir), versés selon ses dires par M. Grubbe, fut jugé dans le comté de Morris, déclaré coupable et condamné à deux cent soixante ans de prison, le rusé M. Grubbe, très capablement défendu par le non moins rusé Morris Kruk, avocat au criminel, fut acquitté de tous les chefs d'accusation par un jury composé de ses pairs, et quitta peu après Fair Hills pour « se partager » entre Manhattan, Palm Beach et Jackson Hole (Wyoming). Bientôt remarié et bientôt père à nouveau, M. Grubbe choisit de ne pas s'encombrer de son fils Elyot ; et ce qu'il advint de son partenaire de goûter-rencontre et frère de l'ombre, Skyler n'en saurait rien avant le 5 septembre 2003.

maigre argent de poche (maigre pour Fair Hills, à peine douze dollars par semaine) et de ses médicaments (Skyler prenait alors de la Ritaline pour son TDA, maintenant actif, ainsi que du Baumil, un antidouleur pour enfants récemment autorisé par la FDA, porté aux nues pour ses effets secondaires minimes) ; et il y eut le CM2 Denton « Fox » Hambruck dont le père était un associé de Scor Chemicals/partenaire de squash de Bix Rampike et dont la mère s'était liée d'amitié avec Betsey Rampike – jusqu'à un certain point. Fox Hambruck était célèbre à l'école parce qu'il apportait, sous ses vêtements amples, de petites bouteilles pleines du scotch de son père qu'il vidait avec quelques amis choisis. À l'école, Fox serait plutôt mort que d'être vu en compagnie d'un gringalet infirme de CE2 comme Skyler Rampike, mais ayant cédé aux cajoleries de sa mère, il accueillit Skyler assez amicalement, offrant de lui montrer, lors de leur premier et unique goûter-rencontre, ce qu'il appela les films maison de son père : « Des vidéos de ses amis chers que personne n'a vues à part moi... et que papa ne m'a pas vu voir », ajouta-t-il avec un clin d'œil. Une dizaine de vidéos étaient enfermées dans un petit coffre du bureau de M. Hambruck (dont, par on ne sait quel tour de passe-passe, le futé Fox avait la combinaison), logées dans de tristes étuis noirs que n'identifiaient que des initiales et des dates. « Tu sais ce qu'est un film X, Rampike ? plaisanta Fox. Eh bien, ceux-là sont XXX. Accroche-toi ! » Dès que Fox lança la cassette et que les premières images d'un noir et blanc cru jaillirent sur le grand écran de télé mural, Skyler se sentit mal à l'aise : pas de musique d'ambiance ? Pas de voix off ? juste une scène grossièrement filmée montrant... une femme adulte ? une femme nue ? une femme dodue comme maman avec une grosse poitrine un peu tombante qu'elle soutenait de ses deux mains, des bouts de seins comme des yeux noirs, quelque chose de sombre et de broussailleux ressemblant de façon alarmante à une barbe, mais pas à la bonne place pour une barbe. Alors que Skyler regardait, la mâchoire pendante, la femme nue s'avança en vacillant vers la caméra, les bras tendus comme pour l'enlacer, comme faisait maman quand Skyler était plus jeune et qu'il était son *petit homme* ; les grosses lèvres fardées de la femme firent mine d'embrasser/sucer et une vague de panique submergea Skyler... Était-ce maman ? Il voyait bien que cette femme était plus massive et beaucoup moins jolie que maman, avec un nez bossu et pas rond comme celui de maman, mais malgré tout... Était-ce maman ? Et si, pourtant, c'était maman ? La caméra se déplaça par saccades, révélant une deuxième femme, beaucoup plus jeune, une petite fille ?... d'une dizaine d'années ?... une fille aux longs cheveux raides et aux lèvres boudeuses qui ressemblait à une élève de sixième de Fair Hills Day mais qui ne pouvait pas être elle, bien entendu, parce qu'elle était nue et qu'on ne voyait jamais de filles nues, et celle-là était aussi maquillée que la femme, maquillée en fait pour ressembler à la femme, et Skyler se demanda qui elle était... la fille de la mère, comme maman qui maquillait maintenant Bliss pour qu'elle lui ressemble quand elle se produisait sur la glace parce que, disait maman, les projecteurs décolorent le visage des enfants et font disparaître leurs yeux de sorte qu'on est bien obligé de les maquiller, y compris avec ombre à paupières, eye-liner, rimmel ; et maintenant la caméra tourne en tanguant pour montrer un homme ventripotent apparemment nu lui aussi, bien qu'il ait des chaussettes noires qui lui montent à mi-mollet comme celles de papa, et une montre que Skyler sait être une Rolex parce que papa porte une Rolex, et l'homme du film n'est pas papa parce qu'il est plus vieux avec un corps tout flasque et tout mou et le visage flou parce que la caméra bouge, et parce que Fox dit, d'un ton railleur : « C'est papa ! C'est papa ! » et « Regarde ce que fait papa », en gloussant et en s'essuyant la bouche ; Skyler repousse désespérément Fox quand il l'empoigne avec un rire grossier en disant qu'il doit rester ! doit regarder ! Skyler se couvre les yeux comme souvent devant la télé dans la salle de séjour quand ni papa ni maman ne sont là Bliss se couvre les yeux – mais regarde à travers ses doigts ? – même quand, selon Skyler, rien d'effrayant ni de perturbant ne se passe sur l'écran, mais Bliss n'est qu'une petite fille, facilement angoissée par les bruits retentissants, les intrusions inattendues et les brusques changements de scène ou de musique d'ambiance et blottie sur le canapé les yeux papillotants devant la nuée d'images qui semble fondre sur elle – venant d'où ? du Monde adulte ? – un tourbillon de scènes, de sons, de sensations qu'on ne peut espérer comprendre, pas quand on a quatre ans, ou tout juste cinq, se couvrir les yeux ou mieux encore, les fermer, est le seul remède *C'est fini, Skyler ? C'est parti ?* d'une petite voix tremblante qui faisait ricaner Skyler *Hou ! le bébé ! Il n'y a rien du tout, bébête* mais maintenant Skyler ne ricane pas et Skyler ne rit pas car Skyler a entraperçu quelqu'un, un autre homme, un visage flou et réjoui* ?... derrière la silhouette grasse de l'homme nu censé être le père de Fox Hambruck et il se dégage de l'étreinte de Fox et se rue hors de la chambre (aussi grande et aussi encombrée de jouets coûteux que celle de Tyler McGreety) pour aller se cacher effrayé et haletant, porte verrouillée, dans une salle de bains aux savonnettes parfumées et aux murs blancs étincelants jusqu'à ce qu'un peu plus tard on frappe sèchement à la porte et qu'une voix féminine dise : « Ta maman est en bas, Sk'ler. Il est temps de rentrer chez toi. »

*Quels gens charmants ! Tu sais que ton père travaille avec M. Hambruck, Skyler, c'est un cadre supérieur de Scor Chemicals ! Oh j'espère vraiment que tu t'es bien entendu avec cet extraordinaire petit Denton et qu'il aura envie de te revoir et que tu n'as pas encore déçu maman, chéri !*

NAVRÉ DE DONNER L'IMPRESSION QUE LA PLUPART DES goûters-rencontres de Skyler étaient des désastres†, ou qu'ils avaient lieu chez les autres. En fait, il y en eut beaucoup où rien ne se passa – des interludes « oubliables », dirons-nous – ce qui explique que je les ai oubliés. Et il y en eut beaucoup chez nous, surveillés par

---

* J'ai lu et relu ce passage, médité dessus et, franchement, je ne sais pas : Skyler a-t-il aperçu son père à l'arrière-plan, ou a-t-il été pris de panique à l'idée qu'il risquait d'apercevoir son père sur la vidéo ? À votre avis ?

† Comme la plupart des « grandes œuvres » artistiques. Pourquoi ?

la Maria du moment quand maman était sortie ; et quelquefois, quand maman était là, elle tournait autour de Skyler et de son petit invité comme une hôtesse angoissée en demandant s'ils voulaient boire quelque chose, s'ils voulaient des biscuits aux pépites de chocolat faits maison (par Maria) ? Du pain aux noix et à la banane ? L'un des invités de Skyler répondit poliment : « Merci, madame, mais je suis le régime Atkins. » Un autre de ces invités fut Calvin Klaus, un petit garçon innocent au visage taché de son, le fils de dix ans de Morgan Klaus, la blonde sexy sous-alimentée qui donnerait très bientôt le coup de grâce au mariage branlant de Bix et Betsey Rampike – mais j'y reviendrai plus tard. Peut-être.

« J'AIMERAIS QUE TU SOIS MON FRÈRE, SKYLER. » MILDRED Marrow s'interrompit pour tamponner ses yeux humides. « J'aimerais avoir un frère et que ce soit toi. »

Mildred Marrow était l'une des très rares camarades filles de Skyler. (Pourquoi cela ? Nos mères redoutaient-elles des pelotages, des « expérimentations » sexuelles prépubères ? Même chez les éclopés de la vie de la génération montante ?) Un an de plus que Skyler, en CM2, la distraite Mildred était célèbre à Fair Hills Day pour son QI élevé – « hors catégorie » – et généralement peu aimée. Comment supporter une fille suffisante qui non seulement avait été sélectionnée pour le groupe HPI (au jardin d'enfants !) mais se classait dans le « un pour cent supérieur » de tous les HPI de l'établissement, et cela du début à la fin de sa scolarité ? Mildred était la fille d'un sénateur fortuné du New Jersey et de son épouse mondaine : une grande fille maigre aux yeux humides et méditatifs, la bouche frémissante et les épaules voûtées, considérée comme EIP et AC (« Anorexique convalescente ») dès le CM1. L'emploi du temps de Mildred était aussi chargé et sérieux que celui de Bliss, quoique plus varié : une nounou-chauffeur la conduisait à l'école et à ses cours particuliers de mandarin ; à ses cours d'équitation, de tennis, de danse ; à ses séances d'acupuncture et de psychanalyse (jungienne) ; et, au moins une fois par semaine, à un goûter-rencontre avec un enfant du genre de Skyler, jugé ne pas présenter de danger, intellectuel ou autre, pour la sensibilité délicate de Mildred. Au grand étonnement de Skyler, Mildred semblait bien l'aimer, peut-être par pitié ?... car tout le monde savait qu'il n'était pas HPI ni même EIP, et bien qu'il fît l'impossible pour le cacher, l'une de ses jambes était manifestement plus courte que l'autre, au point qu'il boitait et devait même parfois se servir d'une canne (« Je me suis foulé le tendon d'Hachis à la gym. C'est temporaire »), ce qui attendrissait ses petites camarades et lui valait le mépris de la plupart les garçons.

Stressée à l'école, Mildred se détendait en compagnie de Skyler. Elle « adorait » l'aider à faire ses devoirs, surtout en arithmétique, qu'elle trouvait « reposante » : « Ralentir mon cerveau, aller à ton rythme, j'aime ça, Skyler ! » Un jour, d'humeur pensive, elle lui confia qu'elle aurait aimé qu'il soit son frère et habite avec elle : « Mes parents névrosés auraient quelqu'un d'autre que moi à se mettre sous la dent. » Elle était la seule des camarades de Skyler à parler de sa sœur avec admiration et envie. « Bliss n'est qu'une petite fille, et elle a déjà une profession. Dans quelques années, elle pourra vivre *toute seule.* »

– Toute seule ? dit Skyler, avec un rire embarrassé. Elle n'a que cinq ans. »

Mildred, qui ne connaissait pas Bliss et n'avait vu que des photos d'elle dans les publications locales, ne parut pas entendre. Elle montrait à Skyler une coupure du *Fair Hills Beacon* intitulée LE « PRODIGE » DE FAIR HILLS REMPORTE UN TITRE EN PATINAGE. L'article contenait une photo de Bliss et de sa mère au Challenge de patinage Miss junior 1995 qui s'était tenu à Roanoke, Virginie, quelques mois plus tôt. « Ta sœur est si jolie et si petite, dit Mildred, avec mélancolie. J'aimerais être jolie comme elle au lieu d'être laide ; j'aimerais savoir patiner comme elle et avoir ma photo dans le journal. Elle a beaucoup de chance ! »

Skyler se demanda si elle plaisantait. Mildred Marrow, une fille riche, célèbre pour son QI, au nombre des meilleurs HPI, à la fois EIP *et* AC, enviait la petite sœur de Skyler ?

« Je déteste qui je suis ! dit Mildred. Je suis supérieure à tout le monde ou presque à l'école, d'accord, au moins à ces fichus tests, mais qui est-ce que ça intéresse ? Pas moi ! Je préférerais être une championne de patinage aux cheveux blonds. »

Skyler, qui regardait la photo du journal, dut admettre que, s'il n'avait pas su que la belle petite poupée de la photo était Bliss, il ne l'aurait pas reconnue. Pour l'occasion, on l'avait transformée en princesse de conte de fées, tulle blanc, satin blanc, plumes blanches, soupçon de culotte en dentelle blanche visible sous la petite jupe ; dans ses cheveux nattés, un peu de « poussière d'étoile », comme disait maman, et posé sur ses cheveux nattés, un petit diadème en argent – ou en plaqué. Mildred avait raison, Bliss était belle. Et derrière elle, enlaçant sa fille, le menton légèrement posé sur son épaule, Betsey Rampike était belle, elle aussi.

Skyler avait assisté à la compétition de Roanoke. Skyler avait vu sa sœur remporter une « victoire inattendue » sur d'exquises petites prodiges américano-chinoises de dix ans, ainsi que sur toutes les autres patineuses de la catégorie junior. Skyler avait franchement douté qu'elle l'emporterait ; plus d'une fois, Skyler avait fermé les yeux et serré les poings ; se disant *Maintenant elle va tomber ! Maintenant ça va s'arrêter* mais Dieu avait protégé Bliss sur les lames sifflantes de ses patins, comme maman avait prié qu'Il le fît. Patinant sur une Valse de *La Belle au bois dormant* un peu syncopée, la petite « fée de la glace » avait conquis le cœur volage du public au détriment des jumelles américano-chinoises, et elle avait conquis le cœur des juges : la note parfaite étant 6,0, ils lui avaient accordé 5,88 ainsi que le titre de Miss Challenge du patinage 1995 (catégorie junior). Et à présent Mildred Marrow, la plus intelligente des enfants intelligents de Fair Hills, redoutée de ses camarades et même de certains de ses professeurs pour ses remarques sarcastiques, disait en soupirant : « Tes parents doivent être si *fiers* de ta sœur ! "Bliss Rampike" doit être la petite fille la plus heureuse du monde ! »

# LA PETITE FILLE LA PLUS HEUREUSE DU MONDE

*SI JE TOMBE, EST-CE QU'ON M'AIMERA ENCORE ?*
 *Si je tombe, est-ce que tu m'aimeras encore ?*


CAR PARFOIS ELLE TOMBAIT. TOMBAIT SOUDAINEMENT ET tombait durement. Pas (encore) quand elle se produisait en public (cela viendrait pourtant, inévitablement) mais à l'entraînement. À l'entraînement, on tombe souvent. Car quand vous vous entraînez tous les jours, jusqu'à deux heures par jour, et que vous essayez des figures nouvelles, toujours plus difficiles, il vous arrive forcément de trébucher, et de glisser et de tomber, et durement. Et vous restez immobile sur la glace froide qui n'est pas votre amie mais votre ennemie, plus inhospitalière que le plus dur des sols de béton ; et vous sentez toutes les veines de votre petit corps battre de douleur et d'humiliation et de honte et de terreur à l'idée que vous n'arriverez pas à vous relever quand vous essaierez de vous relever ; que vous n'arriverez pas à tenir debout quand vous essaierez de tenir debout ; que vous n'arriverez pas à patiner, à faire le pas glissé le plus élémentaire, quand vous essaierez de patiner. Et pourtant la musique enregistrée, choisie par maman, joue toujours, comme pour se moquer de vous, qui êtes tombée, qui refoulez vos larmes et vous mordez les lèvres pour ne pas pleurer. Et elles sont penchées sur vous, elles vous tirent pas les bras, maman, et Olga Zych qui est votre coach, elles ont peur, elles vous crient au visage *Bliss ! Es-tu blessée, Bliss ?* – nulle part où se cacher, parce que toute la patinoire vous regarde et que Bliss, c'est *vous*.

•   •   •

BANDER LA CHEVILLE ! IL FAUT BANDER LA CHEVILLE ! ELLE NE s'est pas foulé la cheville, ce n'est pas une entorse, ça se voit, c'est juste un peu douloureux. Bliss n'est pas blessée ! Sa cheville gauche est son gros point faible. On peut lui donner des analgésiques. Écoutez-la, la pauvre enfant : *Je n'ai pas mal, maman, je veux patiner, maman, je veux patiner !* Ce serait terrible pour Bliss si, après avoir tant travaillé, nous renoncions à la compétition de samedi. Nous avons prié si fort. Tous nos supporters ont prié si fort. Et son papa compte venir la voir patiner, cette fois. Ce serait terrible pour elle de décevoir son papa. Et de décevoir sa maman, et son coach. On peut lui bander la cheville pour qu'elle ne se la retorde pas, lui donner ses analgésiques. Et son coude gauche n'est ni foulé ni cassé, un simple bleu, une bosse, un peu de maquillage et on ne verra rien. Ce maquillage compact qui ressemble à du mastic. Exactement sa teinte de peau. Quelle petite fille courageuse, à peine si elle pleure ! Mais elle ne s'est pas vraiment fait mal, pas comme l'autre fois. Ce sera guéri d'ici samedi, et un peu de maquillage cachera les bleus sur sa jambe et ses genoux. Ce n'est qu'une petite fille, les enfants sont maladroits, les enfants tombent tout le temps, et ils tombent de moins haut que nous, leurs os sont plus souples. Leurs os sont élastiques. Après Wilmington, Bliss pourra se reposer un moment. Après Baltimore, et après les Régionales Tri-State, et après les Ice Capades StarSkate, et après Mini Miss Royale du New Jersey. Et après Lady Champ juniors. Et après Atlantic City. On peut lui donner des analgésiques. Le Dr Brea dit que le Baumil est parfait pour les enfants et ne provoque pas d'accoutumance. Le Baumil, à la différence de ce sale Nixil – il a été retiré du marché, vous le saviez ? –, n'a pas d'effets secondaires. Le Baumil, c'est le fin du fin pour les jeunes sportifs. Comme Maxi-Vit. Comme Croissance-Plus. Pendant les vacances, Bliss pourra se reposer. Jusqu'au mois de janvier et au festival Hershey's Kisses, et d'ici là elle sera complètement rétablie.


... IL REGARDAIT BLISS PATINER. QUAND BLISS ÉTAIT SEULE et que personne d'autre ne regardait. À la patinoire après que les autres patineuses étaient parties, et leurs coachs aussi. Et Olga Zych aussi. Et que maman passait des coups de téléphone quelque part. (Maman passe sa vie au téléphone, surexcitée comme une gamine. Maman demande en riant comment on faisait pour vivre sans le téléphone portable !) Une fin d'après-midi à l'Alcyon et Bliss patine, sans frimer, sans forcer, sans risquer de se blesser, elle patine, sur toute l'étendue de la patinoire, de longs glissés lents, des virages rêveurs, dans le silence. Pas d'autre bruit que celui des lames de ses patins sur la glace. Un de ces jours où maman invitait soudain Skyler à les accompagner à la patinoire : « Bliss a besoin que tu sois là ! » Et Skyler se sentait plein de reconnaissance et attendait ce moment paisible où les autres patineuses, leurs coachs et leurs mères aux voix perçantes, s'en allaient. Où la musique se taisait. Où Bliss était libre, seule, pendant que maman passait ses nombreux coups de téléphone, où elle patinait dans le silence, sans être observée ni jugée par les adultes. Seul Skyler la regarde, au bord de la patinoire. Skyler qui est le grand frère de Bliss – huit ans – et l'ami de Bliss. Son seul ami. (Car Bliss ne voit plus ses petites amies/camarades de classe depuis qu'elle ne va plus à l'école mais est éduquée « à domicile » par des professeurs particuliers, sous la supervision de maman.)

« Skyler ? Mets des patins... patine avec moi ? »

Bliss hèle Skyler, lui fait signe tandis qu'elle glisse sur la glace, mais Skyler secoue vite la tête : *non*.


SKYLER AIME SA PETITE SŒUR SOLITAIRE, BIEN SÛR. MAIS Skyler jubile en se disant qu'il y a dans la famille des secrets qu'il connaît et que Bliss ne connaîtra jamais.

Par exemple, ce que papa dit, quelquefois. Ce que papa et maman disent tard la nuit dans leur chambre à coucher quand la porte est fermée et qu'on ne voit qu'un pâle croissant de lumière au-dessous.

*Combien est-ce que tout ça nous coûte, Betsey ?* – la voix de papa, à peine audible derrière la porte, et maman rit comme si c'était une question impertinente de journaliste à laquelle elle n'est pas vraiment censée répondre si bien que papa répète : *Combien, Betsey ?* Et comme si elle récitait des mots préparés maman dit : *Notre fille est une patineuse prodige ! Notre fille est... une championne internationale en puissance ! Bliss pourrait être la prochaine Sonja Henie, Bix !* et papa insiste de son ton ferme, de son ton ne-te-fiche-pas-de-moi : *Combien, Betsey ?* Et maman dit, d'un ton léger, toujours comme si c'était une interview impertinente/flirteuse : *Bix ! Tu as vu notre fille patiner, tu as entendu les applaudissements, au moins sur les vidéos. Tu sais qu'elle a déjà remporté des titres ! Comment peux-tu douter de nous, Bix, tu sais combien nous travaillons dur toutes les deux.* Et papa dit *: Je sais, chérie. Je sais, et je suis sacrément impressionné. Mes deux belles poupées dans les journaux ! Mais... combien ?* et maman prend un ton blessé, maman essaie de discuter, et (Skyler semble le deviner, de l'autre côté de la porte) maman recule ou, plus audacieux encore, elle se détourne, fait mine de s'éloigner, ce qu'elle ne devrait pas faire (Skyler le sait) parce que c'est « insulter », « provoquer » papa, comme quand Skyler est (légèrement, gentiment) grondé par papa mais que malgré tout il s'agite, se tortille, fait sa grimace de martyr et tente de se dégager de l'étreinte de papa, c'est une « insulte » et une « provocation » et une assez mauvaise idée, papa-gentil pouvant brutalement devenir papa-colère ; maman continue pourtant à s'écarter doucement de papa, maman répond d'un ton évasif : *Je ne sais pas, Bix !... pas précisément, si on en reparlait demain matin ?* Et papa dit, cette fois avec une menace dans la voix, Skyler tremble pour maman parce qu'il lui semble voir à travers la porte fermée les yeux bruns expressifs de papa tout plissés et durs comme les yeux d'un pitbull fixés sur sa proie : *Ces factures, ces reçus de cartes de crédit, ces chèques encaissés... tu pensais*

*que je ne les trouverais pas ? Cette gouine de Zych et ses « honoraires »*
*– les factures des patinoires – factures d'hôtels, factures de restaurants*
*– putains de factures de médecins – re-putains de factures de médecins*
*– primes d'assurance – ce « publicitaire » que tu as engagé – on en est*
*à soixante mille dollars minimum, cette année, Betsey.* Et maman
s'écrie : *Soixante mille ! C'est ridicule,* et papa dit : *Tu es en train de*
*me dire que je me trompe, Betsey, que je suis ridicule ?… c'est ce que*
*tu es en train de dire, Betsey ?* et maman répond très vite : *Non, mais*
*je… je ne crois pas, Bix, je suis sûre que…* et papa dit : *Soixante mille*
*cette année, et l'an prochain ce sera plus, évidemment. Si tu continues*
*sur ta lancée. J'ai fait mon enquête sur le patinage amateur, le pati-*
*nage artistique féminin, je sais que Bliss est prometteuse, qu'elle se*
*débrouille très bien pour quelqu'un d'aussi jeune, elle a remporté quel-*
*ques trophées et en remportera peut-être d'autres mais il se passera des*
*années avant qu'elle gagne vraiment de l'argent, et si jamais elle se*
*blesse… ?* Et maman dit : *Bliss ne se blessera pas, Bix ! Je te le pro-*
*mets.* Et papa dit : *Comment peux-tu promettre une chose pareille,*
*Betsey ? Tu vois l'avenir ?* Et maman dit, d'un ton implorant, de
l'autre côté de la porte où il écoute captivé et immobile Skyler
imagine maman tombant à genoux devant papa, maman dans son
négligé en soie, une bretelle glissant de son épaule nue, et maman
a les cheveux dans la figure, et les joues empourprées, et ses beaux
yeux d'un brun chaud sont humides de larmes, maman tâtonne
comme une aveugle, tend les mains vers papa, immense au-dessus
d'elle, maman supplie : *Fais-moi confiance, Bix, aie foi en moi et*
*fais-moi confiance, notre fille est notre destinée.*


*PAPA T'AIME MAIS PAPA NE T'AIME PAS TANT QUE CELA. ET PEUT-*
*être que maman non plus.*


*DESTINÉE :*
　　1. Ce à quoi une personne ou une chose est destinée : SORT.
　　2. Déroulement prédéterminé des événements souvent
　　considéré comme une puissance irrésistible.

(Skyler a cherché le mot dans le dictionnaire, évidemment. Skyler-une-jambe-plus-courte-que-l'autre, destiné à n'être la destinée de personne.)

**« SKY-LER ! JE T'AIME. »**
La petite Bliss, si douce, si seule, prend souvent son grand frère par le cou pour lui faire des bisous mouillés, ce qui embarrasse Skyler car quel garçon de huit ans a envie d'être enlacé/embrassé aussi souvent par sa petite sœur ? Et les bras minces de Bliss sont étonnamment musclés, à faire grimacer Skyler quand elle le serre fort. Skyler sait que les garçons n'enlacent/embrassent pas leur sœur sauf contraints et forcés, ce qui arrive parfois quand des photographes sont présents et que maman pousse ses adorables enfants à s'enlacer/embrasser pour la photo. Voici Skyler Rampike, smoking taille enfant, nœud papillon noir à clip, chemise à poignets mousquetaires d'un blanc aveuglant, boutonnière ornée d'un œillet rouge assorti aux rubans de satin rouge des cheveux en couronne de Bliss, qui accompagne sa sœur jusqu'au bord de la patinoire, où un projecteur fond aussitôt sur elle, donnant le signal des applaudissements dans une salle bondée (où était-ce ? peut-être à Baltimore) ; ou, lors de la réception en l'honneur des gagnantes StarSkate, salle de bal B du Marriott, sous la supervision de maman (« Ne boite pas, mon chou ! Et pas de grimaces ! ») accompagnant sa sœur, la toute nouvelle Mini Miss StarSkate 1995, dans son beau costume froufroutant rose et blanc, entre deux rangées de flashs aveuglants, de caméras de télé et d'admirateurs béats*.

---

* Vous êtes probablement quelques sceptiques à vous demander où paraissent ces photos « d'actualité » ? Ces « reportages » sur des événements aussi mineurs dans l'histoire culturelle de notre grande nation ? Franchement, je n'en sais trop rien. Je me rappelle que maman découpait avidement des articles dans des publications telles que *Netcong Valley Bee, Ashbury Park Weekly, East Orange Sentinel, Delaware Valley Beacon* et, bien sûr, dans notre *Fair Hills Beacon*, qui ne manquait jamais de mettre en vedette, souvent en première page, la patineuse prodige « la plus récente, la plus jeune » du New Jersey ; un jour prochain viendraient un article en page trois de l'édition New Jersey week-end du *New York Times*, et un article de cinq

179

**INTÉRESSÉS PAR LA SUITE DE LA PETITE SCÈNE GUIMAUVESQUE** ci-dessus ? Quand maman vit les photos de Bliss et de Skyler à la réception StarSkate, maman faillit s'évanouir. Car StarSkate Sports d'hiver Inc. comptait utiliser les photos de ses vainqueurs 1995 pour faire une publicité nationale de ses articles de patinage, et misait beaucoup sur les photos des adorables enfants Rampike, mais : « Ohh, mon Dieu. Oh, ce n'est pas vrai. *Oh !* » Car apparemment, si Bliss souriait adorablement, quoique faiblement, exquise comme une poupée de porcelaine, le petit Skyler ressemblait à une gargouille, bizarrement bossu, le visage déformé par une grimace revêche, les dents découvertes par un sourire prédateur. « Mon Dieu ! ce n'est pas possible. Comment est-ce possible ! Skyler ne grimaçait pas quand on a pris ces photos. Il souriait, je le jure, je l'ai vu. Et il n'était pas bossu ! Je ne l'ai pas quitté des yeux, il était absolument adorable, tout le monde le disait, rien à voir avec ce... *monstre.* » En ce samedi matin où, fait relativement rare, papa était à la maison avec sa petite famille et s'efforçait de passer des moments de qualité avec eux, papa se moqua de l'effroi de maman : « Voyons, chérie, tu exagères. Respire ! Ces réactions exagérées peuvent être contagieuses pour les enfants, tu devrais le savoir. » Mais quand papa examina les photos à son tour, il siffla entre ses dents : « Nom d'un petit bonhomme, ta mère a raison, Sky. Tu as une tête d'"ennemi public numéro un", là-dessus... quelle idée de faire cette grimace débile devant un appareil photo ? À un moment pareil ? En public ? Avec ta petite sœur à côté de toi ? C'est une blague ? »

---

pages dans le luxueux magazine *New Jersey Lives* ; quand nous avions de la chance, un clip fugitif de la belle et blonde Bliss Rampike en train de patiner et/ou de sourire timidement à la caméra passait en toute fin d'émission sur une chaîne du New Jersey. Maman avait la conviction, appuyée par sa nouvelle publicitaire/amie Samantha Sullivan, engagée pour faire une « promotion agressive » de la carrière de Bliss, que la célébrité peut naître, pour certains, d'une accumulation régulière de publicité ; brusquement on arrive à un « point de bascule », et du jour au lendemain, tout le monde connaît votre nom et votre visage. « À condition que Bliss gagne, naturellement », précisait Samantha.

Effrayé, Skyler protesta : « Je ne f... faisais pas de g... grimace, papa...

– N'essaie pas de me la jouer, fiston. La preuve est là ! »

Skyler regarda, stupéfait. Maman avait dit vrai : sur les photos, il faisait sa « grimace de martyr » avec un air de jubilation démente ; une expression qui ressemblait à celle de Tyler McGreety quand, de temps à autre, tout à fait par hasard et contre leur intention à tous deux, Skyler et Tyler se retrouvaient soudain nez à nez à l'école. (Car depuis leur unique goûter-rencontre, les deux garçons faisaient l'impossible pour s'éviter.)

Mais Skyler savait qu'il n'avait pas fait sa « grimace de martyr » quand on l'avait photographié avec Bliss à la compétition Star-Skate, pas plus qu'il n'avait boité, pas quand tant de monde le regardait. Il le *savait*, bon sang !

Maman s'essuya les yeux, furieuse : « Si... laid ! Si méchant ! Comment as-tu pu nous trahir, ta sœur et moi, Skyler ? À l'heure de son triomphe ! Tu sais que StarSkate pense à Bliss pour représenter ses produits, si elle remporte le titre de Miss Princesse de la glace du Jersey l'an prochain... est-ce que tu chercherais à saboter nos efforts ? Tu devrais avoir honte ! »

Maman fit mine de calotter Skyler, qui continuait à protester avec indignation. Papa intervint : « Skyler n'y est peut-être pour rien, Betsey. C'est peut-être un genre d'hormone mâle prépubère. *Homo homin lupus.* Le sang de loup de nous autres Rampike, qui commence à parler. »

Maman régla le problème en découpant avec soin les abominables photos pour qu'il n'y reste plus que la belle petite Bliss, éblouie, hébétée et minuscule dans les éclairs des flashs. Bien que ces clichés ne puissent évidemment pas servir dans la campagne publicitaire à venir, un représentant de StarSkate assura à maman que sa société « s'intéressait toujours beaucoup » à Bliss, pourvu qu'elle remporte le titre convoité de Miss Princesse de la glace du Jersey 1996.

(Crénom : je me rappelle cet incident déroutant et inexplicable, et je peux assurer aux lecteurs sceptiques que, ce soir-là, dans le smoking pour enfant auquel maman avait tenu – comme elle avait tenu à ce que mes cheveux, qui étaient alors des cheveux châtain clair très ordinaires de petit garçon normal, aient droit à un « brushing » et à de la « mousse coiffante » –, je n'avais *pas* fait de grimaces pendant la séance de photos mais avais SOURI SOURI SOURI comme le demandaient ces satanés photographes. « Magni-fique ! A-do-rable ! Maintenant embrasse ta petite sœur ! Oui, parfait ! » J'avais fait exactement ce que maman m'avait dit de faire et pourtant – Dieu sait comment ! – le résultat était hideux ; et quand je repense à cet incident, je me rends compte que c'est à dater de là que maman a cessé de m'aimer, ou en tout cas de m'aimer autant qu'avant, et que le *sang-lupus des Rampike,* comme disait papa, s'est peut-être mis à parler.)

NOVEMBRE 1995. APRÈS LE CHALLENGE DE PATINAGE MISS Nouvelle-Angleterre où elle s'était classée deuxième dans la caté-gorie junior (moins de dix ans) et avait emballé le public en petite cow-girl coquine, joues fardées, couettes virevoltantes sous un chapeau de cow-girl crânement incliné, glissant/sautant/pirouet-tant dans une minuscule jupe à franges avec culotte nacrée au-des-sous, dans un minuscule gilet à franges piqueté de faux diamants, patinant au rythme d'une version syncopée de *Streets of Laredo,* Bliss attendait maman étendue à l'arrière de la Buick Lady Toro pendant que dans la patinoire maman contestait avec feu la déci-sion des juges, et Skyler, abruti de fatigue maintenant que la ten-sion de la compétition était tombée, maintenant qu'il était temps d'aller passer la nuit au Sheraton Inn Brunswick (l'endroit où ils se trouvaient, quelque part dans le Massachusetts ou peut-être dans le Maine, Skyler le savait forcément puisque c'était lui qui avait lu la carte routière pour les piloter, mais il avait trop sommeil pour se le rappeler), Skyler fut attendri d'entendre Bliss parler avec sérieux à sa poupée préférée – une vieille poupée de chiffon déglin-guée presque de sa taille au sourire doux, aux yeux brillants et au tablier de vichy taché que maman avait souvent essayé d'enlever à

Bliss qui avait une dizaine de belles poupées coûteuses – Skyler entendit Bliss s'adresser à cette poupée en imitant à s'y méprendre la voix de maman : « La prochaine fois, nous travaillerons plus dur, et nous prierons plus fort, et Jésus veillera à ce que *nous soyons les meilleures.* »

Skyler demanda à Bliss comment s'appelait sa poupée parce que personne ne semblait connaître le nom de cette vieille poupée déglinguée ; et Bliss secoua la tête avec violence en disant que c'était un « se-cret ». Mais Skyler se pencha par-dessus le dossier et il insista, promettant qu'il ne le répéterait pas, et finalement Bliss céda et dit, en serrant la poupée contre sa petite poitrine plate : « Elle s'appelle Edna Louise. »

SKYLER GARDA LE SECRET DE BLISS. SKYLER NE LE RÉPÉTA jamais.

# LE MARIAGE DE MISS FINCH ET DE COCK ROBIN

**NOUS T'AIMONS BLISS !**
**TU ES NOTRE CHÉRIE BLISS !**
**NOUS PRIONS POUR TOI BLISS !**
**DIEU TE BÉNISSE BLISS !**

PEU À PEU, ET, PARADOXALEMENT, AVEC UNE NETTE ACCÉLÉration dans les dernières semaines de 1995 après la prestation héroïque de Bliss à Atlantic City en décembre\*, on vit arriver chez

---

\* Désolé ! Voir le chapitre « Une petite fille très courageuse » dans lequel j'ai déjà parlé de cet épisode douloureux. Voici tout de même une version « poétique » oniro/cauchemardesque de ce qui arriva : vers la fin de son numéro, Bliss se tordit soudain la cheville, perdit l'équilibre, faillit tomber, mais parvint courageusement à patiner (couci-couça) jusqu'à la fin du trépidant *Begin the Beguine* même quand sa mantille de dentelle noire glissa de ses cheveux, s'entortilla entre ses jambes et manqua la faire trébucher... Mais Bliss avait patiné si magnifiquement avant ces deux incidents que le public du Trump Tower & Casino l'applaudit à tout rompre ; et cette prestation deviendrait célèbre, passerait fréquemment à la télévision, sur d'innombrables chaînes câblées, notamment après sa mort. Avec le programme qui lui valut le titre de Miss Princesse de la glace du Jersey 1996, ce numéro de *Begin the Beguine* de la petite Bliss Rampike, cinq ans, en taffetas et dentelle noire sexy, maquillée comme une fille beaucoup plus âgée, est le clip vidéo que vous avez le plus de chances de voir, par exemple en cliquant sur l'un des nombreux sites Bliss Rampike de la toile, car quelque part dans le cyberespace ce clip passe et repasse. Est-ce notre immortalité ? Pas le paradis, s'il y en a jamais eu un, mais la possibilité que quelque part, quelqu'un, qui sait qui, qui sait pour quel motif – compassion, goût du sensationnel, « simple curiosité » – télécharge nos moments les plus héroïques/tragiques/humiliants pour y réfléchir comme s'*ils avaient peut-être un sens* ?

les Rampike, 93, Ravens Crest Drive, Fair Hills, New Jersey, des bouquets de fleurs pour MISS BLISS RAMPIKE. (Par quelle « fuite » notre adresse personnelle parvint-elle au public ? Papa était furieux. Maman soutenait qu'elle n'en avait « aucune idée ».) Les camionnettes de livraison n'apportaient pas seulement des fleurs coupées de toutes variétés, quantités et prix, mais aussi des plantes en pot de toutes espèces, orchidées aux couleurs de sorbet, cactus en fleurs, bonsaïs rabougris. Chose étrange… après chaque prestation de Bliss, qu'elle eût fini première, deuxième, simplement troisième ou, comme lors de la compétition désastreuse/triomphale d'Atlantic City, cinquième des concurrentes de sa catégorie, elle recevait des cartes porteuses de messages joyeux :

FÉLICITATIONS NOUS T'AIMONS BLISS RAMPIKE
TU ES UNE COURAGEUSE PETITE FILLE BLISS
RESTE FIDÈLE À TA VISION BLISS
NOUS T'AIMONS ET PRIONS POUR TOI

Des messages écrits par des inconnus ! – du New Jersey, d'abord (pas du snobinard Village de Fair Hills, mais de « l'autre » Jersey), mais ensuite d'autres États, parfois aussi lointains et improbables que l'Idaho, l'Alaska ou Hawaï, et de pays étrangers tels que le Danemark, l'Allemagne, le Japon et l'Australie. La plupart de ces « fans » n'avaient jamais vu ma sœur patiner, il fallait supposer qu'ils avaient vu des clips télévisés, Dieu sait dans quel contexte : « patinage artistique jeunes filles », « sports d'hiver américains », « numéros d'enfants mignons », « numéros d'enfants américains exploités ». Maman examinait avec soin chaque carte, s'assurait qu'elle ne portait pas de message inquiétant ou mystérieux, de symboles ou de signes secrets avant de la montrer à Bliss, puis la reprenait pour la ranger dans l'album spécial, de plus en plus rebondi, réservé aux photos, coupures de presse, matériel promotionnel et cartes de fans.

Il y avait aussi des présents : poupées et animaux en peluche offerts par des petites filles ; bonnets en laine à pompon, cache-cols, moufles et jambières tricotés main ; petites jupes et gilets de patineuse taillés dans des étoffes inhabituelles tels que feutre, taffetas, velours. Il y avait de petits diadèmes argentés faits à la main. Et, souvent, des photos de Bliss patinant dans une lumière vive, parfois prises de terriblement près, quelques dizaines de centimètres, par des fans entreprenants, envoyées pour que Bliss y inscrive sa signature enfantine –

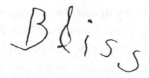

– et à retourner aux expéditeurs dans l'enveloppe timbrée jointe.

Mélancoliquement Bliss demandait : « Est-ce que tous ces gens m'aiment, maman ? » et maman répondait fièrement : « Oui, chérie ! Ils aiment "Bliss Rampike", ce sont nos "fans". »

Les plus beaux présents étaient en général des tenues complètes de patineuse, certaines coupées dans des tissus coûteux, velours frappé, soie plissée Fortuny, lamé chatoyant, avec de minuscules corsages couverts de petites perles, de cristaux aurore boréale, de poudre d'or. *Ma chère Crista portait ce costume en 1957 quand elle a été couronnée Miss Princesse royale de la glace à Bangor dans le Maine, à l'âge de dix ans, porte-la en souvenir d'elle je t'en prie. Dieu te bénisse chère Bliss nous t'aimons.*

« OH ! SKYLER ! C'EST POUR... MOI ? »

Oui, bien sûr. Le 30 janvier 1996, date du sixième anniversaire de Bliss, il y eut beaucoup de cartes et de cadeaux de fans, mais l'un d'entre eux fut le plus étrange et le plus merveilleux de tous.

*Le Mariage de Miss Finch et de Cock Robin* était un tableau d'oiseaux grandeur nature qui avaient de « vraies » plumes et de beaux costumes à l'ancienne. Ils étaient disposés à l'intérieur d'un cube de Plexiglas dont chaque côté mesurait environ vingt-cinq centimètres, si bien qu'on pouvait les regarder sous toutes les coutures, et si on soulevait doucement le couvercle, on pouvait les toucher. Miss Finch, la petite mariée timide, était un oiseau au bec délicat, aux ailes de moineau, à la tête et à la poitrine rosées, en robe de dentelle avec traîne et voilette ; Cock Robin, un marié charmant, beaucoup plus gros que Miss Finch, avait une tête grise fièrement dressée, une splendide poitrine roux orangé, des yeux étincelants qu'on pouvait presque croire vrais, et une redingote à basques de gentleman. Ils étaient mariés par un oiseau noir au gros bec et au regard bienveillant quoique un peu distrait, et entourés d'une dizaine de petits oiseaux, tous vêtus d'exquises reproductions d'anciens costumes humains : moineaux, mésanges, parulines. Leurs plumes étaient vraiment réalistes, mais les oiseaux eux-mêmes, leurs petits corps, étaient raides et empruntés.

Ce cadeau sans précédent avait été livré par porteur spécial, selon Maria, et le « livreur » avait même offert de porter le paquet dans la maison, ce qui n'était pas nécessaire, étant donné sa légèreté. Maria avait posé le présent près du courrier plus ordinaire de la journée, sur la table de la petite pièce attenante au vestibule que maman appelait la tanière ; et quand Skyler revint de l'école ce jour-là, il eut envie de l'ouvrir, comme il ouvrait la plupart des paquets de Bliss, mais il dut attendre le retour de maman et de Bliss. (Car maman et Bliss étaient toujours parties quelque part : à la patinoire pour les cours et l'entraînement quotidiens de Bliss, mais aussi à l'un ou l'autre des rendez-vous de Bliss : salon de coiffure, où ses cheveux naturellement « fadasses », selon maman, devaient être « éclaircis » ; orthodontiste pédiatrique parce qu'elle avait un « recouvrement qu'il fallait corriger » ; nutritionniste pédiatrique, car elle avait besoin d'injections hebdomadaires de vitamines et de « stimulateurs de croissance » pour pouvoir soutenir le rythme de la compétition.) Et quand Skyler put enfin ouvrir le paquet à l'emballage compliqué, et que *Le Mariage de Miss Finch et de Cock Robin* apparut, les deux enfants et les deux adultes, maman et Maria, furent stupéfaits.

Bliss contempla la boîte de Plexiglas avec des yeux écarquillés. Skyler vit une expression d'appréhension, presque de peur, passer sur le petit visage pâle de sa sœur, *Le Mariage de Miss Finch et de Cock Robin* était trop merveilleux pour que ce soit supportable. « Oh Skyler ! C'est pour… moi ? »

Skyler dut se retenir de lancer *Et pour qui d'autre ? Tu sais parfaitement que ce n'est pas pour moi.*

Quel enchantement, ce mariage d'oiseaux ! Ils étaient si exquisément vêtus ! La petite Miss Finch dans sa robe de noce, timide comme une vraie mariée ; le fringant Cock Robin dans sa redingote à basques, tête crânement levée, gros bec entrouvert. « Ce Cock Robin, c'est tout le portrait de papa, hein ? » dit maman en riant. Elle chercha la carte que Skyler, qui ne faisait jamais attention à rien, avait froissée avec le papier d'emballage, et découvrit que c'était une carte de Saint-Valentin à l'ancienne, ornée d'un cœur de satin rouge. Maman lut tout haut :

**BON ANNIVERSAIRE FÉLICITATIONS BLISS**

**BAISERS ET AMOUR ÉTERNEL**

**TON FAN NUMÉRO UN QUI MOURRAIT POUR TOI**

*G. R.*

Ni Bliss ni Skyler ne se souciaient beaucoup de l'identité du mystérieux *G. R.* mais maman était curieuse, maman était soupçonneuse, elle chercha l'adresse de l'expéditeur sur l'emballage déchiré, mais elle n'y était apparemment pas. Et puis, le nez sensible de maman commençait à percevoir une odeur très étrange et pourtant familière, une odeur écœurante, encore faible, ténue, mais néanmoins alarmante. En employeuse *gringa* et en femme de ressources, maman demanda donc à Maria de soulever le couvercle de la boîte et de « mettre la tête dedans pour me dire ce que ça sent ». Résultat : à la stupéfaction de Bliss et de Skyler, le merveilleux *Mariage de Miss Finch et de Cock Robin* fut ré-empaqueté dare-dare dans son papier d'emballage et Maria l'emporta, la mine grave, en dépit des protestations de Bliss : « C'est à moi, maman. Où est-ce que Maria emmène mon cadeau ? Il était pour moi... "Mlle Bliss Rampike". Je l'ai vu. Il est à moi.

– Cette chose n'est pas pour toi, Bliss, dit maman. Ce "cadeau" n'aurait jamais dû entrer dans cette maison, c'était une erreur.

– Non. Non, ce n'est pas une "erreur". »

La voix de Bliss montait dangereusement. Elle avait les yeux rétrécis, une expression farouche. C'était l'expression qui passait parfois sur son visage, fugitive comme le flamboiement d'une allumette, quand elle patinait mal ou qu'elle tombait. Skyler aussi demandait : « *Pourquoi*, maman ? »

Les deux enfants auraient couru derrière Maria si maman ne leur avait pas barré le passage. Le front creusé d'un pli profond, la mâchoire figée façon bouledogue, elle dit : « Oh non, pas question ! Montez dans vos chambres faire vos devoirs. Ça suffit comme ça ! Tu fêteras ton anniversaire ce soir, Bliss, avec ta famille – papa sera là pour l'occasion. Et nous avons des cadeaux pour toi, bien plus beaux que...

– Je veux ce cadeau-là ! Je veux *Miss Finch et Cock Robin*... On me l'a envoyé à *moi*.

– Tu vas mettre maman en colère, Bliss. Maman t'a dit de monter dans ta chambre. Tu ne joueras pas avec ce "cadeau" répugnant, alors fais comme s'il n'était jamais arrivé. Maria a été très mal inspirée de l'accepter, et...

– Il est à *moi*, maman. À *moi* ! Ce sont mes oiseaux, maman ! Ils ont été envoyés à "Mlle Bliss Rampike" ! Et c'est *moi* ! Tu sais que c'est *moi*. Ce n'est pas *toi*, maman ! » Bliss se mit à hurler, livide et furieuse, tandis que maman essayait de la maîtriser. Skyler regardait sa petite sœur avec stupéfaction parce qu'il était rare qu'elle se mette en colère ; Bliss n'élevait jamais la voix, même quand les autres criaient et vociféraient, et Bliss faisait de son mieux pour étouffer stoïquement ses sanglots quand elle avait mal. Mais là, elle criait avec fureur : « Je veux mes oiseaux ! Je veux mon ca-deau ! C'est un ami spécial qui me l'a envoyé ! Quelqu'un qui m'aime ! Ça m'appartient, c'est à moi, mon ami me l'a envoyé à moi ! Tu ne

peux pas me le prendre, maman ! C'était pour *moi* ! C'est *moi* qu'il
aime bien, pas *toi*. C'est mon ami ! Je veux être avec lui ! Mes
oiseaux sont à moi, maman, tu ne peux pas me les prendre, je le
dirai à papa ! Papa m'a demandé un jour de lui dire si tu me faisais
du mal, si tu me faisais faire des choses que je ne veux pas faire, et
je lui dirai ce que tu fais ! Je lui dirai ! Toutes les choses que tu fais !
Je dirai à papa que tu m'as volé mes oiseaux ! Je te déteste, je dirai
à papa ce que fait le docteur ! Je ne veux plus de "piqûres" ! J'ai mal
à mon derrière quand je m'assois à cause des "piqûres". Et je ne
veux plus de ce truc dans ma bouche, de cette sale "gouttière" dans
ma bouche ! Je le dirai à papa ! Je veux mes oiseaux ! Mes oiseaux
étaient pour *moi* ! Mes oiseaux… »

Maman appela vite Maria pour qu'elle emmène Bliss. « Elle
est hystérique. Elle est ridicule. Emmenez-la dans sa chambre,
Maria, et calmez-la. C'est le moins que vous puissiez faire, ça ne
serait pas arrivé si vous aviez fait plus attention, emmenez-la *tout
de suite* ! »

Ainsi fut fait, non sans résistance de la part de Bliss, et Skyler,
stupéfait par l'accès de colère de sa petite sœur, demanda à maman
pourquoi ils ne pouvaient pas garder le cadeau de Bliss, et maman
répondit, en plissant le nez : « C'est… quel est le mot déjà… de la
"taxidermie". C'étaient de vrais oiseaux ! Ça se voyait, ils étaient
vraiment bizarres, ils ne ressemblaient pas à des oiseaux fabriqués,
et malgré la boîte je sentais une drôle d'odeur. On les a traités avec
un produit et empaillés, leurs yeux sont en verre, mais leurs plumes, leurs corps sont vrais, et ils sentent le pourri. Beurk ! N'en
parle pas à ton père, Skyler. Pas un mot de cette histoire. »

Ce petit lèche-bottes de Skyler assura aussitôt à maman qu'il ne
dirait rien à papa : « Je le promets, maman. »

Pauvre maman était agitée, tremblante, comme cela ne lui était
pas arrivé depuis longtemps ; elle serrait si fort les épaules de son
petit homme que cela faisait mal, mais le petit homme de maman
ne bronchait pas. On se serait cru au bon vieux temps : des vagis-
sements frénétiques d'enfant quelque part au premier, et maman et
Skyler, à distance, seuls tous les deux.

*LE MARIAGE DE MISS FINCH ET DE COCK ROBIN* DANS SA BOÎTE de Plexiglas disparut de chez les Rampike comme s'il n'avait jamais existé, et on ne le revit jamais plus ; mais dans la petite pièce attenante au vestibule que maman appelait la tanière, une légère odeur écœurante de décomposition/pourriture flotterait longtemps.

« G. R. »

*C'ÉTAIT POUR MOI ! C'EST MOI QU'IL AIME BIEN, PAS TOI. C'EST*
*mon ami. Je veux être avec lui !*

Le lecteur vigilant a relevé ces mots mystérieux et énigmatiques
lancés par ma sœur pendant son accès de colère inattendu. Mais
comment les interpréter ? Vous, le lecteur vigilant et « objectif »,
qu'en pensez-vous ?

J'aimerais bien savoir qu'en penser ! Ces énigmes me démangent
la peau comme si elle grouillait de poux, des poux qu'il est inutile de
chercher à écraser entre ses doigts parce que le grouillement continue
de plus belle, que de nouvelles générations de poux naissent dans
le temps même où vos ongles s'acharnent frénétiquement sur eux,
comme ces pensées obsessives/répétitives *Bliss connaissait-elle vraiment*
*G.R. comme elle le prétend, était-il son ami, ou cherchait-elle seulement*
*à tourmenter maman comme le font quelquefois les jeunes enfants, même*
*les enfants « sages », dans la folie passagère d'un accès de colère ?*

Ou, possibilité encore plus perturbante : le petit Skyler était-il
si abasourdi par la conduite de sa sœur qu'il a mal entendu ce
qu'elle a dit ou que, tâchant de s'en souvenir après coup, il a carrément déformé ses paroles ?

À la fin de *Petite sœur, mon amour* le lecteur saura pourquoi ces
détails ont leur importance. Car si Bliss « connaissait » véritablement G. R., c'est-à-dire s'il était entré en contact avec elle, s'il lui
avait parlé, avait établi des liens avec elle, ce fait – si c'est un fait –
serait crucial pour débrouiller le mystère (non élucidé à ce jour) de
l'assassinat de Bliss Rampike.

# POPULARITÉ !

AH ! CES ANNÉES ! CES ANNÉES GRISANTES ! ET BIEN COURTES car ce qui commença avec Bouts-de-chou-sur-glace en 1994 s'achèverait fin janvier 1997 et ne représente donc qu'un fragment de vie, mais d'une vie finalement très américaine : obscurité, célébrité, fin.

Pendant les années de splendeur de Bliss Rampike, Bix et Betsey Rampike se trouvèrent aspirés dans le sillage de leur fille comme des bouts de papier dans le vortex vrombissant d'un dix-tonnes lancé à fond de train. Car, merveilleusement, comme maman aurait à peine osé l'espérer lors de ces lointaines *petites expéditions* où elle passait avec Skyler devant les splendides demeures de certains de ses voisins de Fair Hills, la popularité des Rampike grandit parmi leurs voisins snobs de Fair Hills.

Même Skyler devint un partenaire de goûter-rencontre recherché, du moins par les mères de ses camarades d'école. Même l'avorton rechigné avec sa jambe plus courte que l'autre.

*Populaire !* En Amérique, y a-t-il autre chose qui compte ?

Les journaux locaux publiaient de petits articles flatteurs sur Bliss depuis Bouts-de-chou-sur-glace et au printemps 1995 le très chic et très luxueux *New Jersey Lives* consacra cinq pages centrales avec photos à « la petite patineuse prodige de cinq ans que certains comparent à Sonja Henie ». À l'automne de la même année l'édition New Jersey du *New York Times* publia un grand article sur Bliss et sur « Betsey Rampike, maman-manager dévouée » ; suivit peu après un sujet de couverture dans le très chic et très luxueux

*Garden State Galleria*, une nouvelle publication dans le style poseur pseudo-aristocratique de *Vanity Fair*. Dans *Galleria* parurent huit pages d'une prose flatteuse et concise – « Les experts du patinage prédisent qu'avant son dixième anniversaire cette très jolie petite patineuse blonde de Fair Hills coiffera les trois couronnes du patinage artistique junior… » – et des photos théâtrales de la petite Bliss, posant sur la glace dans l'un de ses costumes pailletés, auréolée d'une lumière céleste ; Bliss dans le même costume avec, derrière elle, maman qui l'enlaçait et l'enveloppait dans une cape de cachemire évoquant des ailes repliées, le menton légèrement posé sur sa petite tête blonde ; Bliss dans une tenue habillée de petite fille, robe-chasuble, chemisier, minuscules boots blanches à bouts ouverts, en compagnie de sa famille – maman, papa, petit frère de huit ans, souriants\*, dans la salle de séjour de leur « belle demeure XVIII<sup>e</sup> de style colonial, nichée dans une rue en cul-de-sac au cœur de l'un des quartiers les plus prestigieux de Fair Hills ». (Prestigieux ? Vraiment ? Maman dut être aux anges, quoique un peu gênée. Ravens Crest Drive était tout juste dans la moyenne fairhillésienne, immobilièrement parlant.) L'essentiel de l'article consistait en une interview de maman : « La famille passe avant tout chez nous ! Notre priorité, ce n'est pas la carrière de Bliss, mais son bonheur » ; « Nous les Rampike sommes une famille très unie, nous ne manquons jamais le service du dimanche à l'église épiscopalienne de la Trinité » ; « Oh oui ! Nous protégeons notre fille du feu des projecteurs » ; « Entraînement et prière, prière et entraînement, voilà la recette de notre succès ! » Bix était cité, lui aussi : « Indispensable de définir ses priorités, "la famille avant tout", comme dit Betsey ! » ; « La ligne de touche, c'est notre amour pour notre fille, pas notre ambition » ; « Ne jamais dire jamais, c'est la tradition dans notre famille, un Rampike ne baisse jamais les bras ». L'intervieweuse, qui signait Adriana Fyce, semblait avoir été séduite par papa : « grand,

---

\* Maman, papa et Bliss sont « souriants », mais Skyler, tout au bord de la photo, a le front plissé de petites rides et regarde l'appareil avec un sourire crispé d'apoplectique.

athlétique, la poignée de main virile », écrivait-elle, « il pourrait passer pour un cousin de Pittsburgh d'un Kennedy de Boston » ; « un jeune et séduisant cadre d'avenir de la société Scor Chemicals, dans le secteur ultrapointu du développement de projet, doué d'un sens aigu de l'humour et d'un dévouement attendrissant de papa poule pour sa fille. » Si peu de choses étaient dites du passé de Betsey Rampike, sinon qu'elle était née dans une petite ville « reculée » de l'État de New York et avait fait « un peu de patinage de compétition » au lycée, il était souligné avec admiration que Bix Rampike avait été un « sportif d'exception », une « star » de l'équipe première de football américain de l'université Cornell, sollicité « agressivement » en dernière année d'études par plusieurs équipes professionnelles, dont les Pythons d'Indianapolis et les Stingrays de St. Petersburg.

L'article de *Galleria* se terminait par une ultime envolée de prose féminine vibrante : « Interrogé sur son plus cher désir concernant sa très talentueuse mais très jeune fille, Bix Rampike s'est tu un long moment. Une expression de tendresse pensive a voilé le chaud regard de ses yeux noisette, et les traits virils de son visage se sont adoucis. "Puisse-t-elle être belle, et pourtant pas au point d'affoler le regard de l'inconnu qui passe", a-t-il répondu. C'est ce qu'a dit un poète irlandais, et je dis : Amen*. »

POPULAIRES ! CAR À PRÉSENT LE TÉLÉPHONE DU 93, RAVENS Crest Drive, qui avait si longtemps tourmenté maman en ne sonnant pas, semblait *sonner-sans-interruption*. Et les appels que maman passait en grand stratège à partir de sa pyramide complexe de noms recensant les habitants de Fair Hills censés être des VIP, étaient maintenant *payés de retour*. Et presque tous les jours le courrier contenait, en plus des cartes et paquets adressés avec soin à

---

* Faut l'entendre pour le croire, hein ! Papa l'Épate ! Il me faudrait des années pour situer la citation, je tomberais dessus par hasard dans une anthologie de poésie à l'Academy de Basking Ridge : ce sont deux vers de *Prière pour ma fille* de William Butler Yeats.

MLLE BLISS RAMPIKE, des invitations à des dîners, des réceptions et des soirées de gala pour M. ET MME BIX RAMPIKE. « C'est Noël tous les jours ! disait maman à Skyler avec un sourire ébloui, une main pressée contre le cœur. Je sens l'amour de nos voisins, j'en pleurerais. »

En fait, maman éprouva le besoin d'engager une nouvelle assistante (Ardis Huddle, expérience dans l'immobilier/RP) pour l'aider à gérer la carrière de plus en plus compliquée de Bliss, et notamment à explorer la pistes des agences d'enfants mannequins, des agences de publicité, et des participations à des galas de bienfaisance ; et comme on ne pouvait attendre de Maria qu'elle affronte l'avalanche d'appels et de courrier, s'occupe du ménage et de la cuisine pour la famille, fasse les courses, prépare, cuisine et nettoie après les dîners élaborés que maman commençait à organiser une fois tous les quinze jours en moyenne, une deuxième Maria, du Pérou, plus jeune que la première, plus brune de peau, avec des yeux noirs d'une beauté saisissante et un accent encore plus exotique, vint travailler chez nous.

Petite Maria, Grande Maria. Par le plus pur des hasards, Skyler fut témoin de la première rencontre, dans le couloir du premier, entre papa (de retour de Bangkok, ou de Singapour, épuisé par le décalage horaire, l'haleine l'aigre, pas de la meilleure humeur) et Petite Maria (chargée d'un panier en plastique orange plein à ras bord de la lessive qu'elle venait de sortir du sèche-linge) : papa regarda, et papa cligna les yeux, et papa s'arrêta net, et un sourire découvrit ses grosses dents de devant tandis qu'il changeait sa valise de main pour libérer sa grosse patte broyeuse et la tendre à la pauvre Petite Maria, qui, encombrée par le panier de linge, eut bien du mal à la serrer. D'une voix grave de baryton, chaudement accueillante, papa murmura : « Bu-ena vis-ta, señorita ! Ou... quelle heure peut-il être, bon Dieu ?... *nach-a ?* Je suis Bix "Honcho Gringo" Rampike et à qui ai-je l'honneur, très bella señorita ?* »

---

* Ou quelque chose dans ce goût-là. Dans la lie amère des souvenirs, les propos de papa l'Épate ne me reviennent que par bribes. Dans un roman sentimental

Petite Maria pouvait-elle faire autre chose qu'abandonner sa main brune à la main caucasienne du honcho *gringo*, de sourire timidement à son nouvel employeur qui, immense au-dessus d'elle, souriait en se léchant les lèvres ? Et le petit Skyler pouvait-il faire autre chose que de rentrer très vite dans sa chambre avant que papa l'aperçoive et lui assène une tape à l'envoyer au sol en guise de bonjour...

« ON CROIRAIT NOËL, TU NE TROUVES PAS, CHÉRI ? TROIS SOI-rées, ce week-end ! Et Imogene Stubbe m'a invitée à "coprésider" avec elle le déjeuner des bénévoles du "Printemps en folie de Fair Hills", et Gwendolyn Burr vient de m'appeler pour inviter "votre adorable petit garçon" à un goûter-rencontre avec son fils Baxter... »

Naturellement, on avait toujours eu de la sympathie pour Bix Rampike à Fair Hills, mais il est indubitable qu'au printemps 1995, et de façon plus flagrante encore pendant la saison mondaine de l'automne/hiver, les Rampike se retrouvèrent soudain sur toutes les listes d'invités ; et Betsey Rampike, encore mal à l'aise et hésitante parmi ses voisines plus glamour de Fair Hills, était accueillie avec chaleur : comme si c'était Betsey Rampike, autant que son séduisant mari charismatique à la poignée de main virile, que les hôtesses se disputaient et souhaitaient pour amie. Skyler n'avait pas à fouiner dans le bureau de maman pour deviner que sur la feuille de papier bricolage rose certains des noms à astéris-ques de la pyramide magique étaient maintenant entourés d'un cercle triomphal : STUBBE, BURR, MARROW, McCONE, HAMBRUCK,

---

féminin, de ceux qui, en grand format comme en poche, se vendent à des millions d'exemplaires chaque année, on lirait *Un regard fatidique passa entre le maître de maison, le beau gringo athlétique, et la petite Maria aux yeux de braise* ou une connerie prometteuse de ce genre mais, pour être parfaitement sincère, ce que j'ai juré d'être, si un regard passa entre mon père et la jeune Maria, Skyler ne s'en aperçut pas, Skyler n'en eut aucune idée, Skyler attendait caché dans sa penderie que les ondes sismiques du pas de papa s'éloignent.

KRUK. Mais aussi EDSON, ROMNEY, BLOOMGREN, FRASS, HULTS. Et même WHITTAKER. Et KLEINHAUS ! (Mais pas McGREETY. Et au grand dépit de Betsey, toujours pas CHAPLIN.) Il y eut une période surréaliste, pendant la gaie et grisante saison des fêtes qui à Fair Hills durait d'avant Noël au jour de l'an et du jour de l'an à l'Épiphanie (6 janvier), où il sembla que plusieurs habitants très fortunés et habituellement invisibles du nord de Fair Hills, propriétaires de vastes domaines/haras dans une campagne verdoyante et vallonnée, l'ex-sénateur Mack Steadley et sa femme Irma, par exemple, vieilles fortunes légendaires du New Jersey, ou le magnat des médias Si Solomon et sa femme Mimi, ou le milliardaire Fritz Vizor et sa femme Fanny, désiraient ardemment se lier à Bix et Betsey Rampike, ou en tout cas inviter le jeune couple chez eux. Dans ces réceptions-là, même Bix était mal à l'aise et enclin à boire à l'excès, car il comprenait que c'étaient des gens qui fréquentaient rarement même des multimillionnaires tels que les supérieurs de Bix chez Scor Chemicals, des gens qui ignoraient tout des distinctions capitales établies à Fair Hills entre le Fair Hills Golf and Country Club, le Pebble Hill Tennis Club, le Village Women's Club et le Sylvan Glen Golf Club parce qu'ils n'avaient pas le moindre désir d'adhérer à ces clubs, si « fermés » et si « prestigieux » fussent-ils.

Papa comprenait, mais pas maman. Maman se tourmentait : comment inviter « Mack » Steadley et sa femme Irma (héritière Forbes !) à un dîner dans la maison si peu originale des Rampike, avec ses meubles « ordinaires » – et son terrain d'à peine un hectare ! – alors que les Steadley possédaient des centaines d'hectares dans la campagne du New Jersey au-dessus du lac Hopatcong ; comment inviter les Vizor qui habitaient une maison de campagne seigneuriale « à la française », grande comme un château, et élevaient des Black Angus ; comment inviter les légendaires Solomon qui possédaient journaux, revues, chaînes de télévision, et habitaient une maison « contemporaine classique » à quatre niveaux sur une montagne privée, même si Mimi était « très drôle, impatiente de me parler de sa "carrière de jeune patineuse amateur"… »

et papa l'interrompit : « Reviens sur terre, Bets. Mets ton cerveau à l'engrais. Si ton QI rattrapait ta taille de soutien-gorge, tu serais l'Einstein de Ravens Crest Drive. Ces gens-là veulent juste voir à quoi nous ressemblons. Rien de plus. Ils ont entendu parler de nous dans les médias : "parents de", "prodige du patinage", "future Sonja Henie". Ils ne nous réinviteront pas. C'était réglé avant même que tu ouvres la bouche pour t'extasier sur leur "magnifique maison". Il leur a suffi de te voir, mon chou. Et moi aussi, peut-être. Ils ne nous réinviteront pas, et tu peux être sûre qu'aucun d'eux n'accepterait de venir dîner à Ravens Crest Drive. Comprihendez, chérie ? »

Comprihendez.

(RECONNAIS-LE, SKY : TU ES INCAPABLE DE TERMINER CETTE scène. Incapable de la supporter une minute de plus mais incapable de la terminer. Il faut que je m'en débarrasse en vitesse, mais le lecteur soupçonneux saurait alors que l'auteur amateur est dépassé par son matériau quand il devient trop douloureux. Cette scène entre mes parents a fini par se terminer, évidemment ; mais elle a duré encore de longues minutes ; je l'avais entendue à travers la porte (fermée) de leur chambre à coucher alors qu'ils se déshabillaient, mais je ne vis pas le regard choqué de maman, son expression blessée ; je ne vis pas non plus papa l'écarter d'un geste, mettre fin à la discussion comme il avait coutume de le faire, cette fois-là en claquant la porte de sa salle de bains. Ce devait être un week-end, tard le soir, papa et maman étaient sortis, avaient bu pendant des heures à l'une quelconque de ces innombrables soirées éblouissantes où ils allaient, et qu'ils donnaient.)

• • •

COUPE RAPIDE SUR : « CELA SEMBLE SI LOIN, HEIN, SKYLER ? Une autre vie ! Ce temps où maman n'était pas très heureuse, et où nous faisions nos petites expéditions dans Fair Hills, quand

personne ne me téléphonait jamais et que j'étais si seule et que le…
comment s'appelait ce bébé… pleurait, pleurait à n'en plus finir. Si
j'avais pu voir ce que nous réservait l'avenir, Skyler ! Je me serais
épargné quelques larmes. »

Dans la main triomphante de maman, un carton d'invitation
des Whittier à leur réception du nouvel an.


*MANQUE DE MEUBLES.* TOUTES MES EXCUSES !

Quand maman se plaignait que sa maison soit « peu originale »,
« ordinaire », j'aurais dû planter le décor (comme au cinéma) pour
donner à ces mots une résonance ironique. Car en fait la maison
Rampike était coûteusement/maniaquement meublée de « meubles de style », surtout dans les pièces du bas, en montre comme
dans un musée. Les lecteurs, probablement de sexe féminin, éprouvant un intérêt morbide pour les meubles et la décoration intérieure sont invités à consulter *Grandes Demeures du New Jersey :
une visite guidée* de Jacqueline Bigelow où ils trouveront pages 48
à 53 des photos de meubles ressemblant assez aux nôtres.


PENDANT L'HIVER 1995-1996 À LA SUITE DES NOUVEAUX TRIOM-
phes, titres et trophées stupéfiants de Bliss (avec une mention spéciale pour le Challenge régional de patinage jeunes filles des États
atlantiques, que Bliss Rampike remporta en première division avec
la note de 5,7) arrivèrent en rangs serrés, comme des souhaits
exaucés dans un conte de Grimm au sens ambigu, de nouvelles
invitations, des lettres timbrées aux armes de bastions de privilèges
tels que le Fair Hills Golf and Country Club, le Pebble Hill Tennis
Club et le Village Women's Club ; et maman, enthousiasmée, cria
de joie comme une petite fille et remercia Jésus à genoux – « Tu as
eu foi en moi qui n'avais pas foi en moi-même ». Maman aurait
volontiers adhéré à tous ces clubs – immédiatement ! – mais papa
conseilla de « tenir bon » et d'attendre le Sylvan Glen Golf Club,
plus prestigieux, qui, comme tout le monde le savait, comptait

parmi ses membres « très choisis » les grands millionnaires les plus révérés de Fair Hills et surclassait tous les autres. Maman implora : « Mais si le Sylvan Glen ne se manifeste pas et que les autres retirent leur invitation ? » et papa dit : « D'accord, accepte pour le Women's Club. Ce ne sont que des femmes. Mais ne me casse pas la baraque, mon chou. Laisse-moi jouer cette partie correctement. »

(ALORS : PENSEZ-VOUS QUE BIX AIT « CORRECTEMENT JOUÉ » ? Pensez-vous qu'il *avait* raison ? Êtes-vous de son côté ? Regardez-vous de haut le Fair Hills Golf and Country Club et ses membres nombreux, y compris, depuis la fin des années 80, une saupoudrée discrète de « minorités ethniques », et préférez-vous, comme Bix, le Sylvan Glen Golf Club, plus petit, plus élitiste, moins ostensiblement « déségrégué »* ? Un truc me fout en l'air : quelles que soient la façon dramatique, l'indignation morale justifiée avec laquelle je présente un personnage comme Bix Rampike qui est censé être un fils de pute pur et dur, un tyran « charismatique », un connard, un prédateur et (qui sait ?) l'agresseur brutal de sa propre fille de six ans †, certains d'entre vous, une proportion respectable du lectorat féminin, l'admireront de toute manière ; et imagineront, comme le font invariablement les femmes attirées par ce type d'homme, qu'un homme de ce type ne leur ferait aucun mal mais les aimerait tendrement.)

---

* Y aura-t-il des lecteurs pour admettre s'intéresser aux country-clubs ? À ce genre de clubs privés « fermés » et « prestigieux » ? Si oui, ces fadaises mélancoliques sont pour vous. (Pour savoir si Bix a finement joué sa partie ou pas, s'il a gagné ou perdu son entrée au Sylvan Glen Golf Club, vous allez devoir continuer à souffrir, au moins jusqu'au prochain chapitre.)

† *L'agresseur brutal de sa propre fille de six ans.* Est-ce possible ? Ai-je vraiment écrit ces mots terribles ? Manifestement, je les ai écrits dans un accès de rage et devrais les supprimer, et pourtant… je pense que je vais les laisser. Et si papa veut engager des poursuites contre le fils qu'il a renié, qu'il le fasse. Les tabloïds attendent un nouveau scandale Rampike.)

**COUPE RAPIDE SUR : « OH, QU'ELLE EST DONC ADORABLE ! ET** si blonde. Et si *petite*. » Car la petite Bliss Rampike – et le petit Skyler – font circuler les amuse-gueules (champignons fourrés, petites saucisses épicées – miam ! –, bouchées au crabe) à la grande soirée de gala de maman et papa qui est la plus grande réception que papa et maman ait jamais donnée à Fair Hills, une réception vraiment classe avec service de voiturier – une petite section de lycéens enthousiastes engagés par papa : « On ne peut pas attendre d'invités comme les nôtres qu'ils se garent dans la rue et *marchent*. » Vue de la rue, la vaste maison de style colonial du 93, Ravens Crest Drive scintille comme un arbre de Noël. À l'intérieur, de somptueuses compositions florales, pas un mais deux bars avec barmans professionnels, et de jeunes et jolies serveuses en uniforme blanc qui se faufilent à travers la foule. Au milieu de la Babel de voix et de rires aigus, les accents mélancoliques d'une harpe gaélique tombant du palier du premier où joue une harpiste éthérée aux longs doigts minces. Que d'excitation ! Que de gens ! Car quand on est populaire comme Bix et Betsey Rampike, et souvent invité, il faut évidemment « rendre » les invitations, « recevoir ». Skyler a souvent entendu ces mots. Une soirée, c'est comme plusieurs goûters-rencontres simultanés, réunissant le plus possible des noms de la pyramide sur papier bricolage rose. Papa a trop à faire pour s'occuper de l'organisation des soirées, bien sûr, même s'il les adore et s'il arrive parfois directement de l'aéroport, de l'« étranger », pour courir à l'étage se doucher, se raser et redescendre accueillir les premiers invités, tendre sa grosse main amicale pour une poignée de main broyeuse. Et papa a un « droit de veto » sur la liste des invités, bien sûr : Personne ne doit être invité chez les Rampike simplement parce que maman l'aime bien ou le plaint, ou parce qu'il a été « gentil ». Première règle de la vie sociale ! Quand maman proteste, faiblement : « Oh, mais tout de même, Bix, on ne pourrait pas faire une exception pour... » papa agite comiquement un gros doigt menaçant comme Jack Nicholson dans *Shining* : « Batta, poulette. Bat-ta. »

*Bat-ta ?* Un sorte de synonyme d'« affaire classée », croit savoir Skyler.

« Oh ! Es-tu… "Bliss" ? J'ai vu ta photo dans le journal, je crois ! Bessie, ou, non… Betsey !… comme vous devez être *fière* de cette enfant ! »

Dans une heure, maintenant qu'il fait nuit de l'autre côté des vitres où se réfléchit la soirée de gala, la petite Bliss et le petit Skyler seront récupérés par l'une des Maria, conduits au premier, douchés et couchés, mais pour l'instant le sang de Skyler bat fiévreusement, un sourire douloureux plisse son visage de petit garçon parce que s'est logée dans sa tête de pioche l'idée que maman, qui ce soir est Betsey Rampike, Betsey qui est la femme de Bix et la mère de Bliss, doit être protégée : contre quoi et contre qui, il n'en sait rien. Car une soirée est un événement heureux, non ? Un moment gai et grisant comme un tour de grand huit, où les adultes boivent parce qu'ils sont heureux et veulent l'être encore plus, un moment magique, gros de mystère, comme un navire qui fend des eaux inconnues, agitées, tumultueuses, et dont la proue plonge, les ponts tanguent, impossible de savoir si une telle excitation est une bonne chose, ou pas tant que ça. Skyler, avec son plateau d'amuse-gueules, attire un peu l'attention, lui aussi : les invités s'arrêtent au moins pour prendre les délicieux petits-fours et le remercier. Quel adorable petit homme ! Est-ce… Scooter ? Le fils de Bix et Betsey ? Les cheveux fauves ondulés de Skyler ont été humectés et coiffés, Petite Maria lui as mis le blazer vert forêt de Fair Hills Day avec l'écusson de l'école sur la poche de poitrine, une chemise en coton blanc imitant celle de papa, l'une des cravates à clip vert foncé de l'école, son pantalon en velours de chez Gap Junior. Chargé par maman de « donner un coup de main » en circulant parmi les invités avec un plateau d'amuse-gueules, Skyler sait que maman et papa risquent de l'observer et il s'est juré de ne pas boiter !… de ne pas même faire porter son poids sur une jambe, de ne pas faire rire par inadvertance (car à Fair Hills Day, Skyler a eu l'humiliation de voir certains de ses méchants camarades le ridiculiser en se déhanchant comme s'ils avaient une jambe plus courte que l'autre pour amuser la galerie) ces adultes inconnus qui le cernent, un verre à la main, et qui le bousculent, lui, et sa sœur dont le plateau penche dangereusement, car Bliss est mal coordonnée, terriblement maladroite sur la terre ferme, elle si gracieuse et si assurée sur la glace, et atteinte de timidité comme on l'est de la rougeole, bien qu'elle tienne à aider maman en ce jour crucial car maman prépare cette soirée depuis des semaines, maman fête la carrière triomphale de Bliss et les triomphes à venir – il y a des « contrats » en instance, dont personne ne sait rien à part maman ! – et maman a fait de Bliss une copie conforme, modèle poupée, de Betsey Rampike : mère et fille portent la même tenue glamour – robe de bal zébrée en velours froissé au corsage audacieusement ajusté et à la jupe évasée, bas noirs losangés, escarpins en verni noir ornés de roses rouges en tissu. Spectaculaire ! Un tableau de Vélasquez, ou de Goya dans un jour de bonté ! (Renoir ? Whistler ? Otto Dix ?) Une « poussière d'étoile » scintillante sur le casque de cheveux châtains de maman ; une « poussière d'étoile » scintillante sur les bouclettes blondes de Bliss. Expertement, avec la plus grande légèreté, car Betsey Rampike désapprouve vivement ces mères de patineuses qui « maquillent » leurs enfants « comme des Jézabel » – maman a fait du visage de petite fille quelconque de Bliss un visage de belle petite fille en soulignant ses sourcils pâles, quasi inexistants, au crayon brun clair et en « rehaussant » ses lèvres pâles d'une « touche » de rose corail. Et peut-être un peu de maquillage liquide, et un « voile » subtil de poudre. (L'ironie veut – ce que peu de gens savent, et surtout pas les fans dévoués de Bliss Rampike – que Bliss ne soit pas particulièrement jolie ni même « mignonne » ; mais un visage d'enfant est bien plus facile à embellir qu'un visage d'adulte, si l'on sait s'y prendre. Et Betsey Rampike a appris !) Maman elle-même est très belle ce soir-là, de l'avis de Skyler, car les yeux de maman brillent comme des pierres précieuses, théâtralement mis en valeur par un rimmel d'un noir d'encre ; et les lèvres de maman sont pleines, pulpeuses, rouge grenat, et les rides et les « pattes d'oie » qui la contrarient tant depuis quelques mois – quoi de plus injuste que d'avoir des rides parce qu'on *sourit*, se plaint-elle, parce qu'on est aimable et qu'on *sourit* ? – ont mystérieusement disparu après ses rendez-vous avec le Dr Screed, le dermatologue/oto-laryngologue de Fair Hills chaudement recommandé par les nouvelles amies de maman. Maman est très émue de conduire les nouveaux arrivants impatients jusqu'à sa fille, installée telle une princesse de conte de fées dans un coin de la salle de séjour, maman est terriblement émue d'entendre ses amies s'exclamer, les yeux agrandis de respect/envie : « Ohhh ! Cette enfant est adorable ! Et ces tenues jumelles mère-fille... *étonnant.* »

Maman radieuse reste cependant maman œil-de-lynx qui remarque que sa fille ne lève pas son visage d'ange vers Mme Frass (épouse de juge) et ne lève pas les yeux vers Mme Muddick (épouse de multimillionnaire), mais regarde fixement dans le vide comme une poupée mécanique. Une partie de son esprit hypervigilant (où est donc Bix ? Où s'est-il éclipsé et *pourquoi* ?) perçoit une bonne partie de ce qui se passe en dehors de son champ de vision, même quand elle pince discrètement la chair tendre de Bliss, au gras du bras, en la grondant gentiment pour qu'elle embrasse Mme Fenn – s'il te plaît ! (Mme Fenn, une autre épouse de promoteur multimillionnaire qui, il y a quelques mois à peine, avait snobé la pauvre Betsey Rampike au gala de bienfaisance des Bénévoles contre l'illettrisme.) Bliss consent, mais avec un petit frisson perceptible seulement pour les yeux de lynx de maman ; tout comme Bliss consent à se laisser étreindre, cajoler, soulever, « bécoter » par Harry Fenn lui-même. Maman sent néanmoins le peu d'entrain que Bliss met à faire plaisir aux invités de maman, maman n'aime pas ce petit noyau (secret, sournois) de résistance chez sa fille (comme un cancer de la moelle, invisible à l'œil inaverti) pas plus que maman n'aime que Bliss retire sa « gouttière » en plastique la nuit et la cache sous son oreiller ou pis encore – comme si maman n'allait pas la découvrir, elle qui a accès jour et nuit à la nursery par la porte-dans-le-mur qui communique avec la chambre à coucher de papa et maman – qu'elle la jette sous son lit. « Fais attention, mon ange. Hmmm ? » (Un léger avertissement, masqué par un baiser maternel et un rajustage maternel du corsage zébré.)

Mais maman est de bonne humeur, ce soir ! *Oh oui !* Buvant le plus délicieux des vins rouges, un vin français coûteux dont papa a acheté des caisses par l'entremise de son ami et mentor de Scor Chemicals, Mel Hambruck. Maman s'est juré de ne pas se laisser contrarier/agiter/irriter par l'insubordination de Bliss, *non non et non.* Skyler a envie de protéger maman, et Skyler est peiné de voir que maman boit trop et que, sans s'en rendre compte, elle a éclaboussé de vin le corsage renflé de sa robe zébrée ; Skyler est décidé à ne pas être jaloux de la pauvre Bliss ce soir, même si c'est elle que les invités veulent voir, certains invités en tout cas, des femmes pour la plupart, qui s'exclament devant ce « petit ange » qui leur rappelle leurs propres filles, qui ne sont plus aussi jeunes et n'ont plus rien de poupées angéliques. Ces femmes exclamatives sont généralement des femmes telles que Mattie, l'épouse taille 46 du révérend « Archie » Higley, et Mme Cuttlebone, l'agente immobilière qui a vendu leur maison aux Rampike, et Mme Whittier (l'amie et mentor de maman à qui elle doit son admission tant convoitée dans le Village Women's Club), et Mme Stubbe et Mme Burr, ces femmes sentent si fort le parfum que Skyler redoute un éternuement imminent, un picotement-chatouillement dans son nez, à moins que ce ne soit dû aux fonds de verre que le vilain petit Skyler sirote sournoisement, vin rouge, vin blanc, whisky dilué dans l'eau des glaçons, vite avant que maman voie ! vite avant que papa voie ! Une paire de jambes (masculines) heurte Skyler – « Holà, pardon… Scooter ?… pardon, petit, je ne voulais pas te renverser mon verre dessus, tu as raison de me faire la grimace, mais je suis désolé, Scoot, *vraiment.* » Non loin de là de l'autre côté d'une table basse couverte de verres et d'assiettes sales, maman ne prête aucune attention à la détresse de Skyler parce qu'elle montre Bliss à de nouveaux arrivants, des VIP à en juger d'après la voix chevrotante avec laquelle maman présente Bliss à Mme Klaus (l'une des riches patriciennes blondes taille 36, tétanisées des mâchoires, de Fair Hills, dont nous reparlerons), et à Mme Kruk (« Biffy », responsable du Village Women's Club et mère du psychopathe en herbe Albert Kruk, ex-partenaire mémorable de goûter-rencontre), et à l'élégante Mme O'Stryker (une voisine de Woodsmoke Drive, épouse de « Howie » O'Stryker, procureur du comté de Morris et partenaire de squash de Bix), pressant Bliss de lever les yeux et dis bonjour, chérie ? et souris ? tandis qu'au même moment une femme aux lèvres rouge vif se penche vers Bliss – Mme Marrow ? – et lui fourre sous le nez une serviette en papier : « Voudrais-tu me signer un autographe pour ma fille, chérie ? Cela ferait tellement plaisir à ma Mildred, cette pauvre enfant tient si fort à faire du "patinage artistique", bien qu'elle n'ait aucune coordination, je le crains. » Maman lisse la serviette froissée sur une table pour que Bliss puisse écrire dessus, d'une écriture tremblante de tout petit enfant –

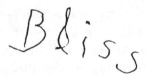

– et Skyler hébété écœuré soûlé par les fonds de verre sirotés en douce est frappé d'une révélation soudaine *Cette soirée ne se terminera jamais, nous sommes prisonniers ici pour toujours, je ne peux pas protéger maman et je ne peux pas protéger Bliss, je ne peux même pas me protéger moi-même*[*].

**COUPE RAPIDE SUR : PAPA.**
Ce devait être quelques minutes plus tard : Skyler se rue tanguant/boitant dans l'une des deux toilettes du rez-de-chaussée (ordinairement interdites à Skyler comme à Bliss, car maman ne veut pas que ses savons miniatures, parfumés, luxueux, en forme de coquillages, de tortues et de petits oiseaux, que ses serviettes délicates en lin

---

[*] Le lecteur sceptique frémit d'incrédulité : « Quoi ? Un enfant de neuf ans, bourré de médicaments, à moitié ivre, est incapable d'une "épiphanie" aussi profonde, de qui se moque-t-on ? » Mais je vous assure, cher lecteur, tout sceptique que vous soyez, que c'est exactement ce que Skyler Rampike pensa en regardant sa petite sœur signer une serviette en papier froissée.

d'Irlande, soient souillés par les mains crasseuses de ses enfants) et il vomit un mélange répugnant de liquides acides et une bouillie mastiquée de bouchées, saucisses pimentées et champignons fourrés dont il ignorait avoir mangé une telle quantité, puis quand il ressort flageolant mais lucide et « sobre », attiré par des voix masculines braillardes, il voit papa dans un coin de la salle à manger près de l'un des bars, en compagnie d'hommes plus âgés, et Bix Rampike a une sacrée présence ! Épaules larges, visage taillé à la serpe, un charme rude d'Américain, prompt à sourire, prompt à se vexer, à vous donner sa chemise ou à vous flanquer son poing dans le ventre si vous insultez ses gosses, sa femme, son drapeau, son patron, son Dieu. Un pli sérieux sur le front de Bix, un éclair dans ses yeux marron « expressifs », il porte un blazer en poil de chameau chiffonné de façon touchante. Tous les poignets masculins semblent ornés d'une Rolex, mais la Rolex de Bix est la moins voyante, car Bix est le plus jeune de ces hommes massifs, la tête respectueusement inclinée il écoute la diatribe indignée de son ami et mentor de Scor Chemicals, Mel Hambruck, tandis que le rougeaud Morris Kruk, « Howie » O'Stryker et son mètre quatre-vingt-dix, un troisième homme non identifié (blanc, la quarantaine) ont ces grognements et ces vigoureux hochements de tête qui signifient *Oui ! C'est ça ! J'écoute.* Sarcastique Mel Hambruck explique : « ... l'"effet de terre"... le plus gros canular depuis l'Holocauste, mais vous savez quoi ?... si vous le dites, la presse juive de gauche vous crucifie. Alors, motus ! Nous savons ce que nous savons, hein ! » Un silence. Les hommes lèvent leur verre pour boire, peut-être pour méditer, à moins que dans le brouhaha joyeux de la soirée il soit inutile de méditer, et Bix Rampike arrive à la rescousse : « Je pense que tu veux parler de l'"effet de serre", Mel... En fait, il y a quelque chose là-dedans. J'ai lu des textes scientifiques, je suis abonné au *Scientific American*, ils donnent des graphiques. "Calottes polaires", "mer Caspienne". Mais ce qu'ils ne disent pas c'est que le réchauffement climatique est une donnée géologique. Rappelez-vous la période glaciaire – elle a précédé l'*Homo sapiens* de plusieurs millions d'années. L'*Homo sapiens* n'est dans le coin que depuis cinquante mille ans et ce qu'on a de spécial, c'est les "pouces opposables", plus le fait qu'on marche debout et qu'on a appris à faire pousser notre nourriture au lieu de courir après cul nu dans la jungle comme les "ab-origènes" le font encore dans certaines parties du monde. Cinquante mille ans, c'est un clin d'œil à l'échelle du Temps ! Dans la galaxie, le Temps est relatif. Ça ressemble à un spaghetti à moitié cuit qui s'entortille sur lui-même. Ça ne va ni en avant ni en arrière, mais les deux. Alors si ça ne s'était pas réchauffé après la période glaciaire, où serions-nous ? L'*Homo sapiens* ne serait même pas apparu. Ça fait réfléchir, non ? Quelquefois je me dis, je me réveille en pleine nuit et je me dis Bon Dieu ! On n'aurait pu ne pas y arriver, notre civilisation tient à un fil. Alors le "réchauffement climatique", c'est simplement la façon dont les choses marchent, dans la nature. C'est ce que Darwin appelait l'"évolution". Et nous sommes ce que Darwin appelait l'"évolution" – nous de Fair Hills, New Jersey – "les fruits de la sélection naturelle". » Le jeune Bix Rampike a été si convaincant et si éloquent que ses compagnons ne peuvent que grogner vigoureusement leur approbation, car que peut-on ajouter à son remarquable discours, sinon, comme le fait « Howie » O'Stryker, impressionné : « Exactement ce que je voulais dire, mon vieux. Je bois à ça\*. »

Et ils burent.

Coupe rapide sur : solarium, fond de la maison. La pièce préférée de maman qu'elle a décorée de meubles en osier blancs, coussins aux couleurs vives de perroquet, caoutchoucs et orangers en pots de céramique. Pour la soirée, le solarium est éclairé aux chandelles, mais la plupart ont fondu, quelques-unes se sont même éteintes et il n'y a personne d'autre que Skyler qui a quitté la réception finissante – des heures qu'il devrait être au lit mais ce petit

---

\* Vous vous dites que Bix Rampike aurait dû se lancer dans la politique ? Sénateur de l'État, puis sénateur des USA sur la liste républicaine ? En fait, au déclin de l'administration Clinton, sentant venir des changements cataclysmiques, les Républicains du comté de Morris approchèrent papa, et plus d'une fois, mais papa se déroba : il y avait beaucoup plus d'argent dans le monde de l'entreprise, et on n'avait pas à se faire élire à ses fonctions, il suffisait de les prendre.

malin a réussi à se faire oublier. Skyler a le sentiment pénible que
Bliss l'attend au premier dans son lit, Bliss dort avec la lampe Ma-
Mère-l'Oie allumée car Bliss a peur du noir bien qu'elle dorme
encore dans la nursery dont une porte donne dans la chambre à coucher de maman et papa, Bliss se sent triste et seule et sa cheville lui
fait mal, mais Skyler ne pensera pas avec culpabilité à sa petite sœur,
pas maintenant. Il avale une gorgée de vin rouge, une gorgée de vin
blanc, tousse, s'étrangle – continue à avaler – la leçon ne lui a apparemment pas servi, Skyler continue à vider les fonds de verre – il a
entendu des garçons à l'école se vanter de se soûler comme ça dans
les soirées de leurs parents – dommage que Skyler ne soit pas copain
avec Fox Hambruck, ce vieux Foxie rirait bien si Skyler se vantait de
s'être soûlé *deux* fois à l'insu de ses parents – quand il entend des
bruits de voix, il s'accroupit gauchement derrière un rocking-chair
en osier, sur le seuil un couple murmure et rit tout bas, Skyler entra-
perçoit un homme de haute taille, une femme aux cheveux blonds
gaufrés et au rire guttural, les mains de l'homme pétrissent le dos
quasi nu de la femme et même un avorton asexué de neuf ans comprend que ces deux-là ne sont pas mariés ensemble.

Dieu que tu es belle    quand pouvons-nous nous voir
salaud    n'as pas rappelé la semaine dernière
chérie    j'étais en voyage
Bix !    si on nous voyait
Dis que    voiture en panne    je te raccompagnerai
Tu es fou ?    Et Cal ?
On emmerde Cal    il est ici ?    l'ai pas vu
Bien sûr qu'il est ici    il est ivre
Pas question qu'il te raccompagne s'il est ivre hein
Je ne peux pas le laisser ici voyons Bix
Suis fou de toi chérie
Et    ta femme
Quoi, ma femme ?

COUPE RAPIDE. N'IMPORTE OÙ PLUTÔT QU'ICI !

*La patineuse.* Dans la nursery, la nuit, flottant dans le petit lit au dosseret de satin blanc décoré de minuscules patineuses en satin rose et or, Bliss dort. Pas un sommeil paisible mais un sommeil agité suant gémissant car Bliss patine dans un lieu inconnu et inhospitalier et un projecteur éblouissant la suit, si Bliss vire soudainement, enfonce la lame de ses patins dans la glace pour virer dans une direction inattendue, le projecteur bondit tout de même derrière elle, bondit en fait devant elle, rusé et rapace comme une créature vivante. Les yeux de Bliss sont aveugles, les yeux de Bliss sont humides, maman l'a remarqué depuis quelque temps, d'autres l'ont remarqué, les yeux de Bliss semblent toujours humides, des larmes lui montent aux yeux et ruissellent sur son visage bien qu'elle ne pleure pas. *Qu'est-ce qui ne va pas Bliss ?* maman implore et il n'y a pas de réponse, Bliss n'a pas de réponse, elle s'éloigne sur ses patins en fermant les yeux pour éviter le projecteur aveuglant. Bien que Bliss ne soit plus une toute petite fille maintenant qu'elle a six ans, maman a tenu à ce qu'elle reste dans la nursery près de la chambre de papa et maman avec la porte dans le mur qui peut être fermée d'un côté (celui de papa et maman) mais pas de l'autre. Maman a fait repeindre et remeubler la nursery qui est devenue une très jolie chambre de petite fille avec rideaux d'organdi rose et miroirs encadrés d'osier blanc et sur les murs rose et crème des photos encadrées des triomphes de Bliss, accrochées par ordre chronologique à partir de l'historique Bouts-de-chou-sur-glace 1994 où la petite patineuse est minuscule entre maman rayonnante de bonheur et l'énorme Jeremiah Jericho Face-de-lézard dans son smoking tapageur. Quand elle dort, Bliss grince des dents, respire par la bouche comme si elle haletait, parce que la glace est bizarre sous ses patins, elle n'est pas lisse mais raboteuse, ridée, et le projecteur éblouissant lui fait mal aux yeux. On l'a emprisonnée dans un costume moulant comme un maillot de bain le costume de cygne blanc pailleté à ailes voletantes, ou alors le costume *Boléro* rouge pailleté au corsage (très légèrement) rembourré et à la jupe fendue, coquine culotte de dentelle noire au-dessous ? – Bliss commence à transpirer dans le costume moulant choisi par maman, Bliss transpire sous le masque de maquillage mastic appliqué sur son visage par maman, ou c'est peut-être les couvertures qui se sont entortillées sous elle, sa chemise de flanelle rose qui s'est entortillée entre ses jambes. Un tic fait tressauter sa paupière gauche, un brusque élancement de douleur dans sa cheville gauche, une douleur familière, c'est la cheville gauche de Bliss Rampike qui la perdra. Maman a dit *Il faut que cela reste un secret ! Nos rivales seraient trop contentes.* À part une boisson gazeuse à la cerise et quelques amuse-gueules, Bliss est allée se coucher le ventre vide, plus elle patinera frénétiquement, moins elle aura faim, elle vire sur ses patins, vire trop brusquement, le public murmure dans l'ombre, ou le bruit vient-il de l'autre côté du mur, des voix derrière la porte fermée, il est très tard, même dans son sommeil Bliss sait qu'il est très tard, les invités de ses parents sont enfin rentrés chez eux, des portières ont claqué, des voitures ont démarré, les voix fortes, les rires gais ont cessé, les serveurs en uniforme sont partis, les Maria sont parties, papa est allé quelque part en voiture et papa est revenu trébuchant dans l'escalier marmottant tout seul et dans la grande chambre à coucher maman l'attend *Comment as-tu osé ! m'humilier ! un moment pareil ! devant nos amis ! je te déteste !* et Bliss patine à l'autre bout de la patinoire, tâchant de ne pas entendre ces voix, résolue à ne pas les entendre, patine/glisse/vire malgré les élancements de douleur dans sa cheville gauche, dans son crâne, malgré ses joues mouillées de larmes et sa bouche sèche, et, oh ! cette sensation au creux du ventre signal de danger, des picotements dans la vessie, mais elle ne peut pas arrêter de patiner, elle doit finir son programme, le rythme du *Boléro* s'accélère, plus vite, toujours plus vite, le public se met à applaudir, un vacarme assourdissant de chutes d'eau, Bliss sent sa vessie exploser, ne peut pas se réveiller à temps pour stopper le premier jet brûlant d'urine qui souille sa chemise de flanelle rose, souille ses draps rose et crème, et le matelas au-dessous, c'est la vilaine chose que Bliss est censée ne plus faire, plus depuis qu'on lui a appris le pot *vilaine fille ! vilaine Edna Louise ! Tu es vilaine exprès, hein, tu ne fais aucun effort, quelle petite fille sale, qui peuvent bien être les parents d'une petite fille aussi sale. Oh ! regardez la vilaine fille tu devrais avoir honte Edna Louise personne ne voulait de toi dans cette maison, maman et papa vont te renvoyer vilaine cochonne Edna Louise !* mais elle est Bliss maintenant, Bliss et pas Edna Louise, se réveillant désorientée dans son lit, effrayée et coupable dans son lit, car le mouillé refroidit vite, et sent fort, et son matelas est trempé, et ses draps et sa chemise de nuit, et aucune cachette nulle part où maman ne puisse la trouver.

## VILAINE FILLE ! I

**FAIT PIPI AU LIT.**
Essaie de le cacher*.

**SOMNAMBULE.**
Se lève de son petit lit de la nursery, la nuit.

Les yeux ouverts mais endormie – ne semblant pas savoir où elle était ni ce qu'elle faisait – « c'est comme un rêve », disait-elle ensuite, « quelque chose m'obligeait, pas *moi* » –, rôdant dans la maison obscure où elle se cognait aux meubles, descendant témérairement l'escalier, tombant dans l'escalier (moquetté) pour rester étendue assommée et gémissante au pied des marches confondu alors avec son lit – « où j'étais censée dormir ».

Les crises de somnambulisme étaient-elles plus fréquentes avant les compétitions de patinage ? – quand Bliss s'entraînait plus de trois heures par jour à la patinoire ? – voilà ce que demandèrent les

---

* Pauvre Skyler ! Quand Bliss avait ses « accidents », mouillait/souillait son lit, qui allait-elle trouver, hein ? Elle poussait la porte de sa chambre (sa chambre d'enfant, qui n'avait pas de serrure), le réveillait brutalement et implorait – « Aide-moi, Skyler ! » – « Quelque chose est arrivé dans mon lit, Skyler ! » – « Il y a quelque chose de vilain dans mon lit, Skyler ! » – demandant à Skyler d'enlever le drap mouillé/puant/répugnant et de le remplacer par un drap propre ; et Skyler grognait mal réveillé mais acceptait le plus souvent d'aider sa sœur parce qu'elle était tout agitée, et repentante, même si le matelas de Bliss restait mouillé, et taché et puant, un fait que Maria, qui avait pour tâche interminable de faire tous les lits des Rampike, signalerait probablement à maman.

psychologues/neurologues/thérapeutes chez qui Bliss fut conduite, dans la dernière année de sa vie.

• • •

DISPARAÎT.
*Skyler, où est ta sœur ? Où cette vilaine fille est-elle encore allée se cacher ?*

Maman riait, bien qu'elle soit contrariée : car maman savait bien que, même si Bliss n'était pas dans son lit, n'était pas dans sa chambre, n'était pas dans la salle de bains ni dans aucune des pièces où maman avait cherché, ni sous les lits ou sous les canapés de ces pièces, ni derrière les rideaux, elle était forcément quelque part, car personne ne s'était introduit dans la maison pour la kidnapper, maman le savait bien !

*Pour m'inquiéter ! M'embêter ! Me tourmenter ! Elle le fait exprès, la vilaine fille !*

Pourtant Bliss était parfois bien en vue (ou presque), blottie endormie comme un petit animal de livre de contes dans le réduit sombre sous l'escalier, par exemple. Blottie parfois sur le canapé grumeleux de la salle de séjour du sous-sol où les Rampike n'allaient jamais, une pièce semblant appartenir à une famille fantôme qui partageait la maison avec nous et que nous ne voyions jamais : ouvrez la porte et Bliss est là qui dort, petit visage pâle offert, cheveux en bataille, pieds nus, elle respire bruyamment, la bouche entrouverte, et tressaille dans sa jolie chemise de nuit brodée, défigurée par les taches.

Sa cachette la plus étrange : le sol crasseux de la chaufferie où comme d'énormes bêtes deux chaudières jumelles palpitaient et vibraient par temps froid.

Sauf que Bliss soutenait qu'elle ne se *cachait* pas. Elle avait juste *rêvé*. Et le rêve l'emmenait là où *elle était censée dormir*.

SUCE SON POUCE !
Suce ses doigts !

Un tic nerveux, bien sûr. Une habitude infantile qu'une enfant de six ans aurait dû perdre depuis longtemps. (Comme pipi au lit.) (Comme pire que pipi au lit, qui arrivait aussi quelquefois.) Déjà très contrariantes à la maison, où seuls maman et Skyler en étaient témoins, ces habitudes étaient totalement inacceptables en public, à la patinoire par exemple ou, pis encore, quand Bliss était interviewée ! – interviewée à la télé sous un éclairage éblouissant !

*C'est honteux, Bliss ! Faire ça à la télé ! On te l'a dit cent fois, pourtant : ne mets pas tes mains à la bouche ! Il n'y a que les bébés qui sucent leur pouce ! Tu as plein de microbes dégoûtants sur les mains ! Et c'est... oh chérie, c'est si vilain.*


AGITÉE, REMUANTE ! INTENABLE ! LE PIRE C'ÉTAIT À L'ÉGLISE, le dimanche matin sur le banc de la famille Rampike, presque en face de la chaire du révérend Higley, quand le révérend prononçait son sermon, quand la chorale de la Trinité chantait des hymnes d'une voix forte et joyeuse qui vous pénétrait le crâne comme un essaim d'abeilles bourdonnantes, c'était là que Bliss était le plus remuante, que sa jambe risquait le plus de se mettre à « sauter » – elle avait beau essayer de se tenir tranquille comme une petite fille sage, invariablement elle sentait des picotements dans sa jambe gauche qu'elle essayait de « retenir » jusqu'à ce que finalement cela devienne si fort que sa jambe « sautait » – elle avait beau appuyer dessus avec les deux mains, presser le pied par terre de toutes ses forces, la jambe rebelle se libérait quand même, et les gens lui jetaient des regards en se demandant ce qui lui prenait. Et cette pauvre maman tâchait de sourire, se mordait les lèvres pour ne pas pleurer, car rien ne contrariait autant Betsey Rampike que d'être mise dans l'embarras en public, dans ce lieu de culte huppé de Fair Hills, que la mauvaise conduite de ses enfants !

*Tu peux te maîtriser si tu fais un effort, Bliss. J'ai appris à le faire – comme tout le monde ! – et tu y arriveras aussi, si tu fais un effort.*

• • •

MÊME À LA PATINOIRE, IL ARRIVAIT QUE BLISS SE TIENNE MAL.
Filant soudain à l'autre bout de la piste, sans se soucier des
autres patineuses stupéfaites ni de maman et de sa (nouvelle) coach
Masha Kurylek qui l'appelaient.

Elle préparait son programme du Royale Ice Capades 1996 (où
elle se produirait sur *L'Oiseau de feu*) ou peut-être du Challenge Mini
Miss Princesse de la glace du Jersey 1996 (où elle patinerait-danserait
sur la musique disco sensuelle de *Do What Feels Right*) et soudain
sans avertissement ni explication elle s'esquiva, comme si Masha
Kurylek n'était pas sur la glace en train de lui donner des instructions, comme si maman n'était pas assise au premier rang en train de
parler au téléphone, qu'elle lâcha aussitôt pour courir au bord de la
patinoire en criant *Où vas-tu, Bliss ? Reviens ici tout de suite !*

Chaussée de hautes bottes élégantes en cuir, maman n'osa pas
s'aventurer sur la glace de peur de glisser et de tomber. Ce fut donc
Masha Kurylek (médaille d'argent en patinage artistique, Jeux
olympiques 1992) qui dut s'élancer sur la glace derrière Bliss et la
ramener en la tenant fermement par la main. « Pourquoi as-tu fait
ça ? » demanda maman d'une voix frémissante, et Bliss parut ne
pas savoir comment répondre, avec un sourire timide, ou un sourire de défi, elle marmotta : « … c'est ma jambe sauteuse qui me
l'a fait faire, maman. Pas moi ! »


MENTEUSE !

Disant des choses terribles !

Et d'une voix de petite fille si neutre que vous auriez juré que
ces mensonges étaient vrais.

À l'occasion de l'un de ses rares goûters-rencontres, par exemple, avec une camarade de classe qu'elle avait connue à Montessori
et dont le nom – « Hover » – occupait une place de choix dans
la pyramide maternelle des noms magiques de Fair Hills, disant
soudain, alors qu'elles regardaient une vidéo de la *Cendrillon* de
Disney : « J'ai été adoptée. On m'a trouvée quelque part.

– Oh ! C'est vrai ? Où ça ?

– On ne te le dit pas. Personne ne veut le dire. »
Bliss pouffa. Et puis Bliss se mit à pleurer.

Naturellement la petite Miranda répéta cette information saisissante à sa maman et naturellement Mme Hoover la fit circuler dans tout Fair Hills par l'intermédiaire du Village Women's Club où les membres déjeunaient souvent ensemble, et naturellement elle revint aux oreilles de Betsey Rampike qui devint livide – « C'est faux, archifaux ! Il n'y a rien de vrai dans ce mensonge ! » – et qui éprouva le besoin, tout en sachant qu'il était probablement imprudent de trahir tant d'émotion dans un endroit tel que Fair Hills, de passer des coups de téléphone affolés à ses amies et connaissances pour leur assurer que sa petite Bliss n'était évidemment pas adoptée mais qu'elle avait la vilaine habitude d'inventer, de raconter des histoires – « "Fabuler", c'est le terme qu'emploie le neurologue de Bliss, le Dr Vandeman dit que tous les enfants fantasment, cela n'a rien d'anormal ni d'inhabituel, c'est le signe d'une imagination saine, mais il n'y a strictement rien de vrai dans ce qu'elle a dit : je suis sa mère biologique et Bix est son père biologique. Bien sûr*. »

DÉSOBÉISSANTE. CACHOTTIÈRE.

On ne pouvait pas se fier à elle pour prendre les aliments diététiques spéciaux que maman lui faisait préparer par Maria (hyperprotéinés/hyper-fibres/hypoglucidiques/hyposucrés) car maman redoutait que sa petite fille ne grossisse, ne devienne « boulotte » comme elle-même l'était devenue, au détriment de sa carrière de

---

* Aujourd'hui encore, pourtant, en dépit des efforts de maman, vous trouverez par-ci par-là dans le cloaque du cyberespace que Bliss Rampike a été adoptée toute petite par Bix et Betsey Rampike qui ne pouvaient pas avoir d'enfant. Certains croient même que nos parents nous ont adoptés tous les deux pour nous « exploiter » et « abuser » de nous. Naturellement, il n'a pas manqué de « mères biologiques » pour revendiquer hardiment nous avoir donné le jour, et s'il y a parmi vous des « mères biologiques » – ou, pourquoi pas, des « pères biologiques » – qui comptent contacter Skyler Rampike à la suite de la publication de ses mémoires, SURTOUT QU'ILS S'ABSTIENNENT. Je ne suis plus le fils de personne, je le jure !

patineuse : « Si Bliss pouvait rester éternellement petite, ne jamais dépasser les vingt kilos, ce serait merveilleux ! » On ne pouvait pas se fier à Bliss pour prendre les nombreux cachets, pilules, comprimés et « compléments alimentaires » prescrits par son pédiatre du sport, le Dr Muddick, que Maria – la petite Maria, en général – devait lui donner en veillant que la petite rusée ne fasse pas semblant d'avaler ses médicaments (très chers) pour les recracher dès qu'elle était seule. Combien de fois Skyler (qui avait sa propre batterie de médicaments à avaler, ou feindre d'avaler, trois fois par jour) surprit-il cette saynète à la Beckett :

**Maria** : As-tu avalé tes cachets, Bliss ?

**Bliss** marmonne un vague *Oui Maria*.

**Maria** : Tu les as vraiment avalés, Bliss ?

**Bliss** marmonne un vague *Oui Maria*.

**Maria** : Qu'est-ce que c'est que cette pâte blanche sous ton assiette, alors ?

**Bliss** marmonne un vague *Sais pas Maria*.

**Maria** (perdant patience, accent hispanique prononcé) : Si tu ne prends pas tous tes cachets, Bliss, je vais être obligée de le dire à ta mère.

**Bliss** étouffe un sanglot et cède.

Conduite chez le Dr Muddick tous les vendredis matin pour ses injections – Croissance-Plus, Maxi-Vit C, CHCJS (concentré d'hormones de croissance pour jeunes sportifs*) – Bliss se montrait sans cesse plus maussade et indocile, de même que, selon les termes exaspérés de maman, elle était « autodestructrice », « irrationnelle »,

---

* Qu'en pensez-vous : s'agissait-il d'un sinistre anabolisant ? Maman s'était-elle entendue avec le Dr Muddick pour injecter des anabolisants à sa fille de six ans afin d'« améliorer » ses performances sur la glace ? En amateur foireux, j'ai essayé d'en savoir davantage sur ce CHCJS controversé mais il a été retiré de la vente en 1999 et les pistes semblent brouillées.

concernant la gouttière qu'elle était censée porter à la maison pour corriger un recouvrement dentaire « mineur mais défigurant » qui, de l'avis de plus d'un conseiller en patinage, l'empêcherait d'atteindre les objectifs phares du patinage artistique – médailles olympiques, Championnat mondial, Grand Prix – et de promouvoir les produits les plus lucratifs (articles de sport Élite, vêtements de sport StarSkate, produits de beauté Perfect).

Quand papa élevait des objections – ce qui lui arrivait – contre ce qu'il appelait la « super-microgestion » de maman, elle répondait aussitôt : « Tu ne connais rien au patinage féminin, Bix, alors que moi, si. Personne ne veut reconnaître que les compétitions sont à la base des concours de beauté, mais jette un coup d'œil à la prochaine retransmission importante, aux gros plans de la caméra, et tu verras que c'est évidemment le cas.

– Et alors ? Notre fille n'est pas obligée de concourir, que je sache ? »

Un instant, trop déconcertée pour répondre, maman regarda fixement papa, qui se penchait (menaçant ?) vers elle.

Puis, une main sur la poitrine, avec un rire voilé étranglé, elle dit : « Ohhh, Bix ! Tu m'as bien eue, j'ai cru un instant que tu étais sérieux ! »

PARFOIS AUSSI DANS CES CAS-LÀ MAMAN DISAIT À PAPA, EN LUI caressant le bras, maman sexy-suppliante-véhémente : « Je t'ai demandé de me faire confiance, mon chéri. Notre fille est notre destinée. »

(D'ACCORD, VOUS AVEZ DÉJÀ ENTENDU ÇA. MAIS CROYEZ-MOI, si vous aviez vécu chez les Rampike de Ravens Crest Drive, au centre incandescent des symptômes du SCR, vous l'auriez entendu beaucoup, beaucoup plus souvent.)

**BOUDEUSE, BUTÉE, FERMÉE.**
Dans ces yeux bleu cobalt sournois, *pas-là*.
Maman écartait avec impatience les explications des professeurs : « Si vous êtes incapable d'enseigner à ma fille les connaissances de base, sans même parler d'une langue étrangère, je ne vais pas pouvoir vous garder. Et inutile de me demander une lettre de recommandation, je suis incapable de *mentir*. »

• • •

(ET C'ÉTAIT VRAI, JE PENSE. BETSEY RAMPIKE ÉTAIT INCAPABLE de *mentir* consciemment, délibérément et avec préméditation. Les contrevérités qu'elle disait et répétait n'étaient que des variantes de la vérité telle qu'elle la percevait. Ne la jugez pas durement !)

**DANS LA VILLA ESPAGNOLE DE GRAND-MÈRE RAMPIKE À PALM** Beach au bord de l'océan turbulent, mars 1996. Où maman, Skyler et Bliss passaient cinq jours en attendant que papa-très-pris les rejoigne pour le week-end – une occasion que Bix n'allait sûrement pas manquer. Maman avait souhaité un « changement de rythme » pour Bliss – et pour elle ! – quelques jours loin de la patinoire afin de permettre à Bliss de « se détendre » et « jouer », « comme n'importe quelle enfant de six ans ». Mais, à la grande contrariété de maman, dans la maison de grand-mère Rampike, aussi prétentieuse et protocolaire qu'un petit hôtel, Bliss était à la fois insomniaque et sujette à ses satanés accès de somnambulisme ; elle était agitée/angoissée comme quelqu'un qui a perdu un membre sans très bien savoir lequel, incapable de « se reposer », « se détendre », « prendre le soleil sur la terrasse ou la plage », « nager dans la piscine de grand-mère ou plonger dans les vagues » avec son frère, « jouer avec ses poupées, regarder des vidéos » – tout ce que sont censées faire les petites filles ordinaires de six ans : car la patinoire lui manquait, c'était évident. *Bliss était malheureuse loin de la patinoire* même sous le soleil de Palm Beach dans ce cadre luxueux où elle était également censée jouir de son (nouveau) statut de petite-fille préférée de la vieille Edna Louise Gueule-de-brochet. (Lequel avait aussi fait monter maman en grade, même si la pauvre avait encore un long, très long chemin à parcourir avant de devenir la belle-fille préférée d'Edna Louise.) Et Skyler ? Il devait admettre que sa riche grand-mère ne faisait plus guère attention à lui, tout juste si elle lui adressait la parole, et encore uniquement à propos de Bliss – « Comme tu dois être fier de ta sœur, Skyler ! Ta mère m'a envoyé des vidéos étonnantes, et j'espère bien la voir concourir très bientôt ! J'espère la voir couronnée… quoi donc déjà ?… ta mère me l'a dit… "Mini Miss Princesse de la glace du Jersey"… et passer à la télévision !… une petite beauté stupéfiante, un protige dans la famille Rampike, enfin » – insistant si fort sur *protige,* faisant claquer si ardemment son formidable dentier étincelant, que Skyler se demanda si la déformation était voulue, comme les à-peu-près/impropriétés de son fils semblaient souvent l'être*.

« Eh bien, Skyler ? Pourquoi ricanes-tu comme ça ? Tu n'es pas fier d'elle ? Tu le devrais, pourtant. »

Skyler regarda la vieille femme irritée en clignant des yeux myopes. Il pensait à l'émoi et à la consternation de sa grand-mère quand venue au chevet son petit-fils de six ans dans l'aile des enfants estropiés du centre médical Robert Wood Johnson de New Brunswick elle l'avait vu si frêle et si malade, avec sa jambe cassée en extension,

---

* Vous demandez-vous quelle fut la réaction de la vieille Edna Louise quand Bix lui révéla, d'un ton hésitant et contrit faut-il supposer, que sa petite fille de quatre ans ne s'appelait plus « Edna Louise » – ne portait plus son nom – mais était désormais, et devant la loi, « Bliss » – un prénom sans précédent dans la famille patricienne des Rampike ? Vous étonnerez-vous de ce que cette vieille vaniteuse fut d'abord choquée au point d'en avoir la parole coupée, puis raccrocha avec un grognement de mépris ? (Car Bix l'avait appelée peu après avoir cédé aux instances de Betsey.) Vous étonnerez-vous de ce que les perspectives d'un retour en grâce restèrent longtemps sombres ? pires que sombres ? Jusqu'à ce que, enfin, « Bliss Rampike » se mettant à remporter des compétitions et à être « connue », la vieille Edna Louise change d'avis. Et, comme Bix l'expliqua, lors de ses multiples appels de fils contrit, le changement de nom de leur fille était après tout un *fate accomply.*

qu'elle s'était demandé s'il resterait infirme à vie… Et maintenant de quoi parlait-elle ? De qui parlait-elle ?

De Bliss, sans doute.

« Oui, grand-mère. Je ne suis que ça : fier de Bliss. »

(Skyler n'avait pas ricané ! Il en était certain.)

(Sous l'empire nouveau/en phase d'accélération rapide du SCR [vous vous souvenez ? Syndrome compulsif de répétition, censé se répandre comme la peste bubonique d'antan parmi les Américains des classes moyennes et moyennes supérieures de toutes origines ethniques, et notamment parmi les jeunes adolescents et « précoces »] Skyler scrutait son reflet dans les miroirs et surfaces assimilées une dizaine, voire deux dizaines de fois par jour, pour regarder s'il faisait ce que sa mère exaspérée appelait *tes satanées grimaces de martyr* et il lui semblait que non. *Absolument pas.*)

Grand-mère Rampike dut cependant être déçue par Bliss qui, de tout son séjour à Palm Beach, ne manifesta jamais beaucoup de personnalité : sur les instances de maman, elle était toujours d'une politesse adorable/timide avec sa grand-mère, quoique se raidissant dans les bras de la vieille femme comme si elle lui faisait mal ; elle opposait un sourire pâle et triste à ses questions insistantes quoique bien intentionnées, et marmonnait en guise de réponse des *Oui grand-mère, non grand-mère, merci grand-mère* presque inaudibles. Skyler surprenait certains de ces échanges et souriait méchamment : le *protige* sur glace ne l'était pas sur la terre ferme, hein ? La scène la plus pénible se déroula un jour où Edna Louise invita une dizaine de ses riches voisines et veuves de Palm Beach pour leur présenter la famille de son fils, en l'absence de ce fils (attendu le lendemain matin, enfin) ; ces dames de Palm Beach étaient censées repaître leurs yeux de la précieuse petite-fille d'Edna Louise et la presser de questions, mais, en dépit des encouragements de maman, Bliss resta muette de timidité quand on lui demanda « quel effet cela faisait » de patiner aussi merveilleusement, d'être applaudie par tant de gens et de voir sa photo partout.

Le pouce ou plusieurs doigts dans la bouche, Bliss garda le silence.

Le lendemain matin après le petit déjeuner, grand-mère Rampike prit Bliss par la main et l'emmena sur la véranda, côté océan. Elle demanda à Bliss si elle voulait bien l'appeler « grand-maman » – au lieu de « grand-mère Rampike » – parce que cela lui ferait très plaisir, plus qu'elle ne l'aurait jamais imaginé.

« "Grand-maman" tout court, chérie. Tu veux bien ? »

Que se passait-il ? La vieille Edna Louise Gueule-de-brochet et Œil-d'acier, qui avait tenu à être appelée grand-mère Rampike par tous ses petits-enfants, et Mme Rampike par sa belle-fille terrorisée, implorait maintenant en coquetant sa petite-fille *protige* de l'appeler grand-maman ? Un spasme musculaire contracta le visage de Skyler, le transformant (supposa-t-il) en visage hideux de gargouille.

« Grand-maman. Essaie, ma chérie, je t'en prie : "grand-maman". Quand tu remporteras ce titre de Princesse de la glace et qu'on t'interviewera à la télé, tu pourras agiter la main, sourire et dire "Bonjour grand-maman !". Je serai devant mon poste, chérie… Promis. Personne ne m'a jamais appelée "grand-maman", je me demande bien pourquoi, j'ai quatre-vingt-deux ans et je me sens bien seule*. »

FAIT PIPI AU LIT. (MÊME CHEZ GRAND-MÈRE RAMPIKE.)
Essaie de le cacher.

*VILAINE FILLE ! À TON ÂGE ! TU LE FAIS POUR ME CONTRARIER.*

---

* En même temps que cette scène embarrassante face au turbulent océan Atlantique, une scène tout aussi embarrassante se prépare à la porte 9 de l'aéroport West Palm Beach. Car maman a tenu à aller chercher papa à l'aéroport. Mais le vol de 11 h 08 en provenance de JFK vient d'atterrir, à 11 h 19 tous les passagers ont débarqué, et où est papa ? Où est Bix Rampike ? Maman tâche de ne pas s'affoler, d'une main tremblante maman compose un numéro sur son portable, mais sur le petit écran bleu lumineux s'affichent ces mots énigmatiques APPEL EN ATTENTE.

## VILAINE FILLE ! II

« C'EST UNE MALÉDICTION CHEZ UN JEUNE SPORTIF. J'AI VU ça souvent chez les meilleurs patineurs parce que leur don leur fait peur. Nous devons nous battre, de toutes nos forces, pour l'éviter ! » Masha Kurylek parlait avec passion, et la petite croix d'or à son cou lançait des flammes. « Nous devons *prier* », corrigea maman d'un air sombre.

Comme elle les exaspérait quand, dans un programme presque parfait, elle vacillait soudain sur ses patins, battait l'air de ses bras maigres, tombait. Masha Kurylek regardait, incrédule. Maman ne le supportait pas, un brouillard rouge enveloppait son cerveau *Pourquoi Jésus ? Pour me contrarier mais pourquoi ? Alors que je suis la seule à connaître le cœur méchant de cette enfant et à l'aimer malgré tout ? Pourquoi ?* Tandis que Bliss s'efforçait de se relever, debout sur ses patins le plus vite possible comme si elle n'était pas tombée, le visage livide, se mordant les lèvres pour ne pas gémir de douleur.

Dans le regard que Bliss jetait vers maman, une honte coupable, indubitable.

*Vilaine fille, si inappliquée : pourquoi ?*

*Pour te faire mal, me faire mal ? Pourquoi ?*

Personne ne comprenait. À l'entraînement, les autres patineuses s'arrêtaient souvent pour regarder Bliss Rampike patiner avec précision, avec grâce et courage sous la direction de l'exigeante Masha Kurylek, et pourtant… aussi soudainement qu'un éternuement, aussi laid et disgracieux, un manque de concentration d'un instant, un faux pas, une chute.

D'une voix ardente l'enfant bégayait : « Je ne suis pas b... blessée, m... maman, pas du tout ! »

Et « Je ne veux pas m'arrêter, maman, je n'ai pas mal. S'il te plaît, maman, je peux continuer. »

Cette voix suppliante, fluette et tremblante, Skyler ne l'oubliera jamais. S'il te plaît maman je peux continuer.

Selon l'avis de Masha Kurylek, maman permettait parfois à Bliss de continuer. Quand l'enfant boitait ou souffrait trop visiblement, maman murmurait avec exaspération quelque chose comme *Seigneur accorde-moi la patience !*, empaquetait Bliss dans sa doudoune rouge (qui était un cadeau de papa, ou de l'« assistante personnelle » de papa) et l'emmenait passer des radios aux urgences du centre médical de Fair Hills ; si la chute semblait le nécessiter, maman prenait rendez-vous pour un IRM au centre médical Robert Wood Johnson de New Brunswick, où Betsey Rampike commençait à être connue. La grande peur de maman était qu'en patinant aussi inconsidérément, Bliss ne se blesse gravement à la colonne vertébrale ou au cou. Pour ne rien dire d'une commotion cérébrale ! De côtes cassées ! Si Bliss se tordait et se cassait une cheville, c'en serait fait de la patineuse prodige.

« Le prix n'a aucune importance ! Nous sommes assurés pour les dommages corporels. Et si l'assurance ne couvre pas tout, ma merveilleuse belle-mère nous a promis un "coup de main"*. »

Après l'accident de Bliss, survenu pendant la répétition de son programme du Royale Ice Capades 1996 alors qu'elle exécutait la « gyre du papillon » au rythme frénétique du très populaire *Oiseau de feu*, et qui nécessita son transport (en ambulance) à New

---

* C'était vrai : à la stupéfaction de papa, la vieille Edna Louise s'était prise d'un intérêt inattendu pour la plus jeune de ses petites-filles. Sans doute un effet de la publicité dans l'édition New Jersey du *New York Times*, ou des cinq pages centrales dans *New Jersey Lives*. Papa-perspicace comprenait que c'était de bon(ne ?) augure pour lui : le fils préféré qui avait irrité sa mère en se « mésalliant », ainsi qu'Edna Louise persistait à le dire en dépit de la banalité du cliché. Car il en était peut-être comme maman l'avait prédit si théâtralement : *Notre fille est notre destinée.*

Brunswick, on commença à murmurer à la patinoire que Bliss Rampike avait une prédisposition aux accidents.

*Prédisposition aux accidents !* Comme le disait Masha Kurylek, la malédiction du patineur doué.

Et pourtant : Bliss adorait patiner. Ce n'était pas une exagération de sa mère-manager, c'était visible. La petite fille timide, renfermée, pas très maligne pas très belle, avec sa manie exaspérante de se téter les doigts, se transformait sur la glace ; vive et intrépide, elle filait sur la lame sifflante de ses patins, pour le plus grand plaisir des yeux. Même les vieux routiers du patinage artistique féminin souriaient en regardant Bliss Rampike. Même son frère Skyler, qui l'avait vue patiner presque aussi souvent que leur mère, pouvait encore être charmé par elle. Et très, très fier.

*Elle est ce que je serais. Si c'était moi que Dieu avait aimé.*

Skyler et sa sœur retrouvèrent Fair Hills avec un immense soulagement après le stress ensoleillé de Palm Beach. Skyler comprenait que cela n'allait pas entre maman et papa, que cela n'allait pas depuis un moment mais s'aggravait (peut-être), même si maman n'en parlait pas sauf pour dire avec son sourire-rouge-à-lèvres éclatant *Vous savez ce que c'est : papa est oc-cu-pé !* Papa non plus – quand il était là – n'en parlait pas sauf pour murmurer de son ton énigmatique, prenant Skyler à part d'homme à homme et posant un gros index sur ses lèvres (celles de Skyler) : *Sky, mon garçon ! Les ennuis d'*Homo sapiens *ont commencé quand on s'est mis à marcher sur nos pattes de derrière et que le derrière féminin s'est trouvé repositionné par rapport aux organes olfactifs masculins. Vache de problème !*

Après Palm Beach, Bliss fut TRÈS HEUREUSE de retrouver le climat froid du New Jersey. (L'époque : fin mars 1996.) TRÈS HEUREUSE de se retrouver sur la glace. (Comme elle le disait : « La glace peut te faire mal, mais la glace est ton amie, Skyler. ») TRÈS TRÈS HEUREUSE de retrouver ses patins taille 18 et de ne plus être en exil dans la villa espagnole de grand-mère Rampike au bord de l'océan Atlantique où il n'y avait apparemment pas de patinoire, personne qui s'intéresse au patinage et rien d'autre à faire toute la journée qu'*être.*

Même si Palm Beach était beau, c'était vraiment un endroit détestable, car papa n'était pas venu passer une « permission » de quelques jours avec eux comme il l'avait promis. Il y avait eu des coups de téléphone, une discussion « en privé » entre maman et grand-mère Rampike (que Skyler ne réussit pas à espionner), et finalement, les yeux rougis et papillotants, maman avait expliqué à ses enfants que papa avait dû s'envoler de toute urgence pour Singapour, ou peut-être Sydney, que papa regrettait vraiment beaucoup de ne pas voir sa famille et sa mère, mais espérait se rattraper « au centuple » avec tout le monde à son retour.

Et papa promettait qu'il irait à la prochaine compétition voir sa petite fille « la plus préférée » concourir et *gagner*.

« "DOULEUR FANTÔME". C'EST UNE MALÉDICTION MADAME Rampike. J'espère que Masha se trompe ! »

(La nouvelle coach de Bliss, Masha Kurylek, peau pâle ardente, yeux hyperthyroïdiens ardents, narines ardemment palpitantes, avait le trait de caractère charmant, ou peut-être alarmant, de parler d'elle-même à la troisième personne.)

En exécutant la difficile « gyre du papillon » au rythme trépidant de *L'Oiseau de feu* alors qu'elle s'entraînait pour le très médiatisé Royale Ice Capades 1996 de Wilmington, Delaware, Bliss avait fait l'une de ses chutes les plus graves, on l'avait radiographiée et iérémisée sans détecter de dommages « visibles » à ses cou, crâne, colonne vertébrale ou poignet droit ; elle souffrait principalement de contusions, bosses et écorchures que le Dr Muddick, médecin pédiatre du sport très admiré à Fair Hills, traita à l'aide de doses discrètes d'un antidouleur très pratique, la Codéine-7. Bliss assurait qu'elle ne souffrait pas, qu'elle voulait re-patiner, mais à l'entraînement il fut vite évident que quelque chose n'allait pas : au bout d'une quarantaine de minutes, Bliss fatigua, commença à respirer par la bouche, à épargner sa jambe droite. (Alors qu'auparavant c'était l'inverse.) Même pour les figures les plus simples – huit, virage sur deux pieds, spirale sur un pied – sa coordination laissait visiblement à désirer, la « petite fée de la glace » qui avait remporté le titre de Mini Miss StarSkate 1995 semblait bien loin. Observant la jeune patineuse avec attention, Masha décida que Bliss souffrait « en secret », bien qu'elle le niât de peur de décevoir sa maman ; Masha estima que cette douleur « fantôme » ressemblait beaucoup aux mystérieuses « entorses du rachis cervical » dont elle-même avait souffert à l'âge de seize ans – « La carrière de Masha a failli finir là, dans l'œuf ». Masha tint à équiper Bliss d'un collier cervical en caoutchouc mousse couleur chair, qui soutiendrait sa tête, soulagerait son cou et le haut de sa colonne vertébrale sans pour autant la gêner dans ses mouvements.

Maman s'inquiéta : « Mais Bliss fait tellement pitoyable sur la glace, on dirait une infirme ! Imaginez qu'on la photographie ! Imaginez qu'une équipe de télévision du New Jersey en entende parler ! »

Masha répondit : « C'est temporaire, madame Rampike. Le temps que le "rachis cervical" de Bliss reprenne des forces et qu'elle retrouve son ancienne assurance. Nous lui enlèverons le collier quelques jours avant le Royale Ice Capades. »

Engoncée dans son collier de caoutchouc mousse, Bliss patinait sans entrain et assurait qu'elle n'avait pas mal. Vraiment pas ! Elle avait la « tête lourde » à cause des sales cachets du Dr Muddick, c'est tout. Et l'estomac « barbouillé ». Elle détestait la Codéine-7 – des capsules visqueuses couleur clams – comme elle détestait tous ses autres « médicaments » et les sales piqûres hebdomadaires dans son « derrière » et la sale « gouttière » en plastique et fil de fer qui lui blessait la bouche et le salon de coiffure où elle devait aller avec maman pour qu'on lui éclaircisse les cheveux avec des produits chimiques qui sentaient mauvais, lui piquaient les yeux et faisaient couler son nez et vite alors maman intervenait pour interrompre cette litanie détestatoire, prononcée d'une voix de plus en plus aiguë, la voix dangereusement aiguë des crises de colère que maman ne pouvait courir le risque de laisser exploser ailleurs qu'au sein de la famille Rampike, et surtout pas dans un endroit public comme la patinoire Alcyon où d'autres pouvaient entendre, d'autres patineuses et leurs coachs et leurs mères, qui seraient si choquées, si scandalisées et ravies de voir l'angélique petite Bliss Rampike piquer une colère comme n'importe quelle autre petite patineuse gâtée : « Bliss, ma chérie ! Je t'ai. Et Jésus t'a. »

Maman savait d'instinct serrer dans ses bras la petite fille frémissante. Contenir la fureur convulsive qui contractait ses muscles et crispait ses mâchoires. Personne n'avait su serrer Betsey Sckulhorne dans ses bras quand elle avait six ans, personne ne l'avait assez aimée pour cela. Personne n'avait su les désirs profonds de son cœur. Pour Betsey, qui avait maintenant trente-trois ans, tout était fini. Mais pour Bliss qui était une nouvelle Betsey Sckulhorne bien plus belle et plus bénie, ce serait sa destinée.

Maman caressait les cheveux de Bliss qui étaient fins, d'un blond lumineux, et sentaient le décolorant chimique. Maman embrassait le front de Bliss qui était froid, mais moite. Maman parlait d'un ton grondeur à l'oreille de Bliss, comme on parlerait à un tout petit enfant.

« Jésus t'aime, Bliss ! Il nous aime toutes les deux. Nous le savons, et il n'y a rien d'autre à savoir. »


ET SKYLER ÉTAIT-IL JALOUX À CE SPECTACLE ? SKYLER ÉTAIT-IL jaloux de voir que tout le monde à la patinoire regardait Bliss, sur la glace et hors de la glace, murmurait *Bonjour, Bliss !* et *Bonsoir, Bliss !* comme si le simple fait de prononcer ce monosyllabe magique leur faisait plaisir, à la façon dont un amant prend plaisir à prononcer le nom de sa bien-aimée ? Était-il jaloux de voir des inconnus sourire sur le passage de Bliss, alors que leur regard le traversait comme s'il était transparent et aussi insubstantiel que son âme, c'est-à-dire comme s'il n'existait pas ? Skyler était-il jaloux dans la voiture qui les ramenait à Fair Hills, sur le siège arrière encombré de la Buick de maman, alors que Bliss était assise à côté de maman et appuyait sa petite tête d'un blond lumineux contre son épaule ?

Filant sur la Route 15 dans le soir tombant. Dans l'éclat des phares qui fonçaient vers eux. Et sur le pare-brise de la Buick éclaboussé de pluie, chaque éclaboussure brillait comme un œil. *Bliss est ce que serait Skyler si c'était lui que Dieu avait aimé. Si Skyler existait. Si Dieu existait.*

Skyler demanda à maman ce qu'était cette « douleur fantôme » dont Masha avait parlé et maman fronça les sourcils dans le rétroviseur cherchant les yeux de Skyler. Il avait souvent l'impression que sa mère oubliait sa présence et que sa voix était une sorte de coup de coude qui la tirait de ses pensées. « Eh bien, je ne pensais pas que tu écoutais, Skyler, je croyais que tu faisais tes devoirs… Une "douleur fantôme", c'est une douleur qu'on imagine, comme Bliss semble imaginer la sienne. Une douleur qui n'est pas vraiment là.

— Pas vraiment… où ça, maman ?

— Elle n'est pas *là*. Dans ton cou ou ta cheville. Dans une articulation ou dans un muscle. » Maman s'interrompit, observant Skyler dans le petit miroir rectangulaire. Dans l'éclat fugitif des phares, son visage avait une forme étrange de lune aplatie, et ses yeux que Skyler trouvait d'habitude si beaux étaient protubérants et brillants comme les gouttes d'eau de pluie. Maman dit, en choisissant ses mots : « C'est uniquement dans la tête. »

Avec la pédanterie d'un enfant de neuf ans, Skyler remarqua : « La douleur *est* dans la tête, maman. Dans le cerveau. Le professeur de Bliss me l'a expliqué… il m'a montré un article scientifique sur le cerveau humain.

— Le professeur de Bliss ? Rob ? Qu'est-ce que ce jeune homme fait avec toi ? C'est à Bliss qu'il est censé donner des cours, et il s'en tire plutôt mal. » Maman était furieuse, tout à coup. Maman fit sa moue de bouledogue, comme disait papa pour la taquiner. « La douleur de Bliss — si elle souffre, ce qu'elle nie — tu connais cette petite sournoise ! — n'existe que dans sa tête, ce qui veut dire qu'elle l'imagine, comme dit le Dr Vandeman : elle n'est pas réelle. »

Mais Skyler insista, se penchant tout près de maman qui conduisait sous la pluie éclaboussante : « La douleur qu'on éprouve est toujours dans notre tête, maman. Il n'y a que le cerveau qui perçoit la douleur et si nous la sentons, elle est "réelle". »

Maman eut un rire irrité. Skyler aurait dû se méfier de ce rire.

« Jésus peut nous libérer de nos douleurs, s'Il le souhaite. Si nous le méritons. Je sais que tu ne crois pas, Skyler, j'ai vu tes grimaces de gargouille à l'église, tu es un petit sceptique en herbe comme ton père, et Jésus ne pourrait pas plus se loger dans ton cœur que dans un vieux raisin sec ratatiné, il n'empêche que c'est *vrai*. La douleur de Bliss n'est pas "réelle", et même si elle l'est... Jésus l'en libérera. Et Bliss Rampike sera couronnée Mini Miss Princesse royale de la glace 1996, et papa sera là pour la voir couronnée, et ce soir-là nous ferons une grande fête, et papa rentrera à la maison avec nous. Voilà notre destinée, Skyler : quelle est la tienne* ? »

---

* Doux Jésus ! Voilà qui remet le petit morveux à sa place, hein ? Dans ces brusques flambées de colère, dans ces sautes inattendues de la pop soft à Puccini, on devinait que la maman/Betsey Rampike que tout le monde pensait connaître n'était pas, en fait, la personne pour qui nous la prenions.

# INTERROGATION

ET BLISS FUT-ELLE COURONNÉE MINI MISS PRINCESSE ROYALE 1996, et papa vit-il pour de vrai sa petite fille la plus préférée applaudie à tout rompre par une salle d'inconnus admiratifs, et y eut-il une fête ensuite dans l'hôtel le plus « historique/prestigieux » de Wilmington, Delaware ; et papa rentra-t-il chez lui avec sa petite famille le lendemain matin ?

Lisez la suite.

## BON SOUVENIR* ?

« L'*HOMO SAPIENS* AURA DÉTRUIT CETTE PLANÈTE D'ICI CIN-
quante ans mais un *Homo sapiens* "évolué" – amélioré par le génie
génétique – se réimplantera peut-être dans d'autres planètes. C'est
notre seul espoir. »

Comme Rob Feldman ressemblait au père de Skyler dans ces
moments d'optimisme caustique ! Bien que Rob fût un jeune
homme maigre de vingt-deux ans, étudiant en biologie moléculaire
(anciennement de l'université Columbia, de retour à Fair Hills où
il logeait temporairement chez ses parents), et que Bix Rampike fût
sûrement l'un de ces spécimens d'*Homo sapiens* qui avait déjà évolué et serait « réimplanté » sur une autre planète pour y recommencer les déprédations terrestres du capitalisme.

Rob Feldman, l'un des premiers amours de Skyler. À moins que
ce ne soit une exagération, due à un moment de faiblesse. Car il est
grand temps d'évoquer un « bon souvenir »… non ? Au fond du
raisin sec ratatiné qui me sert de cœur, je suis toujours ce rêveur
avorton maigrichon de neuf ans qu'était Skyler Rampike.

---

* Ce court intermède éhontément sentimental n'est pas placé ici stratégiquement
pour introduire ce que les critiques sarcastiques appellent « un suspense à deux
sous »… je le jure ! Je ne souhaite pas non plus chambouler avec une désinvolture
postmoderniste la chronologie de ce texte, déjà irrémédiablement chamboulée. Je
voulais juste, au milieu de tant d'événements sombres, tordus, sinistro-tristes,
avant de plonger dans le récit « poignant » des derniers mois de ma sœur, noter
que, de temps à autre, dans la jeune vie de Skyler, il y eut ce que les cartes de vœux
appellent de « bons souvenirs ».

Je me rappelle qu'au retour de l'école, Skyler, esseulé, allait suivre les cours particuliers de sa sœur dans le solarium de la maison des Rampike. Il apparaissait innocemment sur le seuil et murmurait *Je peux entrer ?* et le professeur, assis en face de Bliss, levait les yeux en souriant et murmurait à son tour *Mais bien sûr !*

Soulagé que le visiteur inattendu fût le petit Skyler et non Mme Rampike, venue « passer l'inspection ». Soulagé que le visiteur fût le frère aîné de Bliss, qui recherchait attention, conversation, « contact visuel », avec une avidité de chiot.

Puisque j'ai déjà mentionné Rob plus haut, Rob Feldman qui fut le pénultième – mot classe pour « avant-dernier » – des jeunes professeurs particuliers engagés/renvoyés par maman – je ferais bien d'en dire un peu plus long sur lui. L'autre soir, dans cette pièce sordide où je suais sur le chapitre « intensément vécu », « vertigineusement intime », intitulé « Vilaine fille ! I », je me suis brusquement souvenu des professeurs de Bliss, à qui je n'avais pas pensé depuis près de dix ans : Tiffy, Brooke, Sam, Lindsay… mais aussi Jennifer, Jason et Rob – celui qui semblait avoir eu le plus d'affection pour moi.

Pour Skyler, plutôt. Pas pour moi – « moi » est un junkie de dix-neuf ans, en exil volontaire dans un meublé de Pitts Street, New Brunswick, pieds nus crasseux et sous-vêtements douteux, s'est donné pour mission chimérique – « impossible » – d'écrire le seul récit véridique sur les vie/meurtre/répercussions du/etc. de sa sœur. « Moi » étonnerait/choquerait Rob Feldman qui doit maintenant friser la quarantaine, est peut-être marié, profitablement employé, l'un des adultes admirables de ce monde. Que penserait-il de ce marginal zarbi/soupçonné de meurtre s'il le tirait par la manche : *Salut, Rob ! Tu te souviens de moi ? Skyler Rampike qui t'adorait comme un grand frère ?*

(Une idée pour un autre projet « furieusement original », « audacieusement postmoderniste » : une série de vignettes littéraires ingénieusement agencées sur des individus ayant « adoré » une figure médiatique de second plan du genre de Bliss Rampike. Certains ne connaîtraient rien de l'objet de leur adoration, d'autres seraient plus proches d'elle, et d'autres enfin – les membres de sa propre famille ! – la connaîtraient intimement et ne l'adoreraient peut-être pas sans restriction. Et la figure centrale du récit, idéalement une variante du « sujet le plus poétique au monde » – à savoir une belle petite fille n'ayant pas plus de dix ans – serait inaccessible au lecteur : un mystère total.)

*Rob Feldman : avez-vous senti que quelque chose allait « terriblement mal » au 93, Ravens Crest Drive, dans la famille si américaine des Rampike ? Est-ce pour cela que, parmi les jeunes professeurs séduisants qui se sont succédé dans cette maison, vous seul avez donné votre démission avant que Betsey Rampike vous renvoie ?*

*Qu'avez-vous observé : des contusions sur les bras nus de Bliss, des contusions sur son cou ? Une légère boiterie de la jambe gauche ? Expliqués – de façon très convaincante ! – par les accidents, les chutes de la jeune sportive ?*

Chacun des professeurs particuliers de Bliss se rendait vite compte qu'essayer d'enseigner le programme de base d'une classe de CP à la petite patineuse prodige ne serait pas une tâche facile. Car quand Bliss Rampike ne volait pas à la surface étincelante de la glace sur ses patins Baby Champ en chevreau blanc, quand elle n'était pas photographiée/filmée/enlacée/embrassée/entourée et encensée par des adultes, il semblait que son esprit même se retirait quelque part au fond de ses yeux bleu cobalt ; une mélancolie plus aiguë que la MAP (Mélancolie aiguë précoce) de Tyler McGreety, le camarade de classe de Skyler, s'emparait d'elle. C'était énigmatique, car Bliss paraissait d'abord éveillée, vivante, intelligente, une « petite fille sage » qui, inexplicablement, se révélait incapable de concentration, se « décourageait vite », devenait « distraite », « incohérente », « anxieuse/léthargique ». Combien de fois Skyler avait-il entendu Bliss dire à son professeur d'une petite voix honteuse *Je n'y arrive pas, je ne me souviens pas... ça sera tout faux.*

On lui apprit et réapprit l'alphabet, elle apprenait la suite des lettres par groupes, les récitait lentement avec une concentration douloureuse ; puis, au cours suivant, elle les mélangeait toutes ou les oubliait entièrement. Elle apprit et réapprit les tables de multi-plication, pour les mélanger ou les oublier ensuite. Si elle parvenait à « lire » pendant une semaine – à la façon d'un aveugle qui s'avance à tâtons dans une pièce – elle perdait mystérieusement cette capa-cité pendant le week-end, à l'étonnement de ses professeurs et à l'écœurement de maman.

« Ma fille n'est pas "dyslexique". Elle a passé de nombreux tests, on lui a fait des IRM, son cerveau est tout à fait normal – selon son neurologue. Il n'y a aucune raison qu'elle ne puisse pas apprendre à lire au moins aussi bien que son frère qui, lui, est dyslexique. »

(S'il était présent, ce petit morveux pédant de Skyler mettait parfois son grain de sel : « J'ai aussi un TDA, maman, tu sais bien. »)

Certains professeurs s'en sortaient mieux que d'autres, du moins au début. On voyait – Skyler le voyait, en tout cas – que Bliss fai-sait d'immenses efforts. Mais on ne sait pourquoi, après quelques échecs embarrassants, des pleurs, une crise de colère, Bliss semblait abandonner, restait passivement assise à sa table du solarium, les bras serrés autour de la poitrine. Ses yeux bleus vitreux et le pli tra-gique de ses lèvres proclamaient *Je n'y arrive pas, je ne me souviens pas… ça sera tout faux.*

Un grand souvenir : Rob prêta à son petit ami Skyler les bandes dessinées de « science-fiction spéculative » et les BD « underground » de R. Crumb* après lui avoir fait promettre de ne pas les montrer à ses parents – ce qui ne serait évidemment pas venu à l'idée de Skyler. R. Crumb fit une impression profonde sur Skyler à l'âge vulnérable de neuf ans, et les sagas sauvages du dessinateur devin-rent vite ses lectures de chevet favorites ; il essaya même de dessiner des BD dans le style inimitable de Crumb. Personne dans tout Fair Hills ne ressemblait aux individus bizarres de Crumb, et pourtant comme ils paraissaient familiers à Skyler ! Des femmes mamelues

---

* Il s'agissait des premiers *Zap*, que Rob Feldman avait dû acheter dans une librai-rie de livres d'occasion. Disparus, détruits depuis longtemps. Voir le chapitre à venir « Post Mortem » – à des centaines de pages d'ici.

et vulgaires, aux fesses et aux cuisses massives, vacillant sur des talons ridiculement hauts, des crétins microcéphales aux immenses pieds flasques... et des avortons à tête de gargouille comme Skyler, qui les lorgnaient avec un sourire démoniaque.

« Rob ? C'est quoi *"Keep on trucking"* ? » demanda Skyler, et le professeur répondit : « Ça veut dire "Tiens bon".

– Oui, mais... pourquoi ? "Tenir bon"... pourquoi ?

– Demande à ton père, Skyler. Lui le sait sûrement. »

Skyler était naïf, mais pas au point de poser à papa une question sans avoir une bonne idée de la réponse.

Le subversif R. Crumb fut le cadeau d'adieu de Rob Feldman. Le professeur disparut ensuite sans avertissement. C'était au printemps 1996. À la réaction indignée de sa mère, Skyler devina que Rob était parti juste avant qu'elle puisse le renvoyer : « Ce sournois ! Dire que je lui ai confié ma fille ! Et mon fils ! S'il s'imagine que je lui fournirai des "références"... »

Mais quand maman se plaignit à papa de la « trahison » du professeur, papa ne fut pas d'accord : « Un Juif, avec sa conscience tragique des *progoms* subis depuis des millénaires, sautera d'instinct d'un bateau qui coule, comment lui en vouloir ? Raison pour laquelle, chez Scor, on leur fait signer des contrats pour les empêcher de partir avec nos secrets et de les vendre à nos ennemis. »

Papa *plaisantait*-il ? Était-ce papa-roublard qui parlait ? Faisant un clin d'œil d'homme à homme à son fils pendant que maman rageait et rouspétait en se mordant la lèvre pour ne pas pleurer.

Bliss voulut évidemment voir la bande dessinée que Skyler essayait de copier, mais Skyler refusa.

Bliss demanda pourquoi.

« Parce que ce n'est pas pour les filles. »

Bliss demanda pourquoi.

« Parce que R. Crumb est horrible et drôle. Et qu'on n'est pas censé rire de ce qui est horrible. »

Bliss demanda pourquoi.

« Parce que c'est comme ça. Parce que je le dis. »

Oui, dit Bliss, mais *pourquoi* ?

Sur le pas de la porte de la chambre de Skyler, sa sœur de six ans le dévisageait avec un curieux sourire mélancolique/insolent. Elle était à la fois suppliante et insistante, à la fois la petite fille angélique et la sale gosse sournoise. Pendant une grande partie de la journée, elle s'était entraînée à la patinoire Alcyon sous la direction de Masha Kurylek, car les redoutables cours à domicile étaient suspendus, le temps que maman trouve un nouveau professeur. Bliss avait la peau marbrée, comme si elle s'y était attaquée avec ses ongles, et ses narines semblaient enflammées. Elle n'avait pas pris son bain et portait son justaucorps d'entraînement en laine-flanelle rose sale, barré sur la poitrine des lettres *BLISS* en satin blanc. Manifestement on ne lui avait pas fait prendre ses nombreux médicaments de l'après-midi, elle était donc nerveuse, irritable, et incapable de s'allonger pour faire un somme avant le repas du soir parce que maman était partie quelque part, partie depuis des heures, et que la plus jeune des Maria avait récemment été renvoyée par maman pour « insubordination », « incompétence », « morale relâchée ».

Bliss se précipita sur Skyler avec l'intention de s'emparer de la BD de R. Crumb, mais Skyler grimpa sur son lit en tenant le magazine à bout de bras. « Je te promets de ne pas rire, Skyler. S'il te plaît », et Skyler répéta, avec la pruderie d'un enfant de neuf ans : « Je t'ai dit que ce n'était pas pour les petites filles.

– Je ne suis pas une "petite fille". J'ai mille ans. »

Elle se jeta furieusement sur Skyler, tâchant de lui arracher le journal, déchirant les pages. Chaque fois que Bliss l'attaquait ainsi, sa force et son agilité étonnaient Skyler, et il se rappelait les recommandations de papa : *Ne frappe jamais une fille !* Par réflexe d'auto-défense, il jeta R. Crumb à l'autre bout de la pièce, et Bliss courut le ramasser, scruta d'un air myope les personnages humanoïdes grossièrement dessinés. Skyler dit : « Je t'ai dit que ce n'était pas pour les filles. Rends-le-moi maintenant. »

Skyler tendait l'oreille, guettant le retour de maman. Le bruit de la voiture de maman dans l'allée, le bruit de la porte de derrière. Quand ni maman ni papa n'étaient à la maison, l'air était lourd comme avant un orage, une tension que l'arrivée de l'un ou l'autre des adultes, presque toujours maman, car papa était absent « pour affaires », ne faisait qu'aggraver.

Accroupie sur les talons, Bliss tournait les pages de la bande dessinée. Des personnages horribles ! Des choses « vilaines », « sales », qu'une petite fille n'aurait pas dû voir. Skyler entendait Bliss respirer par la bouche. Cela n'avait vraiment pas l'air de la faire rire, ni même sourire. Skyler non plus n'avait pas ri beaucoup. Avec la concentration douloureuse qu'elle apportait à certains de ses cours avant de perdre courage, Bliss continua à scruter les pages, puis, au bout de cinq ou six minutes, elle rendit le magazine à Skyler sans prononcer un mot.

Skyler déclara : « Qu'est-ce que je t'avais dit ! R. Crumb n'est pas pour les filles. Si tu en parles à maman, je te tords le cou*. »

Bliss s'enfuit.

Maman rentra peu après. À ce moment-là, Bliss était dans la salle de bains avec l'autre Maria, elle avait pris ses médicaments et Skyler avait caché son exemplaire déchiré de R. Crumb dans un coin de son placard sous de vieilles baskets puantes, où maman n'aurait jamais, jamais l'idée de regarder.

---

* Mon Dieu, ai-je vraiment dit ça ? *Ai-je vraiment menacé ma sœur de six ans de lui tordre le cou ?* J'avais oublié tout cela dix ans durant et maintenant un flot de souvenirs me revient et peut-être est-ce une erreur de faire ce que je fais et sous l'emprise du SCR j'ai peur d'être poussé à révéler pire encore...

# RÉPONSES AUX INTERROGATIONS DU CHAPITRE « INTERROGATION »

## NON, NON ET NON

## OUILLE !

« AVEZ-VOUS REMARQUÉ, LES ENFANTS ?... VOTRE PÈRE EST parti. »

Skyler regarda fixement maman : il n'était pas sûr d'avoir bien compris.

Bliss regarda fixement maman : elle n'était pas sûre d'avoir bien compris.

Maman se tenait sur le seuil de la salle de séjour. Derrière maman une lumière aveuglante de brasier dévorant, impossible à regarder en face, et donc Skyler qui se confectionnait des antisèches pour un test d'« aptitudes cognitives » prévu le lendemain regarda sur le côté et Bliss qui contemplait avec fascination la troupe irlandaise de ballet sur glace The Ring of Kerry, sa vidéo de patinage préférée-entre-toutes, ferma les yeux. Et maman dit : « Pourquoi souris-tu, Bliss ? Tu trouves la nouvelle amusante ? »

Les yeux de Bliss clignèrent. Avait-elle souri ? Un tic et un tremblement dans sa joue gauche, faciles à prendre pour un sourire insolent. Assise à côté de Skyler sur le canapé, Bliss coula un regard vers son frère pour qu'il la défende, mais Skyler regardait ailleurs.

Se disant *Bien sûr que papa est parti ! Je le savais.*

En fait, Skyler ne savait rien. Ou si une partie de son esprit savait, lui ne *savait* pas. Car même un enfant malin qui épie les conversations avec la concentration nerveuse d'un moineau picorant des miettes sur le sol *sait* très peu de chose, s'il n'en a pas la confirmation par un adulte.

Donc, papa n'avait pas rejoint sa famille à Palm Beach, le mois précédent. Cette pauvre maman était allée le chercher à l'aéroport pour le ramener chez grand-mère Rampike où tout le monde l'attendait avec impatience. La cuisinière cubaine de grand-mère Rampike avait préparé un somptueux déjeuner qui devait être servi sur la grande véranda blanche donnant sur la plage immense et l'océan, mais une heure passa, puis une autre, et finalement maman revint, les yeux rougis, l'haleine douçâtre et toxique comme des vapeurs d'essence, et maman dit à grand-mère Rampike que papa n'était pas dans l'avion qu'il était censé prendre à JFK et qu'elle avait donc attendu l'avion suivant, qui décollait de l'aéroport de Newark, en pensant que papa avait raté le premier vol et pris le suivant sans avoir le temps d'appeler pour s'expliquer mais papa n'était pas non plus dans cet avion-là si bien que maman qui ne se sentait pas très bien allait monter dans sa chambre et ne voulait pas être dérangée et quand grand-mère Rampike tenta de la retenir, maman repoussa les doigts griffus de grand-mère Rampike en jetant un cri aigu *Non ! Ne me touchez pas.*

(Skyler avait-il assisté à cette scène ? Peut-être.)

On saurait plus tard que papa avait été accaparé pendant des semaines par des « négociations cruciales » avec les avocats de Scor Chemicals qui étaient résolus à ne pas perdre Bix Rampike, démarché agressivement par le géant mondial Univers Bio-Tech, négociations qui avaient été dramatiquement interrompues au moment décisif par le déclenchement soudain d'une campagne de débauchage similaire menée par le géant mondial Vortex Pharmaceuticals, Inc., si bien qu'une lutte acharnée avait fait rage autour de la personne du papa de Skyler et de Bliss : « Très flatteur, évidemment. Mais sacrément épuisant. »

Depuis, papa était de plus en plus souvent absent de la maison et même quand il n'était pas en « voyage d'affaires », il rentrait tard pour dîner, rarement assez tôt pour souhaiter bonne nuit à Skyler et à Bliss dans leur lit. Maman avait dit avec son sourire de maman-courageuse que c'était une « période de transition » et que papa était « très, très apprécié » dans le monde de l'entreprise ; de

Singapour, de Tokyo, de Sydney et de Rio, et du siège social de Scor Chemicals à Paramus, New Jersey, arrivaient des messages téléphoniques pour Skyler et Bliss où papa disait de son ton de papa-sincère *Hé, les gosses vous me manquez, vous savez que votre papa vous aime à mourir, hein ?*

Skyler avait toujours su que papa était extraordinaire – bien sûr ! – mais ce sentiment avait été confirmé tout récemment à Fair Hills Day par le fait que non seulement ce péteux de Tyler McGreety mais aussi ce bêcheur de Fox Hambruck qui d'ordinaire ignoraient Skyler avaient recherché sa compagnie dans la salle de restaurant de l'établissement, allant même jusqu'à lui sourire et à lui demander comment allait « M. Rampike » ? – une question si déroutante que Skyler avait bafouillé : « P… papa va bien, je crois. »

Mais cette fois, c'était apparemment différent. *Votre père est parti* semblait sans rapport avec le monde de l'entreprise et ne présageait rien de bon.

« Ne fais pas cette tête-là, Skyler ! Te voir cette mine tragique fend le cœur de ta mère. Et *pourquoi* souris-tu, Bliss ? Est-ce que tu sais quelque chose, que ton père t'a dit, qu'il n'a pas dit à Skyler ni à moi ? C'est pour ça que tu souris… pour te moquer de nous ? »

Maman parlait comme si elle avait des cailloux dans la bouche et maman avait les coudes pressés contre les côtes comme pour se forcer à rester droite. Son rouge à lèvres grenat était à moitié mangé, ce qui signifiait que maman ne s'était pas regardée dans une glace depuis un moment et ses cheveux étaient bouclés d'un côté et aplatis de l'autre comme si elle avait dormi sur le côté, dans ses habits froissés. Ces derniers jours, Skyler avait entendu maman parler d'un ton brusque au téléphone et, cet après-midi-là, quand il était rentré chez lui, Mattie Higley, la femme du révérend, s'en allait au volant de son break et lui avait jeté un grand sourire *haut les cœurs !* qu'il n'avait pas souhaité interpréter. Skyler remarqua que le vernis de maman était écaillé et Skyler remarqua que les mains de maman frémissaient et Skyler dit très vite, prenant la défense de sa petite sœur tremblante : « Bliss ne sourit pas, maman. Ça ne veut rien dire, c'est juste un tic. »

Les yeux dilatés de maman se braquèrent sur Skyler. Un instant, il se demanda avec inquiétude s'il ne souriait pas, lui aussi. Mais maman avança en titubant, heurta le dos du gros fauteuil en cuir caramel de papa comme si elle ne l'avait pas vu, et dit en soupirant : « Votre papa a une autre vie, apparemment. Une vie qu'il préfère à sa vie ici, avec nous. "Je ne cesserai jamais d'aimer ma petite famille, a-t-il dit, mais je ne peux plus respirer dans cette maison." »

D'instinct Skyler et Bliss se mirent à respirer à petits coups.

« Il ne peut plus respirer ? Papa ? Il est malade ? »

Bliss poussa un petit cri convulsif, comme si une douleur fantôme lui brûlait les poumons.

« "Je ne peux plus respirer." C'est ce qu'a déclaré votre père. La première fois, c'était après ta chute à Atlantic City. Papa a regardé la vidéo, tu sais. Il a insisté pour la regarder. J'ai essayé de l'en empêcher mais il a insisté. Et la semaine dernière à Wilmington, quand tu as annulé ta participation, je crois que ç'a été la goutte de trop. Ton père comptait venir te voir, Bliss ! Il comptait passer la nuit avec nous à l'hôtel. Il avait modifié son emploi du temps pour être avec nous. "Pour voir ma petite fille la plus préférée patiner, et pour la voir gagner." Mais ça ne s'est pas passé ainsi. Votre père n'est pas un homme de foi. Il n'est pas comme moi. Oh ! il dit "croire en un Être suprême", "en un Sauveur personnel". Mais il a besoin de preuves, et souvent. Comme tous les hommes américains – tous les "Alphas plus", en tout cas ! – il a le cœur volage. Sa famille doit sans cesse lui prouver qu'elle est digne de son amour. Il dit qu'il nous aime… mais est-ce vrai ? Il savait que nous avions travaillé très dur pour le Royale Ice Capades… que nous avions vécu, respiré, rêvé au rythme de *L'Oiseau de feu* pendant des mois ! – et quand Bliss a été refusée, avec sa logique masculine, il a pris cela comme un camouflet. » Maman s'interrompit, un sourire amer aux lèvres. « Mais ce n'est pas ta faute, Bliss, et personne ne te fait de reproches. Masha est très déçue, évidemment… mais elle ne te ne fait pas de reproches. Et moi non plus. Ces "douleurs fantômes" – quoi que cela puisse être ! –, nous pouvons tous en être victimes n'importe quand. Si notre foi faiblit. Si nous succombons. »

La semaine précédente, Bliss ne s'était pas qualifiée pour la Royale Ice Capades. Car pour une raison ou une autre, contrairement à ce qu'espérait maman, Jésus n'avait pas délivré Bliss de sa douleur fantôme, de sorte que pendant les éliminatoires elle souffrait si visiblement que les responsables de la compétition avaient refusé de la laisser concourir et menacé de déposer plainte contre maman auprès de l'Association de patinage artistique des États-Unis pour violation d'un alinéa quelconque de leur *Règlement*. Et par conséquent Bliss n'avait pas été couronnée Mini Miss Princesse royale Ice Capades 1996, comme beaucoup le lui avaient prédit. Et par conséquent papa n'avait pas passé la soirée à Wilmington avec sa petite famille ce jour-là, et papa n'était apparemment plus non plus au 93, Ravens Crest Drive ni dans ses environs.

Avec calme, maman dit : « Personne ne te fait de reproches, Bliss. Les accidents de patinage sont fréquents. Les carrières les plus prometteuses s'achèvent brutalement quand la foi vient à manquer. Jésus nous a prévenus : "Beaucoup sont appelés mais peu sont élus." Et : "À celui qui n'a pas, même ce qu'il a sera retiré." »

Maman avait peut-être davantage à dire sur le sujet, mais elle fut distraite par la sonnerie impatiente d'un téléphone dans la pièce voisine. Skyler avait les yeux bien fermés et quand il les rouvrit, maman avait disparu. Et Bliss était toujours recroquevillée sur le canapé à côté de lui, tendue, immobile, les genoux repliés contre la poitrine. Skyler lui donna une bourrade...

« C'est ta faute si papa n'est pas là ! Vilaine ! »


*OUILLE !* CE SOUVENIR FAIT MAL.

(Bien que *Ouille !* ait un côté comique, non ? On ne voit ça que dans les dessins humoristiques et les bandes dessinées. *Ouille ! Ouille ! Ouilleouilleouille !* s'écrient les humanoïdes bizarroïdes de R. Crumb. Mais leur douleur est risible, méprisable. Des anthropologues nous diraient que nous ne pouvons rire de la douleur des autres que si ces *autres* sont suffisamment autres et n'ont rien à voir avec nous.)

« BLISS ? ALLEZ, SORS ! JE NE PENSAIS PAS CE QUE J'AI DIT... Maman n'est pas là. Bliss ? »

Plus tard ce soir-là cherchant sa petite sœur abattue dans sa chambre du premier et au rez-de-chaussée et de nouveau au premier – il ne l'avait donc pas vue la première fois ? – où il la trouva cachée sous son lit. À peine visible dans la faible lumière de la lampe Ma-Mère-l'Oie, Bliss était couchée sur le côté, les genoux ramenés contre la poitrine et le pouce dans la bouche, serrant contre elle Edna Louise, sa vieille poupée loqueteuse. Skyler essaya de l'atteindre, mais il avait le bras trop court. « Ne sois pas triste, Bliss, d'accord ? Maman ne parlait pas sérieusement. » Dans la faible lumière, les petits yeux humides de Bliss se voyaient à peine et ceux d'Edna Louise étaient deux orbites vides. Combien de fois maman, exaspérée, avait-elle pris et jeté cette vieille poupée ? Pourtant, on ne sait comment, Bliss s'arrangeait toujours pour la récupérer – « comme une pie voleuse » – ou peut-être avait-elle trouvé une vieille poupée similaire, abandonnée dans l'une des patinoires, et l'avait-elle rapportée à la maison dissimulée sous son manteau – et elle lui murmurait des secrets comme pour provoquer sa mère qui admettait en riant « ne plus savoir à quel saint se vouer » avec sa fille de six ans qui était à la fois la grande merveille et la grande contrariété de la vie de Betsey Rampike. Comme si Dieu, ou Jésus, lui avait envoyé Bliss : *Tiens ! Ton salut ou ta damnation.* Voilà ce que maman confiait à Skyler, avec un rire de maman-courageuse. Car les responsables de la Royale Ice Capades avaient menacé de déposer plainte contre Betsey Rampike, mère/manager de Bliss Rampike. Car Bliss avait ordre de se « reposer », de ne plus patiner pendant au moins deux semaines. Le Dr Vandeman lui prescrivait des doses quotidiennes d'un nouveau « médicament miracle » pour enfants approuvé par la FDA, l'anticonvulsif Serenex, et le Dr Muddick lui prescrivait des doses quotidiennes de l'antidépresseur Excelsia et de l'antidouleur Codéine-7, et le Dr Bohr-Mandrake (sexe féminin, spécialiste en psychopharmacologie de l'enfant anormal) lui prescrivait des doses surconcentrées de Zomix pour son TAAC*, qui, depuis un an, semblait nettement empirer. « Bliss ? S'il te plaît. Je regrette, et je parie que maman regrette aussi. » Mais Bliss restait silencieuse et immobile. Skyler entendait sa respiration accélérée. Sous le lit, l'air était surchauffé, confiné, malodorant. L'odeur familière d'ammoniaque du matelas et des couvertures de Bliss pinça les narines sensibles de Skyler. Le Dr Bohr-Mandrake pensait que le Zomix « minimiserait » les risques d'« accidents » nocturnes et Skyler l'espérait de tout cœur. « Papa t'aime, Bliss. Papa nous aime tous les deux, il le dit tout le temps. Mais il est très "occupé"… il va peut-être changer de travail. En tout cas, il viendra nous voir la semaine prochaine… il l'a promis. Quand je me suis fait mal au gymnase, c'était une bêtise stupide mais papa a quand même continué à m'aimer. » Skyler s'interrompit, se demandant si c'était vrai. Intelligent comme il l'était (malgré sa dyslexie et son TDA) il se doutait bien que n'importe quel père l'aurait aimé un tout petit peu plus s'il était devenu un gymnaste prodige plutôt qu'un avorton infirme que les autres garçons méprisaient. Il déclara pourtant avec conviction : « Si papa dit qu'il "ne peut plus respirer" ici, pourquoi ce serait ta faute ? Dans les revues de maman, ils parlent de ce que les adultes font tout le temps : l'"adulte-tère". Quelque chose de vilain qui s'appelle comme ça parce que c'est ce que font les adultes. »

Pourtant, bien qu'ayant étudié pendant de longs mois les épais magazines sur papier glacé de maman – *Self, Moi !, Cosmopolitan, Chic, Glamour*, etc. –, Skyler n'était pas parvenu à comprendre ce qu'était l'« adulte-tère » ni ce que faisaient les adultes, la plupart des maris apparemment, qui contrariait si fort leur conjoint.

---

\* TAAC : Trouble anti-autoritaire compulsif. Reconnu très récemment par l'Association américaine des psychologues pédiatres, psychiatres cliniciens et praticiens en santé mentale, mais qualifié par le *New York Times* de « quasi-épidémie parmi les prépubères américains ».

Après avoir supplié son exaspérante petite sœur pendant dix minutes ou plus sans résultat, Skyler renonça. Sa position malcommode lui faisait mal au cou, et que la douleur fût réelle ou fantôme, il n'aimait pas ça.

« Zut, Bliss ! Dans cette fichue maison, tout tourne toujours autour de toi. »

## PBLM*

FROTTANT VIGOUREUSEMENT SES GROSSES MAINS, PAPA
appuie ses coudes sur la table et se penche à hauteur d'yeux. « Hé,
les gosses ! Vous savez que votre papa vous aime, hein ? »

Oui-Oui Skyler hoche la tête.

Un doigt dans la bouche, Bliss regarde papa sans rien dire.

« … seulement – bon Dieu que c'est difficile à expliquer ! –
il arrive un moment… – les yeux de papa se mouillent et se
brouillent, il les essuie rudement d'un revers de main – … dans
un mariage qui… dure… dans une famille – il s'interrompt
comme incapable de continuer, sa gorge se serre quand il pose le
regard sur le visage immobile et concentré de ses enfants, on dirait
des petits rongeurs fascinés, fascinés par… un cobra ?… qui
oscille, darde sa langue rouge mercure, fixe sur eux des yeux limpides de basilic – … une famille où le père est très proche affecti-
vement et spirituellement de ses enfants et néanmoins victime de
son "succès professionnel" – papa marque une pause, rit tristement, une pointe d'amertume dans son rire paternel – et la mère
aussi est une mère dévouée – une supermaman – une femme
remarquable si pleine de brio, d'imagination, d'ambition… que
cela a été un privilège et une joie de la connaître… et de l'aimer.
Sauf que… » La voix hachée de papa s'éteint. Papa vide son verre
de Johnnie Walker *on the rocks* et d'un haussement de sourcils

---

* À la fin de ce pitoyable chapitre, vous saurez ce que signifie ce titre. Si ce n'est pas
le cas, mes excuses.

touffus quasi imperceptible fait signe au serveur qui tourne discrètement autour de la table et dans le même instant les enfants
Rampike sont libérés de l'hypnose paternelle et se retrouvent – où
donc ? – dans le restaurant élégant et froid du Sylvan Glen Golf
Club ?

Il faut croire que Bix et Betsey Rampike y ont finalement été
admis.

Nous savons à quel club « fermé » et « prestigieux » nous avons
affaire, et nous sommes impressionnés.

Papa a tenu à avoir une table donnant sur le golf vallonné dix-
huit trous qu'on dit modelé sur le célèbre golf écossais d'Inverness.
On n'imaginerait jamais, en contemplant le paysage de l'autre côté
des vitres, que l'on se trouve si près des quartiers résidentiels du
Village de Fair Hills. Dans la mémoire (mangée aux mites) de
Skyler, cette scène se déroule par un temps hivernal, car les collines paysagées du golf semblent recouvertes d'une sorte de polystyrène blanc ondulé et il n'y a pas le moindre golfeur en vue. Les
yeux plissés, Skyler aperçoit au loin une haute silhouette paternelle brandissant un club, une petite silhouette filiale tenant maladroitement un club d'enfant ; sur le sol, une petite balle blanche
grosse comme une boulette qu'il faut frapper pour qu'elle s'envole
dans les airs, puis roule par terre et disparaisse dans un trou… *Toi
et moi, Sky ! Sur le parcours, dès que le printemps arrivera* a promis
papa, mais pas récemment.

(À moins que ce soit un procédé littéraire, le truc du « narrateur
peu fiable » ? Un enfant de neuf ans médicamenté/perturbé confondant le souvenir de ce déjeuner exceptionnel avec papa avec une
scène hivernale réelle de l'autre côté de la fenêtre ?)

Un samedi-avec-papa vraiment exceptionnel pour les petits
Rampike qui ont été si anxieux ces derniers temps : non seulement
leur séduisant papa leur paie à déjeuner dans cet endroit très chic
– « Rien que nous trois ! Comme au bon vieux temps » – mais
papa a promis de les emmener dans le centre commercial fabuleux
de Vast-Valley, l'une des merveilles architecturales du New Jersey,
le deuxième plus grand centre commercial de luxe de l'État, où ils

verront en matinée le nouveau film familial à succès *Benji pète les plombs !* Quoique papa-discret ait fait de son mieux pour minimiser les aspects moins réjouissants de ce samedi, il n'est pas un secret que dorénavant papa n'habitera plus dans la maison de Ravens Crest Drive avec Skyler, Bliss et maman. La durée de son absence n'est pas claire – « C'est temporaire, promis ! » ; « le temps que les choses s'arrangent entre votre mère et moi » – l'endroit exact où habitera papa non plus, sauf que ce sera « dans le coin ! » ; « pas loin ! » ; « à un coup de voiture ». Pendant toute la matinée, à la maison, papa a fait ses bagages, à la va-vite, n'importe comment, montant et descendant bruyamment l'escalier, portant valises et sacs de voyage jusqu'à la Road Warrior XXL sombre et trapue, garée dans l'allée comme un tank conquérant. Ah !... Skyler retenait son souffle en voyant les habits gigantesques de papa passer sur de simples cintres, ses cravates en soie tomber en ondulant et se tordre sur le sol comme des serpents. Dans des cartons, papa avait aussi emporté une sélection de livres.

(Note optimiste : parmi les livres choisis par papa, un *Guide du papa*. Et le fait qu'il n'ait pas pris la plupart de ses livres mais les ait laissés à la « bibliothèque » familiale – où Skyler aidera Maria à les ranger – indique que papa va revenir, non ?)

Dès 7 h 50 ce matin-là, maman avait quitté la maison. Car pendant la nuit maman semblait avoir trouvé la force – spirituelle ? – de supporter cette « crise conjugale », ce « coup terrible porté à notre famille » – et elle paraissait presque gaie quand, habillée chic, chaussée de bottes italiennes à talons hauts, elle se pencha pour embrasser Skyler, en le serrant farouchement dans ses bras : « Si je ne suis pas rentrée quand votre père vous ramènera à la maison après ce film idiot, Maria sera là, bien entendu, elle vous préparera à dîner. Sois courageux, mon ange ! Sois sage. »

Depuis des jours – des semaines ? – maman était « perturbée », « agitée », « profondément abattue », « folle furieuse ». Mais maintenant ?

Skyler supposait qu'elle avait prévu un tourbillon de rendez-vous pour ce samedi fatidique : séance au salon de beauté de Fair

Hills avec Ricki, son styliste/coloriste attitré ; déjeuner (peut-être) au très patricien Village Women's Club avec des paroissiennes loyales et compatissantes telles que Mattie Higley, Frances Squires et « Bibi » Metz ; un après-midi de shopping festif dans le « Triangle de la mode » de Fair Hills ou/et une séance « revivifiante » avec le Dr Screed (« Pour lisser les rides de l'âme, lisser d'abord celles du corps ») ou une séance « révélatrice » avec Helene Stadtskruller, l'analyste/thérapeute/« spécialiste des traumatismes », formée à Berlin, que nombre des connaissances féminines de Betsey Rampike lui ont recommandée en cette période de « crise ».

(Skyler a entendu sa mère déclarer courageusement au téléphone à l'une de ses amies que la « crise » qu'elle traverse avec son mari et sa « thérapie de crise traumatique » avec la Dr Stadtskruller – pourraient bien être le « moment décisif » de sa vie : « Dont je remercierai mon mari infidèle, un jour. »)

La nuit précédente papa avait dormi dans une chambre d'ami du rez-de-chaussée et quand il était arrivé mal réveillé dans la cuisine le lendemain matin, maman était déjà partie dans sa Buick jaune canari sans un regard en arrière ni un message pour papa, fredonnant très fort l'hymne militant *Viens, mon Rédempteur !* à la façon d'une héroïne de série télévisée ayant une vie secrète.

À présent, dans le restaurant du Sylvan Glen, papa semble un peu hébété, désorienté. Bien que ce soit un déjeuner de fête qui l'oblige à sourire, et souvent. Cheveux hérissés, regard trouble, des cernes sombres sous les yeux et une expression où il est possible de lire regret/remords – « sur les nerfs » ce matin, papa s'est coupé en se rasant, et on devine de minuscules gouttelettes de sang coagulé sous son menton. Mais papa ne porte pas ses vêtements confortables du week-end, pantalon kaki chiffonné, sweatshirt et baskets ; pour déjeuner au Sylvan Glen Golf Club, papa a pris le temps de s'habiller, blazer bleu marine à boutons de cuivre, chemise bleu pâle déboutonnée au col (découvrant des poils frisés bruns/grisonnants), pantalon sombre au pli raisonnablement marqué. Bien que papa soit naturellement « chaleureux », « sociable », « charismatique », à la façon d'un ex-sportif ou d'un homme politique, il s'efforce de concentrer toute son attention sur le petit Skyler et la petite Bliss, s'interdisant de regarder les autres convives, dont beaucoup connaissent manifestement Bix Rampike et jettent des coups d'œil amicaux/curieux dans sa direction. (Pourquoi Bix Rampike est-il seul avec ces adorables enfants ? Où est la mère ? La rumeur émoustillante voulant que les Rampike se séparent a-t-elle un fond de vérité ? *Y a-t-il une autre femme et, si oui… la connaissons-nous ?*)

Un doigt dans la bouche, Bliss murmure quelque chose que papa ne comprend pas. Skyler traduit avec hésitation : « Bliss demande… si tu ne veux plus être notre papa ?

– Bliss ! Quelle idée ! » Papa dévisage sa fille avec consternation. Discrètement, il jette un regard autour de lui pour voir si quelqu'un a entendu. Papa est choqué comme si la petite fille blonde, pull en mohair rouge cerise et chemisier blanc, cheveux joliment nattés (par Maria), cou ceinturé d'un collier en caoutchouc mousse, avait proféré une obscénité. « Rien n'est plus éloigné de la vérité. Ma vie de père est ma vraie vie. Qu'est-ce que je t'ai expliqué, chérie ? À toi et à ton frère ? Évidemment que papa t'aime, et qu'il aime Skyler… et maman aussi. C'est justement pour ça qu'on est ici. »

Empourpré, tâchant de garder son calme, papa écarte les mains au-dessus de la table à la façon d'un magicien dont le tour de magie ne marche pas tout à fait comme prévu et qui se demande si ses spectateurs l'ont remarqué.

Skyler dit : « Bliss est triste que tu ne veuilles plus vivre avec nous. Maman a dit…

– Oubliez ce que maman a dit. Je me fiche de ce qu'elle a dit. Les paroles de maman – ses pensées – sont des "atomes dans le vide*", fantaisistes, illogiques. J'aimerais pouvoir protéger les enfants

---

* « Des atomes dans le vide » : poète/philosophe romain Lucrèce (98-55 av. J.-C.) Bix Bourre-le-mou n'a sûrement pas passé de longs moments de qualité à étudier le *De natura rerum* – si ?– , il a dû piquer cette phrase passe-partout dans l'un des livres de vulgarisation scientifique éparpillés au pied du fauteuil en cuir brut couleur caramel, où, à la fascination épouvantée de Skyler, on pouvait discerner le creux luisant laissé par les fesses de papa si on le souhaitait.

impressionnables que vous êtes de son influence ! Évidemment que je veux vivre avec vous, et j'espère bien que vous vivrez avec moi – que vous viendrez me voir, je veux dire – le week-end, les vacances – quand je ne voyagerai plus autant. J'espère que votre mère vous a bien dit que cet arrangement était temporaire – une "séparation temporaire" – absolument pas un "divorce" – j'habiterai à moins d'une heure d'ici, à Paramus – temporairement, en tout cas – jusqu'à ce que tout soit réglé avec Scor, si je reste chez Scor – directeur délégué en développement de projet/zone nationale, c'est la promotion qu'on m'a offerte – ces derniers mois ont été déments, les enfants ! – vous en êtes rendu compte, j'imagine : Scor, Univers, Vortex se battaient pour avoir votre papa. "Mes enfants passent en premier", voilà ce que j'ai dit aux négociateurs. Le problème, Skyler, Bliss, c'est que dans un ménage, dans une maison, même si la maison est fantastique, même s'il aime les gens qui y vivent, un homme – une personne – un papa a du mal à respirer. » Pendant ce long discours, papa semble effectivement respirer avec difficulté, comme s'il avait le nez bouché.

« Mais papa, proteste Skyler, qu'est-ce que ça veut dire ? "Ne pas pouvoir respirer."

– Qu'est-ce que quoi veut dire, Skyler ? demande patiemment papa. "Ne pas pouvoir respirer" veut dire ce que ça dit. »

Ce garnement futé de Skyler riposte : « Si tu ne pouvais pas respirer, papa, tu serais mort.

– Tout juste, Sky. Tu l'as dit. »

Papa rit. Pas un rire de papa-gai mais un rire de papa-peiné. Et peut-être, très discrètement, les yeux troubles de papa glissent-ils de biais vers sa Rolex.

(À quelle heure le désopilant *Benji pète les plombs !* commence-t-il ? Papa doit ouvrir l'œil.)

Skyler demande d'un ton hésitant : « Est-ce qu'on peut venir avec toi, papa ? À Para… mus ?

– Bien sûr que non ! Votre mère serait désespérée, elle ne voudrait pas en entendre parler. Tu vas à l'école, Skyler, et Bliss a son patinage, et puis les enfants restent généralement à la garde de leur mère. Comme les chiots. Tu as déjà vu des chiots suivre leur père à la trace ? »

Skyler insiste : « Dans ma classe, il y a des garçons qui vivent avec leur père. Il y a aussi la "garde conjointe". Quand les gens divorcent et se remarient… »

– Holà, Skyler ! *Bat-ta*. Nous les Rampike, nous n'en sommes pas du tout à la "garde conjointe" et encore moins au "remariage". Ne parle pas de choses pareilles devant ta sœur, s'il te plaît, tu vois bien que ça la bouleverse. »

Pendant presque tout le repas, Bliss a tripoté l'encombrant collier de caoutchouc mousse qui irrite son cou sensible. Et Bliss n'a quasiment rien mangé. D'un ton plaintif elle demande : « Papa ? On ne pourrait pas aller avec toi à Para-mus maintenant ? Je ne patine pas en ce moment, pas tant que ma douleur fantôme n'est pas partie, dit maman. »

Papa-inquiet avale une gorgée de whisky et ses grosses dents trapues tintent contre le verre. Un rapide regard circulaire, de crainte d'être observé, surveillé. (Car Fair Hills est une boîte de Petri où grouillent les rumeurs, Skyler le sait pour avoir entendu maman au téléphone avec ses amies.) « Je t'ai expliqué que mon logement à Paramus est temporaire, mon chou. C'est un "appartement de célibataire" dans une grande tour stérile, et l'autoroute, la Garden State Parkway, gronde juste à côté. Pas de place pour les enfants ! Pas de terrain de jeux ! Et puis je pars encore en voyage presque tous les week-ends. Si je décide de quitter Scor, je ne resterai pas dans cet appartement ; et si je continue chez Scor, je n'y resterai pas non plus. Si je deviens "directeur délégué Développement de projet", il me faudra une résidence beaucoup plus grande, au moins le double de la nôtre, les enfants ! Ça vous plairait d'inviter vos petits copains dans une "propriété du New Jersey" avec maison d'architecte, "centre sports et loisirs" privé – piscine (couverte et découverte), gymnase, patinoire ? Une patinoire sur mesure pour Bliss Rampike. »

Papa est-il sérieux ? Skyler se rappelle l'exubérance cordiale faussement macho de Jeremiah Jericho le mastodonte en smoking, et Skyler éprouve un élancement de douleur dans sa « mauvaise » jambe. Bliss gratte son cou, déjà rouge, sous le collier de caoutchouc mousse qui l'oblige à lever bizarrement le menton.

Avec un sourire incertain, elle dit d'une petite voix rauque : « Quand j'aurai assez de force pour re-p... patiner, tu viendras me voir, papa ? Même si je ne gagne pas ?

– Quelle drôle de question, chérie ! Tu sais bien que oui. » Papa avance la main pour caresser la joue de se petite fille – un geste qui se veut tendre et devant lequel Bliss se rétracte. « J'avais pris la route pour venir te voir patiner à Philadelphie, mon chou... ou était-ce à Wilmington ?... le jour où ça n'a pas marché et où les journalistes de *People* ont annulé l'interview ? »

Papa a veillé à ne pas prendre un ton réprobateur, mais Bliss sent néanmoins la réprimande, et même Skyler, qui n'a sûrement rien à se reprocher, éprouve un nouvel élancement de douleur.

À la différence des autres filles de son âge – et des autres garçons – Bliss pleure rarement. Comme le dit maman, Bliss a quelque chose de *buté* et de *perturbant*, on croirait qu'elle n'est pas une petite fille de chair et de sang mais une ingénieuse poupée animée, qui, dès que vous la quittez des yeux, vous jette un regard plein d'insolence. En public, Bliss a appris à afficher une expression de petite fille douce et attentive, un demi-sourire timide, et elle a appris à ne pas bouger, car elle peut être observée à tout moment (c'est assurément le cas ici dans le restaurant du Sylvan Glen où une large moitié des convives femmes ne cesse de jeter des regards mélancoliques/curieux, et vers Bix Rampike, large d'épaules, cheveux hérissés, blazer bleu marine, et vers l'angélique petite Bliss, pull en mohair rouge cerise et collier de caoutchouc mousse, bien qu'aucune n'ait manqué de tact au point de se glisser jusqu'à leur table pour demander d'une petite voix sexy *Où est Bethie ?... ou est-ce Betsey ?*) Malgré tout la bouche de Bliss se contracte, et Skyler se hâte d'intervenir pour faire diversion. « Tu ne m'as pas emmené pêcher au gros à Palm Beach, papa ! Quand nous étions chez grand-mère Rampike. Nous t'avons attendu tout le temps, papa, tu avais promis que tu viendrais, que tu louerais un bateau et que tu m'emmènerais pêcher le marlin, et tu n'es pas venu, et personne ne m'a emmené pêcher. Tu avais promis, papa.

– Ah bon ? Mon Dieu. »

Papa semble sincèrement étonné. Papa-coupable a manifestement tout oublié de cette promesse extravagante, faite à son fils – si elle a été faite – en passant, sans y penser, peut-être à un moment où papa avait bu, et à ne pas prendre au sérieux ; mais Skyler s'acharne, avec l'indignation d'un avocat de la défense dont l'affaire est mal partie. (Est-il possible que papa ait oublié l'épisode sinistre de Palm Beach, gravé à l'acide dans la mémoire de Skyler, de maman et de Bliss ?) Papa bégaie d'un ton confus : « ... peut-être pas la "pêche au gros", Skyler... la "pêche au marlin"... mais cet été, si Bliss et toi venez me voir sur la côte du New Jersey... ou, non... » Papa s'interrompt, se mange la lèvre. Que dit-il ? Que vient-il de reconnaître ? Skyler sait d'avance que maman interrogera son petit espion sur les remarques faites en passant par papa, surtout sur celles-là, Skyler est donc décidé à ne pas trop écouter, mais à fixer sur le visage empourpré de papa un regard de ressentiment enfantin, qui se teinte de crédulité enfantine quand papa poursuit : « ... ou dans la maison de ma mère sur l'île de Nantucket, nous pourrions aller pêcher... quoi donc ?... le poisson bleu, le bar ? Qu'est-ce que tu en dis, Skyler ? Et tu seras la bienvenue à bord, toi aussi, Bliss. Tu pourras appâter nos hameçons. »

Papa s'essuie la bouche sur sa serviette en charpie. Bon Dieu, le boniment paternel, c'est du boulot, on a tendance à l'oublier.

« Un dessert, les enfants ? Ou – un coup d'œil franc à la Rolex – non, peut-être pas. »

Ce déjeuner historique au Sylvan Glen – le premier et le dernier en ce lieu avec papa – est presque terminé. Si pénible qu'il ait été pour Bix Rampike, pour avoir une idée de la façon dont il fut vécu par Skyler, et par Bliss, il faut multiplier sa durée par deux ou trois, ou quatre, parce que les jeunes enfants ont une perception beaucoup plus lente du temps. (Je vais vous faire un aveu : je ne me rappelle que par bribes ce que Skyler a enduré, et suis incapable d'imaginer ce qu'a pu éprouver Bliss. Dans ce document de perte et de nostalgie, même le passé de Skyler est aussi insaisissable pour moi qu'un papillon se cognant contre une fenêtre inaccessible : *tout est supposition*.) Malgré son embarras, signalé par le voile de transpiration sur son front, et par le fait qu'il semble avoir mouillé sa chemise en oxford sous son blazer, papa est parvenu à dévorer jusqu'à la dernière bouchée son tournedos spécial Sylvan Glen avec frites gastronomiques et sauce avocat-canneberge, et à vider deux, ou peut-être trois ? grands verres de Johnnie Walker.

Tandis que papa étudie l'addition, sourcils froncés, Skyler rassemble tout son courage de petit garçon effronté pour poser une question qu'il prépare depuis des semaines : « Papa ? C'est quoi l'"adulte-tère" ? » et papa le regarde en clignant les yeux, un bœuf picoté par un moineau : « "Adulte-tère"… c'est bien que ce que tu as dit, Skyler ? Bon Dieu ! » Skyler répète sa question idiote d'enfant et papa retrouve son sang-froid paternel, parvient à sourire : « L'"adulte-tère", c'est fait pour les adultes, Sky. Un jour tu sauras. »

Les Rampike quitteraient le restaurant du Sylvan Glen Golf Club sur cette réponse énigmatique si une femme ne surgissait brusquement devant eux, ce qui conduit papa à bondir galamment sur ses pieds. Suit un échange de salutations animées, incluant, de la part de la femme, un baiser flirteur-amical qui frôle la mâchoire solide de papa ; des salutations chaleureuses aux adorables enfants Rampike, rapides pour la tête d'œuf mais expansives pour Bliss : « Oh ! tu es adorable, Bliss ! Quelles jolies nattes ! Et ces yeux !… si bleus. Nous avons tous été terriblement tristes que tu te fasses mal au cou, nous l'avons su par le *New Jersey Monthly* et nous espérons de tout notre cœur que tu seras remise à temps pour la Mini Miss Princesse de la glace du Jersey, c'est le grand moment, hein ! J'ai emmené ma fille Tracey te voir patiner, et gagner, à la compétition StarSkate, et nous t'avons vue sur NJN. Tracey a dix ans et le patinage de compétition est sa passion – toi et Bei-Bei Chang êtes ses idoles… à moins que ce soit elle ton idole ? – Tracey sera *terriblement* excitée de savoir que je t'ai rencontrée. Si cela ne t'ennuie pas trop, Bliss, et si ton papa n'y voit pas d'inconvénient, pourrais-tu signer là-dessus pour Tracey, cela nous ferait tellement plaisir ! » Avec un petit sourire résolument adorable, comme maman lui a appris à le faire, Bliss accepte sans hésitation, prend la serviette en papier SYLVAN GLEN légèrement froissée de Mme Hennepin, et l'élégant stylo en argent Univers Bio-Tech de papa et, gauchement, gênée par le collier de caoutchouc mousse qui irrite son cou tendre, parvient à écrire :

*Blisss*

et Skyler est pris d'une nausée soudaine, la bouillie non digérée de sandwich à la dinde, de frites grasses, le cocktail enfants MoonGlo qu'il a entièrement bu à la paille, ballottent dans son estomac *Ça n'aura jamais de fin, nous sommes prisonniers ici pour toujours, je ne peux pas la protéger et je ne peux pas me protéger moi-même*\* quand il se lève de sa chaise en bégayant qu'il doit aller aux toilettes, tout de suite.

AH ! SI JE POUVAIS METTRE FIN À CETTE SCÈNE INSUPPORTA-blement interminable – papa athlétique, Skyler boiteux, Bliss boi-teuse et encolliérée de caoutchouc mousse – grimpant gaiement dans la Road Warrior de papa sur le parking du Sylvan Glen, une

---

\* Une petite impression de déjà vu, hein ? Le lecteur attentif partage avec Skyler la sensation nauséeuse qu'il a déjà vécu cette scène ? Eh bien, oui. C'est le cas. Car dans la vie d'une célébrité, même mineure comme ma sœur, les événements se répètent sans fin ; même les gens – surtout les gens – sont recyclés sans fin, disent les mêmes choses, demandent les mêmes choses, vous remercient exactement de la même façon. Alors imaginez ce que ça donne pour une célébrité majeure ! (Personne ne dit la vérité sur les Célébrités majeures : leur vie est d'un Ennui majeur.) Est-ce que ce ne serait pas ce que le philosophe allemand/précurseur de Freud, de l'existentialisme, de la déconstruction, Friedrich Nietzsche, appelait l'« Éternel Retour », par hasard ? Les mêmes putains de trucs qui ré-arrivent sans fin.

bouffée blanchâtre de gaz d'échappement et les énormes pneus noirs emportent le véhicule et ses occupants, mêlée circulatoire de samedi après-midi sur la Great Road, puis la Route 15, puis l'I-80 en direction de la Garden State Parkway et, très vite, comme dans un film onirique, apparition du blanc d'albâtre féerique du centre Vast-Valley, et le désopilant *Benji pète les plombs !* – les trois Rampike, grand *pater* et petits zenfants, dévorant une boîte de popcorn beurré brûlant et riant à gorge déployée comme des Américains normaux dans un « cinéma multiplexe » – mais, malheureusement pour Skyler et Bliss, la scène ne prend pas du tout cette tournure. On croirait pourtant avoir un scénario en béton : Papa (rongé de remords) emmène ses gosses déjeuner et voir un film à la con ? – mais en fait quand Skyler émerge d'un pas chancelant des toilettes pour hommes du Sylvan Glen, essuyant discrètement une traînée âcre blanchâtre sur ses lèvres, lèvres qu'il a rincées, ou essayé de rincer dans un lavabo des toilettes, plutôt mal faute de temps, et sentant donc le vomi et espérant (désespérément) que personne ne le remarquera, papa fulminant lui jette sa veste – « Tu en as mis un temps, le gosse ! Vita-vita, rapido-*presto* » – claquant ses gros doigts paternels sous le nez du petit garçon humilié ; pour ajouter à la confusion, si fréquente dans les scènes où Bix Rampike occupe le premier plan, en cet instant dramatique, une femme apparaît soudain dans le hall du club, une femme brune, portant un somptueux manteau en simili-renard avec ceinture en daim, passements en daim, et d'élégantes bottes italiennes à talons très semblables à celles de maman mais plus minces et, sur cette femme, plus élégantes ; une femme à peu près de l'âge de maman, mais avec un visage plus fin, plus ciselé, qui halète de façon charmante comme si elle avait couru pour les rejoindre : « Oh ! Bix. Tu pensais que j'allais être en retard ? *Suis-je* en retard ? »

Galant-grondeur, sexy-crâneur, Bix Rampike répond d'un ton taquin : « Tu es parfaitement à l'heure, Glenna. Je t'avais demandé d'être là à 1 heure et demie en supposant que tu arriverais à 2 heures et c'est ce que tu as fait. »

Dans son somptueux simili-renard, la belle Glenna rit avec ravissement comme qui a été percé à jour, un regard éloquent et fugitif, coupable et innocent à la fois : « Oh ! Bix, ce n'est pas vrai, si ! Eh bien, alors, je n'ai pas besoin de m'excuser de mon retard, n'est-ce pas ? »

Tandis que Skyler et Bliss, totalement déroutés par le badinage des adultes, les contemplent comme quelqu'un qui n'a jamais vu une partie enlevée de ping-pong regarderait bouche bée les petites balles blanches voler de droite à gauche, de gauche à droite, la femme salue papa selon une variante du rituel de Fair Hills : frôlement de lèvres fardées sur la joue, rapide petite étreinte en tout bien tout honneur, rapide poignée de mains. Comme il est évident pour les deux enfants Rampike que ce salut rituel est bien plus agréable à papa que celui de Mme Hennepin (mal fagotée, du mauvais côté de la quarantaine) quelques minutes plus tôt ! « Les enfants, je vous présente Mme O'Stryker, une amie de maman. Vous la connaissez, bien sûr ? » Skyler hoche vaguement la tête, car il est sûr d'avoir déjà vu cette brune tapageuse ; Bliss la dévisage impoliment, un doigt dans la bouche. Car, par essence, les femmes de Fair Hills ont tendance à se ressembler de façon troublante. Dans l'agitation qui suit, enfilage de manteaux, sortie dans le froid minéral de cette fin d'hiver, feu roulant de questions rituelles entre adultes – « Comment va Betsey ? » – « Comment va Howie ? » – « Et toi, comment vas-tu ? » – il semble se préciser, à la stupéfaction des enfants, qu'on ne les conduit pas vers la Road Warrior de papa mais vers la Suburban Charger de Mme O'Stryker : en fin de compte, ils vont être raccompagnés à Ravens Crest Drive par la glamoureuse Mme O'Stryker et non emmenés par papa au Ciné-Max de Vast-Valley pour y voir *Benji pète les plombs !* Skyler proteste : « Papa, tu avais promis ! Tu avais promis de nous emmener voir *Benji pète les plombs !* et papa dit, l'air sincèrement étonné : « *Benji* qui ? De quoi parles-tu ? » et Skyler insiste, virulent comme un loulou de Poméranie aboyant après les pattes d'un saint-bernard : « Tu avais promis, papa ! Tu avais promis ! » et papa dit, en se coulant vers la Road Warrior, ses clés à la main : « Je suis sûr que non, Skyler. Ce qui est prévu c'est que Mme O'Stryker nous fasse la faveur de vous raccompagner à la maison, ce qui va me permettre de monter dans ma Road Warrior où j'ai toutes mes affaires et d'aller tout droit à Paramus où j'arriverai juste à temps pour prendre la limousine de la société qui me conduira à Newark pour mon vol de 6 h 48 à destination de New Delhi. » Tandis que Bliss se laisse conduire sans réagir vers le véhicule de Mme O'Stryker, Skyler continue à protester, osant même agiter son petit poing : « Papa ! Papa ! Tu avais promis ! Tu ne peux pas manquer à ta promesse… pas encore une fois ! »

Ce qui se passa ensuite n'est pas clair : selon une version, papa, le visage en feu, fit volte-face et son énorme poing paternel frappa le petit insolent sur le côté de la tête VLAN ! un coup qui ébranla le cervelet de l'enfant et dont il ressent encore les vibrations en cet instant même ; selon une autre version – la plus vraisemblable –, papa, le visage en feu, ne fit que brandir ce poing paternel comme s'il allait frapper le petit insolent sur le côté de la tête, et grommela d'un air sombre : « Nous discuterons de cela plus tard, Skyler. Entre hommes. » Entre-temps, Bliss avait dégagé sa petite main de celle de Mme O'Stryker, et elle courut en boitant vers papa, criant d'une voix rauque pitoyable : « Papa ! Ne t'en va pas, ne nous quitte pas ! Quelque chose de mal va nous arriver ! » et papa, exaspéré, mais s'efforçant de parler avec tendresse à sa fille, dit : « Je ne vous quitte pas, ma chérie, je m'en vais juste… temporairement. Tu vas rester avec maman, tu aimes maman, et bientôt tu pourras re-patiner et gagner des tas de prix et passer à la télé et dans *People* et quand les choses seront redevenues un peu plus raisonnables et que nous seront sortis de notre phase d'"atomes dans le vide", tu pourras venir voir papa à Paramus… ou ailleurs. Et maintenant, au revoir, les enfants ! Je vous aime. »

Alors que papa grimpait dans la Road Warrior, faisait ronfler le moteur et se préparait à prendre la poudre d'escampette, Bliss, soudain folle furieuse, se mit à tirer sur son collier de caoutchouc mousse, et à lancer des coups de pied à Mme O'Stryker qui tentait de la retenir. « Je veux venir avec toi, papa ! Je ne veux pas rester tout le temps avec maman, j'ai peur de maman ! » Dans la Road Warrior, papa manœuvrait pour sortir du parking quand Bliss se précipita en titubant devant le véhicule, mais papa réussit à la contourner et lança par la fenêtre : « Votre papa vous aime plus que jamais, les enfants ! Voilà la ligne de touche*. »

---

* Bon Dieu ! Peut-on croire ce parfait salopard ? (La réponse mélancolique est que oui. On ne sait pourquoi, les petits Rampike le croyaient.)

# III

# Mini Miss Princesse de la Glace

Ta place n'est pas ici

# MENACE !

« HÉ RAMPIKE. »

À l'école primaire, quoi de plus terrifiant que d'entendre une voix de garçon hostile et railleuse vous héler par votre nom de famille ?

Dans le miroir taché d'éclaboussures surmontant un lavabo des toilettes du premier étage/aile Est de Fair Hills Day se reflétait le visage anguleux mais adorablement taché de son d'un élève de CM2 beaucoup plus grand que Skyler ; ses yeux bleu acier plongeaient dans les yeux bruns inquiets de Skyler, son menton, triangulaire comme celui d'un cobra, était agressif.

« J'ai dit… "Hé Rampike". T'es sourd, tocard ? »

Skyler sourit bravement et, échangeant nom de famille contre nom de famille, bégaya quelque chose comme : « Hé, K… Klaus. »

Loin de faire naître un sourire sur le visage fermé du garçon, ou de l'apaiser, cette réponse parut l'offenser. Des deux mains, Calvin Klaus junior poussa brutalement Skyler contre le bord du lavabo.

« "Ram-pue". "Sky-ler Ram-pue". Toi et moi, "Ram-pue", on est censés être quoi, des frères ?… *efface* ! » Ces mots de reproche énigmatiques jaillirent de la bouche de Calvin Klaus, tordue par une fureur bizarrement adulte, et avant que Skyler puisse se défendre, ou feinter et décamper comme il avait appris à le faire dans les bagarres d'école primaire, Calvin l'agrippa par une manche de son pull d'uniforme vert forêt et l'envoya valdinguer contre le mur carrelé, sous le regard d'autres garçons, surpris, inquiets, ou souriant d'excitation à la perspective d'une bagarre.

Une bagarre ? Dans l'école « prestigieuse », « élitiste » de Fair Hills Day ? Où les expulsions, généralement rapides, non négociables, pouvaient avoir des conséquences fâcheuses sur l'admission de l'élève expulsé dans les grandes universités de l'Ivy League, et par extension sur sa vie entière ?

Skyler ne comptait pas se battre, car il savait quand il avait affaire à plus fort que lui. (Il avait invariablement affaire à plus fort que lui.) Dans la confusion du moment, il nota tout de même, à peine visible sur le poignet droit de son agresseur furieux, sous la manchette de sa chemise, un tatouage secret à l'encre rouge.

Un crâne peut-être. Ou une dague dégouttante de sang.

Ou une croix gammée.

Était-il la victime d'un gang ? Calvin Klaus était-il un « gangsta » chargé d'attaquer le petit Skyler Rampike, une « cible choisie au hasard » par une fraternité ou un gang (secrets) de l'école* ?

Skyler avait envie de dire : Mais on est amis, on a joué ensemble.

Skyler avait envie de dire *Mais je t'ai toujours trouvé sympa.*

Surgit alors Billy Durkee, qui fendit le cercle des curieux, empoigna Calvin par l'épaule et l'écarta de Skyler, maintenant recroquevillé sur le sol.

« Fiche-lui la paix, Klaus… c'est un infirme, bon Dieu† ! »

---

* Bien que tous les élèves de Fair Hills Day aient eu à signer un contrat où ils s'engageaient à respecter le code de l'honneur de l'établissement et à n'adhérer à « aucune société secrète », le bruit courait qu'il y existait deux fraternités/gangs : les Kripps (tatouages secrets à l'encre noire) et les Bloods (tatouages secrets à l'encre rouge). À l'imitation de la culture gangsta black et dealeuse, qu'ils connaissaient essentiellement par les jeux vidéo et la télé, les camarades caucasiens/classe moyenne supérieure de Skyler se nouaient parfois des chiffons en nylon autour de la tête, quand ils n'étaient pas dans l'enceinte de l'école.

† Seuls les lecteurs dotés d'une mémoire anormalement fidèle se rappelleront avoir lu le nom de Billy Durkee beaucoup plus haut. Le partenaire de goûter-rencontre malin, matheux, manipulateur qui avait appris le poker à Skyler – avec modération – et carotté le petit naïf d'une trentaine de dollars sur une période de

*CENSÉS ÊTRE DES FRÈRES ? ... EFFACE !*

À Fair Hills Day, il y avait, à côté de l'argot juvénile, des mots à la mode, grossièretés/obscénités éphémères cueillis dans le cloaque de la culture télévisuelle, une forme d'ironie maladroite exprimée par l'adjonction du mot *efface !* Par exemple : Je te trouve vraiment cool, Skyler ? ... *efface !* Ou : Un bisou, Skyler ? ... *efface !*

En repensant à l'attaque dans les toilettes et à la remarque mystérieuse de Calvin, toutefois, Skyler s'arrêta au mot *frères*.

*Censés être des frères ?*

*Frères ?*

« Peut-être que Calvin m'aime bien ? Peut-être qu'il veut être "frère" avec moi ? »

Cela semblait peu probable. (Mais peut-être pas ?)

Mildred Marrow n'avait-elle pas regretté mélancoliquement que Skyler ne soit pas frère ? Ce qui, par une logique magique, aurait permis à la vilaine et maladroite Mildred de devenir la patineuse prodige Bliss Rampike ?

Skyler rumina l'incident pendant des jours, car Calvin Klaus l'évitait avec froideur, et il n'avait pas le courage de l'aborder pour lui demander ce qu'il avait voulu dire ; Skyler ne parla pas non plus de l'agression aux adultes. (Cachez vos bleus comme vous cachez votre cœur brisé ! Les enfants apprennent jeunes. Pendant cette période où papa n'habitait plus avec sa famille mais dans un « appartement en copropriété » que Skyler n'avait toujours pas vu, il tenait à protéger maman de toute autre contrariété ; et quand papa téléphonait – papa mettait un point d'honneur à téléphoner à sa famille au moins une fois par semaine –, Skyler ne voulait évi-

---

quelques mois. À l'école Billy gratifiait Skyler d'un sourire faussement amical mais ne l'invitait jamais à déjeuner avec ses amis et lui. Skyler ignorait si maman avait « renoncé » à Mme Durkee, qui avait cessé de répondre à ses coups de téléphone, ou si c'était maman qui avait cessé d'appeler Mme Durkee. La vie sociale intense de nos parents !... mystérieuse, tortueuse, aussi taboue que leur vie sexuelle.

demment pas contrarier/énerver papa en avouant avoir été attaqué, jeté contre un mur, battu à plates coutures dans les toilettes de l'école, et devant témoins.)

Dans un précédent chapitre intitulé « Aventures au pays des goûters-rencontres II », Calvin Klaus faisait une courte apparition, aussitôt escamoté par un auteur anxieux affligé d'une variante neurologique du SJS (Syndrome de la jambe sauteuse) qui ne supportait pas de s'attarder sur la crise qui allait frapper la famille Rampike. En fait, Skyler et Calvin avaient été conduits à plusieurs reprises l'un chez l'autre pour y regarder des vidéos pour garçons (*Chucky I*, *Chucky II*, *Chucky III*, *Terminator I*, *Terminator II*, *Robo-Boy pète les plombs !*, *La Vengeance de Robo-Boy*, etc.) sous la surveillance d'une Maria ou d'une autre. Skyler, qui était le plus jeune et le plus timide des deux, ignorait totalement si Calvin Klaus avait pris plaisir à ces rencontres ou s'il les avait seulement supportées, à la façon dont les enfants de Fair Hills supportaient tant de choses par égard pour leur mère angoissée. Tout ce que je me rappelle des nombreuses paroles que ces garçons ont dû échanger, c'est *Ça va pour toi à l'école ?* et la réponse, accompagnée d'un haussement d'épaules *Pas trop mal. Et toi ?*

Pendant des jours, après l'agression inexpliquée de Calvin Klaus, Skyler le suivit discrètement (espérait-il) comme un chien battu/mort d'amour, chaque fois que leur emploi du temps le permettait. Dans la « salle de restaurant » – pas de « cafétéria » à Fair Hills Day, dont les frais de scolarité rivalisaient avec ceux des grandes universités privées – Skyler choisissait une position stratégique pour observer discrètement (espérait-il) Calvin et ses amis de CM2 et de sixième. Calvin lui paraissait immensément séduisant, avec son visage mince et anguleux, ses taches de rousseur « innocentes » qui lui donnaient l'air de sortir d'une illustration de Norman Rockwell évoquant une Amérique disparue, et les airs de loup avec lesquels il baissait la tête quand il mangeait ou riait. Si de temps à autre Calvin jetait un coup d'œil à Skyler et le surprenait à l'observer, il détournait aussitôt le regard. *Le poursuivi est devenu le poursuivant.*

Dommage que je n'aie pas le temps de continuer sur le sujet : la façon dont nous sommes attirés par, finissons par adorer et nous rappelons toute une vie peuplée d'une Voie lactée d'autres individus, ceux-là mêmes qui nous terrorisaient dans notre enfance.

Le sournois Skyler s'arrangea pour que Maria vienne le chercher une heure plus tard à la sortie de l'école de façon à pouvoir traîner derrière l'établissement et à observer Calvin Klaus – que venait généralement chercher une domestique hispanique, mais parfois aussi sa mère ; la récompense de Skyler était d'apercevoir, et plus qu'apercevoir, Morgan Klaus, une femme glamour aux pommettes saillantes, yeux bleu acier distraits et cheveux blonds gaufrés, qui avait une voix rauque saccadée et des vêtements d'un chic discret : la femme du solarium !

Skyler fermait les yeux. Le cœur battant, il revoyait la main ouverte de Bix Rampike – les gros doigts de papa qui pouvaient agripper, serrer et secouer s'ils le voulaient – sur le dos de la femme à l'endroit où sa peau crème était visible – nue ! – au-dessus de la robe de soie noire.

*Bon Dieu que tu es belle*
*Quand pouvons-nous nous voir*
*suis fou de toi      chérie*

Pauvre maman ! Alors que maman était peu sûre d'elle, trop souriante, trop maquillée et trop habillée, avec son casque étincelant de cheveux « colorés » que même un enfant de neuf ans savait démodé, la mère de Calvin Klaus avait tant d'aplomb, un maintien si saisissant, qu'on remarquait à peine qu'elle n'était pas belle. Tantôt Mme Klaus arrivait au volant d'une étincelante Porsche surbaissée couleur avocat, tantôt, façon maman-taxi suburbaine – après tout, Calvin allait parfois au foot après l'école – au volant d'un étincelant SUV Reaper noir assez spacieux pour contenir la moitié d'une équipe de foot et dans lequel Calvin montait seul, la mine renfrognée. Un jour, Skyler entendit Mme Klaus lancer à son fils de sa voix rauque sexy : « Monte ! Et ne me joue pas ton numéro passif-agressif ! Je suis ta mère, pas ton chauffeur. »

Ça, c'était une mère ! *Fou de toi.*

Skyler espéra souvent que Morgan Klaus le remarque, seul au bord du trottoir, stoïque sous le poids de son cartable bourré de livres malgré son corps fluet, encore « mignon » selon les normes maternelles courantes ; mais les yeux bleu acier distraits glissaient sur lui comme s'il était invisible ; et, ayant compris que Skyler espérait être vu, Calvin Klaus l'ignorait superbement. Une fois seulement, où Skyler grelottait sous la pluie quand Mme Klaus arriva au volant de son énorme Reaper, elle le remarqua et dit avec un petit sourire étonné : « Tu es… Scooter ? Rampike ? » Skyler s'avança, tout prêt à se faire raccompagner, et tant pis pour celui qui devait venir le chercher, mais Calvin l'écarta brutalement en disant d'une voix forte : « Non, maman. Ce n'est pas lui. »

Le ton si menaçant que Skyler renonça à débattre de la question de son identité.

« TON PÈRE ET MA MÈRE, ILS "TRINGLENT" ENSEMBLE… TU sais ce que ça veut dire ? »

Tringler ? Une… tringle ? Skyler grimaça, il préférait ne pas savoir.

Skyler marmonna tout de même que oui.

« C'est *vrai* ? »

Skyler marmonna que oui, en gros.

« C'est pareil que "foutre"… tu sais ce que c'est ? »

*Foutre/foutu* étaient des mots que Bix Rampike grommelait parfois tout bas ou, quand il était vraiment exaspéré, tout haut. *Foutre/foutu* était forcément quelque chose qui vous écœurait, vous irritait. Avec moins de certitude, Skyler marmonna que oui, peut-être.

« Tu parles ! Je parie que non, demi-portion, fit Calvin Klaus avec un rire méprisant. Moi, je sais. J'ai vu des films. »

Des films avec Bix Rampike et Morgan Klaus ? Ou… des films avec des inconnus ? Bravement Skyler tenta de se rappeler les images refoulées de l'horrible « film amateur » de Fox Hambruck.

Dans la mémoire de Skyler, elles se confondaient avec les images refoulées des horribles photos d'autopsie de Tyler McGreety.

C'était dix-neuf jours après l'agression dans les toilettes. Calvin Klaus avait fini par coincer Skyler Rampike, cette fois dans un couloir désert de l'école. Bien qu'effrayé, s'attendant à être boxé et plaqué contre une rangée de casiers, Skyler n'avait pas cherché à s'enfuir ; *Je serai courageux* avait-il décidé. *C'est ce que papa voudrait.* Mais Calvin semblait moins furieux contre lui, comme si sa colère s'était épuisée dans l'intervalle. Ou que, ayant vu Skyler le suivre partout avec un air mélancolique de chien, il ait décidé d'avoir pitié de lui.

Skyler dit impulsivement : « "Adulte-tère", voilà ce que c'est.

– "Adulte-tère". Qu'est-ce que c'est que ça ? »

Skyler prit un air important. Sa voix tremblait quand il parlait de ces sujets-là.

« Ce qu'ils font. Les "adultes" qui ne sont pas mariés ensemble. »

Calvin le contempla d'un air perplexe. Parmi ses camarades de classe, Skyler commençait à être jugé d'une bizarrerie intéressante : barge, des tics étranges, une tendance aux sorties gnomiques et aux silences maussades, mais un barge intéressant. On savait maintenant que son père était un VIP dans le monde de l'entreprise et que sa jeune sœur, trop exceptionnelle pour aller à l'école, était en train de devenir une patineuse célèbre qui passait à la télé et avait sa photo dans les journaux. Selon une vague rumeur, Skyler avait été un gymnaste prodige qui s'était blessé irrévocablement dans un accident. Selon une vague rumeur, les Rampike étaient riches et avaient de puissantes relations dans le monde politique.

Qui sait ?… peut-être Skyler Rampike lui-même était-il un génie ? L'un de ces élèves légendaires de Fair Hills dont le QI passait pour être « hors catégorie », même si, pour des raisons neuro/psycho/patho/pharmacologiques, leurs résultats scolaires pouvaient paraître ordinaires.

Calvin dit en ricanant, avec l'agressivité d'un personnage humanoïde de jeu vidéo : « Et ils font quoi les adultes, vas-y, dis-le-moi, gros malin ! »

Skyler se creusa désespérément le cerveau : que *font* les adultes ? Et *pourquoi* ? Quand Calvin lui enfonça un doigt osseux dans les côtes, il vit ses tatouages à l'encre rouge (un cœur dégouttant de sang, une dague dégouttante de sang) à l'intérieur de son poignet.

Si Calvin était un nouvel initié des Bloods de Fair Hills (secrets, interdits), son différend avec Skyler semblait personnel, sans rapport avec son appartenance gangsta.

« D'accord, tocard, je vais t'expliquer. C'est avec – Calvin désigna l'entrejambe de son pantalon de velours bien repassé avec une expression à la fois lubrique et dégoûtée – qu'ils se "tringlent". La femme a un trou entre les jambes dans lequel le machin de l'homme rentre. Quelquefois, ils font un bébé. Ce truc blanc qui sort de ta quéquette riquiqui… c'est "semainal". Ça se retrouve projeté à l'intérieur de la femme comme avec un spray et ça peut s'accrocher là-dedans et se transformer en bébé, comme un ver solitaire qui devient énorme. » Calvin marqua une pause et déglutit. Une nausée fugitive passa sur son visage pâle de rouquin. « Quelquefois – j'ai entendu ma mère en parler au téléphone avec une amie – elles se "débarrassent" de ce bébé, et il finit dans les toilettes comme la merde. Ça aurait pu être toi, ou moi… parce qu'on aurait pu être des frères – des jumeaux – tu comprends ? Si ton père et ma mère avaient tringlé il y a longtemps. Et s'ils se marient, on le sera. »

Calvin parlait avec excitation, de façon assez incohérente. Skyler le dévisagea avec stupéfaction. Un grondement soudain dans les oreilles. Frères ? Jumeaux ? *Mariage ?*

« Pourquoi tu me regardes comme ça, demi-portion ? Tu ne me crois pas ? s'énerva Calvin. Ma mère veut divorcer de mon pauvre con de père qui n'est au courant de rien ou quasiment, et épouser ton père, sauf que ton père n'est plus à Fair Hills, il paraît ? "Bix Rampike"… une ex-star du football américain, hein ? Mon père a des armes, tu sais. Et ma mère, quand elle est ivre, et méchante, lui dit des tas de trucs pour le rendre furieux, alors ton père pourrait bien se faire trouer la peau, un de ces jours. » Cette fois, Calvin poussa Skyler contre la rangée de casiers, mais pas fort, presque en camarade. Il lui soufflait au visage une haleine chaude et anxieuse. « Si mon père ne le fait pas, ça sera peut-être moi*. »

---

* Ouaouh ! On dirait que Calvin Klaus menace de trouer la peau de Bix Rampike, hein ? Et en prévenant Skyler, il fait de lui un complice ; peut-être même, moralement parlant, un co-conspirateur. Dans une œuvre de fiction, une telle déclaration annoncerait des actes, ou du moins des tentatives d'actes de violence ; dans ce document, bien que Calvin Klaus ait très exactement prononcé ces mots, sa menace ne sera pas suivie d'effet. Skyler s'en alla, tourneboulé, avec la prémonition que quelque chose de très grave allait arriver à un membre de sa famille, et que ce serait la faute de son père ; et qu'il n'y avait rien à faire parce que cela relevait des « adultes », de l'« adulte-tère » et échappait à son contrôle.

## LES AMIS DE MAMAN ?

*... UNE FEMME A UN TROU ENTRE LES JAMBES DANS LEQUEL LE machin de l'homme rentre.*
C'est donc ça que les adultes *font* ?
C'était d'une simplicité élémentaire. Une sorte de géométrie.
Skyler continuait pourtant à ruminer, il n'était pas convaincu.
Car *pourquoi* ?

« TIENS, BETSEY RAMPIKE. COMMENT ALLEZ-VOUS, MA chère ? »

À Fair Hills, New Jersey, comme dans toutes les banlieues américaines huppées, il existe un type d'homme particulier : rond, cordial, jovial, les yeux d'un bleu froid et la poignée de main broyeuse. Jambes courtes, torse en baril. Un de ces hommes dont la peau rosit à mesure que leurs cheveux – coupés ras pour dissimuler leur rareté – blanchissent. Bix Rampike était à l'aise en compagnie de ces hommes avec qui il se sentait des affinités tout en se sachant supérieur (plus grand et plus athlétique, séduisant, plus jeune) mais ce n'était pas le cas de Betsey Rampike qui avait tendance à les croire quand ils fondaient galamment sur elle dans les réceptions auxquelles (bravement, par défi) elle se rendait seule depuis le départ de son mari, et qu'ils s'emparaient de sa main douce et docile en disant : « Betsey. Vous êtes en beauté. Où diable vous cachiez-vous ? »

Dans le cercle de relations des Rampike, étendu et changeant, c'était Tigger Burr qui correspondait à ce profil. D'après ce que savait le soupçonneux Skyler, ce gros bonhomme aux cheveux blancs était marié et avait des enfants adolescents, au nombre desquels Jimbo Burr, un élève de terminale de Fair Hills Day que les plus jeunes évitaient parce qu'il avait la plaisante habitude de leur frotter les oreilles de ses poings ou de les projeter contre les murs. Pourquoi alors M. Burr « passait-il » aussi souvent à la maison voir maman, pourquoi maman ne demandait-elle pas mieux que d'aller « prendre un verre » avec M. Burr, et « peut-être manger un morceau en début de soirée » au Fair Hills Inn ; pourquoi maman était-elle aussi souvent au téléphone et riait-elle comme si on la chatouillait : « Je ne peux pas, Tigger. Pas ce soir. J'ai les enfants. J'ai passé la journée à la patinoire et chez les médecins avec Bliss et... il y a Skyler... mon fils, je t'en ai parlé : Sky-ler. Il a neuf ans, il est très accaparant et donc je ne peux pas... ne devrais pas... Bon d'accord, juste un moment, alors. Mais je ne devrais pas. »

Accaparant ! Skyler ! *Pas du tout.*

Skyler mena une enquête à l'école et apprit que le père de Jimbo Burr était propriétaire de Burr Assurances et Immobilier et *séparé* de sa femme ; situation qui ressemblait à celle de Bix Rampike, était-ce cela le rapport ? Skyler veillait tard pour voir maman rentrer de ses « débuts de soirée » avec M. Burr : elle montait l'escalier obscur avec d'immenses précautions, ses chaussures à talons à la main, murmurant toute seule, riant sous cape ou émettant des sons durs, des *tss-tss !* désapprobateurs, s'arrêtait vacillante au sommet des marches, pressait une main contre son front comme prise de vertige. « Skyler ! Que fais-tu debout ? J'avais dit à Maria de te coucher à 9 heures, de te donner tes médicaments et de s'assurer que tu restais dans ton lit.

– Tu es ivre, maman ?

– Skyler ! C'est terrible de dire une chose pareille à sa mère.

– Tu es ivre ? »

Maman voulut gifler Skyler, tituba et serait tombée si Skyler ne l'avait retenue, supportant courageusement son poids tiède et moelleux, et la maintenant debout et tremblante d'indignation. Il était très tard pour un jour de semaine : minuit passé. Dans la nursery, Bliss gémissait dans son sommeil et en bas dans sa chambre troglodyte contiguë à la cuisine Maria s'était endormie devant la télé naine qui équipait la pièce. L'haleine douçâtre de maman, le parfum spécial de maman et l'odeur de maman spéciale de maman arrivaient par bouffées aux narines de Skyler. « Ou-i je suis ivre. Je suis ivre d'espoir et ivre de bonheur. Je suis ivre de la liberté d'être enfin une femme. »

Skyler l'aida à aller se coucher. Maman s'appuya lourdement sur Skyler, et ils titubèrent de concert. Skyler était pieds nus et en pyjama. Une pensée terrifiante le traversa quand maman poussa la porte de la chambre à coucher *Et si papa est revenu ? S'il voit maman comme ça ?* mais la chambre était vide.

« M. Burr est marié, maman.

– Et moi aussi, gros malin.

– Tu ne vas pas épouser M. Burr, maman, si ?

– Mettons que je le fasse ? En quoi la "vie amoureuse" de maman te regarde-t-elle ?

– Je ne veux pas être le frère jumeau de Jimbo Burr, maman. Je m'enfuirai si ça arrive. »

Assise au bord de l'énorme lit à colonnes, maman tâchait de reprendre son souffle. Maman avait les cheveux dans la figure et le rouge à lèvres barbouillé. Elle regardait Skyler avec un mélange de culpabilité et de défi. « "Le frère jumeau de Jimbo Burr"... ? Qu'est-ce que tu racontes, Skyler ?

– Je le déteste, maman. Je le déteste tellement ! Dis-moi que tu n'épouseras pas M. Burr, *s'il te plaît*, maman ! »

Skyler se mit à pleurer, et le cœur de maman fondit, et maman permit à son *petit homme* de dormir dans l'énorme lit king size pour la première fois depuis très longtemps ; et après cette nuit-là, Tigger Burr ne « passa » plus jamais chez les Rampike*.

---

* Mais pas à cause de cette scène larmoyante, quoique sincère ! Dans une œuvre de fiction, les supplications éplorées du *petit homme* auraient été le facteur précipitant de la rupture entre maman et Baril Tigger Burr ; dans le cas présent, à la grande déception de maman, Tigger Burr sembla tout bonnement se désintéresser d'elle, il ne la rappela plus, ne répondit plus à ses messages. (Peut-être parce que, du point de vue du prudent Tigger Burr, l'épouse abandonnée de Bix Rampike était trop accaparante.)

Et il y eut Roddy McDermid.

L'un de ces merveilleux pères barbus qu'ont les autres enfants,
baraqué, braillard, bourru mais affectueux, un peu comme un ours
– mais pas un vrai, qui aurait davantage ressemblé à Bix Rampike,
capable de vous déchiqueter le visage de ses dents, plutôt le genre
nounours. M. McDermid avait une barbe broussailleuse striée de
gris qui donnait l'impression que des petits oiseaux pourraient y
nicher, et M. McDermid portait des sandales avec des chaussettes
en laine même quand il faisait très froid, et M. McDermid était
chercheur en écologie pour l'État du New Jersey et membre de l'orchestre de chambre de Fair Hills où il jouait du hautbois. La fille de
M. McDermid, Priscilla, était en CM2 dans la classe de Skyler, et
c'est ainsi que maman et M. McDermid se rencontrèrent à une
journée portes ouvertes, et peu après maman organisa un goûter-
rencontre entre Skyler et Priscilla chez les Rampike, bientôt suivi
par un goûter-rencontre chez les McDermid, qui habitaient une
petite maison de brique dans une rue quelconque du Village de
Fair Hills où Betsey Rampike ne connaissait personne ; pourtant,
au grand étonnement de Skyler, maman semblait bien aimer les
McDermid, M. McDermid comme Mme McDermid, et eux semblaient bien l'aimer aussi ; à moins qu'ils n'aient plaint maman qui
habitait une maison luxueuse dans un quartier prestigieux de Fair
Hills mais qui paraissait n'avoir personne d'autre à appeler que
M. McDermid, à qui elle demandait d'une voix plaintive s'il ne
pourrait pas faire un saut chez elle en rentrant de son travail parce
que « quelque chose faisait de drôles de bips » dans l'une des chambres d'ami : un détecteur d'oxyde de carbone défectueux, piles à
plat, qui piaulait comme une chauve-souris. En septembre, maman
emmena Skyler et Bliss à un concert de l'orchestre de chambre de
Fair Hills pour regarder M. McDermid souffler dans son hautbois
et pour parler et rire avec lui à la punch-party qui suivit. Skyler
était terriblement jaloux de sa camarade Priscilla qui ne semblait
pas se rendre compte que son nounours moustachu de père était
merveilleux ! Skyler faillit s'évanouir quand M. McDermid se pencha pour le serrer dans ses pattes d'ours – « Bonne nuit, petit ! » –

le soir où les McDermid avaient invité maman, Bliss et Skyler à un dîner de plats chinois préparés dans leur cuisine. Le lendemain, Skyler dit avec mélancolie à Bliss : « M. McDermid pourrait peut-être être le nouveau mari de maman et notre nouveau papa », mais Bliss répondit, sans même quitter des yeux l'écran de télé géant où les patineuses de la troupe irlandaise The Ring of Kerry, mêmes robes de velours décolletées en U et mêmes diadèmes scintillants, se produisaient une énième fois : « Non. Papa est notre papa pour toujours. »

# RÉDIMÉE !

... comme si jaillie des ténèbres une lumière m'avait éclairée. Et une lumière brille en moi, où il n'y avait que ténèbres. Et partout où je vais, qu'on me reconnaisse pour la mère de Bliss Rampike ou que je demeure anonyme, je baigne dans cet éclat radieux qui est un don de Dieu. *Je suis rédimée.*

Betsey Rampike, citée dans « La petite patineuse prodige Bliss Rampike et sa mère-manager », *People*, 14 octobre 1996

... immense reconnaissance ! Ces derniers mois, comme le savent ceux d'entre vous qui suivent la carrière de ma fille, une ombre pesait sur nous, car Bliss souffrait d'une maladie mystérieuse, une « douleur fantôme » qui menaçait de détruire sa carrière. Depuis que nous avons dû renoncer à la compétition Mini Miss royale, au printemps dernier, parce que je m'étais aperçue que Bliss souffrait en patinant, pas un jour ne s'est écoulé sans que Bliss me supplie de la laisser revenir sur la glace : « Je n'ai plus mal, maman ! Je le jure. » Naturellement je n'ai pas écouté cette courageuse petite fille, car ces mois devaient être consacrés à sa « guérison », et maintenant, par la grâce de Dieu, nous avons été délivrées de cette douleur, et Bliss a repris sa carrière. Notre reconnaissance est immense.

Betsey Rampike, à *Up Close & Personal*, interview, New Jersey-TV, 22 octobre 1996.

VOUS SAVEZ CE QUE J'AIMERAIS ? QUE *PETITE SŒUR, MON amour : l'histoire intime de Skyler Rampike* ne soit pas un document (linéaire) péniblement composé de mots, mais un film, ou un film-collage, ou une « installation vidéo », qui me permettrait de déverser un torrent d'images, de clips, de séquences télévisées pour accélérer ce récit (tord-tripes). *Quelque chose de très grave va arriver à quelqu'un dans la famille Rampike et Skyler ne peut rien y faire.*

Raison pour laquelle ce récit tord les tripes et se traîne si névrotiquement : Skyler (dix-neuf ans) ne supporte pas de revenir sur des scènes sans cesse plus traumatisantes de la vie de Skyler (neuf ans) *et pourtant il doit/je dois le faire.*

Dans un document visuel, l'auteur se contente d'assembler, ou de réassembler, des documents visuels : il n'a rien à créer du tout, à part ajouter quelques légendes par-ci par-là. Ou peut-être des commentaires en voix off, récités par un professionnel. Ainsi, dans le documentaire ABC (non autorisé/scandaleux) de février 1999, *Ascension et chute d'une enfant prodige : l'histoire de Bliss Rampike*, quatre-vingt-dix-huit pour cent du matériau provenait de sources préexistantes, clips, photographies, etc., dans le domaine public. Dans ma version, on ne verrait que quelques images – « symboliques » – choisies, et uniquement les interviews les plus « révélatrices » de ma mère, comme celles de *People* et de la NJ-TV dont j'ai donné des extraits en tête de chapitre.

Cette interview de *People*, si longtemps désirée, finit par avoir lieu, au grand ravissement de maman, après que Bliss eut fait son retour triomphal sur la glace en octobre 1996 et remporté le titre de Mini Miss Princesse au Challenge Golden Skate de Hartford, Connecticut. L'interview occupa près de quatre pages dans cet hebdomadaire à la popularité écœurante (des millions de lecteurs, des milliards ?), illustrée de photos saisissantes de Bliss sur la glace – en plein saut, en pleine pirouette – et d'un portrait extrêmement flatteur de la mère-manager Betsey Rampike « en prière » au bord de la patinoire. Lorsque l'interview parut, maman reçut d'innombrables coups de téléphone : « On croirait que "Betsey Rampike" n'existait pas avant *People*. » Maman avait un ton ironique, mais elle essuya tout de même une larme, car maman était profondément émue.

Célébrité ! Intérêt ! À Fair Hills Day où Skyler Rampike était

auparavant invisible parmi ses camarades mieux définis ontologi-
quement et échappait généralement au radar du cordial proviseur
Pearce Hannity III, on s'intéressait soudain à lui : pourquoi ?
Même les élèves plus âgés qui passaient pour appartenir à des
« gangs » (secrets, interdits) et arboraient des tatouages à l'encre
(secrets, interdits) au creux du poignet le remarquaient dans les
couloirs : « Salut, Rampike ! Cool, mec. » Même les filles les plus
jolies, les plus populaires, recherchaient sa compagnie, par exemple
dans la cafétéria : « Skyler ? Tu t'appelles bien comme ça... "Skyler" ?
Tu ne voudrais pas venir nous rendre visite un jour avec ta sœur ?
Dis oui ! » Plus alarmant encore, le proviseur Hannity fondit un
jour sur Skyler pour lui serrer la main : « Mon garçon, tes parents
et toi êtes les bienvenus à mon "thé du proviseur" – "thé et petits
fours", "xérès si désiré" – dans ma résidence de fonction, tous les
dimanches à 17 heures. Un petit groupe – choisi ! – d'enseignants,
de parents, d'élèves, d'administrateurs et de donateurs. Mon bureau
enverra les invitations, mais parles-en d'ores et déjà à tes parents,
mon garçon. Le "thé du proviseur" fêtera son cent cinquantième
anniversaire dimanche prochain. »

Je devrais avoir honte de le reconnaître, j'en ai honte, mais c'est
un fait : ces marques d'intérêt gonflaient Skyler de fierté. Comme
le jour où, alors qu'il suait sur son tapis de gym peau-de-serpent, le
nerveux petit Vassili avait dit avec un enthousiasme forcé Bra-vo,
Skil-eur ! Chaque petit pas est un pas vers le succès, oui ?

Impatient d'annoncer sa bonne nouvelle à maman et, dès que
papa téléphonerait et demanderait à parler à Sky, de l'annoncer à
papa. Tout en sachant que ses parents étaient sans doute trop occupés pour le "thé du proviseur".

(Et où habitait papa, maintenant ? Plus à Paramus, car papa
avait accepté l'offre « fantastique » d'Univers Bio-Tech, Inc., dont
l'immense et splendide siège social se trouvait à Univers, New
Jersey, dix-huit kilomètres au nord-est de Fair Hills.)

(Et papa voulait-il divorcer de maman et épouser la mère blonde
gaufrée de Calvin Klaus, ce qui doterait Skyler d'un frère gangsta
sexy ?... Skyler n'en avait aucune idée.)

(Car maman, prise par ses « obligations professionnelles », presque toujours absente de la maison et, quand elle était là, généralement au téléphone, refusait de discuter de leur père avec ses enfants.)

Peu après l'interview de *People*, maman reçut un appel de sa famille, les Sckulhorne de Hagarstown dans l'État de New York. Skyler entendit maman mettre un terme à la conversation en disant doucement, calmement, et avec une dignité qui aurait sûrement impressionné papa : « Venir *nous voir* ? Mais pourquoi ? Ma fille ne vous connaît pas et, depuis le temps, moi non plus. »

Et maman reposa calmement le combiné, et sourit.

Le frisson délicieux de la vengeance ! Comme un courant électrique, il traversa aussi Skyler*.

*SKYLER ? EST-CE QUE PAPA VA REVENIR VIVRE AVEC NOUS ?*
*Peut-être. Si tu recommences à patiner, et à gagner.*

CE DEVAIT ÊTRE LE ZOMIX SUR ORDONNANCE, OU LES INJECTIONS de Croissance Plus/Maxi-Vit C/CHCJS tous les vendredis matin dans le cabinet du Dr Muddick, ou peut-être l'anticonvulsif

---

* *Le frisson délicieux de la vengeance !* Skyler ignorait totalement pourquoi sa mère qui se croyait la plus chaleureuse, la plus généreuse et la plus « chrétienne » des femmes et qui, dans les interviews, parlait de son « dévouement à sa famille », semblait brouillée avec ses parents « aisés », « en vue », de Hagarstown, un bourg reculé, proche de la frontière canadienne, que Skyler s'imaginait recouvert de monceaux de neige et essentiellement inhabitable. Ne trouvez-vous pas étonnant que cet enfant prétendument précoce n'ait pas la curiosité de se demander, comme n'importe quel enfant normal, pourquoi il n'avait qu'une seule grand-mère (œil de glace et gueule de brochet) et non deux ; et pas de grand-père du tout ; et du côté de maman, pas de tantes, d'oncles, de cousins. Chez les Rampike, la famille de papa, il y avait tant de parents qu'on s'y perdait, et papa avait pour eux une affection retenue : « Une famille partage le même ADN. C'est un fait biologique. Mais il y a les "rivalités de fratrie"… la force numéro un chez l'*Homo sapiens*, d'une certaine façon. Comme le disent nos frères musulmans : "Mon frère, mon cousin et moi contre toi, mon frère et moi contre mon cousin, et moi contre mon frère." Voilà la ligne de touche, fils. »

Serenex, ou l'antidépresseur Excelsia, ou le Dr Rapp, le nouveau psychothérapeute de Bliss, spécialiste des jeunes sportifs prodiges, ou son nouvel acupuncteur/nutritionniste Kai Kui, si chaudement recommandé par les amies de maman, ou encore la perspective de travailler avec sa nouvelle coach Anastasia Kovitski (médaille d'argent aux Jeux olympiques 1992, championne USA de patinage artistique 1992-1993) et, pour la première fois, avec un chorégraphe ouzbek, Pytor Skakalov, ou une combinaison magique de tous ces éléments, toujours est-il qu'en septembre 1996 la douleur fantôme handicapante de Bliss semblait l'avoir quittée, ou presque ; elle avait repris les kilos perdus à force de « pignocher » ; et même la fréquence de ses « accidents » nocturnes avait diminué.

TEMPS FORTS DE CET ÉBLOUISSANT *COME-BACK* :

• Le Festival de patinage jeunes filles des Grands Lacs à Buffalo, État de New York, où, en octobre, dans une minuscule jupe rouge pailletée qui flambait sous les projecteurs, Bliss Rampike patina sur les notes tempétueuses de *L'Oiseau de feu* de Stravinsky et se classa deuxième de la catégorie débutantes avec la note de 5,6.

• Le Challenge jeunes filles Golden Skate de Hartford, Connecticut, où, fin octobre, dans un costume de « Gretel » en vichy avec corsage lacé serré, coiffe blanche de laitière, cheveux blonds nattés, entraperçus fulgurants de culotte en dentelle blanche au-dessous, Bliss Rampike patina sur la mélodie lancinante du *Hänsel und Gretel* de Humperdinck, gagna le cœur des juges comme celui du public avec ses glissés et ses pirouettes exquises (pirouettes sautées/voltes) et remporta le titre convoité de Mini Miss Princesse Golden Skate 1996 avec une note de 5,8.

• Le jubilé de la Jeune Américaine à Bangor, Maine, début novembre, où dans un costume « girl de Las Vegas » tout en paillettes blanches miroitantes et plumes blanches vaporeuses, avec longues manches moulantes à poignets d'hermine, cheveux et paupières poudrés d'or, soupçon aguichant de culotte en dentelle rouge visible sous la jupe, Bliss Rampike transporta juges et public avec son programme danse et patinage sur la musique de *Kiss of Fire*\*, ce classique torride moitié tango moitié pop américaine, et se classa de nouveau première dans la catégorie « Mini Miss » avec une note de 5,9.

*MERCI JÉSUS !*
*Merci Jésus d'avoir libéré Bliss de sa douleur !*
*Si cette douleur devait revenir, Jésus, épargne Bliss et donne-la-moi.*
*Car je suis la mère de Bliss Rampike, et c'est ma bénédiction. Pour tous les jours de notre vie à venir AMEN.*

---

\* *Kiss of Fire* : choix tapageur mais populaire du suave chorégraphe ouzbek, engagé par maman à l'été 1996 pour travailler en collaboration avec la nouvelle coach Anastasia Kovitski et qui, un court moment, pendant la longue période dévastatrice où papa vécut loin de nous, sembla « charmer » maman. Dans des mémoires plus grivois et cancaniers, Skyler, manifestement jaloux/envieux, se montrerait venimeux à l'égard de l'huileux Pytor Skakalov ; il y aurait au moins une scène pénible où, surprenant maman et Skakalov dans un moment intime, Skyler déclarerait : « Et si papa revenait et te voyait avec lui ? Et si papa venait à la patinoire pour nous faire une surprise et qu'il te voyait avec lui et qu'il repartait ? Ma-man ! »

## SUR LA MONTAGNE DE GLACE

NON PAS *VA-T-IL ARRIVER QUELQUE CHOSE DE GRAVE ?* MAIS *quand cela va-t-il arriver ?...* une idée fixe dans la tête de Skyler comme quelque chose qui cogne dans le vent.

Car ainsi l'avait promis Calvin Klaus*. Ou quelqu'un d'autre.

L'automne 1996 fut pourtant une saison de surprises, de bonnes surprises dans l'ensemble, et « Il y en aura d'autres !... peut-être », disait maman d'un air mystérieux. Au programme de Bliss figurait la plus convoitée des compétitions de patinage jeunes filles du nord-est des États-Unis, le Challenge Miss Jersey, dont les gagnantes – Miss Princesse de la glace du Jersey et Mini Miss Princesse de la glace du Jersey – signeraient des contrats de mannequinat avec les Patins et Articles de patinage Élite Junior, Inc., ce qui voulait dire des publicités luxueuses dans des magazines à fort tirage tels que *Teen People, Teen World, Teen Life*, et sur des chaînes câblées choisies.

---

* Calvin Klaus ! Aujourd'hui encore, ce nom, chic et classe, snob-sexy, me fait frissonner d'excitation, d'appréhension, ou peut-être... de terreur ? En novembre 1996, à peu près au moment des événements relatés dans ce chapitre, Skyler fut (secrètement) bouleversé d'apprendre que son camarade avait été renvoyé de Fair Hills Day pour appartenance à une « société secrète », ou qu'il en avait été retiré par ses parents inquiets après avoir tenté (1) de fuguer en emportant l'une des armes à feu de son père ou (2) de « se blesser » avec l'une des armes à feu de son père. Ce frère tourmenté de Skyler disparut ainsi brutalement de sa vie tout comme disparurent de sa vie les instants volés où il apercevait la blonde Morgan Klaus, laquelle réapparaîtrait plus tard, dans des scènes érotiques où figurait un adulte ressemblant à Bix Rampike, dans les rêves pubescents de Skyler.

« Mais nous ne patinons pas pour l'argent. Ni pour la célébrité. »

C'était ce que maman répétait, et ce que maman semblait croire.

« Mais si nous commencions à gagner un peu d'argent – enfin ! –, cela nous défraierait de nos dépenses, et nous pourrions faire des projets pour l'avenir : Skate America, Grand Prix America, championnat américain de patinage junior, équipe olympique. "Suivre son rêve, où qu'il mène"... tel est notre credo. »

Maman parlait à Bliss, à la façon dont elle lui parlait souvent, comme si elle pensait tout haut, un flot de mots chuchotés que Bliss ne semblait pas écouter, ou n'avait pas besoin d'écouter, tandis que Skyler, si par hasard il passait à portée de voix, ne pouvait s'empêcher de demander : « "Suivre son rêve"... comment, maman ? Est-ce qu'on peut voir un rêve ? Comme on voit un papillon, qui vole et qu'on peut suivre ? »

Skyler posait ce genre de question très sérieusement, même s'il le cachait sous l'intonation traînante et bêcheuse acquise à Fair Hills Day au contact de camarades gangsta.

(À l'automne 1996, Skyler était en CM2. Mais il n'aurait dix ans qu'en mars 1997. Et Bliss, qui n'allait pas à l'école et était alors « en attente » d'un nouveau professeur particulier, avait six ans et dix mois.)

Patiemment, maman répondit : « Un rêve est une "vision", Skyler. Un rêve est à l'intérieur de l'âme, là où Dieu nous parle. » Maman s'interrompit. Maman veillait à ne pas trahir son irritation. Maman corrigea : « ... à certains d'entre nous. »

*À certains d'entre nous.* Skyler releva.

« Est-ce que Dieu me parlera, maman ?

– Demande-le-Lui ! »

Maman rit gaiement. À côté d'elle sur le canapé, fatiguée par son entraînement de l'après-midi, peinant sur un livre d'images, Bliss ne leva pas les yeux.

Lire demandait à Bliss un tel effort physique qu'on percevait sa tension quand elle suivait de l'index les lignes de caractères et remuait les lèvres pour former des lettres fantômes.

Prudent, Skyler changea de sujet : « Ça veut dire quoi "défrayer", maman ? »

Un pli se creusa entre les sourcils de maman. Avec précaution, elle répondit : « "Défrayer" signifie "diminuer" – diminuer les dépenses. Quand nous gagnerons le titre de Mini Miss Princesse de la glace du Jersey, et que Bliss présentera les modèles des Patins Élite et aura une "visibilité nationale", nous gagnerons enfin de l'argent et, à ce moment-là, votre père ne pourra plus faire d'objections. »

*Votre père.* Il était rare que maman prononce des mots aussi douloureux que *votre père*, et il y avait des mois qu'elle n'avait pas prononcé les mots *papa, Bix* ou *mon mari.*

En présence de Skyler, du moins. Ce que maman disait dans ses conversations téléphoniques privées, derrière la porte fermée de sa pièce privée, Skyler n'en avait aucune idée.

« Pourquoi papa fait-il des "objections", maman ?

– Demande-le-lui. »

C'était cruel ! Comment interroger *votre père,* alors que Skyler ne l'avait pas vu depuis des semaines et que, quand papa appelait pour parler à « Sky » et à « ma petite fille la plus préférée », on ne pouvait pas interrompre le torrent des paroles sérieuses de papa pour poser ce genre de question.

« Parce que le patinage de Bliss coûte cher ? C'est vrai qu'il coûte cher ? Combien par an ? Mille dollars ? Un million* ?

– Le patinage de ta sœur est un investissement, Skyler ! Un investissement, c'est quelque chose qui paiera dans l'avenir et qui

---

* Et combien pensez-vous qu'a pu coûter il y a dix ans le lancement d'une jeune athlète « prodige » dans la mer infestée de requins du sport dit amateur ? (« Amateur » étant un euphémisme commode pour pré-professionnel.) D'après mes estimations, étant donné les salaires versés au « staff » toujours plus important et plus changeant de Bliss (coach, chorégraphe, assistants personnels de maman, relations publiques…), la liste toujours plus longue et plus changeante des professionnels de santé coûteux (Muddick, Bohr-Mandrake, Rapp…), les frais de la patinoire d'Alcyon et les droits d'inscription aux nombreuses compétitions, plus les dépenses de costumes, maquillage, coiffeur, voyage et hôtel, l'assurance-maladie et les primes d'assurance-vie (à l'automne/hiver 1996, Bliss Rampike était assurée pour trois millions de dollars), on tourne autour des deux cent mille dollars.

remboursera largement les dépenses initiales. » Maman marqua une pause, pressant une rangée d'ongles rouges vernis contre son sein, car maman commençait à s'énerver comme si elle était interviewée par un journaliste hostile ou obtus. « Mais comme je l'ai dit… nous ne patinons ni pour l'argent ni pour la célébrité. »

Avec un air narquois Bliss interrompit la lecture de *Trois petits ours sur la montagne de glace* pour dire : « Mon patinage ne coûte rien, Skyler. C'est ce que Dieu veut que je fasse. Ce n'est pas comme les autres choses qui coûtent de l'argent. C'est spécial. »

Un regard d'avertissement dans les beaux yeux humides de maman, et ce petit malin de Skyler fut assez malin pour se taire.

## LA BONNE SURPRISE I

TOMBANT DU PLAFOND, DU TCHAÏKOVSKI SIRUPEUX-ASSOUR-dissant : la Valse de *La Belle au bois dormant*. La grande patinoire scintille d'innombrables reflets dansants. C'est le soir du 30 novembre 1996. Le Challenge de patinage Miss Jersey, si impatiemment attendu, à la patinoire du War Memorial de Newark, New Jersey.

*Déjà vu !* Comme une odeur d'ammoniaque.

Et pourtant : Skyler est aussi anxieux qu'il l'avait été la première fois. Que toutes les fois où sa jeune sœur concourt dans des salles et devant des foules de ce genre. Car telle est la malédiction du *déjà vu* : on a beau avoir déjà vécu la même chose, on ne se rappelle pas comment cela s'est terminé. Ni même si on a survécu.

« SKYLER ? RESTE AUPRÈS DE TA SŒUR, MON CHÉRI. MAMAN revient *tout de suite.* »

Posant gaiement un baiser sur le nez de chiot de Skyler. Laissant une légère traînée de rouge à lèvres sur ce nez (à l'insu de Skyler) si bien que le grand frère de Bliss ressemble à un clown nain.

Quelle belle patinoire ! Éblouissante ! PATINS ET ARTICLES DE PATINAGE ÉLITE, filiale prospère d'ARTICLES DE SPORT ÉLITE INTERNATIONAL, n'a pas regardé à la dépense. Tout autour de la patinoire, des guirlandes de lys blancs cireux, des roses rouge sang au plissé compliqué de sexe féminin en bouton ; et sur le bord intérieur de la patinoire, ressortant sur la glace bleutée, des affiches publicitaires où se répètent en boucle d'énormes lettres rouge sang

PATINS ET ARTICLES DE PATINAGE ÉLITE PATINS ET ARTICLES DE PATINAGE ÉLITE PATINS ET ARTICLES DE PATINAGE ÉLITE tel un serpent se dévorant la queue.

Cette soirée longtemps attendue : vingt-deux jeunes filles de six à dix-huit ans représentant la crème de la crème du patinage amateur junior du New Jersey vont concourir énergiquement pour deux titres : Miss Princesse de la glace du Jersey 1996 (les plus âgées) et Mini Miss Princesse de la glace du Jersey 1996 (les plus jeunes). La compétition des plus âgées étant attendue avec davantage d'impatience, celle des plus jeunes la précédera. Quelle excitation ! Quelle attente ! Une tension dans l'air comme avant un orage électrique ! Que serait l'Amérique sans ces moments de fièvre ? Ces moments haletants ? Ces moments de suspense-presque-insupportable ? Dans la salle, le public est de plus en plus agité, de plus en plus excité. Si vous aviez une tournure d'esprit assez salace – ce qui n'est pas le cas de Skyler, clown nain prépubère – pour détecter ces courants sous-jacents, vous perceviez une impatience sexuelle dans les joues empourprées des femmes, les regards fuyants des hommes. D'immenses familles – « étendues », il faut croire – de groupes ethniques à peau sombre s'étalent sur les rangées de sièges où ils s'occupent en se partageant avidement boissons et amuse-gueules. Le public semble composé en majorité de femmes – de tous âges, tailles et tons de peau – bien que l'on voie aussi, éparpillés dans la salle, des hommes d'âges divers, quoique principalement quinquagénaires. Certains, assis avec les familles nombreuses, sont manifestement des parents de patineuses, tandis que d'autres, qui espèrent passer inaperçus malgré les appareils photo, caméras vidéo et jumelles qu'ils tiennent sur leurs genoux, semblent être seuls. Car invariablement ces compétitions de jeunes-patineuses-innocentes attirent ce genre de spectateur masculin.

*Est-il là ? Gunther Ruscha ? Il est forcément quelque part en cette soirée du 30 novembre 1996, mais où ?*

Ne comptez pas sur moi pour que je parcoure la foule grouillante à la façon d'une caméra de télé, j'ai l'estomac trop noué. Je suis trop angoissé, même si cette soirée « historique » appartient au passé,

même si je ne devrais pas être handicapé aujourd'hui par cette terrifiante sensation de *déjà vu*, pareille à une bouffée d'ammoniaque.
Nous pouvons supposer que Gunther Ruscha avec ses cheveux
rouge radis et son teint terreux se trouvait dans la salle ce soir-là,
quelque part dans les premiers rangs, impatient d'acclamer sa petite
Bliss adorée, mais s'il s'est trouvé que Skyler l'a vu, il n'en gardera
pas le souvenir.

Il serre bien fort la main de sa sœur. Se dit *Quelque chose de
grave va arriver. Quand ?*

Skyler pourrait peut-être l'éviter. Après tout, Skyler est le *petit
homme* de maman, le *grand frère* de Bliss... non ?

Assis en protecteur près de Bliss au deuxième rang, dans la
partie réservée de la salle où leur mère les a installés avant de
s'esquiver. Dans l'immense patinoire le bruit augmente de façon
exponentielle\*, rebondit contre le haut plafond en dôme. Dans les
allées encombrées, des vendeurs ambulants fourguent les boissons
fluo et saucisses étrons habituelles, des tee-shirts, débardeurs et
casquettes fuchsia MISS PRINCESSE DE LA GLACE DU JERSEY 1996,
et de luxueux programmes « illustrés » à trois dollars. Skyler tient
la petite main froide de Bliss pour la réconforter, mais perdue dans
des pensées impénétrables, Bliss réagit à peine. À la différence de
ses rivales que l'attention de la foule électrise, Bliss est transie de
timidité en public ; en état de quasi-catatonie quand elle n'est pas
sur ses patins et sur la glace. Pendant toute cette longue journée,
Bliss a été silencieuse. Dans le nouveau monospace tape-à-l'œil
de maman, un Renegade XXL rouge baiser, Bliss, très silencieuse, a
écouté maman lui murmurer à l'oreille en roucoulant, comme
chaque fois, *Tu seras parfaite, ton patinage sera parfait, Jésus l'a
décrété, Jésus nous a libérés de nos douleurs terrestres pour les remplacer
par Sa grâce.* (Et que pense Skyler de ces déclarations maternelles,

---

\* « Exponentiel. » Classe comme mot, non ? Vous ne le trouverez employé avec
discernement que dans la prose la plus relevée, par des individus qui n'ont pas la
plus petite idée de ce qu'il signifie ni si cela s'applique au contexte. (Dieu ! que je
déteste écrire. Un stratagème après l'autre pour conduire le lecteur à penser *Hé ! ça,
c'est vrai ; c'est vraiment arrivé ; content que ça ne me soit pas arrivé à moi.*)

qui semblent avoir connu une augmentation exponentielle dans les semaines/mois qui ont suivi le départ de papa ? Skyler est-il un bon chrétien, Skyler « croit-il » ? Chez les Rampike où, dans les périodes de crise, des sœurs chrétiennes telle que Mattie Higley sont généralement là pour réconforter maman, il est difficile de ne pas « croire »… en quelque chose. Même si le rusé Skyler a décidé que prier, c'était en gros se parler à soi-même, de préférence à voix basse, et sans attendre de réponse de Dieu.)

Skyler feuillette le superbe programme jusqu'à la page 11 où figure une photo publicitaire accrocheuse de sa sœur, avec cette légende :

**BLISS RAMPIKE, SIX ANS**
**MISS BOUTS-DE-CHOU SUR GLACE 1994**
**MISS PRINCESSE GOLDEN SKATE 1996**

Parce que Bliss aurait du mal à lire les citations qui lui sont attribuées entre guillemets, Skyler les lit tout haut :

> J'adore patiner ! Je suis TELLEMENT HEUREUSE quand je patine ! Ma maman m'a acheté mes premiers patins Miss Élite Junior en chevreau blanc (taille 24 !) quand j'avais quatre ans et elle m'a emmenée à la patinoire et elle a dit : « Vas-y ! »

Skyler se demande si c'est vrai. Il est sûr de ne jamais avoir entendu sa sœur dire quoi que ce soit d'approchant.

Bliss regarde la photo publicitaire de BLISS RAMPIKE. Une petite fille au sourire timide/contraint à qui on donnerait quatre ans plutôt que six, grands yeux bleu sombre et sourcils épais, bouche en cerise, cheveux bouclés blond platine tombant en cascade sur des épaules étroites. Elle pose sur la glace, chaussées de beaux patins Miss Élite Junior en chevreau blanc et vêtue de sa nouvelle tenue de patinage, satin fraise et paillettes, virevoltante jupe de ballerine en tulle, corsage moulant, bas résille couleur chair et soupçon de culotte en dentelle blanche au-dessous. C'est le costume « haute couture » dans lequel Bliss va patiner d'ici quelques minutes, au rythme disco sexy-swingy de *Do What Feels Right* (l'un des vieux tubes préférés de maman) ; un programme qu'elle a répété des heures par jour – jour après jour – sous la houlette rigoureuse de sa nouvelle coach Anastasia Kovitski et de son nouvel et exigeant chorégraphe Pytor Skakalov. *Recommence !* demandent les adultes. *Encore, encore ! Tu peux faire mieux, tu dois faire mieux, tu dois gagner.* Avec un air mélancolique Bliss effleure la photo de BLISS RAMPIKE et murmure à l'oreille de Skyler : « C'est supposé être moi ? *Ce n'est pas moi* », et Skyler réplique avec une autorité brusque de grand frère, comme maman le voudrait : « Ne dis pas de bêtises, quelqu'un pourrait t'entendre et le répéter. *C'est toi.* »

Depuis ce matin de très bonne heure, maman laisse entendre qu'il y aura une « surprise » – une « bonne surprise » – en plus de la victoire sur laquelle elle compte ce soir et Skyler se demande donc si cela signifie que *papa est là* mais c'est une pensée si familière qu'elle a pris un goût de rance et que Skyler ne se démanche pas le cou pour regarder derrière lui dans la salle.

Bliss ne regarde pas. Bliss ne regarde jamais. Si Bliss se demande (secrètement) *Est-ce que papa est là ?* Bliss a appris à ne pas le montrer.

« Bliss ? Souris-nous, mon chou ! »

Des photographes parcourent l'allée dans un déluge de flashs. Une journaliste aux cheveux cuivrés de NJ-TV, qui a déjà interviewé maman et Bliss, parvient à faire sourire Bliss. Maman revient, empourprée et indignée. Dans le milieu du patinage amateur jeunes filles du nord-est des États-Unis, Betsey Rampike s'est acquis la réputation d'être l'une des mères-managers les plus agressives. Elle vient de protester contre la place de Bliss dans l'ordre de passage : Bliss patine trop tôt dans la compétition, ou peut-être trop tard. Maman est déterminée à ce que Bliss remporte le titre de Mini Miss Princesse de la glace du Jersey ce soir – « C'est la victoire à laquelle nous travaillons depuis deux ans et demi ». Et : « Ce titre sera le "tremplin" de Bliss Rampike pour les compétitions nationales. » Maman serre Bliss dans ses bras, lui murmure à l'oreille ce qui doit être une prière hâtive, et puis se relève aussitôt pour s'entretenir avec la coach Anastasia Kovitski et avec le chorégraphe Pytor Skakalov ; Skyler tâche de ne pas voir que l'huileux Ouzbékistanais à la moustache broussailleuse et aux longs cheveux hirsutes se tient désagréablement près de maman et approche sa bouche de son oreille. Pis encore, la main de Skakalov tombe sur l'épaule de maman et n'en bouge plus.

Skyler se tortille sur son siège. *Si papa est là ! Si papa voit ça !*

Mais : la dernière fois que Skyler a eu des nouvelles de papa, il partait pour un « sommet » quelque part très loin : Moscou ?

Skyler se dit que sa mère ne lui a jamais paru aussi… intense ?… déterminée ?… que ce soir. Skyler sait que maman suit un régime depuis quelques semaines et qu'elle a maigri et qu'on a « travaillé » sur son visage dans le cabinet du Dr Screed – rien d'aussi radical qu'un lifting ou une liposuccion – ce qu'est une « liposuccion », Skyler ne sait pas trop – mais des « injections miracles » qui effacent les rides sur son front. Pour l'occasion, maman s'est fait faire une nouvelle robe d'un satin fraise chatoyant, avec un décolleté plongeant qui découvre le haut de ses seins pâles crémeux ; cette robe, avec sa jupe évasée, imite le costume de Bliss. Pas étonnant que Betsey Rampike soit la plus attirante des mères-managers pour les photographes et les équipes de télé, tout comme l'« angélique » Bliss Rampike est la plus attirante des petites patineuses.

L'huileux Pytor Skakalov doit avoir dit à maman quelque chose de très encourageant, car maman le remercie d'un petit baiser impulsif qui frôle un bout de la moustache broussailleuse.

*Si papa voit ça !*

« Bon-jour mesdames-zé-messieurs et tous les autres… »

Brutalement, au milieu d'une note, le tonitruant Tchaïkovski s'arrête. Un mastodonte à tête de lézard en smoking noir brillant – … Jeremiah Jericho ? – apparaît dans la lumière d'un projecteur au bord de la glace. Sa voix traînante et familière déclenche un concert de huées et de sifflets amicaux : « *Bien*-venue ! *Bien*-venue à Newark ! L'Athènes du New Jersey ! Notre ville et notre ruche culturelle la plus importante sans exception près ! Ce soir… »

Hébété Skyler écoute sentant l'inquiétante sensation de *déjà vu* monter en lui comme une nausée. Peut-il y avoir une nausée de l'âme ? Car Skyler a déjà vécu cette scène comme Bliss l'a déjà vécue car il n'y a pas d'issue, le temps est un ruban de Möbius tournant languissamment dans l'air froid vicié même si Jeremiah Jericho semble légèrement plus âgé et plus bouffi qu'à la Meadowlands deux ans plus tôt. Son visage réjoui/railleur est visiblement plâtré d'un fond de teint orangeâtre, et ses cheveux noirs lustrés semblent teints de frais. Malgré un frisson de répulsion, Skyler doit reconnaître que Jeremiah Jericho a quelque chose de réconfortant. *Comme si un vieux machin idiot était plus réconfortant que n'importe quoi de nouveau, on sait qu'on y a survécu.*

« ... et maintenant, mesdames-zé-messieurs levons-nous – debout ! – pour notre chant le plus sacré – notre hymne national – allez-y, qu'on vous entende ! *O ! say can you see...* » comme un montreur de marionnettes, Jeremiah Jericho, les yeux embués, met la foule sur ses pieds, lui fait brailler farouchement l'hymne national puis s'auto-applaudir à tout rompre. Le maître des cérémonies fait ensuite une présentation osée et hilarante façon papi lubrique de la « bombe du New Jersey », la « non puérile » et « stellaire » Courtney Studd de Hackensack, Miss Princesse de la glace du Jersey 1995, une jeune fille de dix-huit ans qui patine/ondule sur une version disco haletante de ce vieux classique indéboulonnable, le *Boléro* de Ravel, dans un costume scintillant de girl de Vegas, saluée par des applaudissements assourdissants.

« Et maintenant, mesdames-zé-messieurs – Jeremiah Jericho frotte lubriquement ses mains épaisses – la première compétition de la soirée – onze dé-licieuses p'tites filles douées vont s'affronter pour le titre convoité de Mini Miss Princesse de la glace du Jersey ! Ces fan-tas-tiques p'tites poupées ont de six à douze ans et la première à patiner pour nous est... »

Quand on annonce Bliss, la cinquième à concourir, elle est saluée par une salve d'applaudissements, des sifflets, des *Nous t'aimons, Bliss !* qui font chaud au cœur. Mais Skyler se sent mal à l'aise, car être la préférée du public risque de porter malheur ; car le public de ces compétitions est notoirement changeant. « Miss Bliss Rampike – six ans – Fair Hills, New Jersey – c'est notre brave p'tite débutante de Bouts-de-chou-sur-glace 1994 – votre Jeremiah Jericho soi-même était présent en cette grande occasion. Bien-venue, Bliss ! *Bien-venue à New-ark* ! On l'applaudit bien fort, les amis… » et la salle se met à vibrer au rythme trépidant de *Do What Feels Right*, ce vieux tube d'un autre âge. La bouche sèche, pétrifié, Skyler regarde Bliss qui semble s'envoler sur la glace dans un crissement de patins. Et quel spectacle pour les yeux dans son costume en satin fraise pailleté avec jupe en tulle et cache-cache de culotte blanche ! *Maintenant elle va se tordre la cheville, elle va tomber…* mais quand Skyler rouvre les yeux, Bliss n'est pas tombée, elle fait un éblouissant glissé arrière, elle pirouette sur un pied, elle exécute une spirale – une gyre – un « papillon flottant » – un double boucle piqué – déclenchant les applaudissements spontanés du public. Cette enfant blonde est si frêle, si angélique, elle semble tellement plus jeune que ses rivales que les spectateurs l'adorent. Pendant de longues minutes haletantes, Bliss patine à la perfection sur le tempo rapide de *Do What Feels Right*, petit sourire figé, cheveux blonds bouclés tombant en cascade sur ses épaules (étroites, nues), une dernière pirouette, un dernier « papillon » et une révérence glissée pour saluer la salle qui applaudit follement tandis que Jeremiah Jericho crachote dans son micro : « *Ma*-gnifi-co, Blizz ! *Fan*-tas-ti-co ! Voilà un p'tit ange qui patine comme une déesse ! Où étais-tu, p'tit cœur, quand Jeremiah Jericho avait huit ans et le mors aux dents ! Écoutez ce que vous dit un vieux cheval de retour, les amis : Blizz Rampick décrochera un jour une médaille d'or olympique ! Le championnat mondial de patinage artistique ! Un jour ! Applaudissez-la bien fort, les amis, Blizz Rampick de Fair Hills, New Jersey… »

En ce soir historique du 30 novembre 1996, le public du War Memorial de Newark applaudit donc bien fort Bliss Rampike, *une fois encore*.

## LA BONNE SURPRISE II*

« ET NOUS ALLONS PEUT-ÊTRE AVOIR UNE AUTRE SURPRISE CE
soir »

Le cœur de Skyler se mit à cogner. *Papa ?*

Bliss suçait l'un de ses doigts, n'osant pas poser la question.

« ... ce n'est pas certain mais c'est possible. "Notre coupe
déborde"... c'est possible. » Maman rit gaiement en essuyant ses
yeux brouillés de larmes.

« Est-ce que c'est une bonne surprise ? » demanda Skyler d'un
ton hésitant.

Maman rit de nouveau. En dépit des efforts du Dr Screed, une
ride profonde, comme taillée au couteau, était apparue entre ses
sourcils. « Bien sûr que c'est une "bonne surprise", Skyler. Toutes
les surprises de maman sont bonnes. »

Vraiment ? Skyler se mordilla la lèvre et garda le silence mais
une même pensée traversa son cerveau et celui de sa petite sœur,
assise à l'avant du monospace : *Non ! Toutes les surprises de maman
ne sont pas bonnes.*

---

* J'avais d'abord intitulé ces deux chapitres relatant les événements du 30 novembre 1996 : *Suspense facile*, mais mon éditeur a tenu à ce que je change de titre.
D'ailleurs, reconnaissons-le, quand le suspense n'est-il pas facile ? Y a-t-il un suspense « difficile », « recherché », « classe » ? Et puis, les résultats de la compétition
de Newark sont accessibles à tous, donc, en théorie, il ne peut pas y avoir de suspense : vous savez que Bliss a remporté le titre convoité de Mini Miss Princesse de
la glace du Jersey 1996, qui fut le « point culminant » et le « point final » de sa
carrière.

« … le plus beau jour de ma vie. Enfin ! »

Maman ne parlait pas à Bliss affaissée dans le siège passager ni à Skyler assis derrière elle mais à elle-même, comme si elle avait oublié la présence de ses enfants. Et elle murmurait ces mots avec autant d'émerveillement que de triomphe car voici le mystère de la vie de Betsey Rampike : *une petite coupe déborde vite.*

Le lendemain matin ils feraient leur retour triomphal à Fair Hills, où des réjouissances étaient prévues en l'honneur de l'enfant célèbre de la ville qui venait d'être couronnée à Newark. Il y aurait des réceptions, et il y aurait d'autres interviews. Des photographes, des équipes de télé. Mais pour ce soir maman leur avait réservé une suite au Garden State Marriott, à vingt kilomètres au nord de Newark près d'une sortie de l'I-80, car maman était soûle de bonheur et de fatigue et ne pouvait courir le risque de faire encore une heure de route dans la nuit. Après l'exultation de la victoire, maman s'était limitée à un ou deux – pas plus de trois ! – petits gobelets en plastique de mauvais vin rouge dans le hall balayé de courants d'air du War Memorial et quoique maman fût loin d'être ivre, le monospace lui donnait tout de même des difficultés car ce satané volant semblait décidée à la contrarier en tirant avec une préférence marquée vers la gauche ; et elle avait le pied trop lourd, ou trop léger, sur l'accélérateur. « Maman ! Attention ! » Par-dessus l'épaule droite de maman Skyler regardait filer la route où tombait une pluie virant à la neige, et se disait avec une sombre satisfaction qu'en cas de nécessité il empoignerait le volant. Si maman faisait déraper le monospace. Si maman perdait le contrôle. Le petit Skyler les sauverait, et personne ne le saurait, pas même papa.

Et s'ils mouraient, se disait Skyler, ce serait la faute de papa.

Dans la lumière mouvante et miroitante des phares, le visage de la mère de Skyler était mouillé de larmes de reconnaissance et semblait rayonner d'une étrange beauté lunaire.

« … le plus beau jour. *Ma vie.* »

SI HEUREUX ! *HEUREUX HEUREUX HEUREUX* SKYLER AVAIT LA gorge douloureuse à force de bonheur, car les juges avaient mis 5,9 à sa sœur et aucune autre patineuse de sa catégorie n'avait eu plus de 5,7. Si heureux ! Maman avait hurlé, pleuré et serait tombée à genoux pour remercier Jésus si son assistante Dale McKee (sexe féminin, jeune) ne l'en avait dissuadée. Délire assourdissant d'applaudissements. Acclamations, sifflets, cris, *Nous t'aimons Bliss !* Le mastodonte à tête de lézard Jeremiah Jericho était ému, cela se voyait. Même ce vieux papi libidineux dans son smoking noir distendu par son ventre. Même *lui* ! Prédisant que la p'tite blonde de Far Hills – pardon, M. Jericho : *Fair Hills* – gagnerait un jour une médaille d'or olympique et deviendrait une championne internationale et (maman le savait, maman y veillerait) l'une des superstars de Disney-on-Ice, une vedette valant des milliards. Betsey Rampike toucha le cœur sentimental des Jersiais, car Betsey Rampike pleura si fort de gratitude que l'encre de son rimmel coula sur son visage rond, que des ruisselets de larmes rongèrent son épais maquillage. Une mère si sincère ! Une mère si vulnérable ! Une mère qui méritait la victoire de sa fille. « Mini Miss Princesse de la glace du Jersey 1996… que Dieu te bénisse. » Un instant, la voix moqueuse de Jeremiah Jericho trembla quand il posa avec révérence le petit diadème d'« argent » sur la tête de l'enfant. Une ceinture de satin d'un fuchsia éclatant MINI MISS PRINCESSE DE LA GLACE DU JERSEY 1996 fut passée de biais – avec précaution ! – sur la petite poitrine plate de l'enfant. Toujours en larmes, Betsey Rampike accepta de Jeremiah Jericho un gros bouquet de roses cireuses rouge sang et un certificat encadré immortalisant le titre de sa fille et une enveloppe contenant un « gage de notre estime » (combien ? Skyler découvrirait un jour que ce n'étaient que cinq cents dollars) et au ravissement de la foule Betsey Rampike rougit joliment quand Jeremiah Jericho planta un baiser sonore sur sa joue brûlante – « Rendez-vous ce soir au pays des rêves, m'dame Ranpick ! » – en même temps qu'il faisait adroitement sortir mère et fille de la patinoire et des feux des projecteurs pour laisser la place au couronnement plus important de Miss Princesse de la glace du Jersey 1996.

« ET MAINTENANT VOTRE SURPRISE, LES ENFANTS ! SI surprise il y a. »

Maman semblait moins sûre d'elle. Maman serrait contre sa poitrine la carte-clé en plastique de la suite 1822 du Garden State Marriott comme si elle craignait de la perdre. Dans l'ascenseur vitré qui montait au dix-septième étage de l'hôtel, Skyler était à la fois étourdi de fatigue et plein d'appréhension ; maman et lui soutenaient Bliss. Dans le hall, avec son diadème en argent crânement incliné, son manteau de mohair rouge et ses charmantes petites bottes en chevreau blanc, Mini Miss Princesse de la glace du Jersey 1996 s'était attiré regards et sourires curieux, mais maman avait poussé Skyler et Bliss dans l'ascenseur sans souhaiter s'attarder. À un autre moment, maman aurait été ravie de présenter Bliss et elle-même et d'expliquer qui était sa fille, si nécessaire ; il arrivait souvent que maman échange noms et adresses avec des inconnus sympathiques. Mais ce soir il était trop tard : 10 h 50.

« Skyler ? C'est toi le magicien. »

Gaiement maman tendit à Skyler la carte-clé de la suite 1822. Il était entendu entre eux depuis longtemps – à la grande fierté du *petit homme* – qu'il avait rarement de difficulté à ouvrir les portes d'hôtel qui résistaient à maman.

Skyler inséra donc la carte. Mais sans succès : de petites lumières clignotèrent près de la serrure, rouges au lieu de vertes.

De nouveau, Skyler inséra la carte, puis la retira. Ni trop vite ni trop lentement. Zut ! sa main tremblait

Petites lumières rouges, pas vertes.

Skyler s'apprêtait à protester que la serrure devait être cassée quand la porte s'ouvrit brusquement sur… *papa !*

Papa-penaud. Papa-tête-de-gamin-pas-fier.

La voix de papa trembla d'émotion quand il se baissa pour étreindre ses enfants stupéfaits ; des larmes coulèrent des yeux de papa.

« Bon Dieu, les gosses ! Votre papa vous aime, votre papa a fait une très vilaine bêtise, est-ce que vous pardonnez à votre papa ? »

– serrant Bliss au creux d'un bras et Skyler au creux de l'autre bras, tandis que maman regardait en souriant comme on sourirait sur le pont ivre d'un navire « battu par la tempête »... jusqu'à ce que papa réussisse à la prendre elle aussi dans ses bras, quatre Rampike titubant et trébuchant de concert dans la chambre d'hôtel. Comme un désespéré, papa embrassa et étreignit ses enfants ; embrassa et étreignit encore plus fort ; couvrit leur visage ébahi de gros baisers paternels mouillés ; essaya de les soulever tous les deux de terre mais dut se contenter de Bliss, qui le regardait avec de grands yeux papillotants, le diadème de travers sur la tête. Papa gémissait comme un animal blessé – « Ah ! mes enfants. Mes merveilleux enfants innocents que papa ne mérite pas. Et ma merveilleuse femme que je ne mérite pas. Ma précieuse famille que je ne mérite pas. Pourrez-vous jamais me pardonner ? »

Oui oui oui ! *Oui.*

« Est-ce que vous me détestez ? Vous devriez me détester ! Bon Dieu, je le mérite ! Vous me détestez, vous me haïssez ? Bliss ? Skyler ? Betsey ? »

Non non non ! *Non.*

La pièce dans laquelle ils étaient entrés était un salon richement décoré où maman avait déposé ses valises plus tôt dans la journée, avant de se rendre au War Memorial de Newark. Cette pièce était maintenant pleine de ballons multicolores, dont certains, tordus, avaient des formes d'animaux torturés ; des serpentins scintillants pendaient des abat-jour et du lustre ; un chariot recouvert d'une nappe blanche croulait sous la nourriture : fromages, fruits, crevettes, grande pizza (en boîte), jambon, pain frais et moutarde de luxe, fraises enrobées de chocolat, feuilles de chocolat à la menthe, bouteilles d'eau gazeuse, et une bouteille de vin rouge et une grande bouteille de Dom Pérignon. Maman se moqua de papa : « Bix ! C'est absurde ! On croirait que tu as acheté toute la boutique », dit-elle d'un ton de reproche, et papa répondit : « Tu ne crois pas si bien dire, chérie, et ce n'est pas fini. » Gauchement papa étreignit maman, qui le repoussa comme on repousserait un enfant trop grand, mais papa insista, papa embrassa farouchement la bouche de maman, comme Bliss et Skyler ne l'avaient encore jamais vu embrasser maman.

Alors qu'ils titubaient de fatigue un moment plus tôt, les deux enfants étaient maintenant bien réveillés, surexcités. Les yeux de Skyler brûlaient comme s'il avait fixé une flamme. Son petit poing de cœur cognait fort et vite et Bliss respirait par la bouche, plus haletante que quand elle exécutait ses figures extraordinaires sur la glace. Petit à petit, ils réalisaient que papa était *revenu*, que papa était *là*.

Un doigt dans la bouche, Bliss demanda timidement si papa allait rester avec eux toute la nuit... et papa embrassa Bliss sur la bouche en disant : « Et comment. Oui oui *oui*. Toute la nuit cette nuit et toutes les nuits à venir, ma chérie. J'en prends Dieu à témoin. » Skyler était jaloux de l'attention que papa portait à Bliss et Skyler se serra donc contre les jambes de papa comme un petit enfant, et il tira papa par le bras, mais pendant un long moment frustrant Skyler ne réussit pas à faire dévier le regard de papa qui contemplait intensément sa petite fille qu'il n'avait pas vue depuis... combien de temps ?... des semaines, des mois ?... comme si c'était l'enfant d'un inconnu, avec son petit visage livide et ses lèvres entrouvertes luisantes de salive. « Bliss, ma chérie, j'ai fait l'impossible pour arriver à temps à Newark et te voir patiner ! Mais ce f...* avion est parti avec cinq f... heures de retard de Francfort, et il a tourné pendant quarante minutes au-dessus de ce f... aéroport de Newark ! Mais je t'ai vue à la télé, mon chou. Je l'ai allumée ici juste à temps, comme si Dieu guidait ma main, Dieu qui avait abandonné Bix Rampike ces mois derniers et qui lui a rendu la raison, et j'ai vu mon bout de chou patiner comme un ange... je n'en croyais pas mes yeux ! Et j'ai entendu la foule applaudir mon ange ; j'ai vu patiner mon beau petit ange en gros plan comme personne dans la patinoire n'a pu la voir et – bon Dieu ! – quand les juges ont donné à "Bliss Rampike" la note de 5,9, j'ai su que tu allais gagner. J'ai

---

* Prononcé « ff... » pour épargner les tendres oreilles des enfants Rampike. Circonlocution linguistique parfois employée par des malotrus tels que Bix Rampike.

braillé comme un bébé. Et quand Bliss a été couronnée "Mini Miss Princesse de la glace du Jersey"… j'ai braillé de plus belle. »

Et effectivement, les yeux de papa paraissaient irrités et rouges. Maman ôta lentement son manteau, qui était en mohair rouge (comme celui de Bliss) avec un col de vison. Maman lissa sa robe fraise chatoyante sur ses hanches rondes, et on voyait que papa la regardait, lui aussi : car maman avait maigri et faisait maintenant du 40 et maman avait réparé les dégâts que son accès de larmes avait causés à son maquillage et par conséquent maman était très séduisante, de l'avis de Skyler. D'un ton vif, maman dit : « Eh bien ! Votre père est de retour, les enfants, et nous l'aimons ; et comme nous sommes de bons chrétiens, nous lui pardonnons, bien sûr. » Maman rit, un rire rauque sexy qui rappela à Skyler… qui cela ?… la mère de Calvin Klaus ?… et maman posa un petit baiser sur les lèvres mâchurées de papa : on voyait qu'une force mystérieuse résidait maintenant en maman, que les enfants n'avaient pas vue avant.

Papa aussi titubait sur ses jambes, comme s'il était très fatigué-mais-heureux. Et peut-être que l'haleine de papa sentait une odeur douçâtre délétère : whisky Johnnie Walker ? Les cheveux raides de papa étaient dépeignés et sa peau avait l'aspect gris rugueux que Skyler associait aux retours de papa de ses vols transatlantiques ; les mâchoires massives de papa étaient noires de barbe. Il portait un pantalon tout froissé aux fesses et sa chemise blanche à manches longues était toute froissée et tachée. « Votre vieux papa vous a-t-il manqué, les enfants ? J'espère bien que non, mais… dites-moi ? » Papa les regardait si avidement, d'un air si bizarre, que Skyler avait peur d'éclater de rire.

« Tu leur as manqué, Bix. Un peu. Et tu m'as manqué. Un peu. Surtout au début. » Maman avait un ton de reproche légèrement moqueur et caressait le bras de papa comme on caresserait un chien inquiet, pour le réconforter. « Maintenant tout est de nouveau parfait, Jésus nous a libérés de notre douleur et l'a remplacée par Sa grâce et tu as vu les fruits de cette grâce, ce soir : notre fille est Mini Miss Princesse de la glace du Jersey 1996. Notre fille est *lancée*.

– Notre fille est *lancée*. Amen. »

Papa déboucha la bouteille de Dom Pérignon avec une maladresse de papa-pitre. Maman sortit la pizza (poivrons et fromage, Skyler en avait l'eau à la bouche) de son carton et maman ouvrit une bouteille d'eau gazeuse pour Skyler et Bliss. Il était très tard – ils auraient dû être couchés depuis longtemps ! – mais Skyler avait très faim et se mit à manger de la pizza ; Bliss, qui n'avait quasiment rien mangé de la journée à part du yaourt, des raisins secs et le pain suédois « sept céréales » que lui donnait Anastasia Kovitski, dévora plusieurs fraises au chocolat avant de s'arrêter, une expression coupable sur le visage. Papa joyeux versa le champagne pétillant dans des verres à long pied pour maman et pour lui et quand il leva son verre pour trinquer avec maman le champagne coula sur ses doigts : « Dieu m'est témoin que je me sens piteux et honteux, Betsey. Et je suis de retour. »

Ce n'était pas fini ! Papa avait des cadeaux pour sa petite famille : pour Sky, un Terminator XXL de quarante-cinq centimètres avec « yeux laser », saisissant de vie ; pour la « petite fille la plus préférée de son papa », une cape d'hermine taille enfant, doublée de soie cramoisie ; pour maman, un beau bracelet où chatoyaient des pierres vertes – des « émeraudes indonésiennes ».

Maman regarda avec stupéfaction. Les lèvres de maman s'entrouvrirent, et les yeux de maman s'emplirent de larmes. D'une voix à peine audible, elle dit : « Oh. Oh Bix. Ce bracelet est… trop beau. Jésus a entendu mes prières, et Il les a exaucées. Mon mari m'est revenu. Cette journée a été la plus belle de ma vie… "Ma coupe déborde". »

Les larmes de maman n'étaient pas les larmes de colère acides qui avaient tant effrayé Skyler et Bliss les mois précédents, mais les larmes joyeuses et scintillantes réservées d'ordinaire aux lumières éblouissantes des patinoires, aux moments où Bliss était couronnée. Et, serrant maman très fort dans ses bras avec une humilité de papa-pataud, de papa-en-quête-de-pardon, papa enfouit son large visage brûlant dans le cou rougissant de maman et se mit à pleurer, lui aussi.

Des sanglots profonds, déchirants, qui conduisirent Skyler à se dire *Mais ça n'est encore jamais arrivé, alors ça ne peut pas être en train de ré-arriver, si* * ? (Éditeur † : avons-nous besoin de savoir que c'est un « sommeil profond, exténué », « un sommeil cataleptique, bouche ouverte », « un sommeil inquiétant où les yeux cobalt vitreux étaient entrouverts, et pourtant aveugles » ?)

Une autre fin encore, un excipit indispensable pour passer avec élégance au chapitre suivant (« excipit » est-il vraiment un mot ?... un genre de mot branché à deux balles, mais souvent utile) :

> Cette nuit-là, se réveillant en sursaut et ne sachant pas d'abord où il se trouvait, un lit inconnu, une chambre inconnue, sa sœur Bliss endormie dans le lit voisin, Skyler entend soudain un bruit, un bruit de protestation, un bruit de lutte, des coups, cognements sourds et... un rire ?... le rire aigu/surpris/involontaire de maman, un rire gémissant, et ce qui ne peut être que le baryton grave de papa, le pauvre Skyler n'a aucune idée de ce qu'il entend, faut-il qu'il ait

---

* Pauvre Skyler ! De même que des intestins peuvent s'emmêler irrémédiablement, et de ce fait suppurer, dans la cavité abdominale, les circonvolutions cérébrales surmenées d'un enfant peuvent s'emmêler et suppurer. Et pourtant, je pense que nous savons ce que Skyler veut dire ici, à la fin de cette scène d'un « réalisme domestique » particulièrement poussé.

Elle ne finit d'ailleurs pas là. Aucune scène, que ce soit dans la littérature ou dans les films, ne finit comme indiqué : elles se traînent interminablement comme des serpents à l'échine brisée. Voici la fin originale, plus complète :

> Et Skyler, qui enfourne avec gloutonnerie une tranche de pizza au fromage pâteux gélatineux, affamé comme s'il n'avait pas mangé depuis des jours ?
> – Skyler qui contemple ses parents démoniaques en se disant avec désespoir *Mais ça n'est encore jamais arrivé, alors ça ne peut pas être en train de ré-arriver, si ?*

Puis, une fin « poignante » :

> Sur un canapé de la suite, emmitouflée dans sa cape d'hermine neigeuse comme dans une couverture d'enfant, suçant son pouce et quelques doigts, la petite Miss Princesse de la glace du Jersey s'est endormie.

† (Aucun éditeur n'a répondu à ma question ! Ce qui signifie, j'imagine, qu'aucun éditeur ne l'a lue. Je pense donc que, par dépit, je vais la laisser là.)

peur, qu'il frappe à la porte de séparation, ou maman est-elle simplement en train de rire, de rire de l'une des blagues idiotes de papa ?... alors Skyler se couvre la tête d'un oreiller, si maman est heureuse, si papa est revenu vivre avec eux, eh bien Skyler serait heureux, très, très heureux, et Bliss serait heureuse aussi.

Vous comprenez pourquoi j'ai supprimé cette fin-là : c'est trop appuyé et trop immédiatement clair. Nous préférons le détour.

# SEX TOYS ?

DANS LE TIROIR DU BAS DE LA LOURDE COMMODE EN ACAJOU sculpté de la grande chambre à coucher des Rampike, sous les boxers (repassés, pliés) de papa, le petit Skyler découvrit avec stupéfaction, un jour où Bliss et maman étaient parties pour l'après-midi, et où la nouvelle domestique Lila-des-Philippines était occupée dans la lointaine buanderie du sous-sol, ces articles déroutants :

- un foulard de soie rouge froissée faisant environ soixante-quinze centimètres de long et quinze de large, légèrement taché

- des dessous féminins, soie noire, dentelle rouge, champagne transparent : des culottes assez grandes pour être à maman mais – bizarrement ! – sans entrejambe ; des soutiens-gorge assez grands pour être à maman mais d'un tissu vaporeux qui n'aurait jamais pu soutenir les seins lourds de maman, avec des trous stratégiquement placés

- un porte-jarretelles en soie noire, des bas de soie noire entortillés

- deux loups : un loup de soie noire et un loup de soie rouge

- plusieurs chaînes d'un métal léger ressemblant à de l'or, avec des maillons en forme de cœur

- un objet couleur chair qui, aux yeux ébahis de Skyler, ressemblait à un « zizi » de garçon monstrueusement agrandi, pourvu à sa base d'une mystérieuse sangle en cuir

- une « *Huile d'Eros* » *Gaspard de la nuit* dans une bouteille de dix-sept centilitres qui semblait ne jamais avoir été ouverte
- un « *Chocolat Caresse* » *Gaspard de la nuit* dans une bouteille similaire, qui avait dû être ouverte, étant donné qu'il y restait moins de la moitié du « chocolat »

Fasciné, Skyler osa prendre l'un des loups et regarder par les yeux ; et Skyler osa renifler (mais pas goûter) le « *Chocolat Caresse* » *Gaspard de la nuit* ; et Skyler osa passer le foulard de soie rouge autour de son cou, et le frotter contre son visage brûlant, et respirer son odeur parfumée/fruitée. Tyler McGreety aurait su quoi faire de ces objets ! Mais pas Skyler Rampike, dont le petit cœur battait si vite qu'il craignait de s'évanouir.

« Sky-ler ? » … une voix au rez-de-chaussée.

Hypnotisé par ce qu'il avait découvert, sachant seulement que ces objets, comme la chambre à coucher elle-même, lui étaient interdits, Skyler se hâta de re-fourrer le tout sous les boxers de papa et s'enfuit*.

---

* Vous vous demandez peut-être si l'intrusion de Skyler fut jamais découverte ? Non. Mais en fait, si.

« Sex toys » ? Le titre est choisi par le S. R. de dix-neuf ans, pas par l'enfant de neuf ans qui n'avait aucune idée de ce qu'il avait sous les yeux.

## ENFANTS FABULATEURS

SI SKYLER IMAGINAIT CE QUI *EXISTAIT*, BLISS IMAGINAIT CE qui *n'existait pas*.

Rien ne contrariait davantage maman que d'entendre Bliss « inventer des histoires », « fabuler » devant des étrangers. Maman devait être particulièrement vigilante dans les lieux publics : quand, par exemple, un journaliste agressif poussait Bliss à dire en direct des « bêtises » que maman ne pouvait pas censurer, ni même corriger, comme par exemple dans cette interview remarquable avec une journaliste sournoisement malveillante, juste après le triomphe de Bliss à Newark :

**Journaliste** : Tu es une patineuse née, Bliss ! À quel âge as-tu appris à patiner ?

**Bliss** (long silence, timide) : ... avant que je sois ici, dans l'autre endroit.

**Journaliste** : Et où était cet « autre endroit », Bliss ?

**Bliss** (long silence, doigt dans la bouche) : ... il faisait sombre. Je n'étais pas encore là.

**Journaliste** : Je ne comprends pas très bien, ma chérie. Tu n'étais « pas encore là »... ?

(Assise à côté de Bliss, un bras autour de ses frêles épaules, maman donne des signes de malaise, quoique maman continue à sourire gaiement.)

**Bliss** : ... avant que je sois née.

311

**Journaliste** : Ça alors, Bliss ! Tu te souviens d'avant ta naissance ?

**Bliss** (hochant si vigoureusement la tête que son diadème en argent manque tomber) : C'était très tranquille, personne n'était en colère contre moi. Personne ne me criait après. Il y avait de la glace partout, même là où il y a l'autoroute, et on pouvait patiner, patiner, et...

**Maman** (avec un petit rire nerveux, redressant le diadème de Bliss, lui retirant gentiment le doigt de la bouche) : Ce que Bliss veut dire, c'est que c'était « il y a longtemps »... quand elle avait quatre ans. Et cette même année Bliss Rampike a été couronnée Miss Bouts-de-chou-sur-glace 1994 – la plus jeune gagnante de tous les temps !

Drôle ? Ce n'était pas l'avis de Betsey Rampike.

Un autre exemple, plus tôt dans la carrière de Bliss, et une surprise pour Skyler (qui regardait l'émission à la télé, seul avec l'une des Maria) : après la victoire de Bliss à la compétition StarSkate, une autre journaliste complimentait Betsey Rampike sur la « beauté radieuse », « angélique » de sa fille, et Bliss se mit soudain à s'agiter, à secouer la tête avec véhémence de droite à gauche et, avant que maman puisse l'en empêcher, elle réussit à détacher quelque chose de petit et de nacré de l'une de ses dents de devant, révélant dans un gros plan spectaculaire une ébréchure minuscule sur cette dent.

Avec un petit rire tremblant Bliss bégaya face à la caméra : « J'ai été vilaine, je suis tombée. Je me suis cassé la dent. Je ne suis pas *ce que j'ai l'air.* »

Pauvre Betsey Rampike ! Forcée d'intervenir en direct avec embarras et maladresse, s'efforçant de sourire tout en se répandant en excuses, emprisonnant dans une étreinte maternelle-mais-ferme la remuante petite Bliss, et tâchant de lui retirer des doigts la minuscule couronne dentaire avant qu'elle ne tombe par terre.

Ça, pour le coup, *c'était* drôle ! Ce que Skyler avait pu rire, mais rire !

# LUNE DE MIEL I

DE MÊME QUE LA VIE ADULTE (SEXUELLE/CONJUGALE) A SES proverbiales « lunes de miel » – des intermèdes de paix, de calme idyllique, d'attentes follement romantiques et naïves – la vie des familles a aussi les siennes, rétrospectivement précieuses (quoique déchirantes !). Je pense à ces quelques semaines de décembre 1996 à janvier 1997 où, comme une goélette des temps anciens poussée par des vents cléments dans des eaux tropicales apparemment tranquilles, les Rampike entrèrent dans l'une de ces périodes, quand papa revint en jurant d'être un père et époux « bougrement bon ».

Alors que naguère papa restait tard au bureau ou était sans arrêt en voyage, mystérieusement, il rentrait maintenant dîner avec sa famille tous les soirs de la semaine ou presque. Papa était à la maison la plupart des week-ends. Si papa devait avoir ne serait-ce qu'une demi-heure de retard, papa téléphonait ! Papa passionné embrassait, papa étreignait et papa rapportait des cadeaux surprises du gigantesque centre commercial Vast-Valley qui était sur le chemin de son bureau d'Univers Bio-Tech – « Juste parce que papa vous aime. » Papa réjoui passait des « moments de qualité » avec sa famille chaque fois que possible et prévoyait d'en passer encore davantage : « Que pensez-vous de la luxuriante île tropicale de Saint-Bart pour les vacances de février ? Les Rampike ont réservé leur séjour dans un guest-house pieds dans l'eau. » Et : « Au mois de juillet, le Grand Teton ! » Ce fut un temps de projets paternels. Car Bix Rampike était le plus américain des papas,

313

grouillant de projets pareils à des vers dans un cadavre en décomposition.

Le projet le plus excitant de papa était celui d'une nouvelle maison !

« Même une maison fantastique comme la nôtre, dans un cadre fantastique, peut être dépassée. Il est dans la nature de l'*Homo sapiens* d'*aller de l'avant.* »

Papa frotta vigoureusement ses grosses mains. Une lumière laser dans les yeux expressifs de papa à la perspective d'*aller de l'avant.*

Le premier week-end suivant son retour, après le service religieux du dimanche, papa étala sur la table de la salle à manger d'immenses feuilles de dessins d'architecture, qu'il fit admirer à sa famille émerveillée. « L'architecte n'est autre que H. H. Stuart de New York, celui qui a construit la maison des Steadley à Fair Hills. Et j'ai l'emplacement rêvée pour la maison rêvée : deux hectares de terrain de premier ordre dans les "collines verdoyantes" d'East Quaker Heights, New Jersey. »

Maman bégaya : « Mais, Bix… tu ne parles pas sérieusement ! Tu ne peux pas vouloir que nous quittions Fair Hills ! Nous y connaissons des gens tellement merveilleux, nous avons été si bien accueillis ! Quaker Heights doit être à plus de trente kilomètres d'ici, nous n'y connaîtrions personne. Oh ! » Maman grimaça comme si on l'avait frappée au cœur.

Pendant le service dominical, à la Trinité, maman se laissait souvent submerger par l'émotion, parfois jusqu'aux larmes ; Skyler était un peu gêné par cette mère à la tenue et au maquillage glamour qui écoutait intensément les aimables sermons ronronnants du révérend Higley et se levait avec empressement de son banc pour aller « communier », le visage rayonnant de joie et de reconnaissance. À présent, maman était si agitée que papa éprouva le besoin d'adresser à Bliss et Skyler un clin d'œil pour signaler *maman déraille hein ?* Mais papa expliqua d'un ton respectueux à maman que si, il était sérieux : « Il se pourrait même que j'aie entamé des négociations préliminaires pour acheter le terrain, chérie. Quaker

Heights est *très* huppé, Bets. Si c'est le voisinage qui te préoccupe. Et tu n'y connaîtras pas personne, parce que ton entreprenant petit mari connaît déjà certains personnages clés de Quaker Heights, mes nouveaux associés chez Univers, qui me poussent fortement à ce déménagement. *Verstayeh* ? »

Même Skyler avait entendu parler de Quaker Heights, l'un de ces villages xviii^e « pittoresques » et « historiques » du New Jersey où le général George Washington et ses hommes avaient été « cantonnés », et qui étaient maintenant entièrement occupés et gouvernés par de riches Blancs.

Une écharde de malaise perça le cœur de Skyler : de nouveaux goûters-rencontres ? Il s'enfuirait de chez lui.

Maman essayait de parler avec calme : « Je sais bien que Quaker Heights est un peu plus près du siège d'Univers que Fair Hills, Bix, mais… pense à nos chers amis, ici ! Aux clubs merveilleux dont nous sommes membres, à nos amis si précieux de l'église épiscopalienne. Tout le monde ici connaît Bliss, tout le monde est fier du renom qu'elle donne à notre ville. Et tu es si populaire, Bix ! Toutes les hôtesses de Fair Hills auront le cœur brisé si tu t'en vas ! J'ai travaillé tellement dur, Bix. J'ai travaillé comme un chien. Tu ne peux pas tout détruire de nouveau. Tu ne peux pas me faire repartir de zéro encore une fois. La carrière de Bliss va bientôt devenir "nationale" et exiger encore plus de mon temps. Tu sais à quel point notre déménagement à Fair Hills m'a traumatisée, Bix. Personne ne m'aimait, je souffrais d'un "isolement existentiel", le Dr Stadtskruller pense que mes migraines sont dues en partie au "traumatisme non assimilé" de ce déménagement au moment où je venais d'avoir un… un bébé. » Maman jeta un regard vers Skyler, puis vers Bliss, comme pour déterminer lequel des deux avait été ce bébé gêneur. « Et Skyler est très attaché à son école ! Et Bliss a tant d'amis et d'admirateurs ici ! Pourquoi ne pas faire construire une nouvelle maison à Fair Hills, Bix ? Il y a des terrains à vendre du côté de Woodsmoke Drive, les Frass viennent d'y faire construire un spectaculaire manoir normand sur près de deux hectares, et Glenna O'Stryker me disait… »

315

Avec patience papa dit : « Nous discuterons de l'emplacement une autre fois, chérie, quand nous serons moins dans l'émotif. » Une ombre de fureur sembla passer sur le visage souriant de papa et s'évanouit presque trop vite pour être remarquée.

Skyler lança un regard noir à maman. Voulait-elle que papa les quitte de nouveau ?

Il dit, très vite : « Cette maison a l'air vraiment cool, papa. Ce doit être une "McMansion". »

Mais sa remarque était *gouche*, il le comprit tout de suite parce que papa corrigea avec un rire sec : « Ce n'est pas une "McMansion", fiston. Le cabinet d'architecte auquel j'ai fait appel ne commet pas ce genre de construction. La nôtre sera une maison à deux niveaux totalement originale, de style "Chesterfield contemporain", rien à voir avec ces cubes en série, grands comme des supermarchés. C'est la maison de rêve de Bix Rampike, le présent de papa à sa famille. »

Maman dit d'un ton hésitant : « C'est certainement une… une merveilleuse surprise… mais… tu ne crois pas que tu aurais dû me consulter, Bix ? J'aurais peut-être pu discuter de ce projet avec toi, et avec l'architecte ?

– Tu "discuteras" tout ton soûl avec l'architecte, Betsey. Et avec ses assistants, il y a un bataillon d'assistants chez H. H. Stuart. Mais méfie-toi : les architectes facturent à l'heure. Quand l'un des types de l'équipe t'appelle, te dit "bonjour" et te demande comment tu vas, rappelle-toi qu'il marche au compteur et que, si tu papotes, tu paies. » Papa eut un petit rire rauque, mais il y avait une note d'avertissement dans sa voix.

« Et avons-nous les moyens de nous offrir une maison de cette taille, Bix ? Et autant de terrain, à Quaker Heights ? Je sais que tu gagnes plus d'argent chez Univers que chez Scor, mais…

– "Plus d'argent" ? Tu plaisantes, chérie.

– Mais… je croyais…

– Bien sûr que je gagne "plus d'argent" chez Univers, Betsey. Pourquoi crois-tu que j'aie quitté Scor où j'avais un poste fantastique ? Pour une réduction de salaire ? La ligne de touche – et Skyler doit en prendre bonne note pour l'avenir – c'est que le salaire n'est qu'une fraction du revenu d'un cadre. Vu l'accord que Bix Rampike a conclu avec Univers, je pourrais même m'en passer. La grosse galette, G-R-O-*deux* S-E, ce sont les bonus, les stock-options, les actions gratuites, les "avantages". Et avec des investissements à imposition différée dans un secteur de pointe comme les biotech-nologies, je te garantis que ce ne sont pas des *miettes*. En tant que plus jeune cadre d'Univers, Bix Rampike est un peu comme le spor-tif le plus populaire du lycée, et sans prétendre mériter cette estime, je compte bien être à la hauteur des attentes de mes aînés, et mieux que ça. Sacrément mieux ! "Ma famille passe en premier", voilà ce que j'ai déclaré quand on m'a proposé ce poste, et *"Homo homin lupus"* – la devise de mon père, qui veut dire en grec : "L'homme est l'ami du loup". Ce qui signifie qu'un homme doit être "suffisam-ment homme" pour accepter le sang de loup qu'il a dans les veines, et l'exploiter. Ça les a impressionnés, tu peux me croire. Mainte-nant, regarde un peu. » Papa fourragea parmi les feuilles de papier ultrafin couvertes de grands dessins compliqués ; il n'y en avait qu'une où l'on reconnaissait vraiment une maison, une maison immense devant laquelle on avait ce frisson de vertige que donne la contemplation des dessins labyrinthiques de M. C. Escher*. Tandis que maman examinait nerveusement les plans de la maison, que Bliss regardait, un doigt fourré dans la bouche, et que Skyler se penchait tout près de papa pour voir ce que papa montrait de son gros index paternel, papa dit fièrement : « … sept cent cin-quante mètres carrés, six chambres à coucher plus une "suite" d'amis avec sauna privé. Et une "suite principale" – ça, c'est pour papa et maman, les enfants ! – avec entrée privée et couloir d'accès à la piscine ouverte/découverte – le dernier cri. On ne fait pas dans le modèle réduit, dans l'économie ; on fait dans l'"olympien", dans l'"épique". Une salle de séjour de douze mètres "en contrebas".

---

* Oui, Skyler sait qui est M. C. Escher, il a eu sa phase Escher au collège, comme il avait eu sa phase R. Crumb. Conséquemment les petits malins de lecteurs/édi-teurs qui doutent de la vaste culture de Skyler sont confondus.

Deux salles à manger : intime et de réception. Plus un coin petit-déjeuner donnant sur la terrasse. Là, la pièce familiale : notre "centre de loisirs". Télé, CD et DVD dernier cri, et tout ce que le nouveau millénaire inventera. À côté, le "centre fitness familial" où papa pourra soigner ses pectoraux et maman se démener pour perdre ce truc grumeleux-spongieux – les doigts taquins de papa pincent la cuisse de maman, qui rit/grimace – et si Skyler se sent l'envie de donner un coup de neuf à son penchant pour la gymnastique, ce serait fantastique. Et enfin – papa attire Bliss au creux d'un bras, frôle de ses lèvres la délicate veine bleutée sur sa tempe – pour la petite fille la plus préférée de son papa : une patinoire ! »

Une patinoire ! Bliss regarda et cligna les yeux.

Depuis qu'il est revenu à la maison, papa s'intéresse de façon inhabituelle à Bliss, comme s'il faisait attention à elle pour la première fois. Il lui murmure maintenant à l'oreille, comme si maman et Skyler n'étaient pas là : « C'est une idée fulgurante qui m'est venue l'autre nuit, mon ange, quand j'ai vu ma fille – ma fille ! – patiner comme une déesse à la télé et être applaudie par des milliers d'inconnus, et gagner le cocotier : Mini Miss Jersey de la glace. Ça devait être un genre de vision, bon Dieu, j'en pleurais tellement j'étais ému. Tout de suite – dès que j'ai été debout – j'ai appelé mon architecte et laissé un message pour qu'il ajoute une patinoire au plan de la maison Rampike. Et c'est ce qu'il a fait. Pas mal, non ? »

Skyler, qui se penche par-dessus l'épaule de sa sœur, qui sent sa mère tout près de lui, perçoit l'onde quasi imperceptible d'une pensée secrète passant comme un éclair entre maman et Bliss, sans que ni l'une ni l'autre se regardent *Cette patinoire est trop petite ! Trop petite pour Bliss Rampike ! Une bête patinoire d'enfant, pour Bliss Rampike !* Pourtant, après un silence, Bliss murmure : « Merci, papa ! » et papa rayonnant serre sa petite fille dans ses bras et lui pose sur les joues un baiser paternel brûlant.

« Je pensais bien que ça te plairait, mon chou. »

SKYLER S'EN VA EN BOITANT, MALADE DE JALOUSIE. JAMAIS
– rarement, en tout cas – il n'a été aussi jaloux de sa petite sœur.
Se disant ensuite avec calme *À cause de Bliss il restera avec nous
plus longtemps. Il nous aimera tous davantage.*

« SOURIEZ S'IL VOUS PLAÎT »
Souriez souriez souriez *s'il vous plaît.*
*En famille* les Rampike sont photographiés assis sur un canapé
devant leur sapin de Noël haut de dix mètres superbement décoré :
papa, maman, Bliss et Skyler. Nous sommes à la Noël 1996 et ce
sera l'ultime photo de Noël de la famille Rampike, utilisée sur leurs
cartes de Noël ainsi que sur le matériel promotionnel distribué par
Bliss Rampike, Inc. Si cette photo de ma famille n'était pas reproduite *ad nauseam*, comme certains clips vidéo où Bliss Rampike
patine, est couronnée, sourit à des lumières éblouissantes avec cet
adorable sourire de petite fille qui vous brise le cœur, la plus « téléchargée » de toutes les photos de la famille Rampike, vous pouvez
être sûrs que je l'éviterais, car le souvenir de cette affreuse séance de
photos qui dura plus de quatre-vingt-dix minutes et que ce pauvre
Skyler endura affublé d'un pantalon et d'un blazer scolaire qui lui
donnaient de l'urticaire, d'une cravate à clip idiote, est aussi agréable que le souvenir d'une attaque de colique. (Oui, Skyler en avait
aussi après ce genre de séance stressante, mais passons.)
C'est la photo où les deux parents Rampike ont réussi à serrer la
petite Bliss chacun au creux d'un bras, comme des jumeaux sia-
mois bizarrement rattachés avec une grande poupée raide coincée
entre eux ; négligemment, papa a mis sa grosse main gauche sous
le petit pied droit de Bliss, chaussé d'une chaussure en verni noir.
Quelqu'un a gravement noté que toutes les photos sont
posthumes*.

---

* *Tout les photographies sont posthumous.* Citation attribuée à l'éminent philosophe
français Jacques Lacan, révéré dans certains milieux et, dans d'autres, dans le New
Jersey, peu connu et/ou considéré comme un baratineur.

Quelqu'un a gravement noté que notre « moi photographique » survivra un jour à ceux d'entre nous qui ont été photographiés.

Ce qu'a de particulièrement horrible cette photo de Noël 1996, c'est que c'est la dernière photo de Noël et *qu'aucun de nous n'aurait pu le deviner à l'époque.*

Même Skyler qui grimace en lisière de ce groupe familial douillet n'aurait pu le deviner. Un petit morveux agité que n'enlacent ni n'étreignent ni père ni mère. Et maintenant dix ans plus tard il se rappelle avec... nostalgie*? – la plus imbécile des émotions ! – l'odeur merveilleuse des aiguilles de sapin, la beauté de l'arbre fraîchement coupé et le rituel excitant (oui c'était excitant, et oui Skyler le Boudeur participait) de la décoration ; se rappelle que, pendant que le photographe et son assistant achevaient leurs préparatifs, maman entra, très glamour mais anxieuse, une brosse à la main pour coiffer les cheveux en bataille de Skyler, adroitement les doigts de maman redressèrent la cravate à clip et maman se pencha pour chercher le regard fuyant de Skyler et implora tout bas : « Je t'en prie Skyler mon chéri pour faire plaisir à maman essaie de ne pas te tortiller et de ne pas faire ces horribles grimaces ! Essaie d'avoir l'air heureux pour faire plaisir à maman, même si Bliss est la "star" de la famille, rappelle-toi toujours que c'est toi que maman aime le mieux parce que maman a aimé son petit homme en premier ; c'est notre Noël le plus heureux parce que papa est de retour parmi nous et nous voulons que le monde entier voie combien nous sommes fiers de Bliss et quelle patineuse exigeante elle est, elle ne devait pas se produire en public, en compétition, avant le festival de patinage jeunes filles Hershey's Kisses, le 11 janvier 1997. » Car en Amérique, la saison de Noël est décrétée *familiale.* (Rongez-vous d'envie, vous les misérables solitaires qui n'avez pas de famille ! Si mélancolique que soit Thanksgiving, la période des fêtes de fin d'année est bien pire et dure bien plus longtemps, offrant une mine d'occasions d'automédication, de dépressions nerveuses, suicides et débordements publics avec armes à feu. En

---

* Regret mélancolique. On peut en mourir.

fait, on pourrait avancer que la période Noël-jour de l'an, qui commence tout de suite après Thanksgiving, est aujourd'hui la période centrale de la vie américaine, son sens, son but existentiel brut. Vous qui n'avez pas de famille, comme vous devez nous envier, nous qui baignons dans l'amour parental, dans la chaleur des bûches qui brûlent dans l'âtre, attisées par le robuste tisonnier de nos pères, nous qui sommes gavés à éclater des repas de fêtes frénétiquement cuisinés par nos mères ; comme vous devez regretter de ne pas être nous, ces enfants chouchoutés/protégés qui au pied du sapin le matin de Noël déchirent les emballages coûteux de cadeaux trop nombreux pour qu'on les compte, tandis que maman les réprimande gentiment : « Skyler ! Bliss ! Montrez à papa et maman les paquets que vous venez d'ouvrir, s'il vous plaît ! Et gardez les petites cartes pour savoir qui vous a fait d'aussi jolis cadeaux. »)

Ce fut une période de sorties organisées par papa : brunchs en famille au Fair Hills Golf and Country Club, au Pebble Hill Tennis Club, au Sylvan Glen Golf Club et au Charity Hill Club (où les Rampike venaient d'être cooptés) ; excursions en famille à New York avec séjour dans les suites familiales des hôtels Carlyle, Four Seasons et New York Palace, divertissements somptueux tels que le spectacle de Noël du Radio City, des shows de Broadway si agressivement bruyants et joyeux que les deux petits Rampike s'endormirent sur leur siège comme des soldats dans les tranchées de la Première Guerre mondiale, et le spectaculaire *Stars on Ice Capades 1996* au Madison Square Garden que, deux grandes heures durant, maman et Bliss regardèrent avec fascination. (Maman, les larmes aux yeux : « Un jour, Bliss Rampike sera là-bas avec cette troupe ! Sur cette glace ! Bliss Rampike sera l'une de ces "stars". »)

*MAMAN J'AI PEUR   J'AI SI PEUR   QUELQUEFOIS*
   *Oui mais c'est une bonne peur Bliss   Dieu nous a choisis pour notre destinée   ce n'est pas de la peur mais le feu ardent de Son amour que nous sentons*

## LUNE DE MIEL II : « ENTRE HOMMES »

« RIEN QUE TOI ET MOI, FILS. ON A UN PEU PERDU LE CONTACT tous les deux, hein ? *Non-communicado* ? Il est temps qu'on se retrouve sérieusement entre hommes. »

Car en janvier la lune de miel paternelle continua, à la façon d'un raz de marée dont le pic est passé mais dont la vague est encore écumeuse, furieuse, meurtrière. Bien que papa eût repris le travail – « Soixante heures minimum par semaine, c'est le moins que Bix Rampike puisse faire pour la société » – et que Skyler eût retrouvé (à contrecœur ? avec bonheur ?) les rigueurs inflexibles de Fair Hills Day, papa s'efforçait toujours de passer des « moments de qualité » avec son fils, principalement le week-end et principalement dans le nouveau Road Warrior modèle 1997 de papa. Car maman et Bliss étaient souvent à la patinoire Alcyon, ou à l'un des nombreux rendez-vous de Bliss, en préparation de l'imminent Festival de patinage des chocolats Hershey's Kisses : « Le plus grand challenge de la carrière de Bliss à ce jour. »

Ce qui laissait les deux hommes de la famille libres d'aller voir des films d'hommes au CinéMax, ou d'aller jeter un coup d'œil aux derniers « machins électroniques », comme disait papa avec admiration, chez Cross Tree Best Bargain, VastValley Whiz, Crazy Andy sur la Route 33. Dans le Rogue Warrior que papa conduisait avec délectation, manœuvrant ce tank méga-tonne avec la fougue d'un cow-boy aguerri saisissant un bouvillon par les cornes, une vague de bonheur inquiet submergeait Skyler. Normal de penser *Un jour, moi aussi !*

« Comme je disais, fils, il faut que nous parlions. J'avais espéré que pendant les vacances, toi et moi passerions plus de temps ensemble, mais ta mère avait prévu des "sorties" non-stop, et c'était super, je ne dis pas le contraire, le genre de chose que les familles doivent faire à Noël, mais ça fout un peu en l'air l'interface père et fils. Bon, ta maman et moi, on a rétabli les lignes de communication qui avaient un peu rouillé faute de servir, et ça me fait plaisir. Ta mère est une femme sacrément bien. » Papa marqua une pause, comme s'il attendait que Skyler approuve, mais, bouclé sur le siège du SUV qui plongeait dans le flot de la circulation du samedi matin, Skyler ne trouva rien d'approprié à répondre. Maman *était-elle* une femme sacrément bien ?

« Mais ta mère est une femme, et elles naissent avec des chromosomes en plus – "sensibilité", "intuition", "instinct de nidification". La ligne de touche, c'est que ça les porte à la monogramie, alors que le mâle de l'espèce est naturellement porté à la polygramie, une distinction qu'il faut bien comprendre. "Dans la vie familiale comme dans le palais de l'empereur, le *scinde fraude* est le meilleur conseiller"… voilà ce que disait autrefois le sage Confucius, fils. En matière de sagesse antique, les vieux Chinois nous enfoncent, nous les barbares yankees. Nous sommes une civilisation sacrément immature, en Amérique du Nord. Mais le lien père-fils est universel. Ta mère dit : "Tu as manqué à Skyler ! Encore plus qu'à Bliss, qui a son patinage, parce que lui n'a que… nous. Un garçon a besoin d'un modèle masculin pour devenir un hétérosexuel équilibré." »

*Hétérosexuel ! Sexuel !* Skyler se tortilla dans son harnais de sécurité comme un petit rongeur pris au piège.

Suivirent alors à la demande de papa plusieurs minutes pénibles où Skyler parla en bégayant de ses cours, professeurs et « activités », tandis que papa grognait en souriant *Bien, bien ! Ah oui ? Tout juste !* sans lui poser d'autres questions ; quand Skyler dit qu'il regrettait un garçon qui avait changé d'école – « Calvin Klaus », « il était vraiment sympa avec moi » – papa, qui s'élançait avec une fougue calculée sur une bretelle de l'I-80, ne dit rien du tout. Skyler insista : « Calvin était mon ami. Il me m… manque beaucoup. »

Était-ce vrai ? Skyler passait des jours entiers sans penser à Calvin Klaus. En cet instant, cependant, il lui manquait beaucoup.

Papa demanda : « "Calvin"… comment ?

– Calvin Klaus. Maman connaît peut-être Mme Klaus.

– C'est possible. »

Skyler observait son père avec attention, mais rien sur son visage ne trahit qu'il savait qui était Calvin Klaus ou de qui il était le fils ; aucune trace de malaise ni de culpabilité. Rien qui laisse penser que Bix Rampike eût jamais entendu le nom de « Klaus ».

« Désolé que ton ami te manque, Sky. Mais – soyons réalistes ! – il y a plein d'autres camarades de classe dont tu peux te faire des amis, non ? »

Skyler se dit avec soulagement *Ça n'a jamais été vrai ! Papa et Mme Klaus.*

Dans le centre commercial, papa était attiré par les magasins d'électronique où il interrogeait les vendeurs sur leurs ordinateurs, imprimantes laser, télévisions, lecteurs de CD et caméscopes haut de gamme. Papa prenait visiblement plaisir à ces conversations animées qui lui permettaient de montrer, par une succession de questions de plus en plus pointues, qu'il était un véritable expert ; et comme Skyler était fier de son père quand un vendeur impressionné demandait à Bix Rampike dans quel domaine il travaillait – informatique ? électrotechnique ? – et que papa répondait en riant : « Oh, pas du tout. Mais je lis le *Scientific American.* » Souvent papa semblait à deux doigts de faire un achat, rien de moins que l'ordinateur le plus cher du magasin, puis brusquement il disait : « Hé ! Content de vous avoir parlé, Tod. Donnez-moi votre carte, d'accord ? Je vous recontacte. » Skyler se hâtait de suivre son père, notant l'expression étonnée et déçue des vendeurs.

Dans le centre de Vast-Valley, un samedi après-midi où il sortait du magasin *The Whiz* avec son père, Skyler remarqua une haute silhouette pataude qui venait vers eux : un homme rubicond aux sourcils farouches et à la barbe hirsute, portant une veste miteuse en mouton retourné, un pantalon informe et – Skyler grimaça – des sandales de cuir avec de grosses chaussettes en laine grise.

« Bonjour, Skyler ! » M. McDermid souriait avec chaleur et se serait arrêté pour lui dire un mot et se présenter à son père si, sans un instant d'hésitation, comme un quarterback adroit feintant des adversaires déroutés, Bix Rampike n'avait entraîné son fils, saluant M. McDermid d'un bref signe de tête.

« C'est qui, ce charlot ? »

Skyler était mort de gêne. Skyler n'osa pas se retourner pour regarder M. McDermid qui devait le suivre des yeux avec perplexité.

« Un des amis de maman ? Il a la touche d'un professeur de maths », commenta papa avec un rire méprisant.

Skyler marmonna qu'il ne savait pas, qu'il ne croyait pas que c'était un ami de maman. Car maman n'avait pas mentionné une seule fois les McDermid et ne les avait plus jamais appelés depuis le retour de papa.

Un autre jour, au moment où Skyler et son père sortaient du centre de rééducation et de kinésithérapie des accidents du sport\*, une femme qui y entrait, élégamment vêtue malgré son collier de caoutchouc mousse, s'écria : « Bix ! » et marcha sur le père de Skyler pour lui frôler la joue de ses lèvres et lui saisir les deux mains : « Je suis si heureuse que Betsey et vous soyez de nouveau réunis. »

---

\* Zut ! je ne voulais pas aborder le sujet déprimant des maladies médicales permanentes de Skyler. À la consternation de ses parents, trois ans après son accident de gymnastique, Skyler avait toujours des douleurs « chroniques intermittentes » dans sa jambe droite deux fois fracturée : fémur, péroné. Et dans le genou. Et dans le cou. Et des « engourdissements/fourmillements » dans le côté droit du cuir chevelu, qui quelquefois lui « perforaient » le crâne. Ces diverses douleurs étaient traitées par une batterie toujours renouvelée d'antidouleurs et (soupçonnait Skyler) de placebos. (Combien d'enfants de neuf ans savent ce qu'est un « placebo » ? À Fair Hills, un nombre respectable.) Bix Rampike était particulièrement mécontent de l'état physique de son fils, et qui le lui reprochera ? Que ressent un père en compagnie d'un fils boiteux ? Un fils boiteux affublé d'une canne naine ? Pas étonnant que, au moment où la jacasseuse Mme Fenn, ou Mme Frass, entre en scène, l'intermède « entre hommes » n'en eût plus pour très longtemps.

C'était Mme Frass, la femme du juge, ou peut-être Mme Fenn, la femme du promoteur multimillionnaire ; une femme d'une quarantaine d'années qui était manifestement une amie intime des Rampike, et pourtant Bix lui répondit avec un sourire perplexe qu'il ne savait pas ce qu'elle voulait dire : « Betsey et moi n'avons jamais été séparés. »

Devant l'air incrédule de son interlocutrice, papa corrigea : « Mais je voyageais beaucoup, l'an dernier. Maintenant que je suis chez Univers, ça n'arrivera plus. Comment va Hayden ? »

Skyler nota : pas la moindre ombre de contrariété, ou de culpabilité, sur le visage de papa.


EN FAIT, LE SOUVENIR DES DERNIÈRES SORTIES DE SKYLER avec son père est franchement déprimant – *Alerte rouge III* au Ciné-Max Cross Tree (papa s'esquiva en plein milieu de ce film « bourré d'action », qui sait pour où et pourquoi, mais attendit tout de même Skyler à la sortie, chaleureux sourire paternel aux lèvres et cigarette à la main) ; déjeuners expédiés chez Jack in the Box, Taco Bell, Cap'n Chili, Wendy (où papa prévoyait, pour lui, du vin rouge dans de petits gobelets en plastique) ; une « leçon de golf » dans le minigolf (couvert) de la Route 33 (où, muni d'un miniclub de golf, Skyler moulina bravement, tâchant de frapper la petite balle blanche idiote, jusqu'à ce qu'avec un chaleureux sourire paternel papa décrète la leçon *fi-ni-to* et réussie) ; une « leçon de natation » encore plus humiliante dans la piscine chauffée (couverte) du Fair Hills Country Club (où papa nagea comme un gros phoque pris de folie et engagea la conversation avec un jeune nageur de onze ans qui fendait l'eau bleue/pique-yeux avec la rapidité et l'agilité d'un poisson, le fils d'un autre homme dont Skyler, qui pataugeait à la chien dans le petit bain, s'efforça de ne pas être jaloux) – et, pour finir, une visite du bureau de papa chez Univers Bio-Tech, Inc.

En ce dimanche venté et ensoleillé de début janvier, quel qu'ait été le programme prévu pour papa et Skyler cet après-midi-là, papa

proposa : « Ça te plairait de voir le "lieu de travail" de papa, Sky ? »
À l'intonation de papa, Skyler comprit que, jusque-là, papa s'était
ennuyé à cent sous de l'heure.

Un secret entre hommes ! Maman ne devait rien savoir.

Papa et Skyler filèrent donc sur l'I-80 jusqu'à la sortie 14B
UNIVERS – « La société a sa propre sortie et son propre code postal,
Sky : nous sommes "incorporés" à fond » – et là, dans le paysage
hivernal semi-rural, apparurent l'immense parc – « cent vingt hectares classés "espaces verts" – soit de sacrées exonérations de taxe
foncière » – et un groupe de bâtiments de verre et d'acier reliés
entre eux – « Le Pentagone est notre modèle architectural, fils. La
forme géométrique suprême, "mystique", "imprenable", comme
nous l'a révélé le Grec Pythagore, des siècles avant le Christ.

– Supercool comme endroit, papa », dit Skyler, imitant le coui-
nement enthousiaste de ses camarades de classe les plus populaires.

Bien qu'on fût un dimanche, il y avait un nombre respectable
de véhicules éparpillés dans les parkings. À croire que les papas
trouvaient le temps long pendant les week-ends familiaux et éprouvaient, comme Bix Rampike, le besoin de retourner « en douce » à
leur bureau, « Histoire de faire un petit tour de ronde ».

Arrivé derrière l'un des imposants bâtiments à l'éclat minéral,
papa donna à Skyler les chiffres à taper pour accéder au Développement de projet. Quelle fierté éprouva Skyler quand la porte
s'ouvrit avec un déclic ! « N'oublie pas : pas un mot à ta mère, dit
papa avec un petit rire chaleureux. Si elle savait que je t'ai amené
ici, elle se fâcherait. Et puis Bliss se sentirait exclue. C'est la ligne
de touche, OK ?

– Oui, papa, c'est promis. »

Skyler avait un ton si solennel que papa lui frotta le crâne d'un
poing taquin et le poussa à l'intérieur.

Le bureau de papa était au quatrième et dernier étage : BRUCE
RAMPIKE DIRECTEUR ADJOINT RECHERCHE ET DÉVELOPPE-
MENT. On comprenait que c'était un bureau très important parce
qu'il fallait passer par un autre bureau pour y accéder et qu'il

occupait un coin entier du quatrième étage, avec d'immenses fenêtres donnant sur un étang pittoresque et sur une colline couverte de quelque chose d'emplumé et d'onduleux... des oies du Canada ? Des oiseaux dodus qui semblaient empaillés et donnaient l'impression de ne pas s'être propulsés dans les airs depuis un moment.

« Bienvenue dans le futur, Sky, parce que le futur, c'est *ici* ! »

Papa se frotta vigoureusement les mains. Retrouver son « lieu de travail » semblait avoir donné à Bix Rampike une énergie considérable.

« Papa ? Je peux regarder ce que tu fais ?

– Ça t'ennuierait, Sky. Va donc jouer quelque part... »

Déjà distrait, papa s'installa derrière un bureau massif à plateau de verre, dans un fauteuil pivotant qui craqua de façon réconfortante sous son poids. Skyler le regardait, ne sachant que faire. D'un ton détaché, papa dit : « Rappelle-toi qu'il n'y a que deux sous-espèces d'*Homo sapiens*, fils : ceux qui agissent, et ceux sur qui on agit. Ceux qui croient que "le premier acte de liberté est de croire en la liberté", et ceux qui sont esclaves d'instincts ataviques, de coutumes et de modes de pensée qui entravent le "libre arbitre". Univers, Inc., c'est le "libre arbitre", la "libre entreprise", la construction de l'avenir. Et ton papa a pour tâche d'aider notre directeur Recherche et Développement à repérer les génies scientifiques de notre temps, de les débaucher où qu'ils se trouvent et de les faire travailler pour nous... »

Le discours exubérant de papa s'interrompit parce qu'il scrutait l'écran de son ordinateur. Skyler savait que papa consultait ses e-mails et qu'il n'aimerait pas être dérangé. À son grand étonnement, papa avait mis des lunettes à monture d'acier qui lui donnaient un air pincé et renfrogné.

« Papa ? Que fait "Univers" ?

– Que fait "Univers" ! » Les yeux toujours fixés sur l'écran, papa tapait et cliquait. Comme s'il répétait un discours familier, il dit : « Univers, Inc. est au service de l'avenir, fils. Beaucoup de nos expériences en biotechnologie sont "confidentielles" et ne doivent pas être divulguées à la légère, même à des êtres chers. Mais "Univers va où l'avenir appelle", voilà la ligne de touche. »

Skyler feuilleta une luxueuse brochure UNIVERS, INC. sur une table basse à plateau de verre. Des colonnes de caractères tournoyèrent devant ses yeux et par-ci par-là des mots lui sautaient au visage *modifications génétiques, molécules d'ADN, chimères, projet du génome humain, génétique moléculaire, embryons "améliorés", être posthumain*. « Comme le "clonage", papa ? Ça, je sais ce que c'est.

– Peut-être que tu "sais ce que c'est", fils, et peut-être que non. Papa, lui, ne sait pas ce qu'*est* le clonage, il sait seulement comment en tirer profit. Va donc jouer quelque part jusqu'à ce que papa ait fini. Il y a un centre de fitness au deuxième qui est peut-être ouvert. »

Têtu, Skyler avança la lèvre et récita : « L'*Homo sapiens* aura détruit cette planète d'ici cinquante ans mais un *Homo sapiens* "évolué" – amélioré par le génie génétique – se réimplantera peut-être dans d'autres planètes. C'est notre seul espoir. »

Cette fois, papa fut intéressé. Derrière les lunettes à monture d'acier, les yeux bruns écarquillés de Bix Rampike clignèrent.

« Répète ce que tu viens de dire, Skyler ? »

Skyler hésita. Skyler sourit d'un air idiot. Ne sachant vraiment pas s'il devait être timidement content que Bruce Rampike derrière son bureau massif à plateau de verre le dévisage avec... un intérêt surpris ? du respect ? de l'inquiétude ?... ou si répéter les paroles du très calomnié Rob Feldman avait été une erreur qui allait faire surgir dans les yeux de papa ce regard furieux qu'il redoutait tant.

« Quel âge as-tu, fils ?

– N... neuf ans.

– Neuf ans ! Tu en es sûr ? Ça fait une éternité que tu as neuf ans. »

Était-ce une accusation ? Ou simplement un fait ? Skyler avait l'impression d'avoir eu neuf ans pendant la majeure partie de sa très longue vie. « J'aurai d... dix ans à mon prochain anniversaire, papa. En mars.

– Il se pourrait que tu sois un gosse doué, Skyler – doué et névrosé à mort, à la différence de nous autres, formés à la gestion d'entreprise – et tu t'orienteras peut-être vers les sciences en prenant la "voie royale" que les autres ne peuvent qu'envier. J'ai l'impression que tu n'as peut-être pas le goût du sang des Rampike, tu seras plutôt du genre à chercher une solution intello que la veine jugulaire comme ton papa. Dans ce cas, Univers, Inc. fera peut-être appel à toi, un jour, pour l'un de nos projets. Ce que je peux te révéler, Skyler, c'est qu'Univers, Inc. est à l'avant-garde de la technologie. Ces bâtiments sans fenêtre, là-bas, de l'autre côté des oies, tu vois... ? Ce sont quelques-uns de nos laboratoires de recherche. Et nous en avons d'autres. Et nous en finançons d'autres. Pour des raisons qui n'ont pas à être divulguées, nous avons des labos de recherche dans de nombreux avant-postes du monde, en Chine par exemple, où les "questions d'éthique" n'entravent pas l'épanouissement de la science pure. La plupart de nos scientifiques sont étrangers, et même ceux qui sont nés ici ne sont pas caucasiens : Indiens, Coréens. Juifs. » Papa s'interrompit comme s'il attendait une réponse, mais Skyler séchait totalement. Était-il « caucasien » ?... Il le pensait.

« Bon, et maintenant va jouer jusqu'à ce que papa ait fini, Skyler. »

Papa retourna à son ordinateur. Skyler éprouva un sentiment d'abandon. Ce dimanche après-midi, il avait été prévu que papa emmène Skyler au musée Thomas A. Edison de West Orange (« Exposition de nombreuses inventions originales ») mais papa avait apparemment changé d'avis. Il se leva et disparut dans une pièce contiguë qui devait être les toilettes parce que par la porte entrouverte Skyler entendit bientôt le grésillement bruyant, et prolongé, produit par un adulte qui urine. Si maman avait été là, elle aurait été choquée : *Ferme cette porte Bix bon sang ! Tu ne vis plus avec tes copains de la fraternité Ep Phi Pi !*

Sur une impulsion, Skyler se glissa derrière le bureau massif de papa pour jeter un coup d'œil à son écran d'ordinateur : de longues colonnes de chiffres, de symboles. Hardiment, Skyler appuya sur la touche Entrée : encore des colonnes de chiffres, de symboles. Avec témérité, Skyler appuya sur la touche qui ramène en arrière, comme en arrière dans le temps, il appuya plusieurs fois, mais rien n'apparut sur l'écran que des chiffres, des symboles, des "pourcentages" et des "projections". Un frisson le parcourut *Voilà la véritable âme de papa, impénétrable*. Skyler ouvrit un tiroir : des listings. Un autre tiroir : des listings. Le tiroir du bas : des listings.

Le cœur de moineau de Skyler cognait dans sa poitrine étroite : que s'était-il attendu à trouver dans ce tiroir du bas ?

*Foulard de soie rouge froissée. Menottes, masques. Chocolat Caresse ?*

« Skyler ! Ne touche pas aux affaires de papa. »

Skyler se prépara à recevoir une calotte – pas méchante ! « instructive » – comme le Roi Lion en donne à son lionceau préféré/ déluré, mais papa ne faisait que le regarder, sourcils froncés, comme si, dans ce grand bureau luxueusement meublé, papa ne savait plus trop qui il était.

« Papa t'a dit d'aller jouer ! »

Dans le mur, à côté du bureau de papa, une porte donnait directement sur le couloir et Skyler erra donc en boitant dans ce couloir passant devant des portes aux vitres dépolies ornées de plaques bien plus petites que la belle plaque de cuivre de BRUCE RAMPIKE DIRECTEUR ADJOINT RECHERCHE ET DÉVELOPPEMENT ; avec la crainte vague de se perdre, Skyler descendit un escalier, puis un autre ; des couloirs moquettés partaient dans toutes les directions, comme dans une colonie de fourmis ; ici et là, des coins salons, illuminés par un soleil de fin d'après-midi, attiraient Skyler. À travers d'immenses baies vitrées, on voyait d'autres bâtiments sur des collines, un bout de l'étang et la troupe d'oies du Canada empaillées, visibles aussi du bureau de papa. « Papa a dit : *va jouer*. » Skyler s'immobilisa, un étrange sourire aux lèvres. « Papa a dit : *va te tuer*. »

Il y avait des enfants qui le faisaient ! Même si on n'arrivait jamais à savoir comment.

Décidé à trouver le centre de fitness pour pouvoir dire à papa qu'il y était allé, Skyler, toujours boitant, aboutit dans un couloir de bureaux plus petits, dont l'un devait être occupé puisque la porte était ouverte. Une jeune femme apparut sur le seuil, l'air étonné : « Pardon ? Petit garçon ? Tu es... vrai ? »

Skyler rougit et marmotta que oui.

Derrière la jeune femme, sur un bureau beaucoup plus petit que celui de papa, il y avait un ordinateur. Sur l'écran, des colonnes de chiffres, de symboles. Un malaise au creux de l'estomac, Skyler se rendait compte que c'était là le véritable monde des adultes, plus véritable que les jouets dans le tiroir de sous-vêtements de papa à la maison ! Écrans d'ordinateur, colonnes de chiffres, de symboles.

« Je te prenais pour un fantôme, petit garçon. Tu ressembles presque... eh bien, à un fantôme. »

La jeune femme rit. Mais elle semblait nerveuse. Elle portait un sweat-shirt marqué d'une inscription fanée – BRANDEIS UNIVER-SITY – et un jean froissé ; ses cheveux bruns étaient attachés par un foulard. Bien qu'un peu plus âgée, elle rappelait à Skyler l'un des professeurs particuliers de Bliss.

« Tu es perdu ? Que fais-tu ici ? Où sont tes parents ? »

Skyler marmotta que son papa travaillait dans son bureau.

« Et qui est ton papa ? »

Skyler marmotta que son papa s'appelait Rampike.

« Rampike ! Ah. »

L'effet fut immédiat. Un respect méfiant se peignit sur le visage de la jeune femme. « Ton père est M. Rampike ? Au quatrième ?

– Vous connaissez papa ? »

La jeune femme se mordit l'ongle du pouce. Ses yeux étincelèrent comme du zinc. Elle était plus jeune que la mère de Skyler mais, de l'avis de Skyler, beaucoup moins jolie qu'elle ; sans maquillage, son visage anguleux et intelligent faisait quelconque. « Bien sûr que je connais ton "papa". M. Rampike est mon supérieur. »

Trop timide pour demander à la jeune femme où était le centre de fitness, Skyler marmotta r'voir ! et s'éloigna. Jusqu'au bout du couloir il sentit qu'elle le suivait du regard, et elle finit par lancer : « Dis à ton papa qu'Alison est ici… et qu'elle travaille dur un dimanche après-midi. »

Il y avait dans la voix de la jeune femme un tremblement que Skyler ne souhaitait pas interpréter : reproche flirteur ? reproche irrité ? désir ? espoir ? Il pressa le pas sans se retourner.

La moquette grise était brusquement devenue vert foncé. Sans quitter le bâtiment, Skyler avait pénétré dans une autre aile : SERVICE DE GESTION DU PERSONNEL. Mais il était bien au deuxième étage… non ? Les paroles *Alison est ici, elle travaille dur un dimanche après-midi* résonnaient dans son crâne sur un ton tantôt moqueur, tantôt accusateur. Il était censé transmettre un message codé mais il ne coopérerait pas. Comme quand maman interrogeait Skyler sur ce qu'il faisait avec son père *Tu es toujours avec papa ? Il ne s'éclipse pas ? Il ne « rencontre » personne ? Est-ce qu'il parle de moi ?* Il commençait à éprouver ces fourmillements qui lui donnaient envie d'enfoncer les ongles dans son cuir chevelu et de gratter, gratter encore… Comme Bliss se grattait aussi quelquefois. C'étaient de très mauvaises habitudes, qui faisaient le désespoir de maman. Skyler ressentit un élancement de douleur dans sa jambe gauche – qui était sa « bonne » jambe – ce qui signifiait que la douleur n'était pas réelle mais fantasmique, disait maman ; comme la douleur de Bliss à la cheville gauche qui était revenue depuis qu'elle était passée à deux séances d'entraînement quotidiennes, début janvier, pour se préparer à la compétition Hershey's Kisses qui serait retransmise par la chaîne ABC-TV. La douleur fantasmique de Bliss était cachée à papa, car maman avait peur, si papa savait, qu'il n'empêche Bliss de s'entraîner autant ; pire encore, il pourrait refuser qu'elle participe à la compétition.

*Ça ne fait pas mal ! Ma cheville ne me fait pas mal !* insistait Bliss en essuyant des larmes sur son petit visage crispé.

Skyler comprenait que quelque chose de grave était arrivé entre papa et maman la veille du jour de l'an. Une soirée qui aurait dû être gaie, car maman et papa avaient été invités à trois réceptions dont une chez Si et Mimi Solomon, une réception très spéciale à laquelle d'autres amis des Rampike n'avaient pas été invités. Dans leurs beaux habits glamour – smoking pour papa, éblouissante robe de lamé or au décolleté plongeant pour maman – les parents Rampike avaient embrassé très gaiement Skyler et Bliss avant de partir, mais un peu après minuit maman était rentrée seule en jurant et en titubant et au retour de papa, Skyler n'en était pas sûr parce qu'il s'était endormi, il s'était réveillé groggy et désorienté en entendant la voix furieuse de maman *Tu ne vas pas recommencer Bix. Je t'en prie, pour l'amour de Bliss, tu sais combien nous sommes sous pression.* Et la voix implorante de papa *Non Betsey. Je te jure que tu te trompes ma chérie.*

Skyler tomba par hasard sur le centre de fitness ! Il était trop petit pour regarder par la fenêtre de la porte s'il y avait quelqu'un à l'intérieur mais quand il ouvrit, l'espace immense, mal éclairé, lui sembla vide.

Contre le mur du fond il y avait plusieurs tapis de course. Il y avait des poids empilés et les machines habituelles avec siège et courroies de cuir et l'air était à la fois frais et confiné. Skyler eut un sourire hésitant. Papa serait content qu'il ait réussi à trouver le centre de fitness... Il s'avança un peu dans la pièce et, dans un long miroir mural horizontal, vit flotter un pâle visage d'enfant sectionné à hauteur d'épaules.

Skyler s'enfuit.

Avec un affolement grandissant, Skyler s'efforça de retrouver le bureau de son père. À quel étage était papa ?... au quatrième ? Mais son bureau était au dernier étage du bâtiment et ce quatrième étage-ci ne semblait plus être le dernier étage. Et ce qu'on voyait par les fenêtres ne lui disait rien. Et le soleil baissait dans le ciel. Au bout de dix, quinze, vingt minutes de panique, Skyler entendit une voix masculine et se retrouva au fond d'un couloir inconnu sur le seuil d'un bureau où, renversé dans un fauteuil pivotant, une main en coupe derrière la nuque, un homme, de dos, parlait bas au téléphone, d'une voix intime et irritée « ... pas prendre le risque de partir... pour le moment... elle est obsédée par notre fille – et cette histoire de patinage, elle en a fait un *ding and cie*, et de Bliss aussi, impossible de prévoir ce qu'elle serait capable de faire, si… »

Cet homme, c'était papa ! Skyler recula, blessé au cœur.

*Notre fille !* Et pas un mot sur *notre fils.*

PAS UN MOT SUR *NOTRE FILS* *

---

* Moment auquel Skyler Rampike, âgé de neuf ans, se rendit compte irrévocablement que dans la vie de ses parents qu'il aimait désespérément comme dans le
vaste monde extérieur Skyler Rampike n'était, au mieux, qu'une note de bas de
page.

# NOTE DE BAS DE PAGE !*

_____

* Dans un texte reflétant plus exactement son sujet, le reste de ce récit serait exclusivement constitué de notes de bas de page. Car c'est là, tout en bas, EN NOTE DE BAS DE PAGE, que Skyler Rampike vivait. (Et vous, lecteurs sceptiques ? Vous est-il pénible de réaliser que vous n'êtes, vous aussi, qu'une note de bas de page dans la vie d'autrui, vous qui aviez souhaité, imaginé être le texte ?)

# HPI !

« ILS NE M'AIMENT PAS. NI L'UN NI L'AUTRE. »

Hébété/rancuneux-boudeur/marmotteux, voilà dans quel état, proche quelquefois d'une sorte de catatonie ambulatoire (mot classe), Skyler traverserait en somnambule (cf. mot classe ci-dessus) le restant de sa vie.

Attendez. Pas sa vie *à lui*. Celle de sa sœur.


« SKYLER ! FÉLICITATIONS, MON GARÇON. »

Était-ce une cruelle plaisanterie ? La main adulte moite et molle du proviseur Hannity *serrant* la main moite miniature de Skyler ?

Car – étrangement ! – au cours de ces courtes semaines menant à la mort brutale de sa sœur aux petites heures du 29 janvier 1997, Skyler Rampike parvint apparemment à ne pas avoir un comportement différent à Fair Hills Day, à ne pas paraître plus « stressé », « agité », « instable » que d'habitude parmi ses camarades hyper-nerveux : ce fut en fait un élève de sixième qui « péta les plombs » en pleine classe, attaqua l'un de ses camarades avec un compas pointu, puis le professeur qui tentait de s'interposer, avant d'être maîtrisé et emmené. Un autre élève, pas Skyler Rampike* !

Skyler parvint donc – ne me demandez pas comment ! – à dissimuler stoïquement à ses camarades de classe comme aux adultes

---

* Il s'agissait d'Albert Kruk, fils de l'éminent avocat au criminel Morris Kruk, ex-partenaire de goûter-rencontre de Skyler et pathologiste amateur.

impénétrables qui l'entouraient qu'il n'était *qu'une note de bas de page* ; parvint, par pure concentration compulsive, à obtenir des résultats si élevés à la batterie de tests baptisés « grand chelem » qu'il fut classé HPI – enfin.

« C'est une très bonne nouvelle, Skyler. Tu as manifestement fait des efforts déterminants pour améliorer tes résultats scolaires dans une série de tests extrêmement compétitifs. Ton professeur m'a appris qu'on te prescrit en ce moment plusieurs médicaments – et qu'ils sont très efficaces. Il semblerait donc qu'élève zélé, professeur attentif et neurologue pédiatre perspicace doivent être félicités ! Nous envoyons une lettre officielle à tes parents pour leur apprendre la bonne nouvelle : le semestre prochain, tu seras admis dans notre programme d'études de niveau universitaire. "Haut Potentiel Ivy" est une distinction qui te suivra toute ta scolarité, Skyler. Car l'Ivy League est elle-même une "hiérarchie", une "hégémonie", et non une simple démocratie. Nous ne devons pas viser n'importe quelle université de l'Ivy League, mais uniquement les meilleures : Harvard, Princeton, Yale. Dans la méritocratie américaine, Fair Hills Day parie sur des élèves comme toi, Skyler, pour tenir la distance. »

Dans la grosse main moite et molle du proviseur, il y avait une petite boîte aux armes de l'école.

« Prends-la, mon garçon. Tu l'as méritée. »

Émerveillé, Skyler prit la petite boîte et l'ouvrit – à l'intérieur brillait un petit insigne HPI en or pour le revers de son blazer scolaire de Fair Hills Day !

SE DISANT *EST-CE QU'ILS VONT M'AIMER MIEUX MAINTENANT ? un peu ?*

## COUPES RAPIDES

« EH BIEN, SKYLER, EN VOILÀ UNE BONNE SURPRISE ! »

Distraitement, maman embrassa son *petit homme,* un baiser au coin de son front brûlant au moment même où, malheureusement pour le *petit homme,* elle recevait sur son portable un appel très attendu de l'agence de mannequins StarBright.

« SKY ! BRAVO ! "HPI"... C'EST BIEN ÇA ? ET UNE SUPER PETITE dague en or pour ton blazer, hein ? C'est un genre de "société secrète" dans ton école, j'imagine ? Je croyais qu'elles étaient interdites à Fair Hills Day mais on s'en fiche, un bon point pour toi, fiston. Un petit badge à ton revers, c'est comme le badge Ep Pi de papa, qui sait quelles portes cela t'ouvrira dans quelques années. »

Distraitement papa frotta le crâne de Skyler d'un poing taquin avant d'aller se verser un verre dont il avait grand besoin.

ET IL Y EUT BLISS, QUI REGARDA LA PETITE FLAMME EN OR EN clignant des yeux myopes. « C'est pour moi, Skyler ?

– Non ! répondit son frère avec un rire amer. Ça, c'est pour moi, pour une fois. »

C'était injuste. C'était cruel. Bliss adorait Skyler. Il le savait bien.

« C'est joli. C'est... un badge ? Pour mettre ? »

340

Skyler expliqua : « HPI » – « Haut Potentiel Ivy League » – ce que le proviseur lui avait dit et qu'il lui avait serré la main. Que c'était très spécial d'avoir un badge HPI quand on était élève à Fair Hills Day parce que cela voulait dire que l'on était dans le premier centile.

« "Cen-ti-le"… Qu'est-ce que c'est ?

– Les meilleurs des meilleurs. »

Mais Skyler sentait ce que sa vantardise avait de dérisoire. Car sa petite sœur le contemplait avec des yeux tristes et admiratifs, un doigt dans la bouche.

Pauvre Bliss ! Elle s'était entraînée à la patinoire une grande partie de la journée. Répétant heure après heure son programme pour la compétition Hershey's Kisses, qui aurait lieu dans moins de cinq jours. En fin d'après-midi, maman l'avait emmenée chez le Dr Bohr-Mandrake pour une séance de thérapie et chez le Dr Muddick pour des piqûres. À la façon précautionneuse dont Bliss était assise au bord de son lit, Skyler devinait que son derrière lui faisait mal.

D'après les conversations qu'il avait surprises ces derniers temps, Bliss ne patinait pas aussi bien que maman le souhaitait. Skyler supposait que c'était de nouveau sa cheville gauche, et cette satanée douleur fantôme, qui sautait de la jambe droite de Skyler à la cheville de Bliss, et de la cheville de Bliss à la jambe de Skyler, comme une grippe que se passent et se repassent des frères et sœurs.

Skyler se radoucit. « À l'école, les élèves intelligents préféreraient tous être toi, Bliss ! Une championne de patinage.

– Ah oui ? dit Bliss avec un faible sourire. Pourquoi ?

– Parce qu'on s'intéresserait à eux ! Leur photo serait dans le journal et ils passeraient à la télévision. »

Bliss souriait toujours. (Cela avait le don d'énerver Skyler, parfois : on aurait dit une *débile mentale*.)

Avec une magnanimité de grand frère, l'un de ces gestes qui lui font chaud au cœur encore aujourd'hui parce qu'ils montrent que ce petit morveux/envieux pouvait être gentil, quelquefois, Skyler épingla la flamme HPI sur le col de Bliss. « Ça te protégera ! Samedi prochain. »

Bliss remercia Skyler ! En refoulant ses larmes.

« Et tu me dessineras aussi un petit cœur à l'encre rouge ? Comme le tien ? »

(À différents endroits secrets de son corps, y compris sur la paume de sa main gauche, Skyler avait de ridicules petits « tatouages » à l'encre rouge, imitant ceux qu'arboraient ses camarades gangsta. Mais personne n'était censé être au courant parce que Skyler n'appartenait à aucun gang ; et il avait peur, si les autres garçons l'apprenaient, qu'ils ne soient en colère contre lui*.)

« Non ! Maman s'en apercevrait, et elle serait furieuse. »

Car maman connaissait chaque centimètre du corps de sa fille. Tout ce qui concernait Bix, maman le savait.

« Pour quand je patinerai, Skyler ! Un cœur à l'encre rouge. »

Mais Skyler secoua la tête. Noooon.

Comme Bliss était en attente de professeur, Skyler avait offert de lui faire revoir les bases de CP que ses professeurs précédents avaient essayé de lui enseigner sans succès : alphabet, lecture simple et écriture (très) simple, chiffres et arithmétique la plus élémentaire. Mais Bliss faisait très peu de progrès et se décourageait vite. Skyler percevait un rejet fondamental, voire métaphysique, du concept même de Réalité objective de la part de sa petite sœur adorablement têtue : car Bliss ne comprenait pas pourquoi, par exemple, six fois six « devaient faire » trente-six et pas soixante-six ; et comment il était possible, si on soustrayait (« ôtait ») douze de dix que la réponse « doive être » moins deux. (Et comment expliquer « moins deux » à un enfant sceptique ? Bliss souriait comme si elle soupçonnait une plaisanterie, une plaisanterie sournoise du genre de celles de papa, pour lui faire croire une bêtise et puis se moquer d'elle. Souvent, elle demandait à Skyler d'un air sceptique : « Est-

---

* Zut ! Des histoires banales de cour d'école, et je n'arrive pas à m'en dépêtrer. Le lecteur attentif percevra néanmoins une certaine logique dans leur apparition maladroite à cet endroit du récit. Comme dans un vrai roman à énigme, « indices » et « leurres » doivent être semés à l'avance.

ce que papa le croirait ? » Ou : « Maman croit ça ? ») Et, à la grande frustration de Skyler, tout ce qu'il réussissait à lui apprendre, elle l'avait oublié quelques jours plus tard : « Tout glisse dans ma tête, Skyler, c'est comme dans un bol en verre, si on veut y mettre de nouvelles choses, les vieilles en tombent. »

C'était vrai. La tête de Bliss semblait pleine à déborder. Quand maman n'était pas avec elle, et qu'elle pouvait être seule, et silencieuse, Skyler remarquait qu'elle était profondément plongée dans ses pensées, et il savait aux tics et aux frémissements de ses membres, à ce sourire figé de petite poupée que maman tenait à lui voir quand elle patinait, que Bliss *s'entraînait* dans sa tête ; et que cet *entraînement* pouvait être aussi épuisant que le vrai.

Dans son propre cerveau fiévreux, Skyler repassait souvent cet instant catastrophique où le cours de sa vie s'était irrévocablement modifié sous la tutelle du russe Vassili Andreievitch Volokhomski, cet instant où avec courage/audace/désespoir il empoignait les anneaux et s'élançait dans les airs ▬▬▬ .

Mais non : c'était fini. Fini depuis longtemps.

Bix Rampike avait reçu une somme « non divulguée » du Gold Medal Gym et Fitness Club aux abois et comme aurait dit papa avec son sourire matois-narquois *: Fi-ni-to.*

La leçon de ce jour-là était très simple : Bliss devait écrire, en lettres capitales, les mots que Skyler prononçait (« cheval », « chien », « fille », « maison », etc.) et que Bliss était censée savoir écrire ; mais Skyler décida de faire une expérience et écrivit leur nom de famille RAMPIKE en demandant à Bliss de le recopier « exactement comme elle le voyait » ; un crayon serré dans sa main droite, Bliss écrivit donc laborieusement

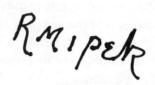

**« ALORS. QU'EST-CE QUE VOUS EN PENSEZ ? »**

De même que papa avait étalé triomphalement les plans de sa maison de rêve sur la table de la salle à manger, quelques semaines auparavant, maman, le souffle court, y étala les « planches contact » de l'agence StarBright. Une dizaine de photos en couleurs où Bliss présentait un assortiment de tenues Miss Patins Élite Fashions Junior : joggings d'entraînement et pull-overs duveteux, cols roulés et petites jupes plissées, justaucorps avec ceintures colorées, bonnets à pompon, kilts écossais, tutus en tulle, costumes de « girl » en satin pailleté. Sur la plus spectaculaire des photos, Bliss posait sur une glace bleutée, chaussée de ses beaux patins en chevreau blanc Miss Élite Junior. Mais elle avait beau être en patins, et sur la glace, l'endroit où Bliss Rampike était d'ordinaire le plus à l'aise, elle paraissait crispée, presque gauche, et son adorable sourire de poupée timide était peu convaincant.

« Joli, mon chou ! Ma petite fille la plus préférée. » Papa n'avait jeté qu'un rapide regard aux planches contact, car papa avait un verre à la main et se rendait quelque part (dans son « bureau à domicile » ?), mais il prit tout de même le temps de poser un baiser sur le crâne de Bliss.

« Bix, attends ! Ces photos sont bonnes, tu ne trouves pas ? Bliss est… charmante, n'est-ce pas ? »

Maman parlait avec entrain mais Skyler Œil-de-lynx remarqua que, comme Bliss qu'elle grondait si souvent, maman se grattait nerveusement l'ongle du pouce.

« Bien sûr ! Elle l'est toujours. Quel est le problème, Betsey ? »

Papa avait son ton de papa-père-de-famille patient/affable. Avec un clin d'œil à Sky pour dire *Ah ces femmes !*

« Eh bien, à l'agence, on dit que Bliss est "crispée" et qu'elle fait "plus que son âge". Qu'elle devra peut-être prendre des leçons avant que nous puissions espérer un contrat avec les Patins Élite.

– Des leçons ! Les mannequins ont besoin de cours pour rester debout et se laisser prendre en photo ? Dieu tout-puissant ! » Papa rit pour indiquer que (1) il plaisantait, mais que (2) il ne plaisantait pas.

« Ne fais pas l'idiot, Bix ! protesta maman. Être modèle, c'est…
un métier. Tout le monde ne peut pas être mannequin.

— Comme tout le monde ne peut pas être astrophyssizien, ou
palontologue ou neurochirurgien, hein ? Ou une super-maman
comme *toi*. » Papa rit aimablement. Un rouge brique envahissait
son visage de gamin robuste.

« Oh, Bix ! Tes sarcasmes sont *blessants*. »

Papa protesta : « Moi, sarcastique ? Papa pose juste une question : que vont me coûter ces "leçons de mannequin" en plus des
"leçons de patinage" et cetera ? »

Les joues de maman rougirent. Debout derrière Bliss, elle l'entourait de ses bras tout en arrangeant les planches contact sur la
table pour qu'on les voie mieux. « Il n'y a pas que ta satanée "ligne
de touche" dans la vie, Bix. Il y a la beauté, et il y a… l'art. Au
cours des siècles, des gens se sont sacrifiés pour l'art ! Après les
chocolats Hershey, la semaine prochaine, où notre fille est donnée
favorite pour le titre Miss junior, et après le challenge de la vallée
de l'Hudson dans deux semaines, à Newburgh, Bliss devrait avoir
largement le temps de suivre ce cours en "immersion totale" organisé par StarBright, et l'agence nous consentira un rabais.

— Ça au moins, c'est une bonne nouvelle ! dit papa, avec un rire
sans joie. J'ai cru une minute que j'allais casquer le prix fort. »

Alors qu'il se détournait, maman le tira par la manche.

Skyler vit la mâchoire de papa se contracter. *Il va repousser le bras
de maman*, pensa-t-il ; mais, comme pour lui donner tort, et pour
donner tort à maman qui s'y attendait peut-être, papa ne le fit pas.

« Mais tu trouves que ces photos sont bonnes, n'est-ce pas ?
Qu'elles sont belles ? Nous avons travaillé vraiment dur pour
maquiller Bliss et pour la faire poser…

— Oui, je te l'ai dit. La petite fille la plus préférée de papa est
toujours superbe.

— Mais, Bix…

— Oui, Betsey ?

— Il y a des gens… à l'agence… qui trouvent que Bliss a les cheveux implantés un "tout petit centimètre" trop bas.

– Des clous ! Les cheveux de notre fille sont parfaitement implantés.

– Ils conseillent une électrolyse pour remonter très légèrement l'implantation. L'effet serait magique, je pense : Bliss aurait le front plus haut, et les yeux plus grands. C'est une technique très simple, on fait ça chez un médecin avec un sédatif très léger et il n'y a quasiment aucune suite. »

Bliss, qui regardait les images sophistiquées d'elle-même étalées sur la table, se tortilla dans les bras de maman et se toucha le front à la naissance des cheveux. « Je ne veux pas de lectrolyse, maman. Non.

– Nous en avons déjà parlé, chérie. Ça ne fait pas mal, ça chatouille un peu, c'est tout.

– Je ne veux pas de lectrolyse ! S'il te plaît, maman.

– On fera ça ensemble, mon ange. J'ai toujours eu le front trop bas, moi aussi ! Je suis trop vieille pour devenir mannequin – ou patineuse – mais je peux quand même modifier l'implantation de mes cheveux. D'accord, chérie ? On ira à New York toutes les deux, et on s'amusera bien… »

Papa intervint : « Non. Je ne trouve pas que cette putain d'électrolyse soit une bonne idée.

– Bix ! Surveille ton langage, s'il te plaît.

– Betsey ! Surveille ton langage, *s'il…* te plaît.

– L'agence ne recommanderait pas une électrolyse – ou des cours – si elle ne pensait pas que Bliss avait un réel potentiel comme enfant mannequin, ou même comme actrice. Ils l'ont vue sur la glace, ils sont fous d'elle… littéralement ! Et l'électrolyse n'est pas coûteuse ni dangereuse, et…

– J'ai dit non, Betsey. Tu sais comment ça s'écrit ? *N-O-N.*

– Tu n'es pas le dictateur de la maison, Bix. Tu n'es pas le despote, bon Dieu.

– Non, c'est vrai. Je suis le père de cette enfant, c'est moi qui paie les putains de factures, et je dis *non.*

– Tu gagnes tellement d'argent, Bix ! Rien qu'avec ta prime de Noël…

– D'accord, je suis millionnaire. Multimillionnaire. Je compte devenir milliardaire. Et après ? Je dis N-O-N, et c'est N-O-N. »

Maman rassembla maladroitement les planches contact comme si papa les avait souillées, les lèvres serrées pour ne pas gémir. Écœuré, papa se rua hors de la pièce pour revenir presque aussitôt reprendre la dispute, tandis que Bliss battait en retraite en fourrant plusieurs doigts dans sa bouche, et que Skyler continuait à regarder avec ▬▬▬▬▬

(D'ACCORD : JE N'ARRIVE PAS À TERMINER CETTE SCÈNE. J'AI essayé, et réessayé, vous pouvez me croire, et je suis fatigué d'essayer, et je laisse tomber. Il est rare qu'un auteur reconnaisse devant son lecteur qu'il a *laissé tomber* – c'est sans doute la première fois dans les annales de la littérature, ou de la sous-catégorie quelconque dans laquelle se range ce texte. Mais putain de merde*, Skyler Rampike, dix-neuf ans bientôt quatre-vingt-dix-neuf, *laisse tomber ici*.)

---

* Ne me reprochez pas la vulgarité de Bix Rampike ! Chaque putain de mot grossier qui sort de ma bouche est imputable à Rampike père, vous pouvez en être certains.

# GROS LOT (I)

COUP DE SONNETTE !

Lila Laong la domestique des Rampike se hâta vers la porte. Le côté singulier de cet incident ne lui apparaîtrait qu'après coup.

C'était le 8 janvier 1997 en milieu de matinée : un matin d'hiver froid et ensoleillé à trois jours seulement de la compétition Hershey's Kisses où Bliss Rampike concourrait contre neuf autres jeunes patineuses pleines d'espoir pour le titre convoité de Princesse junior du patinage 1997 et moins de vingt-quatre heures après que Bix Rampike eut quitté le 93, Ravens Crest Drive (mais temporairement, pensait-on, car M. Rampike n'avait emporté qu'une seule valise et qu'une seule paire de chaussures, celle qu'il avait aux pieds). Un deuxième coup de sonnette, impatient, et quand Lila ouvrit la porte, elle découvrit avec étonnement un livreur au sourire tendu – « habillé bizarrement pour un livreur », « un homme plutôt jeune, très pâle », « sans chapeau, les cheveux roux », « qui souriait si fort qu'il avait la bouche tout étirée ». Dans ses mains un peu tremblantes, un gros bouquet de fleurs printanières (tulipes, narcisses, jonquilles, jacinthes et papyracées odorantes) qu'il dit être « pour Mlle Bliss Rampike » et que Lila Laong prit, mit dans l'un des plus grands vases de Mme Rampike et posa sur la table au plateau de marbre du vestibule, avec une carte où était écrit proprement à la main, comme par un enfant appliqué :

**TRÈS CHÈRE BLISS JE SAIS QUE TU GAGNERAS
SAMEDI ET QUE TU GAGNERAS LE GROS LOT
CAR TU ES UN ANGE SUR TERRE MA CHÉRIE
LES PRIÈRES DE G. R. SONT TOUJOURS AVEC TOI
AFFECTUEUSEMENT G. R.**

Le plus étrange dans cet incident était que l'« homme plutôt jeune », « habillé bizarrement pour un livreur », n'avait pas apporté les fleurs en camionnette mais, posées délicatement au creux d'un coude, à bicyclette.

# GROS LOT (II)

*ANGE SUR TERRE MA CHÉRIE.*

Il était venu à vélo ! Et quel froid éclatant en ce matin d'hiver, quel bleu pur dans le ciel lointain, et ce frisson arctique dans l'air ! Silhouette solitaire et romantique sur son vénérable vélo de course anglais au milieu des ternes véhicules banlieusards, dans le grondement la Great Road, et parvenant pourtant ingénieusement (car il était contorsionniste et un peu acrobate, bien que terriblement maladroit dans la « vraie vie ») à porter délicatement l'encombrant bouquet de fleurs printanières au creux d'un coude. Il traverse Woodsmoke Drive, et Hawksmoor Lane, et Pheasant Run, puis tourne dans la serpentine Ravens Crest Drive et pédale jusqu'au bout de cette route étroite, sinueuse, cahoteuse, où il ne croise qu'un seul véhicule, une camionnette FedEx ; roulant à une vitesse régulière, avec sa veste en faux daim fauve qui moule son corps mince, une écharpe rayée aux couleurs gaies autour du cou, tête nue malgré le froid si bien que ses cheveux roux cuivré, comme ceux de Percy Shelley, flamboient dans ce morne paysage hivernal à la Dürer\*. Quelle figure saisissante pour qui l'observerait (comme sur un écran de télé à l'intérieur de son cerveau *lui* s'observe toujours car il ne *se* perd jamais de vue), interrogé par un journaliste invisible sur la raison qui lui a fait choisir la difficulté, voire le

---

\* Shelley, Dürer : impressionnant, hein ? Et ce n'est que l'extrême bout de l'iceberg de connaissances que Skyler doit à son éducation privée chaotique mais classe, dont, heureux lecteurs, les 99 % vous seront épargnés.

danger, d'un trajet à bicyclette pour apporter ce bouquet de fleurs à son petit ange Bliss Rampike depuis le 29, Piper's Lane, maison où il habite avec sa mère dans un quartier « ouvrier » modeste de Fair Hills, il aurait répondu, avec un envol de cheveux flamboyants et un sourire désarmant : « Une bicyclette, c'est plus personnel. Je me déplace à vélo autant que possible, même en hiver. »

Et est-il vrai, demande le journaliste invisible, qu'il a fait ce périlleux parcours plus d'une fois, plus de plusieurs fois, le long de la route serpentine de Ravens Crest Drive, souvent au crépuscule, discrètement, équipé de sa petite caméra japonaise ultralégère, afin d'immortaliser les images fugitives de son petit ange qu'il pourra surprendre par les fenêtres du rez-de-chaussée de l'immense maison coloniale du 93, Ravens Crest Drive, et face à une question aussi excitante posée de but en blanc, comment répondre sinon par l'envol silencieux des cheveux flamboyants et le sourire désarmant* ?

---

* Beurk ! Se retrouver aussi soudainement à l'intérieur du cerveau d'un tordu où je n'ai vraiment pas plus envie d'être que vous, lecteurs !

# CHOCOLATS HERSHEY

« LA PROCHAINE FOIS, NOUS PRIERONS DAVANTAGE. »

Car dans son élégant costume en velours chocolat foncé à manches étroites et corsage « argenté », Bliss n'y arriva pas. Dans sa courte jupe en tulle, vaporeuse, flirteuse, avec entraperçu émoustillant de culotte blanche en dentelle au-dessous, Bliss n'y arriva pas. En dépit de la petite croix en or à son cou et des minuscules boucles d'oreilles assorties, Bliss n'y arriva pas. En dépit de ses cheveux très blonds (décolorés, très légèrement cassants) nattés de façon charmante de rubans argentés (pour évoquer l'emballage des chocolats Hershey's Kisses) et de son visage méticuleusement maquillé comme celui d'une poupée de porcelaine très ancienne et très coûteuse, Bliss n'y arriva pas. En dépit de ses bas blancs ajourés, et de ses patins en chevreau blanc Miss Élite Junior, et du sourire figé sur sa petite bouche en cerise parfaite, elle n'y arriva pas.

Tant d'heures ! – de jours, de semaines ! – passées à s'entraîner à la patinoire Alcyon, filmée scrupuleusement par maman pour que sa coach Anastasia Kovitski et son chorégraphe Pytor Skakalov puissent analyser ses mouvements ; tant d'heures passées à danser-patiner sur l'entêtant et trépidant *Boléro*, ce classique kitsch du patinage de compétition féminin ; tant de séances avec le Dr Muddick, le Dr Vandeman, le Dr Bohr-Mandrake et le Dr Rapp, et Kai Kui (acupuncteur/nutritionniste, au cas où le lecteur aurait oublié) ; tant d'injections de Croissance Plus, Maxi-Vit C, CHCJS, HTT, etc. dans les endroits les plus tendres de sa personne, et tant de milli-

grammes de Nixil, Nilix, Serenex, Excelsia, Zomix, etc. ; tant d'heures à supporter cette horrible « gouttière » et ces horribles séances
au salon de coiffure de Fair Hills (où ses cheveux étaient « éclaircis » et ses ongles cassés et abîmés, dissimulés par dix faux ongles
parfaits) ; tant de prières ardentes commençant par « Notre Père »
et « Cher Jésus » ; et malgré tout... *elle n'y arriva pas.*

Dès le départ, Skyler sut.

Avant même que Bliss s'élance sur la glace, saluée par des applaudissements, suivie avidement par les feux des projecteurs, Skyler
sut.

Elle commença pourtant son programme de danse-patinage
avec son agilité et sa vitesse habituelles, mais au bout de soixante
secondes il devint évident que quelque chose n'allait pas. Les longues boucles de Bliss, avant et arrière, habituellement impeccables, devinrent hésitantes, irrégulières, comme si la cheville gauche
de Bliss la faisait souffrir. Un virage, une pirouette, une pirouette
sautée – les lèvres rose nacré de Bliss s'entrouvrirent, elle haletait
sous l'effort. Ses petites mains voltigeaient tels des oiseaux blessés.
Ses yeux brillaient d'étonnement, de peur. Le public qui quelques
minutes auparavant avait si chaleureusement accueilli MISS BLISS
RAMPIKE, FAIR HILLS, NEW JERSEY, perdit son entrain, se fit silencieux. Alors que le *Boléro* enregistré trépidait vers son paroxysme
tel un boa constrictor en convulsion, Bliss trébucha soudain et
tomba ; tomba violemment ; mais réussit pourtant à se remettre
debout, gauchement, le visage choqué et douloureux. Impitoyable,
le projecteur ne la lâchait pas, l'exposait aux regards avides d'inconnus ! Quel silence dans la salle, un silence d'exécution capitale !
L'épreuve s'acheva enfin, la petite patineuse humiliée quitta la piste
en boitant, saluée par quelques applaudissements sans conviction,
et Betsey saisit sa fille, l'entraîna hors du faisceau du projecteur.
L'étreignant comme si elle voulait la protéger de son corps, elle dit,
avec un grand sourire courageux et indomptable, assez fort pour
être entendue de l'équipe de télévisions ABC-TV : « La prochaine
fois, nous prierons davantage. »

# TRAUMA CONTONDANT

UN FAIT CONTONDANT : DIX-HUIT JOURS APRÈS QUE BLISS SE fut classée dix-septième à la compétition Hershey, en Pennsylvanie, elle était morte.

# CŒUR À L'ENCRE ROUGE

*DESSINE-MOI UN PETIT CŒUR ROUGE      SKYLER?*      AVEC UN entêtement enfantin elle implorait *Dessine-moi un petit cœur rouge comme le tien Skyler? s'il te plaît* et donc Skyler le fit : un petit « tatouage » à l'encre rouge sur la paume gauche de Bliss. Car c'était la veille de la veille du septième anniversaire de Bliss pour lequel papa reviendrait parce que papa l'avait promis et il y avait le souhait que l'anniversaire de Bliss soit joyeux après la chose terrible qui était arrivée à la compétition de patinage en Pennsylvanie et dont personne chez les Rampike ne parlait, ni maman, ni Skyler, ni Lila et ni Bliss parce que c'était tellement honteux qu'on ne pouvait pas y penser sans une vilaine sensation au creux de l'estomac, maman elle-même n'en parlait pas sauf pour dire de sa voix de maman enthousiaste *La prochaine fois nous prierons tous davantage ! Et nous croirons davantage.*

Depuis ce-qui-était-arrivé en Pennsylvanie, Bliss se conduisait comme une enfant beaucoup plus petite. Une enfant agitée, têtue, boudeuse, une enfant anxieuse, suceuse de pouce et mouilleuse de lit qui exaspérait son frère aîné en s'accrochant à lui, en le suivant partout et jusque dans sa chambre, bien qu'il essayât de lui fermer la porte au nez – « Va-t'en, Bliss ». Mais en même temps il la plaignait : comme il plaignait ces pauvres écureuils qui se faisaient si souvent écraser dans Ravens Crest Drive. (Quand papa écrasait un écureuil, il faisait la grimace et haussait les épaules : « Désolé, mon pote. T'étais pas visé. » Maman s'écriait : « Oh zut ! Encore ! ») Skyler « tatoua » donc dans la main moite de sa sœur un petit cœur

355

rouge, pareil au petit cœur rouge de sa paume gauche, et Bliss frissonna et pouffa (car dans un endroit aussi tendre, le « tatouage » chatouillait) et le prit par le cou en le serrant très fort : « Merci, Skyler ! » Ses bisous étaient haletants et poisseux, Skyler avait l'impression d'en perdre lui-même le souffle. Bliss regardait sans cesse le petit cœur dans sa paume, ouvrant et fermant le poing, et son maigre visage pâle exprimait une concentration si intense qu'on se disait *Cette enfant souffre.*

On se disait *On ne peut rien faire pour cette enfant.*

Avec un sentiment de culpabilité Skyler se demandait : s'il avait dessiné un petit cœur à l'encre rouge dans la paume de sa sœur, ou sur un autre endroit secret de son corps, comme elle l'en avait supplié, cela aurait-il protégé Bliss pendant la compétition ? Est-ce que ce-qui-était-arrivé, et qui avait été diffusé à la télévision, ne serait pas arrivé ? Mais lâchement Skyler n'avait pas osé parce que maman aurait été furieuse et que, de toute façon, maman aurait immédiatement effacé le cœur à l'encre rouge. Quand maman était en colère contre son petit homme, elle lui parlait sèchement comme s'il lui avait fait du mal – « Skyler, il doit y avoir un démon en toi ! Un démon vraiment très gros pour un aussi petit garçon » – et Skyler en était tout tourneboulé*.

Depuis ce-qui-était-arrivé en Pennsylvanie, maman était souvent absente quand Skyler rentrait de l'école (partie où ? Lila n'avait que le numéro de portable de maman, à composer en cas d'urgence) et quand maman était là, maman était en général dans sa pièce privée du premier où elle parlait d'un ton pressant au téléphone et n'avait pas envie d'être dérangée par ses enfants :

---

* Mais pas repentant pour autant. Car les tatouages étaient des talismans porte-bonheur dont il avait besoin pour survivre à Fair Hills Day et peut-être aussi chez lui. En classe, dans les w-c des garçons, dans sa chambre, il dessinait compulsivement dagues, crânes, araignées, serpents et les initiales secrètes C. K. à l'intérieur de ses avant-bras et de ses coudes, sur ses cuisses et sur son petit ventre plat, à l'encre rouge ou noire et dans des endroits généralement dissimulés par ses vêtements. C'était à Lila que revenait la tâche de les effacer et elle ne demandait jamais ce que c'était, ne dénonçait jamais Skyler à sa mère, comme si la domestique-des-Philippines comprenait la magie désespérée du tatouage.

« Du vent ! Amusez-vous ensemble ! C'est pour ça que vous êtes deux. »

Maman plaisantait... bien sûr ! Maman aimait son petit homme et maman aimait sa petite fille plus que jamais.

Car il y avait une dispute avec papa : papa voulait que Bliss « ne patine plus, plus jamais » mais maman tenait à ce que la carrière de Bliss continue (aussitôt après la défaite de Pennsylvanie, maman avait renvoyé et Anastasia Kovitski et Pytor Skakalov qui la poursuivaient tous les deux en justice pour rupture de contrat, comme maman elle-même poursuivait pour rupture de contrat l'agence StarBright qui s'était brutalement désintéressée de la carrière de mannequin de Bliss Rampike) et Skyler les entendait se disputer dans la grande chambre à coucher au bout du couloir *Tu ne me l'enlèveras pas, bon Dieu ! C'est ma fille, elle est à moi, et Skyler est à moi, ne nous détruis pas je t'en prie !* La voix aiguë de maman comme un cri d'oiseau blessé et la voix de papa, plus basse, étouffée, si bien que Skyler ne distinguait que des mots isolés *Écoute, je t'aime, je vous aime tous, mais là, c'est non négociable, pigé ?*

*Non négociable.* Skyler aimait le poids de ces syllabes.

À ce moment-là, papa était tantôt « parti » et tantôt « à la maison » et on ne voyait pas toujours la différence. Impossible de suivre la trace de Bix Rampike pendant ces semaines cruciales de janvier 1997, on pouvait seulement noter que quand papa rentrait à la maison après le bureau et dînait avec sa famille, maman et lui avaient souvent l'air en très bons termes comme si rien ne clochait entre eux excepté dans l'imagination de leurs enfants ; à d'autres moments, il y avait une telle tension que Bliss était trop agitée pour manger et que Skyler s'excusait et détalait comme un crustacé blessé pour aller se réfugier au premier où il supervisait des batailles exterminatrices entre pelotons de Robo-Guerriers.

« Qu'est-ce que ça veut dire, Skyler... papa est "papa" ?

– Qu'il l'est, c'est tout, répondit Skyler avec un haussement d'épaules.

– Et maman ?

– Maman... quoi ? »

Bliss regardait intensément Skyler comme si elle tâchait de décoder ses paroles. Comme Bliss n'avait plus ses heures d'entraînement quotidien, et qu'elle était toujours en attente de professeur, ses journées étaient très solitaires. Grand-mère Rampike lui avait envoyé un livre illustré, *Le Dirigeable flottant*, destiné à des enfants plus petits mais que Bliss étudiait avec fascination, suivant du doigt les rares mots du texte et les formant avec ses lèvres. Elle connaissait sûrement par cœur l'histoire simple de la petite fille toute de blanc vêtue qui (imprudemment, par curiosité) monte dans la nacelle d'un énorme dirigeable noir et est emportée dans les airs, poursuivie par les cris de ses parents aristocratiques et autoritaires, mais elle insistait tout de même pour que Skyler la lui lise, et souvent.

De la même façon qu'elle avait insisté pour qu'il lui dessine le petit cœur rouge dans la paume, comme si elle ne pouvait pas le faire elle-même.

Bliss demanda, un doigt dans la bouche : « Skyler ? Pourquoi est-ce qu'on est avec eux ?

– Avec qui ?... Maman et papa ?

– Pourquoi est-ce qu'on est *à eux* ? »

Skyler haussa de nouveau les épaules, perplexe. Si maman avait été là, maman aurait écarté la main de Bliss d'une tape. Une tape légère mais énergique. Skyler fut tenté.

« Parce que maman et papa sont nos parents. C'est pour ça qu'on est à eux. Ne sois pas idiote.

– Mais... pourquoi ? Pourquoi sont-ils nos *parents* ?

– Parce qu'ils le sont, c'est tout. Tout le monde sait ça.

– Oui, mais... pourquoi ? Skyler ? Pourquoi est-ce qu'ils le sont ?

– Parce que... ils nous *ont eus*. Voilà pourquoi.

– Ils nous ont achetés ? »

Skyler commençait à se sentir désorienté, comme si le sol bougeait sous ses pieds. Bliss le dévisageait avec une telle attente, ses yeux bleu cobalt le fixaient si intensément qu'il avait une furieuse envie de détaler.

Dans la cuisine voisine, Lila préparait le dîner. On était en début de soirée, mais il faisait noir comme dans un four de l'autre côté des fenêtres. Maman n'était pas encore revenue de son rendez-vous du jeudi avec le Dr Stadtskruller, ou peut-être avec le Dr Screed, ou le Dr Eustis, et si papa était censé rentrer dîner ou travailler tard à son bureau, s'il serait obligé de passer la nuit dans l'appartement de sa société à New York, Skyler n'en avait aucune idée. Par chance, ni maman ni papa ne pouvaient entendre cette conversation : maman n'aimait pas les questions « indiscrètes » que posait Bliss et n'aimait pas que Skyler lui « passe ses caprices » ; papa trouvait ce genre de question « morbide » quel que soit le questionneur.

« Les gens n'achètent pas leurs enfants, Bliss ! Ne sois pas si…
– Skyler hésita, il ne voulait pas redire *idiote* parce qu'il avait vu l'effet produit sur sa sœur par ce mot railleur – … bé-bête. Tout le monde sait d'où viennent les bébés. »

Bliss se tortilla sur le canapé, *Le Dirigeable flottant* glissa de ses genoux et tomba par terre. « Ah oui ? D'où ça ?

– "Avoir un bébé", c'est ce qu'un homme et une femme font ensemble quand ils se marient, répondit évasivement Skyler. C'est comme ça qu'ils savent que le bébé est à eux. Ils le font.

– Ils le font ? Papa et maman nous ont "faits" ? Comment ? »

Skyler devait bien admettre que c'était invraisemblable, et inquiétant. Il tâcha de se rappeler ce que Calvin Klaus lui avait dit avec tant de véhémence : *tringler, trou entre les jambes, le machin entre dedans.* Quelque chose est projeté à l'intérieur de la femme qui se transforme en bébé dans son ventre… comment ? Skyler n'en avait aucune idée. Son cerveau grésillait comme une ampoule qui va griller.

Bliss dit, baissant la voix comme si elle lui confiait un secret : « Maman dit que Jésus recommencera à nous aimer si nous avons la foi, mais maman dit que peut-être que nous sommes vraiment mauvais et que nous devrions mourir. Maman et moi, je veux dire. » Bliss se grattait le crâne de cette façon que maman détestait. Les jolis faux ongles avaient disparu, les vrais ongles de Bliss étaient rongés, fragiles et cassaient facilement. Elle avait un tic dans la joue qui donnait l'impression qu'elle souriait et clignait l'œil mali-cieusement. « Ce serait un endroit spécial, pour maman et moi. Et Jésus serait là. Maman appelle ça "retrouver sa maison". Et papa n'y serait pas.

— Et moi, je serais où ? demanda Skyler avec feu.

— Pas avec nous. Il n'y aurait que maman et moi.

— Ah ouais ? Et il est où, cet endroit spécial ?

— Maman le sait. Jésus le sait. »

Skyler frissonna d'appréhension. Les paroles de sa sœur étaient à la fois parfaitement claires et totalement déroutantes, comme l'étaient si souvent celles de leur mère depuis ce-qui-était-arrivé en Pennsylvanie.

Bliss ajouta, d'un ton mélancolique : « Tu sais quoi, Skyler ? Maman et papa ne m'aiment plus. Depuis que je suis tombée sur la glace, personne ne m'aime », et Skyler dit aussitôt : « Mais si, ils t'aiment. Et moi aussi », et Bliss dit d'un ton sceptique : « C'est vrai, Skyler ? Pourquoi ? » et Skyler dit : « Parce que tu es ma sœur », tout en se demandant si c'était pour cette raison-là ; si c'était une raison légitime ; et si, si cette petite fille agitée aux yeux tristes n'avait pas été sa sœur, si elle n'avait pas eu de frère nommé Skyler, quelqu'un l'aurait aimée. (Et pourquoi qui que ce soit aimait qui que ce soit d'autre.)

Dans la cuisine, Lila chantait l'une de ses chansons tristes et gaies, qui était une chanson de son enfance dans son pays lointain. Skyler et Bliss avaient demandé à Lila si ce pays lui manquait et elle avait répondu que non parce qu'elle le portait en elle. Mais Skyler voyait bien, à son regard doux et triste, que ce n'était pas vrai. Bliss était en train de dire : « Je pensais au temps avant que je sois née, à qui était là, et si je leur manquais », et Skyler dit sans réfléchir : « *Moi* j'étais là. Avant que tu sois née. Il n'y avait que maman, papa et moi et tu ne nous manquais pas. » Les yeux de Bliss clignèrent lentement. Elle parut sur le point de parler mais n'y arriva pas. Skyler se hâta de corriger : « Mais si tu t'en allais maintenant, Bliss, tu me manquerais. »

# QU'EST-CE QUE TU AS FAIT ?

« RÉVEILLE-TOI, SKYLER ! »

Maman le secouait, car Skyler ne se réveillait pas.

Maman était agitée et semblait lui faire des reproches, et Skyler essayait de se réveiller mais n'y arrivait pas parce qu'il avait la tête lourde et engourdie et les cils collés comme avec de la glu.

« Skyler, s'il te plaît ! Je n'arrive pas à trouver Bliss. »

Dans la nuit, Bliss avait poussé la porte de Skyler. C'était la troisième fois qu'elle le réveillait cette semaine-là et il s'était mis un oreiller sur la tête en faisant semblant de ne pas entendre sa voix bouleversée *Skyler ! Quelque chose est arrivé dans mon lit        un vilain accident        dans mon lit* mais cette fois Skyler grincheux refusa de répondre, il marmonna *Va-t'en Bliss ! Je ne me lève pas nettoie ton lit toute seule* incapable de se rappeler ensuite si c'était vraiment arrivé ou s'il avait rêvé car plus tôt dans la nuit alors qu'il venait de se coucher (vers 9 heures) maman était venue lui apporter ses médicaments du soir que (il en était sûr) Lila lui avait déjà donné comme tous les soirs, avec du lait chaud et des biscuits, ou avec la compote de pommes tiède saupoudrée de cannelle que Skyler et Bliss adoraient. Et pourtant maman avait dit d'un ton malicieux : « Je connais tes manigances, Skyler ! Ta sœur et toi, vous cachez vos médicaments dans un coin de votre bouche et quand personne ne regarde, vous les recrachez, toi et ta petite sœur sournoise, il faut vous avoir à l'œil. » Maman rit, les yeux de maman miroitaient comme des reflets dans une glace. « Mais ce n'est pas votre faute, vous êtes ses enfants. Et tu es son fils. C'est lui qui a choisi ton nom. » Et donc Skyler avait (re)pris ses médicaments sauf qu'il avait eu l'impression qu'il y en avait un de plus, une grosse capsule blanche qu'il ne reconnaissait pas, parce qu'il était plus facile de les avaler que de provoquer la colère de maman à cette heure tardive. Et plus tard, réveillé par une pression dans sa vessie, une terrible envie d'uriner, il était parvenu à aller en titubant jusqu'à la salle de bains et au retour il avait vu une lumière sous la porte de la pièce privée de maman et comme dans un rêve qui n'aurait pas été vraiment le sien il s'était approché de la porte entrouverte et en la poussant un peu avait vu maman dans sa chemise de nuit champagne avec par-dessus le chaud peignoir blanc que maman mettait quand papa n'était pas à la maison parce que ce peignoir grossissait maman et qu'elle ne voulait pas que papa la voie comme ça. Maman était assise les coudes appuyés sur son bureau et elle marmonnait toute seule, penchée sur une feuille de papier, serrant un stylo dans son poing droit comme faisait Bliss et écrivant des lettres majuscules que Skyler apercevait à l'envers de là où il était. Maman leva les yeux avec un sourire surpris : « Skyler ! Que fais-tu debout ? Quelle heure est-il ? Tu es un vrai petit… hibou. » Maman parlait d'un ton léger mais Skyler voyait bien qu'elle était contrariée ; et maman n'aimait pas être espionnée par ses enfants, jamais. Sur le bureau à côté des bras de maman il y avait une bouteille couleur ambre avec un perroquet vert vif sur l'étiquette et une petite boîte de pilules blanches. « Puisque tu es là, mon chou… Comment écris-tu "avrétissement" ?

– "Avrétissement" ?

– Oui.

– Tu veux dire "avertissement", maman ? »

Les yeux de maman clignèrent lentement comme si elle était perdue, puis elle dit, avec un haussement d'épaules : « Oh, laisse tomber ! Vous êtes si malins, vous les Rampike mâles, hein ! Allez vous faire voir avec votre chromosome Y. » Maman versa le liquide ambre dans un verre et but, et rit, et renvoya Skyler d'un geste désinvolte.

Le lendemain matin, papa devait venir chercher Bliss – « Une sortie d'anniversaire spéciale, rien que papa et sa petite fille la plus préférée » – ce que maman avait accepté à contrecœur, étant donné qu'elle avait prévu pour Bliss une « vraie fête d'anniversaire » à laquelle papa n'avait pas été invité. Bliss ne parlait que de cela depuis des jours : papa l'emmènerait déjeuner au Plaza Hotel de New York, puis ils iraient voir en matinée une comédie musicale de Broadway, *The Princess Bride* ; et après, papa montrerait à Bliss le nouvel appartement où papa séjournait quand il était en ville « pour affaires » : pas l'appartement de sa société, apparemment, mais le sien à lui, dans Central Park South, avec vue sur le parc. Skyler n'avait pas de raison d'être jaloux de Bliss parce que (1) c'était l'anniversaire de Bliss et pas le sien ; (2) papa avait promis à Skyler de l'emmener voir un match des Knicks à New York et d'en profiter pour lui montrer son nouvel appartement, à lui aussi. À présent maman secouait Skyler pour le réveiller parce qu'il était tout endormi, et maman remontait ses manches de pyjama en disant : « Fais-moi voir tes bras » et elle le tira de force dans la lumière si bien qu'elle découvrit les petites rangées de dagues noires/cœurs rouges barbouillées au creux de son coude gauche. « Il doit y avoir un démon en toi ! C'est affreux. C'est païen. Qu'est-ce que maman t'a dit ? »

Honteux, confus, Skyler aurait aimé se cacher. Mais où ?

Maman retira les draps et les couvertures du lit – comme si Bliss pouvait être cachée dessous, recroquevillée au pied du lit. « Où est-elle ? Où est Bliss ! » Affolée, égarée, maman s'agenouilla pour regarder sous le lit, se dirigea ensuite en trébuchant vers la penderie de Skyler où elle fourragea dans ses vêtements, s'agenouilla et palpa le sol et les chaussures de Skyler telle une aveugle. Comme si Bliss avait pu se cacher dans la penderie de Skyler, par terre. Skyler demanda à maman si elle avait cherché au rez-de-chaussée et maman répondit que oui, bien sûr ! elle avait cherché partout mais Bliss avait disparu. Maman entraîna Skyler de l'autre côté du couloir dans la nursery où à côté du lit chamboulé la lampe Ma-Mère-l'Oie de Bliss dispensait une douce lueur chaude noyée par la lumière plus vive du plafonnier, Skyler remarqua que les draps et le matelas de Bliss étaient tachés, une odeur aigre bien reconnaissable le prit aux narines. Maman se frappait les cuisses de ses poings en sanglotant, « Vilaine fille ! Encore ! Exprès pour me contrarier ! » tandis que Skyler se balançait d'un pied sur l'autre comme si c'était sa faute et oui ce sera sa faute car maman s'en prit à lui comme si elle le voyait soudain sous un jour nouveau et terrible et dit d'un ton suppliant : « Skyler ? Qu'as-tu fait de Bliss ? Tu l'as emmenée, n'est-ce pas ?… où cela* ? »

---

* Ce récit pénible des souvenirs que Skyler garde de la nuit où sa sœur mourut présente des différences mineures mais (peut-être) significatives avec celui de la Première Partie. Comment l'expliquer ? Je reste sec.

## RIGOR MORTIS

CES ÉVÉNEMENTS CONFUS SE PRODUISIRENT À PEU PRÈS entre 6 h 20 et 6 h 37, le 29 janvier 1997. J'ai essayé de rendre fidèlement – trop fidèlement, protesteront peut-être les lecteurs impatients – la perception impressionniste de l'enfant de neuf ans qu'était Skyler. Il se passerait encore trois heures avant que leur* père désespéré ne découvre le cadavre de Bliss dans un coin obscur de la chaufferie des Rampike, déjà raidi par la rigor mortis.

---

* Le lecteur scrupuleux a noté ici une faute de langage que l'éditeur et le secrétaire d'édition ont laissée passer : *leur* devrait être *son*. Car un cadavre (n')est (pas) (plus) un agent humain, capable de posséder un père. Lecteurs, vous avez raison. Mais je refuse de changer ce que j'ai écrit, vous savez pourquoi ? Pour moi, même dans la mort, en proie à la rigor mortis, ma sœur Bliss est toujours vivante.

# IV

posthume

## DE CE JOUR, ET POUR TOUJOURS

ILS VÉCURENT TOUS HORRIBLEMENT ET EURENT BEAUCOUP de tourments.

## « UN ENFANT DE NEUF ANS SUSPECTÉ DU MEURTRE DE SA SŒUR »

IL NE VERSA PAS UNE LARME.

Il pleurait sans interruption !

Des traces de son ADN seraient retrouvées un jour sur le foulard de soie rouge ayant servi à lier les poignets de sa sœur, arrangés dans une pose « séduisante » sur le sol crasseux de la chaufferie.

SES CHEVEUX TOMBÈRENT. SES CHEVEUX « FAUVES » ET BOU-clés d'enfants, par touffes.

Quelques semaines après la mort de sa sœur, le crâne bosselé/squameux/croûteux du frère ressemblait à celui d'un petit cancéreux en chimiothérapie.

Et ses yeux : des yeux « hantés » de « fantôme », de « zombi ».

MUET. (MAIS SEUL, OU SE CROYANT SEUL, IL GÉMISSAIT/GEI-gnait/sanglotait/riait/marmottait/« discutait »)

*PARCE QU'IL EST UN ENFANT NERVEUX.*
*Parce qu'il est un enfant dyslexique.*
*Parce qu'il souffre d'un trouble de l'attention.*
*Parce que son neurologue pense à une possible atteinte de l'hippocampe.*

*(Hippocampe ? « Cerveau supérieur » où est stockée la mémoire.)*
*Parce qu'il n'a que neuf ans.*
*Parce qu'il a neuf ans depuis très longtemps.*
*Parce que, même s'il doit bientôt avoir dix ans, il aura toujours neuf ans.*
*Parce qu'il ne sait rien de ce qui est arrivé à sa sœur.*
*Parce qu'il nous a dit, à nous ses parents, tout ce qu'il sait. Il ne sait rien.*
*Parce que ce qu'il savait peut-être, il ne s'en souvient plus.*
*Parce que nous connaissons nos droits en tant que parents.*
*Parce que nos avocats nous ont conseillés.*
*Parce que nous sommes une famille chrétienne pieuse.*
*Parce que nous mettons notre foi en Dieu.*
*Parce qu'il aimait beaucoup sa petite sœur.*
*Parce qu'il est innocent. Nous savons qu'il est innocent.*
*Parce que notre fille a été sacrifiée, nous n'allons pas aussi perdre notre fils.*

# NÉCROPOLE

DANS LES TOMBES DE L'ÉGYPTE ANCIENNE QUE FRÉQUENTENT les riches touristes américains, il paraît qu'il y a sur les murs des « peintures murales » inachevées. Et des hiéroglyphes millénaires racontant des bribes de l'histoire de pharaons et de dieux d'autrefois*. Sans doute que dans leur religion on croyait que ces peintu-

---

\* Comment je le sais ? Pas de première main ! Pendant les mois qui suivirent la mort de ma sœur, le partenaire de squash et ami de papa, Morris Kruk, vint apparemment souvent chez nous, car mes parents l'avaient pris pour avocat (comme, plus tard, M. Crampf, du prestigieux cabinet Kruk, Crampf, Burr et Rosenblatt) pour « protéger les droits, la vie privée et la réputation de la famille Rampike » ; et M. Kruk avait récemment emmené sa famille faire une croisière sur le Nil et une visite guidée des grandes pyramides. Et bien que n'étant pas censé écouter M. Kruk discuter de la situation juridique des Rampike, Skyler était autorisé à écouter M. Kruk parler d'un ton affable et néanmoins belliqueux de sujets neutres. (Morris Kruk ! Et Josh Crampf, qui serait bientôt très admiré, lui aussi. Les avocats coûteux des Rampike qui déjoueraient brillamment toutes les tentatives que ferait la police de Fair Hills pour nous interroger mes parents ou moi sur la mort de ma sœur. Après un interrogatoire préliminaire au siège central de la police, aucun Rampike n'y retourna plus. Les enquêteurs ne parvenant pas à réunir assez de preuves pour convaincre le procureur de délivrer les mandats, convocations ou assignations qui auraient permis à la police d'interroger longuement les Rampike, des semaines, des mois et finalement des années passeraient dans un « coma légal », pour citer les termes de certains observateurs †.

† Désolé d'annoter une note ! Mais il me faut reconnaître ici que lors de la première rencontre du lecteur avec l'avocat au criminel Morris Kruk dans le chapitre « Aventures au pays des goûters-rencontres II », l'auteur (c'est-à-dire moi) n'a rien dit du fait que Morris Kruk serait un jour prochain l'avocat des Rampike, engagé dans les heures qui suivirent la découverte du cadavre de

372

res/ histoires devaient rester inachevées parce que les morts n'étaient pas vraiment morts mais en suspens ; et je me dis par conséquent que ce satané document, cette « confession » qui me suce l'âme comme un vampire cramponné à ma carotide va rester inachevée – « mystérieusement incomplète », « inexcusablement fragmentée » – aussi dur, aussi longtemps, aussi obsessivement, aussi anxieusement que j'y travaille. *Pardonnez-moi lecteurs je n'y peux rien.*

---

Bliss dans la chaufferie de notre maison. Quand la présentatrice B… W… demanda à Bix Rampike pourquoi les Rampike avaient pris un avocat aussi vite, il répondit : « Pour prévenir les jugements hâtifs. Le choc et le chagrin ne nous rendaient pas aveugles aux embrouillaminis juridiques à venir. »

## PROMIS !

**MAMAN PROMIT. MAMAN PROTÉGEA. MAMAN MENTIT POUR** son petit homme. *Ce petit cœur rouge sur la paume de la main gauche de notre fille ? – C'est Bliss qui se l'est dessiné. C'était censé être un porte-bonheur.*

## DIRIGEABLE NOIR 2007

« MERDE ! J'ÉTOUFFE. »

16 heures. Sans une pause. Une odeur d'intestins flatulents, de pourriture organique, dans ma chambre.

Pris de panique : *sortir, il faut que je sorte.*

Le lendemain de l'anniversaire de Bliss. Une lumière crépusculaire. Quelque chose n'allait pas. Elle était morte, d'accord – elle était morte depuis dix ans, et je le savais – mais à 8 heures du soir en janvier, il doit faire noir, un noir de nuit, et pas jour.

La Turnpike avait peut-être pris feu ? Des reflets de flammes sanglantes dans l'amoncellement de nuages que je voyais en m'agenouillant sur le sol de ma chambre et en lorgnant anxieusement de biais à travers les fissures du store. Un soleil flamboyant à 8 heures du soir, fin janvier dans le New Jersey, quelque chose n'allait pas.

J'ai attrapé la veste avec capuchon à cordon et descendu les escaliers cahin-caha. À ma tête on voyait sûrement que j'étais fou et qu'il valait mieux garder ses distances, et pourtant : « Salut, reuf. Comment va ? »

Je marmonnai vaguement OK. Ça va.

Un colocataire à éviter, vu que j'étais tombé sur lui le mois précédent au service de probation du comté de Middlesex.

« Tu es au 3C, hein ? Tu as du courrier, on dirait. »

C'était vrai. Dans la batterie de boîtes cabossées et oxydées du hall, dans la boîte cabossée 3C, une enveloppe unique était vaguement visible au milieu d'un tas de prospectus anonymes.

« Merde ! Pas maintenant. »

Par chance personne ne suit Skyler Rampike qui transformé en blaireau suant marmonne *Merde !* à tout bout de champ et gratte furieusement ses joues mal rasées.

Le courrier adressé à Skyler Rampike était rare. Il avait eu des amis, quelques amis, au lycée – j'y reviendrai –, mais aucun de ces amis-là ne savait où il se trouvait et il était brouillé avec sa famille depuis un moment. Les seules lettres qui lui parvenaient toutes les quatre semaines avec une régularité d'horloge, le premier lundi du mois, lui étaient envoyées dans des enveloppes de bureau par le cabinet d'avocats de Pittsburgh, Crunk, Swidell, Hamm & Silverstein* mais les taille, forme, couleur (petite, carrée, abricot pâle) de l'enveloppe vaguement visible dans la boîte cabossée furent un coup dans le ventre indiquant que cette lettre-là n'était pas de l'unique personne de son ancienne vie sachant encore où il habitait.

« Un problème, reuf ?

– Non ! Pas de problème. »

Il fallait que je me tire. J'ai foncé/boité dans Pitts Street sans savoir où j'allais.

*Reuf !* Le *reuf* de qui, on se le demande !

---

* Lecteurs soupçonneux ! Vous vous demandez comment Skyler Rampike, dix-neuf ans, sans diplôme, inemployé/inemployable, peut bien avoir les moyens de louer une chambre même sordide dans Pitts Street, New Brunswick. Je me trompe ? Il se trouve que Skyler est le bénéficiaire d'un fonds en fidéicommis établi par sa grand-mère Edna Louise Rampike au moment de sa mort en mars 2003 après une longue maladie aggravée par la MCAGA (Mélancolie chronique aiguë du grand âge) qui frappa cette vieille femme apparemment indomptable à la fin de l'hiver 1997 dans la suite tourbillonnaire du meurtre (toujours inexpliqué, tapageusement médiatisé) de sa petite-fille. Pauvre grand-mère Rampike ! Perdre sa petite-fille adorée et voir de surcroît le noble nom des Rampike continuellement « souillé » et « traîné dans la boue » semble l'avoir totalement anéantie. Elle prit pourtant la peine de prévoir, dans son testament, un fonds en fidéicommis pour son petit-fils Skyler, « à titre de dédommagement partiel pour les souffrances et l'angoisse endurées par cet enfant », ce qui permettait à Skyler de recevoir de l'exécuteur testamentaire d'Edna Louise Rampike, G. Gordon Swidell, un modeste chèque mensuel de cinq cents dollars. Pas grand-chose, vous dites-vous, et vous avez raison, mais avec cette somme Skyler arrivait à « s'en sortir ». À peu près.

Mal à ce foutu genou. Oublié ma canne.

16 heures ! Et tout ce que j'avais réussi à écrire c'étaient ces chapitres brefs – d'une brièveté énigmatique ? – « De ce jour, et pour toujours » (quelqu'un remarquera-t-il le percutant de cette unique phrase déclarative ?) ; « Un enfant de neuf ans suspecté de la mort de sa sœur » (vingt-sept pages de prose boiteuse, au départ) ; « Nécropole » (la voix acerbe de Morris Kruk résonnant à mes oreilles) ; « Promis ! » (la voix terrifiante de maman, logée dans la moelle de mes os) et – ensuite – cet effondrement spirituel et mental.

*Ce que tu essaies d'exprimer est inexprimable.*

*Contempler la Mort. Le visage même de la Mort. inexprimable.*

Pendant des centaines – des milliers ? – de pages j'ai cru que le simple flot de l'écriture, l'élan du langage, m'amèneraient à la mort de Bliss que, cette fois, je verrais. Sans frémir, sans faiblir, stoïque, je verrais quelles mains saisissaient l'enfant endormie dans son lit, lui scotchaient la bouche avant qu'elle puisse hurler, lui liaient les poignets et les chevilles et l'emportaient au sous-sol puis dans la chaufferie, et ce qui arrivait là, ce qui était fait là par quelqu'un que Bliss et moi connaissions, ou par un inconnu qui était entré dans la maison avec l'intention d'enlever (?)/violer (?)/assassiner (?) ma sœur ; je verrais enfin comment le foulard de soie rouge (très froissé) avait été noué autour des poignets de Bliss pardessus l'adhésif toilé, et ses bras disposés au-dessus de sa tête dans une pose « séduisante » ; je verrais quelles mains luttaient avec Bliss pour la pousser de force derrière la chaudière sur le sol crasseux (pour être précis, la chaudière située à gauche de l'entrée : car il fallait deux chaudières pour chauffer la grande maison des Rampike, et c'est derrière la plus éloignée des deux que le cadavre de Bliss serait découvert) ; je verrais quelles mains saisissaient la tête vulnérable de Bliss, la frappaient contre le mur de béton, une fois, deux fois, trois fois, sans se soucier de la terreur de l'enfant, et encore une fois, et encore (selon le Dr Elyse, la tête de Bliss avait frappé le mur au moins cinq fois, et peut-être sept) bien que le crâne fragile de l'enfant se fût brisé presque instantanément, os fracassé, bouillie de cervelle ensanglantée dans les cheveux. Tout cela j'étais censé le voir, et de cette façon savoir. Mais je ne savais pas.

*Skyler ! Qu'as-tu fait à ta sœur*
*Où as-tu emmené Bliss ? Skyler il faut le dire à maman.*

Traversé Pitts Street et tourné dans Livingstone où dans la fosse de fouille des hommes casqués travaillaient... à 8 heures du soir, étrange, non ? Et quand avait-il neigé ? Une neige d'un blanc aveuglant qui faisait faux, on aurait dit du polystyrène.

Quelque chose n'allait pas. Dans la tête de Skyler, sûrement.

*Personne ne doit savoir        Skyler*
*Maman et papa te protégeront*

• • •

LE DISQUE LUMINEUX D'UNE PENDULE TAILLE ENJOLIVEUR sur le mur au-dessus de l'entrée du 7-Eleven. Je le regardais fixement en tâchant de comprendre l'heure : longue aiguille noire posée sur le 1, courte aiguille trapue sur le 8.

C'était un magasin de quartier dont l'employé indien avait fini par me reconnaître, un homme assez jeune, bien élevé, le regard méfiant, la bouche pincée, invariablement courtois. Mon nom lui était inconnu, mais pas mon visage. Car il n'est pas possible de dissimuler entièrement son visage en public, aux États-Unis. Et quelque chose de plus tordu et de plus halluciné que d'ordinaire dans mon visage le mit sur le qui-vive, bien qu'il continue à sourire.

« On est... le soir ? Ou le matin ? »

La question était trop pressante pour que ce soit une plaisanterie. L'employé indien eut un sourire hésitant.

« Le matin. »

Le matin ! On ne sait comment j'avais perdu une journée. (Ou une nuit.)

Ce magasin avait été attaqué par de jeunes types armés, des gosses de quatorze ans à peine. Un autre employé, très probablement un parent de cet homme, avait été agressé et hospitalisé quel-

378

ques semaines plus tôt. Et voilà que Skyler Rampike débarquait en boitant, haletant et agité, une bonne partie de son visage zarbi de Blanc dissimulée par le capuchon d'une veste crade. Et les mains tremblantes par-dessus le marché.

Impossible pour ce gentleman indien (il aurait dû être dentiste, médecin, ingénieur, au lieu de quoi il gérait un 7-Eleven dans un quartier pourri de New Brunswick et travaillait douze heures par jour pour que ses enfants sortent diplômés de Princeton avec mention très honorable) de savoir si ce jeune Blanc tremblant est défoncé (au crystal méth, sûrement) ou si c'est juste un cinglé qui prend le matin pour la nuit, la nuit pour le matin. Ou peut-être un excentrique, un étudiant, raté ou génial, comme on en voit aux marges des universités, rôdant à distance du troupeau tels des éléphants solitaires.

Dans l'intention de se montrer amical, Skyler se lance dans un riff nerveux : « Pardon, monsieur, mais j'espère que vous êtes mieux protégé que vous n'en avez l'air, je vois bien la caméra de surveillance, mais j'espère que vous avez une batte de baseball – au moins ! – cachée sous le comptoir. Pour le cas où on essaierait encore de vous dévaliser. Et ça va probablement arriver, vu vos horaires d'ouverture, tard la nuit ou le matin, et les drogués qu'il y a dans le coin, dont je ne suis pas, je vous assure. Vous – je suppose que c'est une affaire familiale ? – à moins que ces 7-Eleven soient des "franchises" ? – vous méritez mieux que… Sacrément mieux que… » Mais Skyler ne sait pas trop ce qu'il raconte. Ni pourquoi il est si ému tout à coup. Au point d'embarrasser et de perturber le gentleman indien qui ne voit vraiment pas quoi répondre.

D'ailleurs, je ne savais si j'avais prononcé ces paroles à voix haute ou si comme un texto les mots étaient arrivés dans ma tête en silence et s'en étaient effacés en silence.

*Tu ne dois jamais en parler      Skyler*
*Même pas à Jésus*

À ce moment-là j'avais repéré ce que j'étais venu acheter. Apporté les articles à la caisse où l'employé attendait avec son sourire poli et méfiant. « Autre chose, monsieur ? Des cigarettes ? »

*Monsieur !* Mais ce n'était pas moqueur, apparemment.

« Non, merci. »

Il faut noter ce point étrange : le jeune Blanc zarbi-tiqueur aux yeux d'insomniaque et au début de barbe disgracieux n'achetait pas comme d'habitude sa bouffe bon marché et son pack de boissons light caféinées genre strychnine mais un bidon d'essence à briquet Hercules de quinze centilitres et une unique (petite) boîte d'allumettes de sûreté Five Star.

LESDITS ACHATS DU JEUNE HOMME POUVANT ÊTRE IDENTIFIÉ comme Skyler Rampike, dix-neuf ans, domicilié dans Pitts Street, New Brunswick, n'acquerraient ce qu'un philosophe qualifie de *sens signifiant* que si ledit jeune homme s'en sert à des fins signifiantes, ce matin-là.

LE PARC MITEUX OÙ LE PRINTEMPS PRÉCÉDENT SKYLER Rampike a été emmené grossièrement, de force, au poste de police de New Brunswick dans le cadre de ce que les médias appellent une « opération antidrogue ». Junkies (caucaso-pouraves, noirs), dealers (noirs), putes (métis), maquereaux (noirs). Et Skyler Rampike, anciennement de Fair Hills, New Jersey.

Malgré tout Raritan Park était mon parc. Pas le choix. Et maintenant que je savais que ce n'était pas le crépuscule mais le matin, je me sentais beaucoup plus optimiste. L'épisode du 7-Eleven avait été une bonne chose.

Si votre vie est un film – ou même si elle ne l'est pas – vous pouvez la « déconstruire » en épisodes, en « scènes ». Et vous pouvez analyser ces « scènes » après coup en y trouvant un *sens* qui n'était pas apparent quand vous les viviez ; *sens* qui, pourrait soutenir un philosophe de l'esprit, n'existe pas avant que vous ne l'analysiez, dans un langage cohérent.

« De la dope, mec ? »

Non ! Pas moi.

Quelques mètres plus loin sur le chemin boueux : « De la dope, mec ? » – plus belliqueux, cette fois.

Non ! Pas maintenant.

Ce doit être mon air angoissé, ma mâchoire crispée, n'importe qui peut voir que je suis venu ici pour me ravitailler d'urgence. Mais *non*.

« Je me suiciderai d'abord. Promis. »

Marche/boite pour m'éloigner. Drôlement dur de battre en retraite avec dignité pour un putain de boiteux. Sur l'allée de béton fissuré qui longe le Raritan, dans cette lumière sinistre du New Jersey qui fait penser à du plomb fondu. La neige s'est mise à tomber, des grumeaux doux et mouillés comme des fleurs miniatures. La neige fond sur le béton, et dans le fleuve. Le vent est âpre, violent, une odeur de métal mais aussi de « pourriture » – impossible d'échapper à la « pourriture » quand on est dans le nord du New Jersey.

Dans le lycée le plus récent de Skyler – « privé », « sélect », « haute sécurité » – celui de Basking Ridge, New Jersey, le sujet tabou, le sujet le plus émoustillant, plus mystérieux/sérieux/délicieux que celui du sexe, était le suicide.

*Se* tuer. *Se* donner la mort.

Un défi ! N'importe quel loser peut jouer.

À l'intention des butineurs qui feuilletteraient ces pages en passant : votre attention est-elle fugitivement retenue par *Le Manuel du suicide : vingt-deux conseils pour ne pas rater votre sortie* ? Ou, mieux encore *Comment mourir sans merder une énième fois : manuel pour la génération stressée*.

Se disant que dans son cas ce ne serait peut-être pas trop « douloureux » : dès que l'allumette flambe, à supposer que l'allumette (en bois, malcommode) ne casse pas, dès que la flamme minuscule bondit sur les vêtements imbibés d'essence à briquet, on est en état de choc, non ? État de choc égale chute de tension, cerveau privé d'oxygène, perte de conscience, marche arrière impossible. Comme dirait papa *Fi-ni-to.*

Ou comme dirait maman *Personne ne saura Skyler      jamais*

Marchant/boitant au-dessus d'un ravin d'énormes rochers difformes où luisent neige fondue, glace fondue, éclats de verre, aiguilles de junkies. Voilà la corniche couverte de graffitis d'où quelques mois auparavant une fille de seize ans (blanche, fugueuse, de Summit dans le New Jersey) qui fumait du crystal méth avec son petit ami était – « accidentellement » – tombée, se tuant sur les rochers dix mètres en contrebas. Le ravin, un lieu romantique sordide fréquenté la nuit par des junkies jeunes et encore séduisants, et donc un endroit approprié pour une « autoincinération », « immolation ».

Dans le ciel, un gigantesque cumulus. Massif, difforme. En Sciences de la terre à Hodge Hill, Skyler avait appris le nom des nuages. Skyler avait dessiné et classé les formes de nuage, et Skyler avait obtenu un A. Au partiel.

Quelque chose à quoi on ne fait pas souvent attention, la beauté des nuages. Même la beauté laide. Tout ce qu'on ne remarque pas. Et qui est pourtant là. Pas les détritus ni les graffitis ni les bancs renversés/dégradés mais les arbres. De beaux arbres sacrément grands. Des chênes peut-être, avec des troncs épais. Les branches nues en cette saison, pas de feuilles, mais des touffes de neige mouillée pareilles à des fleurs. La cruauté d'une telle beauté : elle est hors de vous et hors d'accès.

J'avais des élancements dans la jambe droite. Mais c'était la vieille douleur rassurante. Fantasmique, disait maman. Et pourtant la douleur de Skyler Rampike l'avait toujours mis à part. Comme la douleur de Bliss la mettait à part.

« Bliss devait mourir. Parce qu'elle était à part. »

Je marchais maintenant avec une canne de fortune, une branche cassée. Quand on est « handicapé » par la douleur, il suffit souvent de corriger légèrement sa marche, de redistributionner son poids. Nous nous passions et nous repassions la douleur fantasmique, Bliss et moi, maintenant qu'elle est partie, la douleur ne quitte plus Skyler.

Des voix fortes, des cris. « Hé mec ! », « Merde mec ! » – des ados qui jouent au basket sous la neige légère. Juste un panneau et un cerceau sans filet mais les joueurs (balèzes, blacks) réussissaient tout de même à faire des paniers, bondissant et criant avec une ardeur fiévreuse. Skyler ne put s'empêcher de regarder et d'admirer. Comme le savent les lecteurs, il n'a jamais été un sportif, ni même un admirateur de sportifs ; qu'est-ce que le corps physique, à la base, sinon quelque chose qui vous *laisse tomber quand on en a besoin*, c'est l'opinion de Skyler.

Tout près aussi, sur le chemin, une jeune Noire trapue pousse un bébé dans une poussette et à côté d'elle une petite fille de trois ou quatre ans bavarde et rit, si vivante qu'en croisant la petite famille je ne pus m'empêcher de sourire à la jeune mère, au bébé dans la poussette et à la petite fille qui levait vers moi des yeux noirs brillants, un index dans la bouche, une belle petite fille aux yeux agrandis par l'inquiétude et la curiosité et je me dis soudain que ce n'était peut-être pas le bon moment pour me punir, peut-être pas le bon endroit. Vivre demandait davantage d'audace. Un sentiment d'euphorie m'envahit : je pouvais retourner dans ma chambre sordide, retourner à ma tâche, sans espoir de l'« achever » parce que l'histoire de Bliss Rampike doit être une histoire qui ne sera jamais achevée. Je souris en me disant qu'au moins, si je n'avais pas vu le visage du meurtrier de ma sœur, je n'avais pas non plus vu le mien.

*J'ai fait du mal à Bliss, maman ?*        *c'était moi*

*Non !*      *pas toi Skyler*      *jamais toi*

« Pardon ! »

Sur le chemin, devant moi, la jeune Noire à la peau claire me faisait face, très agitée. Elle avait surgi de nulle part. Et le bébé qui gigotait dans sa poussette, et la fillette aux yeux noirs avec son doigt dans la bouche, à demi cachée derrière les jambes solides de sa mère.

« Vous nous suivez ? Pourquoi ça ? »

– M... moi ? Non. »

Apparemment j'avais fait demi-tour. Devant nous il y avait une aire de jeu lugubre avec balançoires, tapecul, bac à sable rempli de détritus, et un petit bassin où amas et nappes de neige imitaient mystérieusement de jeunes nageurs depuis longtemps disparus. La neige qui tombait fondait sur le sol et sur ma peau brûlante. Sans savoir ce que je faisais, j'étais apparemment revenu sur mes pas une fois, deux fois ?… trois ?

La jeune femme parlait fort. Son visage était mince comme le tranchant d'une pelle, une sorte de jubilation sauvage brillait dans ses yeux saillants. « Ma fille me demande pourquoi vous la regardez. Elle a peur, monsieur. Et ça ne me plaît pas. »

Je m'excusai aussitôt. Je n'avais voulu faire peur à personne.

« Si vous n'arrêtez pas de nous suivre, vous savez ce que je vais faire ? Je vais appeler la police. »

C'était logique. Je n'allais pas dire le contraire. Ratatiné dans mon blouson à capuchon, je battis en retraite.

S'appuyant sur la branche qui lui servait de canne, Skyler prit la fuite*.

---

* En fait, ce fut bien pire que ça. Ce que j'avais espéré peindre dans « Dirigeable noir » – le lecteur attentif notera le subtil trope poétique ! – c'était cette épiphanie poignante de mort-dans-la-vie/vie-dans-la-mort et la décision (courageuse, don-quichottesque ?) de Skyler de retourner à l'écriture de ce manuscrit épuisant ; ce qui se passa vraiment fut moins poignant que brutalement comique, ou peut-être juste brutal, car au moment où Skyler s'éloignait en boitant de la jeune mère en colère, il fut soudain attaqué par les jeunes basketteurs, frappé, boxé, jeté à terre, bourré de coups de pied. Car ces jeunes Noirs étaient indignés, qui aurait pu le leur reprocher ? Veste crade et pantalon déchirés, poches retournées, billets et monnaie chourés, vingt-cinq dollars en tout, plus mes achats du 7-Eleven, un ultime coup de pied dans la figure, et voilà Skyler qui râle et geint et saigne (nez, bouche), se tord comme un ver géant sur le sol froid, très dur et inhospitalier d'un parc urbain, ne sachant pas où il est, pourquoi il est venu là, ce qui lui est arrivé ni ce qui arrivera quand il osera ouvrir ses yeux enflés †.

> † Est-ce une façon dramatique de terminer une scène ? Le malheureux héros du récit qui redoute d'ouvrir les yeux ? En fait, Skyler les rouvrit vite. Et quand il le fit, ses agresseurs avaient disparu. La jeune mère en colère et ses enfants avaient disparu. Même le gros nuage sombre avait poursuivi son chemin. Skyler dut clopiner en grimaçant de douleur jusqu'à la maison victorienne pourrie du 111, Pitts Street avec l'humilité d'un personnage secondaire de film qui a été évacué de l'image et aussitôt oublié aussi bien par les spectateurs que par les premiers rôles ramenards qui sont passés à leur scène suivante. Tout ce qui attendait le malchanceux Skyler, c'était, sur le palier du premier où il traînait peut-être tout exprès pour le guetter, son ami du service de probation du Middlesex : « Merde, reuf : c'étaient des blacks ? »

# « SOUVENIR RECOUVRÉ » !

*… J'AIMAIS MAMAN AVEC DÉSESPOIR AVANT MÊME QU'IL N'Y AIT de désespoir dans notre vie…*

# CASSETTE VIDÉO INESTIMABLE* !

*SKYLER QU'EST-CE QUE TU AS FAIT      DIS-LE À MAMAN CHÉRI*
Une bande de très mauvaise qualité. Granuleuse, sombre comme si la scène se passait sous l'eau. L'appareil – un vieux caméscope, apparemment – est tenu par une main qui tremble ; le spectateur ne verra pas à qui elle appartient.

Cette bande n'est qu'un fragment. Soixante-douze secondes, pas plus.

La voix off est étouffée, bouleversée, distinctement féminine *Skyler dit      où sœur      as-tu*

L'enfant ! Apparemment un garçon, quoique ses traits ne soient pas très « masculins ». Brouillés et tremblés, comme s'il était vraiment sous l'eau. Ou l'une de ces silhouettes insaisissables qui passent dans nos rêves, qui sont même parfois des membres de notre famille, mais dont le visage demeure obstinément imprécis. Ce que

---

* Les sommes que paierait le *National Enquirer* pour cette vidéo perdue ! La télétabloïd ! La télé nationale ! Une fuite, et l'auguste *New York Times* transcrirait verbatim la bande-son squelettique, et la silhouette fantomatique de Skyler ornerait la première page, quoique peut-être au-dessous de la pliure. Car cette vidéo, que Skyler ne se rappelle que vaguement avoir vue pendant les heures de suspense et de tension qui avaient précédé l'arrivée de son père et la découverte du corps de sa sœur dans la chaufferie, n'avait apparemment été regardée que par papa, Skyler, et maman, qui l'avait tournée. Peu après, elle avait disparu. Ni les policiers de Fair Hills, ni même les avocats zélés des Rampike, Kruk, Crampf et finalement Rosenblatt, ne la verraient jamais. Qu'est devenue cette vidéo compromettante, à votre avis ? Mon intuition me dit que papa prompt à agir/décider la détruisit avant de faire venir qui que ce fût à la maison.

le spectateur peut voir du visage de cet enfant, c'est qu'il est anor-malement pâle, comme vidé de son sang, et qu'il semble couvert de sueur ; un petit visage triangulaire de cobra (je devrais peut-être dire « tête », non... les cobras ont-ils un « visage » *stricto sangsue* ?) Et des yeux enfoncés aux paupières tombantes (fatigue ? dérobade ? culpabilité ?) et étrangement vitreux (comme des billes ?). Les che-veux clairs de l'enfant sont emmêlés comme si on venait de le tirer du lit. Sa veste de pyjama en flanelle pend bizarrement sur son torse étroit comme si, en dépit de son jeune âge (on ne lui donne-rait pas plus de sept ans) il avait déjà appris à se courber/tasser sur lui-même pour paraître plus petit, plus jeune, plus vulnérable/innocent qu'il n'est.

En théorie, la vidéo est en couleur. En fait, les couleurs sont si éteintes qu'on croirait voir un de ces vieux films en noir et blanc qui passent à la télé en fin de soirée.

*Skyler ?     dis-moi ce que     tu as fait*

*Où as     sœur*

*je t'en prie ?     maman est*

La caméra s'approche de l'enfant apeuré qui semble murmurer une réponse. Mais d'une voix si étouffée qu'on ne l'entend pas. Pour ne rien arranger, il s'essuie le nez, la bouche, avec les deux mains.

*Skyler ? dis-le-moi je t'en prie     dans cette maison ? cherché partout     un de vos jeux ?     cache-cache ?     dis-le à maman vous ne serez pas punis maman le promet*

L'enfant a le regard vide comme s'il n'avait pas entendu ou qu'il ne comprenne pas le sens des mots. Ses lèvres s'entrouvrent mais aucun son n'en sort.

Il essuie son nez qui goutte, se met à pleurer.

## (HORS VIDÉO)

CONDUISIT SKYLER DANS LA SALLE DE BAINS. LUI ÔTA SON pyjama humide et retira sa chemise de nuit en soie. Le poussa dans la douche en murmurant *tout ira bien Skyler     maman t'aime et Jésus t'aime     ne perds jamais la foi nous te protégerons.* Lava les cheveux de l'enfant hébété, et les siens. Savonna et frotta le petit corps maigre flageolant sur ses jambes de bébé-girafe. Savonna et frotta son corps plantureux de maman rougi par l'eau fumante de la douche. Quand il glissa, agrippa ses épaules maigres pour le remettre debout. Et ensuite, il sentit qu'elle lui prenait les mains, la gauche puis la droite, curait avec sa lime en fer les ongles de ses mains et de ses pieds et puis rudement avec l'impatience affectueuse d'une mère elle le frictionna avec une serviette et lui mit des vêtements propres et s'habilla elle aussi et à ce moment-là il était 7 h 48. Et c'est alors qu'elle appela papa.

 *

---

* Indique un nouveau bloc de temps disparu. Deux jours peut-être, ou trois. Après les chapitres précédents. Trou noir.

## TOUCHE CÉLESTE

*SKYLER TU NE DOIS JAMAIS     JAMAIS EN PARLER*
  *Même pas à Jésus, Skyler     Il te pardonnera de toute façon*
  C'est un fait : je comptais clore le chapitre « Dirigeable noir »
sur Skyler ouvrant courageusement la lettre mystérieuse et la lisant ;
mais après avoir subi cette mésaventure inattendue dans le parc et
s'être traîné misérablement jusqu'à sa chambre, il était évident que
ce pauvre gosse n'était pas en état de s'attaquer à cette lettre, avec
ses deux yeux enflés, le sang qui coulait de coupures et orifices
divers, les nerfs si secoués qu'il avait l'impression de brinquebaler à
l'intérieur d'une boîte de conserve. Et donc il se hissa jusqu'à son
étage en s'accrochant à la rampe, gémissant et pleurnichant tout
bas, il s'effondra sur son lit et des jours* passèrent sans qu'il ouvre
sa boîte aux lettres qui se remplit de publicités au point que le facteur exaspéré fut contraint d'enfoncer les prospectus dans les fentes
de la porte et que quelqu'un (colocataire ? concierge de l'immeuble ?) finit par grimper au deuxième et tambourina contre la porte
du 3C en demandant d'une voix énergique s'il y avait quelqu'un ?
vivant ou mort ? jusqu'à ce que finalement, tiré de ma stupeur, je

---

* En fait, Skyler se traîna hors de sa chambre dans l'intervalle pour aller aux urgences du centre médical Livingstone faire nettoyer et recoudre ses blessures les plus
profondes, qui s'entêtaient à saigner : paupière gauche, lèvre supérieure et bout de
peau sous la narine gauche. Quelle gratitude éprouve Skyler pour ce centre médical qui acceptait même les junkies blancs indigents sans couverture sociale ! Les
points de suture furent peut-être un peu expédiés et j'en garderai peut-être des
cicatrices à vie, mais qui va s'en plaindre ?

réponde que oui, j'étais toujours en vie ; et peu après je descendis au rez-de-chaussée, ouvris la boîte d'une main tremblante, bien obligé, pris la lettre et la contemplai en tâchant d'ordonner mes pensées, c'était sans doute la secrétaire de Swidell qui avait fait suivre cette lettre à SKYLER RAMPIKE bien que j'eusse demandé qu'on ne me fasse suivre aucun courrier, jamais.

Sachant aussitôt de qui était la lettre et sachant que j'allais la lire bien que je me sois juré de ne plus lire aucune lettre de ma mère Betsey Rampike que je craignais comme on craindrait la mère du cobra et il y avait l'adresse de l'expéditeur sur l'enveloppe :

TOUCHE CÉLESTE, INC.
9, Magnolia Terrace
Spring Hollow, New York 10590

Et à l'intérieur, sur une feuille unique de papier parfumé couleur abricot pâle, à l'encre lavande, une écriture familière comme une caresse furtive –

25 Janvier 2007

Cher Skyler –

Viens me voir s'il te plaît !

Je prie depuis si longtemps que nous nous réconcilions.

Ton père et ta Mère qui t'aime n'avaient que de bonnes intentions.

J'ai prié pour toi mon chéri.

Je dois bientot être opérée et prie de pouvoir te voir *avant*.

Ta Mère qui t'aime
"Maman"

# RANÇON !

Cher Monsieur Rampik

Nous avons prs votre flle et nous la relacheront si vous obéissez à nos instrucions. Mais sinon vous ne verrez plus votre joie petite file et ce sera de votre faute.

Nous sommes au couran de vos transgresions dans cette famille bénie de Dieu, nous sommes la colère divine qui punit les transgresions du père de cette maison. Vous n'avez pas mené une vie convenable mais sombré dans le Péché. Nous avons pris votre file pour son bien. Ce n'est pas un avrétissement en l'air mais Dieu qui vous avrétit au nom de Son Fils Unique. Votre file vous sera rendue quand votre cœur le méritera. Nous ne cherchons pas les $.

Où est votre file Monsieur Rampik, c'est votre question. Pas dans cette maison polluée par le Péché, voilà la réponse. Votre file est une pierre précieuse gardée en Lieu Sûr à environ trente kilomètres. N'APPELEZ PAS LA POLICE. N'APPELEZ PAS LE FBI. Vous pouvez faire venir votre pasteur. Il vous servira en ce temps d'épreuve. Vous n'avez pas vécu une bonne vie de famille convenable comme le Christ nous l'a ordonné, Monsieur Rampik c'est le prix du mall qui se déverse sur le monde. Votre file risque l'enfer. Mais nous vous la rendrons si vous vous repentez. Si vous revenez à vos Vœux Martiaux de soutenir et être fidèle jusqu'à ce que la mort sépare. NE DEMANDEZ PAS D'AIDE. N'ALLUMEZ PAS DE LUMIÈRES DANS LA MAISON. N'APPELEZ PAS LE 911 c'est la Condamnation à mort de votre file. Nous vous surveillons Monsieur Rampik

Nous vous contactrons par téléphone ce matin. Nous conssentirons à parler uniquement avec votre Pasteur. NOUS SOMMES SÉRIEUX AU NOM DU PÈRE. Voici la « signature » de votre file pour montrer qu'elle est avec nous et prie pour vous

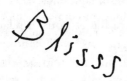

NE CONTACTEZ PAS LA POLICE MONSIEUR RAMPIK VOTRE JOIE FILE REJOINDRA LE SEIN DE JÉSUS AU CIEL POUR ÉCHAPPER AU MALL DANS CETE MAISON. VOUS NE LA REVEREZ PLUS JAMAIS.

L'ŒIL QUI VOIT*

---

* Ce document curieux – fameux ! La clé du meurtre de ma sœur, de son mobile, semble se trouver dans cette prétendue « demande de rançon » – mais peut-être pas.

## « HISTOIRES IMPARFAITES »

> Parmi les histoires et les actions imparfaites, les pires sont les histoires et les actions épisodiques ; j'appelle « histoires épisodiques » celles où les épisodes s'enchaînent sans vraisemblance ni nécessité.
>
> Aristote, *Poétique*, IX\*

ET POURTANT : SI L'HISTOIRE DE NOTRE VIE EST « IMPARFAITE », « épisodique » ? S'il y a disette de « vraisemblance » et de « nécessité » dans notre vie ? *Terreur incognita* dont le dédaigneux Aristote n'avait pas la moindre idée.

La demande de rançon, par exemple.

Ce document bizarre attribué à « L'Œil qui Voit » n'est évidemment pas l'original, manuscrit, mais la version dactylogaphiée de l'auteur ; une tentative pour reproduire ce que Skyler avait vu à l'âge de neuf ans dans des conditions de stress psychique extrême ; même si, à l'âge de dix-neuf ans, il jurerait se rappeler ce document aussi nettement que s'il l'avait vu la veille. L'original était tracé d'une écriture maladroite d'enfant sur une grande feuille de papier bricolage ; la « signature » mal orthographiée de Bliss fut jugée authentique par certains graphologues, mais d'autres la décrétèrent

---

\* Hier, en fouillant dans des poubelles derrière un immeuble proche du campus de Rutgers, j'ai découvert une édition de poche très écornée et annotée de la *Poétique*. Je vous assure que ce n'est pas pour impressionner le lecteur impressionnable que je cite Aristote ici, mais pour implorer qu'on me comprenne : un cri d'*echt Angst* pour dépasser la tragédie tabloïdaire sordide de la mort de ma pauvre sœur et atteindre à une sorte de Transcendance.

contrefaite. Le lecteur sait très probablement que « L'Œil qui Voit » n'a jamais été identifié.

Selon la déclaration sous serment de Betsey Rampike, elle découvrit cette demande de rançon vers 8 h 10, le 29 janvier 1997, alors que l'on croyait encore que Bliss avait « disparu » ; le message se trouvait sur une petite table, dans le vestibule des Rampike, plié en deux comme une carte de vœux, placé de manière à attirer l'œil de quiconque entrait dans le vestibule.

Au fil des ans, cette « demande de rançon » a fini par être analysée plus que n'importe quelle autre au cours de l'histoire. Elle ne fut pourtant jamais officiellement « introduite comme preuve » dans un procès, ni même dans une audience, car il n'y eut jamais d'inculpations dans cette affaire, jamais d'arrestations et jamais d'accusés.

Vous hochez la tête avec incrédulité, lecteur. Comme Aristote, une histoire aussi invraisemblable heurte votre sens esthétique. Et pourtant : *tout ce que je révèle ici est vrai.*

Car deviner qui est « L'Œil qui Voit » ne sert à rien : selon le droit criminel des États-Unis, il faut mobiliser des arguments pour le prouver.

# POLLUEUR*

« BIX ! CHÉRI ! DIEU NOUS VIENNE EN AIDE... BLISS A DISPARU. »
Le téléphone sonna peu après 8 heures le 29 janvier 1997.
Sonna dans la suite 729 de l'hôtel Regency SuperLuxe au nord de
Fair Hills près d'une bretelle de l'I-80 où, pour des raisons obscu-
res pour ses enfants mais redoutablement claires pour sa femme,
papa séjournait depuis plusieurs jours. C'était un samedi : papa
devait passer prendre Bliss vers 10 h 30 pour l'emmener à New
York où ils fêteraient « en tête à tête » son septième anniversaire
– qui était le jour suivant. On ne pouvait pas dire que Bix Rampike
avait « quitté » la maison familiale de Ravens Crest Drive parce
que ce n'était manifestement pas le cas : il n'avait emporté que très
peu de vêtements et d'objets personnels ; on ne pouvait pas dire
que Bix était « séparé » de Betsey, la femme avec qui il vivait depuis
près de onze ans ; non plus qu'il ne pouvait être affirmé que leur
mariage était « branlant », « tourmenté », « orageux », sinon par
des individus sournois tenant à l'anonymat qui (supposaient les
Rampike, indignés d'être la cible de ragots) étaient probablement
des amis/relations/membres des clubs fermés fréquentés par les
Rampike.
   Cette fichue sonnerie que Bix entendit de justesse sous le bruit
de tonnerre de la douche. Jurant, tendant un bras hors de la cabine

---

* Comme on dit dans les documentaires télévisés, il s'agit d'une « re-constitution ».
   Inévitablement, une bonne partie de ce chapitre est imaginée. Mais quand papa
arrive à la maison et que maman lui tend la demande de rançon, Skyler est dans la
cuisine et se hâte d'aller écouter à la porte.

pour décrocher à tâtons le combiné mural croyant savoir qui appelait et ce qu'elle lui dirait de sa voix rauque de fumeuse qu'il était si impatient d'entendre, et l'effet que cela produirait sur son corps, échauffé et picoté par la douche ; et donc Bix souriait, un éclat de dents blanches dans le miroir embué : « Hé. *Bonjour.* »

Sauf que : qui était-ce ? Pas celle qu'il attendait mais... sa femme ?

Oui c'était Betsey, et quelque chose tourmentait Betsey, impossible de suivre ce qu'elle disait, embarrassé et irrité Bix dut lui demander de ralentir, de répéter. Une vague de lassitude le submergea, son euphorie était instantanément retombée, engloutie avec l'eau savonneuse dans la bonde à ses pieds, il aimait Betsey bien sûr, Bix aimait la femme qui était son épouse depuis... près de onze ans ? – *onze ans ?* – car Betsey était la mère de ses enfants, et vous savez ce que Bix Rampike pense de ses enfants : « La responsabilité la plus sacrée dont un homme puisse... avoir la responsabilité. » Il avait sûrement été fou d'elle quand il l'avait épousée, cette faiblesse fatale qu'il avait pour les femmes soumises/pulpeuses qui le contemplaient avec adoration. Même quand elles traitaient Bix de salopard égoïste, il les trouvait irrésistibles, la ligne de touche *ciné qua non* étant qu'elles adoraient sa bite, et lui. Il y a le revers de la médaille, évidemment, ces femmes-là sont hypersusceptibles, vite blessées, vite hystériques ; sujettes à des crises de désespoir et de rage ; et foutument *collantes* ! Cette façon crispante qu'avait Betsey de le fixer avec de grands yeux mouillés de vache même si (il devait l'admettre, il est connaisseur en la matière) ces yeux étaient beaux ; cette manie de l'appeler au bureau, si souvent qu'il avait dû demander à son assistante de « tenir Mme Rampike en respect » – avec un clin d'œil à la jeune assistante blonde sexy dont Bix croit savoir qu'elle l'adore. Bix était sûr maintenant que la personne qui avait appelé aux petites heures du matin, peu après qu'il fut rentré (2 h 12), puis en le tirant d'un sommeil comateux (4 h 06) était forcément Betsey ; mais quand il avait répondu, elle avait aussitôt raccroché. Ce n'était pas la première fois depuis – *onze ans (?)* – qu'ils étaient mariés que, mue par la jalousie, irrationnelle, angoissée

et convaincue (à juste titre, mais comment pouvait-elle le savoir ?)
que Bix était « avec » une autre femme, Betsey téléphonait de cette
façon pour savoir s'il s'était seul dans sa chambre d'hôtel, comme si,
naïvement, elle pensait que la maîtresse de Bix allait décrocher et se
trahir. Mais cette fois, qu'essayait-elle de lui dire ? – le ton à la fois
véhément et désespéré, celui d'une femme qui essaie d'attirer l'attention d'un époux en train de lire son journal au petit-déjeuner,
par exemple. « Moins vite, Betsey : qu'est-ce que tu dis ?

– f... fouillé la m... maison ! Je ne la t... trouve pas. Oh Bix,
rentre tout de suite.

– Quoi, Betsey ? Tu parles de... Bliss ?

– ... ne la trouve pas, elle a disparu oh Bix...

– "Disparu" ? Qu'est-ce que tu veux dire ? Disparu comment ?

– D... disparue *partie*. Oh Bix viens nous aider, j'ai p... peur
que quelque chose de t... terrible soit arrivé. »

À tâtons, Bix parvint à fermer le robinet. Son torse large, sa
taille, très légèrement empâtés. Bix, la peau échauffée, nu et ruis-
selant, luisant. Belle tête profilée de phoque, cheveux aplatis, une
toison de poils rudes sur sa poitrine, son ventre, son bas-ventre,
luisante d'humidité. Bien obligé de reconnaître qu'il avait pris
quelques kilos depuis l'époque de Cornell, mais il avait tout de
même belle allure, au moins de face. Quand il se regardait dans la
glace, la tête penchée de côté : comme ça. Les femmes l'adoraient,
qu'est-ce qu'il y pouvait ? Cela ressemblait bien à Betsey de l'appeler alors qu'il était sous la douche, et nu. Elle avait le chic pour
l'appeler à ces moments-là. Si elle avait pu téléphoner la veille
quand il était avec ██████████, dont elle ne pouvait connaître l'existence mais sur qui elle avait des soupçons paranoïaques,
elle l'aurait fait. Elle parlait maintenant avec un calme d'acier, sa
voix de maman et non plus sa voix hystérique. C'était troublant.
C'était inquiétant. Car quand Betsey était émotive, on savait que
ses émotions étaient authentiques. Là, ça devait être l'effet du
Nixil, qui la rendait « calme », « sereine » – certains soirs quand
elle avait bu, presque comateuse – à moins que ce ne soit le
Percodan, l'Excelsia ? – depuis la défaite de Bliss où cela déjà...

quelque part en Pennsylvanie. Pauvre Betsey ! Bix Rampike était tellement maître de ses humeurs, et de celles de son entourage, qu'il n'avait pas plus besoin de médicaments « régulateurs/remonteurs d'humeur » que de piqûres de testostérone dans le cul ou de stéroïdes. Difficile de ne pas éprouver de mépris pour ces faiblesses féminines.

Mais sa voix au téléphone n'avait rien de faible, elle était plutôt sombre et déterminée.

Il se demandait même s'il l'avait jamais entendue parler de cette façon.

Se séchant tant bien que mal avec une énorme serviette, Bix dit : « Tu ne la trouves pas… notre fille ? Tu es sérieuse ? » Et Betsey répliqua : « Bien sûr que je suis sérieuse ! Est-ce que je t'appellerais, sinon ? » Et Bix demanda, tâchant de rester maître de la situation : « Écoute : toutes les portes sont fermées ? Les fenêtres ? Toutes les fenêtres ? Est-ce que quelqu'un aurait pu entrer par effraction ? » et Betsey dit, une vibration de mépris dans la voix : « Ne sois pas ridicule, Bix, c'est la première chose que j'ai vérifiée. Les portes, toutes les portes. Et les fenêtres. La porte du garage, que tu oublies toujours de fermer », et Bix sentit son visage s'empourprer, pensa *C'est un stratagème, un jeu qu'elle a inventé avec les enfants ? Pour que papa se sente coupable et ramène sa fraise en vitesse,* il lui demanda si elle avait interrogé Skyler, Skyler saurait si Bliss se cachait quelque part et Betsey dit, avec un débit de mitraillette : « Les enfants jouent à cache-cache avec papa, pas avec maman. Avec papa qu'ils adorent, pas avec maman qu'ils prennent pour un meuble. Tu le sais, Bix. De toute façon, Bliss ne s'est jamais cachée aussi longtemps. Et je l'ai tellement appelée qu'elle serait sortie de sa cachette, elle n'est pas têtue à ce point-là. Hier soir elle était fiévreuse, elle a refusé d'aller se coucher, et Lila n'est pas là, elle est en congé ce week-end, les enfants ont été pénibles, fatigants. "Papa ceci", "papa cela", Bliss ne parlait que de papa qui allait l'emmener à New York pour son anniversaire – alors que son anniversaire n'est que demain et que nous allons avoir une vraie fête, ici, à la maison. À la place de Bliss, après cette terrible défaite en Pennsylvanie, devant le monde entier, j'aurais plutôt envie de me terrer que de courir à New York avec mon précieux papa… Elle t'attendait en comptant les heures, alors ce serait absurde qu'elle nous fasse une niche maintenant, tu ne crois pas ? » et avant que Bix puisse répondre, Betsey poursuivit d'un ton de mère accablée : « Bliss est une enfant secrète, bien différente de ce que ses fans imaginent. Et Skyler, qui s'est mis à se "tatouer" des petits crânes, des dagues – des signes sataniques – je lui ai dit d'enlever ces saletés – et tu sais quoi, non seulement il m'a désobéi, mais il a dessiné un petit cœur rouge sur la paume de Bliss… et à l'encre *indélébile*. Donc, quand je me suis réveillée cette nuit à cause d'un rêve désagréable, je suis allée dans la chambre de Bliss, et son lit était vide ; et je sais, je sais… que Bliss se cache et qu'elle sortira pour son précieux petit papa, et que vous vous moquerez de maman, tous les deux ! Et Skyler est dans le coup, sûrement ? Je l'ai réveillé ce matin – pour qu'il m'aide à chercher Bliss – et il avait un air sournois… » Bix réussit enfin à l'interrompre : « Qu'est-ce que tu racontes, Betsey ? Skyler est "dans le coup"… quel coup ? » et Betsey répliqua d'un ton sec : « Toi ! Le père de ces enfants ! Tu les as négligés, tu me négliges, depuis des mois. Tu as profané notre lit conjugal… tu as pollué les vœux sacrés du mariage… je vis dans la terreur de ce qui va s'abattre sur nous, le mal, et quoi qu'il soit arrivé, nous ne pouvons pas appeler la police avant de savoir… si… Skyler a… » Betsey s'interrompit comme si on lui avait plaqué une main sur sa bouche ; et Bix dit, effrayé : « Je n'ai pas "pollué" notre mariage, chérie, je le jure. Je t'aime et j'aime nos enfants. Je me rattraperai, chérie. Tu le sais, n'est-ce pas… »

La ligne avait été coupée.


LISTE DES APPELS TÉLÉPHONIQUES ? NOUS SAVONS QUE C'EST irrévocable, irrémédiable. De même qu'il serait rapidement établi que les mystérieux appels reçus par Bix Rampike à l'hôtel Regency SuperLuxe à 2 h 12 puis à 4 h 06 provenaient bien de la maison des Rampike, des appels de moins de deux secondes, il serait établi qu'après avoir reçu un appel urgent de la même provenance, c'est-à-dire de Mme Rampike, Bix Rampike avait pris le temps d'appeler un autre numéro de Fair Hills avant de quitter l'hôtel et de se précipiter chez lui. Pourquoi ?

... TRANSGRESIONS DANS CETTE FAMILLE BÉNIE DE DIEU, *nous sommes la colère divine qui punit les transgresions du Père de cette maison.*

VINGT MINUTES PLUS TARD IL ÉTAIT CHEZ LUI. VINGT MINUTES après avoir raccroché le téléphone dans sa chambre d'hôtel pour la quatrième et dernière fois. Il n'avait pas réglé sa note. Il fallait qu'il fonce chez lui ! Même si une partie de son cerveau lui répétait *C'est un stratagème, pauvre Betsey ce sera le dernier.* Il s'engagea dans l'allée bitumée du 93, Ravens Crest Drive. Aucun signe de perturbation, en apparence. Jamais de perturbations dans Ravens Crest Drive, et rarement à Fair Hills en général. La grande demeure coloniale avec ses bardeaux blancs et ses briques fanées était une belle maison, une maison imposante, mais avec son nouveau salaire chez Univers, Bix Rampike était passé au niveau supérieur. Et elle l'ennuyait, comme les petites vies à l'intérieur. Et pourtant : tout cela était à lui.

Depuis qu'il avait acheté cette propriété, sa valeur avait triplé. Un boom immobilier fantastique à Fair Hills et dans les environs : ça ne cessait de grimper. Bix Rampike, futur directeur Recherche et Développement (zone nationale) chez Univers, ne cessait de grimper.

Ce qu'un homme a acquis à la sueur et au sang de son front, il le défendra jusqu'à la mort, bon Dieu.

« C'est dans l'espèce. Dans les gènes. "L'anatomie, c'est le destin." »

Les enfants d'un homme, surtout : son ADN. Son futur. L'immortalité.

Si quelque chose arrivait à Bliss, la petite fille la plus préférée de son papa, papa ne le supporterait pas !

Il aimait sa fille ! Il avait braillé comme un bébé en la regardant remporter ce titre à la télé. Une patineuse stupéfiante. Son talent sportif à lui, dans ce corps minuscule. Stupéfiant.

Il adorait Bliss, Bliss était son petit ange.

Elle grimpait sur les genoux de papa, faisait des bisous, des câlins timides à papa qui avec ses gros doigts de papa câlinait/chatouillait.

*Oh papa ! Oh !... ça chatouille !*

Cela lui serait bien égal à lui, le père, que Bliss ne patine plus jamais. C'était elle, la mère, c'était maman qui y tenait absolument, déraisonnablement.

Dans le divorce, il laisserait la maison à Mme Rampike. Deux millions, point final. Il y aurait un jugement pour la garde des enfants. Il demanderait la garde conjointe. Mais sans trop insister.

L'autre, Skyler – « Pauvre gosse ! » Il était facile de l'oublier. Papa aimait ce petit avorton mais, pragmatique comme il l'était, papa n'aurait pas été étonné qu'il lui arrive quelque chose : jambe infirme, cancer d'enfant, mucovissidose – vicidose ? –, noyade dans le petit bain de la piscine où les autres enfants plongent, barbotent, s'éclatent, et cetera...

Il gara sa nouvelle voiture sexy – un coupé Jaguar XXL, vert avocat, intérieur cuir gris taupe – devant le garage et entra dans la maison au pas de course, en passant par le garage et le vestibule de derrière comme il le faisait toujours, et Betsey accourut, haletante, et lui fourra quelque chose dans les mains... « Bix ! Elle a été enlevée ! Tiens, regarde, voilà la demande de rançon*. » Assommé et incrédule, il parcourut l'étrange message manuscrit, qu'est-ce que c'était que ce truc ? – « Cher Monsieur Rampik Nous avons prs votre flle et nous la relacheront si » – pendant que Betsey expliquait qu'elle l'avait trouvé, à peine une minute plus tôt, dans le vestibule

---

* À partir de là, Skyler entendit tout ; et il reproduit la conversation entre Bix et Betsey Rampike *verbatim*.

de l'entrée, près de la « salle des trophées » de Bliss, elle ne savait pas depuis combien de temps elle était là mais cela devait faire des heures, les ravisseurs avaient dû enlever Bliss pendant la nuit et depuis ce moment-là… – Betsey parlait presque avec calme, en se mordillant la lèvre inférieure – « Notre fille a disparu, ils l'ont enlevée », et Bix dit : « C'est toi qui as écrit ça, non ? C'est un genre de blague ? » et Betsey le dévisagea, et un court instant Betsey fut incapable de parler, abattue, consternée par l'ignorance de son mari adultère, furieuse contre lui, elle nia avoir écrit le message – « Comment peux-tu dire une chose pareille ? Tu es fou ! Tu as la gueule de bois, tu es soûl ? » – la vie de leur fille était en danger, des fanatiques l'avaient enlevée, ils s'étaient introduits dans la maison, pourquoi l'alarme n'avait-elle pas sonné, pourquoi Bix ne s'était-il pas assuré qu'elle fonctionnait, Betsey ne savait pas comment l'activer, si seulement Bix avait été là, ce devait être un « fan » de Bliss qui l'avait kidnappée, certains de ses fans étaient des « fous maniaques » – Oh ! Betsey avait su que quelque chose de terrible arriverait si Bix ne revenait pas, si les enfants n'avaient pas leur père à la maison, le monde extérieur flaire la faiblesse, le monde fond sur vous, tels des vautours, des hyènes, des émissaires de Satan ; un bourdonnement aux oreilles de Bix comme si, sur le terrain de foot, l'arène où se jugent la force d'un homme, ses compétences, sa *quidditas*, un adversaire invisible s'était jeté sur lui, l'avait taclé et vaincu, vlan ! sur son crâne qu'il croyait dur comme du béton, vlan ! dans l'estomac, vlan encore ! dans le bas-ventre, titubant et sonné Bix essayait de relire le message, de comprendre sa logique tordue, ce que pouvait bien exiger « L'Œil qui Voit », ne pensant qu'alors à demander… si Skyler était sain et sauf ? Leur fils Skyler, était-il sain et sauf ?… Et Betsey parut presque se moquer de lui, se moquer de sa question, méprisante, serrant le poignet épais de Bix, bien sûr qu'il était sain et sauf, qu'est-ce que des ravisseurs auraient fait de *Skyler* ? Et Bix dit : « Attends, Betsey, ça ne tient pas debout. Cet " Œil qui Voit" ne demande pas d'argent. Qui qu'il soit, il ne demande pas d'argent. Tu m'as dit que Bliss se cachait… c'est vrai ? C'est un jeu ? Bliss et Skyler… sont cachés quelque part ? »

Dévisageant sa femme qui le serrait de trop près, quelque chose d'aigre dans son haleine, quelque chose de farouche dans son regard, le courroux divin dans son sourire, Bix Rampike vit et eut peur et son cœur se noua, son estomac se noua car voilà bien des années qu'il n'avait eu cette conviction, viscérale, tripale, une épiphanie de sportif débordé en plein match, haletant courant pesamment sur le terrain, un élancement dans la cheville, levant les bras pour intercepter... quoi ?... alors que *vlan ! vlan ! vlan !* il est jeté définitivement à terre sachant *Cette fois, je n'y arriverai pas. Cette fois, je ne suis pas de force* voyant que le visage si familier de sa femme ne lui était plus si familier, un visage de jeune fille, un visage furieux de jeune fille, une peau pâle bouffie sous des couches compactes de maquillage si mal appliquées, ou mal éclairées, que le masque du maquillage se terminait brutalement sous le menton, et son rouge à lèvres cerise était appliqué de frais mais épais, croûteux, comme barbouillé sans l'aide d'un miroir. Ses cheveux bruns d'ordinaire « éclaircis », « rincés », « permanentés », étaient informes et frisés comme si Betsey les avait lavés à la hâte sans prendre le temps de les coiffer. Plus bizarre encore, bien qu'il fût très tôt et que Betsey eût dit avoir veillé une bonne partie de la nuit, elle portait une tenue digne d'un déjeuner au Village Women's Club, un twinset en cachemire crème, dont le cardigan était côtelé, semé de petites perles – la secrétaire de Bix Rampike ne s'était-elle pas chargée d'acheter cet ensemble chic au Neiman Marcus de Vast-Valley pour une somme dépassant les six cents dollars ? – et Betsey portait un élégant pantalon de laine gris anthracite et, autour du cou, au bout d'une fine chaîne en or, une belle petite croix qui ressemblait beaucoup à la croix en or de chez Tiffany que Bix avait offerte à leur fille à Noël... « C'est toi ! C'est ta faute ! » Betsey l'accusait, d'une voix mesurée, et pourtant perçante, assourdissante aux oreilles de Bix : « Tu aurais dû être là pour nous protéger ! Tu es le père, tu as laissé Satan entrer dans cette maison, et notre fille est le sacrifice. » Bix resta figé sur place. Le *vlan !* final l'avait commotionné. Il était incapable de penser, son cerveau était mort. Seuls ses yeux relurent le message : « L'Œil qui Voit... quoi ? »

Ce n'était pas un stratagème, apparemment. Ce n'était pas un jeu. Il le savait maintenant, ce n'était pas cache-cache. Sa fille avait disparu. Il le savait. Et pourtant : « L'Œil qui Voit » laissait de l'espoir. *Nous vous la rendrons si vous vous repentez. Si vous revenez à vos Vœux martiaux. Jusqu'à ce que la mort sépare. Contactrons par téléphone.* À présent c'était clair : sa fille lui serait rendue. On lui donnerait une seconde chance. Celui qui l'avait prise aurait pitié de lui. Celui qui l'avait prise ne ferait pas de mal à une enfant de six ans. Cela ne rimait à rien de faire du mal à une enfant de six ans. Ces gens-là étaient des chrétiens, manifestement. « L'Œil qui Voit » était un chrétien. Trente kilomètres ! Bliss était à trente kilomètres ! Mais ils la ramèneraient. Ils le promettaient. Non ? Le corps livide de sa femme dans ses bras. Lourd dans ses bras. Presque une faim sexuelle, maintenant, un désir soudain et terrible. Bix étreignait sa femme, enfouissait son visage brûlant dans son cou. Betsey s'accrochait à lui, comme s'ils luttaient au bord d'un précipice, qu'elle seule pût le sauver. Bix ne voyait pas son visage mais il entendait ses sanglots et c'étaient les vrais sanglots d'une mère, venus des entrailles. Il n'entendait pas ce qu'elle disait, ses paroles étaient incompréhensibles. Ô mon Dieu je regrette, Jésus pardonne-moi, c'est ma faute. Et puis : la sonnette de la porte ? Mais qui ? Fou d'espoir se disant que Bliss était revenue, qu'ils l'avaient ramenée, mais quand Bix se précipita pour ouvrir, c'étaient le révérend et Mme Higley, le visage terreux, qui lui saisirent les mains : « Betsey nous a téléphoné, Betsey nous a appris la terrible nouvelle, les ravisseurs ont demandé votre "pasteur"... et je suis venu\*. »

---

\* Cette fin vous étonne ? Cela s'est passé exactement comme ça.

Pour une « reconstitution » j'espère que ça ne fait pas trop amateur. Le lecteur malin a probablement senti que Rampike fils est mal à l'aise quand il tente d'« habiter » Rampike père. Sigmund Freud a probablement écrit des textes impénétrables sur ce tabou. Nous avons beau croire bien connaître nos « êtres chers », quand nous essayons de les habiter pour reconstituer un événement réel, nous découvrons la ligne de touche : *c'est impossible.*

## LENDEMAIN MATIN : L'AUTEUR SOUHAITE
## SE RÉTRACTER (?)

EFFACEZ LE CHAPITRE PRÉCÉDENT – « POLLUEUR » – DE VOTRE
mémoire, lecteurs ! Si vous le pouvez.

Je me dis que c'était une erreur. Je me dis que, si je le peux, je
devrais le rétracter.

Bien que sa composition ait été un supplice, qu'elle ait déclen-
ché une crise de tachycardie-panique (voir le paragraphe choquant
commençant par *L'autre, Skyler...*) et que dans le genre humble
note de bas de page mineure j'en sois en fait assez fier, je viens de
me rendre compte à l'instant, le lendemain matin, dans le hurle-
ment des jets de l'aéroport de Newark qui passent à dix mètres
au-dessus de mon lit, que plus haut dans ce document, dans le
chapitre « Populaire ! », j'ai imprudemment insinué dans une note
de bas de page que mon père Bix Rampike était peut-être responsable de la mort de ma sœur ; et que cette insinuation – folle, irré-
fléchie, gratuite, calomnieuse, bizarre – pourrait bien être vraie*.

---

\* « Malveillant », « irresponsable », « divagations œdipiennes », « folie furieuse » :
je ne contesterai pas vos réactions à cette théorie, lecteurs. (Que ce parfait salaud
de Bix Rampike ait autant d'admirateurs a pourtant de quoi démoraliser. Qu'ai-je
fait de travers ?) Cela étant : il n'aurait pas fallu beaucoup d'ingéniosité à Bix
Rampike pour s'esquiver par une porte de derrière du Regency SuperLuxe peu
après 2 h 12, heure du premier coup de fil de maman, pour venir à la maison,
entrer, se couler jusqu'à la chambre de ma sœur, et (pour une raison que je préfère
ignorer) l'emporter dans la chaufferie avec les terribles résultats que l'on connaît.
Puis papa rédigea la « demande de rançon » qui aurait un jour l'honneur d'être

Quelle gaffe de ma part, alors, d'avoir si efficacement « reconstitué » la scène précédente où cette brute de Rampike père semble totalement innocent !

---

distinguée par *Ripley's Believe it or Not* comme la demande de rançon « la plus fréquemment reproduite » de l'histoire des enlèvements et kidnappings – « le *Guerre et Paix* des demandes de rançon », selon l'observation d'un agent du FBI sceptique ; ce message une fois posé sur une table du vestibule, papa quitta la maison et regagna le Regency SuperLuxe à temps pour répondre à l'appel (anonyme) passé par Betsey à 4 heures du matin, puis à celui de 8 heures. Que trouvez-vous d'invraisemblable à ce scénario, lecteurs ?

# POST MORTEM I

PAPA DÉCOUVRIRAIT BLISS DANS LA CHAUFFERIE.
Pas Bliss mais le cadavre de Bliss. Dans la chaufferie.
*Bliss a disparu, Skyler. Jésus a emmené Bliss au ciel. Il ne demeure que ses restes terrestres.*
Skyler n'assisterait pas à l'enterrement. Skyler ne saurait pas la date exacte de l'enterrement.
Skyler ne verrait pas le cadavre de sa sœur dans la chaufferie.
Jamais Skyler n'entrapercevrait, pas même à travers ses doigts ou ses yeux mi-clos, le cadavre de dix-neuf kilos (raide, sans vie) de sa sœur, les bras au-dessus de la tête et les poignets liés par un foulard de soie rouge dans un coin sombre de la chaufferie où dans ses recherches désespérées maman était pourtant entrée à plusieurs reprises. Et même quand maman fouillerait de nouveau la maison avec le révérend et Mme Higley, personne ne s'aventurerait assez loin dans cette pièce aveugle mal éclairée où la chaleur palpitait comme à l'intérieur d'un poumon.
*On l'a enlevée, kidnappée. On nous l'a enlevée. Elle a disparu. Elle n'est pas dans cette maison. Nous avons cherché, cherché partout dans cette maison et elle n'y est pas, les kidnappeurs l'ont emmenée.*
Quand le cri – les cris – éclatèrent, où était Skyler ?... En haut dans sa chambre.
Aussitôt il avait su. Les cris des adultes. En bas.
On avait trouvé sa sœur : Skyler savait.
Il courut à la porte. Lila le retint : « Non, Skyler ! Tu dois rester ici avec moi. Ta mère a dit… »

Non ! Skyler ne voulait pas ! Il se tortilla pour échapper à la bonne qui l'agrippait comme on agripperait un enfant imprudent pour l'empêcher de faire une chute mortelle au fond d'un précipice.

Sur le sol, les affreux *Zap Comix** et les ébauches de bande dessinée de Skyler, lignes hésitantes, irrégulières, silhouettes hachurées maladroites (papa/maman/frère/sœur) qui, dans le chaos de cette matinée, disparaîtraient à jamais *Quelle laideur ! Dans le cœur de cet enfant innocent ! Nous devons le protéger.*

Lila avait rapidement changé les draps de Skyler comme elle avait changé les draps (salis, souillés) de Bliss et enlevé l'alèse (salie, souillée) pour la faire tremper avant lessive conformément aux instructions de Mme Rampike. Ce matin-là Lila ferait deux pleines machines (comprenant aussi le pyjama de Skyler, la chemise de nuit et le peignoir de Mme Rampike ainsi que toutes les serviettes de la salle de bains de Mme Rampike), le plus terrible étant – Lila se le rappellerait toute sa vie et en parlerait toujours avec incrédulité, émotion, effroi – que, dans la buanderie (cette pièce qui lui était si familière), elle avait été à son insu à quelques mètres de la chaufferie (une pièce dans laquelle elle avait rarement l'occasion d'aller) où la petite fille des Rampike gisait, raide et sans vie.

*Oh si je l'avais trouvée ! Cette pauvre petite fille.*

Ce week-end de janvier, Lila n'aurait pas dû travailler. Mais de

---

* Les aficionados tarés (il n'y a pas d'autres catégories) de R. Crumb voudront savoir quels étaient précisément ces *Zap*, donnés à Skyler par Rob Feldman, le professeur de Bliss qui avait eu l'intelligence de quitter les Rampike avant d'être renvoyé. Il s'agissait de numéros anciens, des années 70 je dirais, et d'ailleurs l'un d'eux n'était pas un *Zap* mais une BD intitulée *Dirty Laundry,* typique de R. Crumb première manière, où figuraient une famille Crumb zarbi-débile et un gamin mal embouché, peut-être nommé Adam. Vous voudriez savoir ce qui est arrivé à ces BD si chères à Skyler et ce que sont devenus ses essais de dessin humoristique maladroits mais passionnés. Eh bien, à votre avis ? Après la mort de ma sœur – ou plutôt l'assassinat de ma sœur – il était de l'intérêt des Rampike de faire disparaître tout élément « compromettant » – et donc ces « preuves » de perversion – avant d'appeler la police de Fair Hills sur les lieux.

bonne heure ce matin-là, « excitée », « bouleversée », Mme Rampike lui avait téléphoné pour lui demander de venir immédiatement les « aider », « s'occuper de Skyler », dans ce moment « terrible ».

Toujours un tourbillon d'émotions chez les Rampike ! Toujours des éclairs, et des coups de tonnerre assourdissants après.

Et pourtant : les Rampike étaient de braves gens. À Fair Hills, il n'était pas facile de trouver des employeurs supérieurs aux Rampike, en dépit de leurs problèmes et de leurs exigences.

Même Mme Rampike, qui était souvent très excitable, et accaparante, était une brave femme, pensait Lila. Il lui arrivait de s'exclamer, les yeux brillants de larmes : « Il n'y a que vous en qui j'aie confiance, Lila. Que Dieu vous bénisse ! » (Ce qui était embarrassant, mais bien plus agréable que des réprimandes ou des remarques sarcastiques.) Et il y avait le séduisant M. Rampike, une vraie tornade, qui semait vêtements et serviettes dans son sillage, mettait le feu aux joues de Lila avec ses taquineries et sa manie de lui fourrer secrètement des billets de vingt et de cinquante dollars dans la main : « Pour travail pénible, *señora*, pour avoir à supporter M. et Mme Gonflant. Je sais que nous sommes des *gringos* emmerdants. » Il faisait un clin d'œil à Lila, lui pinçait parfois le gras du bras, quel brave cœur que M. Rampike, dans le fond ! Et il y avait les enfants, à qui Lila s'était attachée. Pas méchants, ni mal élevés, ni cruels comme les enfants d'autres employeurs de Lila, mais adorables : la petite fille qui était si célèbre et si triste, et le petit garçon aux « yeux de fantôme » que dans ce moment terrible Lila devait protéger.

Un enfant nerveux ! Lila constata avec étonnement que, malgré l'heure matinale, Skyler portait l'une de ses chemises d'uniforme en coton blanc et par-dessus un pull à torsades vert forêt et un pantalon en velours propre et la plus neuve de ses paires de tennis. Et les cheveux fauves de Skyler étaient propres-impeignables comme s'ils venaient d'être lavés. Et Skyler était inhabituellement *propre* : pour autant que Lila puisse voir, les petits tatouages barbouillés qui irritaient si fort sa mère avaient été effacés. Skyler était bizarrement éteint, il ne souriait pas à Lila, paraissait hébété et épuisé comme s'il n'avait pas dormi de la nuit. Quand Lila lui parlait, Skyler clignait lentement les yeux, essuyait son nez retroussé et réagissait soit en frissonnant des pieds à la tête, soit en tremblant de la tête aux pieds.

Les lèvres sèches de Skyler remuèrent. Il demanda s'il y avait une fête en bas.

En bas, c'était la veillée de prière. On attendait le coup de téléphone du ravisseur. Lila venait d'apprendre les grandes lignes de la situation. Ceux qui avaient enlevé Bliss ne voulaient parler qu'au pasteur des Rampike qui était le révérend Higley, un prêtre épiscopalien. Mme Higley était là, elle aussi, ainsi que d'autres dames de l'église : Mme Squires, Mme Poindexter et Mme Hind. Et il y avait Dale McKee, l'assistante de Mme Rampike, et le Dr Helene Stadtskruller, la thérapeute de Mme Rampike avec qui elle avait « noué des liens forts » – « comme avec une sœur ! » – et tous ces gens, plus M. Rampike (jamais Lila ne l'avait vu ainsi, pas souriant et autoritaire comme à son habitude, mais hébété, égaré !) étaient réunis dans la salle de séjour, près du téléphone.

Ils attendaient l'appel du ravisseur. Ils attendaient, attendaient !

Et ils priaient : à genoux, même les vieilles Mmes Poindexter et Hind avec leurs articulations ankylosées, même le Dr Stadtskruller qui avait avoué d'un ton d'excuse au révérend Higley et aux Rampike qu'elle n'était pas « croyante » mais plutôt une « agnostique rationaliste »… à genoux, sur le tapis bolivien en poil de chèvre, et se tenant par la main pour psalmodier sous la conduite d'« Archie » Higley cette prière enfantine *Notre Père qui es aux cieux que Ton Nom soit sanctifié que Ton Règne vienne que Ta volonté soit faite sur la terre comme au ciel fais que Bliss nous soit rendue saine et sauve écoute notre prière Père céleste et Jésus Son Fils unique ayez pitié de nous !*

Lila, qui entendait, murmura *Amen !* et se signa très vite.

Adressant secrètement une prière à la Vierge Marie en qui, d'après ce que savait Lila, les protestants ne croyaient pas.

Imaginez un peu ! Quelle folie ! Ne pas « croire » en la Mère de Dieu qui était la vraie faiseuse de miracles pourvu qu'on lui fasse la plus simple des prières, comme celles qu'on apprend, enfant, avant même de savoir lire *Je te salue Marie pleine de grâces le Seigneur est avec toi, tu es bénie entre toutes les femmes et Jésus, le fruit de tes entrailles, est béni.* À répéter dix fois.

Nerveux et anxieux ils regardaient la pendule – 9 h 48 – 10 h 07 (il y avait eu des appels, en fait : le centre de beauté Evita pour confirmer à Mme Rampike son rendez-vous du lundi, 10 heures – qui serait annulé ; Penelope Dressler, présidente du Frolic de printemps [gala de collecte de fonds pour les bénévoles du Charity Hill Club dont Betsey Rampike était membre] ; un appel assez mystérieux d'une femme à la voix suraiguë invitant les « deux Rampike » à un cocktail de Saint-Valentin chez les « Klaff » que ni Betsey ni Bix ne semblaient connaître) – et maintenant à 10 h 29, « trop agitée » pour rester dans la salle de séjour, Betsey emmena Mattie Higley, Frannie Squires, Dale McKee et le Dr Stadtskruller fouiller une nouvelle fois la maison – pour chercher, non pas Bliss (qui avait été enlevée), mais des « signes », des « indices », qui avaient peut-être échappé à Betsey jusque-là : elles montèrent donc au premier, au grenier, puis redescendirent au premier où elles firent toutes les chambres (à l'exception de celle de Skyler où on l'avait enfermé avec la bonne pour qu'il soit traumatisé le moins possible) ; elles retournèrent au rez-de-chaussée, où Archie Higley attendait toujours que le téléphone sonne, et où Bix faisait les cent pas, le visage moite et terreux, serrant et desserrant les poings comme un homme condamné à mort mais ne sachant pas encore comment la mort s'abattra sur lui ni le visage qu'elle prendra ; et quand bavardant nerveusement les femmes traversèrent les pièces du rez-de-chaussée telle une procession de pèlerins, Betsey héla Bix presque gaiement en lui demandant s'il ne voulait pas se joindre à elles – il serait préférable qu'un homme au moins les accompagne ; comme un gros chien balourd tiré de son sommeil, encore groggy, clignant des yeux ahuris, Bix suivit donc les femmes, anormalement silencieux, trébuchant parfois comme s'il perdait l'équilibre, et Betsey conduisit avec empressement ses amies dans la cuisine – une cuisine si bien tenue qu'elle ne pouvait qu'en imposer – puis, de nouveau, dehors et dans le garage, où il n'y avait rien à voir, bien qu'on s'attende à voir quelque chose, comme dans un film à suspense ; puis après le garage, dans l'air froid et immobile, les femmes firent le tour de la grande et belle maison des Rampike, aux aguets comme des chiens de garde, Bix trébuchant à leur suite, elles cherchèrent des « empreintes inhabituelles » dans la neige ; sauf que, malheureusement, la neige avait été piétinée lors des expéditions précédentes. Cette fois, cependant, alors que Betsey entraînait la petite troupe derrière la maison, Dale McKee, qui voyait tout, s'écria : « Oh ! Oh *regardez*. »

Une fenêtre brisée au sous-sol, en partie cachée par le feuillage épais d'un persistant. Comment ne l'avait-on pas remarquée plus tôt ?

Au pas de course, maintenant, le groupe rentra dans la maison et descendit au sous-sol, dans le débarras où se trouvait la fenêtre brisée. « La pièce la plus reculée de la maison », dit Betsey, hors d'haleine.

Quelqu'un avait pu entrer par là. Des éclats de verre scintillaient sur le sol.

Les femmes discutèrent avec excitation : quelqu'un s'était-il faufilé par cette fenêtre, en partie dissimulée par une pile de cartons ? (Ce qui expliquait que les Rampike ne l'aient pas remarquée précédemment.) On voyait que, sous la fenêtre, qui était assez grande pour laisser passer « un homme de petit gabarit », l'un des cartons formait une marche. (Sans doute utilisée par l'intrus quand il était reparti.)

Frissonnant d'excitation, entre inquiétude, terreur et exaltation, les femmes s'avancèrent. S'il y avait des toiles d'araignée, vite, elles les écartaient. Betsey disait : « Voilà ! Oh, mon Dieu, voilà comment le ravisseur est entré chez nous ! Et l'alarme n'était pas branchée – Bix promettait tous les jours de la faire réparer pour qu'elle ne se déclenche pas n'importe quand, mais elle n'a jamais été réparée... Et qui que soit le ravisseur, il devait savoir où était la chambre de Bliss. Il l'a maîtrisée dans son sommeil et il l'a emmenée. Et je ne me suis aperçue de rien. Je dormais, j'étais si confiante,

Jésus me pardonne, je ne me suis aperçue de rien. » Betsey pleurait et tremblait violemment, consolée par les autres femmes. Bix ne la regardait pas, ne semblait pas l'écouter, il examinait la fenêtre brisée, et le sol autour ; grognant sous l'effort qu'il faisait pour se hisser, coudes et avant-bras sur l'appui de la fenêtre, il hoqueta, haletant : « Alors, c'est ici ! Ici ! Le fils de pute ! C'est par ici qu'il est entré. »

« Je t'en prie, Bix, le reprit aussitôt Betsey. Pas de grossièretés. »

COUPE RAPIDE : DEUX ÉTAGES PLUS HAUT, SKYLER DEMANDAIT à Lila si c'était sa faute ? ce qui était arrivé à Bliss ? parce que maman avait l'air en colère contre lui. Parce que maman avait l'air de ne plus l'aimer.

Lila lui assura que non. Maman ne pouvait pas être en colère contre lui. Maman l'aimait.

« *C'est moi qui ai fait ça,* Lila ? »

Lila l'aurait serré dans ses bras, mais, pris d'une envie urgente d'uriner, Skyler s'écarta, se précipita dans la salle de bains, ferma la porte et essaya de faire pipi, essaya très fort, mais tout juste si quelques petites gouttes misérables tombèrent de son petit zizi meurtri. Et Skyler se mit à pleurer, et Lila entra et le ramena dans la chambre, écarta ses cheveux humides de son front fiévreux, Lila aurait bien embrassé cet enfant anxieux mais Skyler n'était pas son fils ; Skyler était le fils d'une autre femme ; et Lila savait rester à sa place, d'instinct elle comprenait que Betsey Rampike n'aimerait pas que la domestique philippine Lila Laong embrasse et câline son fils.

Lila assura encore avec force à Skyler que sa mère l'aimait. Son père l'aimait. Tous ceux qui le connaissaient l'aimaient. On allait bientôt retrouver sa sœur, et ce moment terrible serait oublié. « Tu ne veux pas lire tes bandes dessinées, Skyler ? Ou... tu aimerais dessiner ? Je vais rester avec toi, je te le promets. »

Cette matinée fut si confuse que Skyler ne se rappellerait pas l'ordre des événements. Car c'était peut-être plus tôt que Lila lui avait apporté son petit-déjeuner sur un plateau, comme s'il était malade et consigné dans sa chambre : du Count Chocula (céréales enrobées de chocolat) avec des rondelles de banane, du pain aux raisins avec de la gelée de raisin, un grand verre de jus d'orange hypersucré, un grand verre de lait enrichi de vitamines. Skyler adorait les céréales Count Chocula !... pourtant, quand il porta la première cuillerée à sa bouche, il mâcha mais ne put avaler, recracha tout dans le bol, ce qui était évidemment, tous ses camarades de classe de Fair Hills Day le lui auraient dit en ricanant, *dégoûtant.*

Ce matin-là, sachant apparemment qu'il ne retournerait jamais dans l'école privée « prestigieuse », « fermée », où Skyler Rampike avait – enfin ! – acquis la réputation d'être, sinon « normal », du moins pas incurablement « bizarre » : car l'éclat de la célébrité de sa sœur projetait sur lui une lueur lunaire flatteuse, et il était devenu courant que les filles les plus populaires de l'école, y compris celles des classes de première, l'abordent pour lui poser des questions passionnées sur Bliss. Sans parler de l'éclat additionnel de la distinction HPI, qu'il allait perdre à jamais.

En fait, Skyler Rampike ne fréquenterait plus jamais aucune école de Fair Hills. Un fait mélancolique qu'il semblait savoir, en ce matin du premier jour de sa nouvelle vie.

À 11 H 05 IL N'Y AVAIT TOUJOURS PAS EU D'APPEL DU OU DES ravisseurs. Au rez-de-chaussée les prières suppliantes/implorantes des fidèles n'étaient plus serviles, flagorneuses ni désespérées, mais fatiguées.

Une fois encore la demande de rançon fut lue à voix haute, par le révérend Higley. « "L'Œil qui Voit". Peut-être... surveille-t-il cette maison ? »

C'était une idée nouvelle. C'était une idée profonde. C'était une idée perturbante. Bix Rampike se leva lourdement en déclarant qu'il allait faire un tour d'inspection dans Ravens Crest Drive à la recherche de « véhicules suspects ». Il sortit donc de la maison et partit dans son coupé Jaguar profilé, abandonnant la veillée prière/téléphone pendant une quarantaine de minutes*.

À son retour il dit n'avoir rien vu de « suspect ». Les camionnettes de livraison habituelles. Le postier. Si le ou les ravisseurs surveillaient la maison, il était apparemment impossible à un citoyen ordinaire de les repérer.

« Peut-être allons-nous devoir appeler la police, finalement, dit le révérend. Peut-être "L'Œil qui Voit" n'a-t-il pas l'intention de nous contacter, mais seulement de nous torturer. »

Au même instant le téléphone sonna.

Le révérend Higley décrocha aussitôt. Betsey Rampike se leva en titubant, une main pressée contre la poitrine. Couvrant le récepteur, le révérend murmura : « Betsey ? C'est une de vos amies… Mme Chaplin. »

Mme Chaplin ? *Trix ?*

Alors qu'elle n'avait pas appelé depuis des mois ? Trix Chaplin, maintenant ? Un instant Betsey hésita, parut sur le point de prendre la communication, puis elle se recula, sourcils foncés, et déclara avec dignité, mais la bouche tremblante : « Dites-lui que je rappellerai plus tard, s'il vous plaît. Elle tombe mal. »

Ce fut alors au tour de Bix Rampike de se lever. Il marmonna quelque chose d'inaudible et, sans un regard pour ses compagnons étonnés, sortit de la pièce comme un homme qui rêve décidé à s'arracher à son rêve. « Bix ? Où vas-tu ? Bix… » Mais il ne répondit pas.

12 h 06 : le révérend Higley s'en souviendrait.

Dans l'office contigu à la cuisine où Bix avait sa réserve d'alcools, il s'arrêta le temps de verser deux doigts de Dewar dans un verre qu'il vida d'un trait. Ce fortifiant avalé, il se dirigea vers l'escalier de derrière et descendit au sous-sol – pour quelle raison ? Bix ne serait jamais capable de le dire – une intuition, une prémonition,

---

* Quarante minutes ! Imaginez tout ce que Bix Rampike a pu accomplir en quarante minutes, et dont tous ceux qui enquêtèrent sur la mort de Bliss Rampike ne sauraient jamais rien.

l'impression qu'un immense oiseau prédateur battait des ailes au-dessus de sa tête. Il traversa sans hésiter la salle familiale fantôme des Rampike (qui n'avait été et ne serait jamais utilisée par la famille Rampike ! Elle serait supprimée par les occupants suivants), il traversa la « salle fitness » avec ses bicyclette fixe, tapis de course et « stepper », ses poids éparpillés sur le sol telles des pièces géantes démonétisées, il passa devant la buanderie (où des draps lavés de frais et des vêtements de la famille Rampike tournaient gaiement dans le sèche-linge surdimensionné) et devant le débarras plein de courants d'air (où la fenêtre brisée avait été temporairement « réparée » avec un bout de carton) et parvenu à la chaufferie il s'immobilisa un instant avant de pousser la porte et d'allumer, puis il franchit le seuil, s'avança plus loin que les autres dans cette pièce basse de plafond où n'entraient guère que les réparateurs de Valley Oil, et là, dans le coin crasseux derrière la chaudière du rez-de-chaussée, le petit corps brisé gisait.

« Bliss ? Mon Dieu. »

(Elle se cachait ? Depuis si longtemps ? Alors qu'on croyait à un enlèvement ? Comment était-ce possible ?)

Il se pencha sur sa fille, coincée entre la chaudière et le mur de béton. Il vit, ou dut voir, les taches de sang sur le mur, et le sang, coagulé mais encore brillant, dans les cheveux blonds emmêlés. Dut voir les bras raidis, tordus bizarrement derrière la tête de l'enfant, attachés avec de l'adhésif et avec le foulard de soie rouge froissé et souillé. Dut voir le visage cireux, les yeux entrouverts et opaques, l'adhésif sur la bouche. La chemise de nuit déchirée et tachée, les jambes nues et raides. Dut comprendre que l'enfant était morte, mais son cri jaillit : « Bliss ! Chérie ! » Il arracha l'adhésif collé sur sa bouche. Il se pencha, s'agenouilla sur le sol poisseux, la prit dans ses bras en grognant sous l'effort, sa petite fille si étrangement lourde, sourde à ses supplications, il l'emporta en titubant, égaré, tituba/trébucha/monta l'escalier et revint dans la salle de séjour où les autres avaient entendu ses cris, et pensant qu'il allait la ranimer alors même que les autres hurlaient d'horreur, il la posa tendrement sur le sol, pas sur le canapé mais sur le sol, sur le tapis bolivien en poil de chèvre, et pourquoi ?... la voix saccadée, il expliquerait *Pour la respiration artificielle, c'est plus pratique par terre* tandis qu'en entendant les cris des adultes dans sa chambre du premier Skyler comprenait aussitôt : on avait retrouvé sa sœur.

Ce à quoi il s'occupait, bandes dessinées, bloc de dessin, vola dans les airs. Inquiète, Lila tenta de l'arrêter : « Non, Skyler ! Tu dois rester ici, avec moi. Ta mère… » Mais Skyler était déjà dans le couloir, Skyler dégringolait les marches deux à deux, risquant une nouvelle fracture à la jambe ou une réédition de la (double) fracture précédente, et Skyler se ruant haletant dans la salle de séjour vit son père courbé au-dessus de quelque chose sur le tapis blanc, sa mère hurler comme un chat blessé et se jeter sur cette chose, sur le tapis blanc, et Skyler écarta grossièrement les adultes qui lui barraient le passage, un coup de poing dans la cuisse grasse de l'une des mémés à cheveux blancs qui lui roucoulait toujours des mots doux, mais pas de roucoulade cette fois, pas question d'arrêter pas Skyler cette fois, il agrippa l'épaule de son père, s'efforçant de voir, de voir sur quoi était couchée sa mère comme si elle était tombée d'une grande hauteur délirante et gémissant et cette fois Skyler vit, c'était Bliss, c'était Bliss bien sûr, ça ne pouvait être qu'elle, et Skyler cria : « Elle va très bien ! Elle fait ça pour se faire remarquer ! »

# POST MORTEM II

QUAND ÉTAIT-CE ? IL Y A LONGTEMPS.

Regardé au télescope, mais par le mauvais bout du télescope, cela serait encore plus lointain. Et tous ceux qui avaient survécu auraient maintenant disparu, comme Bliss.

# NOTRE PÉDOPHILE I

« C'EST LUI. FORCÉMENT. »

Au déclin du xxᵉ siècle dans les régions suburbano-rurales fortunées du New Jersey, les professionnels spécialisés dans ce domaine étaient apparemment confrontés à une pénurie de délinquants sexuels reconnus : et donc, dans le comté de Morris, les municipalités de Basking Ridge, Bernardsville et Fair Hills étaient obligées de se partager Gunther Ruscha, trente-quatre ans, instituteur au chômage/résidant du 29, Piper's Lane, Fair Hills.

« Qui d'autre que Ruscha ? Ce pitoyable pervers. »

Pauvre Gunther Ruscha ! Chaque fois qu'un Incident sexuel était signalé à la police locale, la spécialité chérie de Gunther avait beau être la Pédophilie, une sous-catégorie de perversion très à part, la description du délinquant (présumé) avait beau différer de celle de Gunther Ruscha dans les fichiers de la police, en un clin d'œil, une voiture de patrouille avec sirène assourdissante, gyrophare bleu tournoyant, BASKING RIDGE POLICE, BERNARDSVILLE POLICE ou FAIR HILLS POLICE en écusson sur les portières et agent de police baraqué au volant, mettait en émoi la rue tranquille de Piper's Lane et allait piler agressivement sur le bitume craquelé de l'étroite allée des Ruscha.

« Rusch-a ! Gun-ther Rusch-a ! Police. »

Ces coups de poings gestapistes contre la porte, ce pauvre Gunther les reconnaissait comme un coup de pied familier dans les parties.

Et il y avait les cris de Mme Ruscha : « Qu'est-ce que tu as encore fait, Gunther ? Tu n'as pas honte ! »

Même ceux des voisins qui se sentaient plutôt de la compassion, ou de la pitié, pour Gertrude Ruscha, la mère du pédophile, résidante de longue date de Piper's Lane et retraitée depuis peu d'un emploi à bas salaire dans le service restauration du centre médical de Fair Hills où elle avait travaillé depuis le départ brutal et inexplicable du père de Gunther survenu alors que le pédophile en herbe était encore en culottes courtes, ne pouvaient réprimer un frisson de *Schadenfreude** en regardant derrière leurs stores vénitiens la voiture de patrouille se diriger une fois encore vers le 29, Piper's Lane, selon une fréquence accélérée, semblait-il, depuis que les Incidents sexuels étaient plus fréquemment signalés, et s'arrêter devant la maison de bardeaux style Cape Cod invariablement qualifiée de « modeste demeure » par le *Fair Hills Beacon* ; en voyant Gunther, avec son allure incongrue de gamin dégingandé, emmené *manu militari* par deux policiers à la mine rébarbative, forcé de se courber quand il se glissait à l'arrière de la voiture de patrouille, la main (gantée) d'un policier appuyant sur sa tête d'un geste qu'on aurait pu croire amical, destiné à éviter au pédophile terrifié de se cogner.

« Ah, ce Gunther ! Qu'a-t-il encore fait ! »

Il était observé que le visage de notre pédophile, anormalement pâle, lèvres épaisses tordues par un sourire apeuré, yeux fixes et vitreux, des yeux que plus d'un observateur (de sexe féminin) trouvaient « poétiques », luisait souvent de larmes dans ces moments-là. Si la police venait le chercher à l'improviste, ce qui était généralement le cas, Gunther portait les vêtements banals (pantalon kaki, sweat-shirt, pull informe) de n'importe quel citoyen adulte de Fair Hills, et non les tenues de « tantouze », « frime et flambe » (faux daim, cuir noir, écharpe de couleur vive nouée autour du cou), qu'il mettait quand il partait au volant de l'antique Datsun de sa mère ou pédalant sur son vélo (pour quelle destination : parc public,

---

* Terme allemand classe désignant le frisson d'excitation, généralement secret, provoqué par le malheur d'autrui, à moins que ce malheur vous incommode de quelque manière, auquel cas vous « compatissez ».

terrain de jeux, matinée pour enfants, patinoire ?) ; si la police venait la nuit, un moment de prédilection, car cela impliquait l'emploi de projecteurs aveuglants qui illuminaient la façade comme un décor de cinéma, Gunther était généralement traîné dehors en pyjama, et sans chaussures ; dans les cas les plus humiliants, on l'emmenait au poste torse nu et en caleçon blanc : il avait des jambes grêles et sans muscles, des pattes d'autruche ; son caleçon blanc aurait à peine couvert les parties intimes d'un adolescent prépubère ; sur sa poitrine étroite, concave, aussi peu poilue que celle d'un jeune garçon, des mamelons gros comme des baies se détachaient sur la pâleur maladive de la peau. Car il suffisait d'un coup d'œil à notre pédophile, le paria du comté de Morris, même si votre connaissance de son passé scandaleux n'était que *taboulé rosa*, pour qu'un signal d'alarme primitif se déclenche dans le lobe frontal de votre cerveau reptilien : « Déviant sexuel ! »

Ou, dans le cas de lobes frontaux plus subtilement réglés : « Pédophile ! »

Bizarrement pourtant, perversement pourrait-on dire, Gunther Ruscha ne semblait pas s'habituer à sa situation. N'ayant purgé que dix-huit mois de sa peine de trois ans et demi dans le tristement célèbre quartier des délinquants sexuels de la sinistre prison d'État de Rahway, où ne sont envoyés que les criminels du New Jersey « les plus endurcis », et ayant perdu toute chance de retrouver un emploi d'instituteur (spécialité : musique) pour avoir plaidé coupable d'« atteintes sexuelles sur mineur », Gunther Ruscha réagissait pourtant avec étonnement et douleur, parfois avec indignation, quand des habitants de Fair Hills connaissant son identité le regardaient de travers. Quand, dans le centre commercial, marchant vite, la tête baissée et les yeux au sol, il entendait scander grossièrement derrière lui *Pédophile ! Pédophile ! Sale pervers !* il ne se retournait jamais de peur de reconnaître un adolescent de son quartier, l'endroit où il souhaitait par-dessus tout se sentir en sécurité.

On pensait que, sorti de Rahway en liberté conditionnelle, Gunther avait bravement essayé de retrouver un emploi, mais sans succès : quelle personne sensée irait engager un pédophile reconnu ! On pensait que Gunther craignait de quitter la seule maison qu'il eût jamais connue, et cette idiote de Mme Ruscha qui devait l'aimer puisqu'elle l'entretenait depuis des années, le défendait et le protégeait depuis des années, avait payé ses thérapeutes, ses psychiatres, son inscription de courte durée dans une « école de technique cosmétique » de West Orange, alors que sa maigre retraite et ses chèques de la sécurité sociale devaient déjà être bien entamés par les tenues de tantouze de son fils. Pourquoi, se demandaient les observateurs, notre pédophile ne quittait-il pas Fair Hills et la maison miteuse de Piper's Lane ? Par lâcheté, très vraisemblablement ; ou peut-être aussi parce que, si Gunther avait essayé de s'installer dans une autre ville, où que ce soit aux États-Unis, des sauvages solitudes arctiques de l'Alaska aux colonies moussues/moites/infestées d'alligators des Everglades, il aurait dû déclarer à la police locale sa qualité de délinquant sexuel/pédophile condamné ; et ces policiers-là auraient ignoré qu'il n'était qu'un tordu totalement inoffensif, voire pathétique, et que deux agents suffisaient largement pour l'embarquer : pas besoin de « renforts » ni de groupe spécial d'intervention ni de « forces extraordinaires ».

Les voisines qui s'étaient peu à peu liées avec l'infortunée Gertrude Ruscha disaient qu'elle croyait « dur comme fer » que son fils était totalement innocent des crimes pour lesquels on l'avait envoyé à Rahway : ce pauvre Gunther, âgé de vingt-six ans à l'époque, avait été la véritable victime ; un groupe de filles « vicieuses » de l'école Kriss, où Gunther travaillait sans problème depuis deux ans après avoir obtenu son diplôme d'enseignant avec mention très honorable à l'université de Rutgers (Newark), avaient brusquement, sans raison, par pure méchanceté, accusé leur professeur de musique M. Ruscha de « leur dire de vilaines choses », de « leur faire des trucs » et de leur montrer sa « saucisse » en leur demandant « si elles voulaient la toucher ». Des filles sans vergogne qui hurlaient de rire en parlant de la saucisse de M. Ruscha, « riquiqui », « ridée et vilaine comme une souris écrabouillée » et alors que cela paraissait une plaisanterie idiote, grossière et cruelle, à la façon d'un petit feu qui se met à flamber follement en échappant à tout contrôle, il arriva que les parents de ces filles déposèrent plainte et finirent par poursuivre en justice le directeur de l'école, le conseil scolaire de Fair Hills, et ce malheureux Gunther Ruscha qui n'était pas assuré contre ce genre d'affirmation. Voilà comment Gunther était devenu un délinquant sexuel fiché : un *pédophile*.

Malgré tout, Gunther continuait à être étonné, désorienté et terrifié quand il était tiré de son sommeil par des coups frappés à la porte, et des cris – « Rusch-a ! Gun-ther Rusch-a ! Police. » Et ces projecteurs aveuglants.

Il avait beau mesurer plus d'un mètre quatre-vingts, être anguleux et nerveux comme une anguille, dès que les mains puissantes des policiers se refermaient sur lui, il semblait se ratatiner, se ramollir ; difficile quand vous étiez un solide policier du comté de Morris de ne pas éprouver un mépris viril pour ce pédophile rouquin timoré/apeuré/tremblant/voûté/ qui, poussé à l'arrière de la voiture de police, pleurnichait : « Ne me faites pas de mal ! S'il vous plaît ! Je n'ai rien fait ! Croyez-moi s'il vous plaît, quoi qu'il soit arrivé, *je suis innocent.* »

Depuis six ans, traîner l'unique pédophile du comté de Morris au poste était devenu routinier, une sorte de rituel auquel les nouveaux agents de police devaient être initiés ; malgré tout, Gunther Ruscha était toujours pris au dépourvu, et très agité, comme s'il était véritablement coupable. Au poste, il avait un « entretien » avec un policier pendant que son accusateur l'observait derrière une vitre sans tain : « Lui ? Ce n'est pas lui ! Je vous ai dit que l'homme qui "s'est exhibé" devant ma fille était petit et chauve, il ressemblait à un grand-père. » Ou : « Lui ? Il est roux. Celui dont je vous ai parlé a les cheveux noirs, il est "basané", le genre hispano, indien… » Ou : « Billy ? Ouvre les yeux, chéri. Le vilain monsieur ne peut pas te voir à travers la vitre, il ne peut pas te faire de mal, je te le promets. Billy ? Regarde, chéri, s'il te plaît. Tu ne veux pas que ce vilain monsieur soit libéré et qu'il revienne t'embêter, hein… »

Gunther Ruscha était très rarement « arrêté » : la plupart de ses visites impromptues au poste de police se limitaient à quelques questions et à une séance d'identification. Quand, ce qui arrivait de temps à autre, Gunther était arrêté et accusé d'un crime, les stratégies agressives de l'« interrogatoire » remplaçaient la politesse de l'« entretien » ; le paisible pédophile, habitué à prendre ses médicaments du soir (Zomix, Percodan) avec un verre de lait chaud et des biscuits à 22 h 30, et à être couché à 23, était « cuisiné » toute la nuit – comme on dit à la télé –, souvent sans savoir pour quel crime on l'avait arrêté ni qui étaient ses accusateurs. Gunther avait appris à ne pas demander d'avocat : ce genre de demande ne faisait qu'exaspérer les policiers, presque autant que les protestations d'innocence.

« LAISSEZ-MOI PASSER ! LAISSEZ-MOI PASSER ! IL FAUT QUE JE LA voie… Bliss ! *Laissez-moi passer.* »

Alors que deux policiers avaient reçu l'ordre de se rendre dans la maison miteuse de Piper's Lane et de ramener au plus vite le délinquant sexuel/pédophile Gunther Ruscha pour interrogatoire concernant l'homicide supposé de la petite Bliss Rampike qui venait d'être signalé au service de police de Fair Hills, il se trouva qu'à 15 h 07, le 29 janvier 1997, cet individu en personne – livide, échevelé, haletant – arriva au volant d'une Datsun 1993 déglinguée, un bouquet inesthétique de fleurs blanches posé à côté de lui, et voulut s'engager dans Ravens Crest Drive, interdite d'accès à tout véhicule autre que de police ou d'urgence : « Elles sont pour Bliss ! J'ai entendu la terrible nouvelle à la radio ! Le petit ange a été blessé ! Je peux la sauver ! Je peux l'emmener ! Je suis son ami ! Je l'adore ! Ces fleurs sont pour elle, monsieur l'agent ! Laissez-moi passer, je vous en prie. » Mais cet homme bouleversé aux cheveux d'un roux flamboyant, à la peau laiteuse de rouquin et aux étranges yeux gris-vert fut éconduit par un agent de Fair Hills qui ne se doutait pas qu'il s'agissait du pédophile du comté de Morris, recherché en cet instant même par la police de Fair Hills pour interrogatoire ; il nota simplement que le conducteur de la Datsun paraissait « agité », « comme s'il avait pris de la drogue », et qu'il avait un « gros bouquet bizarre de fleurs blanches pour la petite morte ». Car Gunther Ruscha ne fut pas le seul individu à vouloir prendre Ravens Crest Drive cet après-midi-là, et à être éconduit par les agents de Fair Hills.

À 12 h 29 quelqu'un (le révérend Higley, bégayant, presque incohérent) avait composé le 911 et demandé de l'aide « d'urgence » au 93, Ravens Crest Drive ; à 14 heures, radio et télévision locales diffusèrent le premier bulletin d'informations ; pendant l'après-midi, la nouvelle se répandit dans Fair Hills et ses environs suscitant une flambée d'émotion dépassant même la *Schadenfreude : Bliss Rampike avait été tuée ? Assassinée ? La petite patineuse ? La patineuse prodige ? Chez elle, dans son lit ? En pleine nuit, pendant que les Rampike dormaient ? Quelqu'un s'était introduit dans la maison ? Quelqu'un avait tenté d'enlever la petite fille et fini par la tuer ?*

Le premier homicide de Fair Hills en soixante-dix ans.

Chez les Rampike et aux alentours, une nuée de policiers en uniforme et en civil, des techniciens de scène d'infraction, des urgentistes ; dans l'allée des Rampike et sur la route, de nombreux véhicules de police, une camionnette, un poste de commandement mobile. Un agent de l'escouade K9 du bureau du shérif du comté de Morris arriva, accompagné de Blazes, un berger allemand de deux ans qui renifla avec une énergie explosive et beaucoup d'espoir la propriété des Rampike et les propriétés contiguës, un fossé d'écoulement et les égouts associés et, sur le terrain municipal situé derrière la propriété d'un hectare des Rampike, une étendue densément boisée d'une quinzaine de mètres de large, parallèle à Ravens Crest Drive, qui épargnait à ses propriétaires la vue de l'envers fort peu glamour des maisons de Juniper Pine Lane dans le lotissement voisin. Blazes, un beau chien aux yeux vifs et intelligents, au fin museau noir et à la fourrure brillante, un jeune chien à l'énergie bondissante et à l'aboiement aigu, était très admiré par ses maîtres pour ses capacités renifleuses hors pair et son optimiste infatigable, mais Blazes ne relevait aucune piste significative dans les bois, et on allait le ramener chez les Rampike quand il se mit à aboyer avec fureur : car voilà qu'apparaissait, trébuchant dans les broussailles, un individu que les agents décriraient comme blanc, de sexe masculin, la trentaine, 1,80 mètre/70 kilos, roux, « agité » et « belliqueux », encombré d'un gros bouquet de fleurs et d'un vase dont l'eau dégoulinait sur les jambes de son pantalon ; sommé de s'immobiliser par l'agent de police, et malgré les aboiements vigoureux de Blazes, le rouquin continua effrontément à avancer, comme s'il comptait sur l'insolence pure pour venir à bout de Blazes et de l'agent, déclarant d'une voix perçante : « Je... suis un ami des Rampike ! Je... ils m'attendent dans ce moment difficile ! Je suis l'ami secret de Bliss ! Bliss m'attend ! J'exige de la voir ! Je suis un ami fidèle, je suis souvent allé chez eux ! Je suis un ami fidèle, j'ai souvent été dans la chambre de Bliss ! J'exige de voir Bliss ! Ce sont des lys Calla... pour elle. Pas pour *vous*... » et au même moment l'agent de police, rejoint par un collègue, l'empoigna et le vase et les lys voltigèrent, et Blazes bondit sur l'énergumène en aboyant furieusement, le fit tomber à la renverse, dans des broussailles gainées de particules de neige gelée ; bien que terrassé par deux agents et par un berger allemand pesant plus de cinquante kilos, et bien que l'un des agents lui enfonçât un genou dans le dos et lui écrasât la figure contre le sol, il continua à se débattre avec un désespoir maniaque, y compris quand on lui tordit les bras derrière le dos et que les crocs jaunes acérés de Blazes se plantèrent dans son oreille gauche : « Bliss ! Bliss ! Je t'aime, Bliss ! Je suis venu te sauver ! »

MENOTTÉ, HÉBÉTÉ, BLESSÉ AU VISAGE ET À LA TÊTE, GUNTHER Ruscha serait le premier suspect* à être placé en garde à vue dans l'enquête sur le meurtre de Bliss Rampike ; si rapidement, douze heures à peine après la mort estimée de la petite fille, que la police de Fair Hills serait unanimement louée.

---

* Notre pauvre pédophile malchanceux ! il fut également arrêté pour violation de propriété, trouble de l'ordre public, refus d'obtempérer, voie de fait contre un agent de la force publique, et voie de fait contre un chien policier. Sa caution fut fixée à quatre cent cinquante mille dollars.

# NOTRE PÉDOPHILE II

« C'EST LUI. FORCÉMENT. »

Il fut vite découvert par la police qu'au cours des trois années précédentes Gunther Ruscha avait plusieurs fois été interpellé pour « comportement suspect » dans Ravens Crest Drive, route que des plaignants demeurant aux 89, 65 et 47, Ravens Crest Drive l'avait vu parcourir à bicyclette « à plusieurs reprises » du carrefour de Great Road au cul-de-sac qui la terminait, et retour ; interrogé par les agents de police appelés sur les lieux, Gunther était parvenu à les convaincre qu'il faisait « simplement du vélo » dans le quartier parce que la route était sans issue et donc peu fréquentée ; et parce que c'était un « beau quartier paisible » qui avait une « aura ». Il était « coopératif », « sans arme », un « résidant de Fair Hills ». Se disant au regret d'avoir inquiété qui que ce fût, Gunther priait les agents de lui permettre de présenter en personne ses excuses aux plaignants ainsi qu'à la famille (le rusé pédophile feignait d'ignorer son nom) demeurant dans la maison de style colonial du 93, Ravens Crest Drive : « Il est possible que quelqu'un m'ait vu et se soit demandé qui j'étais. Et si… si j'ai offensé… quelqu'un – un jeune enfant, par exemple – les petites filles se méfient particulièrement des inconnus ! –, je souhaite m'excuser… vraiment… m'excuser. »

Inutile de dire que Gunther Ruscha n'était pas invité à « présenter ses excuses » en personne, et qu'on lui conseillait de ne plus traîner dans Ravens Crest Drive s'il ne voulait pas être arrêté.

« C'EST LUI. CELUI-LÀ... »

Il fut vite établi par la bonne des Rampike, Lila Laong, convoquée au poste de police de Fair Hills pour observer, derrière une vitre sans tain, Gunther Ruscha, nerveux/yeux fuyants/souffreteux, que c'était bien lui qui était venu à vélo quelques semaines plus tôt, début janvier, juste avant la compétition de Bliss en Pennsylvanie, pour lui apporter un bouquet de fleurs – « un beau bouquet de fleurs printanières » – et une carte manuscrite signée *G.R.* Lila avait trouvé « étrange » que la livraison soit faite à bicyclette – alors qu'il faisait si froid ! – par cet « homme plutôt jeune, très pâle », « roux et sans chapeau », « habillé bizarrement pour un livreur », « qui souriait si fort qu'il avait la bouche tout étirée » ; et ce G.R. était aussi celui qui avait apporté un cadeau à Bliss l'année précédente pour son sixième anniversaire : « Oh ! un cadeau... pas comme les autres. Très charmant, d'abord. De jolis oiseaux empaillés dans une petite boîte en verre, un *robin* et un petit oiseau femme habillés comme des mariés, mais Mme Rampike n'a pas voulu que Bliss les garde et j'ai dû les jeter parce que c'était "dégoûtant". »

Quand on lui demanda pourquoi le cadeau était « dégoûtant », Lila Laong répondit : « Parce que, d'après Mme Rampike, les oiseaux étaient de vrais oiseaux et qu'ils n'avaient pas été "traités" comme il faut, avec des produits chimiques, ce qui fait que ces pauvres bêtes pourrissaient sous leurs plumes... Ça se sentait. » Lila frissonna, en se rappelant l'odeur.

Dès que *Le Mariage de Miss Finch et de Cock Robin* avait été jeté, dit Lila, Mme Rampike l'avait oublié ; Bliss avait pleuré parce qu'elle voulait garder ce cadeau « spécial », mais au bout d'un jour ou deux elle l'avait oublié, elle aussi ; car Bliss recevait énormément de cadeaux et de cartes, et il y avait sans cesse des gens qui voulaient la voir, et Mme Rampike était trop occupée à gérer la carrière de Bliss : « Jamais Mme Rampike n'aurait pensé qu'un des fans de Bliss puisse lui vouloir du mal ! Ils l'aimaient tous tellement. »

Lila frissonna de nouveau et enfouit son visage ravagé de douleur dans ses mains.

(LA CARTE MANUSCRITE DE GUNTHER RUSCHA, SIGNÉE G.R., l'une des centaines de cartes conservées par Betsey Rampike dans la demi-douzaine d'albums de la « salle des trophées » – mentionnée, le lecteur s'en souvient peut-être, dans un chapitre précédent intitulé « *Le Mariage de Miss Finch et de Cock Robin* » – serait vite découverte par les enquêteurs de Fair Hills et « positivement associée » au pédophile du comté de Morris. La corde se resserrait autour du cou frêle de G.R. !)

« CET HOMME ! CES YEUX ! QUEL VICE DANS SES YEUX… »
Au siège central de la police de Fair Hills, on montrait à maman des « photos anthropométriques » de Gunther Ruscha. Comme prise d'un malaise soudain, maman vacilla sur sa chaise, pressa sa tête entre ses mains, et Morris Kruk, qui ne quittait jamais un client quand il y avait des agents de police à proximité, se pencha vers elle, l'encourageant à respirer avec calme, lentement, profondément, et à tenter de se rappeler si elle avait déjà vu cet homme.

« Cet homme » : incarcéré à ce moment-là dans la maison d'arrêt du comté de Morris, en « quarantaine », à l'écart des autres détenus non-délinquants sexuels/pédophiles.

C'était le lendemain du jour où c'était arrivé : *ça*, *cela* était la façon dont les Rampike parlait de ██████████.

De même que, pour certains, *D—u* est un mot qui ne doit pas être prononcé. De même ████████████ ne doit pas être prononcé dans la famille Rampike.

Maman, papa et Skyler étaient au siège de la police. Je crois bien, oui, que Skyler était là.

Skyler avait été emmené par maman et papa et M. Kruk parce que, où qu'on regarde, Bliss n'était pas là.

Skyler commençait seulement à comprendre. Il y avait les restes de Bliss, qui avait été emportés (où cela ? Skyler ne voulait pas le savoir) mais Bliss elle-même avait disparu et n'était nulle part.

C'était si bizarre ! Regarder autour de soi, Skyler plissait les yeux, Skyler retenait son souffle, et *Bliss n'était pas là*.

La vilaine pensée lui venait que, la dernière fois que maman, papa et Skyler avaient été seuls comme ça, sans Bliss, c'était il y avait longtemps : avant la naissance d'Edna Louise.

D'une voix faible, maman disait : « … cet homme ! Je le connais. Je l'ai vu aux compétitions de patinage de Bliss. On finit par reconnaître les visages. Ce visage-là !… Je le connais. Il était très agressif, il filmait Bliss. Il nous filmait. La première fois, c'était il y a des années. Dans une patinoire de Fair Hills où j'avais emmené Skyler – pas Bliss, Skyler – lui aussi sait patiner ! – et cet inconnu s'est approché – quels yeux ! quels cheveux ! et avec une écharpe orange ou rouge vif autour du cou – il m'a demandé si mon enfant était une belle petite fille ou un beau petit garçon et j'ai répondu : "Skyler est mon fils." Et des années plus tard, quand Bliss a remporté son premier titre, Miss Bouts-de-chou-sur-glace 1994, elle n'avait que quatre ans, ce même homme est venu nous mettre son caméscope sous le nez, je l'ai reconnu tout de suite, ces cheveux roux qui ne font pas normal, ce grand sourire luisant, et il avait autour du cou une écharpe en soie rouge vif que jamais un homme normal ne porterait. "La première fois que nous nous sommes rencontrés, a-t-il dit, vous aviez avec vous un beau petit garçon, et maintenant vous avez une belle petite fille." Oh mon Dieu ! Je mettais mes enfants en danger, en présence d'un pédophile, et *je n'en avais aucune idée.* »

Maman se mit à pleurer amèrement. Et papa s'approcha pour la réconforter, les mouvements raides comme un homme frappé de stupeur. Car depuis le début, silencieux et le regard vide, papa fixait un coin de la pièce sans fenêtre, pareille à une salle d'autopsie sous la lumière froide des néons, comme s'il n'écoutait pas ce qui se disait. Avant d'entrer dans le poste de police (si ordinaire ! De plain-pied, ressemblant à une clinique dentaire, partageant un bâtiment de Charity Street avec le greffe et une petite salle de tribunal sans fenêtre aussi excitante qu'une salle de classe de Fair Hills Day), papa avait fumé une cigarette sur les marches en regardant le ciel, fumé vite et sans plaisir, Skyler ne se rappelait pas l'avoir jamais vu fumer et il avait donc trouvé cela bizarre et désagréable. Et il trouvait bizarre et désagréable que papa ait l'air de ne pas le voir mais de regarder *à travers lui* comme s'il était un fantôme ! – ni Sky, ni mon grand, ni fils mais… un fantôme ! Et maintenant papa se forçait à réconforter maman mais avec l'expression tendue et écœurée qu'on aurait en réconfortant une créature blessée ou malade qu'on ne supporte pas de regarder, la main de papa sur l'épaule de maman et maman frissonna sans se retourner parce qu'elle écoutait M. Kruk qui lui parlait bas à l'oreille. Pauvre maman !... Si abattue par *ça*. Qui ne s'en remettrait jamais. Qui avait été emmenée en ambulance aux urgences du centre médical de Fair Hills quand elle s'était évanouie dans la salle de séjour et s'était cogné la tête en tombant et réveillée elle ne savait où, branchée à un moniteur cardiaque et forcée de respirer de l'oxygène pur et une aiguille plantée au creux du bras droit où un bleu affreux couleur banane pourrie avait éclos et où était Bix ? où était Bix ? où était sa famille ? qu'était devenue sa famille ? – mais à présent c'était le lendemain et maman avait quitté le centre médical et papa était à son côté, et Morris Kruk était à son côté, et maman tenait à coopérer avec les enquêteurs qui s'étaient montrés si gentils avec Bix et elle, on voyait à leur air sombre qu'ils étaient bouleversés par la chose terrible qui était arrivée à Bliss, une « effraction avec violence » ici à Fair Hills, un enlèvement, ou une tentative d'enlèvement, une enfant de six ans assassinée dans sa chambre alors que sa famille dormait : un cauchemar ! un titre sensationnel de tabloïd ! L'affaire avait été confiée aux enquêteurs Sledge et Slugg\*, deux « vieux routiers » (comme l'écriraient les journalistes avec des nuances variables de respect/ironie) du petit service de police bien réglé de Fair Hills où l'on procédait

---

\* Des noms évidemment fictifs n'ayant qu'un rapport onomatopéique des plus indirect avec ceux de ces enquêteurs du New Jersey, aujourd'hui à la retraite.

d'ordinaire à des arrestations pour infractions routières, conduite en état d'ivresse, consommation d'alcool par mineurs et vente de drogues (herbe, amphés) au lycée de Fair Hills ; où personne ne se souvenait d'une enquête pour homicide, ni a fortiori d'en avoir conduit. Les enquêteurs Sledge et Slugg traitaient donc les Rampike avec des précautions maladroites de bœufs ahuris qu'on pousse vers l'abattoir. Prenant des notes dans de petits carnets à spirale, comme on leur avait appris à le faire, ils veillaient à s'adresser au couple en deuil avec respect, car il s'agissait manifestement de citoyens en vue de Fair Hills, manifestement très fortunés ; Bruce Rampike était, semblait-il, un « cadre de haut niveau » du grand groupe Univers, Inc., Betsey Rampike était membre du Village Women's Club ; tous deux appartenaient au très sélect Sylvan Glen Golf Club ; ils habitaient une belle maison de style colonial dans un quartier ultrarésidentiel ; ils fréquentaient l'église épiscopalienne et étaient des amis intimes du révérend Higley et de sa femme ; plus impressionnant encore, ils étaient des amis du procureur du comté de Morris, Howard O'Stryker, pour qui travaillait la police de Fair Hills ; ils étaient liés au juge Harry Fenn, et leur avocat était le « brillant » et « controversé » Morris Kruk. Quant à la petite morte, ce n'était pas une « victime » des négligences/sévices de parents pauvres/abrutis de drogue et de l'incompétence notoire des services sociaux du New Jersey, ni une fillette « de couleur » découverte violée, étranglée, mutilée, dans la cage d'ascenseur d'un taudis de Newark, ou dans la benne à ordures d'un WaWa de Trenton. C'était une enfant de Fair Hills. Une enfant blanche. Une *enfant célèbre* ! Car déjà, au grand désespoir des enquêteurs Sledge et Slugg, le Village normalement idyllique de Fair Hills grouillait d'intrus : camionnettes de télévision, journalistes et photographes, des représentants insolents du monde des « médias » qui avaient le terrible pouvoir de dénoncer, humilier, diffamer ces vieux routiers passablement compétents, bien-intentionnés-mais-inexpérimentés, qui s'étaient élevés sans anicroche dans la hiérarchie d'un service de police de banlieue en attendant leur retraite et une pension généreuse de l'État et donc si l'événement innommable qui s'était produit chez les Rampike était une sorte de feu, c'était un départ de feu, un feu menaçant de devenir brasier, et ces vieux gardiens de l'ordre souhaitaient désespérément *l'étouffer.*

« Skyler ? Reconnais-tu cet homme, mon garçon ? Prends ton temps pour répondre. »

Slugg parlait doucement. À moins que ce fût Sledge. Des hommes d'un âge indéterminé, beaucoup plus vieux que le père de Skyler, le visage tiré par l'embarras, la fatigue. Skyler savait qu'il devait dire *oui.* Si palpable, ce désir de l'entendre dire *oui.* Des « photos anthropométriques » – comme à la télé ! – montrant un homme apeuré aux yeux cernés et hagards, à la bouche molle et meurtrie. Des cheveux plutôt longs, emmêlés. Qui était-ce ? Le « délinquant sexuel, ex-détenu » qui avait cassé une vitre du soussol, s'était introduit chez les Rampike avec l'intention d'enlever Bliss… et qui l'avait finalement tuée ? Assommé de calmants (Serenex, Zomix), les oreilles bourdonnantes, Skyler avait du mal à penser. Combien d'heures ou de jours était-on après que *ça* fut arrivé, Skyler n'aurait pas su le dire. Son cœur battait fort, tapait comme un pic à glace dans sa poitrine, car tous les adultes de la pièce le regardaient et attendaient qu'il parle.

« … vu dans une patinoire ? Non ?

– … dans Ravens Crest Drive ? Devant ta maison ? »

Skyler tâcha de réfléchir. Il avait vu cet homme quelque part : il le savait. Dans l'une des patinoires ? Ces yeux fixes, la bouche molle meurtrie qui ressemblait à la sienne parce qu'il s'était mordillé les lèvres. Les yeux de l'homme étaient globuleux comme ceux de Skyler et il y avait son expression, abattue/coupable, *Pitié s'il te plaît, je suis ton ami.*

Brusquement Skyler se souvint : un miroir horizontal, un miroir sur un mur de toilettes publiques, au-dessus d'une rangée de lavabos. Dans ce miroir l'homme aux cheveux rouille l'observait, bouche lippue étirée par un sourire.

Aussitôt Skyler secoua la tête : non.

« Tu veux dire que… non ? Tu ne reconnais pas cet homme ? »

Têtu, Skyler secoua la tête. *Non.*

Maman le regardait avec déception. Maman, le visage gonflé et décoloré par les larmes. Et papa, les traits bouffis et fatigués, se frottant la bouche de son gros poing.

Non ! Skyler ne se souvenait pas de cet homme. Pas plus qu'il ne se souvenait de *ça**.

---

* Que c'est déroutant ! Bien que Skyler se « souvienne » d'avoir vu Gunther Ruscha un soir dans des toilettes pour hommes, ce souvenir m'est totalement inaccessible maintenant que j'ai dix-neuf ans. Pourtant, je me souviens que je me « souvenais », même si le souvenir originel a disparu. Et j'ignore pourquoi je n'ai pas dit à ces adultes que je l'avais vu, alors que c'était la vérité, car pourquoi, dans un moment pareil, aurais-je *menti* ?

# ENFER TABLOÏD I

UN EX-DÉTENU PÉDOPHILE AVOUE
« J'AI TUÉ BLISS »
Un pervers de 35 ans de Fair Hills, NJ
Condamné à 3 ans 1/2 de prison,
libéré au bout de 18 mois

*New Jersey Sentinel*
10 février 1997

« J'AI TUÉ BLISS POUR LA SAUVER »
DÉCLARE RUSCHA LE VIOLEUR D'ENFANTS
Une patineuse de six ans assassinée
Pendant que ses parents dorment

*Star Eye Weekly*
10 février 1997

L'ASSASSIN DE LA PETITE BLISS RAMPIKE AVOUE
L'ex-détenu pédophile Ruscha inculpé à Fair Hills, NJ
« J'ai tué Bliss parce que je l'aimais »

*The Trentonian*
11 février 1997

QUE VALENT LES AVEUX DE RUSCHA ?
« L'enquête continue », déclare la police

*The Star-Ledger**
12 février 1997

---

* Lecteurs, imaginez ces titres, accompagnés de photos pleine page de la belle petite Bliss Rampike et de son présumé assassin Gunther Ruscha, répétés *ad nauseam*. Et des photos de Betsey Rampike et de Bix Rampike. Et la photo de la famille Rampike qui nous avait servi de carte de Noël en 1996. Si vous pouvez encaisser ces conneries, parfait. Très peu pour moi ! J'ai beau avoir grandi dans la pénombre bouillonnante de l'enfer tabloïd, et avoir porté le nom même de « Rampike » comme on porterait l'ignominie d'une marque obscène gravée au fer rouge sur le front, je suis parvenu à m'en protéger. Ou presque.

# NOTRE PÉDOPHILE III

DE SA VOIX SURAIGUË ET TREMBLANTE IL DÉCLARA BRAVEMENT :
« C'est moi. Je suis l'assassin de Bliss Rampike. Moi seul. »
Ces mots jaillirent de sa bouche. Au siège central de la police de
Fair Hills. Dans cette salle d'interrogatoire sans fenêtre, éclairée au
néon. Et pas besoin d'avocat. Il avait insisté : pas d'avocat.

« Ce qui est arrivé par ma faute, il faut que j'en sois puni. Je suis
celui-là. »

Gunther passa si facilement aux aveux, mais de façon si incohérente, plus de trente heures d'entretiens confus, enregistrés sur une
période de plusieurs jours, qu'il s'avérerait très difficile pour les enquêteurs de collationner, condenser et vérifier ses déclarations. Ruscha
commença par déclarer être allé chez les Rampike pour « subtiliser
Bliss » – confondant le moment où il avait été appréhendé alors
qu'il tentait de lui apporter des fleurs, et celui où il s'était approché
de la maison des Rampike par les bois et y était entré par une fenêtre
du sous-sol, la nuit du meurtre ; il devint évident que Ruscha avait
confondu les deux incidents, bien que, interrogé par les enquêteurs,
il parût ne pas entendre et répétât d'une voix tremblante : « C'est
moi. Je suis l'assassin de Bliss Rampike. Moi seul. »

Quel éclat avaient ses yeux ! Des yeux d'un gris-vert transparent, dont les paupières rougies tressautaient, dont les cils roux
pâle semblaient en partie arrachés. Incarcéré à la maison d'arrêt
du comté de Morris, en « quarantaine » pour éviter que d'autres
détenus (normaux, pas pédophiles/pervers) ne l'agressent, Gunther

Ruscha ne s'était pas rasé ce matin-là et ne semblait pas non plus avoir eu le temps de se laver, car il sentait franchement la sueur, l'angoisse et la culpabilité.

Ce que l'on put vérifier de ses déclarations fut qu'il avait souvent parcouru Ravens Crest Drive à vélo et frappé à deux reprises à la porte des Rampike ; qu'il avait assisté aux compétitions de patinage de Bliss Rampike, où il arrivait de bonne heure, restait tard et filmait le plus de « moments précieux » possible ; qu'il lui avait envoyé des cartes, des lettres et des « petits présents spéciaux » pendant une période d'environ deux ans.

Entre Bliss Rampike et lui, il y avait eu une « entente secrète », affirmait Gunther Ruscha. Dès le début, ils avaient pu « s'envoyer leurs pensées par la voie des airs » ; ils partageaient les mêmes rêves – « qui étaient plus réels – beaucoup plus réels ! – que ceci ou que vous » ; c'était quand Bliss l'appelait désespérément en pensée qu'il venait à elle, prenait Ravens Crest Drive, passait devant la belle maison des Rampike qui était en retrait de la route, en haut d'une allée de gravier ; infatigable, Ruscha pédalait jusqu'au bout de Ravens Crest Drive, faisait le tour du cul-de-sac, puis repassait devant l'allée des Rampike – « Bien plus souvent que les gens ne s'en sont plaints » ; le soir, comme il était rare qu'on le repère, Ruscha guettait des « signaux secrets » de sa chère Bliss face à une fenêtre du premier qui donnait sur la route : « Ils la gardaient prisonnière dans cette maison. Je ne pense pas que c'étaient ses vrais parents, je pense qu'ils l'avaient adoptée. Ils l'avaient "achetée". Cela arrive. C'était un ange terrestre, les Rampike l'avaient "achetée". Ils lui faisaient des choses terribles, Bliss me l'a dit ! À la fenêtre, Bliss allumait une bougie pour me faire signe. Ou elle faisait clignoter une torche, un peu comme du morse. "Aide-moi, Gunther… Je suis si seule ici… J'ai si peur… Ne me laisse pas avec ces gens terribles s'il te plaît… Gunther* ?" » La voix de Ruscha se brisait quand il évoquait ces

---

* Comme c'est étrange ! Cela ne me plaît pas du tout. Que les divagations délirantes de Gunther Ruscha fassent à ce point écho à ce que ma sœur *me* disait. À des paroles qui n'étaient destinées qu'à *moi* seul.

supplications. Et pendant les compétitions de patinage, en plein programme, Bliss « cherchait le regard » de Gunther, toujours assis à peu près à la même place dans la salle ; sur les cassettes vidéo de Gunther, on pouvait voir que, même quand elle glissait sur la glace, virait, pirouettait, tournoyait, sautait et « dansait », l'extraordinaire petite patineuse prodige parvenait à lui adresser son petit sourire secret.

Quand les enquêteurs lui demandèrent pourquoi, s'il aimait Bliss, il l'avait tuée, Ruscha s'agita, se fit imprécis, soutint d'abord ne pas avoir voulu lui « faire de mal » mais seulement la « subtiliser » – parce qu'en dépit de leur âge ils étaient deux « âmes sœurs ». Ruscha était imprécis sur le lieu où il aurait conduit la petite fille « subtilisée », comme il était imprécis, excitable et peu cohérent quand il racontait aux enquêteurs comment, la nuit du meurtre, appelé par Bliss, il avait traversé les bois jusqu'à la maison des Rampike, brisé une fenêtre du sous-sol, pénétré par l'ouverture et gagné sa chambre dans le noir – « Bliss m'attirait à elle en pensée. Cela ressemblait à l'un de nos rêves. » Et dans la chambre de la petite fille, Bliss l'attendait dans son lit. Ruscha parlait avec agitation, affirmant que ce qui s'était passé était un accident : « Dans l'escalier, Bliss est tombée. Je n'ai pas pu la sauver. Alors je l'ai cachée dans le sous-sol. Je ne sais pas pourquoi. Aux informations, ils ont parlé d'un "acte brutal". Ce n'était pas "brutal"… c'était un accident ! Bliss est tombée et elle s'est cogné la tête. Elle était blessée. Elle saignait. » Quand on lui demanda pourquoi il n'avait pas appelé à l'aide si la petite fille était blessée, Ruscha baissa la tête, se frappa le front contre la table à laquelle il était assis, en marmonnant : « Parce que je suis un lâche. Je mérite de mourir. »

Le lendemain matin, cependant, l'histoire de Ruscha avait changé de tonalité, elle était devenue plus sombre et plus lascive, mais plus romantique aussi ; car on ne sait pourquoi, pendant la nuit, dans sa cellule de la sinistre maison d'arrêt de Morristown, Ruscha s'était rappelé différemment ce qu'il avait fait à sa chère Bliss Rampike : « C'était un pacte de suicide. Nous avions décidé de mourir ensemble. Pour échapper à ce monde qui nous jugerait durement. Notre plan prévoyait que je "mettrais fin" à la vie de Bliss – sans douleur – et que je me tuerais ensuite. C'est ce que j'ai fait. Mais après, voir ma bien-aimée sans vie était si terrible que j'ai perdu le courage de me tuer. Lâchement, je me suis enfui. Je me suis enfui dans la nuit. J'ai abandonné ma bien-aimée et me suis enfui dans la nuit. Et je me suis dit que c'était peut-être un rêve – cela ressemblait tellement aux rêves que nous faisions tous les deux. Mais quand je serai exécuté par l'État du New Jersey, je me rachèterai. Je serai pardonné. Bliss verra que je ne l'ai pas abandonnée. Bliss verra que je l'ai tuée pour la sauver. Je l'ai tuée parce que je l'aimais. Personne ne l'aimait comme moi ! Je l'aime toujours, je ne cesserai jamais de l'aimer. Quand je mourrai, je la rejoindrai. Je dois être puni. Ce n'est que justice. Maman doit le comprendre et me laisser *partir*. »

Ruscha s'effondra, secoué de sanglots ; mais son visage, conservé pour la postérité sur la vidéo granuleuse de la police de Fair Hills, était radieux. Le rayonnement de la folie pure, ou d'un être qui, comme saint Sébastien martyrisé, est transfiguré par la souffrance*.


« DÉGOÛTANT. »

Un mandat de perquisition permit à la police de Fair Hills de fouiller la maison de Piper's Lane et là, dans la chambre de Gunther,

---

* Il est évident que Gunther était un homme rongé par la culpabilité et la honte, et pourtant : le fait que pendant cette trentaine d'heures d'aveux confus il ne mentionne jamais une « demande de rançon » ni le foulard de soie rouge utilisé pour lier les poignets de Bliss semblerait indiquer que Ruscha fabule et qu'il n'est pas le tueur. Néanmoins, commentant des années plus tard cette affaire « embrouillée et sabotée », un expert de l'envergure de E. L. Lance du FBI en arriva à la conclusion que Ruscha avait le comportement type des tueurs psychopathes « les plus tortueux et les plus ingénieux » : ceux qui « avouent » de façon à suggérer la confusion mentale, et donc l'innocence, tout en évitant habilement d'aborder les points cruciaux qui confirmeraient leur culpabilité. Ce genre de tueur psychopathe ne laisse aucune trace de son passage sur le lieu du crime, ce qui était le cas de Ruscha. « À mon avis, c'était lui le tueur/ravisseur de Bliss Rampike. Pas les parents. »

dans laquelle Mme Ruscha reconnut ne pas être entrée depuis des années, on découvrit les trésors secrets du pédophile.

Sur les murs, couvrant chaque centimètre de sa surface à hauteur de regard, des photos de Bliss Rampike dans ses éblouissantes tenues de patineuse, souriant timidement à l'appareil ou évoluant sur la glace ; sur le mur jouxtant le lit étroit du pédophile (dont le couvre-lit, je suis obligé de le dire ici, même si pas un de mes lecteurs ne protesterait contre ni ne s'apercevrait même de l'omission d'un détail aussi insignifiant s'il n'était casé ici, de façon effrontément parenthétique, alors que le lecteur ne désire qu'avancer, voir enfin ce qu'il peut bien y avoir sur le mur de Ruscha... ce couvre-lit, disais-je, fané et souillé de Dieu sait quelles excrétions pédo-perverso-poisso-pâteuses, était bleu pâle, orné de symboles nautiques enfantins : silhouettes compulsivement répétées de frégates, vaisseaux de guerre, baleines bondissantes, ancres) des pastels mièvres et sentimentaux de Bliss Rampike en petit ange patineur ; proprement rangées selon un ordre chronologique strict dans une bibliothèque Ikea en pin brut d'un mètre cinquante, des cassettes vidéo de compétitions de patinage pour jeunes filles, dont les premières remontaient à 1986 (le pédophile n'avait alors que vingt-trois ans), bien avant les débuts de la petite Bliss Rampike. (Quelle chance avaient ces jeunes patineuses anonymes !) Mais avec la spectaculaire apparition de Miss Bouts-de-chou-sur-glace 1994 le jour de la Saint-Valentin à la patinoire de Meadowlands, le pédophile avait découvert son destin, Bliss Rampike, et les vidéos d'autres patineuses, si elles occupaient encore un peu d'espace sur l'étagère de Ruscha, semblaient accessoires et accidentelles.

« Dégoûtant ! »

La révélation choquante fut que Gunther Ruscha suivait Bliss depuis février 1994. Comment était-il possible que ce grand pédophile dégingandé aux cheveux rouille eût réussi à filmer les entraînements de Bliss à la patinoire d'Alcyon pendant des heures ? (Il devait avoir utilisé un ou des déguisements.) Il y avait de nombreuses séquences montrant Betsey Rampike et sa fille en voiture dans Ravens Crest Drive ; il y avait quantité de scènes floues filmées dans le centre commercial et sur des parkings ; Betsey et Bliss et parfois Skyler, montant dans/descendant de la voiture ou du monospace de Betsey ; il y avait des séquences de la spectaculaire famille Rampike – Bix séduisant et souriant, Betsey souriante et glamour, chers petits enfants en habits du dimanche et souliers vernis – pénétrant dans la pittoresque église épiscopalienne de la Trinité avec un flot d'autres fidèles blancs et bien vêtus. (Un jour, il serait surprenant pour Skyler de se voir avec sa famille, filmé à son insu pour une postérité abominable et inimaginable : un petit garçon apparemment ordinaire de sept ou huit ans qui marche à côté de son père sans boiterie visible ce qui est bizarre parce que je sais que je boitais, comme je sais qu'une grimace défigurait mon visage d'enfant.) Il y avait même une séquence surréaliste où maman, Skyler et Bliss étaient filmés ensemble en habits du dimanche, ou peut-être le jour de l'anniversaire de maman, Bliss et Skyler se tenant par la main, et maman derrière, penchée vers nous, un sourire heureux aux lèvres, tout cela (je crois) sur une colline de Battle Park (où je n'ai pas pris la peine d'emmener le lecteur étant donné que, selon moi, rien d'important pour ce document ne s'y produisait) ; filmés, précisons, par papa qui se tenait à quelques mètres avec son nouveau caméscope, rayonnant d'amour paternel pour sa petite famille ; et quelque part à proximité, dissimulé à la vue, le pédophile Ruscha rôdait, et avait osé filmer les Rampike à leur insu. (Si papa l'avait su ? S'il avait vu Ruscha ? *Petite sœur, mon amour : l'histoire intime de Skyler Rampike* n'aurait peut-être jamais été écrit, et vous, lecteurs, et moi, pris ensemble dans ses pages comme la malheureuse famille Laocoon dans l'étreinte des serpents géants, ne nous serions peut-être jamais connus.)

Qu'il est difficile de comprendre, même anxieux/pessimiste/paranoïaque comme l'est Skyler, qu'un inconnu ait observé les Rampike pendant des années, que des moments de leur vie leur aient été dérobés pour être conservés sur des cassettes et des pellicules ; et que, dans certaines de ses scènes, Skyler paraisse, si étonnamment, jeune, innocent, *un simple enfant.*

Et pourtant : le lecteur sait comme moi que cela ne peut être vrai.

Dans de beaux albums roses, assez semblables à ceux qu'affectionnait Betsey Rampike, Ruscha avait amoureusement inséré des coupures plastifiées d'interviews de Bliss provenant de publications telles que *People, New Jersey Lives, Galleria, The Star-Ledger Magazine* ; des articles de journaux rendant compte des triomphes de Bliss : Miss Bouts-de-chou-sur-glace 1994, Mini Miss Princesse de la glace de Paramus 1995*, championne All-Star jeunes filles (catégorie junior) 1995, Mini Miss des États atlantiques (niveau régional) 1995, Mini Miss Princesse Golden Skate 1996, Mini Miss Princesse de la glace du Jersey 1996, Mini Miss Jubilé sur glace de la Jeune Américaine 1996. Et d'autres encore.

Dans la vie d'une personnalité publique, il faut toujours qu'il y ait davantage.

(De la défaite et de l'humiliation de Bliss à la compétition Hershey's Kisses, il n'y avait pas trace. Voilà comment Gunther Ruscha protégeait ma sœur, lui qui affirmait l'avoir tuée !)

Des découvertes encore plus perturbantes attendaient les enquêteurs dans un réduit attenant, sentant le moisi, où le pédophile avait une sorte d'atelier ; ils y trouvèrent d'autres pastels, et des portraits de Bliss Rampike faits avec une peinture acrylique, bizarrement brillante, qui jurait avec la « poésie » du sujet :

– **Bliss Rampike, très jeune (quatre ans ?), faisant des pointes sur ses patins, en tutu de tulle jaune jonquille et corsage pailleté, rubans lavande voletant dans ses cheveux d'or pâle**

– **Une Bliss un peu plus âgée, moins timide et « séduisante » dans sa tenue Boléro rouge pailleté, jupe fendue sexy, corsage (très légèrement) rembourré, entraperçu de culotte noire (que l'artiste amateur**

---

\* Étrangement, j'avais oublié ce titre ; il n'est mentionné nulle part dans mon manuscrit ; Gunther Ruscha, lui, se l'est rappelé et l'a enchâssé pour qu'il ne soit pas perdu.

s'était efforcé de représenter – les enquêteurs s'en aperçurent avec dégoût – avec un petit bout de vraie dentelle)

– Une Bliss éthérée, « angélique », dans un costume de ballerine en dentelle moulant son petit corps comme un gant, tutu blanc vaporeux, soupçon de culotte en soie blanche, bas de dentelle blanche, cheveux d'une pâleur cendrée tressés en couronne et surmontés d'un diadème d'or blanc

– Yeux clos, mains jointes sur la poitrine, Bliss couchée dans ce qui semble être un cercueil blanc ivoire, vêtue de son costume Hershey's Kisses, velours chocolat foncé et rubans argentés ; apparemment en paix, un doux sourire sur ses lèvres roses ; mais ses paupières étaient translucides, comme si la petite fille regardait à travers ; si l'on s'approchait, on devinait l'éclat de deux yeux bleu cobalt, fixés sur soi.

Dans tous les portraits de Ruscha, la petite fille blonde était représentée grossièrement mais avec tendresse ; malgré la mièvrerie, les traits exagérés, son visage était reconnaissable pour celui de Bliss Rampike.

« Mon Dieu ! Qu'est-ce qui nous attend encore ! »

Tout aussi répugnants aux yeux des enquêteurs : les gribouillis tarabiscotés de Gunther Ruscha, conservés dans un cahier relié cuir, marqué BLISS MA BIEN-AIMÉE :

### BLISS MA BIEN-AIMÉE

*Toi, ma Destinée ; et moi, la tienne –*
*Jamais je ne comprendrai*
*La cruauté de Dieu envers l'homme –*
*Toi, une Enfant ; et moi, un Homme –*
*Sort cruel, que nous n'osons contrarier.*

### BLISS MA DESTINÉE

*Appelle-moi ma chérie, et je suis à ton côté –*
*Dans la tombe, tu seras ma bien-aimée –*
*Tes petits pas dans la neige –*
*Me révèlent où je dois aller.*

### « MINI MISS PRINCESSE DE LA GLACE DU JERSEY 1996 »

*Personne n'est plus belle que toi,*
*Personne n'est plus ange que toi*
*Personne n'est plus parfaite que toi,*
*Personne n'a reçu la grâce, d'être* toi.

### CHANT D'INNOCENCE

*Qui demeure dans la beauté est un Enfant*
*Ignorant que le cœur de l'Homme est violent*
*Qui demeure dans la joie un jour doit gémir*
*Que de promesses faites, qu'elle ne peut tenir.*

### ANGE CRUEL ENTENDS-MOI !

*Ah ! être la Glace*
*Sous le tranchant de ton Patin*
*Dans l'Étau de l'extase*
*Je suis – ton Destin !*

Avec écœurement, les enquêteurs examinèrent quelques-unes des pages manuscrites. Des « vers », de la « poésie » ? Plus de soixante pages de poèmes d'amour pédophilique, lecteur, mais je vous épargnerai.

Par bonheur, Ruscha n'avait pas d'ordinateur. C'était en 1997, un peu trop tôt pour que le pédophile moyen ait pris la mesure des possibilités de pornographie enfantine offertes par Internet. Voilà, lecteur, qui nous épargne des saletés encore plus abjectes*.

« Mon Dieu. Regarde-moi ça ! »

Avec plus de stupéfaction encore, les enquêteurs découvrirent, dans le sous-sol malodorant de la maison de Ruscha, une sorte d'atelier de taxidermie : sur une table souillée et balafrée se trouvaient de petits animaux grossièrement « empaillés » (écureuil, tamias, souris, jeune rat à la queue raide et aux moustaches hérissées) et des oiseaux (des moineaux en majorité, mais aussi un geai bleu, un cardinal, un roselin estropié) ; une odeur prenante de formaldéhyde et une odeur encore plus prenante de pourriture organique flottaient dans la pièce. Connu depuis longtemps comme le pédophile du comté de Morris, Gunther Ruscha était donc aussi, à l'insu de tous, un taxidermiste amateur ? Des boîtes en Plexiglas contenaient des compositions « artistiques » d'animaux empaillés ; dans l'une d'elles, apparemment la préférée de Ruscha, car elle était exposée sur un guéridon, on voyait un oiseau à peu près de la taille d'un cardinal mais dont les plumes dorées semblaient avoir été peintes ; ce petit oiseau avait des yeux de verre mal ajustés ; au bout de ses pattes minuscules, de minuscules patins découpés dans du papier d'argent. Et sur sa petite tête dressée, un minuscule diadème en papier d'argent. L'oiseau aux plumes dorées patinait sur une patte, ailes déployées, sur une surface en papier d'aluminium censée évoquer la glace et, sur les côtés de la boîte en Plexiglas, de petits oiseaux, principalement des moineaux, regardaient et applaudissaient de leurs ailes. Une poudre scintillante brillait sur les parois. L'effet était tendrement désuet et grotesque à la fois. L'odeur était sans équivoque.

---

* Suis-je trop « dur », trop enclin à « juger » ? Ai-je franchi la ligne de démarcation tacite entre Auteur et Lecteur, et parlé trop franchement alors que je devrais m'efforcer à plus de subtilité et de mesure ? S'il se trouve des pédophiles parmi mes lecteurs, puis-je me permettre d'offenser et de m'aliéner quiconque ? J'ajouterai donc, à l'intention des lecteurs portant un intérêt « scientifique » aux divagations du cerveau dérangé, que les œuvres complètes de Gunther Ruscha – poèmes d'amour, reproductions d'« œuvres d'art » – sont disponibles dans le cloaque grouillant du cyberespace. À vos risques et périls !

En silence, Sledge et Slugg contemplèrent cet horrible spectacle, un mouchoir pressé contre le nez. Car jamais ces enquêteurs de Fair Hills, ces « vieux routiers » de la police, n'avaient rien vu, ni senti, d'aussi bizarre.

« À ton avis ? Il comptait l'empailler* ? »

---

* S'il y a des lecteurs pour trouver que c'est drôle, ça ne l'est pas.

On ne sait qui de Sledge ou de Slugg fit cette remarque. Bien que ni l'un ni l'autre n'aient inclus cette hypothèse macabre dans leur rapport, elle entra vite dans la légende de Gunther Ruscha, entretenue dans le cyberespace par des individus convaincus que GR était un ingénieux serial killer en puissance qui avait eu l'intention de tuer et d'« empailler » sa Bliss bien-aimée.

# NOTRE PÉDOPHILE IV

« BON DIEU ! REGARDEZ-MOI CE SALOPARD ! »

À 6 heures du matin, le 14 février 1997, jour de la Saint-Valentin, trois ans exactement après que Gunther Ruscha eut vu Bliss Rampike pour la première fois, son corps sans vie fut découvert dans sa cellule de la maison d'arrêt du comté de Morris, « convulsé et contorsionné » au pied de son lit. Autour du cou, le meurtrier avoué s'était fait une corde grossière d'une chemise déchirée, dont il avait noué une extrémité au montant de fer de son lit ; par un effort désespéré, en se jetant de façon répétée sur le sol, il était parvenu à s'étrangler jusqu'à ce que mort s'ensuive. Le médecin légiste qualifierait la mort de « volontaire », et de « suicide le plus insolite » de l'histoire de la maison d'arrêt, où les détenus se pendaient d'ordinaire dans les douches, à des appareils d'éclairage, ou encore, après s'être fait un couteau grossier avec une brosse à dents ou assimilée, en se tranchant une artère.

Posé proprement sur le traversin de Ruscha, ce mot écrit à la main :

PARTI REJOINDRE MA BIEN-AIMÉE
JE SUIS « L'ŒIL QUI VOIT »*.
G.R.

---

* Cette allusion tardive à la demande de rançon conduisit les enquêteurs à s'interroger : Ruscha venait-il tout juste d'en entendre parler, ou en était-il l'auteur ? Les avis des commentateurs informés divergent sur la question : 52 % pensent que Ruscha a écrit la demande, avec du matériel (papier, stylo) trouvé chez les Rampike ; 37 % pensent que c'est Betsey Rampike ; 9 %, que c'est Bix Rampike ; 2 %, « autre ».

Ni les surveillants ni les médecins ne tentèrent de ranimer Ruscha quand il fut découvert, car il était évident que sa mort remontait à plusieurs heures.

La nouvelle fut immédiatement diffusée dans tout le pays : le « meurtrier avoué » de Bliss Rampike « avait mis fin à ses jours »*.

À CE MOMENT-LÀ, LE CORPS DE BLISS RAMPIKE, « AUTOPSIÉ » par le Dr Virgil Elyse, médecin légiste du comté de Morris, avait enfin été rendu à la famille et enterré dans le cimetière de l'église épiscopalienne de la Trinité. Seul un nombre « choisi » de parents et d'amis proches des Rampike avait été invité à assister au service funèbre, et pourtant la petite église était pleine de monde, dont un nombre impressionnant de ces habitants de Fair Hills qui avaient figuré naguère sur la pyramide secrète de maman. Et que dire des fleurs ! Un déluge de fleurs, la plupart d'un blanc éblouissant, lys et fleurs de printemps, autour du cercueil (fermé) d'un blanc luisant, petit à vous fendre le cœur, posé devant l'autel.

L'odeur douce écœurante des lys Calla, exhalée dans la petite église « historique » comme une haleine.

Dehors, dans Highland Avenue, un quartier de grandes et vieilles demeures se dressant en retrait de la rue avec une dignité patricienne, s'était rassemblée une foule qui serait dite « indisciplinée », « composée d'éléments extérieurs ». Cette foule estimée à un millier de personnes s'était formée dès 6 heures du matin. Des policiers de Fair Hills, dont la brigade équestre (cinq beaux chevaux, cinq agents), étaient sur les lieux pour régler la circulation et main-

---

* Vous y croyez ? Mme Ruscha ne l'admit jamais : « Ils ont tué mon garçon. Ils l'ont forcé à "avouer" et puis ils l'ont tué. » Peu après la mort de Ruscha, on se mit à dire que cette pendaison bizarre s'était faite avec l'« assistance » d'un ou deux surveillants ; et que cette « assistance » était l'expression populiste de la répulsion justifiée de la population du New Jersey envers le pédophile ; plus tard, on se mettrait à insinuer que cette « assistance » avait peut-être été achetée par l'agent d'un agent d'un associé du rusé M. Kruk. (D'accord, je sais : je ne devrais pas reprendre ce genre de rumeur dans un document objectif, et pourtant : si elles étaient vraies ?)

tenir l'ordre. Bien qu'ils fussent prévenus et bien qu'un petit groupe de gardes eût été engagé pour les protéger des médias toujours plus envahissants et des fans endeuillés de Bliss, les Rampike furent néanmoins surpris par l'importance de la foule, et par l'émotion qu'ils suscitèrent quand ils descendirent d'une Lincoln Town Car noire et montèrent les marches de pierre de l'église. « Betsey ! », « Betsey ! », « Bix ! » cria-t-on sur leur passage.

Stupéfiant pour Betsey Rampike que, si vite, dans la mort, sa petite fille eût acquis un niveau de célébrité qu'elle n'avait pas eu de son vivant ; et qu'elle, Betsey, la mère ravagée de chagrin, eût également atteint cette terre sacrée.

C'était comme une annonciation. Et si vite !

Le teint cendreux et l'œil vitreux, Bix Rampike regardait droit devant lui sans s'occuper de la foule. Derrière ses lunettes noires, Betsey refoula ses larmes et sourit – faiblement, bravement – leva une main gantée vers ces inconnus, ces visages fascinés et ces yeux humides de larmes qui reflétaient les siennes.

« Betsey ! Dieu vous bénisse ! »

« Betsey ! Nous aimions Bliss ! »

« Betsey ! Bliss est auprès de Jésus ! »

Betsey aurait aimé s'arrêter, prendre les mains de ces inconnus éplorés, leur parler et partager leurs larmes, mais les doigts puissants de Bix se refermèrent sur son bras et l'entraînèrent.

Pour dissimuler ses yeux décolorés et gonflés, Betsey portait d'élégantes lunettes noires qu'elle enleva gauchement en entrant dans l'église. La mère éplorée était tout en noir : manteau ceinturé de cachemire noir avec col et manchettes de vison noir, chapeau noir garni de vison, gants de cuir noir. Un rouge à lèvres pareil à une plaie dans son visage pâle et poudré qui semblait avoir perdu ses contours, informe comme une pâte à pain. Il fut noté que Betsey Rampike paraissait avoir grossi, enflé. Et Bix Rampike, fut-il noté, était devenu étrangement – « anormalement » – sombre et distrait. Il se déplaçait gauchement, grimaçant presque, un sportif assommé par sa défaite et n'ayant pas une conscience claire de la gravité de sa blessure. (Et Bix avait-il bu ? Bix était-il *ivre* ?)

« Betsey ! Bix ! Nous prions pour vous ! »

Sur leur banc du premier rang, les Rampike furent encadrés par les nombreux parents de Bix – frères, sœurs, oncles, cousins – et par sa mère, Edna Louise, devenue une vieille femme infirme voûtée comme un urubu, le bas du visage tordu par un rictus de douleur et de stupéfaction, comme après une attaque ; pendant le sermon funèbre du révérend Higley, Mme Rampike mère murmurerait à l'oreille de Bix en le tirant avec irritation par la manche. (« Qui est cet homme ? Que dit-il sur ma petite-fille ? Qui lui en a donné le droit ? Pourquoi sommes-nous ici ? ») Aucun Sckulhorne de Hagarstown n'était présent, car Betsey avait douché leur désir ardent de venir en monospace assister à la cérémonie. (« Pas maintenant ! C'est trop tard ! Vous n'avez pas connu ma belle petite Bliss quand elle était en vie, vous n'exploiterez pas sa célébrité maintenant qu'elle est morte. Notre chagrin nous appartient. ») Un organiste jouait du Bach : « *Jésus, notre Rédempteur.* » Une soprano chanta *Ô Christ, toi qui es la lumière et le jour* avec une conviction électrisante. Le chœur de la Trinité se leva pour chanter *Salut à toi, Jésus miséricordieux !* On savait à ce moment-là que le meurtrier pédophile de Bliss Rampike avait été arrêté par la police de Fair Hills et qu'il avait avoué ; il convenait à présent, comme le révérend Higley le dit gravement en refoulant ses larmes, de s'atteler à la tâche de la « guérison intérieure », de « soutenir la famille Rampike » dans ce temps de « tragédie et de douleur insondables ».

Dans la petite église « historique » de la Trinité, comme dans le cimetière « historique » enneigé où Bliss Rampike serait « portée en terre » dans son cercueil taille enfant d'un blanc luisant, il y eut beaucoup de larmes, vous pouvez en être sûrs. Mais aucune ne fut versée par Skyler Rampike : pourquoi ?

Skyler n'était pas là. Il n'était pas à l'enterrement de sa sœur. Skyler était en quarantaine.

(Au fait, vous a-t-il manqué ? L'un quelconque d'entre vous avait-il remarqué l'absence du petit avorton ?)

Coupe rapide ! Quittons cette « scène d'église » solennelle pendant que l'organiste frimeur (sexe masculin, britannique) galope et dérape d'un bout à l'autre de ses claviers en faisant tonner de plus belle Jean-Sébastien Bach ce classique ultraclasse ; nous voici maintenant dans une pièce non identifiée, meubles vieillots « de qualité », Skyler se rappelle vaguement à travers la brume ouatée du Serenex/Zomix que c'est la chambre qualifiée de « sienne » dans la vieille maison de style Tudor sombre et puant la naphtaline où on l'a emmené, sans doute la maison de l'une des amies dévotes, vieilles, veuves et riches de maman, Frannie Squires ou Adelaide Metz, qui s'étaient montrées toutes prêtes à accueillir les Rampike après que *ça* fut arrivé, parce que Skyler ne pouvait plus dormir dans sa chambre, plus jamais dans cette chambre où, la nuit, même dans la brume du Zomix, sa sœur pieds nus et grelottante dans sa chemise de nuit poussait la porte en implorant *Skyler ? Aide-moi Skyler aide moi il y a quelque chose de vilain dans mon lit* et alors Skyler se réveillait en hurlant et se débattant et son petit cœur d'avorton cognait deux fois plus vite que normal et maman non plus ne pouvait plus dormir dans cette maison « maudite » où « Satan » s'était introduit car le cœur de maman était « en lambeaux » comme elle l'avait dit en pleurant lors de nombreuses interviews « exclusives ». Il était assurément vrai et serait à jamais vrai que Skyler ne pouvait pas dormir dans cette maison ni dans ce lit mais Skyler ne dormait bien dans aucune maison ni dans aucun lit ni n'arrivait à manger sans vomir ce qu'il avait mangé ni ne pouvait rester immobile plus de deux ou trois minutes, et Skyler ne se laissait pas examiner par un médecin sans paniquer, gigoter et hurler comme un enfant de deux ans, à ceci près qu'à deux ans il n'avait jamais eu ce genre de crise, et surtout Skyler pétait les plombs (« péter les plombs » : sacrément cool dans le vocabulaire dyslexique de Skyler) quand une infirmière essayait de planter une aiguille dans ses veines avortonnes, saisissant d'entendre un enfant censé être « renfermé », « indifférent à son entourage », « mutique », se mettre soudain à crier *Nooon ! Nooon ! Nooon !* en bramant aussi pitoyablement qu'un veau. Plus contrariant encore pour les adultes, Skyler refusait de « croiser leur regard », y compris ceux de maman, papa, grand-mère Rampike, et de la nouvelle

Maria au visage en truelle que maman avait engagée pour s'occuper de Skyler après que Lila Laong avait décidé de rentrer aux Phi-
lippines – à moins que maman n'ait dû « se séparer d'elle* » (mais
pourquoi ? Skyler n'en saurait rien) – et Lila manquait à Skyler !
Lila manquait à Skyler au point qu'il en pleurait ! Lila qui avait été
si gentille avec Skyler même quand il la repoussait, grognait et crachait et refusait de se laisser laver, lui frappait les mains quand elle
essayait de l'empêcher de se gratter le crâne, si fort qu'il en avait les
ongles bordés de sang et que ses cheveux commençaient à tomber,
il avait été si cruel avec Lila *Je te déteste tu as laissé faire du mal à
Bliss, je te déteste DÉTESTE,* ce qui était absurde (non ?) mais Skyler
se rappelle ces accusations comme il se rappelle sa gorge contractée
au point qu'il ne pouvait plus crier, ne pouvait plus parler, hoque-
tant/suffoquant peut-être à cause de ses médicaments, car évidemment après que *ça* fut arrivé la médication de Skyler avait été
augmentée, de nouveaux médicaments prescrits par son nouveau
psychiatre pédiatrique, le Dr Splint. Et donc Skyler n'alla pas à
l'enterrement de sa sœur, n'assista pas à l'enterrement de sa sœur
au fond du vieux cimetière de l'église de la Trinité. Et on ne lui
dirait pas où sa sœur était « enterrée » car ce mot grossier ne serait
pas prononcé en sa présence, pas plus que les mots « mourir »,
« morte », « mort ». Pas plus que les mots encore plus grossiers
« meurtre », « trauma contondant ». Pas plus que le mot « suspect ».
Et en ce jour de la Saint-Valentin 1997, maman vint tirer Skyler de
son sommeil comateux dans une pièce inconnue puant la naphtaline, maman le visage mouillé de larmes toutes fraîches et les yeux
scintillants, et maman étreignit Skyler avec tant de passion que, les
idées confuses au sortir de son sommeil comateux, Skyler se dit que
Bliss devait être revenue : était-ce une bonne nouvelle ?

---

* Pauvre Lila ! J'espère que, dans son île natale, à une distance rassurante de Fair
Hills, New Jersey, cette femme remarquable ignore que, dans les recoins les plus
obscènes du cyberespace, certains sites d'allumés considèrent que, au nombre des
gens ayant eu la « possibilité » de tuer Bliss et un « mobile » pour le faire, la nou-
nou/bonne des Rampike demeure, sinon un suspect privilégié, du moins un « suspect » tout court.

Maman força Skyler à quitter son lit pour qu'elle et lui puissent s'agenouiller côte à côte. « Nous allons prier pour l'âme de cet homme terrible, Skyler. Pardonne-lui, Jésus, il ne savait pas ce qu'il faisait. »

# V

## Et après

# « LA MAISON DU CRIME »

PERSONNE N'Y HABITAIT. DES « LUMIÈRES FANTÔMES »
brillaient à l'intérieur. Un gardien apparaissait de temps à autre au
volant d'un pick-up. Un panneau À VENDRE apparut au bout de la
longue allée de gravier. Un panneau PROPRIÉTÉ PRIVÉE. Un bliz-
zard brutal recouvrit l'allée de neige et aucun chasse-neige ne vint
l'enlever. Plus tard, des déménageurs arrivèrent dans un énorme
camion Mayflower et emportèrent les meubles. Des mois passèrent.
D'autres mois passèrent. Aucun acheteur ne voulait de la belle et
grande demeure de style colonial XVIIIe du 93, Ravens Crest Drive
dans laquelle une petite fille de six ans avait été assassinée. La plupart
des « acheteurs potentiels » n'étaient que des curieux aux penchants
morbides, ou, pis encore, des journalistes/photographes en quête
d'un « angle original » sur l'affaire Rampike. Un vrai chiendent, que
Mme Cuttlebone faisait l'impossible pour éliminer ! Mme Cuttlebone était une amie « personnelle » des Rampike et, oui, elle avait
connu Bliss Rampike, la belle petite « patineuse prodige » assassinée
dans son lit par un maniaque sexuel/psychopathe pédophile qui
habitait en plein cœur de Fair Hills : un délinquant sexuel condamné
à dix ans de prison pour avoir abusé d'enfants et qui avait été libéré
au bout de deux ans. Ah ! les juges ultralibéraux du New Jersey, cet
État corrompu, livré aux Démocrates ! Il y avait de quoi pleurer.

Il arrivait que Mme Cuttlebone pleure pour de bon. Ses clients
étonnés voyaient le beau visage poudré de quarante ans se chiffon-
ner comme un masque de papier et révéler le visage éploré de cinquante-neuf au-dessous.

« Nous ne l'appelons pas "la maison du crime". Bien sûr que non ! »

Les agences immobilières présentaient le 93, Ravens Crest Drive comme une *superbe demeure de style colonial XVIII* en partie *restaurée. Prix négociable.*

Skyler ne revit jamais la maison. Skyler finirait par l'« oublier ». Skyler finirait par « oublier » sa chambre. Skyler « oublierait » une bonne partie de ce qui était arrivé dans cette maison. Car maman n'en parlait pas, et papa n'en parlait pas. Pendant quelque temps, Skyler fut un patient externe du centre neuropsychiatrique pour enfants de Cedar Hills, à Summit dans le New Jersey. Puis, comme on jugeait que son mal « progressait », Skyler fut un patient interné du centre neuropsychiatrique pour enfants de Cedar Hills, à Summit dans le New Jersey. Et ainsi, le temps passa.

Quand précisément la maison du 93, Ravens Crest Drive fut-elle finalement vendue ? Skyler ne la revit jamais plus.

Excepté dans ses rêves. Bien souvent.

## TAXIDERMISTE AMATEUR

CERTAINS D'ENTRE VOUS ONT-ILS EU UN SOURIRE DE MÉPRIS hautain pour les travaux de taxidermiste amateur de Gunther Ruscha ? Animaux massacrés et difformes, fourrures grumeleuses, yeux de verre mal fixés et, honte suprême, cette terrible odeur. En dépit des efforts de Ruscha (saignée, éviscération, « embaumement » et « momification ») ses animaux empaillés n'étaient que de « vrais » animaux peu convaincants, comparés à des animaux en peluche. Des êtres mélancoliques qui, dans la mort, étaient dépouillés de la dignité de la mort parce que leur taxidermiste n'était qu'un amateur.

Comme j'aurais aimé que ma sœur soit « immortalisée » par un Homère, un Dante, un Shakespeare, plutôt que par *moi*. Et pourtant : Skyler est tout ce dont Bliss dispose.

*Tu m'aideras Skyler      Ne m'abandonne jamais Skyler*

Hier soir, alors que j'écrivais « La maison du crime » dans un transport d'inspiration incandescente et euphorique, il m'est venu à l'esprit que, en dépit de mes bonnes intentions et de ma ferveur, *Petite sœur, mon amour : l'histoire intime de Bliss Rampike* * est un genre de taxidermie, raté en grande partie comme Ruscha a raté ses animaux, et pour les raisons suivantes :

– G.R. et S.R. sont des amateurs, et les amateurs s'investissent trop.

---

* J'ai dû taper cela par erreur. Tant pis.

459

– G.R. et S.R. sont déroutés par le « réel ».
– G.R. et S.R. « se sont approchés trop près de la flamme\* ».

Et dans les sables mouvants de mon désespoir m'est apparu l'homme qui se fait appeler – sans gêne et sans ironie – pasteur Bob : *Exprime ce que tu as au fond du cœur fiston l'amour et non la haine doit te guider dis-toi que la vérité est beauté fiston ne cherche pas à créer simplement de la beauté.* Quel désir j'ai de croire le pasteur Bob de l'Église évangélique du Christ ressuscité de la Nouvelle Canaan !

C'est à l'ironie que je dois renoncer. À mes blessures que je dois consentir. À l'odeur de mes propres blessures purulentes. Le pasteur Bob a raison. Qu'importe si ce document dans lequel j'ai mis mes tripes n'est pas une œuvre de beauté mais une sorte d'empaillage raté ? C'est le mieux que je puisse faire.

Comme les spécimens pitoyables de Gunther Ruscha étaient ce que ce pauvre diable pouvait faire de mieux.

Comme dans le plus sophistiqué des films contemporains, procédons à une coupe rapide et passons à une scène poignante/énigmatique dans une chambre de la sombre demeure de style Tudor de la riche veuve Adelaide Metz, membre de la sororité caquetante des dames patronnesses qui s'étaient disputé l'honneur d'aider les Rampike dans leur épreuve et affirmaient avoir aimé Bliss « comme

---

\* Qu'est-ce que ça veut dire ? Des fadaises mystiques ? Mais comment exprimer autrement l'inexprimable ? Car le fait est que G.R. comme S.R. demeurent des « suspects » dans l'affaire non élucidée de la mort de ma sœur. S'il est généralement admis que Gunther Ruscha était l'assassin, on n'a jamais trouvé aucune preuve de son crime ni même de sa présence dans la maison des Rampike, et aucun témoin n'a jamais affirmé l'avoir vu dans ou aux abords de la maison au moment de la mort de Bliss. Dans le cyberespace, des voix ténues mais tenaces, telle une moisissure vénéneuse sur des murs humides, clament que Bliss a été assassinée par son frère Skyler, c'est un crève-cœur pour moi de le dire, mais je dois le faire, je le sais. (La dernière fois que je suis allé jeter un œil dans le cybercloaque, il y a environ deux ans, j'étais shooté au dextrométhorphane [un médicament contre la toux] et cela m'a fait rire. Aujourd'hui, je suis clean et aussi sensible que si j'avais été dépouillé de mon épiderme. Et l'euphorie du « transport d'inspiration incandescente » d'hier soir s'est entièrement dissipée. Pire encore… et puis, non. Je vais garder « pire encore » pour un autre chapitre.)

leur petite-fille ». Voici maman qui fait irruption dans la chambre avec l'expression radieuse/abasourdie de qui vient de gagner au loto avec un billet volé ; elle soulève Skyler avec tant d'énergie que ses côtes craquent et, l'instant d'après, il se retrouve à genoux par terre à côté d'elle et tous les deux prient ensemble pour l'âme de Gunther Ruscha qui – Skyler l'ignore – vient de « se suicider » dans la maison d'arrêt de la façon la plus ingénieuse qui soit, en se pendant d'une hauteur de moins de quatre-vingt-dix centimètres.

Pourquoi prier pour l'âme de l'homme qui avait fait du mal à sa sœur ? se demandait Skyler. Mais maman y tenait.

« Jésus hait le péché mais aime le pécheur. Imagine un peu, si Jésus peut aimer cet homme terrible, l'amour qu'il aura pour *nous*. »


ON RÉPÉTERAIT DONC À SKYLER QUE LE « VILAIN HOMME » qui avait fait du mal à sa sœur « ne ferait plus jamais de mal à personne ». Pourtant, qui sait pourquoi, Skyler n'en tira que peu de réconfort.

Pendant ces semaines, ces mois et ces années où Skyler serait médicamenté « pour son bien ».

En février 1997, on traitait Skyler pour un TDP (Trouble dépressif précoce) et pour un SAC (Syndrome d'anxiété chronique). Naturellement Skyler continuait à être traité pour ses troubles précédents, dyslexie, trouble déficitaire de l'attention, etc., mais peu après son dixième anniversaire, au mois de mars, le Dr Vandeman diagnostiquerait chez ce gamin morose un trouble si nouveau, et néanmoins si « épidémique » aux États-Unis, que les spécialistes de la santé mentale de l'enfant commençaient à peine à mesurer l'étendue et l'ampleur de sa prévalence et que les sociétés pharmaceutiques commençaient à peine à fabriquer les (coûteux) inhibiteurs psychotropes de la monoamine oxydase indispensables pour le combattre : le TSA*.

---

* Trouble du spectre autistique : se manifestant selon l'Association américaine des neuropsychiatres de l'enfant par des « difficultés de communication et d'interaction

Du jour au lendemain, Skyler n'alla plus à l'école.

Le proviseur Hannity convint avec les Rampike que l'« enfant traumatisé » distrairait ses camarades de classe et devait éviter les « situations de stress » pendant les mois à venir. (En secret, pourtant, Skyler mettait son blazer d'uniforme vert forêt avec, au revers, le précieux petit badge HPI en or dont il avait été si pathétiquement fier. En secret, Skyler se souriait faiblement dans la glace, se rappelant les paroles électrisantes du proviseur : « Skyler ! Félicitations, mon garçon. Dans la méritocratie américaine, Fair Hills Day parie sur des élèves comme toi pour tenir la distance. »)

(Embarrassant ! Le lecteur qui ne s'est jamais souri dans aucune glace, qui ne s'est jamais murmuré des paroles d'encouragement aussi pitoyables, est prié de passer en silence sur ces révélations.)

Une conséquence positive du meurtre de Bliss : les goûters-rencontres cessèrent. Définitivement.

Voici l'unique carte, envoyée par un ancien camarade de goûter-rencontre, qui parvint à Skyler Rampike :

CHER SKYLER,

JE TE PRÉSENTE MES CONDOLÉANCES POUR LA PERTE DE TA SŒUR. J'AIMERAIS TE REVOIR MAIS CE SERAIT TROP TRISTE, D'APRÈS TA MÈRE.

AFFECTUEUSEMENT,

*E. Grubbe*

ELYOT GRUBBE

---

sociale, des anomalies du langage, des comportements et des intérêts obsessionnels ». En 1997, une étude fédérale révéla qu'un enfant américain sur trois cents en était atteint ; aujourd'hui, c'est un sur cent cinquante. Si le lecteur a poursuivi jusqu'ici la lecture de ce document manifestement « obsessionnel », il y a de bonnes chances qu'il souffre, comme l'auteur, de TSA, et qu'il ait à prendre, comme l'auteur ne le fait plus, cinq cents milligrammes de Claritan trois fois par jour.

Skyler se rappelait parfois ses amis de Fair Hills Day avec un pincement de nostalgie. Des garçons cool comme Calvin Klaus et Billy Durkee qui avaient été ses meilleurs copains ; l'intello Mildred Marrow qui avait regretté que Skyler ne soit pas son frère. Mais la plupart du temps, dans l'état brumeux où le mettaient les médicaments, c'était à peine si sa sœur lui manquait.

Du haut d'un palier, dans la maison de Mme Metz, il entendait maman parler à des visiteurs : « Mon fils se remet lentement. Il a subi un terrible traumatisme, comme si c'était sur lui que cet homme malfaisant avait porté la main. Nous n'en parlons jamais. »

Maman et Skyler séjourneraient plusieurs semaines chez la dévote Mme Metz, et la maison de Ravens Crest Drive resterait inoccupée, avec juste quelques « lumières fantômes » çà et là pour décourager les cambrioleurs. Skyler ne savait pas très bien où était papa, car papa séjournait souvent dans un hôtel – ou un appartement – de Quaker Heights, situé à une distance commode d'Univers, Inc. ; mais papa séjournait aussi dans son appartement de Central Park South où, c'était promis, Skyler pourrait bientôt lui rendre visite ; ils iraient voir un match des Knicks ensemble et, mieux encore, Skyler passerait des « moments de qualité avec papa » en ville ; d'un autre côté, et là-dessus maman et papa étaient d'accord, Skyler était si « fragile psychiquement » qu'il était beaucoup plus raisonnable qu'il reste à Fair Hills avec sa mère ; beaucoup plus raisonnable qu'il continue son traitement avec Vandeman, Splint et son nouveau physiologiste pédiatrique spécialiste en gestion de la douleur, Yu Kwon, toujours si gai et si optimiste concernant la « guérison » de Skyler.

Papa avait été très secoué par *ça*. Papa ne parlerait jamais de *ça* à Skyler. (Ni à personne ? se demandait Skyler.) Bien qu'Univers Inc. eût accordé un congé exceptionnel à papa au moment de la tragédie, il était retourné travailler le lendemain de l'enterrement de Bliss, car il avait éprouvé le besoin de se jeter aussitôt dans le travail : « Plus je travaille, mieux c'est ! *Sic pourrit mundi.* »

Naturellement, papa essayait de passer des week-ends à Fair Hills avec ce qui restait de sa petite famille. Quelles larmes de papa-ému brillaient dans les yeux de papa quand il disait bonjour à maman et à Skyler ! Il étreignait Skyler, le soulevait de terre, mangeait de baisers son visage sensible. « Je t'aime, fiston ! » Mais papa avait la voix rauque d'un crapaud qui coasse et le grand sourire paternel avait perdu de ses watts. Papa n'était même plus aussi imposant qu'avant parce qu'il avait l'épaule droite affaissée comme par la chute d'un objet pesant. Ces week-ends-là, Skyler trouvait bizarre que papa préfère aller dormir chez des amis de Fair Hills, généralement chez M. Kruk, parce qu'il y avait toujours des « problèmes juridiques » à régler avec M. Kruk, plutôt qu'avec maman et Skyler dans la demeure de style Tudor de Mme Metz ; mais papa expliquait qu'il ne pouvait s'exposer à dormir dans cette maison où l'odeur de naphtaline était si forte qu'il avait peur de se retrouver « embaumé ».

Était-ce une plaisanterie paternelle ? Était-on censé rire ? Papa plaisantait si peu, à présent, que Skyler avait oublié comment réagir*.

---

* Quel petit chapitre mélancolique ! Sans doute parce que son petit protagoniste, Skyler, est « embaumé ».

## SOIE ROUGE

À QUI APPARTENAIT LE FOULARD DE SOIE ROUGE ?

Noué autour des poignets de ma sœur que liait déjà un ruban adhésif. Et ses bras minces, arrangés de force au-dessus de sa tête pour lui donner une « pose séduisante ».

Et ses jambes nues, qui n'étaient pas minces mais fines et étonnamment musclées pour une enfant aussi jeune, écartées, la chemise de nuit souillée remontée en boule sous ses hanches.

Le lecteur malin doit se rappeler ce foulard de soie cramoisie, apparu dans mon chapitre novateur « Sex Toys » ?… Je l'espère. Néanmoins, ainsi que M. Kruk le dit aux enquêteurs, il était vraisemblable que l'intrus avait trouvé ce foulard dans la maison et s'en était servi à ses propres fins.

« Il portait des gants. Il avait préparé son coup. Le rouleau d'adhésif, il l'a remporté. Il n'a laissé aucune trace. »

*New Jersey Sentinel, Star Eye Weekly, National Inquirer, Up Close & Personal* publiaient d'innombrables « interviews » de « sources anonymes » proches des Rampike affirmant qu'on avait abusé de Bliss Rampike ; et que cet abus sexuel était la raison du meurtre. (Car pourquoi autrement tuerait-on une enfant de six ans ?)

Et pourtant : le médecin légiste du comté de Morris, le Dr Virgil Elyse, n'avait trouvé aucun signe de traumatisme sexuel sur le corps de la victime. Pas trace de sperme sur le corps ni dans la chaufferie.

Le meurtre de Bliss Rampike n'avait donc pas été un crime sexuel… si ?

Pourtant : pourquoi avoir donné à Bliss cette pose « séduisante », bras au-dessus de la tête et jambes écartées de façon provocante, dans sa chemise de nuit de petite fille...

*Skyler ! aide-moi*        *Skyler il fait si noir ici*
*Ne m'abandonne pas*       *Skyler*

Dans les tabloïds comme dans le cybercloaque, on insinuait que Bliss Rampike avait « presque certainement » été victime d'inceste. Des « sources anonymes proches des Rampike » l'affirmeraient. Des « sources anonymes » au sein du service de police de Fair Hills, du bureau du procureur du comté et du bureau du médecin légiste. Dans la plupart des cas, c'était le père de Bliss qui était incestueux, mais parfois aussi son frère.

Dans *Up Close & Personal*, une « ancienne nounou » des Rampike déclarait *C'était le frère. Il faisait de vilaines choses à ce petit ange depuis qu'elle était bébé.*

Sur l'un des sites de fans de Bliss, un « ancien camarade de classe » de son frère à Fair Hills Day déclare *C'était un vrai tordu ! Il nous montrait des BD bizarres à la R. Crumb où il faisait des trucs vraiment bizarres à sa sœur. Il voulait peut-être qu'on lui dise : « Super cool, mec »* ? *

Lecteurs, je ne vous titille pas ! Je ne fais que signaler tristement ce qu'on trouve dans l'enfer tabloïd où, contrairement aux Rampike, vous ne vivez pas. En grattant mes points de suture. En m'acharnant sur mes croûtes jusqu'à ce qu'elles saignent et que la sensation d'humidité sur mes ongles desséchés et craquelés me fasse du bien et que ce papier barbouillé sur lequel j'écris un énième chapitre massacré – « Soie rouge » : si prometteur au départ – soit piqueté de sang comme si j'y avais écrasé des punaises.

---

* Qui est-ce ? Tyler McGreety ? Répandant de terribles mensonges sur son vieux camarade de goûter-rencontre ? *Pourquoi ?*

## « ENFER TABLOÏD » : NOTE

JUSTE POUR RASSURER LE LECTEUR : RIEN DE TEL NE VOUS arrivera jamais. Jamais vous ne verrez des « sources anonymes » au nombre desquelles vos propres amis répandre sur vous de terribles mensonges jaillissant de leur bouche comme des chauves-souris et si on leur demande pourquoi, pourquoi mentir, pourquoi faire du mal à quelqu'un, la réponse est *Parce que je suis anonyme, voilà pourquoi.*

## « PIRE ENCORE »

CE MATIN, UNE AUTRE LETTRE EST ARRIVÉE DANS LA BOÎTE DE Skyler Rampike, réexpédiée par le cabinet de Pittsburgh, Crunk, Swidell, Hamm & Silverstein, une enveloppe abricot pâle avec au dos l'adresse de TOUCHE CÉLESTE.

*Non ! N'ouvre pas* mais c'était déjà fait.

Une feuille unique de papier parfumé couleur abricot pâle, l'écriture si reconnaissable à l'encre lavande, avec ses exigences :

14 février 2007
Cher Skyler –
Chéri S'il te plaît
            Ta mère qui t'aime
                "maman"

« Non, non et *non !* »

Cette fois elle ne parlait pas d'opération. Mais je savais.

Froissé et fourré la lettre abricot pâle dans une poche de mon treillis et me suis retrouvé titubant sous un soleil d'hiver éclatant. J'avais dû me gratter le visage, vu la façon dont on me regardait, du sang sur ma joue gauche. J'étais censé retourner au centre médical me faire enlever mes points de suture, mais je n'y étais pas allé.

À quelques blocs de là des cloches d'église sonnaient avec une ferveur démente. Si je pouvais croire en Dieu, il y aurait une place pour moi dans cette église, mais je ne peux pas, et donc il n'y en a pas. Pris Pitts Street en boitant et jurant : « Non, non et non. » Mais avec cette peur en moi *Et si elle meurt ? Si c'est un cancer et qu'elle meure ? Et que je n'aie pas revu ma mère une dernière fois ?* mais pas question que je cède à cette femme. Plus jamais*.

---

* Le lecteur curieux se demande pourquoi Skyler a si peur d'une femme entre deux âges qui se trouve être, ou avoir été, sa « mère » pendant une quinzaine d'années. Quelle « emprise » a-t-elle sur lui pour lui inspirer cette peur enfantine, faire fondre son ironie comme un micro-ondes ferait fondre un gros glaçon ? Qu'est-ce qui le panique, que cette femme détienne la clé de « sa » mémoire, qu'elle ait sur lui des connaissances, comme ces vieux oracles ramenards des tragédies grecques, dont ce petit malin lui-même n'a aucune idée ? Lisez la suite.

# TÉLÉ-MAMAN I

« LA GRÂCE DIVINE, CHÈRE AVIS. IL N'Y A PAS D'AUTRE ISSUE. »

La première fois qu'il avait vu Télé-maman, il n'avait pas compris qui était la femme sur l'écran. Il avait la vue brouillée et embuée par les médicaments et un tintement/bourdonnement aigu et permanent dans les oreilles qui l'empêchait de penser. Il avait dû entrer à son insu dans la salle d'attente des visiteurs de... où était-il déjà, à Cedar Hills ?... une zone du « centre de traitement » interdite aux patients. Pour quelle raison ? Il n'en savait rien. Il n'était pas assez naïf pour s'attendre à y trouver des visiteurs venus pour le voir, car il n'avait pas eu de « visite » depuis des semaines, et encore, à sa grande déception, seulement celle de grand-mère Rampike, terriblement vieillie et larmoyante, accompagnée d'une infirmière/ gouvernante, qui avait embrassé, cajolé, étreint Skyler tout raide dans ses bras et refusant de parler. À présent, parcourant du regard les visages dans la salle d'attente et ne voyant personne pour lui. Et sur l'écran de télévision un visage familier, une voix chaude et pressante :

« ... prière, chère Avis, et de l'humilité face aux desseins impénétrables de Dieu. Pas d'amertume. Pas de "rumination du passé". Ma foi me soutient. Savoir que Bliss est toujours auprès de moi, et que son esprit demeure chez tous ceux qui l'aiment... »

Était-ce la maman de Skyler ? Était-ce Betsey Rampike ? Interviewée par une autre femme dans un talk-show ? Skyler était abasourdi, sa petite bouche béante béa encore davantage. Skyler essuya, frotta ses yeux d'où coulaient des larmes qui lui faisaient honte parce que les autres patients le traitaient de pleurnichard et que, bon sang, Skyler n'était pas un pleurnichard.

En fait, Skyler ne pleurait jamais. Il ne parlait jamais. Et il refusait de regarder les adultes « dans » les yeux.

À la télé, une voix claironnante : « Mais Betsey ! Comment une mère survit-elle à une telle tragédie ? Je sais – et nos spectateurs savent – que vous avez "donné votre cœur à Jésus"… et pourtant : comment pouvez-vous "pardonner" à ce monstre pervers, à ce pédophile qui a assassiné votre fille dans son lit ? Comment en trouvez-vous la force, alors que… » L'intervieweuse avait un visage en lame de couteau, des yeux avides et des dents de requin découvertes par éclairs dans un sourire sauvage. Elle s'appelait Avis Culpepper et animait l'émission *Up Close & Personal avec Avis Culpepper* en association avec le tabloïd du même nom, un talk-show de l'après-midi que beaucoup d'employés de Cedar Hills regardaient ; car il y avait des télévisions allumées tout le jour dans le centre neuropsychiatrique pour enfants de Summit, New Jersey, où Skyler âgé de onze ans était un patient. (Pourquoi maman et papa l'avaient-ils fait « interner » ? Parce que quelque chose « fonctionnait mal » [disait papa] dans le cerveau de Skyler et que ses parents « ne reculeraient devant aucune dépense » [promettait maman] pour remettre en état ce qui s'était apparemment détraqué.) Et voici que Betsey Rampike – « maman » – parlait à la télévision d'une voix chaude et pressante qui contrastait avec la voix stridente d'Avis Culpepper car Avis Culpepper était admirée par ses nombreux fans justement pour cette stridence, pour ses indignations, pour son rire railleur qui invitait les téléspectateurs à prendre son parti. Skyler constata avec soulagement que la femme au visage en lame de couteau semblait apprécier maman et lui parlait avec sympathie. À côté d'Avis, Betsey Rampike avait la voix douce de qui cherche à se faire aimer ; un visage rond de jeune fille à peine un peu fripé vers le cou, très maquillée pour la télévision, yeux soulignés, rouge à lèvres rose brillant et cheveux brun-roux, souples comme une perruque et pas mous et striés de gris comme ils l'avaient été pendant les horribles semaines confuses et perturbées qui avaient suivi *ça*. Tout en parlant, Betsey continuait à sourire avec ferveur à Avis Culpepper comme si cette femme féroce était une autorité qu'il fallait se concilier. Skyler nota que sa mère était très séduisante dans une robe lilas froufroutante dont le décolleté découvrait la naissance crémeuse de ses seins ; autour du cou, elle portait une chaîne et une petite croix en or ; ses mains potelées, chargées de bagues, étaient croisées sur ses genoux ; quel désir violent éprouvait Skyler de se précipiter vers la télévision, de stupéfier les visiteurs en entrant dans l'image et en criant *Maman ! Maman ! Maman ! C'est Skyler pourquoi est-ce que tu ne me vois pas maman !* Car maman n'était pas venue voir Skyler depuis neuf semaines, même s'il fallait reconnaître qu'elle téléphonait au moins une fois par semaine, et papa aussi, et qu'ils promettaient toujours de venir bientôt. Pourquoi maman était-elle aussi occupée ? Quelle était cette « nouvelle vie » dont elle parlait avec tant d'espoir mélancolique ? Avis Culpepper, cheveux cuivrés étincelants comme un casque de Walkyrie, tenait un livre à la couverture rose chair et au titre rouge foncé qu'elle montrait à ses téléspectateurs – *Bliss : le récit d'une mère* par Betsey Rampike* – en les engageant à courir l'acheter ou, s'ils n'avaient pas de librairie près de chez eux, à envoyer un chèque de 26,95 dollars à Avis Culpepper c/o Eagle News Network, BP 229, Cincinnati, Ohio : « Si ce livre ne vous fend pas le cœur et ne vous rend pas fous de rage contre les législateurs et les juges gauchistes de ce pays qui condamnent à des peines ridicules les dangereux délinquants sexuels qui sévissent parmi nous, j'accepte de vous rembourser. » Tandis que la féroce intervieweuse continuait à poser des questions à Betsey Rampike, une petite patineuse apparut sur l'écran : une poupée blonde en tutu rose pâle, des « ailes de fée » attachées sur ses épaules étroites : était-ce la sœur de Skyler ? Était-ce Bliss, que Skyler n'avait pas vue depuis si longtemps, sauf en rêve ? Comme elle patinait bien !

---

* *Bliss : le récit d'une mère* par Betsey Rampike, propos recueillis par Linda LeFerve (Simon & Schuster, 1998), 208 pages, 26,95 dollars. J'ai beau avoir vu dans les librairies ce best-seller, numéro 1 sur la liste du *New York Times*, je n'ai pas pu me résoudre à le lire.

Skyler avait oublié les « ailes de fée » et il avait oublié la chanson sur laquelle Bliss avait patiné – *Over the Rainbow* – mais il se rappelait cette soirée de Bouts-de-chou-sur-glace, la soirée où tout avait commencé, dans la patinoire de la Meadowlands balayée de courants d'air : la première victoire de Bliss Rampike, à l'âge de quatre ans. Vint ensuite une Bliss un peu plus vieille qui sourit adorablement à la caméra avant de s'élancer sur la glace avec une agilité stupéfiante dans une explosion de musique – la Valse de *La Belle au bois dormant* – costume d'un blanc éblouissant avec jupe dansante en tulle, soupçon de culotte blanche et bas blancs ajourés ; puis l'image changea de nouveau, et c'était encore Bliss, cheveux blonds coiffés façon Las Vegas, Bliss en petite girl glamour dans un costume lamé sexy couleur bronze orangé patinant et dansant sur le rythme trépidant de *Kiss of Fire* ; puis, de nouveau Bliss en petit ange, coiffure à bouclettes, satin fraise et paillettes, patinant et dansant sur l'air disco de *Do What Feels Right* puis acclamée par la foule, couronnée Mini Miss Princesse de la glace du Jersey 1996 par une baleine en smoking, le mastodonte Jeremiah Jericho. Quand Avis Culpepper et Betsey Rampike revinrent à l'écran, l'animatrice feignit d'essuyer des yeux brillants de larmes et s'émerveilla sur cette « patineuse prodigieuse » arrachée à la vie à six ans par une « incarnation abominable du mal », mais qui avait déjà apporté d'immenses joies à tous ceux qui la connaissaient, et qui vivrait éternellement dans la mémoire de tous les Américains. Très touchée par les paroles d'Avis Culpepper, Betsey se tamponna les yeux avec précaution, tandis qu'Avis Culpepper concluait par une fusillade de mots manifestement préparés sur l'« épidémie de délinquants sexuels » qui balayait les États-Unis en raison de l'« athéisme impie » déchaîné sur le pays par les Démocrates d'extrême gauche « Willy le Roublard » et sa femme féministe Hillary : « Mais il est permis d'espérer, comme les sondages d'Eagle News l'indiquent avec constance, que cette situation révoltante prendra fin aux prochaines élections présidentielles de novembre 2000. Betsey Rampike, merci d'être venue cet après-midi à *Up Close & Personal* et de nous avoir parlé avec votre cœur. Souhaitez-vous dire un dernier mot avant de quitter nos spectateurs, Betsey ? » et Betsey cligna les yeux avec un étonnement ravi, fixant la caméra, cherchant le regard de Skyler : « Ayez foi en Dieu. Moi qui ai "marché dans la vallée de l'ombre de la mort", je peux vous dire de ne *jamais désespérer* parce que Dieu nous aime tous, et pensez à prier pour Bliss, elle priera pour vous. »

Coupe rapide sur une publicité tonitruante : un bambin enfournant gaiement des cuillerées de Nutty Nugget Krispies.

Pendant l'interview, toute la salle d'attente avait regardé. Debout au fond de la pièce, Skyler entendit avec stupéfaction une femme dire avec un rire méchant : « Incroyable, non ! Cette horrible Rampike ? C'est elle qui a assassiné sa pauvre petite fille, tout le monde le sait ! » et quelqu'un dit, d'un ton un peu perplexe : « Ah oui ? Je croyais que c'était un maniaque sexuel qui avait tué Bliss Rampike. »

Aussitôt tout le monde se mit à parler. La plupart des visiteurs étaient des femmes mais il y avait aussi quelques hommes aux opinions très arrêtées. L'un d'eux dit avec colère : « Vous n'avez pas honte ! Cette pauvre femme *a perdu sa fille.* » Celle qui avait parlé la première répliqua, railleuse : « Les Rampike s'en sont tirés parce qu'ils sont riches et qu'ils ont des relations, j'ai des amis à Fair Hills et ce n'est un secret pour personne. » Paralysé par ces voix furieuses qui résonnaient autour de lui, Skyler entendait son nom – *Ram-pike ! Ram-pike !* – prononcé durement, une volée de clous crachés par pistolet cloueur, puis quelqu'un s'approcha de lui et le tira gentiment par le bras, une jeune assistante noire nommée Serena qui était gentille avec lui. « Skyler ! murmura-t-elle. Tu n'as pas le droit d'être ici ! Viens avec moi, c'est l'heure de tes médicaments. »

TROIS JOURS PLUS TARD UN « INCENDIE SUSPECT » SE DÉCLARA dans un débarras du sous-sol de Cedar Woods et causa d'importants dégâts avant d'être éteint. Un incendie « d'origine probablement criminelle » mais le coupable ne fut pas identifié. Quarante-huit heures plus tard, cependant, il se trouva que Skyler quitta le centre, par la volonté de ses parents ou expulsé par les autorités de Cedar Hills, Skyler ne le saurait jamais, car aucune explication ne lui fut donnée ; une Lincoln Town Car noire avec infirmière privée vint le chercher et l'emmena – une heure de route à peine – au centre de traitement neuropsychiatrique pour enfants Robert Wood Johnson de New Brunswick où Skyler, chez qui on avait récemment diagnostiqué un TNSE (Trouble naissant du spectre épileptique), allait recevoir un traitement « de pointe ».

*NOUS VOULONS QUE TU GUÉRISSES SKYLER TU LE SAIS N'EST-ce pas*
*Ton papa et ta maman, pour nous rien d'autre ne compte que toi*
*Que tu rediviennes comme avant Skyler ! C'est en ton pouvoir, et nous réussirons*

AVANCE RAPIDE JUSQU'À UNE NOUVELLE APPARITION DE TÉLÉ-maman. Skyler avait alors treize ans et était en « quatrième » à l'école Hodge Hill, à Hodge Hill, Pennsylvanie : « Nichée dans les collines du comté de Bucks, bénéficiant d'un campus boisé de douze hectares non loin du cours pittoresque de la Delaware, l'école Hodge Hill (fondée en 1951) est un internat privé comptant deux cent vingt élèves. Hodge Hill associe une tradition d'excellence scolaire à une éducation "spécialisée". Son personnel comprend des professeurs, des psychologues et des thérapeutes hautement qualifiés, ainsi qu'un médecin à demeure. Une infirmerie y fonctionne à plein temps. L'établissement est situé à douze minutes du centre médical de Doylestown et est agréé par l'Association américaine des psychiatres, psychologues et physiothérapeutes pédiatriques. Hodge Hill offre un environnement sûr, sécurisé et stimulant aux enfants de dix à dix-huit ans souffrant de déficits sociaux, affectifs, psychologiques et scolaires. Frais de scolarité annuels non remboursables et réglables d'avance. »

À ce moment-là, l'automne 2000, Skyler avait dépassé sa phase « mutique ». Skyler donnait dans le « discours agressif ». Ses cheveux soyeux d'enfant couleur fauve qui étaient tombés par poignées après la mort de sa sœur avaient repoussé rudes et d'une étrange couleur zinc. Il avait sous les aisselles et sur le bas-ventre des touffes de poils frisés zingués qui le dégoûtaient et le fascinaient à la fois.

Et Skyler n'était plus un avorton. Bien que maigre, malingre et incapable de courir sans boiter, il mesurait 1,68 mètre, l'un des plus grands garçons de sa classe, dont il était aussi, par défaut, l'un des plus intelligents.

Dans la salle de télévision d'un dortoir : Télé-maman.

Une salle vide, et une télé réglée fort. Dans tout l'établissement, il y avait des postes de télévision et pendant la journée ils étaient généralement allumés et quand on s'approchait d'une pièce on ne savait pas si c'étaient des voix de télévision ou des « vraies » qui bavardaient à l'intérieur.

« … un pèlerinage en enfer, et retour. Accepter un chagrin qui vous saisit comme une main démoniaque refermée autour de votre cou. Mais maintenant, Zelda, je me sens bénie, enfin capable de parler à ceux qui, comme moi, vivent de terribles épreuves… »

Skyler regarda. La petite mâchoire cynique de Skyler s'ouvrit. Car voilà que Télé-maman était là, à moins d'un mètre cinquante.

La mère de Skyler ! Betsey Rampike ! Personne ne l'avait averti que Betsey passerait à la télévision ce jour-là – la dernière fois qu'il avait eu de ses nouvelles, ce n'était pas elle mais sa nouvelle assistante qui avait téléphoné pour lui dire, d'un ton de regret sincère, que sa mère ne pourrait pas venir à Hodge Hill pour le Week-end des parents, finalement.

Bix non plus, pris par un inévitable voyage d'affaires à Séoul, n'avait pu assister au Week-end des parents.

Mais voilà que, brusquement, Betsey Rampike était là, interviewée par l'enthousiaste et plantureuse Zelda Zachiarias qui animait tous les après-midi de la semaine sur CBS un talk-show féminin enlevé, *Parole de femmes*, souvent moqué et raillé par les adolescents de Hodge Hill. Skyler éprouva un sentiment de panique en regardant sa mère : plus jeune et plus « rayonnante » que dans son souvenir, les cheveux visiblement éclaircis, et une peau rose/« fraîche » qui semblait molle comme une pâte à pain, qui aurait gardé l'empreinte de votre doigt si vous l'y aviez enfoncé. Betsey portait un ensemble pantalon fuchsia avec un décolleté en V plongeant qui découvrait la naissance poudrée de ses seins imposants, et quantité de bagues, de colliers et de bracelets cliquetants, conçus, comme le révéla une Zelda Zachiarias admirative, par Betsey elle-même pour « lutter contre son chagrin » après la disparition tragique de sa fille, trois ans et huit mois plus tôt. Souriant bravement, se tamponnant les yeux et bégayant d'une façon qui touchait au cœur le public du studio, Betsey répondait aux questions pénétrantes de l'animatrice sur la mort de sa fille de six ans, et sur les efforts de sa famille pour surmonter le drame et continuer à vivre ; Skyler grimaça en entendant le nom de sa sœur répété si souvent, y compris par Zelda Zachiarias, qui parlait de Bliss aussi familièrement que si elle l'avait connue.

À Hodge Hill, Skyler avait la désagréable impression que tout le monde savait qui il était, ou avait été.

D'autres élèves de l'établissement avaient des noms « connus », des noms parfois « fameux/infamants ». Y faire allusion n'était pas cool, demander de but en blanc à celui qui le portait *Tu es apparenté à... ?* ou *Quel effet cela fait-il... ?* l'était encore moins. Pour ne rien dire des autographes.

*Hé Skyler : tu pourrais m'écrire ton nom sur ce papier ? C'est pour ma mère, pas pour moi.*

« ... des mémoires audacieux, braves, courageux et véritablement édifiants, Betsey. J'en ai offert des exemplaires à tous mes amis et parents, et maintenant je vais leur offrir ces charmants bijoux Touche Céleste, j'adore les croix d'"émeraude" et ces bracelets cliquetants, si ludiques, si ados ! » Profondément émue, Betsey tendit ses beaux bras pour montrer ses bracelets, qui avaient toutes les couleurs de l'arc-en-ciel, et Zelda Zachiarias, avec la générosité maternelle/mammalienne de la meilleure amie que vous ayez jamais eue, éleva bien haut le nouveau livre de Betsey, avec sa couverture arc-en-ciel et ses lettres d'or en relief : *Prie pour maman : le pèlerinage d'une mère du chagrin à la joie* par Betsey Rampike\*.

Skyler regardait avec incrédulité. Il avait le visage brûlant de honte. Si quelqu'un entrait dans la pièce, quelle humiliation ! Pourtant, il n'éteignit pas la télé, et il ne s'enfuit pas en courant.

« Oh. Maman. »

L'ironie de la chose était que Skyler n'employait plus ce terme idiot, pourvu qu'il arrive à s'en empêcher à temps.

Skyler n'appelait plus non plus son père « papa », mais, avec un sourire narquois (que ne voyait pas Bix, leurs conversations étant essentiellement téléphoniques), « père ».

Skyler détestait particulièrement « maman » – un signe de faiblesse, de nostalgie enfantine. Un frisson de dégoût le parcourait, ses cheveux se hérissaient sur sa nuque.

Il n'était plus un maudit gosse, maintenant : il avait treize ans. Plus le *petit homme* de maman, mais lui-même.

« … la première année est la plus dure, bien entendu – la "vallée de l'ombre de la mort", au sens propre – le travail du deuil est aussi épuisant qu'une maladie. Et on a dit tant de choses terribles dans les médias sur mon mari et moi… et même sur notre fils de neuf ans. Alors qu'on savait – le monde entier savait – que ma pauvre Bliss avait été enlevée et assassinée par un délinquant sexuel récidiviste qui la suivait depuis des années à notre insu… un homme qui a avoué et qui s'est suicidé. Mais, comme vous le savez, Zelda, dans les médias, c'est l'"accroche" sensationnelle qui prime. » Betsey marqua une pause, se tamponna les yeux avec un mouchoir. Zelda, qui feuilletait le livre de Betsey, lut à voix haute un passage sur la « résolution du deuil », puis demanda à Betsey de le commenter, et, retrouvant son calme, Betsey dit : « Je crois que c'est Freud, Zelda – Sigmund Freud le pionnier controversé de l'inconscient –, qui a

---

\* *Prie pour maman : le pèlerinage d'une mère du chagrin à la joie*, propos recueillis par Brooke Swann (Basic Books, 2000), 192 pages, 21,95 dollars. Plutôt m'arroser de pétrole et gratter une allumette que lire celui-là.

déclaré que nous sommes "mélancoliques" dans le deuil parce que nous avons pris l'être aimé en nous et que nous sommes "devenus" l'être aimé disparu… » Comme Betsey hésitait, ayant perdu le fil de sa pensée, Zelda Zachiarias adressa aux spectateurs un clin d'œil qui signifiait *C'est trop profond pour moi, je m'y perds !* et qui provoqua de petits rires bon enfant, si bien que Betsey s'excusa de s'être troublée : « J'ai suivi une thérapie, Zelda. Et ce qui arrive quand on suit une thérapie… c'est qu'on pense trop ! On pense trop aux blessures que vous a infligées la vie, et cela peut être "narcistique", "narcissite", car on a avalé l'être aimé perdu, et il faut l'abandonner à une Puissance supérieure et tourner la page. Le but, c'est d'arriver à "faire son deuil". Mes mémoires se concluent par "Résolution du deuil : Touche Céleste". Car ma ligne de produits de beauté et de services a vraiment été un cadeau du ciel… elle m'a sauvé la vie. Mais de telles épreuves peuvent signer la mort d'un mariage… » Betsey s'interrompit, momentanément accablée ; Zelda Zachiarias lui prit la main, l'encouragea avec douceur : « Partagerez-vous avec nos téléspectateurs, Betsey, comme vous l'avez fait avec moi avant l'émission, le coup qui vient de frapper votre couple, uni depuis quinze ans ? » Betsey parut d'abord incapable de parler, puis, un petit sourire tremblant aux lèvres, elle reprit le dessus : « Oui, je vais le faire. Mon m… mari et moi allons divorcer. »

Divorcer ! Skyler écoutait, abasourdi.

Tout en réconfortant Betsey, Zelda ne put s'empêcher de demander, écoutée avec passion par le public, de qui venait la décision ; et, dans un élan de tendre confiance, comme une femme partageant impulsivement ses secrets les plus intimes avec une autre femme qui lui est proche, Betsey dit : « Oh Zelda ! J'ai le cœur… brisé. Je suis anéantie. Vous savez que je crois profondément qu'on se marie pour la vie – "maladie à la mort" – alors le coup a été terrible. Depuis que Bliss nous a été enlevée, mon mari a ce qu'on appelle un besoin "compulsif" de séduire… d'autres femmes. Des femmes plus jeunes. La virilité d'un homme est si déterminée par ses fantasmes, Zelda, la plus petite atteinte à son ego, et c'est… – embarrassée, Betsey baissa la voix, ce qui n'empêcha pas le micro de capter la moindre de ses syllabes – l'impuissance ; et il en rejette toujours la faute sur sa femme. »

En cet instant dramatique, le public du studio, composé uniquement de femmes, éclata en applaudissements et en rires égrillards. Zelda applaudit elle aussi, se pencha vers Betsey Rampike pour embrasser sa joue empourprée et dit qu'il était temps de faire une courte pause : « Restez en notre compagnie, surtout, nous allons poursuivre cette fantastique conversation avec Betsey Rampike, auteur du nouveau best-seller, *Prie pour maman : le pèlerinage d'une mère du chagrin à la joie.* »

Suivit une série de publicités pendant laquelle Skyler, paralysé, demeura à quelques centimètres de l'écran, qui dégageait une chaleur menaçante. Il s'était mis à se gratter le visage et le crâne, à se faire saigner. Sa peau le démangeait ! Il aurait aimé l'arracher de ses ongles ! Dans ses oreilles, le grondement d'un camion benne broyant des ordures dans ses entrailles.

Fini ? Le m… mariage ? Maman et papa ? Et personne ne l'avait dit à Skyler ? Il pensa avec affolement *Ni l'un ni l'autre ne voudront avoir ma garde.*

Skyler savait : il aurait dû éteindre la télé et se réfugier dans sa chambre avant que Betsey Rampike revienne, ou que quelqu'un entre dans la pièce. Car où, à Hodge Hill, comme dans tous les pensionnats privés où Skyler avait été/serait envoyé, trouve-t-on plus de sécurité, de santé mentale, que dans sa chambre ? Et dans sa chambre, au deuxième étage de la résidence, Skyler se réfugiait souvent, y compris à l'heure des repas, bien qu'il soit l'un des plus grands élèves de quatrième et que ses professeurs aient pour lui une sympathie méfiante, car au milieu de tant d'inadaptés, de ratés, de « déficients mentaux », Skyler Rampike ne pouvait manquer de briller ; il avait des A dans presque toutes les matières et avait trouvé un truc pour ne pas avaler ses médicaments les plus puissants ; bien qu'il ne puisse verrouiller sa porte de l'intérieur, il pouvait la barricader avec des meubles. Et pourtant : Skyler resta dans la salle télé. Comme un rongeur hypnotisé par les ondulations d'un cobra, Skyler resta devant le poste jusqu'à ce que l'émission reprenne et que Zelda Zachiarias re-présente Betsey Rampike ; cette fois, Zelda souhaita évoquer pour les téléspectateurs la « perte tragique » de son invitée, et la patineuse prodige Bliss Rampike apparut donc sur l'écran dans les séquences habituelles : ses débuts légendaires à la compétition Bouts-de-chou-sur-glace au son d'*Over the Rainbow* ; Bliss dans son costume de ballerine d'un blanc éblouissant ; Bliss en girl de Las Vegas, coiffure glamour, costume lamé sexy bronze orangé, patinant et dansant au rythme galopant de *Kiss of Fire* car *tout est déjà arrivé, bien des fois et il n'y a pas d'issue* car Skyler avait vu ces séquences bien des fois, depuis la mort de Bliss elles passaient, repassaient et passaient encore à la télé, on pouvait tomber dessus à n'importe quelle heure, le jour, la nuit, sur n'importe quelle chaîne, par une magie sinistre il était arrivé, et qui sait comment ces choses-là arrivent, que la petite sœur de Skyler était devenue depuis sa mort l'enfant de six ans la plus célèbre de l'histoire des États-Unis et quelle importance si cette enfant de six ans était morte ? avait été tuée ? et pourtant Skyler ne put se résoudre à éteindre la télé, Skyler ne put quitter la pièce car quitter la pièce revenait à quitter Bliss, à l'abandonner ; une fois encore, Skyler l'abandonnerait ; il l'abandonnerait à maman ; il ne la sauverait pas ; malgré ses supplications *Skyler ?*     *à l'aide*     *aide-moi Skyler* il l'abandonnerait quand même, c'était le fait irrévocable de sa vie.

« ... cela a été si dur, Zelda. Si dur. Notre fils a des "problèmes". Il est en thérapie depuis des années pour des "déficits" neurologiques et des troubles de "personnalité borderline". Il est traité par les meilleurs professionnels mais – croyez-moi ! – cela n'a pas été facile. Mon mari – un ancien halfback cent pour cent américain, aujourd'hui cadre de haut niveau – et mon fils souffrent d'"agressivité défléchie". Dans le cas de Skyler, on pense que l'abominable pervers qui a suivi et assassiné ma Bliss s'en est également pris à lui – d'une façon qu'il refuse de révéler parce que ce genre de traumatisme est bloqué dans l'hippocampe – le "siège de la mémoire" – dans un état de déni. Il y a aussi des comportements "passifs-agressifs". Un "abîme communicationnel" entre nous. Beaucoup de vos téléspectateurs ont peut être vécu des expériences similaires, Zelda – un traumatisme dans la famille, et la "dynamique masculine" se désintègre, alors que la "dynamique féminine" se renforce par nécessité. Dans notre cas, c'est notre fils perturbé qui nous a conduits au "point de bascule". Notre mariage de quinze ans qui aurait pu résister au traumatisme de la perte de Bliss a finalement volé en éclats à cause du "masochisme œdipien" post-traumatique de notre fils… »

À contrecœur, avec mélancolie mais courage, Betsey Rampike parlait. Il n'est pas facile de mettre son âme à nu sur une chaîne de télévision nationale. Sans parler de l'âme des autres. Tendrement, la caméra s'attardait sur le visage rosi de Betsey. Une flamme flamba soudain dans le cerveau de Skyler. Un anévrisme dans l'hippocampe, peut-être, sauf que le pauvre gamin ne tomba pas raide mort mais se mit à haleter comme un asthmatique, puis à hurler des mots inintelligibles. Frappa, cogna, shoota dans la télé. Blessant et meurtrissant ses mains faibles. Hurla de plus en plus fort comme une sirène et quelqu'un fit irruption dans la pièce, l'un des solides assistants du proviseur qui empoigna Skyler en jurant : « Merde, Ranpick ! Couché, à terre. »

Mais comme un écureuil affolé Skyler réussit à échapper à cette armoire à glace car Télé-maman parlait toujours, Télé-maman ne cesserait jamais de parler, bien que pesant vingt kilos de moins Skyler réussit à se libérer de la poigne de l'assistant et il se précipita de nouveau sur la télé qu'il jeta à terre et martela de sauvages coups de pied et l'écran se fracassa enfin et des bouts, des fragments et des éclats tranchants du visage de Télé-maman volèrent partout y compris dans les cheveux de Skyler, dans les cils de Skyler, dans les narines de Skyler et à l'intérieur du col de Skyler. Un surveillant en uniforme entra à son tour dans la pièce, aussi baraqué que l'assistant du proviseur, et il saisit la tête du garçon rebelle et manqua le décapiter en le jetant à terre, renversant dans la bagarre des chaises, un énorme lampadaire, des piles d'annuaires scolaires, et Skyler réussit encore à se tortiller, à s'échapper en poussant des cris perçants de chauve-souris démente, mais succomba finalement sous la force brutale, un poids combiné de cinq cents kilos qui lui écrasa le visage contre la moquette crasseuse, lui brisant et lui ensanglantant le nez, fêlant plusieurs de ses dents à ras de la gencive, ses poumons vidés de leur air comme par un grand coup de « battoir » s'abattant sur un tapis poussiéreux jeté sur un fil, de sorte qu'on raconterait pendant des années qu'il avait fallu trois solides assistants et deux surveillants armés de matraques pour venir à bout des quarante-cinq kilos de Skyler qui ne s'était pas battu seulement avec poings, pieds, genoux mais aussi avec ses dents nues, « bavant et écumant » comme un animal enragé et finalement ligoté dans une « camisole de force » gonflable et emmené sur une civière, puis en ambulance, sirène hurlante, au centre médical de Doylestown où il serait « sédaté » et transporté le matin suivant à l'hôpital général d'Allentown pour examen psychiatrique\*.

*Le petit Rampike ? Celui qui avait peut-être tué sa petite sœur ? Il a pété les plombs. Finito !*

---

\* Voir « Le frère de la petite patineuse assassinée interné dans un hôpital psychiatrique de Pennsylvanie », *Celebrity Watch Weekly*, 4 octobre 2000. Un article de couverture sensationnel contenant des photos en gros plan de Skyler ligoté sur une civière, le visage déformé par la rage au point d'être méconnaissable.

# MÉSAVENTURES AU PAYS DE
# LA « SANTÉ MENTALE »

DANS LE SOUCI DE VÉRITÉ ENTIÈRE ET SANS FARD, ET AU PRO-
fit des lecteurs éprouvant un intérêt morbide pour psychothéra-
pie, psychiatrie, psychoparmacologie psychiatrique, etc., voici une
liste partielle des psys chez qui Skyler Rampike fut envoyé au
cours des années qui suivirent le meurtre de sa sœur : Splint,
Murdstone, Qualls, Schiskein, Roll. Et voici une liste partielle des
diagnostics qu'ils lui accolèrent : hyperactivité et trouble anxieux/
trouble analo-narcissique/trouble obsessionnel compulsif/dyslexie
(chronique, progressive)/TDA + PEI/TAAC/amnésie/hyperamnésie/
anorexie/agnosie/anosagnosie/aphasie/analgésie/TAAC + catatonie
(intermittente)/TSA/TDP/bipolaire + « personnalité borderline »/
écholalie/apotropaïsme/TSA + trouble agressif infantile/TMP +
« douleurs fantômes »/hébéphrénie*/ algolagnie/paranoïa + TSS
(trouble du spectre schizoïde)/hystérie/anaclisie/hyperdépendance
+ trouble régressif/trouble agressif infantile/trouble d'Asperger…
et d'autres encore !

Pour chacun de ces troubles, une ordonnance dont j'ai déjà
mentionné certains des éléments dans ce document où les détails/
faits « finement observés » grouillent comme des vers sur un cadavre en décomposition.

---

* Étonnés ? Je vous comprends. Ce document n'a pas vraiment été une partie de
rigolade, aucun rapport avec ce qu'hébéphrénie (littéralement : « fourré de rire où
l'on s'empêtre ») pourrait évoquer.

Il y eut le Dr Splint. À travers la brume sépia de la douleur, le Dr Splint, une paire d'énormes lunettes perchées crânement sur un nez crochu. « Skyler ? Parle-moi. Tu peux me parler. Tu n'es pas muet, Skyler. Tes cordes vocales et ta gorge sont en parfait état, Skyler. Tu le sais. Ton mutisme est "hystérique", il n'est pas "réel". Tu ne parles ni à ta mère ni à ton père, Skyler, et ils se font du souci pour toi, mais tu peux me parler, Skyler : veux-tu parler ? »

Six séances avec le Dr Splint. (Sexe féminin, solidement bâtie. Grosses dents crispées sur un sourire. À moins que je confonde avec le Dr Roll, à venir ?) Gratifié de pâte à modeler pour « donner forme à mes pensées » en l'absence têtue de parole, et cela donna surtout des serpents.

À l'exception de Bébé poupée. Finalement Bébé poupée apparut. Après huit serpents de longueur et de grosseur, d'ambition et d'authenticité variables. Bébé poupée, de la taille d'un rat, fut façonné dans une pâte à modeler couleur chair, autorisé à sécher et puis – si brusquement que les grosses lunettes en plastique du Dr Splint faillirent lui tomber du nez – *bang bang bang* contre la table. La tête de Bébé poupée *bang bang bang* contre la table. Et le Dr Splint perdit son aplomb professionnel, tressaillit visiblement, battit en retraite derrière son bureau comme effrayée par son patient furieux de dix ans, puis retrouvant son sang-froid, elle dit : « Tu n'as pas fait de mal à ta petite sœur, Skyler. Ce n'est pas toi qui lui as fait du mal », et Skyler rit sauvagement en continuant à fracasser ce qui restait de Bébé poupée, des fragments gros comme des boulettes éparpillés sur la table et sur le sol et jusque sur le bureau du Dr Splint. Parlant pour la première fois à la thérapeute, le ton railleur : « Si ! Je l'ai tuée ! Je lui ai cassé la tête ! J'en avais envie ! Et je lui ai aussi attaché les bras ! C'était moi. »

La sixième et dernière séance avec le Dr Splint.

CETTE FEMME ! DIPLÔMÉE DE L'UNIVERSITÉ RUTGERS, PAS DE quoi se vanter. J'aurais dû me méfier, une « spécialiste des traumatismes de l'enfant » qui n'a pas d'enfant. Et qui prend aussi cher que si elle était un *homme*.

**LES PENSÉES VENAIENT LENTEMENT À SKYLER. LE DR MURD**stone l'observait à distance. Au Dr Murdstone, Skyler avait confessé d'une voix hésitante/trébuchante/bégayante/débile que sa sœur s'approchait parfois de lui par-derrière et le tourmentait, lui demandait de l'aider en se moquant de lui parce qu'il ne pouvait pas la voir, seulement l'entendre, mais s'il écoutait avec attention, il ne l'entendait plus. Les pensées lui venaient lentement dans la brume sépia des sédatifs comme ces petits cailloux qu'il fallait pousser et forcer et grogner et gémir pour expulser de son arrière-train (« postérieur » était le mot de maman, beaucoup plus comme il faut que celui de papa qui était « trou du cul ») et cela faisait tellement mal ! et quelquefois il y avait du sang à évacuer des toilettes en même temps que ces sales petits cailloux durs comme tout.

Le Dr Murdstone ne souriait pas comme le Dr Splint. Le Dr Murdstone se moquait de Skyler car il avait des yeux rayons X qui voyait dans le cerveau du petit machinateur : « Tu sais que ta petite sœur n'est pas là, Skyler. Tu n'es pas "hanté". Tu sais qu'"elle" n'est qu'une hallucination auditive, on te l'a expliqué plus d'une fois. »

Ah bon ? Skyler avait honte, Skyler ne se rappelait pas.

Dans la glace, un petit garçon chauve au crâne bosselé, aux immenses yeux cernés, la peau grise et grêlée. Il ne pouvait pas s'empêcher de se gratter sauf quand on augmentait les doses de ses médicaments au point que ses mains devenaient trop lourdes pour qu'il les porte à son visage.

« Skyler ! » – était-ce le Dr Qualls ? On ne sait comment, Skyler se trouvait dans le bureau du Dr Qualls où quelqu'un avait dû l'amener. Moustache couleur sable mouillé, éclair railleur des lunettes. Le Dr Qualls conseilla : « Tu es trop vieux pour ces fabulations infantiles, Skyler. Tu as dix ans : à cet âge-là les enfants en ont à peu près fini avec les fantasmes, et les tiens ont épuisé la réserve de patience des adultes de ton entourage. »

Et il y eut le Dr Schiskein, pragmatique et brutal (sexe masculin, gras, psychopharmacologue psychiatrique) qui balaya d'un geste les histoires plaintives/pleurnichardes de Skyler sur sa petite sœur morte qui le hantait et lui prescrivit illico du Zilich, le nouveau médicament miracle (un psychotrope « révolutionnaire » approuvé par la FDA pour les enfants atteints de TEN + TSSP [Trouble du spectre schizoïde paranoïaque]) et Skyler apprit, comme le lecteur le ferait, qu'avec trois cents milligrammes de Zilich deux fois par jour, on n'entend plus de voix fantôme dans sa tête *Skyler !*      *il y a quelque chose de vilain*      *dans mon lit* on n'entend même plus ses pensées car tout ce qu'on entend c'est le *boum boum boum* de son pouls tout au fond du tronc cérébral.

AU CENTRE DE TRAITEMENT VERHANGEN POUR ENFANTS ET adolescents condamnés de Bleek Springs, New York (quatre-vingts kilomètres au nord de Manhattan, « vue imprenable sur l'Hudson ») il y eut Hedda Roll, M.G., D. Ph., TCMR (Thérapeute certifiée en mémoire recouvrée) qui incita vigoureusement Skyler à lui révéler la *blessure secrète* qui lui avait été infligée au cours de son enfance prolongée, voire carrément interminable, séance après séance dans cette mare de temps confus qui suivit son départ tapageusement médiatisé de Hodge Hill car c'était une période où la mère de Skyler (que Skyler *refusait* d'appeler maman !) était « absente », « en visite » chez sa chère amie, la vieille et riche Mme Poindexter qui possédait à Palm Beach une villa espagnole donnant sur l'océan, et où le père de Skyler (que Skyler *refusait* d'appeler papa !) était « incontournablement indisponible, salement désolé de te laisser tomber, fils » alors que, pour autant que Skyler puisse le déterminer, Bix Rampike était toujours « cadre sup » chez Univers, Inc. quoique habitant une bonne partie du temps à Manhattan, dans son appartement de Central Park South que Skyler n'avait toujours pas visité, comme il n'avait toujours pas assisté à un match des Knicks au Madison Square Garden. Skyler, dont le moi « chancelant, fragile, paranoïaque-schizoïde » devait être tenu à une distance calculée des aspects les plus brutaux de la Réalité, ne savait pas si ses parents étaient maintenant « divorcés » ou seulement « séparés » ou s'ils « travaillaient dur à recoller les morceaux » car même avant Télé-maman à *Parole de femmes* Skyler avait plus ou moins renoncé à téléphoner à ses parents insaisissables car les numéros de Betsey qu'il avait ne répondaient jamais ou « n'étaient plus attribués » et il n'y avait plus de maison des Rampike, car l'immense maison de bardeaux blancs de style colonial du 93, Ravens Crest Drive ne contenait plus de Rampike et, pour ce qu'en savait Skyler, des inconnus y vivaient et y étaient heureux. La seule fois où il avait réussi à joindre Bix Rampike chez Univers, Inc., son père lui avait dit franchement qu'il l'aimait « sacrément » mais qu'il avait été « écœuré et dégoûté » par l'ignoble article de *Celebrity Watch Weekly*, reproduit sans scrupules par quantité d'autres publications dont le *New York Post*, *The Star Spy* et – sous la forme de trois courts paragraphes dans les pages Zone métropolitaine – le *New York Times*. Les séances de Skyler avec le Dr Roll étaient éprouvantes et épuisantes, car Skyler semblait de nouveau affligé de son mutisme (hystérique, « formation réactionnelle ») en présence de cette femme impressionnante qui frémissait et changeait de forme comme un calmar géant en insistant pour qu'il lui révèle la *blessure secrète* qui lui avait presque certainement été infligée dans sa petite enfance, peut-être même nourrisson, car les abus sexuels peuvent commencer à un très jeune âge, alors que Skyler était trop petit pour résister et trop petit pour se rappeler le traumatisme que lui avaient fait subir un ou des agresseurs contre lesquels il était sans défense et qui étaient – *qui ? Dis-moi qui a abusé de toi Skyler, qui t'a maltraité, au point de faire obstacle à ta croissance psychique et de retarder ton développement, que te caches-tu à toi-même, Skyler ? Pourquoi refuses-tu de me regarder et de me dire : QUI TU PROTÈGES ?* Sur la table devant l'adolescent de quatorze ans qui se tortillait d'un air coupable se matérialisa une poupée dévêtue de la taille approximative d'un rat norvégien adulte que Skyler contempla la bouche sèche et paralysé d'embarras car Skyler n'était plus un enfant ! On ne l'appâtait plus avec ce genre d'accessoire

psy pour enfants ! Si « sous-développé » qu'il fût physiquement/
socialement/affectivement, Skyler était un adolescent ; voilà pourtant qu'on lui mettait sous le nez une poupée nue, une poupée
garçon, ce qui est très différent d'une poupée fille ; et ses caractéris-
tiques anatomiques étaient d'une franchise et d'une précision inhabituelles, inquiétantes, car à la différence de toutes les poupées que
Skyler avait eu la malchance de voir, ce poupon-là avait un « pénis »
gros comme une limace à demi repue, accompagné de « testicules »
gros comme des raisins Concord, et, plus alarmant encore, un derrière réaliste tel qu'on n'en voit jamais aux vraies poupées ; par
contraste, le visage du poupon était fade, falot et caucasien ; la
bouche s'ouvrait car les petites mâchoires étaient munies de char-
nières, et il y avait une cavité rose à l'intérieur, et même une langue ; c'était terrifiant (Skyler se rappelait maintenant : une nappe
de brouillard amnésique se dissipa soudain et il se révéla que dans
l'un ou l'autre des « centres de traitement » auxquels il avait été
condamné, ou plutôt envoyé, par ses parents « profondément
inquiets », on avait dû le « nourrir de force » en lui enfonçant un
tube dans la bouche malgré ses protestations, en lui meurtrissant
lèvres, langue, palais, gorge) et la tête du poupon singeait le crâne
chauve qu'avait eu Skyler quelques années auparavant quand le
traumatisme de la mort de sa sœur avait fait tomber ses cheveux
par poignées et que des enfants de son âge, des petits garçons au
regard direct, l'abordaient en lui demandant *Tu as le cancer ? Tu fais
de la chimio ?* Pis encore, à côté du malheureux poupon, voici que
se matérialisèrent deux poupées adultes, beaucoup plus grosses que
le poupon, avec le même visage caucasien fade et falot, la même
bouche articulée, des poupées adultes nues, avec d'horribles organes génitaux adultes, Skyler se couvrit les yeux pour ne pas voir, des
seins féminins imposants aux pointes grosses comme des baies, un
pénis masculin rose à demi dressé dont la taille, rapportée à celle de
la poupée, aurait été qualifiée par les anciens camarades de classe de
Skyler de « puissante ». Ces poupées adultes, Skyler s'en défendit
en fermant ses paupières tremblantes ce qui poussa le Dr Roll à les
rapprocher de façon suggestive du poupon et de Skyler en disant

d'une voix douce caressante *Skyler ? Ne sois pas timide ! Prends ton temps. Sers-toi de ces poupées pour montrer ce qu'on t'a fait, ce que tu refoules depuis des années. Skyler ? Tu veux bien me regarder, chéri ? Pourquoi protèges-tu tes agresseurs ? Avec moi tu es en sécurité.* Skyler frissonna. Skyler grelotta. Il aurait tant aimé faire plaisir au Dr Roll, car toujours on a envie de faire plaisir à l'adulte en position d'autorité, mais Skyler ne put se résoudre à parler quand le Dr Roll répéta son ordre en se penchant plus près, frémissant et changeant de forme comme un calmar géant et Skyler redoutait le contact de ses tentacules sur sa peau nue, Skyler redoutait le choc de la décharge électrique. Pressant désespérément ses deux mains sur ses yeux, faisant jaillir des étincelles à l'intérieur de son crâne, ses lèvres engourdies remuèrent, il marmonna qu'il ne se rappelait pas avoir été blessé par qui que ce soit quand il était petit. Ne se rappelait pas avoir été blessé du tout. D'une voix devenue cassante le Dr Roll dit *Pourquoi les protèges-tu, Skyler, pourquoi refuses-tu de coopérer, tu ne guériras pas si tu ne coopères pas avec ton thérapeute, tu resteras atrophié toute ta vie, regarde-moi, Skyler ! Et regarde ces poupées* car le Dr Roll savait, bien sûr, que le jeune patient qui se tortillait devant elle mentait, grâce à des années d'expérience en mémoire-recouvrée le Dr Roll savait qu'elle avait affaire à un enfant gravement blessé/abusé/malade, et pourtant avec entêtement Skyler secouait la tête, avec entêtement Skyler refusait de toucher les poupées nues, refusait d'affronter le feu des yeux rayons X du Dr Roll car Skyler ne pouvait pas dire *oui c'était mon père, oui c'était ma mère.* Ne pouvait pas dire *Ils m'ont tué. Ils ont tué ma sœur et ils m'ont tué.* Il ne pouvait pas. Il ne pouvait pas. Il ne pouvait pas.

## « RSE »

NOTONS POUR MÉMOIRE QUE, APRÈS AVOIR RENONCÉ, écœurée, à s'occuper de Skyler Rampike et informé sèchement ses parents que leur fils était « enfoncé dans un déni si extrême, l'équivalent d'un cancer métastasé touchant tous les os », que sa « conscience » ne lui permettait pas de continuer à le soigner, cette femme rancunière ajouta à son dossier médical, destiné à suivre cet enfant maudit le restant de ses jours, un nouveau diagnostic mystérieux et menaçant : « RSE* ».

La facture du Dr Roll, pour moins de six séances, transmise par l'intermédiaire du vénérable centre de traitement Verhangen, atteignait la somme stupéfiante de 46 399 dollars †.

---

* Vous vous demandez de quoi il s'agit ? Skyler aussi.

† Dont le malin Bix Rampike, alors directeur Recherche et Développement (zone nationale) chez Univers, Inc., ne paya pas le premier cent. Le père procédurier de Skyler attaqua en effet en justice et Hedda Roll et le centre de traitement pour enfants condamnés Verhangen, exigeant treize millions de dollars de dédommagements plus les frais judiciaires pour « négligence professionnelle grave » et « diffamation ». (L'affaire fut finalement réglée à l'amiable contre une somme dont Skyler ne connaîtrait jamais le montant.)

# Adieu, premier amour* !

## Souvenirs adolescents d'un amour perdu

---

* Un titre inspiré que j'avais cru original mais voici que je me rappelle vaguement un livre portant ce titre, un poche à la couverture d'un rose humide et palpitant d'organe féminin, sans doute l'un de ces romans sentimentaux que ma mère tâchait de dissimuler pour échapper aux taquineries/railleries de mon père qui s'exclamait du haut de sa supériorité omnisciente : « Bon Dieu, Betsey, comment peux-tu lire des conneries pareilles ? »

# I

*… je t'aime, je crois.*
*Moi aussi.*

• • •

Vous m'en jugez incapable ?

Vous pensez que moi, Skyler Rampike, qui macère dans l'ironie, le *ressentiment* et le *scinde-fraude* chronique comme un calmar dans son encre, suis incapable de laisser de côté les stratégies postmodernistes de la « narration » pour les émotions naïves, brutes et palpitantes de la simple narration ? Dans votre suffisance vous aviez cru que je ne serais pas capable de présenter la mort de ma sœur ni les suites confuses de cette mort mais, bien que gravement limité par mon ignorance des événements, je l'ai fait ; je pense donc pouvoir présenter l'histoire « douce amère », « poignante », « fatale » du premier amour de Skyler, qui connut une fin brutale et mélancolique.

Car y a-t-il plus grand défi pour la sensibilité postmoderniste blasée que l'amour ? Pire encore, l'amour entre deux adolescents terriblement inexpérimentés dans le cadre d'une école privée ?

Lisez la suite.

« LA VOILÀ. "HEIDI HARKNESS". »

Sur les marches de pierre de Babbitt Hall, deux garçons parlaient bas, en ricanant, avec l'intention d'être entendus de la grande jeune fille dégingandée aux vêtements chiffonnés qui passait devant eux d'un pas rapide, le regard détourné. Car « Heidi Harkness » était le nom attribué à une élève nouvellement arrivée à l'Academy de Basking Ridge, New Jersey, connue pour être la fille d'un assassin célèbre, une ex-vedette du baseball, acquitté le printemps précédent au terme d'un long procès très médiatisé, après avoir été accusé du meurtre de sa femme, de l'amant supposé de sa femme et de ses deux caniches adorés, Yin et Yang ; « Harkness » ne ressemblait guère au véritable nom de famille, mais « Heidi » n'était pas sans rapport avec le vrai prénom de la jeune fille.

Sauf que, pour les besoins de ce document, j'ai transformé et « Heidi » et « Harkness » en noms entièrement fictifs. De même que j'ai modifié des faits et des détails cruciaux concernant le père et le nom de famille tristement célèbres de Heidi.

*Skyler       tu n'écriras pas sur moi n'est-ce pas       s'il te plaît ?*

*Skyler        je ne suis pas sûre de pouvoir promettre que je n'écrirai pas sur toi*

Sortant du bâtiment austère après quatre-vingt-dix minutes austères de labo de chimie, voici Skyler Rampike, qui est maintenant un adolescent maigre, maussade et voûté de seize ans et un mètre quatre-vingts avec d'« étranges cheveux métalliques » qui se dressent au-dessus de son front comme la crête d'un coq fou, un Skyler adolescent qui étonnerait le lecteur : disparu l'avorton, et disparue l'âme avortonne, car Skyler avait enfin appris les

495

avantages qu'il y a à être un enfant professionnellement perturbé de milieu aisé ; parmi les éclopés de la vie de l'Academy de Basking Ridge, Skyler tenait sa place avec défi et dignité ; sa boiterie même, qu'il avait trouvée si humiliante, il s'en servait maintenant comme d'une matraque dans certaines circonstances : marchait lourdement, en faisant résonner le bois grinçant des planchers et des escaliers, fonçait en zigzag tête baissée en forçant les autres à lui laisser le passage. Et cet après-midi humide de la fin septembre, quand il sortit de Babbitt Hall, Skyler passa exprès à les frôler derrière deux élèves de terminale, que nous appellerons « Beav » et « Butt » en raison de leur ressemblance avec les deux crétins d'un dessin animé dont la (triste) célébrité avait connu son pic et son déclin pendant l'adolescence de Skyler ; Skyler entendit leurs voix ricanantes et vit la jeune fille se détourner et s'éloigner ; une bouffée de haine pure l'envahit, il heurta comme par accident le plus grand des garçons avec un coin de son sac à dos ; Beav pivota aussitôt – « Fais gaffe, mec » – et Beav et Butt lui tombèrent dessus, cognant frappant poussant Skyler dans l'escalier, et Skyler perdit l'équilibre et chuta violemment sur le genou (merde, son genou droit), Skyler s'efforça de ne pas grimacer de douleur devant les deux garçons triomphants qui ricanaient debout au-dessus de lui : « Tu biches, "Sly" ? "Ram-pole", "Ram-pole"… » Scandant le nom factice de Skyler pendant qu'il rajustait son sac à dos et s'éloignait en boitant.

Et où était Heidi Harkness, dont Skyler avait espéré qu'elle assistait à son audacieuse attaque contre Beav et Butt ? Nulle part en vue.

PENDANT QUE SKYLER CORRIGÉ ET FURIBOND BOITE
dans le « parc » – une étendue d'herbe malingre, mal-
menée et majoritairement brunâtre, assombrie par des
chênes massifs, qui bordait Babbitt Hall, la chapelle
Skudd, McLeer Hall et le Monument – je devrais immo-
biliser l'action, si l'on peut dire, pour expliquer « Sly
Rampole ».

De même que « Heidi Harkness » est un nom fictif
inventé (par moi) pour masquer un nom fictif « réel », mas-
quant lui-même un nom « réel » à la célébrité lépreuse, le
nom de Skyler à l'Academy de Basking Ridge, New Jersey,
quand Skyler y fut inscrit en classe de seconde à l'automne
2003, était lui aussi fictif : « Sylvester Rampole ».

Après la débâcle de Hodge Hill et l'expulsion de Skyler,
les Rampike père et mère en arrivèrent à la conclusion
qu'il fallait tenter de protéger leur fils perturbé de la notoriété « injuste, cruelle, vindicative et ignorante » qui s'attachait au nom des Rampike : « Au moins tant que Skyler
est encore scolarisé et dans un état mental aussi fragile. »
(Les paroles de maman ! Et papa approuva.) Car depuis la
mort de Bliss, et bien que son assassin, un pédophile déjà
condamné, eût non seulement avoué mais se fût suicidé
pour exprimer sa culpabilité et son remords, les médias
insatiables, une « meute hurlante » de hyènes, de chacals
et de vautours, continuaient à traquer les Rampike ; ils
avaient même l'impudeur de chercher à s'approcher du
pauvre Skyler et à persuader tous ceux qui étaient en
rapport avec lui (professeurs, camarades, thérapeutes*) de

---

* Le Dr Roll, par exemple. Enfreignant la déontologie de sa profession, par rancune contre son patient peu coopératif et pour qui
sait combien de dollars, cette thérapeute fut presque certainement la

consentir à des interviews. L'Academy de Basking Ridge, assura le proviseur Horace Shovell aux Rampike, jouissait d'une « réputation nationale sans parallèle » : on y respectait strictement la vie privée des élèves « très choisis, très particuliers » ; excepté sur invitation, aucun membre du « corps journalistique » n'était admis sur le campus, et les enseignants et le personnel administratif signaient des contrats leur interdisant d'accorder des interviews et/ ou de jamais écrire sur aucun de leurs élèves. («"Jamais" ? Il n'y a pas de prescription instinctive ? » demanda Bix Rampike d'un ton sceptique, mais le proviseur Horace Shovell le rassura : « On ne nous a jamais défiés, monsieur. Mais si cela arrive, notre avocat veillera à ce que nous l'emportions. »)

Situé sur un terrain boisé de seize hectares dans un paysage de collines idylliques, au nord du village de Basking Ridge, New Jersey, le lycée était connu pour son niveau scolaire élevé ainsi que pour la haute qualité de ses conseillers et psychologues ; à la différence de la plupart des établissements privés dispensant un enseignement « spécialisé » à des élèves souffrant de « déficits mentaux, affectifs et psychologiques », Basking Ridge offrait aussi des cours avancés dans des matières telles que le chinois, le swahili et le coréen ; des cours d'introduction « de niveau universitaire » en économie, placements financiers, sociologie de la promotion immobilière, « bioéthique et

---

« source psychiatrique anonyme » d'un article sensationnel d'*Up Close & Personal* intitulé : « Souvenir refoulé recouvré : Skyler Rampike a-t-il avoué avoir tué sa sœur Bliss ? » (Non ! Je ne l'ai pas lu.) (Bix Rampike porta plainte pour diffamation au nom de son fils [mineur] en exigeant dix millions de dollars ; cette affaire a été réglée à l'amiable il y a quelques mois. Pour quelle somme ? Comment le saurais-je ?)

bio-ingénierie » ; contre un supplément minime, l'établissement proposait des ateliers intensifs de préparation aux examens de fin d'études secondaires : « L'art de l'interview universitaire », par exemple, ou « Bâtir un curriculum vitae : art et astuces ». Les Rampike reçurent l'assurance que leur fils, malgré son passé d'« adaptations difficiles », trouverait un « foyer accueillant et chaleureux » à Basking Ridge ; à l'exception du proviseur Horace Shovell et de ses collaborateurs les plus proches, personne dans l'établissement ne connaîtrait son identité. « À sa fondation en 1891, cet établissement était une institution presbytérienne destinée aux « fils frondeurs » de familles distinguées du New Jersey, dit le proviseur avec un petit rire doucereux, et l'école n'a pas perdu de vue sa mission originelle : fournir un « havre de paix » aux fils, et maintenant aux filles, de personnes dont le nom est « connu » de façon parfois déplaisante. Sachez qu'actuellement nous avons cinq ou six jeunes personnes inscrites incognito, et fort heureusement. » Le proviseur marqua une pause, comme pour donner aux Rampike l'occasion de demander, en toute curiosité innocente, qui étaient ces jeunes personnes : les enfants d'hommes politiques, de financiers, d'*artistes* ou de vedettes du showbiz discrédités… mais ni Bix ni Betsey ne mordirent à l'appât, devinant que leur question se heurterait à un hochement de tête vertueux. « Skyler ne devrait pas faire exception, reprit Shovell, pourvu qu'il ne parle pas imprudemment de lui-même, car il arrive à des enfants dans sa situation de révéler leur identité, qui sait pourquoi ? "L'adolescence est un pays étranger ; les choses s'y font différemment." Cette sage remarque de notre fondateur, le révérend Elias Dingle, est aussi juste aujourd'hui qu'elle l'était il y a plus de cent ans. Peut-on savoir le nom que vous avez choisi pour votre fils, à Basking Ridge ? »

Les parents de Skyler avaient proposé de nombreux noms, mais Skyler les avait tous rejetés. À l'idée de perdre « Skyler Rampike » – un nom qu'il croyait haïr – Skyler éprouvait un sentiment nauséeux, comme on en aurait en se penchant au-dessus d'un abîme. Car comment Bliss pourrait-elle le retrouver, si Skyler n'était plus Skyler ? Ce faible miaulement plaintif la nuit dans tous les lits où Skyler se retrouvait hébété, épuisé et insomniaque *Skyler ?* *aide-moi Skyler* *où sommes-nous, Skyler*

Pendant cet entretien dans le bureau du proviseur, les parents de Skyler avaient évité de se regarder ; ils étaient arrivés dans des véhicules distincts et repartiraient dans des véhicules distincts ; Skyler n'avait toujours pas été informé du « divorce » de ses parents mais n'avait pourtant pas voulu poser de questions*. À présent, Betsey disait, avec un regard de reproche à Skyler et, par-delà, à son mari qui louchait discrètement sur la Rolex princière ornant son poignet bronzé avec l'impatience contenue de qui aimerait bien être ailleurs : « "Sylvester Ram-pole"… ce n'est pas un peu… voyant ? » mais Bix répondit, avec

* Le lecteur (mûr, non névrosé) aura du mal à croire que Skyler est encore aussi immature à seize ans. Que cet adolescent qui affiche une indifférence narquoise et se gratte le visage pendant que les adultes discutent de son avenir répugne autant à admettre ce qui est pourtant un *fête accompli* : car Skyler n'avait-il pas aperçu sur la couverture de *Ragot Weekly* un gros titre tapageur proclamant :
LES PARENTS DE LA PETITE
PATINEUSE ASSASSINÉE DIVORCENT
Interrogé sur l'existence d'une autre femme,
Bix répond : « Sans commentaire »

un sourire de papa-radieux, comme s'il s'éveillait d'un sommeil de plusieurs années : « "Sylvester Ram-pole". Je trouve que le nom a de la classe. Il en jette. Il me plaît bien. Ça te permet de garder tes initiales, hein, Sky ? "S. R.". Et puis, Rampole, c'est Rampike plus Rambo. Joliment trouvé, petit. »

Et Skyler se retrouva coincé. Il avait été convaincu que ses parents refuseraient cet incognito loufoque. Le proviseur Shovell ne tiqua pas non plus. Il avait reçu de Bix Rampike un chèque de banque pour les frais de scolarité de l'année, réglables d'avance et non remboursables.

J'AVAIS EU POUR INTENTION LITTÉRAIRE D'« IMMO-biliser » Skyler au moment où il traversait le parc à la poursuite de Heidi Harkness mais en fait depuis le temps Skyler est presque hors de vue, il a dépassé le Monument, Old Hill Hall et la demeure en galets « historique » des Fondateurs, descendu l'allée en copeaux de bois trempés, longé Yelling West et Yelling East, Craghorne (dortoir des garçons), Clapp (réfectoire), Clapp (gymnase) et Clapp (stade) ; dépassé le parking des visiteurs, la centrale chauf-ferie et la centrale « réfrigération » ; les courts de tennis (occupés, bruyants) et le terrain de foot (cris, sifflets, match bruyant en cours), traversé le Grand Pré (ici, sup-port visuel requis : le lecteur est renvoyé à de belles plan-ches couleurs de fleurs d'automne, notamment verges d'or, carottes sauvages, chicorée bleue, ajoutez-y un bou-quet de baies rouge foncé d'arisèmes petits-prêcheurs et, à l'extrémité marécageuse du pré, quelques quenouilles et des herbes sèches non identifiées, facilement trouvables dans le *Guide Audubon des fleurs sauvages d'Amérique du*

*Nord)* et se dirigeait vers les bois ; têtu et indomptable il boitait derrière l'insaisissable « Heidi Harkness » que son incognito n'avait pas davantage protégé des regards narquois et des sourires apitoyés que « Silvester Rampole » n'avait protégé Skyler. *Ils nous connaissent. Nos ennemis. Nous ne pouvons compter que l'un sur l'autre.*

Il suivit Heidi dans les bois. Du moins Skyler croyait-il suivre Heidi dans les bois parce que, sinon, où était-elle passée ?

Il l'avait souvent vue se promener seule à la lisière broussailleuse du campus. Cette fille à qui il n'avait jamais parlé suscitait en lui des bouffées de désir érotique, ou peut-être de *Schadenfreude*, cette délicieuse *joie-malheur* allemande.

Se disant *Elle est plus célèbre que moi. Plus malheureuse.*

Pas de *joie-malheur* plus exquise/voluptueuse/sensuelle que la germanique !

Et peut-être Skyler en voulait-il à Heidi Harkness. Pas de sa célébrité scandaleuse/malheureuse, mais du fait contrariant que, lorsque Skyler avait tenté de lui parler, dans le couloir retentissant de Babbitt Hall où tous deux avaient cours, la timide jeune fille s'était arrangée pour l'éviter : *lui* ! Skyler Rampike, qui se donnait rarement la peine de parler à quiconque, et encore moins de sourire. Heidi Harkness l'avait snobé !

En chaque perdant maladroit, tel un sandwich glissant de son emballage graisseux, il y a un égoïste forcené. Surtout à seize ans.

« "Heidi Harkness". Je voudrais être ton ami. »

Ou, avec plus d'énergie : « "Heidi Harkness". Je m'appelle Skyler Rampike et tu as peut-être entendu parler de moi ? J'aimerais être ton ami. »

Avec encore plus d'énergie, en espérant prendre une voix basse et irrésistible, comme dans un gros plan cinématographique : « "Heidi Harkness". N'aie pas peur de moi. Je sais ce que tu vis. Je voudrais être ton ami. Je m'appelle... »

Mais où était donc Heidi Harkness ? Skyler commençait à transpirer. Ses chaussures étaient trempées. Un nuage de minuscules insectes gros comme des points de ponctuation bourdonnaient autour de ses cheveux hérissés et se prenaient à ses cils. Si le lecteur n'a pas encore accompagné Skyler dans des « cadres naturels » idylliques, c'est qu'il a apparemment passé l'essentiel de sa vie dans des cadres confinés, claustrophobes, rétrécis. On ne sait comment, l'allée en copeaux de bois qu'il suivait avait cédé la place à un sol spongieux. Quelque chose fila dans l'herbe humide : un serpent ? *deux* serpents ? À une dizaine de mètres, un ruisseau coulait chichement sur des rochers évoquant des vertèbres déformées. Skyler n'était pas perdu car comment aurait-il pu être perdu ?... même un garçon inaccoutumé à la nature ne pouvait pas se perdre aussi vite. Il n'avait pas parcouru plus d'un kilomètre depuis les marches de pierre de Babbitt Hall. Skyler éprouvait pourtant l'oppression familière de la panique*, comme si la partie reptilienne de son cerveau souhaitait perversement le croire perdu, et en danger.

(À Basking Ridge, sans surveillance et « livré à lui-même », Skyler était devenu négligent et il avait donc oublié de prendre ses médicaments du matin [Zilich +

---

* Panique : « qualifiant, relatif ou ressemblant à l'état mental ou émotionnel provoqué par le dieu païen Pan qui demeure dans les forêts et guette les imprudents. » Comme nous !

Paisix] et délibérément sauté ceux de midi [Effexor] qui lui faisaient la bouche sèche comme une vieille chaussette et lui brouillaient la vue.)

*Promets-moi que tu prendras bien tes médicaments, Skyler, tu sais que sans cela tu retomberas malade,* avait imploré maman.

Skyler avait marmonné *Oui, bien sûr !*

Ajoutant poliment *Oui, je les prendrai, mère.*

Il l'appelait « mère » en face, maintenant. Exit maman ! Exit le *petit homme* de maman.

Sans doute était-ce l'effet cumulatif de ses nombreux médicaments, de nombreuses années de nombreux médicaments, mais Skyler n'avait pas souvent eu ce qu'on appelle des *pulsions sexuelles.* Jusqu'à tout récemment.

Depuis qu'il avait été confié à l'Academy de Basking Ridge pour y prendre un « nouveau départ ». Skyler trouvait agréable d'être « sans surveillance » et « livré à lui-même ».

Là, dans les bois, par exemple. Pourquoi était-il venu là ? Il s'essuya le visage sur sa manche. Saletés de *moucherons.*

Apparemment, il était seul. Pourtant, Heidi Harkness devait bien être quelque part. Avait-elle vu qu'il la suivait, se cachait-elle ?

De *lui* ? Skyler Rampike ? Son seul ami ?

Il entendit un bruit, se retourna, inquiet, et là, à moins de trois mètres, Heidi Harkness le dévisageait, les yeux humides et hagards. Son visage était asymétrique comme si quelqu'un l'avait légèrement déformé en le tordant, et sa peau cireuse était empourprée comme si elle avait couru. Elle avait des dents de devant blanches et grosses, qui se recouvraient comme des doigts croisés. Skyler

504

aurait été incapable de dire si elle était laide, belle, ou un étrange mélange des deux. Ramassée sur elle-même, elle haletait. Quelque chose luisait dans sa main tremblante : une lame ? Un *couteau* ?

Sa voix apeurée était basse, râpeuse comme du papier émeri frotté contre du papier émeri : « Arrête de me suivre ! Va-t'en. »

*COMMENT AS-TU PU PENSER QUE JE TE VOULAIS DU mal ! Je t'ai aimée tout de suite.*

*Je n'ai pas dit que tu me voulais du mal. J'ai dit que tu me suivais.*

*Mais seulement parce que je t'aimais…*

*C'est toujours ce qu'on dit* quand on suit quelqu'un\*

PARMI LES DEUX CENT QUARANTE-TROIS ÉLÈVES DE Basking Ridge, « Sly » acquit vite la réputation d'être un « genre de génie bizarre » dans des matières aussi difficiles que trigonométrie, chimie et sciences de la terre. Sly cachait ses copies aussitôt que le professeur les rendait mais on apercevait tout de même les A marqués en rouge : « Un mec bizarre qui sait toutes les réponses. » Sly était distant, méprisant, préoccupé ; en classe, il regardait droit devant lui, concentré sur le professeur et le tableau ; il était taciturne, parlait à contrecœur, mais ses professeurs

---

\* *Flash forward* dans l'avenir (proche) pour dégonfler un « suspense facile » – la pierre angulaire de la littérature purement populaire/ à succès – et pour convaincre le lecteur gêné que la conduite de Skyler n'était vraiment pas ce que Heidi Harkness a apparemment cru qu'elle était !

pouvaient compter sur lui pour donner des réponses correctes à leurs questions ; même s'il le faisait d'une voix rauque et hésitante qui semblait ne pas servir souvent. Il portait l'uniforme de l'établissement – blazer à la couleur boueuse, chemise blanche à manches longues, cravate à clip – généralement froissé comme s'il avait dormi avec. L'air renfrogné, les yeux fixés au sol ou perdus dans le lointain, il semblait ne jamais regarder où il allait ; il fallait s'écarter d'un bond pour lui laisser le passage ou, si vous étiez de la clique des sportifs, l'écarter d'une bourrade en jurant : « Gaffe, ducon ! »

Par bonheur, Sly était protégé par la très convoitée DMP (Dispense médicale perpétuelle) qui lui donnait le privilège d'échapper à la gym et aux sports en général, et donc aux activités physiques agressives où le juste courroux de ses camarades de classe se serait déchaîné contre lui : « Du bol, le mec ! »

Sly arrivait seul en classe, et Sly repartait seul ; sauf en cours d'anglais, où il repartait en général avec son unique ami ; et dans le réfectoire retentissant, construit sur le modèle d'un mausolée légendaire d'Oxford, si Skyler prenait la peine d'y aller, il mangeait avec son ami* à une table écartée de losers/francs-tireurs. Le sociable Bix Rampike avait conseillé à son fils maussade de prendre une « suite » pour profiter de la compagnie d'autres « camarades de chambre » mais Betsey plus pragmatique savait qu'il était beaucoup plus sage de ne pas contrarier

---

* Qui aurait-pu s'en douter ! L'ancien camarade de goûter-rencontre de Skyler, Elyot Grubbe ! Une fois encore j'évite avec beaucoup d'intelligence le « suspense facile », banni par les pourvoyeurs de Littérature sérieuse.

la préférence véhémente de leur fils excitable pour une chambre individuelle ; car les précédentes expériences de partage de chambre/suite ne s'étaient pas bien passées. Et maintenant, à seize ans, étant donné sa taille alarmante et son caractère rugueux, et sa tendance à ne pas prendre ses médicaments quotidiens, il serait certainement mieux dans une chambre individuelle. Skyler, ou plutôt « Sly », fut donc autorisé à occuper seul une chambre du troisième et dernier étage d'Old Craghorne, une résidence vieillotte voisine de (New) Craghorne Hall ; alors que Craghorne Hall était en briques chamois, Old Craghorne, beaucoup plus petite, était faite d'une pierre sombre friable qui semblait avoir essuyé des siècles de pluie ; alors que Craghorne Hall était la résidence des élèves les plus populaires, Old Craghorne avait la réputation d'héberger les losers/tarés/francs-tireurs. La chambre de Skyler, grande comme deux cabines de w-c, se trouvait au sommet d'un escalier abrupt qui craquait sous son poids plume (cinquante kilos pour un mètre quatre-vingts : maigrichon, hein ?) ; malgré les courants d'air, les fenêtres mal jointes et le plancher bancal, cette chambre devint vite son refuge. Car les joyeux « sportifs » de (New) Craghorne ne se donnaient pas la peine de prendre une voie aussi verticale pour aller harceler « Sly Rampole », ce qu'ils auraient faits avec délectation dans d'autres circonstances ; et les résidants d'Old Craghorne n'avaient pas le génie du harcèlement, et encore moins l'énergie de passer à l'action. Ces garçons donnaient l'impression de s'être liés dans une incarnation précédente, d'avoir déjà fréquenté Basking Ridge, mais ils n'avaient rien de menaçant et étaient tous plus petits que Skyler. S'il l'avait voulu, c'était lui qui aurait pu les menacer.

Il passait dans le champ sombre de leur vision comme un fantôme à peine matérialisé et entendait derrière lui *C'est lui : Rampick !*

Ou : *C'est lui ? Le type qui a tué sa…*

Avec quel entrain le proviseur Shovell avait assuré aux Rampike que personne ne connaîtrait l'identité de leur fils ! Skyler s'aperçut pourtant vite que tout le monde à Basking Ridge savait qui il était, ou qu'il était « quelqu'un » à qui s'attachait une certaine mesure de honte et de scandale. Car on le regardait bizarrement, on le reluquait ouvertement derrière son dos, on lui souriait d'un air apitoyé en détournant aussitôt le regard : même Rusty, le plus gai des aides-cuisiniers du réfectoire Clapp, avec sa peau d'un noir luisant et ses dents en or étincelantes ; même les assistantes de Shovell, des femmes âgées à la mine pincée qui devaient se retenir pour ne pas se signer à la catholique quand Skyler passait près d'elles. (De la même façon, tout le monde sut apparemment en l'espace de quelques jours que la nouvelle élève, « Heidi Harkness », était la fille du tristement célèbre « Leander Harkness ».) Skyler apprit à supporter sa douleur comme on supporterait un visage défiguré ou un corps difforme, avec autant de dignité qu'il en était capable. « Ça va comme tu veux, "Sly" ? » Ce sarcasme ou cette question revenait souvent ; un sarcasme amical peut-être, ou une question parfaitement innocente ; « Sly » n'était pas un surnom si offensant que ça ; c'était celui du grand macho « Sylvester Stallone », après tout ; on pouvait même considérer qu'il était plutôt cool ; « Sly » parvenait donc à grimacer un sourire et à répondre : « Ça va, vieux. Et toi ? »

En ce qui concernait ses professeurs, Skyler ne pouvait déterminer avec certitude ceux qui savaient. Son professeur de chimie, M. Badian, l'observait parfois avec perplexité ; son professeur de français, Mme Du Mont, semblait s'intéresser à lui, mais elle avait tant d'élèves indifférents et turbulents ; et il y avait le professeur d'anglais, M. Dunwoody, qui l'avait dévisagé comme s'il gravait ses traits dans sa mémoire, feignant d'accueillir avec bienveillance le « nouveau venu en notre sein ». Dunwoody sourit à son captif qu'il avait placé au premier rang (il ferait de même avec Heidi Harkness, qui arriverait douze jours après le début du trimestre) ; il sourit à Skyler de ses gencives roses et humides en frottant vigoureusement ses mains boudinées, comme une mante religieuse se frotterait les pattes avant un banquet : « "Sylvester Rampole". Vous êtes nouveau à Basking Ridge, Sylvester ? Et de quel établissement nous venez-vous ? » Assis au premier rang, Skyler aurait aimé se changer en un objet dur et compact, aussi impénétrable au regard qu'un bout de kryptonite. Ses nouveaux cheveux, rêches et impossibles à aplatir, lui donnaient un aspect bizarre ; il avait beau porter l'uniforme scolaire (blazer « bruyère » à boutons de cuivre, chemise de coton blanc, cravate rayée [à clip]) il tranchait sur les autres de façon alarmante ; exception faite de son corps maigrichon, on ne lui aurait pas donné seize ans mais beaucoup plus. Depuis Hodge Hill et sa bagarre avec les surveillants, un dentiste avait réparé en partie sa dentition endommagée, et son nez avait guéri mais avec une petite bosse osseuse qui, trouvait-il, quand il se regardait de biais dans une surface réfléchissante flatteuse, lui donnait un air macho de vieux boxeur. Une main devant la bouche, Skyler répondit par un marmonnement à la question sarcastique du professeur d'anglais : « Hodge Hell, Pennsylvanie. »

Avec la mine guillerette d'un vieux bouffon habitué à déclencher l'hilarité d'adolescents crétinisés, Dunwoody se pencha en avant, une main en coupe autour de son oreille : « Syl-vester ? Pardon ? Les gros mots sont difficiles à saisir quand on marmonne. »

Gloussements dans la salle. Même les filles les plus gentilles, qui s'apitoyaient d'ordinaire sur leurs camarades pris pour cibles, ne purent s'empêcher de pouffer.

Skyler dut se résoudre à parler un peu plus fort, mais d'un ton maussade et sans sourire : « Hodge Hill, monsieur.

– Ah, Hodge Hill ! Pas tout à fait le niveau scolaire et social de la prestigieuse Academy de Basking Ridge, hein ? On comprend pourquoi vous êtes venu ici. » Dunwoody, un quadragénaire aux bajoues flasques, manières faussement britanniques, cheveux secs clairsemés, lunettes d'aviateur « sexy » débiles, sourit à Skyler comme un dentiste sourirait à un patient sans défense. « Et d'où êtes-vous, Sylvester ? Où habitez-vous ? À l'encombrement de vos sinus quand vous parlez, je pencherais pour le New Jersey ? »

Où il habitait !

Impossible de répondre à cette question. Car Skyler ne pouvait pas dire *Je viens de Fair Hills*. Ne pouvait pas dire : *J'habite à Fair Hills*. Car Skyler n'avait plus de maison à Fair Hills. Tout cela avait pris fin, pour toujours. Plus honteux encore, Skyler n'avait plus de chez lui du tout. Lionel Dunwoody le savait-il ? Était-ce pour cela qu'il posait la question ? Ces dernières années, Skyler n'avait guère passé plus de quelques jours avec sa mère, dans l'une ou l'autre de ses « résidences temporaires » ; il avait attendu en vain que Bix l'invite à venir dans son fabuleux appartement de Central Park, qu'il l'emmène à l'un des matchs fabuleux des Knicks ; le dernier « chez lui » que Skyler eût connu était la vieille maison de grand-mère Rampike à Pittsburgh, où on l'avait envoyé passer quelques jours à la Noël 2002… Grand-mère Rampike ne voyait plus à sa belle-fille « sans pudeur », et elle n'était pas non plus « très satisfaite » de la conduite de son fils ; mais comme la plupart des adultes de la famille de Skyler, elle n'avait pas donné d'autres d'explications. Sous le regard de Dunwoody, Skyler sentit son visage s'enflammer. Son visage marbré, son visage cabossé, son visage d'enfant malade-coupable. Il s'était acharné sur un petit bouton coriace à la base de sa narine gauche, et il avait maintenant du sang sur les ongles, un filet de sang sur le menton* ; voyant qu'il avait fait mouche, Dunwoody feignit la compassion : « Oh là là ! Qu'avons-nous là ! Tenez, "Sylvester"… vite !… un mouchoir. »

Mais Sylvester, furieux, repoussa la main du professeur, se leva en vacillant et se rua hors de la salle†…

---

* Les rares lecteurs ayant des goûts littéraires morbido-pervers apprendront peut-être avec intérêt que, à l'instant où le visage du Skyler de seize ans se mettait à saigner dans la classe de Dunwoody, le Skyler de dix-neuf ans tripota et gratta si bien ses points de suture que son visage se mit à saigner sur cette page même.

† Lecteur, je regrette ! Je ne peux pas continuer.

Je ne sais même pas pourquoi je parle de Lionel Dunwoody !

Alors que j'avais l'intention de parler de Heidi Harkness, voici que je me retrouve en train de parler de Lionel Dunwoody. Comme le lecteur devrait se le rappeler d'un lointain chapitre, ce fut Dunwoody qui imposa à notre classe la lecture de *L'Esthétique de la composition* de E. A. Pym, cet ouvrage scandaleux où il est écrit que *La mort d'une belle petite fille est le sujet le plus poétique qu'il y ait au monde*. Par pur sadisme envers « Sylvester Rampole », Dunwoody choisit ce texte en

## ENFANTS DE L'ENFER TABLOÏD : POÈME EN PROSE

Au fond du réfectoire lambrissé de noyer construit sur le modèle d'un mausolée légendaire d'Oxford, indifférents au brouhaha, au tapage et à l'hilarité de leurs camarades, le trio d'exilés étaient assis sous une haute fenêtre à meneaux : Harkness, Grubbe, Rampole. Des jeunes gens flétris par la célébrité scandaleuse de leurs parents comme par une déformité physique.

Réunis par leurs affinités et non – auraient-ils soutenu avec passion – par de vulgaires accidents de l'histoire, ils étaient des Enfants de l'Enfer tabloïd.

Voilà comment j'avais commencé *Adieu, premier amour !*, lecteur. Cela me plaisait beaucoup ! J'ai honte de le reconnaître.

Mais certains d'entre vous détestent par principe ce genre d'artistisme. Votre œil sensible, habitué depuis longtemps aux affabilités fades et aux normalités prévisibles de polices telles que les Baskerville, Century, Bodoni et autres, réagit de façon négative à des polices « distinctives », « accrocheuses » telle que la Lucinda Blackletter, dont vous avez ci-dessus un échantillon : vous trouvez

sachant qu'il bouleverserait son élève. C'est également lui qui consentirait à une interview « anonyme » (en juillet 2004) avec un journaliste de *Full Contact* et détaillerait cruellement le « profil psychologique » de Skyler Rampike ; interrogé sur la possibilité que le « jeune garçon perturbé » eût assassiné sa sœur de six ans, il avait répondu : « Quand j'ai plongé le regard dans ces yeux d'acier, j'ai contemplé un abîme. Pas d'autre commentaire ! »

certainement que c'est « prétentieux », « extravagant », « adolescent ». Je sais que vous avez raison, et pourtant : chaque fois que je lis ce paragraphe, je suis électrisé par ses possibilités, qui me semblent doubles :

Postmodernistes : autoréflexion/autodérision/« bizarre »

Traditionnelles : narration directe/déclarative/« linéaire »

Néanmoins, l'emphase de la prose, la solennité voilée qui donne le ton aux 𝕰nfants 𝖉𝖊 l'𝕰nfer tabloïd seraient très difficiles à soutenir même pour le plus virtuose des stylistes – que je ne suis pas.

Néanmoins, on pourrait soutenir que *Skyler Rampike est effectivement un adolescent.*

Pendant une bonne partie de ce document, Skyler a été un jeune enfant. Récemment, il s'est transformé en *adolescent.* Mais, au fond de son petit cœur noueux, il est toujours un *enfant.* Le lecteur est peut-être au courant des dernières découvertes neurophysiologiques, qui démontrent que, dans le cerveau adolescent, le cortex frontal n'est pas pleinement développé et, en particulier, le cortex frontal de l'adolescent de sexe masculin. (Et combien de temps l'adolescence dure-t-elle, à notre époque ? Jusqu'à vingt ans et plus ? Trente ans et plus… ? Davantage ?) Si le lecteur juge avec condescendance l'adolescent de seize ans qu'est Skyler et le poème en prose « extravagant » qui exprime si adéquatement ses sentiments, cela tient simplement au fait que le lecteur est plus âgé que Skyler, de quelques bonnes dizaines d'années, vraisemblablement… alors que vaut votre jugement chichiteux ?

Oh, pardon : je me suis mal exprimé.

Je ne voulais pas exprimer d'hostilité, je veux dire.

Je suis peut-être sacrément hostile, une boîte à pétrir purulente d'hostilités purulo-bouillonnantes, mais je ne voulais pas l'exprimer ; et si j'ai blessé quelques lecteurs chichiteux entre deux âges, pardon !

*Méfie-toi Skyler ! Il y a en toi un démon qui ne demande qu'à se déchaîner.*

# II

« ARRÊTE DE ME SUIVRE ! VA-T'EN. »

Brutalement Heidi Harkness le prenait à partie. Naïvement Skyler avait cru qu'il s'approcherait d'elle sans bruit par-derrière. Au lieu de quoi, c'était Heidi Harkness qui s'était approchée sans bruit par-derrière.

Dans sa main tremblante… quoi donc ? Skyler n'arrivait pas à déterminer si c'était un bout de papier aluminium qu'elle avait ramassé par terre, ou un couteau.

« Je ne t… te suivais pas, protesta-t-il. Je v… voulais t… t'aider. J'ai vu…

– M'aider ? Comment pourrais-tu "m'aider" ? Tu ne peux pas m'aider. »

C'était catégorique, direct, provocateur. *Personne ne peut m'aider*, semblait-elle dire, comme si elle s'en vantait.

Skyler s'essuya les yeux. Quand il était tendu, ses yeux s'embuaient. Heidi Harkness le menaçait-elle avec un petit couteau, ou avec un bout de papier aluminium inoffensif ? Elle avait les narines dilatées, le blanc de ses yeux était visible au-dessus de l'iris. Elle était effrayée, et explosive. Skyler sentait son agitation, et la sienne. Il osa pourtant s'approcher, comme pour la calmer. Vit qu'elle avait des yeux noisette un peu dorés pareils à de petits soleils tournoyants. Des yeux finement striés de sang, des capillaires fatigués par les insomnies, ou par les larmes. Malgré tout ses yeux étaient si beaux que Skyler ne supportait pas de les regarder. Et sur sa tempe gauche, une délicate veine bleutée battait. Et à la naissance de ses cheveux, une cicatrice de la taille d'un demi-dollar marquait l'endroit où Heidi s'était sans doute arraché des mèches de cheveux, comme Skyler l'avait fait naguère. Il en viendrait à aimer la tignasse de Heidi Harkness, ses cheveux châtain clair, épais et vigoureux comme des poils à balai, de la couleur qu'avaient eue ceux de Skyler avant qu'il ne devienne chauve, à l'âge de dix ans.

« Tu m'as suivie ! dit Heidi, d'un ton furieux. Toi et tes sales amis ! Fiche-moi la paix.

– Pas moi ! Pas mes "amis"… je n'ai pas d'amis. »

Impulsivement il tendit la main vers l'objet qui luisait dans la main de Heidi Harkness. Peut-être, dans la confusion du moment, Skyler pensait-il pouvoir la calmer, la protéger et la réconforter en la désarmant. Mais ses doigts se refermèrent sur quelque chose de si dur et de si acéré qu'il ne fut pas sûr, d'abord, de l'avoir senti. De saisissement, un tremblement lui parcourut le bras. Sur ses doigts, l'impression qu'un fil très fin, chauffé à blanc, passait comme un éclair. Il sentit un liquide chaud et huileux dans sa main. Du sang ? *Son* sang ? Il s'était coupé ? Tel un personnage féminin vengeur dans un film d'action asiatique, mi-humain mi-animation, Heidi fit un bond en arrière, lui arrachant le couteau des doigts – c'était bien un couteau, avec une lame solide de dix centimètres – et le jetant dans la direction du ruisseau.

« Tu es f… fou ? bégaya Heidi. Pourquoi as-tu f… fait ça ? Je… j'aurais pu te t… tuer… »

Skyler regarda sa main en sang. Il s'était coupé ?

« Ça va, ce n'est pas profond. Ça ne fait pas mal, pas beaucoup.

— Mais tu saignes ! Ça doit faire mal.

— Non, je t'assure. Ça va.

— Je suis désolée ! Mais tu m'y as f… forcée… »

Avec la magnanimité d'un homme d'action héroïque, et non comme un gamin stupéfait et déboussolé par ce qui était arrivé à sa main, Skyler tenta de sourire. Skyler assura à Heidi que tout était sa faute : « Je t'ai provoquée. Tu n'as fait que te défendre. » Skyler examina sa main, notant que plusieurs coupures superficielles barraient horizontalement quatre de ses doigts et qu'une autre, plus vilaine, entaillait la chair tendre à la base du pouce. « Hé, ce n'est pas méchant. J'aurais pu avoir le pouce décapité, mais il ne l'est pas. » Dans un état bizarre, étourdi, le cœur gonflé par une puissante décharge d'adrénaline, un flot d'adrénaline dans les veines comme ça ne lui était pas arrivé depuis – combien de temps ? – depuis son entrée en fusion devant la télévision de Basking Ridge ce jour où il avait fallu cinq cents kilos de force macho brute pour venir à bout d'un unique garçon maigrichon.

Son instinct de femme poussa Heidi à fouiller dans ses poches d'où elle sortit un mouchoir rose froissé qui semblait avoir déjà servi. « C'est tout ce que j'ai, dit-elle d'un air contrit. Tiens.

— Pas la peine. Je me fais mal tout le temps, et bien pire que ça.

— S'il te plaît. Tu saignes beaucoup. Non… ne t'essuie pas sur la manche de ton blazer. Tiens. »

Étourdi, Skyler manquait de coordination, et il s'y prit si mal que Heidi fut obligée de tenir sa main tremblante et de tamponner ses blessures avec le mouchoir rose. Parfaitement immobile, Skyler se laissa faire. Mis à part les médecins, les infirmières et les kinésithérapeutes, et la rapide poignée de main échangée avec son vieux camarade Elyot Grubbe le jour de la rentrée à Basking Ridge, personne n'avait touché Skyler depuis très longtemps. Une sensation comme s'il se tenait au bord d'un précipice, contemplant un abîme beaucoup plus profond qu'il ne l'avait imaginé...

Concentrée, poussant de petites exclamations d'alarme, de compassion et d'exaspération, Heidi était obligée de se tenir tout près de Skyler. Elle était presque aussi grande que lui, mais elle avait la tête baissée, le front plissé d'inquiétude. De près, il vit mieux le rond de peau nue à la naissance de ses cheveux. Il vit aussi qu'elle avait presque tous les cils arrachés. S'en prendre à soi-même, se punir. Vos ongles préférés sont les plus pointus. *Elle est comme moi. Elle me ressemble. Elle doit le savoir.*

À seize ans, Skyler Rampike – sous sa nouvelle identité de « Sly » – avait un air si revêche et si agressif qu'il paraissait beaucoup plus vieux. Un individu qu'on risquait peu d'aborder. L'entourant à la façon d'un champ magnétique inversé, il y avait un espace dans lequel on ne pouvait s'introduire sans le perturber considérablement, et pourtant, voici que, totalement insensible à ce champ magnétique inversé, une fille, Heidi Harkness, était brusquement près de lui. Et soignait avec tendresse sa main blessée... Toute hostilité semblait avoir disparu de son visage en feu. Elle parlait avec étonnement, regret : « Je n'aurais pas dû sortir ce couteau ! "Les actes ont des conséquences"… je le sais. Ce couteau suisse… mon père me l'a donné. Mais il n'aurait pas dû, pas pour l'apporter ici. L'"Academy de Basking Ridge"… Je suis "à l'essai" ici. Un couteau c'est de la "contrebande" et je pourrais être expulsée. Si on apprenait… »

Aussitôt Skyler lui assura que personne ne saurait. Lui, en tout cas, ne dirait rien. Elle ne serait pas expulsée. Si on l'interrogeait sur sa main, il dirait qu'il avait eu un accident, qu'il s'était blessé. « J'ai une "prédisposition aux accidents", et grave. TSPA – Trouble du spectre de la prédisposition aux accidents – c'est dans mon dossier médical. Ils ont ton casier médical complet ici, l'"Academy de Basking Ridge" est une école privée/clinique, et nous sommes tous des patients. Nous sommes tous assurés, s'il "arrive quelque chose". » Skyler fut profondément ému de voir que Heidi avait pour lui un autre mouchoir, dont elle fit un pansement grossier, maintenu par un élastique. Skyler éprouva le désir soudain d'embrasser le petit rond chauve à la naissance de ses cheveux ; mais il ne fit que rire, un rire un peu fou.

« Et si le couteau t'était entré dans… le cœur ! dit Heidi, d'un ton réprobateur. Tu ne rirais pas comme ça. »

Skyler rit de nouveau, débordant de tendresse.

« Cela aurait peut-être mieux valu. Le *coupe dégraisse*.

– Tu es vraiment fou ! Pourquoi dis-tu des choses si… terribles ! »

Son ton, exaspéré, dérouté, parut familier à Skyler : le ton désapprobateur de ses parents. De nouveau il pensa *Elle doit savoir, elle est comme moi*. Il s'entendit dire, comme un magicien faisant surgir de l'air même un foulard rouge chatoyant : « Certains événements sont "écrits". Certaines rencontres. Nos vies sont "contingentes", tu comprends. Ça veut dire qu'elles ne sont pas "prédéterminées". Si on pouvait rembobiner le temps – remonter au début de la "vie organique", aux premières formes de vie monocellulaires... – il improvisait, avec les modulations et certaines des expressions de gamin juif brillant du professeur Rob Feldman – ... l'*Homo sapiens* ne réapparaîtrait pas une seconde fois. Je t'assure ! Les scientifiques le disent ! Il y a trop de facteurs en jeu dans l'évolution d'une espèce au développement aussi bizarre, et tous sont "contingents"... l'ère glaciaire, par exemple, ou les astéroïdes qui se sont écrasés sur la Terre. La seule chose dont on soit sûr, c'est que ce qui arrive *est*. La vie est un *acte gratoute*. »

Heidi Harkness eut un sourire hésitant. « Un "*acte gratoute*"... est-ce que c'est comme un "*acte gratuit*"... quelque chose qui arrive sans raison ? Par pur hasard ?

– Oui, aussi. C'est ça ! »

Méfiante, Heidi Harkness regardait Skyler Rampike comme si elle n'avait encore jamais vu quelqu'un qui lui ressemble. Sa paupière gauche avait un tic qui, par pur hasard, imitait le tic chronique de Skyler à la paupière droite ! Qu'elle était belle ! Ces yeux soleil-noisette, des yeux si beaux que Skyler ne pouvait en détacher le regard. Dans un état si étrange, un léger grondement dans les oreilles, des élancements dans sa main blessée, qu'il n'avait qu'une vague idée de l'endroit où il se trouvait. Quelque part tout près, le filet d'eau d'un ruisseau entre des rochers dispersés et assoiffés. Un ruisseau sans nom qui longeait un côté de la propriété de Basking Ridge. Au-dessus d'eux, tout en haut de grands arbres – des arbres anormalement grands, de l'avis de Skyler, avec un tronc droit et lisse, Skyler n'avait aucune idée de leur nom

519

– des oiseaux aux ailes sombres s'agitaient lourdement dans le feuillage, poussant des cris aigus et brefs comme dans un drame d'une intensité énigmatique. Skyler ne savait le nom d'aucun oiseau, Skyler n'avait pas l'habitude de ces scènes sylvestres. *Est-ce que je suis-je tombé dans une scène naturelle ?* se disait-il avec stupéfaction et une certaine appréhension. *Une scène d'amour dans un cadre naturel ?*

Il n'était pas prédestiné à l'amour. Personne ne l'avait aimé depuis Bliss. Et depuis qu'il avait abandonné Bliss, personne ne l'avait aimé. Cela avait quelque chose de juste, et de logique.

Pendant ce temps, Heidi Harkness le contemplait d'un air perplexe. Elle avait les bras croisés sur la poitrine, serrés à lui faire mal. C'était une posture, une manie inconsciente, dérangeante ; comme sa façon de plisser le front, de se mordiller les lèvres. Comme Skyler, Heidi portait la tenue scolaire réglementaire : blazer, chemise blanche à manches longues, cravate. Le blazer était couleur « bruyère », la cravate aussi, avec des rayures « pourpre royal ». Comme les vêtements de Skyler, les vêtements de Heidi donnaient l'impression d'avoir été enfilés n'importe comment, sans l'aide d'un miroir. Dès que Skyler avait quitté Babbitt Hall, il avait desserré sa cravate, déboutonné le col de sa chemise ; Heidi aussi.

« Bon, je m'en vais, dit-elle soudain. Au revoir.

– Je… je t'accompagne », dit Skyler, et Heidi répondit d'un ton sec : « Je viens ici pour être seule. J'ai besoin d'être seule », et Skyler dit : « Mais… moi aussi », et Heidi dit : « Je… j'ai besoin d'être seule pour pouvoir supporter cet horrible endroit », et Skyler pensa *Cet endroit ? Horrible ? Comparé à quoi ?* mais il dit : « Je sais. Moi aussi », et Heidi dit : « Ça n'a rien à voir avec toi, j'ai juste besoin d'être seule. Quand je suis trop longtemps avec des gens, ça s'embrouille dans ma tête », et Skyler dit : « C'est ça ! C'est tout à fait ça ! », et Heidi dit, avec irritation : « J'ai besoin de ne parler à personne, ça me rend nerveuse qu'on me parle », et Skyler approuva ; car il aurait approuvé tout ce que cette fille fascinante aurait pu dire. *Tu ne peux pas te mettre en travers, maman !* pensait-il. *Fini le petit homme.* Heidi se radoucit : « Si tu voulais m'accompagner et ne pas parler, ce serait possible », et Skyler répondit avec enthousiasme : « Super. Allons-y », mais les paupières de Heidi battirent avec nervosité : « Sauf que... je ne peux pas repasser par là », et Skyler, perplexe, demanda : « Ah non ? Pourquoi ? » – car Heidi avait indiqué le chemin par lequel ils étaient venus. « Je ne peux pas, c'est tout, répondit Heidi. Au revoir. » Le tic qui agitait sa paupière gauche sans cil était devenu plus visible.

Skyler comprit : ce devait être l'un des trucs de Heidi.

Quand on a un TOCR ou simplement un TOC, on a ses trucs.

C'est-à-dire des rituels. Des comportements rituels. Pour affronter le dédale dangereux de chaque journée sans trébucher sur une mine. Le parcours peut être sacrément long et tortueux, mais c'est le vôtre. Votre truc.

Comme d'être obligé de se laver les mains – vigoureusement ! – trois fois. Ou de se brosser les dents – vigoureusement ! – à se faire saigner les gencives – tout de suite après avoir mangé (et si Skyler était empêché de le faire à ce moment crucial, les plombs de Skyler frôlaient le court-circuit). Bliss lui avait transmis l'habitude de marcher exclusivement sur les tapis de tout sol et de tout escalier qui en étaient pourvus ; de la même façon qu'il y avait

521

une façon parfaite de s'élancer sur la glace qui rendait possible – sans toutefois le garantir – un programme parfait, il y avait une façon parfaite de pénétrer, et de sortir, de n'importe quel espace. À la différence de Bliss, Skyler avait appris à s'occuper de son lit et de ses draps. D'un débraillé provocateur dans d'autres domaines, Skyler ne manquait jamais de faire son lit – vigoureusement ! – draps bien tirés, oreillers énergiquement retapés – aussitôt levé : car honte et désastre nichent dans un lit défait. À la différence de Bliss, Skyler avait appris à préparer ses cours avec soin : leçons lues au moins trois fois, devoirs toujours vérifiés trois fois, longues listes apprises par cœur, la spécialité de Skyler. Et des prières à Dieu en Qui on ne croit pas marmonnées à voix basse une dizaine de fois par jour n'importe où n'importe quand n'importe l'inutilité *Aide-moi aide aide-moi et ma sœur Bliss si seulement Tu voulais nous aider au nom de Ton fils en Qui je ne crois pas non plus AMEN.*

La perspective risquée de prendre un chemin de retour différent fit frémir Skyler, car son TOC à lui se manifestait par le besoin compulsif, et suprêmement logique à son avis, de retourner quelque part exactement par le même chemin qu'à l'aller : en suivant cette logique, comment aurait-on pu se perdre ? (C'était impossible !) (Pas comme Skyler s'était perdu, avec des conséquences désagréables, dans les couloirs labyrinthiques d'Univers, Inc.) Néanmoins, pour pouvoir accompagner Heidi, Skyler céda.

À contrecœur, ou peut-être avec timidité, Heidi Harkness tendit la main (droite), serra celle de Skyler et la relâcha presque dans le même instant. Les yeux plissés, elle dit d'une voix monocorde : « Et je m'appelle… "Heidi Harkness". »

Un silence embarrassé. Car "Heidi Harkness" n'était pas son nom, et Skyler sentait qu'il devait le souligner, sans offenser la jeune fille. Car, ombrageuse comme une biche, elle était prête à s'enfuir dans les bois à la moindre provocation, et Skyler devrait alors la suivre en boitant. Optant pour un air assuré, il dit : « Sylvester Rampole, c'est le nom officiel – bizarre ! – qu'on me donne ici. Mais en réalité je m'appelle Skyler Rampike. Cela te dit peut-être quelque chose… ? » ajouta-t-il avec appréhension.

Heidi Harkness fronça les sourcils. « "Ram-pike" ? Non. »

Mais quelques minutes plus tard, alors qu'ils avançaient avec difficulté le long du ruisseau, sur un chemin envahi de hautes herbes, des joncs nauséabonds et de sales buissons épineux qui griffaient les vêtements de Skyler, Heidi dit soudain, d'un ton neutre : « "Ram-pike". Peut-être que oui. »


BATTA ! COMME AURAIT DIT PAPA BIG BIX.

Lecteur, je sais : cette scène vous consterne par son manque d'ironie. Tout ce qui a été noté ici s'est déroulé exactement de cette façon, en cet après-midi de début d'automne dans la pittoresque campagne vallonnée de Basking Ridge, New Jersey. Deux « ados » – sentimentaux, tristes, tartes, et douloureusement vrais. Comme Skyler l'avait prévu, Heidi et lui se perdirent sur le chemin du retour ; comme Skyler aurait pu le prévoir, il eut vite de violents élancements dans sa main blessée. (Sa nouvelle amie lui offrit gentiment ses « médicaments d'urgence » – deux capsules de cent milligrammes de l'antidouleur OxyContin qu'elle avait dans une poche, soigneusement enveloppées dans du papier aluminium – « J'adore les Oxy. Mais c'est un amour dangereux. Je les réserve pour les mauvais jours. ») Skyler, dont les précédents antidouleurs (Dopex, Revzil) n'étaient pas opiacés, avala les capsules avec gratitude et imagina, au bout de quelques minutes, que la douleur disparaissait.

Disparition de la douleur, apparition de l'amour.

Ils arriveraient tard sur le campus. Trop tard pour dîner au réfectoire et donc obligés de s'improviser un repas grâce aux distributeurs. À ce moment-là, Skyler avait découvert que sa nouvelle amie avait, à l'intérieur des bras, une carte de cicatrices anciennes/récentes, des marques de coupure assez semblables à celles qu'il avait sur la main, un braille exquis sur lequel il avait envie de passer les doigts, pour le déchiffrer.

Et d'embrasser. Quelques soirs plus tard.

•   •   •

POURQUOI SOUHAITAIT-ELLE SE FAIRE MAL – EN SE « coupant » – non seulement les bras mais (découvrirait Skyler) le ventre, les seins et l'intérieur des cuisses – il devait le lui demander bien que sachant pourquoi, car n'avait-il pas lui-même souhaité se faire mal, avec fureur se faire mal, et en fait Skyler s'était fait et se referait mal *C'est juste quelque chose qui semble bien. Qui fait du bien.*

*RESTE AVEC MOI ! MAIS NE PARLE PAS.*

*NE ME REGARDE PAS ! JE SUIS LAID.*

> *C'est moi qui suis laide. Pas toi.*

> *Toi ? Tu n'es pas laide. Tu es belle.*

> *C'est ridicule. Tu te rends ridicule en disant des trucs ridicules, arrête, s'il te plaît.*

> *Ce n'est pas ridicule de dire que tu es belle et que je t'aime.*

> *Bon. Je t'aime aussi... j'imagine.*


*JE DÉTESTE LEURS YEUX. LA FAÇON DONT LEURS YEUX me suivent. Leurs murmures* C'est elle ! C'est la fille de Leander Harkness.

> *... La façon dont ils me regardent en pensant* C'est lui ! Le frère de Bliss Rampike.

> *Tu veux en parler ?*

> *Et toi ?*

> *Non.*


UN JOUR POURTANT, FONDANT EN LARMES DANS LES bras de Skyler, des larmes brûlantes et cuisantes qui coulèrent sur Skyler, s'agrippant à son cou comme un nageur qui se noie au cou de son sauveteur, Heidi dit d'une voix d'enfant blessée et indignée *Il ne l'a pas fait ! Ce que tout le monde dit qu'il a fait, il ne l'a pas fait ! Je ne le croirai jamais.*


(HEIDI HARKNESS CROYAIT DONC SON PÈRE INNOcent ! Skyler éprouva un pincement d'envie : lui aurait pu croire n'importe quoi de n'importe quel membre de la famille Rampike, Skyler compris.)

PENDANT CET AUTOMNE ET CET HIVER 2003 À L'ACAdemy de Basking Ridge, on put observer le jeune couple : « Sylvester Rampole » et « Heidi Harkness », assis ensemble aux repas avec leur camarade d'exil Elyot Grubbe ; côte à côte dans les réunions scolaires, pendant les spectacles et les films ; se promenant ensemble avec une indifférence provocante à ce qui les entourait, doigts entrelacées, hanches/cous/épaules se frôlant, s'embrassant souvent, conversant tout bas avec passion. Pourtant – ce qu'aucun de leurs observateurs n'aurait cru – « Sylvester » et « Heidi » parlaient rarement de leurs désastres familiaux.

Se murmurant des *Je t'aime*. Une dizaine de fois par jour, comme une incantation, *Je t'aime*\*.

Skyler cherchait à protéger Heidi, jamais il ne l'aurait tourmentée en disant ce qu'il ne fallait pas. Les sujets tabous étaient nombreux, on les repérait à une crispation de la mâchoire de Heidi, au tic qui faisait palpiter sa paupière avec frénésie, à ses poings qui se serraient. Skyler ne souhaitait pas davantage aborder le sujet tabou de sa propre famille, devenue tristement célèbre. (De vagues remarques de Heidi indiquaient qu'elle savait qu'un événement perturbant s'était produit dans la vie de Skyler quand il était petit garçon ; mais elle semblait ne pas avoir entendu parler de sa sœur, ou ne pas s'en souvenir. Comme Skyler, elle n'avait que neuf ans au moment de la mort de Bliss.) En revanche, l'assassinat (supposé) de la mère de Heidi, de

---

\* Le lecteur lubrique suppose-t-il que Skyler et Heidi – selon l'expression vernaculaire grossière en usage – « couchaient ensemble » ? Peut-être que oui, peut-être que non. Ce n'est pas moi qui vous le dirai.

son amant (supposé) et des malheureux caniches Yin et Yang par le père de Heidi, et son procès ultramédiatisé dans le comté de Nassau, Long Island, avaient eu lieu le printemps précédent et étaient encore *O current* dans les médias, comme aurait dit Bix Rampike.

En fait, Skyler savait très peu de chose sur l'affaire Harkness. Il n'avait jamais été un fan de baseball, comme on le sait. Dès onze ans, il avait appris à éviter d'instinct les titres des journaux ; dans les magasins vendant des tabloïds, il détournait aussitôt le regard des présentoirs, comme Heidi avait elle aussi appris à le faire, s'épargnant les photos pleine page et les manchettes. Lunettes noires, visage sombre, maman tirait Skyler par le bras *Non ! Ne regarde pas ! C'est la vengeance de Satan.*

Une ou deux fois, il avait regardé. C'était bien des années plus tôt, et oui, il l'avait regretté.

Difficile de considérer Skyler Rampike comme un « adolescent américain » – difficile pour moi, en tout cas ! – mais c'était plus ou moins ce qu'il était, et avec un intérêt très limité pour cet incontournable des conversations adultes : les nouvelles. La perception qu'avait Skyler de ce qu'on appelle le « conflit du Proche-Orient » s'apparentait au vague malaise qu'un paysan de l'Europe médiévale pouvait ressentir à la mention de ce qu'on appelait la Peste noire ou la guerre de Cent Ans, ou d'une rumeur de chasse aux sorcières déchaînée dans les environs de son village. « Irak », « Iran », « Israël », « Madagascar » auraient pu s'entasser dans un même espace géographique, situé en Afrique du Nord, en Asie occidentale ou dans les steppes du Tibet, pour ce qu'en savait Skyler. Dans les établissements qu'il avait fréquentés, et notamment à Basking Ridge, les professeurs d'histoire évitaient discrètement toute référence à l'histoire, à la politique étrangère et aux hommes politiques contemporains des États-Unis, car il y avait de bonnes chances que des parents de leurs élèves les plus fortunés fussent des acteurs de la vie publique, en coulisse ou pas ; Skyler comptait parmi ses camarades des fils et des filles de politiques et d'avocats en disgrâce, d'hommes d'affaires, de lobbyistes, de corrupteurs et de corrompus. Skyler ne savait pas et se moquait de savoir qui ils étaient, à la façon dont l'autruche proverbiale à la tête enfouie dans le sable se désintéresse totalement des autres autruches à la tête pareillement enfouie.

Heidi était à la fois fascinée et effrayée par la télévision, dont elle était une accro, comme Skyler le constata avec désapprobation. Naturellement, elle ne regardait jamais les informations « en direct » : la possibilité d'y voir un visage connu – y compris le sien – était trop grande. Elle avait un faible pour les talk-shows de l'après-midi, qu'elle regardait sans le son, et surtout pour les rediffusions ; des séries telles que *Les Feux de l'amour*, *On ne vit qu'une fois*, *Hôpital St. Elsewhere*, *Malheurs des riches et maudits* ; à la différence de Skyler, qui évitait la télé, et notamment les programmes de fin d'après-midi, comme quelqu'un qui a été terriblement malade dans un restaurant évite le restaurant concerné, Heidi était capable de manquer les cours pour passer sa journée à regarder des rediffusions en se bourrant de Pepsi Light : « Ne me gronde pas, Skyler ! C'étaient des émissions que ma mère regardait. Et quand j'étais malade, petite, je pouvais rester à la maison et les regarder avec elle. C'étaient des moments heureux et c'était si bon d'être malade ! Et si réconfortant maintenant de voir comment les histoires se terminent. Cette fois. »

Skyler l'embrassait. Heidi tendait les bras vers Skyler, dans un désordre douillet de couette, coussins, pyjamas de flanelle, épaisses chaussettes pareilles à des pantoufles sur ses longs pieds maigres, pour qu'il l'embrasse ; et plus d'une fois. Quand elle était dans ses périodes de cafard – qui alternaient avec des périodes de gaieté haute tension –, Skyler devait la protéger, et il le faisait. Mais il ne lui confiait tout de même pas que sa mère aussi avait regardé ces séries de l'après-midi, en ce lointain temps béni d'avant Bliss où Skyler était le *petit homme* de maman et où moins papa en saurait, mieux ils se porteraient.

PARMI LE *TRIO D'EXILÉS* QUI MANGEAIENT ENSEMBLE à une table écartée du réfectoire Clapp, Elyot Grubbe était celui qui, courageusement, ou peut-être insolemment, s'était inscrit à l'Academy de Basking Ridge sous son « vrai » nom, sans prendre de couverture. « "Grubbe" n'est pas assez célèbre pour que ça en vaille la peine, expliquait-il d'un air sombre. En dehors de Fair Hills, peu de gens ont entendu parler des "Grubbe", rien à voir avec "Rampike" ou "Harkness"*. Je suis aussi transparent ici que je l'étais à Fair Hills à l'école primaire. Et puis, qu'est-ce que ça peut me faire, de toute manière ? »

Seul le plus obsessivement observateur des lecteurs, fixé aussi névrotiquement au stade anal que l'auteur de ce texte, a des chances de rappeler le camarade de goûter-rencontre que Skyler s'était mélancoliquement imaginé comme un frère. (Voir le lointain chapitre « Aventures au

---

* Naturellement, Elyot ne disait pas « Harkness », mais le vrai nom de Heidi.

pays des goûters-rencontres II ».) Le choc avait été considérable quand, le soir de la première journée tristement interminable qu'il avait passée à Basking Ridge sous sa nouvelle identité de « Sylvester Rampole », un garçon vif et compact aux lunettes énormes et aux gros yeux de poisson l'avait abordé dans le réfectoire en disant, *sotto vice* : « Tu es Skyler… non ? Rampike ? Tu te souviens de moi ? Elyot Grubbe. »

Un choc pour Skyler, mais un choc agréable. « Sylvester Rampole » avait failli fondre en larmes.

Dans la première poignée de main échangée entre ces deux victimes de Fair Hills, cette promesse implicite : *Personne ne saura qui nous sommes*, ou *avons été.*

Elyot avait l'habitude, une affectation britannique sûrement, mais que Skyler finit par trouver réconfortante, de lui serrer la main quand ils se retrouvaient au réfectoire. S'ils risquaient d'être écoutés, Elyot ne manquait jamais de l'appeler « Sly » ; sinon, il l'appelait « Sky », de sorte que, même si les ricaneurs qui les entouraient entendaient, le secret de Sly/Sky était préservé.

Sept ans depuis que Skyler avait vu Elyot Grubbe pour la dernière fois ! Sept ans depuis qu'il avait reçu sa lettre de condoléances brève mais touchante :

CHER SKYLER,

JE TE PRÉSENTE MES CONDOLÉANCES POUR LA PERTE DE TA SŒUR. J'AIMERAIS TE REVOIR MAIS CE SERAIT TROP TRISTE, D'APRÈS TA MÈRE.

AFFECTUEUSEMENT,

*E. Grubbe*

ELYOT GRUBBE

Skyler n'avait qu'une vague idée de la catastrophe familiale vécue par Elyot cinq ans plus tôt, car à l'époque il était (très probablement) sous calmants et n'habitait plus à Fair Hills, mais il connaissait les grandes lignes sinistres de l'histoire : la mère d'Elyot avait été mystérieusement assassinée, « tuée à coups de matraque », dans sa chambre à coucher de leur maison de Great Road ; le père d'Elyot était impliqué dans ce crime ; ou peut-être que non, puisqu'il avait été acquitté de tous les chefs d'accusation... ? Skyler ne risquait pas de demander à Elyot où était son père ni les relations qu'il avait avec lui, pas plus qu'Elyot ne lui demanderait où étaient ses parents ni les relations qu'il avait avec eux. *Personne ne saura qui nous sommes*, ou *avons été* c'était la promesse scellée par leur poignée de mains.

(Skyler se souvient : maman avait voulu lui raconter l'« horrible histoire » de la mère d'Elyot, comme pour enseigner au gamin maussade qu'il y avait bien des misères en ce monde, et qu'un bon chrétien doit savoir ne pas s'abandonner au chagrin, mais Skyler avait hurlé « Taistoi, maman ! », s'était bouché les oreilles et rué hors de la pièce comme un petit éléphant fou furieux*.)

C'était la deuxième année qu'Elyot passait à Basking Ridge. Comme Skyler, il avait des trous importants dans sa scolarité, et avait été « incarcéré quelque temps » au centre de traitement Verhangen ; il avait malgré tout un an d'avance sur Skyler et semblait s'être relativement bien

---

* Souvenir dérangeant – « recouvré » (j'imagine) – libéré et montant à la conscience du fond de la boue tidale, selon le terme méprisant de S. Freud, du Refoulé. Skyler devait avoir au moins douze ans à l'époque puisque son « mutisme hystérique » avait manifestement disparu.

intégré dans l'établissement. Au revers de son blazer de Basking Ridge brillait le petit serpent d'argent dressé sur sa queue qui distinguait les ECU (élèves des cours de niveau universitaire) ; il avait pour matières principales les sciences (« préparatoire de médecine ») et la musique (« ancienne »). Rétrospectivement, Skyler supposait que l'Elyot Grubbe d'autrefois avait été médicamenté à outrance, car il était invariablement somnolent, avec une élocution lente et vague, un sourire rêveur ; l'adolescent de dix-sept ans d'aujourd'hui était plus animé et parlait nettement plus vite ; la façon dont sa bouche se contractait avant de sourire laissait soupçonner la présence de « stimulants » dans son sang, des médicaments qu'on avait souvent prescrits à Skyler dans sa phase « bipolaire » ; pendant les repas, Skyler voyait parfois son ami excentrique avaler discrètement des cachets, un nombre respectable de cachets, dont certains lui disaient quelque chose (Prizzil ? Xaxil ? Vivil ?) mais il comprenait qu'Elyot n'apprécierait pas un commentaire de sa part ; de son côté, quand Skyler fouillait dans ses poches à la recherche de ses satanés médicaments, jurant parce qu'il ne trouvait que de vieux mouchoirs et des flocons de poussière, Elyot faisait mine de ne rien remarquer, ou, occupé à revoir minutieusement ses devoirs, ou à écouter son baladeur, ne remarquait rien. Ils avaient beau manger ensemble au réfectoire, ils passaient souvent des repas entiers sans échanger plus de quelques mots. *Salut. Salut. Ça va ? Oui, et toi ?*

Skyler éprouvait néanmoins une affection (oblique, inexprimée) pour son vieil ami. Car il avait peu d'amis, il n'en avait même pas du tout, et certainement pas de « vieux ». Au cours de ces sept ans, Skyler était devenu grand, anguleux, dégingandé, bancal et... bizarre, il faut bien le dire. Elyot, lui, avait grandi prudemment et ne dépassait pas le mètre soixante, mais il était solidement bâti, avec un maintien raide et des joues veloutées d'enfant mannequin ; il faisait douze ans plutôt que dix-sept, un prépubère brillant aux yeux faibles et intelligents, au visage oubliable, brouillé comme une bavure. Elyot aurait été une proie facile pour les Beav et les Butt de Basking Ridge s'il ne les avait pas intimidés, apparemment par son maintien, et par le fait que, sans être un nom connu dans l'établissement, "Grubbe" sentait néanmoins la richesse, les relations et les procès.

Et A. J. Grubbe avait contre-attaqué en justice ! A. J. Grubbe avait intenté une flottille de procès en dédommagements contre les publications, journalistes et personnes privées qui avaient « diffamé » son nom.

Elyot ne ressemblait en rien au féroce et flamboyant A. J. Grubbe, que Skyler n'avait aperçu qu'une fois, lors d'un cocktail chez les Rampike ; le pauvre Elyot ressemblait à sa mère Imogene, la malheureuse héritière, une de ses femmes mollusques douces et molles qui frémissent d'émotions que personne n'a envie de partager ; une épouse/mère au sourire ardent qui sent qu'elle va être broyée par la vie, si gentille, généreuse, « maternelle », « aimante » et « bonne » qu'elle soit, parce qu'elle est une riche héritière qui a, fatalement, attiré un mari de la mauvaise espèce.

« Tu as la plus adorable des petites sœurs, Skyler, un ange ! Quelle chance a ta maman. »

Un après-midi pluvieux de goûter-rencontre chez les Grubbe, Mme Grubbe descendit en titubant l'escalier dans une sorte de kimono japonais qui dissimulait ses replis de chair molle, et d'une voix exclamatoire elle interrompit la partie d'échecs des deux garçons, refermant des doigts moites boudinés sur le petit visage de Skyler comme un aigle referme ses serres sur une petite proie mammifère ; Mme Grubbe lui souffla une haleine parfumée de chardonnay au visage, s'exclamant sur sa sœur et sur la chance qu'avait sa mère. Avec un certain embarras, Elyot dit ensuite : « Je te prie d'excuser ma mère. Elle est "tripolaire" et elle prend des médicaments... mais ils n'agissent pas toujours, et elle devient excitable. Ce qu'elle voulait dire, je pense, c'est que si elle me perdait, elle n'aurait plus d'enfant, alors que ta mère, si elle te perdait, aurait encore ta sœur ; c'est en cela que ta mère a de la "chance", et pas la mienne. Mais je doute qu'elle soit capable de le formuler clairement, y compris à elle-même. »

(Oui ! Elyot Grubbe avait de ces phrases grammaticales de petit pédant, même enfant.)

À Basking Ridge, les deux garçons renouèrent une amitié un peu théorique. Ils étaient tous les deux heureux de la compagnie de l'autre, quoique sans excès. Ils se voyaient rarement en dehors des repas où dans le retentissant réfectoire Clapp ils s'asseyaient à une extrémité inoccupée d'une table de losers/exilés et mangeaient le plus souvent en silence. Elyot avait pour habitude de manger lentement et distraitement, un baladeur sur les oreilles, penché sur des pages de notations musicales compliquées ; la première fois que Skyler déjeuna avec lui, Elyot déchiffrait la musique sacrée de Josquin des Prés ; il passa ensuite aux *Six suites pour violoncelle seul* de Bach, jouées par Yo-Yo Ma : « Le plus remarquable des compositeurs et le plus remarquable des violoncellistes. » Skyler se rappela qu'Elyot prenait des leçons de violoncelle à Fair

534

Hills, mais quand il en parla, Elyot se raidit : « Je n'en prends plus. » Il n'avait visiblement pas envie d'en dire davantage, mais Skyler ne put s'empêcher de lui demander pourquoi il avait arrêté, et Elyot répondit, tristement : « Ma mère me prenait pour un genre de prodige. Je n'en étais pas un, mais j'avais des "dispositions". Du coup, la musique est devenue trop importante pour moi. Surtout après… tu sais. Je travaillais, travaillais, mais… je n'étais pas parfait. Quand je jouais pour mon professeur, je faisais invariablement des fausses notes. Parfois, tout allait bien jusqu'à la toute fin de la leçon… et puis, brusquement, mon archet dérapait, je faisais une faute et il fallait que je recommence du début. La même chose se répétait, et si mon professeur ne me permettait pas de tout rejouer immédiatement, je "m'agitais". Nous avons essayé de désamorcer la situation en convenant que je ferais une faute au commencement – délibérément ! – pour qu'on n'en parle plus, mais… » Elyot s'exprimait d'un ton neutre et morne, des frissons de sourire aux coins des lèvres, et Skyler écoutait en silence, compatissant, se disant *Pire que moi ! Le pauvre vieux.*

Si Elyot s'immergeait dans une musique exquise, Skyler s'immergeait dans des trucs rasoirs. Pas étonnant – vous avez été étonnés ? – que Zarbi « Sylvester Rampole » soit devenu un excellent élève à Basking Ridge, car ses cours lui fournissaient une plaitore de trucs rasoirs à apprendre par cœur, qu'il était capable de régurgiter, avec une précision d'horloge, comme peu de ses camarades, lors des examens et des interrogations écrites. Skyler excellait ainsi en histoire américaine parce qu'il mémorisait de longues colonnes de dates : guerres, batailles, traités de paix ; explorateurs, conquérants, territoires ; dates d'entrée des États dans l'Union ; dates d'élection, d'investiture, de mort de Grands Hommes ; Whigs, fédéralistes, Démocrates, Républicains, Républicains « Free Soil », abolitionnistes, Copperheads, « Tippecanoe and Tyler Too » ; scandale du Teapot Dome, « Nous sommes à Armageddon », « L'élection volée » (1876)*. Plus réconfortant encore : l'assoupissante classification périodique des éléments du cours de chimie ; les listes de vocabulaire et de déclinaisons verbales du cours de français ; de longs passages de *Macbeth* et de *Jules César* appris par cœur dans le but de narguer M. Dunwoody, qui pratiquait souvent l'« interrogation surprise » pour maintenir ses élèves dans un état de nervosité permanente, et qui resta toujours persuadé que, on ne sait comment, « Sylvester Rampole » trichait.

Quand Skyler rencontra Heidi Harkness et qu'il tomba amoureux d'elle, sa passion pour les trucs rasoirs déclina rapidement.

« Elyot ? Je voudrais te présenter… »

Il y avait à présent un trio d'exilés à la table isolée sous la haute fenêtre à meneaux. *Nous sommes tout ce dont nous avons besoin* se disait Skyler.

Mais les rapports entre Heidi et Elyot semblaient toujours à re-négocier, aussi instables qu'une manche à vent. Au début, quand Heidi rejoignait Skyler à l'heure des repas (ce qui était imprévisible, car Heidi « détestait la nourriture par principe »), Elyot restait fermé et pincé,

---

* Est-ce réconfortant à savoir ou pas tant que cela ? Le fait que dans le cloaque bouillonnant des campagnes politiques américaines, au moins une élection présidentielle précédente, opposant Rutherford Hayes (républicain) à Samuel Tilden (démocrate), avait été « volée » ?

manifestement ébloui par elle, par le simple fait de sa présence ; quel choc que son plus vieil/plus proche ami, qu'il avait sûrement supposé aussi peu séduisant aux yeux des filles et aussi peu attiré par elles qu'il l'était lui-même ! De son côté, Heidi se méfiait d'Elyot Grubbe que Skyler lui avait décrit comme son plus vieil/plus proche ami à qui il était arrivé « quelque chose de terrible » – ou plutôt à sa mère – dont il ne fallait pas parler, jamais, et qui était un « genre de génie bizarre ». Skyler souhaitait profondément que ses deux amis se plaisent, car il lui aurait été insupportable de laisser tomber Elyot maintenant qu'il avait Heidi ; et, étant donné les sautes d'humeur et le comportement imprévisible de Heidi (dont il commençait tout juste à se rendre compte), il craignait de la blesser… « Elyot t'aime bien, dit-il à Heidi, qui se mordait l'ongle du pouce au sang… mais il est timide et il n'a pas l'habitude des filles.

– J'ai l'impression qu'il me juge. Il est cet "Œil qui Voit" et qui me juge. »

Skyler sursauta en entendant ces mots, jetés, apparemment sans préméditation par son amie, de la pelle insouciante de ses émotions.

« "L'Œil qui Voit" … qu'est-ce que tu veux dire ?

– Deux yeux, en fait. Sa façon de me regarder.

– Mais pourquoi as-tu dit "L'Œil qui Voit". Cela vient d'où ?

– Je… Je ne sais pas, Skyler. Ça me vient comme ça.

– Oui, mais d'où ? Ça te vient… d'où ?

– Je ne sais pas, Skyler ! Tu me fais mal. »

Heidi se dégagea. Sans s'en rendre compte, Skyler avait saisi et serré son poignet mince, l'avait peut-être même tourné, tordu ? Mais sans le faire exprès.

ELLE AVAIT CHERCHÉ *SKYLER RAMPIKE* DANS LE cybercloaque. c'était ça ?


HONTE !

Car voici Skyler, tee-shirt noir miteux, pantalon kaki, Nikes pourries et casquette de baseball crasseuse, l'uniforme des lycéens du coin, qui traîne dans le 7-Eleven du village historique de Basking Ridge. Sirotant un Coca, il regarde innocemment le présentoir de tabloïds tout en sachant qu'il ne devrait pas, ne doit pas, comme avaler un cachet non identifié, cela pourrait être la pire erreur de ta vie, *ne le fais pas*. Et pourtant Skyler feuillette le papier pulpe de *Star Saga, Star Hebdo, US Spy*, où, en octobre 2003, plus de six ans après la mort de sa sœur, il n'est pas déraisonnable de supposer – si ? – qu'il ne tombera pas une nouvelle fois sur une photo de Bliss, que la petite patineuse bouleversante glissant avec grâce sur la glace, que l'enfant fée au maquillage glamour, cheveux blonds bouclés couronnés d'un diadème scintillant, Mini Miss Princesse de la glace du Jersey 1996, ne lui sautera pas encore une fois au visage, qu'il ne sera pas surpris non plus par la photo de ses parents sortant de l'église de la Trinité, un horrible sourire aux lèvres, flanqués de leurs ardents défenseurs chrétiens, le révérend Higley et sa femme, et identifiés par une manchette en lettres rouges BETSEY ET BIX RAMPIKE : MÈRE ET PÈRE INFANTICIDES OU PARENTS ENDEUILLÉS ? – qu'il ne tombera sûrement pas une nouvelle fois sur le portrait horriblement souriant de lui-même, enfant – SKYLER RAMPIKE : LE SECRET QU'IL N'A JAMAIS RÉVÉLÉ – ni sur les photos coquettement juxtaposées de GUNTHER RUSCHA, ASSASSIN PÉDOPHILE AVOUÉ et de SKYLER RAMPIKE : LA PREMIÈRE VICTIME SEXUELLE DE RUSCHA ? Surveillant d'un œil le vendeur indien à la caisse du magasin tandis qu'il parcourt le sordide *US Spy* en tâchant de ne pas respirer la puanteur d'égout de l'Enfer tabloïd qui monte à ses narines, affreux sentiment de perte, chagrin, défaite, vanité de tout désir humain, impuissance absolue semblable à celle que doit ressentir la conscience minimale de la manche à air battant éternellement au vent, ou du ruban de Möbius, tournant, tournant sans fin avec la terre tournoyante autour de son soleil dans une galaxie lointaine près de s'effondrer sur elle-même pour se réduire à une pointe d'épingle, tournant gauchement une page d'*US Spy* pour découvrir ce qu'il cherchait : HARKNESS. Pas RAMPIKE mais HARKNESS. Se disant avec un immense soulagement *Pauvre Heidi ! Mais pas moi* car il y a là six pages centrales de photos avec un gros titre en rouge LEANDER L'EX-BASEBALLEUR SEXY DES YANKEES ET LA TOP-MODÈLE STEFFIE : BIENTÔT PARENTS ? Skyler étudie les photos du séduisant Leander Harkness : cabré sur le monticule avant un lancer, World Series 1988 ; tête rasée, yeux couleur de nuit et bouche railleuse ; en tenue de Yankee, se penchant pour cracher. Il y a d'autres photos de Harkness avec sa séduisante épouse blonde Alina et sa petite fille Heidi dans leur hôtel particulier de la 86e Rue Est à New York ; une autre de Harkness et de sa fille dans leur résidence secondaire sur le front de mer, à Oyster Bay ; avec quelle tendresse ce grand papa tient la petite main de Heidi ; avec quelle confiance la petite fille regarde Big Dabe, un sourire d'adoration aux lèvres ; Skyler est frappé par cette Heidi petite fille, si différente de la jeune fille anguleuse, tendue, mélancolique d'aujourd'hui ; à seize ans, Heidi ressemble davantage à sa mère assassinée qu'à la petite fille de ces photos. Et, sur une autre page, une photo peu flatteuse d'Alina Harkness, apparemment surprise à son insu par un paparazzi au moment où, l'air contrarié, mal fagotée, elle descend maladroitement d'une voiture, révélant une jambe visiblement épaisse : ALINA HARKNESS, 35 ANS. À côté, cruellement, LA TOP-MODÈLE STEFFIE, 23 ANS : superbe, minaudante, des seins stupéfiants, taille fine et hanches étroites, posant quasi nue pour Armani dans une robe de soie noire à bretelles. Steffie a des cheveux blonds satinés, des lèvres pulpeuses et des yeux francs-flirteurs, une sœur plus jeune, plus mince, plus belle de l'épouse occise.

L'article se termine par une photo déchirante des caniches Yin et Yang regardant l'appareil avec une expression d'ahurissement canin, et cette légende : *Maître, non !*

Skyler rit malgré lui. De même que par son mouvement l'aiguille d'une boussole indique, à l'esprit attentif, la présence par-delà le monde des apparences d'une Autorité mystérieuse, quoique invisible et impénétrable, on peut discerner, par-delà les boues de vidanges de l'Enfer tabloïd, la présence d'un Rédacteur invisible, impénétrable et malveillant.

Skyler apprend dans *US Spy* que, déjà quand il jouait dans l'équipe de première division des Yankees, Leander Harkness avait été arrêté plusieurs fois par la police à New York, Oyster Bay et Saint-Bart ; au moment de la mort de sa femme, une ordonnance du juge du comté de Nassau lui interdisait de s'approcher à moins de trente mètres de sa femme et de sa fille, et de les harceler de quelque manière que ce fût ; Harkness avait été jugé *deux* fois pour meurtre avec préméditation dans le comté de Nassau :

lors du premier procès, fin 2002, le jury n'était parvenu à s'entendre ; lors du second, à l'automne 2003, l'accusé avait été acquitté. Aucun autre suspect n'avait fait l'objet d'une enquête et il semblait généralement admis que, en dépit de la décision des jurés, Leander Harkness était bien l'homme qui avait poignardé sa femme (quatorze coups de couteau dans ses torse, cou et visage) dans la maison de cinq millions de dollars qu'ils possédaient sur la côte nord de Long Island ; Harkness avait également poignardé l'amant supposé de sa femme (onze blessures, poitrine, ventre, bas-ventre) ; et dans un débordement de rage virile dont il avait donné de fréquents exemples au cours de sa carrière très médiatisée de baseballeur, il avait également poignardé les adorables caniches Yin (fourrure blanche frisée) et Yang (fourrure noire frisée). Au moment des meurtres, perpétrés dans une pièce du rez-de-chaussée tout en baies vitrées qui donnait sur le détroit de Long Island, la fille de quinze ans des Harkness, Heidi, était au premier dans sa chambre, et elle affirmerait avoir « dormi » de bout en bout, bien que les meurtres eussent été commis vers 8 heures, un soir de juillet, à la nuit à peine tombée. Heidi Harkness affirmerait n'avoir ni vu ni entendu son père dans ou à proximité de la maison ; ne pas l'avoir vu s'en aller au volant de son coupé Rolls Royce bronze, que ses voisins d'Oyster Bay qualifiaient de « très reconnaissable ». Pour « raisons de santé », Heidi Harkness n'avait témoigné à aucun des deux procès. Elle avait été hospitalisée quinze semaines au centre de traitement Verhangen de Bleek Springs, New York.

D'une main tremblante, Skyler repose *US Spy* sur le présentoir. D'un pas titubant, Skyler quitte le magasin.

Se disant *Pauvre Heidi ! Mais pas Skyler, pas cette fois.*

# III

« JE T'AIME. »

« Je t'aime. »

Comme deux miroirs jumeaux se reflétant à l'infini.

IL PROTÉGERAIT HEIDI HARKNESS, IL SE LE JURAIT.
Ce qu'il avait découvert dans *US Spy,* il ne le révélerait
jamais à Heidi. Même dans leurs moments les plus intimes Skyler ne dirait pas *Tu as vu ton père ce soir-là n'est-
ce pas          tu peux me le dire Heidi je ne le répéterai
jamais à personne*          car il était du devoir de Skyler,
s'il aimait Heidi Harkness, de lui éviter les souffrances. Il
pensait être assez fort. Cette fois-ci.

IL N'ÉTAIT PAS RARE À L'ACADEMY DE BASKING RIDGE
étant donné sa population d'élèves atteints de « déficits »
divers de voir apparaître sur le campus des voitures de
location aux vitres arrière teintées qui emmenaient et
ramenaient certains individus à intervalles réguliers ; tous
les jeudis à 13 heures une Lincoln Town Car noire s'enga-
geait ainsi dans l'allée de gravier du campus pittoresque
et, après en avoir reçu l'autorisation du surveillant en uniforme de service au kiosque, roulait jusqu'à Toll House,
la résidence des filles, remarquable pour ses chambres-

suites individuelles avec salle de bains individuelle ; Heidi Harkness apparaissait alors, le visage pâle et tendu, dissimulé par d'énormes lunettes noires, un foulard noué à la va-vite sur ses cheveux rebelles, et elle partait à New York, deux heures de route vers l'est, pour sa séance hebdomadaire avec un psychopharmacologue de Park Avenue, spécialiste en « adolescentes bousillées », selon les termes de Heidi ; et tantôt on la ramenait à Basking Ridge vers 20 heures, et Skyler l'attendait, tantôt, de façon imprévisible, elle ne rentrait pas, passait la nuit en ville et expliquait évasivement à Skyler qu'elle avait séjourné chez des parents, des amis de la famille, mais Skyler pensait qu'elle allait chez son père, 86e Rue Est, Skyler était convaincu qu'elle allait chez son père quand il était en ville ; mais Heidi ne parlait jamais de ces visites à Skyler, de même qu'elle ne parlait jamais à Basking Ridge de Leander Harkness ni de ses liens avec lui. Aux yeux de Skyler, c'était une trahison, car comment Heidi pouvait-elle avoir des secrets pour lui, si elle prétendait l'aimer ? Mollement, Heidi disait : « Mais toi aussi, tu as des secrets, Skyler. On ne peut pas tout savoir l'un de l'autre. »

Skyler se disait *Tu ne peux pas tout savoir de moi. Mais j'ai besoin de tout savoir de toi.*

Ce qui l'offensait, c'était qu'elle ne le distingue pas des autres. Si elle l'aimait, il fallait qu'elle le traite différemment de tous les autres.

« Skyler, implorait Heidi, ne me tourmente pas. Aime-moi seulement. »

Elle se mettait à pleurer. Des larmes brûlantes éclaboussaient son pâle visage anguleux.

Et Skyler se radoucissait, quand Heidi pleurait, il se sentait désespéré, saisi de culpabilité, et du curieux plaisir de la culpabilité. Il aimait la façon dont Heidi – la fille de Leander Harkness, qui avait menti pour lui – se pressait toute tremblante contre lui, nouait ses bras autour de son cou dans un geste d'humilité, de dépendance, mais aussi avec une possessivité féminine qui l'excitait. « Hé, ne pleure pas. Tu sais que je veillerai sur toi » – car c'était ainsi, Skyler protégerait Heidi contre toute souffrance y compris celles causées par Skyler Rampike soi-même.

*QU'EST-CE QUE TU AS DÉTESTÉ LE PLUS À CE MOMENT-là ?*

*Ne jamais rien pouvoir dire de vrai. Et toi ?*
*Ne jamais rien pouvoir dire de vrai.*

DIAGNOSTICS PARTAGÉS : DYSLEXIE/TROUBLES DÉFI-citaires de l'attention/syndrome d'anxiété chronique/ TAAC/TOC/RSE (« "RSE"… qu'est-ce que ça peut bien être, Heidi ? » demanda Skyler, à qui on n'avait jamais donné d'explication ; et Heidi frissonna, se blottit dans ses bras, embrassant sa lèvre pour qu'il ne puisse pas voir son regard, et dit : « Je ne sais pas non plus. »)

QI partagés : dernier test de Skyler : 139 ; dernier test de Heidi : 141.

Médicaments partagés : les Zilich, Asomix et Eufixl (un « antidépresseur junior » nouvellement prescrit) de Skyler, les Oxycodone et OxyContin de Heidi. Vêtements partagés : le caban à capuche amovible de Skyler, ses mitaines en cuir, ses grosses chaussures imperméables Outbound à lacets ; les mitaines à torsades L. L. Bean de Heidi et son cache-col en cachemire rouge. Aliments partagés : si Skyler pelait une orange lentement et sensuellement et s'il mangeait la moitié des tranches, Heidi consentait parfois à manger (très lentement) l'autre moitié. Idem pour les pamplemousses, les pommes. Les barres hyperprotéinées Granola. (Pour chaque bouchée que Heidi parvenait à avaler, un baiser de grand frère de la part de Skyler.) (Skyler n'avait-il pas encouragé Bliss à manger de la même façon, des années plus tôt ? Quand maman ne regardait pas.) (Mais Skyler pouvait-il être sûr que Heidi n'irait pas en cachette s'enfoncer un doigt dans la bouche et vomir tout ce qu'elle avait mangé sur son insistance ? Chose que Bliss n'avait jamais faite.) Joints partagés : la marijuana headbanger troisième catégorie de Skyler achetée à un terminale de Basking Ridge qu'approvisionnait un élève du lycée public local ayant des « contacts à Newark », l'Acapulco Gold classe de Heidi, rapportée en contrebande de ses jeudis mystérieux à Manhattan. Baisers partagés. (Longs baisers-fumettes paresseux ! *T'aime t'aime t'aime* enroulés l'un à l'autre tels deux boas constrictors amoureux s'embrassant/murmurant/riant doucement/confondant leurs rêves/cachés dans la chambre de Heidi tellement plus grande et plus intime que celle de Skyler avec salle de bains particulière.)

Musiques partagées : les groupes rock punk heavymetal Shank, Whack, Futt, Dream Bone de Skyler, l'ésotérique « minimaliste estonien » Arvo Pärt de Heidi. (« "Minimaliste estonien" ? C'est une blague ? » Skyler n'était pas convaincu par la musique de Pärt, lente, dépouillée, silencieuse au point qu'on l'entendait à peine ; Skyler transpirait, tâchant d'entendre, déterminé à entendre ce que Heidi trouvait si « beau », si « mystique », dans ces petites notes pingres qui lui rappelaient les minuscules crottes de souris qu'il trouvait souvent dans sa chambre d'Old Craghorne ; si la musique vaut pour son pouvoir à noyer les voix-démons dans votre cerveau, Arvo Pärt n'était pas assez bruyant, violent, dément pour cette tâche et Skyler se lassa donc des tentatives que faisait sa petite amie pour le convertir à la musique minimaliste : imaginez son dépit quand, un soir, dans la joyeuse cacophonie du réfectoire, Heidi et son ami Elyot Grubbe partagèrent des écouteurs pour écouter gravement l'*Alina* d'Arvo Pärt ; Skyler bouda, dévora ce qu'il avait dans son assiette sans en sentir le goût, puis finit par se lever et partir sans se retourner.)

« Tu es en colère contre moi, Skyler ? Pourquoi, Skyler ? »

Et : « Ne sois pas bête, il n'y a rien entre Elyot et moi ! Tu sais qu'il n'y a rien. Il est adorable, et si triste. »

Et : « Je ne le referai pas, Skyler. Je ne sais pas ce que c'était, mais je ne le referai pas. Si tu pouvais seulement m'aimer… »


IL LE FERAIT. IL LE FAISAIT. SUINTANT DE LUI GOUTTE à goutte lentement douloureusement comme du sang exprimé d'un doigt blessé. *Je peux. Je le ferai. Je suis assez fort pour nous deux.*


« … CE QUE J'AIMERAIS FAIRE DE MA VIE, J'ESPÈRE obtenir un diplôme en santé publique, j'espère travailler comme bénévole dans un hôpital pour malades du sida au Kenya ou au Nigeria… Je t'assure ! Je veux réhabiliter mon nom qui a été souillé, et je le ferai. »

Skyler fut très ému par ces paroles, des paroles enfantines, hésitantes, qui voletèrent comme des papillons autour de leur tête, ces petits papillons aux ailes fragiles qui ne vivent qu'un jour. Quand Heidi demanda à Skyler ce qu'il espérait faire de sa vie, il ne sut quoi dire, le cerveau vide, pas la moindre idée de réponse sauf qu'il savait ne pas pouvoir dire *Ma vie est finie, je suis foutu* ni même *Ma vie est un ruban de Möbius, tu sais ce que c'est ? – elle ne pourra jamais être que ce qu'elle est, sans jamais arriver nulle part.* Avec une excitation gamine, Heidi se pencha pour embrasser Skyler sur la bouche, un de ses petits baisers ardents, et elle lui redemanda ce qu'il espérait faire de sa vie, et Skyler s'entendit dire : «… le séminaire. Peut-être l'Union theological à New York. Je veux étudier dans un séminaire », et Heidi dit, avec excitation : « C'est vrai, Skyler ? Tu veux devenir pasteur ? Je ne savais pas que tu étais croyant, mais c'est merveilleux. » Skyler précisa aussitôt qu'il ne voulait pas être pasteur, il ne se voyait pas prêcher ni être un modèle pour quiconque – « Je veux seulement savoir *pourquoi.* » Car c'était vrai, un fait si simple qu'il pouvait vous échapper : Skyler voulait savoir pourquoi ; comme Heidi voulait savoir pourquoi, et Elyot Grubbe : *pourquoi.* « Nous pourrons chercher "pourquoi" ensemble, Skyler ! Tu pourras venir avec moi en Afrique. Tu pourras être "un homme de Dieu" en Afrique. Même si tu ne crois pas. »


ET PUIS À THANKSGIVING, ELLE PARTIT ET LE QUITTA. Cinq jours*.

---

* Vous vous demandez où alla Skyler à Thanksgiving ? Il n'alla nulle part. Et il ne se sentit pas si seul que cela, car un nombre respectable de ses camarades de Basking Ridge, dont Elyot Grubbe, n'avaient

Et à son retour, elle était tendue, distraite et riait plus souvent, un rire nerveux et strident qui irritait Skyler comme un crissement d'ongle sur un tableau. Elle resta vague sur son séjour, sur ce qu'elle avait fait à Thanksgiving – « J'étais chez des parents, Skyler, des amis de la famille : des femmes qui ont tâché de me faire manger de la viande, et à qui je tâchais d'échapper. » Et Skyler supporta mal que Heidi Harkness qui était censée être sa petite amie lui soit une inconnue ; ses loyautés les plus profondes étaient ailleurs, comme une partie de son corps compliqué de femme qu'il ne pouvait atteindre. Fermant les yeux, il se rappela le dessin fantastique des organes génitaux féminins qu'il avait contemplé, peut-être dans la chambre de son partenaire de goûter-rencontre Tyler McGreety, un texte médical qui s'ouvrait à cette page-là, *corps de l'utérus, uretère, oviducte, ovaire, canal cervical, bouche de l'utérus, mons veneris, hymen* évoquant pour un jeune garçon un dessin très détaillé d'extraterrestre aux bras oviductes en forme de vrilles. Impossible à un simple pénis adolescent de pénétrer véritablement un tel dédale, Skyler semblait le savoir d'avance.

« Regarde ce que j'ai rapporté pour toi, Skyler. Pour nous. »

Dans un sac plastique à zip, ce qu'il avait pris pour une drogue classe d'un nouveau genre se révéla être des Oxy-Contin (écrasés).

---

nulle part où aller en ce jour de gloutonnerie familiale américaine ; et nous fûmes tous invités par le proviseur Shovell et son épouse enjouée Gwendolin à partager leur repas de Thanksgiving. Comme je suis aussi peu doué pour les célébrations chaleureuses, amicales, « agréables » que pour les témoignages de reconnaissance, je passerai sous silence le Thanksgiving de Skyler.

• • •

QUI LUI AVAIT APPRIS À FAIRE FONDRE LA POUDRE,
qui lui avait donné ces pipes de verre étincelantes, Skyler
posa la question mais Skyler n'était jamais totalement
convaincu que Heidi lui dise la vérité, elle rit et l'embrassa
en disant : « Oh, chéri, quelle importance ? »

« HEIDI, S'IL TE PLAÎT. »
    Des jours d'affilée Heidi ne mangeait que des bananes
écrasées dans du yaourt nature sans sucre, une nourriture
de bébé. Accompagnée de litres de Pepsi Light caféiné qui
la sonnaient, soûlaient, ballonnaient – au point qu'elle
avait l'impression d'être enceinte, disait-elle.
    Skyler se faisait du souci pour sa petite amie si faible
quelquefois qu'elle avait du mal à monter une volée de
marches, mais qui le repoussait s'il essayait de la soutenir
– « Bas les pattes, Skyler. Je n'ai pas envie qu'on nous
regarde et qu'on invente des histoires ridicules. » Les
notes de Heidi étaient imprévisibles parce qu'elle s'assou-
pissait souvent en cours, en pleine interrogation écrite,
posant la tête sur sa copie et bavant dessus ; la célébrité/
indignité attachée à son nom mise à part, une aura de
légende avait vite entouré Heidi Harkness, l'« intello »
capable de s'endormir debout, en plein compte rendu
oral, sous les yeux stupéfaits du professeur. (Heidi se
réveillait vite, avant de tomber et de se briser le crâne.) À
l'heure des repas dans le réfectoire Clapp, Skyler détestait
la façon dont Elyot et lui rivalisaient de cajoleries pour
convaincre Heidi de manger, lui offrant le contenu de leur

assiette comme on le ferait avec un enfant capricieux. Skyler savait que ce n'était pas une bonne idée – « facilitation », « codépendance » – mais quand Elyot tentait Heidi avec des cuillerées/fourchettées de nourriture que, parfois, comme un oisillon ouvrant le bec, Heidi acceptait, Skyler avait une bouffée de jalousie. *Tiens ! Mange ce que je t'offre, bon Dieu, c'est moi ton petit ami, pas lui.* En plus de sa bouillie banane-yaourt pour bébé, Heidi consentait (parfois) à avaler quelques bouchées de riz blanc insipide, de purée de choux et de courgette insipides, un demi-verre de lait écrémé. Naïve, vantarde, Heidi plaidait pour la pureté des aliments blancs : « S'il faut absolument manger quelque chose. »

Skyler riait. Skyler grondait. Se disant *Ta merde a la même couleur que celle des autres, elle pue pareil, impossible de purifier ça.* Une réflexion grossière/sagace à la Bix qu'il se gardait de partager avec ses amis qui l'auraient dévisagé avec consternation.

*Hé je ne suis pas un mec bien. Je suis un mec qui a tué sa petite sœur, qui l'a peut-être violée. Pas de quoi s'étonner. Je suis Skyler Rampike.*

D'une sensibilité nerveuse concernant Skyler, Heidi devina. Heidi devinait ses humeurs. Tandis qu'Elyot la grondait gentiment de son ton pincé d'étudiant en médecine (« L'"anorexia nervosa" est une affection addictive, une compulsion qui devient une maladie et touche le cerveau, les reins, le cœur, le foie, une sorte d'ascétisme fourvoyé dans une religion où il n'y a pas de Dieu… ») Heidi regardait Skyler, qui la considérait avec un détachement étrange, presque avec hostilité, tout en caressant son poignet mince dépassant de la manche d'un immense sweatshirt Basking Ridge. Ces yeux noisette dorés pareils à de petits soleils tournoyants et la lèvre supérieure mutine, ses deux dents de devant croisés tels des doigts... Skyler sentit quelque chose lui comprimer le front comme un forceps : qui était cette fille, pourquoi le regardait-elle aussi intensément ?

Brutalement, Heidi repoussa sa chaise, chercha à tâtons son sac à dos, gros et lourd comme un bât de mule, et sans un regard pour Skyler ni pour Elyot, abasourdi, elle quitta le réfectoire.


« COMMENT PEUX-TU ME FAIRE DU MAL ! J'AI BESOIN que tu m'aimes.

– J'ai besoin que toi, tu m'aimes. »


« ... BESOIN QUE TU ME FASSES CONFIANCE.

– ... besoin que toi tu me fasses confiance. »


ELLE SE MIT À LUI FAIRE DES CADEAUX. QUELQUE chose de frénétique dans son désir de l'étonner par de petits présents inutiles et superflus déposés avec coquetterie dans la boîte aux lettres de Sylvester Rampole. « Hé, Sly, Heidi est passée » – l'un de ses corésidants d'Old Craghorne lui adressait un clin d'œil.

Skyler se renfrognait pour ne pas rougir d'embarras.

Il était touché, bien sûr, c'était adorable de la part de Heidi, mais qu'était-il censé faire, par exemple, d'un bouquet minuscule de fleurs minuscules apparemment fabriquées avec du papier de soie et du fil de fer, des roses, des marguerites, des lys miniatures, qui avaient dû être fabriquées avec une pince à épiler, Skyler imaginait Heidi travaillant tard la nuit dans cet état brumeux d'indifférence au temps qui était l'un des bienfaits douteux de l'OxyContin. Et un soir, à la place où s'asseyait habituellement Skyler dans le réfectoire, il y eut une enveloppe marquée S.R. en lettres ornées et à l'intérieur d'une carte de vœux JUSTE PARCE QUE TU ES TOI, des dessins d'un personnage de BD, jambes longues, bras longs, cheveux hérissés couleur zinc et yeux zinc scintillants faits avec une sorte de mica, et Skyler fut impressionné, les dessins étonnamment habiles et professionnels rappelaient ceux de R. Crumb en plus bienveillants. (Mais Skyler avait-il jamais parlé à Heidi de sa passion d'enfant pour R. Crumb ? Il ne le pensait pas.) D'autres gages d'amour apparaissaient dans des endroits inattendus, dans une poche de la veste de Skyler (un médaillon en or contenant une photo de Heidi bébé, une mèche de cheveux et un bout de dentelle effrangé provenant sans doute d'une de ses petites culottes) ; dans le sac à dos de Skyler une petite boîte bleue Tiffany et à l'intérieur des boutons de manchette en argent gravées à ses initiales. (Des boutons de manchette ! Pour un garçon dont les chemises n'avaient pour ainsi dire pas de manchettes.) (Un cadeau inutile, et pourtant flatteur, Skyler aurait aimé les montrer à Bix Rampike *Plutôt cool ces boutons de manchette, non ? Devine qui me les a donnés ? La fille d'un ex-lanceur des Yankees, les médias parlent souvent de lui. Oui, tu le connais sûrement, il a à peu près ton âge.*) Et un jour de décembre dans la boîte aux lettres de Skyler, un petit pot en cristal taillé coloré renfermant de minuscules cœurs rouges à la cannelle qui, dans la paume de Skyler, se mirent aussitôt à fondre en lui tachant la peau et alors quelque chose fit une embardée dans la tête de Skyler comme un paquet mal emballé contenant un poids pointu *Skyler       Tu me dessineras un petit cœur rouge ? un petit cœur rouge comme le tien        Skyler s'il te plaît ?* Si nette cette voix plaintive qu'il n'avait pas entendue depuis des mois et debout les yeux rivés sur les petits cœurs rouges qui tachaient la paume de sa main il devait avoir une expression encore plus bizarre que d'ordinaire parce qu'un autre résidant d'Old Craghorne lui demanda, prudemment mais non sans gentillesse, s'il se sentait bien. L'appelant Sly, comme si c'était son vrai nom, lui demandant s'il s'était blessé, s'il saignait. Mais "Sly" s'écarta d'un bond comme un gros oiseau affolé et s'enfuit sans répondre ne sachant plus où il se trouvait ni pourquoi.

*Skyler ! Ne m'abandonne pas Skyler*

*Skyler je suis si seule ici*

il avait négligé ses médicaments. Ces fichus médicaments qu'il avait cru pouvoir prendre quand ça lui chantait. Il fouilla dans ses poches à la recherche d'une capsule de Zilich. Un putain d'Asomix, d'Eufixl, l'un des Oxy de Heidi… ce qui lui tomberait sous la main.

*Dessine-moi un petit cœur rouge Skyler          comme le tien* et il l'avait fait. Il l'avait fait et pourtant : cela ne l'avait pas sauvée. Skyler ne l'avait pas sauvée.

Pourquoi des cœurs rouges ? demanda-t-il à Heidi ce soir-là.

Souriant avec méfiance, Heidi vit que son petit ami morose grinçait des molaires, au point qu'on sentait presque ses dents fumer. Convaincue que ça ne pouvait être qu'une plaisanterie, Heidi dit en riant : « Les cœurs rouges ? Les petits cœurs à la cannelle ? Tu n'es pas en colère contre moi, Skyler : dis-moi que non, ce serait trop bizarre autrement. » Skyler assura qu'il n'était pas en colère, mais seulement curieux de savoir pourquoi elle avait mis des petits cœurs rouges dans sa boîte aux lettres, l'un de ses jolis cadeaux idiots, non que ça ne lui fasse pas plaisir (soyons franc : ça ne lui faisait pas plaisir) mais c'était embarrassant ces petits cadeaux mystérieux dans la boîte de « Sylvester Rampole » parce que les gens les voyaient et qu'ils bavardaient ; et Heidi répliqua avec froideur que s'il ne voulait pas de ces fichus bonbons, il n'avait qu'à les jeter, pourquoi en faire toute une histoire, pourquoi fallait-il que tout soit toujours compliqué avec lui, et Skyler répéta qu'il n'était pas en colère, c'était une bêtise, il n'y avait pas de quoi se mettre en colère sauf qu'il se demandait : pourquoi des cœurs rouges ? Heidi dit qu'il avait vraiment l'air en colère et qu'elle n'était pas d'humeur à supporter ses humeurs bipolaires, elle avait déjà assez des siennes, puis elle tourna les talons et Skyler la suivit, il ne supportait pas qu'elle lui tourne le dos et s'en aille, et Heidi le repoussa quand il voulut la retenir, Heidi dit qu'elle en avait assez d'aimer quelqu'un qui ne voulait pas de son amour, quelqu'un qui manifestement la détestait, et Skyler protesta qu'il ne la détestait pas ! Il l'aimait. Des larmes brûlantes sur les joues, révoltée, indignée, se dressant de tout son mètre soixante-quinze en vraie fille de Leander Harkness, elle maudit le fichu égoïsme de Skyler, dit qu'il ne l'avait pas embrassée ni touchée et encore moins remerciée pour ses bonbons, il l'avait juste attaquée comme un oiseau prédateur assoiffé de sang, il commençait à lui faire peur, ces choses bizarres qu'il disait parfois et dont il ne se souvenait plus ensuite, et sa jalousie quand elle restait une nuit à New York, sa jalousie envers ce pauvre Elyot qui était si seul, et si malheureux, et Skyler était

un ami si peu observateur qu'il aurait pu tout aussi bien
être aveugle ; elle ne voulait plus le voir, elle en avait fini
avec lui, sa mère l'avait prévenue, si un garçon porte une
seule fois la main sur toi, si un garçon essaie une seule fois
de te tyranniser, et Heidi s'éloignait à toute allure, presque en courant, ils étaient sur un chemin de copeaux
de bois spongieux derrière le Monument, Skyler fut bien
obligé de lui courir après, de lui saisir le bras, ce poignet
mince qu'il aurait pu briser comme une aile de moineau,
et il l'immobilisa, tenta de la réconforter, bon Dieu il
s'excusait, il l'aimait, il ne voulait pas lui faire de mal ni
maintenant ni jamais mais quelquefois elle le contrariait,
semblait faire exprès de le contrarier comme on jetterait
une allumette enflammée sur de l'essence, et Heidi protesta que non, ce n'était pas vrai, et Skyler avait déboutonné son blouson, et la parka de Heidi, pour qu'ils
puissent se serrer l'un contre l'autre, s'embrasser avec frénésie, Skyler saisit la tête de Heidi entre ses mains pour
l'embrasser, forçant ses lèvres à s'ouvrir, sa langue embrassant la sienne, ils murmurèrent ensemble, Skyler lécha les
larmes de Heidi, les mains froides de Heidi étaient sous
les vêtements de Skyler, la paume de ses mains contre son
dos où il avait une éruption de boutons – pourvu qu'elle
ne sente rien – et les mains de Skyler étaient sous les vêtements de Heidi, sous son chemisier propret amidonné de
Basking Ridge, et sur la peau brûlante de son dos lisse, et
sur ses seins, ses petits seins doux qui lui coupaient le
souffle, marqués d'un braille de fines cicatrices, d'anciennes coupures, Skyler voulait croire qu'elles étaient anciennes, car Heidi lui avait promis qu'elle ne se couperait plus
jamais, comme elle lui avait promis qu'elle mangerait et
grossirait, qu'elle reprendrait les sept kilos qu'elle avait

555

perdus, dans le creux d'un immense chêne aux racines dénudées, aux racines gigantesques et difformes comme des jambes ils s'agrippèrent l'un à l'autre comme des nageurs qui se noient, si longtemps enlacés au creux de ce chêne massif sous la neige légère qui fondait sur leur visage, un vertige de sensations si intenses que leurs genoux faiblirent, qu'ils auraient presque pu s'endormir chacun habitant le rêve de l'autre debout agrippés l'un à l'autre *T'aime t'aime t'aime* pour l'éternité*.

*TU NE ME TRAHIRAS PAS SKYLER N'EST-CE PAS*
   *Tu ne parleras pas de moi*         *n'écriras jamais sur moi Skyler*
   *Promis Skyler ?*         *jamais*

ET POURTANT : LA TÉLÉ DANS LA CHAMBRE DE HEIDI dérangeait Skyler. Toujours allumée l'après-midi, le son coupé. C'était pour lui tenir compagnie, disait Heidi d'un ton d'excuse. Même si elle ne la regardait pas, pour lui tenir compagnie. Ces après-midi après la fin des cours où Skyler se glissait dans Toll House par une entrée de derrière/interdite, une grosse porte que toutes les filles utilisaient à cette fin ; et main dans la main entraîné par Heidi le souffle court dans l'escalier de derrière jusqu'à sa chambre du second où le premier acte de Skyler était d'empoigner la télécommande et d'éteindre cette bon Dieu de télé.

----

\* Je sais : cette ironie pesante offense le lecteur. Le pire pourtant, c'est que *je n'ai aucune intention ironique*. C'est exactement ce que ressentaient Skyler et Heidi.

Et les revues de danse de Heidi en évidence dans sa chambre, pour une raison ou une autre elles dérangeaient aussi Skyler. Du fétichisme, jugeait-il. Comme le patinage pour Bliss. C'étaient des applaudissements qu'elles voulaient, s'exhiber pour être aimées et applaudies. Et Skyler savait pourquoi. Et Skyler ne souhaitait que protéger Heidi. Bien rangées sur les appuis de fenêtre, des revues sur papier glacé *Dancer*, *Dance Spirit*, *Young Dancer*, *Pointe*. Et sur les murs des photos de jeunes ballerines, tutus de tulle blanc, tailles fines et corsages plats, bras nus levés et beaux visages-masques offerts aux spectateurs : *Aimez-moi sinon je meurs*. Alors que Heidi parlait peu de son enfance, elle lui décrivit avec enthousiasme ses cours de danse à l'École de danse de Manhattan de la 85ᵉ Rue Ouest où sa mère l'avait inscrite à l'âge trois ans ; elle avait pris des cours jusqu'à quinze ans, dansé tous les ans dans des récitals et on la trouvait « prometteuse », « très prometteuse », mais quand sa vie avait changé, l'année précédente, elle avait arrêté : « J'ai perdu mon corps. » Et Skyler savait ne pas poser de questions, Skyler savait que Heidi voulait être consolée, serrée dans les bras de Skyler. Et Skyler la serrait dans ses bras.

*Aime-moi sinon je meurs.*

Quelle façon biscornue de ranger des vêtements dans un placard, par couleur ! Il y avait de quoi sourire, c'était si féminin. Mais Skyler ne sourit pas en découvrant que les livres de Heidi aussi étaient rangés par couleur, et non par ordre alphabétique ou par sujet, comme le faisait Skyler, et comme il était nécessaire de le faire. Un tel désordre mettait Skyler mal à l'aise, le contrariait. « Ce n'est pas sérieux, Heidi ? Ranger des livres selon la couleur purement arbitraire de leur couverture ? Steinbeck à côté de Brontë, Poe à côté de Shakespeare… » Heidi expliqua qu'elle ne supportait pas les contrastes visuels – « les couleurs qui jurent ensemble » – parce que cela la rendait nerveuse. Son air angoissé fit rire Skyler, qui se mit à sortir les livres des étagères pour les reclasser adroitement par ordre alphabétique et, en riant, Heidi tenta de l'arrêter, puis brusquement ils cessèrent de rire parce que la conduite enfantine de Heidi irritait Skyler et qu'il n'appréciait pas non plus qu'elle lui attrape les mains, qu'elle hausse le ton – « Skyler ! On ne peut pas mettre côte à côte du rouge et du vert, et ses lignes en zigzag vont me rendre folle, c'est barbare », et Skyler dit, d'un ton réprobateur : « Ce qui est barbare et primaire, c'est de ranger des livres par couleur », et Heidi s'écria : « C'est incroyable, bon Dieu, ce sont mes livres que tu ranges, les livres que j'aime ! », et Skyler dit, en ricanant : « La plupart sont des livres pour filles, pour "jeunes adultes", comment peux-tu lire des âneries pareilles », et Heidi protesta : « Ce sont m… mes livres ! C'est m… ma chambre ! Tu n'as pas le droit. » Skyler fut éberlué de la voir s'énerver ainsi. Et de la ressemblance de cette fille au charme anémique avec Leander Harkness quand elle grondait et crachait. Elle marcha sur Skyler l'air furieux – « Je t'emmerde ! » Skyler rit, et Heidi s'écria : « Je te d… déteste » et Skyler dit : « Salope, moi aussi je te déteste. » Ce n'était qu'une plaisanterie, et pourtant : une flamme sembla lécher son cerveau, fou furieux il balaya du bras une rangée des livres assortis par couleur, les jeta à terre, Heidi l'injuria et s'en prit cette fois au visage de Skyler, l'égratigna d'un ongle acéré sous l'œil droit, Skyler l'injuria et lui immobilisa les bras, emprisonna ses poignets minces, étonné de la force maniaque de cette fille qui pesait à peine quarante-cinq kilos, une force de pur entêtement, d'opposition. Mais Skyler était plus fort, et Skyler avait plaqué Heidi sur son lit. C'était le lit sur lequel ils s'étendaient souvent pour partager un joint, s'embrasser rêveusement, se parler en murmurant, enroulés l'un à l'autre comme de grands serpents amoureux sauf qu'à présent ils n'avaient rien d'amoureux. Heidi découvrit les dents comme pour le mordre, elle lui cracha au visage : « Je te d... déteste ! Salaud ! » Skyler rit, la plaquant sur le lit, haletant, grognant et espérant que l'une des RR (Responsables de résidence) de Toll House n'allait pas entendre le tapage et se précipiter au deuxième pour frapper à la porte de Heidi, fermée à clé de façon suspecte, en exigeant qu'elle ouvre.

Mais il était 18 heures. Tout le monde était au réfectoire. Qu'il aimait la façon ▬▬▬▬ et elle ▬▬▬▬▬ Ô Dieu si doux ▬▬▬▬▬ dormirent enlacés dans ▬▬▬▬ lit défait et se réveillèrent hébétés à 20 h 20, ce qui les obligerait à avoir recours aux distributeurs automatiques, une fois encore.

LECTEUR : AVERTISSEMENT

Je conseille au lecteur sensible, s'il y en a, de sauter le souvenir suivant, encore plus scabreux. J'ai beau admettre que ce document manque de scènes érotiques, entre autres défaillances, la scène suivante m'est si désagréable que je ne l'insère qu'à contrecœur, parce qu'elle est arrivée à Skyler. Par souci de précision je suis obligé de le faire ; mais le lecteur n'est pas obligé de la lire.

# SOUVENIR SCABREUX

« S... SKYLER ? J'AI B... BESOIN DE TOI. »

Un appel sur le portable de Skyler. Aussitôt Skyler rejoint Heidi. Monte par l'escalier de derrière jusqu'à sa chambre dont la porte n'est pas fermée à clé. Dans la chambre à coucher obscure il n'y a personne, dans la salle de bains obscure la jeune fille à demi nue est couchée sur la grande serviette rapée où elle s'est coupée – sous le sein gauche, et sur son ventre plat, des entrelacs dessinant une curieuse calligraphie – avec un rasoir. « Oh. Heidi. Mon Dieu. » Skyler s'agenouille à côté de la fille à moitié évanouie qui lui sourit faiblement, dans la pénombre son sang ressemble à de l'encre noire ou à des traînées de rouge à lèvres violet que Skyler embrasse et lèche tandis que Heidi agrippe ses cheveux pareils à des piquants de métal.

« Oh Skyler. Oh oh. »

Skyler prend le rasoir et se coupe légèrement l'avant-bras, très légèrement car Skyler veut seulement un peu de sang pour le mêler au sang brûlant de Heidi, il presse son bras contre la peau brûlante sous ses petits seins, au creux de son ventre. Skyler plaque sa bouche contre la bouche de Heidi, ses dents contre les dents de Heidi. Skyler n'y tient plus ▬▬▬▬▬ Heidi saisit sa main et la guide entre ses ▬▬▬▬▬▬▬ hantés pour le restant de leur vie mortelle

# IV

BRUTALEMENT, LA FIN.

Comme le lecteur savait que devaient prendre fin ces sentimentaux *Souvenirs adolescents d'un amour perdu*.

Ironiquement, pourtant : Skyler sortit de la vie de Heidi Harkness, ou de ce qui restait de cette vie, trois jours à peine avant les vacances de Noël qu'il projetait de passer avec elle chez des parents de sa mère assassinée, dans leur maison de Naples, Floride, au bord du golfe du Mexique. (« Tante Edie meurt d'impatience de te voir, Skyler ! Je lui ai tout dit sur toi… enfin, presque tout. »)

La première fois de sa vie que Skyler Rampike était invité dans la famille d'une petite amie.

Euphorique et anxieux Skyler se disait *C'est ça la vie normale. C'est ce que les gens font. Ce que Skyler va faire. Pourvu que j'y arrive !*


« SKYLER ? ENTRE, J'ARRIVE TOUT DE SUITE. »

Skyler aime la façon désinvolte dont Heidi lui fait signe d'entrer, porte de la salle de bains entrouverte sur un flot de vapeur parfumée. *Normal !*

Skyler est passé voir Heidi avant le dîner pour l'aider à faire son compte rendu de labo de chimie. Il ferme la porte derrière lui en contravention avec les règles de l'établissement.

(Couchent-ils ensemble, ces deux-là ? On suppose généralement que *oui*.)

La première chose que fait Skyler en pénétrant dans la
pièce, c'est de prendre la télécommande pour éteindre la
télé (dérangeante, malgré le son coupé), sauf que cette
fois il se fige le regard rivé sur l'écran où patine une très
jeune fille aux bras minces ornés d'ailes de fée, hypnotisé
Skyler *monte* le son. Coupe rapide sur la même patineuse,
un peu plus âgée, en costume de tulle blanc, décrivant de
longues boucles et des virages gracieux sur la valse rêveuse
des *Patineurs* ; coupe rapide sur la petite fille, costume
rouge pailleté étincelant, jupe très courte, entraperçu de
culotte en dentelle blanche, cheveux blonds relevés semés
de poussière d'étoile, patinant-dansant au rythme ardent-
trépidant du *Boléro*. Captivé Skyler regarde cette patineuse merveilleuse glisser sans effort sur une glace aux
miroitements bleutés, exécuter des sauts gracieux, tourner, tournoyer, Skyler se sent étourdi comme qui s'est
aventuré dangereusement près du bord d'un précipice...
Il avait presque oublié la patineuse étonnante qu'était sa
jeune sœur, les applaudissements délirants des spectateurs... Gros plan soudain sur le visage de Bliss, adorable
sourire mélancolique sous le vernis des lèvres adroitement
maquillées et, sous ombre à paupières, eyeliner, rimmel,
ces yeux bleu cobalt fixés sur lui.

*Sky-ler ?    Sky-ler où es-tu    aide*  Un vacarme
dans la tête de Skyler comme si Shank, Whack, Futt,
Dream Bone et Arvo Pärt braillaient simultanément dans
ses oreilles au maximum de la puissance de son baladeur.
Pourtant il entend vaguement ce qui doit être une voix
off, et Heidi l'appelle de la salle de bains où elle semble
faire couler de l'eau, se laver les cheveux, et Skyler finit par

s'accroupir devant la télévision que d'habitude il méprise pour regarder la petite patineuse blonde glisser, bondir, tournoyer avec son sourire timide éblouissant, coupe sur la foule en délire, coupe sur Bliss Rampike en satin fraise pailleté, coquette jupe de tulle, bas résille et entraperçu de culotte en dentelle blanche, patinant-dansant sur la musique sexy disco-débridée de *Do What Feels Right* et voilà maman qui étreint Bliss, baisers/étreinte/pleurs de triomphe extatique, des ruisseaux de larmes sur les joues rouges de maman-jeune, un choc pour Skyler qui n'a pas vu sa maman-jeune depuis des années, ni sa mère plus mûre depuis des mois. Et voilà Bliss Rampike de Fair Hills, New Jersey, follement applaudie par un public majoritairement féminin, la voilà couronnée par... le pachydermique Jeremiah Jericho, le controversé/très aimé maître de cérémonie du patinage de compétition amateur jeunes filles du New Jersey et environs, découvert mort « dans des circonstances mystérieuses » à Atlantic City l'année précédente ? Jeremiah Jericho est pourtant bien vivant sur l'écran, boudiné à éclater dans son smoking de satin cheap et sa ceinture de cœurs de la Saint-Valentin, un large sourire aux lèvres, il pose le diadème « d'argent » scintillant sur la tête blonde de la petite patineuse en la proclamant MINI MISS PRINCESSE DE LA GLACE DU JERSEY 1996 – « On applaudit bien fort Bliss Ram-pike, les amis ! » Coupe sur l'émission *Parole chrétienne* de la Hawk News Channel où l'animateur Randy Riley salue le public du studio et de la chaîne avec la magnanimité pugnace d'un seigneur de la guerre, visage irlandais coloré, nez bulbeux, yeux fureteurs aux éclats de mica, port militaire, badge du drapeau américain à son revers, Randy Riley est le plus populaire des animateurs de talk-show du câble. Skyler est stupéfait de voir que son invitée de l'après-midi est Betsey Rampike, c'est naïf de sa part, mais il est tout de même stupéfait, et il a la tête qui tourne, un vertige comme si on l'avait giflé avec une éponge imbibée d'éther.

Vous imagineriez Skyler assez raisonnable (Skyler est raisonnable) pour ne pas continuer à regarder cette interview, il est interdit à Skyler de regarder Télé-maman, et pourtant : Skyler regardera Télé-maman comme un gros papillon de nuit aux ailes poudrées est attiré par la flamme nue qui l'anéantira. Le vigoureux Randy Riley est d'une cordialité étonnante avec Betsey Rampike – « l'héroïque Betsey Rampike », « la femme la plus courageuse que je connaisse » – et en effet Betsey Rampike sourit courageusement au public du studio qui l'applaudit bruyamment, sourit courageusement au cœur immense de l'Amérique par le biais de la caméra, Skyler note que sa mère fait légèrement plus âgée, tout en restant gamine et séduisante avec une nouvelle coiffure qui flatte son visage rond et un peu empâté, des cheveux « éclaircis » de la teinte cuivrée d'un pièce d'un cent frais frappée ; les sourcils de Betsey, artistement redessinés, sont plus délicatement arqués ; comme toujours ses lèvres rouges sont brillantes et pulpeuses et désirables ; Betsey tout entière est brillante, pulpeuse et désirable ; Betsey Rampike glamour/maternelle dans une robe moulante en maille à zigzags violets dont le décolleté plongeant révèle la naissance de ses seins. Randy Riley la félicite pour son « nouveau livre brillant et audacieux », sa « prose intrépide qui prend aux tripes », Randy Riley montre à la caméra un livre festif vert et rouge *De l'enfer au paradis : onze étapes pour les fidèles.* Randy Riley parle avec Betsey Rampike de ses nouveaux mémoires, des « réminiscences intimes » de sa fille, championne de patinage, morte « si horriblement », « victime d'un maniaque sexuel libéré par les Démocrates laïques-progressistes du New Jersey après une condamnation scandaleusement légère ». Quand Betsey parle d'une voix voilée et hésitante, Randy Riley hoche la tête avec vigueur. Si vrai ! Si vrai ! Tout ce que dit Betsey Rampike, si vrai ! Betsey parle de la foi chrétienne qui ne l'a jamais quittée, même aux heures les plus sombres, quand sa fille bien-aimée de six ans avait été arrachée à son lit, violentée et assassinée dans la maison même où sa famille dormait, ne se doutant de rien : « "Quand je marche dans la vallée de l'ombre de la mort" m'a accompagnée de longues années, il y a eu la rupture de mon mariage, les troubles de mon fils, qui l'ont éloigné de moi... nous avons tous à marcher dans cette vallée, Randy ; et nous devons tous en sortir. C'est la volonté de Dieu que nous survivions. » Comme la voix de Betsey tremble ! Une unique larme scintillante coule de son œil gauche brillant, roule sur sa joue fardée et disparaît dans une fente au coin de sa bouche. Visiblement ému, Randy Riley étonne son invitée en l'appelant son « héroïne chrétienne de la semaine » – Betsey se couvre le visage comme une petite fille sous les applaudissements du public. Coupe rapide sur Betsey Rampike à la Maison Blanche – la cérémonie de remise des prix « Auteurs Spirit of America 2003 » – la main de Betsey est serrée par un président Bush radieux, une Mme Bush radieuse, de lourds médaillons frappés de l'aigle américain sont offerts à plusieurs auteurs de best-sellers « édifiants », l'auteur-pasteur californien de *Vivre sous la conduite de Dieu*, et l'auteur de science-fiction Michael Crichton. Retour à Randy Riley qui aborde le sujet de la politique : car Randy Riley est scandalisé par la « prolifération » des délinquants

565

sexuels aux États-Unis, des criminels endurcis et condamnés qui sont mis en liberté conditionnelle, rôdent dans nos villes et traquent nos enfants innocents, des pervers qui sont le symptôme d'une corruption morale, les véritables agents de Satan sont les juges gauchisants, les éducateurs, les médias gauchisants – ils ont leur « repaire » dans le nord-est, à New York, cette « capitale libérale malade », « gauchistes impies », « contempteurs des valeurs familiales », « fanatiques pro-avortement », « farfelus de l'Ivy League », « marxistes de l'Ivy League », il faut impérativement « durcir » la législation contre le crime, « à la deuxième récidive, pas le placard, la *chaise* ! ». Suant d'indignation patriotique, Randy Riley remercie Betsey Rampike d'être un « modèle, un phare » pour les filles et les femmes d'Amérique, la félicite du « succès spectaculaire » des ses produits Touche Céleste – « Moissonner sur les cendres de la tragédie… voilà qui est américain. »

Betsey est invitée à expliquer aux téléspectateurs comment elle a lancé les produits Touche Céleste en 1998 pour « tâcher de guérir les plaies purulentes » de sa tragédie personnelle. Un certain nombre de ces produits sont en exposition : trousse de beauté Touche Céleste, parfums Touche Céleste, bain moussant Touche Céleste, chocolats de Noël Touche Céleste, accessoires Touche Céleste (foulards, ceintures, bracelets, etc.), cake de Noël Touche Céleste selon une recette spéciale de Betsey : tous articles livrables immédiatement. Puis un brouhaha admiratif s'élève dans le studio quand Betsey montre avec fierté une poupée Bliss Rampike Touche Céleste : une reproduction en miniature de Bliss Rampike, saisissante de ressemblance, yeux de verre bleu vif qui s'ouvrent et se ferment, adorable bouche en cerise, peau ultraréaliste et fins cheveux blonds mi-longs, bras et jambes articulés, petits patins détachables. La poupée Bliss Rampike Touche Céleste est vendue avec un choix de perruques, diadèmes et costumes de patineuse (tulle ballerine, soie plissée, mousseline, satin et paillettes, Cendrillon, Blanche-Neige, cow-girl, girl de Las Vegas, salle de bal, disco, flamenco, etc.) – « "Bliss" est proposée avant les fêtes au prix de base de 99,99 dollars ; sa garde-robe complète, patins compris, ne coûte que 49,99 dollars de plus ».

Betsey parle avec animation, les yeux humides, la poupée Bliss sur les genoux, quand Heidi entre dans la pièce en séchant ses longs cheveux mouillés – « Oh là là, quelle horrible bonne femme ! Elle est si totalement, si parfaitement... *vulgaire.* » Heidi rit, de ce rire nerveux et strident qui irrite tant Skyler ; alors qu'il continue à fixer l'écran, Heidi tourne autour de lui, railleuse : « J'ai déjà vu cette femme, elle avait une petite fille qui était patineuse – comme cette poupée – elle l'habillait comme une pute et la petite fille a été assassinée par un maniaque sexuel... elle est abominable, tu ne trouves pas ? Et ce sale "Riley" avec son groin de porc... pourquoi regardes-tu ces sales personnages, Skyler ? » Skyler se lève en titubant, un rugissement dans les oreilles, comme un zombi Skyler se dirige vers la porte, il ne peut plus respirer, il étouffe, il faut qu'il sorte « Skyler ? Qu'est-ce qui t'arrive ? Tu as l'air si... » Heidi s'approche, mais Skyler ne peut supporter qu'on le touche, Heidi Harkness porte un Thermolactyl bleu électrique, un pantalon de pyjama en flanelle, ses grosses chaussettes pourries, elle a les cheveux humides, le regard blessé, irrité, mauvais, maussade, et ses dents bizarrement entrecroisées ont un éclat railleur, Skyler repousse sa main, Skyler murmure quelque chose comme : « ... erreur », il est dehors et Heidi le suit furieuse et incrédule : « Skyler ? Qu'est-ce que… ? Pourquoi… ? » et Skyler s'entend dire, d'une voix froide monocorde : « … ne t'aime pas, ne t'ai jamais aimée, c'était une erreur, au revoir. » Heidi est si stupéfaite qu'il l'entend hoqueter. Sans se retourner, il s'éloigne en boitant. Tant mieux s'il lui a fait du mal ! Elle doit être punie, comme Skyler. Aveugle à ce qui l'entoure, Skyler pousse la porte qui donne sur l'escalier de derrière, descend les marches et sort en boitant dans un vent féroce.

Aucune idée de l'endroit où il se trouve. La vallée de l'ombre de la mort, peut-être.


APRÈS BLISS, IL NE PEUT PLUS AIMER. PERSONNE. Jamais.

Une poignée moite de pilules, capsules, cachets que Skyler parvient à avaler avec plusieurs verres d'eau tiède avant de se mettre à vomir, cracher de l'eau par le nez et s'écrouler ivre de fatigue sur son lit comme des détritus tombant dans une eau noire tumultueuse ▬▬▬▬▬ alors que comme dans un film « artistique » des années 70 à écrans divisés de l'autre côté du campus plongé dans la nuit Heidi Harkness parvient à avaler neuf gros Oxy-Contin et sombre dans un sommeil pesant ▬▬▬▬▬ découverte comateuse dans sa chambre, transportée d'urgence en ambulance à l'hôpital le plus proche de Summit, New Jersey, où on l'estime dans un état critique tandis que Skyler dort dans des draps emmêlés, trempés de sueur et bientôt d'urine, incapable de se réveiller, dort toute la matinée dans sa petite chambre exiguë au sommet d'Old Craghorne pour ne se réveiller qu'en début d'après-midi groggy, la bouche sèche et assommé comme quelqu'un qui a reçu un coup violent à la tête se disant *Je suis encore ici ? Oh, mon Dieu.*

Skyler finirait par avoir des nouvelles de Heidi Harkness. Il finirait par apprendre ce qu'était un RSE*.

V

1er janvier 2004

Cher Skyler,

Ceci est une lettre de condoléances à l'occasion de la mort de notre amitié. Après avoir beaucoup réfléchi, j'ai décidé que je ne voulais plus jamais te parler ni même te voir. Je ne t'accuse pas d'avoir poussé Heidi à son acte désespéré parce que je ne souhaite pas connaître l'étendue de ta culpabilité. Je ne veux pas te haïr parce que je ne crois pas à la haine, c'est la malédiction de notre espèce.

Au revoir, Skyler.

Ton ex-ami,

*E. Grubbe*

---

* Le lecteur malin aura déchiffré ces initiales en lisant le chapitre précédent, mais pour les autres qui, comme Skyler, étaient dans le noir complet, cela veut dire « Risque suicidaire élevé ».

# ÉPILOGUE : ADIEU, PREMIER AMOUR* !

* Hé : ici. Skyler est ici, tout en bas. Longtemps ensuite Skyler demeura dans des notes au bas des pages. Après que Heidi Harkness eut disparu de Basking Ridge pour ne jamais revenir, alors qu'on ne savait rien de son « état » – même les scribouillards avides de l'enfer tabloïd étaient en désaccord – ni même du lieu où elle se trouvait, hospitalisée ou dans un endroit « tenu secret » en compagnie de parents ou de gardes-malades – même après Heidi, Skyler Rampike fut autorisé à rester à l'Academy de Basking Ridge bien qu'il n'assistât pratiquement plus à aucun cours et que les notes élevées surréalistes du brillant « Sylvester Rampole » eussent dégringolé dans les régions infernales où demeuraient ses camarades les plus gravement handicapés/déficients/carrément bizarres de ses camarades. Inutile de préciser au lecteur que Skyler se procura quantité de drogues dans lesdites régions infernales. Vous auriez fait la même chose. Néanmoins, à la différence des autres consommateurs de Basking Ridge, aussi avides de compagnie que des pucerons, Skyler Rampike évitait ses semblables. Il n'eut jamais de nouvelles de Heidi Harkness, naturellement. (Il la crut peut-être morte. Il ne cherchait pas à s'informer.) Il avait perdu son unique ami Elyot Grubbe. (Il ne fit aucune tentative pour se réconcilier avec lui parce qu'il trouvait son jugement juste.) (D'ailleurs, Elyot se lia bientôt avec un autre solitaire, doué comme lui, et intéressé par la musique ; Skyler les apercevait quelquefois de loin, des écouteurs jumeaux sur les oreilles, concentrés sur la même partition.) Il est raisonnable de la part du lecteur de se demander pourquoi Basking Ridge ne se hâta pas d'expulser Skyler Rampike et la raison en est simple : Bix Rampike avait payé les frais élevés de scolarité et de pension de son fils jusqu'au 12 juin 2004, et il n'avait aucune intention de laisser Skyler s'en aller avant l'heure ; menacé d'un énorme procès, le proviseur Shovell céda vite. (Car ni Betsey ni Bix Rampike ne souhaitaient recueillir un adolescent d'un mètre quatre-vingts affecté de troubles chroniques, de tendances sociopathes et peut-être suicidaires, peut-on leur en vouloir ?) Plus tard, Skyler serait recyclé dans une énième école privée. Ou peut-être un centre de traitement ? Ce fut à cette époque qu'en rôdant dans les magasins vendant ce genre de publications, Skyler fut récompensé de sa fouille dans la boue des égouts par la découverte, dans un numéro de *Ragot Weekly* d'octobre 2004, d'une photo d'un flou excitant, prétendument prise à Basking Ridge et montrant la fille de Leander Harkness qui, au creux d'un énorme chêne aux racines dénudées, étreignait avec passion un « homme non identifié » supposé être l'un des professeurs de cet établissement privé « très fermé » connu pour « prendre en charge » les fils et les filles de célébrités discréditées. Une photo de Skyler et de Heidi ! – probablement prise en catimini par un paparazzi audacieux pendant que le jeune couple s'enlaçait, s'embrassait et murmurait sous une neige légère. Sans vergogne Skyler déchira la page du magazine, chérit longtemps cette unique photo de Heidi Harkness et lui qu'il finit pourtant par perdre comme il perdait presque tout.

# VI

## Pèlerinage en enfer et retour

## L'APPEL

*VIENS S'IL TE PLAÎT ! JE PRIE DEPUIS SI LONGTEMPS*
*Pour notre réconcilliation*     *chéri*
*Subir une opération bientôt*     *prie de te voir avant*
*Mère qui t'aime voulait ton bien*     *Skyler*
Il n'y était pas allé. Des semaines auparavant elle l'avait appelée auprès d'elle. Et plus récemment. Il n'était pas allé la voir. Non. Mais maintenant il y allait. Il y allait. Il s'était réveillé d'un sommeil pesant comme la mort et maintenant : il allait la voir.

Et s'il était trop tard, si elle était morte ? Et si. Elle avait dit *opération*. Ce mot-là et rien de plus mais coupant comme un couteau car il avait aussitôt pensé *cancer*.

*Cancer*. Et *mort*.

IL AVAIT PROMIS AU PASTEUR BOB QU'IL IRAIT LA VOIR. IL irait. Il ne lui pardonnerait pas mais il irait la voir. Et le pasteur Bob avait dit : Un homme est fort dans la mesure où il est capable de pardonner à ceux qui l'ont blessé. Un homme est faible dans la mesure où il est incapable de pardonner. Avec grossièreté Skyler avait ri. Paniqué Skyler avait ri. Skyler avait la manie de fourrer nerveusement l'ongle d'un pouce entre deux de ses dents du bas comme pour les arracher. Il dit : Merde au *pardon*, d'accord ? J'essaie déjà de comprendre ce qu'il pourrait y avoir à pardonner.

Ma quête est épistémologique* avant de pouvoir être morale. Ma quête consiste à savoir pourquoi à dix-neuf ans j'ai une telle pagaille dans la tête que j'attends de celle qui m'a détruit qu'elle me dise ce que je sais.

IL N'AVAIT PAS MONTRÉ AU PASTEUR BOB LES LETTRES QUE SA mère lui avait envoyées. Ni celle reçue des semaines plus tôt en janvier et signée *Ta mère qui t'aime Maman*. Ni la deuxième, datée du jour de la Saint-Valentin. (Et pourquoi la Saint-Valentin ? Nous le savons, maman et Skyler !) Ces lettres manuscrites sur papier pêche parfumé que Skyler avait enveloppées dans des feuilles de journal pour protéger son nez sensible contre leur odeur prenante et cachées sur une étagère de son armoire. Ces lettres auxquelles il n'avait pas jeté un seul coup d'œil depuis, mais qu'il ne pouvait pas détruire. Comme le malheureux lecteur peut en attester, il était occupé à déballer ses tripes dans ces pages. De plus en plus scabreuses, ces pages. Une vidange d'égout digne des tabloïds, ces pages. Car Heidi l'avait supplié de ne pas écrire sur elle et dans son désir désespéré de se purger de ce qui empoisonnait ses tripes, il l'a trahie. Car en écrivant ainsi sur Heidi, Skyler a découvert qu'il l'aime. De l'avoir trahie, il l'aime. D'être malade de culpabilité à l'idée de l'avoir trahie, il l'aime. *Heidi si tu es en vie et si tu lis ces mots, pardonne-moi.*

Courbé sur sa table de travail, sur ces pages éparses comme un pied déformé.

---

* Mot classe ! « Relatif à l'étude ou à une théorie de la nature et de l'origine de la connaissance, notamment à sa portée et à sa valeur. » Skyler a néanmoins raison de l'employer car il n'y a pas d'autre mot plus adapté, de même que, quand il affirme être bousillé au point qu'il va devoir entendre de sa mère ce qu'il sait déjà, il a fondamentalement raison.

LA DERNIÈRE PARTIE DE MON DOCUMENT DUREMENT GAGNÉ, qui retracera le pèlerinage chimérique de Skyler à Spring Hollow, New York, sera certainement beaucoup plus courte que les précédentes et mettra fin au voyage « épique » de Skyler. Pour les lecteurs qui persistent à croire que l'art tragique opère une *katharsis* (gr.) – du moins le grand art tragique – je ferai miroiter l'espoir d'une *katharsis* dans les pages de conclusion de *Petite sœur, mon amour*. Sinon...

Lecteur, je suis incapable d'envisager *Sinon*.

## L'ARCHE

MAINTENANT IL FALLAIT QU'IL FASSE VITE ! MAINTENANT SON sang bouillait d'exultation et de terreur.

Il courut/boita jusqu'à l'Arche de Hurtle Avenue. L'« Arche » – l'immense maison/presbytère où le pasteur Bob Fluchaus habitait avec sa « famille » et un groupe fluctuant d'assistants, de bénévoles.

Skyler Rampike s'était entendu dire *Tu fais partie de ma famille, fiston.*

De la rue, l'Arche ressemblait à un vieux navire échoué dans un lotissement. C'était une demeure délabrée de deux étages aux pièces innombrables et au toit d'ardoise pentue, avec tourelles et ornementations victoriennes, porte d'entrée encadrée de colonnes façon temple grec. Hurtle Avenue était un quartier de grandes maisons prétentieuses, maintenant abandonnées, condamnées ou transformées en appartements et en petits commerces. Avant que Skyler n'eût fait la connaissance du pasteur, des bénévoles bien intentionnés de la Nouvelle Canaan avaient entrepris de peindre le presbytère pour faire plaisir à leur pasteur bien-aimé, mais le jaune jonquille qu'ils avaient choisi avait pris une teinte moutarde agressive en séchant si bien qu'ils s'étaient arrêtés à la façade, laissant au reste de la bâtisse sa couleur gris métal d'origine. En chaire, le pasteur Bob déclarait avec son humour pince-sans-rire : « Jésus se sentirait chez lui dans l'Arche. "La vie est plus que la nourriture, et le corps plus que le vêtement." »

578

Son ministère, disait le pasteur Bob, était destiné à tous ceux qui avaient besoin de guérir. « De cette façon, j'espère guérir moi aussi. »

Le pasteur Bob était au téléphone, debout dans son bureau, quand Skyler arriva, hors d'haleine, surexcité et impatient d'emprunter l'un des véhicules de l'église pour se rendre à Spring Hollow. La première chose que lui dit le pasteur Bob fut : « Il est peut-être souhaitable que quelqu'un t'accompagne, fiston. »

Le pasteur de l'Église évangélique du Christ ressuscité de la Nouvelle Canaan montrait toujours un grand calme face aux individus excitables. Et son jeune ami Skyler Rampike avait l'air d'un plongeur terrifié s'apprêtant à se catapulter dans l'espace.

Skyler secoua aussitôt la tête. Non, il ne voulait pas de compagnon.

Il avait encore le visage meurtri, bizarrement enflé et décoloré. Sur son sourcil gauche et près de sa bouche, du sang suintait de ses points de suture. Il ne s'était pas lavé depuis un certain temps et sentait fort. Il s'était rasé pour la première fois depuis des semaines et avait le menton égratigné et perlé de minuscules gouttes de sang. Il portait un caban sale, un jean et des rangers. Ses cheveux prématurément gris, raides comme des piquants, il les avait mouillés, lissés et maladroitement tressés pour s'en faire une queue de rat d'une quinzaine centimètres.

S'efforçant de ne pas bégayer, il déclara : « J'ai dix-neuf ans, pasteur. J'aurai vingt ans le mois prochain. *Je ne suis pas un enfant*, bon Dieu. »

Le pasteur Bob ne souriait pas facilement. Le pasteur Bob distribuait ses sourires avec parcimonie. Quand il souriait d'une certaine façon, un sourire un peu oblique, réfléchi, méditatif, les cicatrices de brûlure sur sa joue gauche brillaient comme des écailles. Ses grands yeux limpides toujours humides brillaient d'une sorte de compassion, mais pas de crédulité. Par profession il était un genre de Christ bienveillant tendance Born-Again mais par nature (le bruit courait que Bob Fluchaus avait été sergent dans l'armée américaine dans les années 80, puis surveillant à la prison d'État de Rahway) les âneries le faisaient rigoler. Skyler Rampike affirmant tout tremblant ne pas être un enfant, par exemple.

« Nous avons tous besoin de compagnons, fiston. À l'heure des périls. »

Skyler se mordilla la lèvre. *Fiston mon cul. Fils de personne.*

« Je ne suis pas en p… péril ! Je n'en ai que pour quelques heures par l'autoroute. Vous savez que vous pouvez me faire confiance. Vous l'avez dit. » Skyler s'interrompit en entendant ce qu'il disait : Était-ce vrai ? « … J'ai mon permis et j'ai déjà conduit le break. Je saurai le conduire. »

C'était exact. Aussi improbable que cela puisse paraître au lecteur sceptique, qui suppose que Skyler a passé tout son temps terré dans son taudis de New Brunswick à composer ce document capricieux et imprévisible, Skyler avait en fait obtenu son permis de conduire, avec l'aide du pasteur Bob, l'été précédent. Il avait aidé le pasteur de temps à autre. Car il y avait toujours quelque chose à faire à l'Arche, et presque toujours des bénévoles pour le faire. Skyler n'avait pas toujours été très fiable, car il était du genre à apparaître et à disparaître. Dans la vie du pasteur Bob Fluchaus, conseiller bénévole au centre de désintoxication du Middlesex et ministre de l'Église évangélique du Christ ressuscité, ses apparitions et disparitions brutales n'étaient pas rares.

Les disparitions étaient parfois définitives. Du jour au lendemain, on ne savait jamais.

Si (par exemple) Skyler Rampike au comble du désespoir s'était arrosé d'essence à briquet et avait gratté une allumette dans ce parc citadin glacial dominant le Raritan. Il aurait flambé tel un mannequin sous les yeux des badauds stupéfaits, un brasier spectaculaire mais de courte durée et les agents de police de New Brunswick auraient téléphoné à Bob Fluchaus dans son église de la Nouvelle Canaan *Désolé pasteur : encore l'un des vôtres, apparemment.*

L'un des losers ex-junkies du bon pasteur : perdu.

*Si !* Mais ça n'était pas arrivé, et Skyler en était drôlement content, maintenant. *RSE* signifie avoir toujours à relever un défi, celui de résister à son destin un peu plus longtemps.

En désintox, Skyler avait parlé au pasteur Bob de ce diagnostic RSE et des nombreux autres. Skyler s'était confié au pasteur Bob plus qu'il ne l'aurait cru possible, au point de se demander parfois s'il n'avait pas trop déballé ses tripes.

(Déballé trop de ses tripes ? Au choix.)

(Cela dit : le lecteur en sait autant sur Skyler Rampike que le pasteur Bob. Le paradoxe étant que, plus on en sait sur quelqu'un, moins on en sait. Vous qui en savez tant sur vous-même, lecteur, vous auriez du mal à vous résumer avec certitude. Non ?)

Skyler lourdaud tenta de plaisanter : « Priez pour moi, pasteur ? Que je n'arrive pas chez ma m... mère trop t... tard. »

Skyler sourit, un pauvre sourire railleur, pour indiquer à son aîné sévère qu'il plaisantait, qu'il ne croyait pas aux prières car *Qu'est-ce que la prière ?* Des illusionnés qui se parlent à eux-mêmes en comptant sérieusement qu'on leur réponde.

Pas Skyler ! Skyler se haranguait pratiquement non-stop mais n'attendait aucune réponse.

Mais le pasteur Bob ne sourit pas. Il ne souriait jamais de ces plaisanteries angoissées, car qui a choisi de suivre la voie tracée par Jésus-Christ sait qu'on ne peut pas aider les estropiés de l'existence en riant avec eux de la possibilité que leurs blessures ne soient pas guérissables. D'autant que ces éclopés le savent et vous mettent continuellement à l'épreuve.

« Vas-tu prévenir ta mère, Skyler ? Je te le conseillerais. »

Le pasteur fouillait dans un tiroir à la recherche des clés du break. Skyler reprit espoir.

« Je n'ai pas le numéro de... » Il hésita, ne sachant comment appeler la femme qui était, ou qui avait été sa mère. Mère ? Betsey ? « ... son numéro. »

Le pasteur Bob jura doucement, le tiroir contenait quantité de clés. Sa table de travail se trouvait au centre d'une pièce caverneuse qui avait peut-être été, à en juger par le lustre terni au plafond, une salle de réception d'une certaine prétention. Le papier mural avait disparu sous la peinture, mais le plafond gardait de belles moulures en stuc blanc. La bow-window qui donnait sur l'avenue bruyante avait des fenêtres à petits carreaux. Sur le sol, un parquet éraflé et nu. Le vestibule était aussi vaste que celui de la maison des Grubbe ou des McGreety, mais les meubles y étaient utilitaires et aucun miroir ne vous y accueillait.

« Tiens, fiston. » Le pasteur Bob posa les clés sur la table, mais d'une façon si hésitante que Skyler comprit qu'elles seraient accompagnées d'instructions. Un coup d'œil au pasteur Bob Fluchaus, et on comprenait qu'il était fait pour prêcher l'Évangile : et qu'est-ce que l'Évangile de Jésus-Christ sinon de *bonnes nouvelles* ? Même Skyler qui ne pouvait guère croire qu'à 2 + 2 = 4 devait admettre que *Tout est possible à celui qui croit.*

Car toujours les regards de Skyler imploraient *Je crois : viens au secours de mon manque de foi.*

Le pasteur Bob expliquait à Skyler que, étant donné qu'il avait tardé à rendre visite à sa mère, il se pouvait que, quand il arriverait, elle ait déjà été opérée et soit encore hospitalisée ; ou que, Skyler devait y être préparé… « L'opération n'ait pas réussi. »

Skyler n'entendait pas. Un bourdonnement dans sa tête et il n'entendait pas grand-chose de ce que disait le pasteur Bob sinon la répétition de *fiston/Skyler*, aussi irritante que réconfortante pour quelqu'un qui avait été si longtemps seul.

« Ou encore, la situation peut avoir changé… Et ta mère ne sera pas chez elle. J'ai l'impression que Betsey Rampike est une femme très occupée qui voyage beaucoup. »

Skyler eut envie de protester *Mais elle m'a appelée ! Elle m'attend forcément.*

Avec une obstination d'enfant, il dit : « La dernière lettre qu'elle m'a envoyée était datée du 14 février. On est le 20, ce n'est pas si vieux.

– On est le 27, fiston. »

Le 27 ! Le cœur de Skyler se serra.

« Tu as tergiversé, tu vois. Tu avais peur. »

Bon Dieu Skyler aurait bien aimé prendre les clés sous la main du pasteur comme un fils audacieux défiant/flirtant avec son papa mécontent, mais il savait qu'il ne valait mieux pas. Le pasteur Bob pouvait jouer avec vous, mais on ne pouvait pas jouer avec lui sauf avec son autorisation. Le pasteur Bob n'aurait pas hésité à écraser la main de Skyler de son poing.

C'était un homme intimidant d'un mètre quatre-vingt-quinze, bâti en force et d'un âge mystérieux – quarante-cinq ans ? cinquante ? davantage ? Il respirait bruyamment par la bouche comme si ses fosses nasales étaient bouchées, et de fait son nez était plutôt aplati, piteux. Il respirait la tristesse et la dignité. Sa tête sculptée rappelait à Skyler des bustes romains qu'il avait vus dans un musée. Ses cheveux grisonnants se dressaient sur son crâne comme des poils de brosse. Il avait une bouche frappante, ciselée, des yeux qu'on aurait qualifiés de « perçants » – vifs, avides. Sa voix grave et prenante de baryton se faisait entendre sans micro dans l'église de la Nouvelle Canaan où, le dimanche, plus de huit cents personnes se serraient souvent sur des chaises pliantes. Il avait tout le côté gauche du visage couvert de cicatrices de brûlure pareilles à des écailles. Elles vous fascinaient. On ne pouvait en détacher les yeux. La première fois que Skyler avait vu le pasteur Bob, à un moment où il était très malade, il l'avait dévisagé comme l'aurait fait un enfant, grossièrement, naïvement, et le pasteur Bob avait eu un petit rire : « On dirait une citrouille de Halloween qui a pris feu, hein, fiston ? Tu veux toucher ? »

En fait, Skyler avait envie de toucher ce visage ravagé. Le pasteur Bob lui avait pris la main et l'avait passée lentement sur les écailles bosselées et lisses, et très chaudes, comme si c'était le geste le plus naturel au monde.

Plus tard, Skyler comprendrait que c'était un geste que le pasteur Bob faisait fréquemment. Chaque fois que quelqu'un le dévisageait. Il y entrait une vanité touchante, de la fanfaronnade. Au centre de désintoxication du comté, tout le monde avait voulu toucher la peau flamboyante du ministre évangélique. Tout le monde avait voulu être « sauvé » par le pasteur Bob. Il leur confiait avec franchise qu'après son accident et pendant longtemps il avait voulu mourir – bien que d'autres automobilistes eussent été concernés sur la New Jersey Turnpike, c'était « son » accident – mais il avait fini par accepter son apparence. Il avait subi huit opérations, rien qu'au visage, parce qu'il avait été brûlé au deuxième et troisième degré sur trente pour cent du corps et ce qu'il lui en restait vingt ans plus tard c'était la sagesse du service des grands brûlés : « "Un peu de peau vaut drôlement mieux que pas de peau du tout." Pareil pour l'âme, un peu d'"âme" vaut mieux que pas d'âme du tout. »

Skyler avait frissonné. Ces paroles l'avaient profondément remué. Il était trop affaibli alors pour le doute, le cynisme. Ces subtilités d'esprit sont épuisantes dans ces moments-là. Quand vous êtes un nageur presque noyé, que vous avez coulé sous la surface, si quelqu'un vous tend une paille – mince, tordue, prête à casser – avec laquelle respirer, vous respirez.

Et vous êtes sacrément reconnaissant. Vous ne vous plaignez pas de la mauvaise qualité de la paille.

Vous ne vous plaignez pas de votre sauveteur. Vous l'adorez.

Le pasteur Bob disait que ce n'était pas la Dodge qui le préoccupait, c'était Skyler, qui à son avis ne devait pas faire la route tout seul. « Je viendrais bien avec toi, mais j'ai une crise familiale à régler ici. Si tu pouvais attendre une petite heure, je crois que je pourrais te trouver quelqu'un…

– Vous pensez que je consomme, pasteur ? Vous ne me faites pas confiance ? »

Une expression fiévreuse sur le visage de Skyler, quelque chose de désaccordé dans son regard. Mais Skyler ne consomme pas, le pasteur Bob doit le savoir.

Une femme nommée Miriam entra avec des tasses de café pour Skyler et le pasteur mais Skyler hésita à porter le liquide fumant à ses lèvres : trop chaud, trop fort. La caféine le rendrait encore plus fou qu'il n'était.

Il avait la bouche sèche, n'avait cessé d'avaler sa salive.

Le regard rivé sur les clés du break, sur la table. Il mourait d'envie de s'en emparer et de s'enfuir en courant !

Dix-neuf ans. Dans quelques semaines, vingt ans. Et sa vie en était arrivée là : ex-junkie, loser, réduit à quémander.

Le pasteur Bob disait : « Ton visage, Skyler ? Ce sont des points de suture ? On t'a agressé, donné des coups de pied ? Ces blessures n'ont pas l'air de guérir, fiston. Tu n'arrêtes pas de les tripoter... »

Skyler se toucha le visage. Quelque chose d'humide sur ses doigts : du sang ?

« Il faut que Miriam s'occupe de toi, Skyler. Elle est infirmière.

– Je dois voir ma mère, pasteur. Maintenant.

– Je sais, fiston. Mais il ne faut pas que tu te mettes en danger, ni elle non plus. »

*Ni elle* : que voulait-il dire ?

Le pasteur Bob pense-t-il que Skyler est si perturbé qu'il risque d'essayer de faire du mal à sa mère ?

Quelle étrange électricité dans l'Arche ! Comme dans l'église de la Nouvelle Canaan (une ancienne conserverie transformée en immense salle de réunion) quand, arpentant avec fièvre l'estrade éclairée, le pasteur Bob parlait d'une voix intense et vibrante et fixait chaque personne sur chaque chaise pliante de son regard sombre et farouche. Skyler n'était jamais de taille. Skyler était terrifié. Bien qu'on l'eût viré de Basking Ridge – que le pauvre « Sylvester Rampole » eût été viré – il avait appris en cours de chimie que si l'on n'était pas relié à la terre – ou peut-être le contraire ? – l'électricité vous traversait et provoquait un arrêt du cœur instantané.

Du charisme, voilà ce que c'était. Big-Dabe Bix Rampike transpirait le charisme, lui aussi, de vraies gouttes de sueur s'envolant de la belle tête de papa.

Le pasteur Bob posa une main sur l'épaule de Skyler. Pour réconforter, ou pour contenir.

« "Le vent souffle où il veut." D'accord. Mais laisse Miriam te soigner. Prends une douche avant de partir et mets des vêtements propres. Nous en avons à te donner. Tu ne peux pas aller voir ta mère comme ça dans une heure d'épreuve. Tu as une tête de déterré, et tu sens mauvais. Tu ne peux pas faire ça, fiston. »

Feignant une soudaine confiance, alors que la situation et sa propre complicité lui inspiraient très vraisemblablement de sérieux doutes, le pasteur Bob poussa les clés de la Dodge vers Skyler. Un téléphone sonnait, et il se détourna pour répondre. « Oui ? Je suis là », dit-il, avec une exaspération tempérée d'espoir. Skyler remercia par signes. Prit les clés qu'il lui fallait croire avoir méritées, même s'il avait dû se mettre à plat ventre et implorer comme n'importe quel fils suppliant.

Skyler suivit l'infirmière Miriam qui le gronda d'avoir tripoté ses points de suture. Apparemment, Skyler et Miriam se connaissaient : il n'avait pas fait très attention à elle pendant cette scène, et en la remaniant, j'ai volontairement omis aussi toutes les allées et venues à l'arrière-plan, comme dans un film très amateur ou très « artistique » ; car à l'Arche, il y avait toujours du monde ; des visages connus de Skyler et d'autres entièrement inconnus ; il y avait même un chien qui aboyait nerveusement quelque part au fond de la maison ; des sonneries de téléphone, des bruits de pas dans l'escalier, des gens qui criaient : « Pasteur Bob ? Vous avez une minute ? » – si contrariants pour Skyler Rampike, qui se voulait le seul centre d'attention, qu'il les évacuait et qu'ils ont disparu de ma mémoire.

Exception faite de Miriam. Miriam, qui faisait partie de la famille « intérieure » du pasteur, celle qui habitait l'Arche, alors que Skyler appartenait à la famille « extérieure ». Souvent, depuis sa sortie du centre de désintoxication, Skyler avait mangé des repas préparés par Miriam et par d'autres, et Skyler avait aidé en cuisine, heureux d'être accepté. Malgré son air d'autorité, Miriam avait l'allure d'une ex-droguée, elle aussi. Un regard sur le qui-vive, cette volonté d'être totalement *dans l'instant*. Miriam était plus jeune que Betsey Rampike mais avait le même visage amolli et marqué, le même corps voluptueux amolli, sauf que, avec son pantalon de travail sale, sa chemise d'homme en flanelle enfilée sur un tee-shirt et son fichu sur la tête, elle n'avait pas du tout l'allure glamour de Maman-sexy Betsey. Elle enveloppa pourtant le grand adolescent dégingandé d'un regard de reproche maternel : « Ces points de suture ! À les gratter comme ça avec tes ongles sales, tu as de la chance qu'ils ne se soient pas infectés. »

Avec son passé d'enfant psycho-patraque, Skyler avait fini par croire que la plupart des maux ont des psycho-causes psycho-somatiques. Qu'est-ce qu'une infection, au juste ? Quelque chose dans le sang, une sorte d'invasion ? Une infection pouvait-elle être mortelle ?

Honteux, Skyler se laissa conduire près d'un lavabo. Habile-ment Miriam coupa les horribles fils avec de petits ciseaux. Un terrible accès de démangeaison, il se serait griffé de ses ongles si Miriam ne lui avait saisi ses mains. « Non ! Arrête. » Miriam lava à l'eau tiède son visage, où le sang battait fiévreusement ; Miriam appliqua de *l'alcool isopropylique 70 % désinfectant premier secours* sur ses blessures et y colla des pansements d'un blanc éclatant aux formes bizarres. Skyler se regarda bouche bée dans une glace : c'était *lui* ?

« Prie que ça cicatrise sans laisser de marque. Et tâche de ne pas y *toucher*. »

Ensuite, Skyler se doucha. Pour la première fois depuis long-temps, avouons-le honteusement. Sans défaire la queue de rat, il parvint à shampooiner ses cheveux hirsutes. Comme c'était bon de se laver, de se tenir sous l'eau battante, les yeux fermés, défaillant de gratitude. Il aimait le pasteur Bob, qui l'avait traité avec tant de gentillesse. Il aimait presque Miriam qui avait soigné ses blessures si tendrement. Parmi les grands archétypes sur lesquels reposent apparemment notre vie spirituelle, celui de Père-Fils/Mère-Fils est omniprésent. Quand Skyler s'était précipité à l'Arche ce matin-là avec son imprévoyance habituelle, comme un nageur naïf plon-geant dans des vagues de trois mètres, il n'aurait pu prévoir une fin heureuse.

Voici ce que j'ai appris en composant ce document : tous les moments « symboliques » ne sont pas fabriqués. Certains naissent naturellement de la « vie ».

À la sortie de la douche, des vêtements frais repassés attendaient Skyler : immense tee-shirt en coton, boxer, pantalon marron à la taille trop large et aux jambes trop courtes, chemise de flanelle du pasteur Bob et grosses chaussettes de laine blanche.

Dans la cuisine, Miriam insista pour que Skyler emporte un déjeuner léger, puisqu'il n'avait pas voulu prendre son petit déjeuner à l'Arche ; elle le força à prendre un Thermos de jus d'oranges pressées, comme s'il allait faire mille kilomètres et non une petite centaine. Skyler bégaya des remerciements. Il fut pris du désir soudain de saisir la main de cette femme et de l'embrasser.

Miriam ne savait pas qui il était. Seul le pasteur savait. Le secret de Skyler était en sécurité. Il le croyait.

*Je vous aime aime aime tous ! Un jour, je saurai comment le montrer.*

Mais où était le pasteur Bob ? Pas dans son bureau ? Skyler avait espéré qu'il serait là pour lui dire au revoir et lui recommander de conduire avec prudence mais le pasteur était parti s'occuper de sa crise matinale. Miriam conduisit Skyler jusqu'à une porte de derrière donnant sur le garage où se trouvait la vieille Dodge 2001 cabossée. Sur les côtés, peint à la main en lettres bronze : ÉGLISE ÉVANGÉLIQUE DU CHRIST RESSUSCITÉ DE LA NOUVELLE CANAAN.

« Nous t'aimons, Skyler. Jésus t'accompagnera. »

## CHUTE LIBRE

« "JE CROIS : VIENS AU SECOURS DE MON MANQUE DE FOI". »
Il conduisit. Sur l'I-95. Les mains crispées sur le volant de la
vieille Dodge cabossée. Il conduisit sur la voie de droite dans le
grondement de tonnerre de la Turnpike. Il conduisit sans dépasser
la limitation de vitesse, doublé dans un nuage railleur de vapeurs
toxiques par des dix-huit roues. Il conduisit ! Bravement, en serrant les dents. Droit derrière le volant comme le conducteur d'un
véhicule militaire chargé d'explosifs. Mais il conduisit sans peur !
Il conduisit avec détermination et avec concentration. Il conduisit
dans la lumière éclatante d'une journée d'hiver et de vent. Dans la
lumière éclatante d'une journée d'hiver et de vent d'un mois et
d'une année qu'il n'aurait pu nommer. *On est le 27, fiston. Il ne
faut pas que tu te mettes en danger, ni elle non plus.* Il conduisit sous
un soleil hivernal qui faisait fulgurer les chromes des véhicules. Il
conduisit sous un ciel fantastique où couraient de hauts nuages
blancs les plus beaux qu'il eût jamais vus sauf, alors que Heidi
Harkness riait et gigotait dans les bras adolescents musclés de
Skyler, à l'intérieur de ses paupières après ingestion de quelques
grains granuleux de l'exotique *foxy methoxy* rapporté en contrebande par sa petite amie de l'un de ses jeudis à Manhattan mais
pourquoi penser à cela maintenant, maintenant qu'il est trop tard.
Le visage fermé il conduisit. Stoïque il conduisit. Ne pas penser à
Heidi Harkness et ne pas penser à Elyot Grubbe demandaient une
immense concentration. Âgé de dix-neuf ans, onze mois et trois
semaines il conduisit. Désespérant de vivre jusqu'à son vingtième

anniversaire. Désespérant de jamais donner un sens à sa vie. Un peu penché en avant comme s'il s'accrochait au volant. Les deux mains crispées sur le volant de la vieille Dodge du pasteur Bob comme s'il craignait que le volant ne tourne brusquement et ne catapulte le lourd break bringuebalant de l'ÉGLISE ÉVANGÉLIQUE DU CHRIST RESSUSCITÉ DE LA NOUVELLE CANAAN contre le muret central en béton et contre les véhicules venant en sens inverse et dans un néant de feu. Il conduisit en pensant *Ça pourrait être si rapide*. Il conduisit en pensant *Avec la veine de Skyler, ça ne serait pas rapide*. Il conduisit en entendant la voix cassante de grand-mère Rampike *Il va être infirme ? Boiter à vie ?* Il conduisit avec une lenteur exaspérante sur la voie de droite parce qu'il n'était pas un conducteur sûr de lui. Il conduisit à moins de cent kilomètres à l'heure parce que au-delà le break tremblait et vibrait. Il dépassa la sortie EDISON et aussitôt son cerveau (son hippocampe ?) se mit à cracher des étincelles de Souvenirs refoulés* vite étouffées. Il dépassa EDISON, et il dépassa METUCHEN. Il dépassa d'autres sorties du New Jersey aux noms lyriques – RAHWAY[†], ELIZA-BETH, NEWARK, NEWARK AIRPORT, UNION CITY, WEEHAWKEN, HACKENSACK. Il conduisit avec une anxiété croissante sans savoir pourquoi. Il conduisit en se rappelant le premier service de prière auquel il avait assisté dans l'église évangélique du Christ ressuscité de la Nouvelle Canaan à l'invitation du pasteur Bob, et la fascina-tion avec laquelle il l'avait écouté prêcher l'« éternelle bonne nou-velle » des Évangiles à des fidèles de races et d'âges mêlés. En se rappelant le visage brûlé bizarrement squameux du pasteur Bob et sa voix grave de baryton, il conduisit. Intimidé par le regard péné-trant/bienveillant de cet homme qui semblait distinguer chaque individu de la salle, il conduisit. Il conduisit en se rappelant sa

---

* Vous vous souvenez ? Skyler ne souhaite pas se rappeler quand Bix Rampike lui avait négligemment promis de l'emmener au musée Thomas Edison.

† *EDISON* a éveillé chez Skyler de vagues sentiments de douleur, perte, abandon ; *RAHWAY* lui évoque Gunther Ruscha qui avait accompli une courte peine de prison dans le quartier des délinquants sexuels de la prison d'État de Rahway. (Pas éton-nant qu'il rate peu après une bretelle de sortie cruciale.)

conviction *C'est ici, ici qu'est ma place.* Il conduisit avec la voix du pasteur aux oreilles comme après un rêve marquant qui ne vous quitte pas : « Moi, la lumière, je suis venu dans le monde afin que quiconque croit en moi ne demeure pas dans les ténèbres. » Il conduisit en essuyant ses larmes. Il conduisit sans espoir et pourtant... avec quel espoir ! En voyant PONT GEORGE WASHINGTON 3 KM il conduisit en transpirant dans ses vêtements d'emprunt. Il conduisit en commençant à se dire qu'en effet, ce voyage était peut-être une erreur. Se mettre en route avant d'avoir appelé sa mère, comme le pasteur Bob le lui avait conseillé. Il conduisit pourtant avec la conviction qu'il la verrait, qu'on ne pouvait empêcher qu'il la voie, parce qu'elle l'avait appelée. Entendant sa voix trébuchante – « M... mère : tu te souviens de moi ? Je suis Sk... Sk... Skyler » – il conduisit. Préparant les mots qu'il prononcerait si un inconnu lui ouvrait la porte du 9, Magnolia Terrace, Spring Hollow, New York : « Je suis Sk... Skyler Rampike. Je suis le f... fils de B... Betsey Rampike. » Il conduisit incapable de se rappeler depuis quand il n'avait pas vu sa mère. Pas Télé-maman mais la vraie. Deux ans ? Trois ? Un temps considérable dans la vie d'un adolescent, car l'adolescence elle-même est infinité. Après Télé-maman et la rupture avec Heidi Harkness, penser à sa mère lui était devenu insupportable et il refusait de lui parler au téléphone même quand il avait été convoqué dans le bureau du proviseur Shovell pour répondre à l'un de ses appels il avait refusé *Non ! non je ne peux pas, jamais, je la déteste* et maintenant il conduisait en se rappelant avec honte ces paroles de colère car le pasteur Bob n'avait-il pas dit *Nous devons pardonner à ceux qui nous ont offensés, Skyler, sinon notre haine devient poison dans nos entrailles.*

Distrait par ces pensées, il se perdit. Dans un moment de désarroi il se perdit. Ayant vaguement aperçu un panneau indiquant le pont George Washington, il prit la première bretelle de sortie pour constater trop tard qu'il s'était trompé, aucune idée de son erreur mais il s'était trompé car voilà qu'il ne se dirigeait plus vers le pont mais vers FORT LEE, New Jersey. Et englué soudain dans un encombrement se mouvant avec le péristaltisme paresseux d'un colon obstrué il n'avançait plus qu'à dix kilomètres à l'heure. Au-dessus de lui, un ciel asphyxié par des nuages-tumeurs distendus/décolorés. Un amas de cumulus lourds de pluie, de nuages-étrons en panache de bombe H. Comment était-il possible que Skyler, qui tenait tant à arriver à Spring Hollow, eût raté le pont George Washington ? Comment est-il possible de « rater » un ouvrage aussi monumental/magistral que le pont George Washington ? Et pourtant Skyler ne pouvait rejoindre ni le « niveau supérieur » ni le « niveau inférieur » car il était perdu dans Fort Lee, New Jersey : un dépotoir, un labyrinthe à rats de ruelles, étroites, à sens unique, sans issue ou en travaux. Il ne parviendrait jamais à Spring Hollow ! Ne parviendrait jamais à sa destination ! Il se mit à sangloter, des sanglots rauques gutturaux comme s'il suffoquait. Il se mit à jurer – « Merde ! Merde, *merde* ! » – car le seul fautif était Skyler, sa stupidité et sa malchance qui est une autre forme de stupidité et malgré tout : pouvait-il faire autre chose que continuer ? Le ruban de Möbius peut-il faire autre chose que tourner sans fin ? Dans un lent cortège de véhicules asphyxiés par les gaz bloqués dans N. Syke Street à Fort Lee, New Jersey.

PAUVRE SKYLER ! ARRÊTÉ EN PLEIN VOL DANS SON VOYAGE ET, pour autant que nous le sachions, il n'arrivera peut-être jamais à Spring Hollow. Pendant que Skyler est perdu *in medias stress* à Fort Lee, profitons de ce temps mort dans le récit pour présenter des faits hétéroclites trop encombrants pour avoir « trouvé place » dans les chapitres précédents.

Ainsi, tout au long de ce document apparemment sincère, Skyler s'est montré volontairement peu loquace sur ses relations avec ses parents. À lire *Adieu, premier amour !* le lecteur sans méfiance pourrait penser que Bix et Betsey ne cherchaient guère à avoir de contacts avec leur fils perturbé, et qu'ils l'avaient plus ou moins abandonné aux établissements psychiatriques et aux écoles privées « de haute sécurité » ; en réalité, Betsey téléphonait de temps à autre à l'Academy de Basking Ridge ; personnellement, ou par l'entremise de l'une des assistantes enjouées de Touche Céleste qui priait Skyler de bien vouloir rappeler. (Mais Skyler ne le faisait jamais.) Peu avant de passer dans l'émission de Randy Riley, première étape de la tournée de promotion de son nouveau livre *De l'enfer au paradis : onze étapes pour les fidèles* qui devait la conduire dans vingt villes des États-Unis, l'associé/conseiller financier/compagnon de vie de Betsey, Nathan Kissler, avait passé plusieurs coups de téléphone insistants à Basking Ridge dans l'espoir de se présenter au fils de Betsey, sur qui il avait entendu bien des informations troublantes, mais naturellement Skyler n'avait pas rappelé ; M. Kissler avait envoyé un long courriel sérieux à Skyler pour lui expliquer son rôle « d'ami intime et de conseiller » dans la vie de sa mère ; un courriel que Skyler avait reçu, parcouru d'un œil railleur et supprimé dans la seconde, comme on supprimerait une publicité obscène de l'écran de son ordinateur. Ce pauvre M. Kissler, profondément amoureux de Betsey Rampike et déterminé à être une « sorte de père » pour son fils à problème, envoya à Skyler une copie papier de son courriel en recommandé avec accusé de réception ; Skyler signa l'avis, s'imaginant que l'enveloppe contenait un chèque de Betsey et, par *pic*, quand il vit qu'elle n'en contenait pas, il déchira cette lettre dictée par le cœur.

Lecteur, que pouvais-je faire ? Croyez-moi, si j'avais introduit ce matériau digressif dans l'histoire d'amour mélancolique de Skyler Rampike et de Heidi Harkness, exilés adolescents de l'Enfer tabloïd qui, l'espace de quelques mois enchantés, « s'étaient trouvés » à l'Academy de Basking Ridge, le résultat aurait été aussi dissonant que, mettons, du John Philip Sousa faisant brusquement irruption dans les méditations musicales éthérées de l'Estonien Arvo Pärt. Vous auriez détesté, et les critiques auraient sauvagement dénoncé un changement de ton aussi criant, contrevenant à toutes les règles d'unité aristotélicienne.

Une autre omission d'*Adieu, premier amour !* concerne le sujet des finances : qui paie pour le sombre Skyler les frais exorbitants d'établissements privés tel que l'Academy de Basking Ridge* ; qui paie le prix exorbitant de ses médicaments – que pour la plupart, au mépris des ordre des médecins, il refusait de prendre ou – cela choque-t-il le lecteur ? – vendait à certains de ses corésidants d'Old Craghorne, qui éprouvaient le besoin de s'automédiquer pour un oui pour un non. (Le lecteur sera choqué d'apprendre que Skyler vendait régulièrement le puissant antidépresseur Zilich à un garçon habitant son étage, si atteint physiquement et psychologiquement que le diagnostic RSE aurait pu être inscrit au fer rouge sur son front ; Skyler soutira à ce « collatéral » – c'était le nom donné aux rejetons de personnages publics discrédités à Basking Ridge – jusqu'à cent dollars par semaine et se sentit peu, ou pas du tout, coupable quand il fit une overdose, délibérée ou accidentelle, et fut retiré en hâte de l'établissement, comme Heidi Harkness le serait quelques semaines plus tard. Mais Skyler n'a pas soufflé mot de cet incident honteux, hein ?)

Skyler avait beau être généralement habillé avec débraillé, ne se doucher que sporadiquement et porter les mêmes vêtements crasseux des jours d'affilée, le lecteur doit savoir que ses parents, et notamment Betsey, lui fournissaient un argent de poche généreux pour ses dépenses « vestimentaires et alimentaires » ; ni Betsey ni Bix n'oubliaient jamais l'anniversaire de Skyler en mars, chargeant leur assistante d'acquérir la carte *Joyeux-anniversaire-mon-fils* appropriée, qu'ils signaient *affectueusement,* pour accompagner leurs cadeaux d'anniversaire : de la part de Betsey, généralement un coûteux pull à torsades, et de la part de Bix, un cadeau sportif, un gant de baseball en cuir de vache véritable, par exemple, ou une crosse de hockey des Canucks gravée aux initiales de Skyler. Quand Skyler cessa de suivre ses cours à Basking Ridge, comme nous l'avons vu, Bix insista pour qu'il reste dans l'établissement avec l'espoir qu'il se

---

* À l'époque où Skyler fut incarcéré à Basking Ridge, les frais de scolarité, hébergement, pension et autres s'y élevaient à soixante-cinq mille dollars pour une année scolaire complète. À comparer aux quarante, quarante-cinq mille dollars que coûtent de vénérables universités de l'Ivy League telles que Princeton, Harvard ou Yale, ou de prestigieux *colleges* d'arts libéraux tels que Swarthmore, Williams, etc.

« secoue » et se « ressaisisse » ; Skyler ne se ressaisissant pas, bien au contraire, Bix appela plusieurs fois en personne pour dire d'un ton grave : « Skyler ! Le proviseur Shovell m'a appris des nouvelles très préoccupantes sur ton compte et je suis extrêmement déçu que tu me laisses tomber encore une fois, fils. Il prétend que tu as eu une liaison avec une fille – la fille de Leander Harkness ! – et que cette fille "gravement déséquilibrée" a tenté de se suicider – et que la drogue y est apparemment pour quelque chose. Ta thérapeute dit que tu ne vas plus la voir, mais je continue à casquer. Je te conseille de me rappeler, Skyler. Tu peux peut-être manipuler ta mère qui gobe tout, mais ton numéro de petit malade psychopathe ne marche pas avec papa, pigé ? *Quid pro quod !* »

Une autre omission dans le récit de Skyler a trait à la nature exacte de ses relations avec Elyot Grubbe ; ou, plutôt, des relations d'Elyot avec Skyler. Car il dut devenir péniblement évident au fil des semaines que, si Skyler considérait avec condescendance Elyot comme un simple ami, Elyot le considérait comme un peu plus qu'un ami ; seul un homophobe coincé n'aurait pas su interpréter les sourires timides et l'attitude enamourée d'Elyot, qu'il tâchait de dissimuler, de façon assez peu convaincante, en écoutant interminablement de la musique sur son baladeur. Il avait donc été cruel et grossier de la part de Skyler de lui imposer Heidi Harkness, comme pour faire parade de sa petite amie et du fait que, contrairement à ce pauvre Elyot, Skyler Rampike, en dépit de sa bizarrerie, était un *type normal*.

Pauvre Elyot Grubbe, QI 159, destination faculté de médecine de Harvard, obligé d'être le malheureux observateur de ces deux adolescents amoureux qui se tenaient par la main, chuchotaient, s'embrassaient ; le moins séduisant des couples et, au grand dépit d'Elyot, immenses tous les deux ; en proie à ce que le lecteur à tête froide et à sensibilité française a immédiatement reconnu comme une *folie-à-doux* *! Pis encore, comme nous l'avons vu,

---

* Une de ces mystérieuses expressions françaises qui s'appliquent si parfaitement aux autres, mais jamais à soi-même. Pourquoi ?

Elyot semble être également tombé amoureux de Heidi Harkness. (Par bonheur, aucune *folie-à-tresse* ne se déclara. Skyler y veilla.) Pas étonnant que, après l'effondrement de Heidi, Elyot ait finalement rejeté son ami insupportablement narcissique qui, bien qu'étant son plus vieux compagnon des jours idylliques et prétraumatiques de Fair Hills, avait souvent une odeur et une haleine repoussantes – et qu'il lui ait écrit un petit mot froid mettant fin à leur amitié.

Comme j'avais été fier d'Elyot Grubbe, ce jour-là ! Je n'avais rien vu venir, mais cela m'avait paru parfait. Torturé de culpabilité Skyler avait eu exactement ce qu'il méritait dans cette riposte succincte.

Le lecteur, même malin, n'a rien perçu de tout cela, n'est-ce pas ? Vous savez pourquoi ?

Pas un seul d'entre vous, par exemple, n'a été assez observateur pour noter que, dans l'un de ces moments de tendresse bébête qui caractérisent les adolescents, Heidi Harkness ensorcela Skyler Rampike en détachant par jeu la « couronne » nacrée qui couvrait l'une de ses dents de devant délicieusement biscornues : « Tu vois ? Ma mère voulait que mon sourire soit "parfait"… qu'en penses-tu ? »

Skyler l'embrassa en riant*.

Mais aucun lecteur n'a remarqué ce petit incident adorablement bébête puisque Skyler a négligé de le noter. En fait, l'essentiel de ce que Skyler a vécu, et continue à vivre, depuis décembre 1991, à commencer par le chapitre « Au commencement » – (« Au commencement – il y a bien longtemps ! – il n'y avait pas Bliss ») a été omis dans ce document. La plus grande partie de la vie de

---

* En fait, assailli par un Souvenir refoulé, Skyler se hâte d'embrasser sa petite amie pour dissimuler son émotion. Et il ne notera pas l'incident dans ce document, car, reproduisant si étrangement un geste similaire fait par Bliss Rampike des années auparavant, le geste de Heidi pourrait être jugé, par le théoricien littéraire *O current*, d'un « symbolisme » trop transparent pour être convaincant. (Il n'est pas possible à la prose de donner l'apparence du « vrai » à tous les événements qui se produisent vraiment.)

Skyler n'a pas été notée, et s'est perdue ; comme toutes nos vies se perdent. Et c'est bien pire quand le narrateur, à l'exemple du pauvre Skyler, semble prisonnier d'une conscience continuellement assiégée par ce que S. Freud a si judicieusement appelé l'*in*conscient.

Car Skyler ne sait pas tout ce que savent ses cellules grises ; et vous, qui êtes les lecteurs de Skyler, ne pouvez savoir que ce que Skyler choisit de vous dire. Bien que je sois vraisemblablement l'« auteur »… je ne sais moi aussi que ce que Skyler peut me dire.

Ainsi, Skyler a régulièrement omis de rendre compte des mille conséquences – juridiques, personnelles – de la mort de sa sœur. Pour l'essentiel, les complications juridiques ne le concernaient pas directement, car, bien entendu, il était mineur à l'époque. Skyler a fait de timides allusions aux reportages grossiers de l'Enfer tabloïd, qui a continué à attirer l'attention du public sur le fantôme glamour de Bliss Rampike, comme il a continué à garder Bix et Betsey Rampike dans sa ligne de mire ; mais des publications et des médias conventionnels/reconnus se sont également intéressés sporadiquement à l'« affaire Bliss Rampike » Il avait fallu deux grands jurys pour enquêter sur tous les aspects de cette affaire controversée qui avait abouti à une sorte d'impasse prématurée en raison de la mort soudaine du principal suspect, Gunther Ruscha, et avait langui sous la longue juridiction du procureur Howard O'Stryker, connu dans le milieu de la justice pour répugner à aller au procès à moins d'être absolument certain de l'emporter. À l'automne 2002, cédant à la pression de l'opinion publique et de l'attorney général du New Jersey, M. O'Stryker avait finalement saisi un deuxième grand jury, qui se réunit régulièrement pendant trois mois en secret ; on convoqua une série de témoins, des agents de police de Fair Hills, les enquêteurs Sledge et Slugg (alors à la retraite), des experts médico-légaux – région/ État/FBI –, des experts en délinquance sexuelle et pédophilie, le sépulcral Dr Elyse (« Parmi tous les enfants victimes d'homicide de ma carrière, c'est Bliss Rampike qui continue de m'obséder. Je crains de mourir avant qu'on ne retrouve le meurtrier de cette pauvre enfant ») ; de nombreuses personnes (thérapeutes, surveillants de prison, codétenus de Rahway, officier de probation, parents, voisins, etc.) ayant connu Gunther Ruscha ; des voisins, relations, amis, anciens employés des Rampike, et beaucoup d'autres encore ; mais, ironiquement, ni Bix ni Betsey Rampike, car leur avocat, le toujours vigilant M. Kruk, réussit à bloquer toute demande d'entretien avec ses clients, qui avaient alors quitté le New Jersey. Aucune preuve ni aucun témoin n'ayant jamais établi leur présence sur le lieu exact du crime, il était impossible de les citer à comparaître pour les forcer à coopérer avec le grand jury ; Skyler Rampike, représenté par un avocat du nom de Crampf, un associé du cabinet de Kruk, ne reçut pas non plus de citation. Une majorité de jurés croyait peut-être que Gunther Ruscha, qui avait avoué le crime, avait dit la vérité, mais, selon les experts médico-légaux, aucune preuve n'établissait sa présence sur le lieu du crime ni même à l'intérieur de la maison des Rampike, et aucun témoin ne pouvait attester l'avoir vu cette nuit-là. En décembre 2002, le deuxième grand jury fut donc dissous par le procureur du comté de Morris sans avoir délivré un seul acte d'accusation et sans avoir établi que Gunther Ruscha était l'assassin*.

Dans les médias, et notamment dans les tabloïds et à la télévision, cette nouvelle incapacité d'un grand jury à aboutir à une conclusion fut accueillie avec une dérision mal dissimulée, ou pas dissimulée du tout dans le cas du *New York Post*, qui titra à la une :

LE GRAND JURY DU N.J. À BLISS :
« NOUS NE POUVONS RIEN POUR TOI »

---

* Le lecteur sera peut-être intrigué ou révolté d'apprendre qu'à ce moment-là une autre personne au moins, un autre « délinquant sexuel condamné » résidant dans le New Jersey, avait avoué avoir tué Bliss Rampike. Son identité, le poids accordé par la police de Fair Hills à l'affirmation de ce pervers, si elle enquêtait sur d'autres pistes d'« intrus », Skyler ne le savait pas et ne voulait pas le savoir.

À la décharge de Skyler, il faut dire que, interné dans un centre de traitement à l'époque, il n'avait qu'une conscience très confuse de ce grand jury, comme de l'« actualité » en général.

Plus mystérieusement, Skyler a omis d'inclure dans *Adieu, premier amour !* cet épisode énigmatique :

Un après-midi de novembre 2003, alors qu'il était en cours de maths, Skyler fut convoqué dans le bureau du proviseur où, à son grand étonnement, un homme entre deux âges qui lui rappelait vaguement quelqu'un, l'un des ex-partenaires de golf, de tennis ou de squash de Bix peut-être, le salua d'un sourire et d'une poignée de main énergique : « Skyler ! Tu as grandi, dis donc. On ne s'est pas vus depuis longtemps — six ans et quatre mois très exactement — mais j'espère que tu te souviens de moi : ton avocat, Craig Crampf. »

L'avocat de Skyler ! Skyler fut stupéfait que Bix Rampike l'eût apparemment conservé dans son rôle d'« avocat de Skyler ».

Avant qu'il puisse demander à Crampf pourquoi il était à Basking Ridge, un autre homme s'avança pour se présenter : « Hal Ransom, enquêteur du service de police de Fair Hills. » M. Ransom expliqua qu'il avait été récemment chargé de l'affaire Bliss Rampike, rouverte une fois encore, et qu'il avait quelques questions à lui poser. Un peu effrayé, Skyler marmonna un vague *D'accord* en jetant un regard à Crampf qui lui adressa un sourire réconfortant. Le proviseur Shovell s'éclipsa discrètement, et Skyler s'assit avec les deux hommes à une table d'acajou poli. C'était à l'époque de son adolescence fiévreuse où il était ébloui par Heidi Harkness, sa première petite amie ; toute pensée de Heidi disparut pourtant de son esprit, comme de l'eau dans une bonde. Skyler se rappela l'avertissement de sa mère *Tu ne dois jamais en parler jamais à personne même pas à Jésus*. L'entretien durerait une quarantaine de minutes, pendant lesquelles Ransom posa à Skyler une série de questions (« Que te rappelles-tu du soir où ta sœur est morte ? » ; « Quand as-tu vu ta sœur en vie pour la dernière fois ? » ; « Quelle est la dernière chose qu'elle t'ait dite ? ») Et alors que Skyler ouvrait la bouche pour parler, peut-être pour bégayer *Je n... ne me r... rappelle pas v… vraiment grand-chose,* le rusé M. Crampf dit : « Mon client s'abstiendra de répondre. » À plusieurs reprises Skyler éprouva une violente envie de parler, comme une envie d'éternuer, mais le rusé Crampf intervenait aussitôt, avec l'aisance virtuose d'un joueur de ping-pong qui domine toujours son adversaire, si rapide soit-il : « Mon client s'abstiendra de répondre. » Le visage de l'enquêteur se colora un peu d'indignation, quoiqu'il ne parût guère surpris. À la fin de l'entretien, il tendit à Skyler une carte que, dans un geste qui aurait paru grossier chez un homme moins assuré, Crampf retira des doigts de Skyler, avec ce commentaire : « Merci, monsieur Ransom. Au revoir. » Bien que Skyler n'eût quasiment pas parlé pendant l'entretien, c'est à peine s'il put se lever tant il était épuisé. Aussi difficile que de se relever du tapis de gym peau-de-serpent après une chute violente. Très violente.

« Mon garçon. » Revenu en mode bonhomme, Crampf posa une main sur l'épaule Skyler. Un geste qui aurait dû lui rappeler son père, mais le souvenir s'égara et ne revint pas. «… n'oublie jamais qu'on ne peut rien contre toi. "Vous avez le droit de vous taire"… la pierre de touche de la justice en Amérique. »

Que pense le lecteur de cet épisode ? Skyler, à seize ans, est-il considéré comme suspect dans l'affaire du meurtre de sa sœur ? Ou voit-on en lui un témoin, quelqu'un qui pourrait nommer l'assassin ?

N'importe. Le meilleur remède consiste à exciser le tout de sa mémoire. Quand Skyler rejoint Heidi Harkness ce soir-là, il a entièrement oublié l'incident.


CETTE NUIT-LÀ GIGOTANT ET GROGNANT DANS DES DRAPS salis de sueur et de sperme inchangés depuis une semaine Skyler sentit la caresse consolante de sa mère et entendit son avertissement bienveillant mais insistant comme les paroles d'un hymne secret *Tu ne dois jamais en parler Skyler jamais à personne même pas à Jésus.*

ET OÙ EST SKYLER ? PLUS À FORT LEE, NEW JERSEY, MAIS… PRES-
que à Spring Hollow, New York ? Lecteur, je ne m'y attendais pas !

Pendant que je m'affairais à vous fournir des informations
d'arrière-plan (capitales), mon héros intrépide semble être sorti du
premier plan de ce récit à mon insu.

« Je m… m'appelle Sk… Skyler Rampike. Je suis venu voir
ma… »

Apparemment, je ne sais franchement pas comment, Skyler a
réussi à s'extirper de N. Syke Street en quelques minutes, à retrouver le chemin de la tonnante I-95 et donc à prendre le « niveau
supérieur » du pont George Washington qu'il traversait pour la
première fois de sa vie en qualité de conducteur. (Ce dont, insé-
cure comme il l'est, il serait immensément fier si dans son état de
nerfs, la bouche sèche comme cendres et le cœur serré comme un
poing, la fierté n'était pas à sa portée.) (Sans compter que, pendant
la traversée, sur la voie de droite, comme il n'avait osé regarder ni
à gauche ni à droite, le majestueux Hudson aurait pu tout aussi
bien être une vallée de gravats.) De façon également étonnante,
Skyler réussit, sur l'autre rive, côté État de New York, à ne pas
cafouiller une seconde fois, comme on s'y serait attendu, mais à se
tirer d'un changement de voie particulièrement traître et à prendre
la Henry Hudson Parkway North ; ensuite, porté par une bouffée
d'assurance, Skyler n'eut aucun mal à quitter l'autoroute pour la
Route 9 ; un simple coup d'œil au plan qu'il s'était préparé, et il
traversa à une vitesse régulière les banlieues d'Irvington, Tarrytown
et Sleepy Hollow (un nom pittoresque, évocateur de cavalier sans
tête et de citrouille démoniaque) ; puis il entra enfin dans Spring
Hollow, 2 800 habitants, où dans un état d'excitation grandis-
sante, ou de panique desséchante, il s'arrêta à une station-service
pour prendre douze dollars d'essence et se rendre en titubant aux
toilettes où hébété, la tête bourdonnante, tâchant de ne pas respirer les odeurs infectes d'innombrables prédécesseurs, il dit au
visage livide dans le miroir éclaboussé surmontant l'urinoir *Écoute,
tu peux encore faire demi-tour, d'accord ? Elle ne sait pas que tu es ici.*
Il retourna tout de même à la Dodge qui ressemblait à un véhicule

au rebut vibrant d'une vie nouvelle, lettres bronze étincelantes ÉGLISE DU CHRIST RESSUSCITÉ DE LA NOUVELLE CANAAN, et s'entendit demander le chemin de Magnolia Terrace au pompiste qui lui répondit avec un accent prononcé quelque chose comme *Deuxième feu à gauche, tournez au fleuve.*

MAGNOLIA ESTATES EST UN QUARTIER RÉSIDENTIEL TRÈS récent, manifestement très coûteux, construit à une distance ostensible de maisons plus anciennes et plus petites : MAGNOLIA ESTATES MAISONS DE LUXE PERSONNALISÉES 3 ET 4 CHAMBRES QUELQUES TERRAINS ENCORE DISPONIBLES BORD FLEUVE. Des allées étroites et sinueuses – Magnolia Drive, Magnolia Heights, Magnolia Terrace – qui rappellent celles de Fair Hills ; au 9, Magnolia Terrace, une maison de planteur d'une couleur pêche de gâteau pâtissier avec ornements tarabiscotés en fer forgé blanc et portique à colonnes. Au 11, Magnolia Terrace, une maison de style colonial cerise et crème anglaise ; au 7, style néoclassique pistache et framboise. Les maisons de Magnolia Terrace sont plus petites qu'il n'y paraît de la rue car leur prétentieuse façade à un étage masque une structure de plain-pied ; alors que leur terrain paraît très en longueur de la rue, il se limite presque entièrement au devant de la maison et ne fait guère plus de quelques mètres derrière ; comme dans une séquence onirique de film, Skyler a l'impression que tout rétrécit. Il tâche de ne pas s'affoler. Se gratte le visage. La faim lui fait tourner la tête mais il n'avait pas pu avaler le déjeuner si gentiment préparé par Miriam et maintenant il fouille dans les poches de sa veste pour y chercher… quoi ?… des cachets de Zilich égarés ou l'un des OxyContin poussiéreux de Heidi. Se disant *Mais je peux encore m'en aller ! Elle ne m'a pas vu.*

Depuis qu'il est là, Skyler s'est refusé à voir que quelque chose clochait dans Magnolia Estates. Pas seulement les maisons prétentieuses, artificielles, dont un bon nombre semblent vides, pancartes MAISON DE LUXE À VENDRE plantées dans les pelouses, mais aussi le fait qu'il a vu trop de gens, et des gens qui détonnent dans ce quartier où, d'ordinaire, il n'y aurait pas de piétons du tout, étant donné qu'il n'y a pas de trottoir. Et il y a trop de circulation, pas les voitures haut de gamme aérodynamiques qui ont la faveur des mères de famille des banlieues riches mais une prédominance inquiétante de monospaces. Dans la rue, en face de la maison de planteur couleur pêche, un attroupement disparate et remuant d'une trentaine de personnes : équipe de télévision, photographes et journalistes, « badauds ». Qu'est-il arrivé ? Pourquoi ces gens le dévisagent-ils, le hèlent-ils ? Pris de panique Skyler courbe la tête pour dissimuler son visage. Avec ses pansements voyants, ses cheveux acier et sa queue de rat, on ne peut pas deviner qu'il est Skyler Rampike... si ? Pourtant des photographes braquent leur appareil sur lui, une équipe de télévision de la WSRY-TV enregistre, des journalistes crient avec excitation sur le passage de la Dodge : « Attendez ! Êtes-vous "Skyler" ? Êtes-vous... le fils ? » Skyler remarque que la police a barré la rue pour empêcher ces individus agressifs de piétiner la pelouse du 9, Magnolia Terrace et de se ruer vers la maison couleur pêche. Deux agents en uniforme font la circulation. Au bas de l'allée asphaltée, deux agents de sécurité privée – tous les deux noirs, le visage sévère – gardent une barrière sur laquelle un panneau indique PROPRIÉTÉ PRIVÉE     SUR INVITATION SEULEMENT. Plusieurs véhicules dont une camionnette de la WCBS-TV sont garés derrière les agents, dans l'allée. De son ton le plus sérieux, Skyler explique aux agents qu'il est le fils de Betsey et qu'elle l'attend.

« Toi ? Le fils de Mme Ranpick ? Vraiment ?

– Ou... oui. Vraiment. Le fils de Mme Ranpick.

– Tu es quelque chose comme... quoi ? Un pasteur... de l'"Église de la Nouvelle Canaan" ?

– Non. Je veux dire, ou... oui. Je fais partie d'un...

– Tu viens pour un service religieux, mon garçon ?

– Oui. »

Skyler montre aux agents renfrognés son permis de conduire du New Jersey. Pour la première fois de sa vie, il tient à se faire reconnaître pour Skyler Rampike.

À L'EXPRESSION DE CETTE FEMME, UNE MARIA BRUNE EN UNI-
forme blanc amidonné de domestique, Skyler comprend qu'il
arrive trop tard.

« Vous êtes qui ? "Ski… leur"…

– Où est ma mère ? Où est Betsey ? »

Skyler est entré dans un vestibule très éclairé où glaces et papier
peint scintillent gaiement comme des décorations de Noël. La
domestique s'éloigne aussitôt, le regard voilé de pitié. « Excusez-
moi un instant, je vais prévenir M. Kissler. »

Dans un brouillard, Skyler la suit dans une salle de séjour abon-
damment meublée, des meubles « d'époque » sans doute. Dans
quel passé, dans quel pays lointain et improbable d'idylle maman-
*petit homme*, la jeune mère de Skyler cherchait-elle des « meubles
d'époque », des « antiquités » pour la grande maison de style colonial de Ravens Crest Drive ? Ici, dans un cadre plus petit mais plus
prétentieux, façon vitrine de magasin : des canapés de velours, des
fauteuils recouverts de chintz couleur ailes de perroquet, des lam-
padaires aux formes bizarres, des tentures de brocart. Sur les canapés de velours, des coussins assez gros pour étouffer un éléphant.
Sur le sol, un tapis d'Orient aussi épais que les tapis serpentoder-
mes du Gold Medal Gym, enguirlandé de roses choux couleur
chair et de frises jaune moutarde. Et quel air parfumé ! Skyler a du
mal à reprendre son souffle.

Sur le mur au-dessus d'une cheminée de marbre blanc, un grand
portrait de Betsey Rampike dans la fleur de sa beauté juvénile, un
bras passé autour de Bliss, une Bliss âgée de cinq ans, très adorable,
très blonde et très mignonne, cheveux blonds bouclés et gaufrés
couronnés de l'un de ses diadèmes en argent. Bien que Betsey fût
une brune voluptueuse aux yeux bruns, et Bliss une blonde à peau
claire et yeux bleus, le peintre, à la façon d'un Renoir pop, kitsch
et glamour, avait donné à la mère et à la fille une ressemblance
troublante.

Skyler recule, une main devant les yeux. Noooon.

Tout ce qu'il a réussi à avaler ce matin, ce long matin éprouvant qui a commencé dans le crépuscule venteux d'avant l'aube dans sa chambre du deuxième étage de Pitts Street, il y a si longtemps qu'il s'en souvient à peine, ce sont quelques gorgées du jus d'orange frais que lui avait gentiment donné Miriam, et qui s'était renversé en poissant le siège passager de la Dodge. Skyler est donc hébété, Skyler ne se sent pas très bien.

Où est Betsey ? La domestique a dû lui dire qu'il était là, depuis le temps ?

De l'autre côté d'une arche aux moulures sculptées – une frise d'un blanc cru ornée de nymphes, cygnes et patineuses – il y a une autre pièce, légèrement plus petite, où, sous des lumières aveuglantes, et supervisée par une équipe de cinq ou six personnes, une interview télévisée semble en cours. On a déplacé un canapé pour le mettre de biais, et disposé artistement d'autres meubles comme sur un plateau de talk-show ; une femme au maquillage glamour et à la voix exclamative, dont le visage rappelle quelque chose à Skyler, interviewe un homme entre deux âges aux cheveux noirs gominés et au visage affligé quoique splendidement bronzé. Apercevant Skyler qui s'avance comme un adolescent ivre, l'homme se lève aussitôt pour aller à sa rencontre, interrompant l'interview.

« Tu es… Skyler ? Le fils de Betsey ?

– Oui. Où est ma mère ? Je veux voir ma mère.

– On ne t'a donc rien dit, mon garçon ? Ta mère… notre Betsey bien-aimée… a disparu.

– Disparu ? Où ça ? »

La voix de Skyler est jeune, rauque et teintée de mépris. Skyler est contrarié parce que cet inconnu, un homme d'une cinquantaine d'années qu'il ne connaît pas, lui tend ses deux mains, et que Skyler ne veut pas qu'on le touche.

« Je suis Nathan Kissler, Skyler. Betsey a dû te parler de moi… » Kissler est l'associé de Betsey, son conseiller financier et son « compagnon ». De quelque part, un coup d'œil furtif et honteux dans l'Enfer tabloïd, Skyler sait vaguement que Kissler est le fiancé de Betsey Rampike.

« Skyler ? Mon garçon ? Assieds-toi donc. Nous allons t'apporter quelque chose à boire, tu es tout pâle. C'est un terrible choc pour toi, bien sûr. Un choc terrible pour nous tous qui aimons... aimions... notre chère Betsey...

– Est-ce que vous pourriez ne pas parler *autant*, monsieur ? Je veux voir ma mère. »

Skyler contemple Nathan Kissler avec le regard masculin narquois de Bix Rampike. Ce petit homme sémillant d'un mètre soixante, un nabot à côté de Bix, le fiancé de la mère de Skyler ? Et ça veut dire quoi... fiancé ? Skyler est épouvanté à l'idée qu'il puisse y avoir quoi que ce soit de sexuel entre Kissler et sa mère, refuse de penser à quelque chose d'aussi obscène. Kissler porte une chemise de soie noire, une cravate ascot de soie noire, un jean Armani noir qui moule ses hanches et sa taille étroite comme le jean d'un mannequin masculin de vingt ans. Ce qui heurte particulièrement le sens des convenances de Skyler, c'est une ceinture de cuir noir à médaillon de cuivre. Et le visage de cet homme n'est pas bronzé mais adroitement maquillé pour les caméras de télévision : maquillage épais à base orange, cils noircis de rimmel. Petite bouche de poisson suceur, fardée de rouge.

Kissler insiste pour que Skyler s'assoie, la femme à l'uniforme blanc amidonné est partie lui chercher un verre d'eau glacée, mais Skyler s'écarte, ne veut pas s'asseoir, trop de regards sont braqués sur lui. Le cameraman a tourné sa caméra dans sa direction, petite lumière verte *allumée*. Kissler dit d'un ton grave : « ... disparu, Skyler, ce matin même. Des complications postopératoires. La nouvelle vient à peine d'être rendue publique, et c'est déjà un déluge de...

– Mais où est-elle ? Je veux la voir. »

Skyler a dans l'idée que, bien que ayant « disparu », Betsey est tout près, dans une autre pièce de la maison, en train de se préparer pour une interview télévisée. Il y a les lumières vives, il y a les caméras. Deux caméramans. Et cette journaliste dont le visage lui dit quelque chose. Pourquoi l'une des assistantes de Betsey ne lui annonce-t-elle pas que *Skyler est là* ?

« … après l'opération, son cœur n'a pas résisté… Elle tenait à ce que cela reste secret… Pas de "fuite" dans les tabloïds ! L'enterrement aura lieu dans deux jours, ici à Spring Hollow.

– Mais je veux la voir. Je veux la voir maintenant. J'ai le droit de la voir, je suis son fils et elle m'a invité à venir. »

Patiemment Kissler explique : « Les "restes" de Betsey sont encore à l'hôpital, Skyler. Il y aura une présentation privée au salon funéraire…

– Elle m'a laissé quelque chose, non ? coupe Skyler. Où ça ? »

L'intervieweuse s'interpose, serre Skyler avec chaleur dans ses bras. Skyler est trop abasourdi pour résister, c'est une femme charpentée, bien en chair, glamour mais du genre maternel, et musclée, avec des seins durs élastiques, gros comme des enjoliveurs. Skyler la reconnaît, maintenant : Zelda Zachiarias de *Parole de femmes*. « Skyler ! Mes sincères condoléances. Votre mère était une femme si courageuse ! Nous préparons un hommage exceptionnel à Betsey Rampike qui sera diffusé vendredi, et nous serions si heureux, comme Betsey l'aurait été, Skyler, si vous vous joigniez à nous. Betsey parlait souvent de vous, vous savez. "Toutes les heures de ma vie, je prie Dieu et Jésus de veiller sur mon fils." Betsey était convaincue que vous vous réconcilieriez, un jour. C'était son grand espoir, et elle y croyait. Oh, Skyler !… je n'arrive pas à imaginer qu'elle ne participera plus jamais à mon émission, elle qui était un modèle pour les femmes – les mères – qui ont subi les pertes les plus cruelles et survécu. Oui, et triomphé. Betsey ne voulait pas qu'on dise un mot de son drame – vous savez quelle femme réservée, "stoïque", elle était – pas un mot de son combat contre… », la voix rauque baisse solennellement, comme si Zelda s'efforçait de ne pas fondre en larmes, Skyler doit tendre l'oreille pour saisir quelque chose comme *cancer du service*.

*Cancer du service ?* Skyler frémit.

Sur un ton passionné, Zelda Zachiarias poursuit, serrant Skyler de près : « Juste avant son opération, Betsey m'a dit : "Prie pour moi, Zelda. Dieu fera le reste." Quel courage ! Pour nos téléspectateurs, Skyler, voudriez-vous dire quelques… »

Skyler se dégage. Il tâche de protéger son visage des caméramans rapaces qui marchent sur lui. Ces horribles petites lumières
vertes *allumées*, Skyler sait ce que ça signifie : Skyler Rampike est à
découvert.

Pendant ce temps, Nathan Kissler a téléphoné sur son portable.
Il semble plus méfiant envers Skyler, beaucoup moins amical. Son
affabilité paternelle a cédé la place à une froideur un peu ironique.
Skyler revient sur le sujet de ce que sa mère lui a laissé, et Kissler
dit, avec un sourire douloureux : « Votre mère a laissé un testament,
Skyler, c'est certain. En fait, elle en a peut-être laissé plusieurs. Elle
ne cessait de modifier et de "mettre à jour" son testament à mesure
que de nouveaux amis entraient dans sa vie et que, invariablement,
d'anciens amis disparaissaient. Il en sera fait lecture dans le cabinet
de son avocat, le moment voulu. Mais en attendant...

– Où est-ce ? dit Skyler d'une voix forte. Ce que maman m'a
laissé ? Quelque part dans cette maison ? » et Kissler dit : « Pas si
fort, Skyler, s'il vous plaît. Vous tenez à ce que les hyènes et les
chacals qui sont là, dehors, nous entendent ? Le choc est terrible
pour nous tous, pas seulement pour vous. Nous sommes à trois
semaines de notre grande campagne de printemps, et nous avons
plus de six millions de dollars investis dans les produits de printemps Touche Céleste. Si seulement vous aviez téléphoné, quelqu'un aurait pu vous préparer », et Skyler dit : « Où est-ce ? Ma
mère m'a laissé quelque chose. Une lettre ou une cassette vidéo...
C'est pour ça qu'elle m'a demandé de venir. Qu'avez-vous fait
de... » Et Kissler dit : « Inutile de crier, Skyler. On vous entend »,
et Skyler dit : « Non, vous n'entendez pas ! Je vous demande où est
ma mère, et ce qu'elle m'a laissé. Je vais chercher moi-même, bon
Dieu... »

Skyler essaie de contourner Kissler qui, bien que nettement
plus petit que lui, et de trente ans plus âgé, est étonnamment agile
et fort ; Skyler réussit néanmoins à libérer un poing, à le détendre
et à frapper son adversaire sur l'arête du nez, qui se brise ; un *crac !*
réjouissant et un jet de sang tiède. Mais l'un des agents de sécurité
intervient, un grand Noir au visage sévère qui appelle Skyler

« fiston » et qui l'immobilise gentiment mais très fermement. Il emmène Skyler, au pas de course. Comme il le tient par les deux bras, Skyler marche vite, les genoux fléchis, comme un personnage de bande dessinée dont les pieds touchent à peine le sol. Les voici dehors, dans l'air hivernal. Skyler se débat, mais ses forces s'épuisent ; pas les mains de l'agent noir, mais une sorte de pince, d'étau, lui serre la poitrine, ses poumons se dilatent dans l'air froid comme fendus par un couteau, mais la fente est trop étroite, Skyler ne peut inspirer assez d'oxygène, au-dessus de lui un amas de nuages tumoraux, sous lui le sol gelé, qui s'ouvre brutalement et l'engloutit*

███████████

---

* Exactement comme ça ! Je serais tombé et me serais fêlé le crâne, si Evander Franklin (l'agent de sécurité) ne m'avait gentiment rattrapé. À la grande contrariété de Nathan Kissler, Franklin me ramena dans la maison de planteur pêche modèle maison de poupée, sous l'œil des caméras de télévision de la rue. Je repris mes esprits au bout de quelques minutes. Ne voulant pas appeler une ambulance et « attiser les flammes » des chacals de la presse tabloïd, Kissler téléphona à Bix Rampike, pour la seconde fois ce jour-là.

# ENTFREMDUNGSGEFUHL*

« FILS. IL Y A EU ENTRE NOUS UNE HISTOIRE TRAGIQUE. MAIS peut-être que... maintenant... cela va changer. »

Ces mots ! Le cœur de Skyler se serra. *Maintenant* devait signifier *maintenant que ta mère est morte.*

Ils étaient dans un box en planches de l'Old Dutch Tavern de Sleepy Hollow, le bar de la vieille auberge historique Washington Irving où Skyler passait la nuit après l'enterrement de sa mère, aux frais de Bix. Depuis qu'ils étaient entrés dans le bar, Bix parlait avec lenteur et délibération, d'une voix que l'oreille hyperfine de Skyler trouvait légèrement traînante, un peu comme la claudication quasi imperceptible qu'un sportif, ou un ex-sportif, tâche de dissimuler. Pour un œil normal, la claudication est imperceptible. Mais Skyler n'avait pas davantage un œil normal, ou une oreille, qu'il n'avait une jambe droite normale (fémur, péroné, genou).

La mort de son ex-femme semblait avoir secoué Bix Rampike, que Skyler trouvait moins terriblement grand et moins imposant que dans son souvenir. Lors de l'après-obsèques organisé par Nathan Kissler au Country Club de Sleepy Hollow, Skyler avait remarqué que son père buvait. Il avait un air de bison blessé hirsute, quelque chose de grisonnant dans ses sourcils, de bouffi et de désemparé dans le bas du visage. Il faut croire qu'il aimait encore Betsey ? pensa Skyler.

---

* Mot allemand pratique pour *foutrement irréel.*

*Un homme ne cesse jamais d'aimer la mère de ses enfants, fils. C'est la ligne de touche\*.*

« Fils ? Tu m'écoutes, j'espère. »

Aussitôt Skyler assura que oui, bien sûr.

« Tu disais : "Peut-être que… maintenant… cela va changer." »

Comme toujours en présence de cet homme, Skyler parlait avec un enthousiasme enfantin. Même en ce moment de deuil partagé, car pour Skyler être à proximité de cet homme, c'était sentir certains de ses muscles faciaux, longtemps endormis, se réveiller : *Souris !* Et un certain empressement de ses épaules à se pencher lâchement en avant : *Oui papa ?*

Skyler avait remarqué que Bix était venu avec une serviette en cuir souple italien, serviette qu'il posait maintenant sur la table, avec lenteur et cérémonie ; il parut sur le point de l'ouvrir, mais ne le fit pas. Quelles rides poignantes sur le front de Bix Rampike ! Son regard expressif brillait d'un regret pensif, mais aussi de résolution. Le cœur de Skyler battait à lui faire mal. *Là-dedans ? Quelque chose pour moi ?* Il n'osait pas l'espérer.

Bix poussa un énorme soupir. Leva son lourd verre de whisky et but.

« Naturellement, fils : cela ne la ramènera pas. »

Skyler approuva [†].

SKYLER AVAIT PRÉVU DE NE PAS SE LAISSER ÉMOUVOIR PAR *fils*. De hausser les épaules à *fils*. Mais quand son père prononça *fils*, la glace qui enrobait son petit cœur ratatiné d'enfant se mit à fondre.

Et la tendresse de certains des gestes de Bix, l'étreinte chaleureuse-maladroite de papa qui manqua briser les côtes de Skyler, le

---

\* Frisson fugitif de souvenir : un jour lointain où Skyler était transporté dans la Rogue Warrior 1997 à l'une de ses séances de kiné de Fair Hills. Papa réfléchissait sans doute tout haut, sans attendre aucune réponse de Skyler.

† Mais qu'approuve-t-il ? Le « la » de Bix désigne-t-il Betsey ou Bliss ?

baiser rude de papa qui barbouilla de salive la joue enflammée de Skyler, les doigts de papa palpant le petit biceps dur de Skyler, tout cela prit Skyler au dépourvu. Papa, la respiration rauque, les yeux pleins de larmes : « C'est un moment bien triste, fils. Pauvre Betsey, "requiescat en paix". »

Pardonnez-moi, lecteur : c'est terriblement sentimental. Alors que Skyler râle contre ses parents depuis je ne sais combien de pages, voici maintenant que vous êtes censé éprouver de la sympathie pour Bix, et même pour Betsey : c'est vraiment trop demander. Et je n'attends pas que vous ayez cette obligeance. Malgré tout, pour être parfaitement honnête – ce que j'ai essayé d'être dans ce document – c'est ce que Skyler avait ressenti quand Bix Rampike était immédiatement venu au 9, Magnolia Terrace, Spring Hollow, après le coup de téléphone affolé de Nathan Kissler qui ne savait que faire du fils de dix-neuf ans de son associée/fiancée défunte qui avait non seulement débarqué à l'improviste, moins de six heures après la mort de Betsey, mais qui s'était évanoui juste devant de la porte en repartant.

« UN MOMENT BIEN TRISTE, FILS. ET POURTANT : NOUS SOMMES ensemble. »

(Depuis combien de temps Skyler n'avait-il pas vu son père ? Deux ans ? Deux ans et demi ? Et dans des circonstances pénibles. Alors que Skyler avait « quitté » un centre de désintoxication d'East Orange, New Jersey, et que la police de l'État avait été alertée. Bix était arrivé, frémissant de dégoût : « Skyler ! Tu pousses, merde ! Encore ! »)

À présent, Bix faisait plus vieux. Et Bix semblait secoué, plein de remords. Quelque chose d'affaissé et d'abattu dans son visage, comme si la mort de son ancienne épouse était un coup personnel dont il n'avait pas encore pris la mesure. « On va te trouver un hôtel, fils, avait-il dit. On va te trouver un coiffeur et des habits convenables. Tu vas assister à l'enterrement de ta mère. Avec moi. »

Skyler protesta faiblement. Il assisterait à l'enterrement de Betsey mais... il ne voulait pas de coupe de cheveux, et il ne voulait pas porter de costume. Bix enfonça les doigts dans les épaules raides de Skyler et dit : « Tu ne feras pas honte aux Rampike, fils. Pas davantage que tu ne l'as déjà fait. »

L'hôtel, deux nuits débitées sur la carte de crédit de Bix Rampike, fut la pittoresque auberge historique Washington Irving, située à moins de trois kilomètres du 9, Magnolia Terrace. La coupe de cheveux coûta cher et donna à Skyler un air presque normal, sous certains angles. Les vêtements, achetés sur la carte de crédit de Bix au cours d'une unique visite pragmatique dans le Hugo Boss du centre commercial de Tarrytown, furent : un costume laine et soie gris anthracite, veste ajustée, pantalon cigarette à pli marqué (adaptés par le tailleur maison aux mesures disproportionnées de Skyler) ; une chemise habillée à manches longues en coton égyptien comme les aimait Bix Rampike, et une cravate en soie à rayures sombres. Un costume funèbre pour le fils en deuil ! Dans un miroir à trois faces Skyler contempla cette transformation hollywoodienne avec hilarité : « Moi ? Efface. »

Debout derrière lui, Bix empoigna ses épaules voûtées et les tira légèrement en arrière : « Tête haute, fils. Laisse tomber ces débilités de gamin. Tu es un Rampike... Tiens-toi comme un Rampike. »

BIX PROCURA AUSSI À SKYLER DES LUNETTES NOIRES. TRÈS noires.

« Regarde droit devant toi, fils. Pas un seul coup d'œil à ces chacals. Et ne souris pas, surtout. S'ils t'appellent par ton nom, tu n'entends rien. S'ils te font signe, tu ne vois rien. Marche près de moi, tâche de ne pas boiter et rappelle-toi que tu es un Rampike... Conduis-toi comme tel. »

LA PREMIÈRE « PRÉSENTATION » DE SKYLER.
Dans sa nouvelle tenue (pantalon trop serré à l'entrejambe, cou scié par le col blanc amidonné) comme dans un rêve qui n'aurait pas été le sien Skyler se dirigea vers le cercueil luisant or et blanc au fond de la pièce glacée, passa devant des inconnus qui le dévisageaient ouvertement, passa devant des bacs de lys, se préparant à ce qui l'attendait et l'esprit confus se disant avec soulagement *Pas maman dans le cercueil ! Pas maman* car cette femme était une inconnue. Se disant *Il y a eu une erreur, je peux partir* sauf qu'après s'être essuyé les yeux, il lui sembla que oui, ce corps féminin noyé sous des flots de mousseline rose, gros rangs de perles autour du cou, boucles de perles taille clams aux oreilles, avait une certaine ressemblance avec la Betsey Rampike qu'il avait vue à la télévision dans la chambre de Heidi Harkness. Sauf que ses cheveux ne semblaient pas être de vrais cheveux, rouge bordeaux synthétiques et brillants comme une perruque glamour Touche Céleste (359,95 dollars). Jamais on n'aurait cru que ce visage était celui d'une femme de quarante-quatre ans ! – front lisse, joues pleines fardées, pas de chair visible au-dessous du menton. Yeux clos sereins savamment maquillés, dégradé de teintes (taupe, vert argent, bleu argent) et rimmel d'un noir d'encre, façon Cléopâtre. Les lèvres rouges pulpeuses qui semblaient esquisser un sourire avaient quelque chose de familier, Skyler devait l'admettre. Et si c'était bien maman, Skyler était-il le *petit homme* ? Une terreur abjecte le submergea, lui coupant les jambes, lui donnant le vertige. L'horreur était que le *petit homme* devait embrasser maman pour lui dire adieu ! Ou était-ce pour la réveiller de ce sommeil anormal, en posant un baiser sur ses lèvres rouges ? Comme ce jour lointain où il avait entrevu sa sœur Bliss couchée bizarrement sur le sol de leur salle de séjour, bras allongés au-dessus de la tête et poignets liés, yeux ouverts et petite bouche molle blessée, et où il avait été trop effrayé, et trop lâche, pour courir vers elle et la sauver : ce garçon-là était Skyler. Maintenant pour se racheter Skyler doit se pencher sur le cercueil étincelant de blanc et d'or, Skyler doit veiller à ne pas glisser ni tomber dans le cercueil comme un

personnage de bande dessinée à quoi (il le sait, il le reconnaît) il ressemble dans son nouveau costume sexy Hugo Boss, Skyler doit embrasser maman sur les lèvres *maintenant*. Pourtant – étrangement – incapable de bouger, comme paralysé, il regarde avec désespoir attendant que les yeux Cléopâtre s'ouvrent et le reconnaissent, la respiration rapide et courte et quelque part dans la salle de présentation splendidement décorée Nathan Kissler se demande avec agitation que faire de Skyler Rampike qui titube au-dessus du cercueil où Betsey Rampike repose « comme endormie » – se demande que faire du fils manifestement psychotique de sa fiancée défunte, ose finalement aborder Bix Rampike l'ex-mari de Betsey qui se tient près du cercueil, un peu sur le côté, regardant ce corps voluptueux avec une fascination sombre, et à voix basse Kissler dit : « Votre fils, monsieur Rampike », et Bix dit : « Quoi, mon fils ? », et Kissler dit : « Il n'a pas l'air de se sentir bien, monsieur. Faites quelque chose, s'il vous plaît » et Bix répond, mâchoire en avant comme un ex-fullback vedette, quarante ans passés, la taille un peu empâtée, mais un mètre quatre-vingt-dix et une centaine de kilos, un spécimen Alpha d'*Homo sapiens* par qui il ne ferait pas bon être taclé : « Mon fils pleure sa bon Dieu de mère, "Nathan". Ça vous dérange ? » et Kissler dit, inquiet, petit homme sémillant en habits de deuil façon mannequin de mode, gris sombre, noir, ascot de soie lustrée violet foncé dissimulant son cou de dindon, tâchant de n'être ni menaçant ni suppliant : « Je vous en prie, monsieur, éloignez votre fils de Betsey, voilà six minutes au moins qu'il titube près de son cercueil et il n'a pas l'air de se sentir bien. »

Bix se laissa fléchir, apparemment. Il s'approcha sans bruit et d'une main paternelle ferme/douce saisit le biceps droit de Skyler, le tirant de cet étrange état second dans lequel il aurait pu commettre un acte d'une bizarrerie si innommable et si irrévocable qu'il circulerait encore aujourd'hui sur les sites Web de galaxies connues et inconnues jusqu'à l'ultime syllabe du registre du Temps.

« Fils. Viens, partons. »

DÉVELOPPEMENT INATTENDU, LECTEUR ! JE NE PRÉVOYAIS franchement pas, pas plus que Skyler, qu'après cette longue brouille il se « réconcilie » aussi facilement avec son père dont il ne savait que très peu de chose sur sa vie actuelle, sinon qu'il était remarié et « heureux nouveau père » d'un très jeune enfant (sexe inconnu de Skyler [jaloux ? aigri ?]) ; Bix Rampike était maintenant P-DG (président-directeur général – pareille grandeur mérite pleine reconnaissance) de la filiale New Genesis BioTech, Inc. d'Univers, Inc., qui avait son siège social à New Harmony, New Jersey, une sortie après celle d'Univers sur l'I-80. (Mais, pour autant que Skyler pût le déterminer, Bix semblait passer l'essentiel de son temps à New York.) Dans une œuvre d'art classique célébrant la réconciliation, le pardon et une réaffirmation réconfortante de l'esprit humain durement éprouvé par l'adversité, le rapprochement entre Skyler et son père serait davantage qu'un phénomène temporaire produit par la mort de Betsey, et je vais donc voir ce que je peux faire dans ce sens. Car franchement, en dépit de mon cynisme postmoderniste, j'aimerais que ce document se révèle « réconfortant », « véritablement édifiant » ! Et non la « lettre de suicide la plus fichument longue de l'histoire de la langue anglaise* ».

« FILS. CONDUIS-TOI EN HOMME. »
C'est ce qu'il faisait, bon Dieu ! Il en était certain.
Étape suivante, le service funèbre. Le lendemain matin à 11 heures.
Et voici la première surprise : le service funèbre de Betsey Rampike ne serait pas un service épiscopalien sérieux/solennel/ « beau mais mortellement ennuyeux », mais un service de l'Assemblée de Dieu fervent/passionné/« sourire au milieu des larmes ». Car la mère de Skyler avait apparemment rejeté le vénérable céré-

---

* « La plus longue note de suicide » en date est le *Will & Testement* [sic] du poète américain mineur V. Westgaard (1841-1873), 999 pages manuscrites étonnantes. Lecteur, je ne suis pas capable d'en faire autant.

monial épiscopalien qu'elle avait adopté en épousant Bix pour le christianisme beaucoup plus exubérant, « extraverti » et « joyeux » des fidèles de l'Assemblée de Dieu. (Bix demeurait solidement épiscopalien, cela va de soi. C'était son « héritage ». Le Dieu épiscopalien n'était pas du genre à se mêler des activités humaines, de même que, idéalement, l'État avec un grand E ne devrait pas se mêler des activités économiques. Bix avait eu ce commentaire désapprobateur : « Comment ta mère a-t-elle pu se "convertir" à l'Assemblée de Dieu, après ce que les Higley ont fait pour nous à l'heure de l'épreuve ! Sacrément égoïste. ») Skyler fut impressionné, quoique un peu écrasé par l'église gigantesque qui, avec ses deux mille cent places assise, faisait plusieurs fois la taille de la Trinité, la vieille église pittoresque de Fair Hills ; au-delà du Wal-Mart, du Home Depot et du Superdiscount Bonanza, à l'intersection toujours embouteillée de la Route 9 et de l'I-87 se dressait une structure moderne, béton blanc luisant et lisse comme du caramel, verre et acier étincelants, dont le style architectural fantastique combinait l'église ancien modèle avec un envol de soucoupe volante New Age. Commentaire de Bix, approbateur malgré lui : « Douze millions, au bas mot. Jolie façon de "naître à nouveau" ! »

À l'intérieur, l'Assemblée de Dieu semblait encore plus grande. De la taille d'un terrain de football américain, au moins – ou de deux ? – Skyler n'avait qu'une notion vague de proportions aussi épiques. L'autel était immense, une scène de concert rock et, au-dessus, semblant flotter dans l'air, mystérieusement et merveilleusement, une énorme croix de cuivre de trois ou quatre mètres de hauteur. Le service funèbre de Betsey Rampike serait essentiellement musical : orgue/synthétiseur électrique, deux « chœurs du tabernacle » en robe blanche qui chantèrent, avec de grandes envolées d'émotion, de la douleur à la joie, de l'hymne funèbre au rock pop, les airs favoris de la défunte : « Plus près de toi, mon Dieu », « Quel ami nous avons en Jésus », « Mon rocher, ma forteresse », « En avant, soldats du Christ ! » À la différence des chants de l'église de la Nouvelle Canaan, qui avaient tendance à être hésitants et détonnants, l'effort conjugué d'amateurs pleins d'espoir, dans cette giga-église éblouissante les chants étaient harmonieux-sirupeux et parfaits. (Le programme signalait que ces hymnes figuraient dans un tout nouveau CD Touche Céleste intitulé *Les Hymnes chrétiens les plus inspirants de Betsey Rampike,* 26,95 dollars.)

L'enterrement de Betsey avait beau ne concerner que les « associés et amis intimes » de Betsey, presque tous les sièges, y compris ceux du balcon vertigineux, étaient occupés. (Mais pas un seul Sckulhorne, précisa le père de Skyler. Et du côté des Rampike, uniquement Bix et Skyler, assis au premier rang près du petit fiancé sémillant, Nathan Kissler.) Le pasteur de l'Assemblée de Dieu était le révérend Alphonse Sked, un homme à la crinière léonine qui avait une formidable voix de basse pouvant rivaliser avec celle du pasteur Bob Fluchaus, et l'attitude désinvolte-solennelle d'un acteur de télévision. Bras croisés autour du corps comme une camisole de force dans son costume funèbre Hugo Boss, Skyler essaya de se concentrer sur le pasteur rubicond qui faisait l'éloge de « mon amie bien-aimée Betsey Rampike qui a quitté ce monde trop tôt », « l'une des chrétiennes les plus courageuses de notre temps », « triomphant du Mal et du progressisme impie », « affirmant les valeurs américaines de la famille et de la liberté » – et de ne pas regarder le cercueil blanc et or, maintenant fermé, posé sur l'autel comme un gigantesque coffret à bijoux. Dans un feu convergent de projecteurs, il semblait encore plus imposant que dans la salle de présentation.

« Fils ? Debout. Chante. »

Bix poussa Skyler du coude, le tirant de sa transe. Skyler se leva, essaya de chanter avec les autres : « En avant, soldat du Christ ! » Ses lèvres remuaient mollement. Il ignorait totalement si cet hymne « très aimé » était sombrement idiot ou magnifiquement exaltant. Il pensait qu'on ne lui avait pas permis d'assister à l'enterrement de sa sœur, qu'on ne l'avait jamais emmené sur la tombe de Bliss, qui devait se trouver dans le cimetière de l'église de la Trinité. *Skyler je me sens si seule ici*       *j'ai si peur*       *Skyler aide-moi*

« Fils. Tiens, un mouchoir. Ressaisis-toi, bon sang. »

*L'APRÈS-OBSÈQUES*, SELON LE TERME IMPRIMÉ SUR LES INVITA-
tions, se déroula dans le prestigieux Country Club de Sleepy
Hollow, sur une colline dominant l'Hudson. Skyler était alors
épuisé, vidé de toute émotion, mais son père insista pour qu'il l'accompagne : « *Nobles obligent*, quand on est un aristocrate, on ne se
dérobe pas à ses devoirs envers ses sujets. » Et donc, avec ses lunettes noires qui lui donnaient l'air d'un cafard grincheux, dans son
costume funèbre froissé, Skyler se laissa entraîner dans une réunion
bruyante d'inconnus impatients de lui témoigner leur sympathie :
« Ah ! vous êtes... Skee-ler ? Betsey parlait si chaleureusement de
vous dans ses mémoires et à la télévision ! Mes sincères condoléances ! » ; « Votre mère était une femme rare, mon garçon. "Je crois
au bonheur, a-t-elle dit à notre club de lecture, car mon ange à moi
est déjà au ciel et il me fait signe" » ; « Scooter, c'est ça ? Mon pauvre petit, vous avez pleuré, venez que Tante Madeleine vous serre
dans ses bras ». Très vite, Skyler s'aperçut que le rusé Bix s'était
arrangé pour s'éclipser, un verre à la main.

Les personnes présentes étaient en majorité des femmes, de quarante ans et plus, avec par-ci par-là quelques jeunes femmes, souvent grosses ou carrément obèses ; il y avait une pincée d'hommes,
de quarante ans et plus, qui pour la plupart – à moins que ce ne fût
un effet de l'imagination un peu perturbée de Skyler – ressemblaient au sémillant petit Nathan Kissler. Ces gens mangeaient et
buvaient avec un appétit étonnant, étant donné la solennité de
l'occasion. Skyler vit une bande d'adolescents chrétiens se goinfrer
à la table du buffet, longue de six mètres : croquettes de homard,
ailes de poulet tex-mex, feuilletés à la patate douce et au marsh-
mallow, beignets de banane et sablés aux fraises (recettes à découvrir dans *Manuel de la jeune femme d'intérieur de Betsey Rampike*,
Produits Touche Céleste, 22,95 dollars). Skyler ne vit personne
qui lui ressemblât même vaguement. Personne qui ressemblât à
Heidi Harkness. Sur des écrans de télé muraux défilait un montage de photos de Betsey Rampike comme dans une installation

de musée d'art où les visiteurs piétinent gravement d'écran en écran. Skyler contempla des images fugitives de son passé fairhillésien : des photos de la famille Rampike prises devant l'arbre de Noël de trois mètres sur lesquelles en miniature, terriblement jeune, Skyler semblait adorablement innocent, souriant. (Était-ce possible ? Il avait du mal à croire que ce petit enfant était lui ; ou qu'il avait été un jour ce petit enfant.) Sur l'une des photos, maman jeune et jolie enlaçait Skyler, qui serrait un animal en peluche dans ses bras ; sur une autre, papa jeune et séduisant semblait guider Skyler sur un tricycle. Skyler se rappelait vaguement le tricycle, mais il n'avait aucun souvenir de cet enfant... Et il y avait le bébé dans les bras de maman : Edna Louise.

Des bouffées d'hymnes arrivaient d'enceintes installées au plafond. Un parfum prenant de lys Calla se mêlait aux odeurs de nourriture. Skyler erra de pièce en pièce, en regardant les écrans de télé. Une brochure que lui tendit un employé de Touche Céleste lui apprit que les « obsèques de rêve » de Betsey Rampike avaient été conçues par elle-même ; au printemps 2007, les Produits Touche Céleste avaient lancé leurs services Qualité-de-vie avec ce slogan *Il n'est jamais trop tôt pour penser aux grandes occasions de la vie. Laissez-nous vous aider à fêter mariage, anniversaire de mariage, baptême, bat ou bar-mitsvah, diplôme, enterrement.*

Skyler contemplait un écran mural sur lequel, aussi gracieuse et légère qu'un papillon, sa très jeune sœur patinait sur la glace. Il avait vu cette séquence bien souvent et pourtant, il n'osa pas détourner le regard. L'adorable petite fille de quatre ans dans son costume de satin blanc, des ailes de fée sur les épaules...

« Mon Dieu... êtes-vous Sky-ler ? Le fils de Betsey ? Oh, je vous en prie, pourrions-nous prendre quelques photos de vous et de Bliss ?... Si vous vous mettez là, près de l'écran... »

Un couple entre deux âges, visages pâteux animés, regards excités, un genre d'appareil dans les mains levées de l'homme, et Skyler s'entendit dire d'une voix reptilienne : « Si vous n'éteignez pas ce putain de truc, je vous étrangle tous les deux. »

Criaillements apeurés de gibier d'eau. Remue-ménage comme

après un lancer de pétard. Bix Rampike arriva à la rescousse, le visage sombre, empoigna son fils psychotique par le bras et l'entraîna hors de la pièce. « Fils. Par ici. Par-derrière. Et on ne *boite* pas, bordel. »

**VOILÀ COMMENT *DER ENTFREMDUNGSGEFUHL* S'ACCENTUA.**

« NATURELLEMENT, FILS : CELA NE LA RAMÈNERA PAS. »
Le ton monocorde de Bix, l'expression hagarde qui, fugitivement, passait sur son large visage candide, Skyler ne doutait plus à présent que c'était de Bliss que son père parlait.

Skyler hocha sombrement la tête. Skyler pressait un verre d'eau gazeuse glacée contre son visage brûlant et légèrement enflé.

C'était en début de soirée. Les deux hommes étaient assis face à face dans l'Old Dutch Tavern, le bar romantico-moisi de la vieille auberge historique Washington Irving où Skyler allait passer la nuit. Bix en était à son deuxième, ou peut-être à son troisième scotch. Et il avala avidement une grande gorgée du précieux liquide ambré. Skyler eut presque l'impression que le whisky coulait dans sa gorge, délicieux, brûlant, réconfortant. Skyler regrettait presque de ne pas avoir été alcoolique plutôt que drogué. L'alcool était légal, il suffisait d'être assez âgé pour en acheter. Maintenant qu'il avait promis l'abstinence au pasteur Bob, il était trop tard.

Dans sa chambre, Skyler avait dormi plusieurs heures d'un sommeil comateux. Bix l'avait ramené à l'hôtel, accompagné jusqu'à sa chambre, couché et déshabillé tendrement, puis il l'avait laissé « cuver son chagrin » – comme si c'était Skyler, et non lui, qui avait bu à la réception. À présent une douleur obscure et menaçante taraudait le crâne de Skyler. Il était descendu dans l'Old Dutch Tavern pour rejoindre son père qui avait « quelque chose de crucial » à lui dire et (semblait-t-il) à lui donner. Ce soir-là, Skyler devait dîner avec Bix et sa « nouvelle » épouse Danielle qu'il n'avait jamais vue et n'avait aucun désir de voir mais qui, comme Bix l'avait dit, était « très impatiente » de rencontrer Skyler qui était « après tout, son beau-fils ».

Beau-fils ! Skyler frissonna. Si curieusement assoiffé qu'il avait fini sa deuxième bouteille d'eau gazeuse.

Pensif Bix se pencha en avant, coudes appuyés sur la table en planches. Skyler remarqua que les sourcils de son père étaient devenus épais et touffus comme des marques vestigiales d'animal. Une lueur paternelle d'affection, ou peut-être de malveillance, brillait dans ses yeux noisette expressifs. « Tu ne bois pas, fils, hein ? Jamais ? »

Skyler haussa les épaules. « Je t'ai dit que non.

– Tu me l'as "dit", oui… mais franchement, je trouve ça un peu difficile à croire. Les données démographiques sur le sujet sont épidémiques : ton groupe d'âge boit. Et un jeune avec tes antécédents – "drogué", "toxicomane en voie de rétablissement" – bon Dieu, Skyler, ne mâchons pas les mots, ç'a été une putain de journée existentielle. » Devant l'expression alarmée de Skyler, Bix se radoucit, découvrit les dents sur un sourire paternel rassurant, posa une main lourde et chaude sur la main froide de Skyler. « Je veux juste que tu saches que tu peux me parler, fils. Je suis ton père. »

Skyler marmonna *D'accord papa.*

Il y avait bien longtemps que Skyler avait décidé d'appeler son père *père* et pas *papa* et pourtant : en sa présence, *papa* lui venait irrésistiblement aux lèvres.

Bix disait, de sa nouvelle voix lente et traînante, que lui aussi avait un problème d'« abus de substances » – l'alcool, dans son cas – et que lui aussi était « en voie de rétablissement » depuis dix ans. « Quand un homme aime ce qu'il a perdu, par-dessus tout… » Bix s'interrompit et reprit : « Quand un homme perd ce qu'il aimait par-dessus tout… Son âme est à jamais déchirée. »

Ces paroles donnèrent un choc à Skyler. Jamais depuis la mort de Bliss son père ne lui avait parlé ainsi. Jamais, lui semblait-il, son père ne lui avait parlé de façon intime.

« Tu penses souvent à elle, fils ? Ta merveilleuse petite sœur ? »

Skyler hocha aussitôt la tête pour indiquer que *oui*. Ou peut-être que *non*. Il se tortilla comme un ver géant empalé sur un hameçon, hochant la tête (baissée, coupable) pour indiquer que *non*, il ne voulait pas aborder ce sujet.

Bix avait écarté la serviette en cuir italien comme s'il l'avait oubliée. Parlant avec tant d'ardeur qu'il semblait implorer Skyler. D'une poche, il sortit un portefeuille bourré de cartes de crédit et du portefeuille il sortit plusieurs petites photos qu'il étala sur la table avec tendresse et fierté : étaient-ce des photos de Bliss, ou des photos de la « nouvelle » famille ? Les yeux de Skyler se remplirent de larmes cuisantes, il ne discerna que vaguement une silhouette féminine carrossée aux cheveux blonds qui n'était manifestement pas Betsey, et un enfant, peut-être une petite fille, également blonde, qui souriait à l'appareil… Skyler n'avait aucune idée de ce que disait son père. De l'autre bout du bar faiblement éclairé, peut-être du côté de l'immense cheminée en pierre dans laquelle flambaient gaiement des bûches de Noël à gaz, Skyler entendait les paroles de son père, un flot de paroles, papa pressant, papa implorant, papa vertueux, et à travers une brume de migraine il voyait les mâchoires de son père remuer, un brusque sourire brochet.

« … espère que tu es content pour moi, fils. Il se pourrait que ce soit ta "nouvelle" famille, à toi aussi. »


« … QUEL ÂGE AS-TU, FILS ?

– Vingt ans dans quelques semaines. »

Skyler avait la voix blanche de qui prévoit un accident sans avoir la possibilité de l'empêcher. Car il savait que son père allait dire *Qu'as-tu fait de ta vie ?*

Mais Bix commanda seulement un autre verre à la serveuse. Dit, avec un soupir de bison massif : « Tu boites toujours, je vois. Où en es-tu de ton "rétablissement" ?

– Tu veux parler de ma jambe ? répondit Skyler avec un rire contraint, ou bien… ?

– Le rétablissement de ta vie, fils. »

Bix se courba soudain en avant, comme un glissement de terrain. Il portait un costume très coûteux à la coupe élégante, d'un gris si foncé qu'il paraissait noir dans la pénombre de l'Old Dutch Tavern ; il avait ôté sa veste, qu'il avait posée derrière le box ; il avait ôté sa cravate et ouvert le col de sa chemise blanche à manches longues. Il vint à l'esprit de Skyler que, pendant qu'il dormait dans sa chambre, son père n'avait peut-être pas cessé de boire.

Skyler dit à son père qu'il se « rétablissait » bien. Il ne se servait plus que rarement de sa canne. Il pouvait « courir »… quoique pas très longtemps, ni très vite. Il lui arrivait de « ressentir de la douleur », mais rien d'insupportable. Il ne prenait plus d'antidouleur, ne prenait plus aucun médicament, et il était « sobre » depuis quarante-neuf jours.

« C'est encourageant, fils. Sacrément prometteur. Et tu m'as tout l'air "sobre", en effet. Mais j'ai entendu dire qu'il y avait un fort taux de "rédivice" après les désintoxications.

– Récidive, papa.

– Si je t'avais appris à boire, tu n'aurais peut-être pas cette faiblesse. Les drogues ! »

Brusquement dans la voix de Bix, un mépris de papa persifleur qui rappela à Skyler le dédain de son père pour les innombrables tranquillisants et régulateurs d'humeur de Betsey.

« J'ai dit que j'étais sobre. Et je compte le rester. » Skyler parlait avec plus d'agressivité qu'il n'en ressentait. À travers la brume de sa migraine, il vit son père remuer les épaules de façon inquiétante.

Sur ces entrefaites, la serveuse arriva avec un autre verre pour Bix. Et un autre Club Soda citron vert, que Skyler ne se rappelait pas avoir commandé. En harmonie avec le décor d'époque de l'Old Dutch Tavern, leur serveuse portait ce qui se voulait un costume de servante d'auberge sexy, jupe longue en toile, taille étranglée par une ceinture de cuir noir, corset blanc à lacets dénudant le haut de ses gros seins. Une femme séduisante de trente-cinq, quarante ans au nez retroussé et aux cheveux glamour à la garçonne qui connaissait déjà le père de Skyler, car elle l'appela

« M. Rampike » avec un battement de cils déférent-flirteur. Skyler éprouva un pincement de contrariété sexuelle en constatant que la serveuse n'avait d'yeux que pour son père. Les deux adultes échangèrent une rafale de répliques et le genre de regard que se jetteraient deux chiens pré-amoureux que leurs maîtres tirent dans des directions opposées.

Dès que la serveuse servante-d'auberge se fut éloigné, le sourire de Bix s'effaça. Devinant les pensées rebelles de son échalas de fils, il dit : « Cette fille avec qui tu avais une "liaison" à Basking Ridge... La fille de Leander Harkness ? Qu'est-ce que c'est devenu ? »

Skyler répondit aussitôt qu'il ne voulait pas parler de Heidi Harkness. Jamais.

« Tu es en contact avec elle, fils ?

– Non.

– Quand elle a quitté l'école, elle était enceinte, non ? »

Skyler rougit. « Bon Dieu, papa. On ne peut pas dire que tu prennes des gants.

– Eh bien, oui ou non ?

– Non.

– Et tu as de bonnes raisons d'en être certain ? »

Skyler se mordit les lèvres, mortifié. Incroyable, cette conversation ! Et pourtant, il était apparemment incapable de s'extraire du box et de décamper. Quelque chose comme une poignée de sang lui était montée au visage. « Oui, je le suis. Elle ne l'était pas. Et je ne v... veux pas en p... p... parler, je te l'ai dit. »

Skyler en était-il certain, en fait ? Avait-il jamais été certain de quoi que ce fût ? Il y avait très probablement des façons pour une fille de tomber enceinte dont le Skyler Rampike naïf/innocent/gauche/mal coordonné de seize ans avait une connaissance aussi mince que l'était son expérience.

Pendant quelques minutes, Bix parla de Leander Harkness, le lanceur au « bras d'or » et aux « nerfs d'acier » à qui les portes du panthéon du baseball américain, le Hall of Fame, étaient désormais « injustement » fermées, ce qui « compromettait » la grande tradition américaine de ce panthéon lui-même parce que les dons de lanceur de Harkness étaient sans parallèle et que « après tout » il n'avait jamais été déclaré coupable des crimes dont on l'accusait.

Pendant ce discours passionné, Skyler se fit tout petit devant son père, immense au-dessus de lui comme un dirigeable destructeur. Bix Rampike avait toujours été un fan des Yankees et un admirateur de Leander Harkness, Skyler s'attendait donc qu'il lui demande s'il avait rencontré le lanceur et si (par hasard) il lui avait serré la main ; il se préparait en tremblant à lui répondre, du ton insolent et ironique d'un jeune acteur lançant une réplique détonante à un aîné *Ma foi non, papa, un assassin dans une vie, ça me suffit.*

Mais par une mystérieuse association d'idées, Bix se mit à parler de sa propre vie, sujet sur lequel Skyler ne lui avait pas posé la moindre question ; pas seulement la nouvelle famille de Bix, mais son nouveau poste « fantastique » de P-DG de New Genesis Bio-Tech, Inc.

*Il est froissé !* se dit Skyler. *Il veut que je m'intéresse à lui.*

Heureux de couper au délicat sujet de Leander Harkness, Skyler se montra obligeant et l'interrogea sur New Genesis BioTech, Inc.

Pendant quelques minutes, alors, avec un peu de son ancienne animation, Bix parla des recherches « excitantes », « révolutionnaires », « dernier cri » que faisait une équipe de scientifiques internationaux dans les laboratoires de sa société, à New Harmony. Avec une fierté enfantine, il dit à Skyler que, des nombreuses filiales très rentables d'Univers, Inc., New Genesis était la plus "fortement capitalisée" et qu'il avait été invité à diriger cette nouvelle société par le P-DG d'Univers en personne – « Ce coup de téléphone de Hank à minuit m'a pris entièrement par surprise, Skyler. C'est la *pièce-résistance* de ma vie professionnelle.

– C'est chouette, papa ! »

(« Chouette » se disait-il encore ? Dans son enfance Skyler n'avait jamais prononcé cette exclamation infantile mais il pensait que, dans les bandes dessinées et les dessins humoristiques appréciés de Bix Rampike, elle avait toujours cours.)

« ... "miracles du génie génétique"... "donneurs triés sur le volet pour te fournir un rein neuf" !... "transplantations d'organe bientôt aussi banales que les dentiers, les postiches"... "régénération d'organes *à la mode* du lézard amphibie autoréplicant *Caudata* (le lézard de base)"... "PSV" : "Projet spécimens volontaires"... »

Quelque chose dans ce « PSV » éveilla en Skyler une curiosité d'ado affreux jojo. « "Projet spécimens volontaires" ? Qu'est-ce que c'est que ce truc, papa ? »

D'une voix basse bougonne, comme si les clients rares et quelconques de l'Old Dutch Tavern étaient avides de pénétrer les secrets de l'Amérique des entreprises, Bix expliqua que le « Projet SV » était sa trouvaille personnelle. Dans des « environnements réglementés », aux États-Unis et à l'étranger, des gens étaient « invités à se porter volontaires » pour certaines expériences de New Genesis en échange d'une « rémunération plutôt coquette ».

Le sourcil froncé, Skyler demanda des précisions sur ces « environnements réglementés ». Il avait remarqué que son père avalait un peu ses mots et qu'un sourire involontaire étirait la bouche de brochet Rampike.

« Les prisons, centres de traitement et établissements psychiatriques, les hôpitaux publics et pour anciens combattants, certains hospices caritatifs préservés de nos réglementations fédérales et étatiques tatillonnes. Comme je le disais, le PSV est ma trouvaille personnelle, fils, et dans les douze premiers mois de sa mise en application, dans les seuls États du Texas, de Louisiane, Georgie et Floride...

– Attends, papa. Quand tu parles de "spécimens volontaires", cela veut dire qu'ils ont le choix ? Est-ce que vous leur dites que ces expériences peuvent être dangereuses ? »

Pause dramatique. Au bar, une cliente éméchée riait comme une fermeture Éclair en glissando. Bix arrondit ses épaules de fullback et dit, avec l'air impérial d'un président-directeur général récitant un discours devant une vaste assistance : « Les volontaires de New Genesis sont dûment informés des risques afférents à nos projets. Nous leur faisons signer des décharges, décharges dont notre équipe juridique veille à ce qu'elles soient en stricte conformité avec les règlements fédéraux et des États, quand ils s'appliquent. Le gouvernement actuel a procédé à une "réforme" indispensable de la législation réglementaire tatillonne qui entravait les entreprises et les grevait de charges financières inutiles. Naturellement, dans les pays étrangers, c'est différent. Et nos expériences ont souvent des retombées bénéfiques, naturellement – la "régénération" de cellules cérébrales détruites, par exemple, ou un foie malade, etc. – sans parler des sommes généreuses que les volontaires de New Genesis reçoivent pour leur participation au progrès scientifique.

– Bon Dieu, papa ! Ce sont des gens sans défense, des gens incarcérés ? Des prisonniers, des malades psychiatriques ? Des attardés mentaux ? Des "spécimens" sur leur lit de mort dans les hospices ? » Skyler avait la voix rauque. Il n'avait pas été aussi excité depuis longtemps et n'avait aucune idée de ce qui se passait sinon qu'il avait renversé de l'eau gazeuse sur la table en planches et trempé ses manches de chemise.

« Pas si fort, fils, dit Bix avec fureur. Tu déshonores déjà assez le nom des Rampike comme ça. »

Son visage rougeoyait comme une citrouille pourrie. De déplaisir, il abattit sa main lourde sur les doigts écartés de Skyler, comme un maillet.

IL SE RÉFUGIA DANS LES TOILETTES. ENVISAGEA DE SE PENDRE dans l'un des compartiments sauf que (1) avec la chance de Skyler, quelqu'un entrerait en sifflotant pour aller pisser dans un urinoir et le découvrirait ; (2) chez Hugo Boss, Skyler avait oublié sa nouvelle ceinture de cuir sexy si bien que de toute façon il n'avait rien pour se pendre.

Se disant *Après avoir fait tant de chemin, je ne peux pas laisser tomber maintenant. Si ?*

« ... ON A PEUT-ÊTRE PENSÉ, Y COMPRIS TOI, LE PETIT PÉTEUX, le nez fourré dans ton nombril d'Ivy Leagueur, que ta mère et moi n'étions pas dans les meilleurs termes à cause du divorce et des âneries des tabloïds, mais c'est faux... »

Skyler mourait d'envie de pousser la serviette en cuir vers son père ; ou, avec l'audace enfantine qu'il n'avait jamais eue dans son enfance, de s'en saisir et de l'ouvrir lui-même.

« ... Bien que j'aie été blessé, je reconnais, de voir Betsey promouvoir ses "mémoires" dans ces foutus shows télévisés en parlant de moi, son ex, comme si j'étais sa *bite-noire*... comme si notre mariage avait capoté uniquement par ma faute. Bon Dieu, fils, il paraît que tu as un QI élevé, même si tu es complètement à la masse, alors tu sais que rien n'est jamais simple. Le rasoir d'Onan – tu sais ce que c'est ? – ça veut dire que les choses ont des causes multiples. Comme l'histoire, pourquoi nous avons fait la guerre de Sécession ou la Seconde Guerre mondiale, ou la différence entre amiante et asvestose, c'est "surdéterminé". Tu sais ce que Freud veut dire par "surdéterminé"... »

Avec impatience Skyler hocha la tête. Oui ! Il savait ce que S. Freud voulait dire par « surdéterminé ».

« ... de toute façon, ce n'est pas vrai. Betsey et moi sommes restés en contact jusqu'à la fin. Nous avions notre fils "à problèmes" sur les bras, nous avions des procès en commun, l'affaire *TUER BLISS !*\*, par exemple, des "violations de copyright" concernant le nom de "Bliss Rampike" et son image. (La plus répugnante : des fabricants de baskets qui utilisaient la photo de Bliss sur leurs chaussures pour filles.) Nos avocats se reproduisent entre eux, leurs gosses se marient ! Naturellement, Betsey m'a téléphoné avant son

---

\* Jeu vidéo populaire sorti en 2000. Le personnage est une jolie Bliss blonde façon BD qui patine génialement/désespérément pour échapper à ses tueurs potentiels, dont GUNLA et CRUSHLA (pervers sexuels), MAMAN, PAPA et CHIALEUR (frère aîné). Bix et Betsey Rampike s'unirent pour déposer plainte pour diffamation criminelle et faire retirer l'article délictueux des magasins, mais les ventes continuent sur Internet et passent pour se compter « par millions ». (Non, « Chialeur » n'a pas vu cet objet dégoûtant.)

hospitalisation, la semaine dernière. "J'ai de nouveau écrit à Skyler, Bix, je l'ai supplié de venir me voir ou au moins d'accepter de me parler, mais il ne l'a pas fait. J'ai dit à ta mère de ne pas pleurer, de ne pas te juger trop durement parce qu'il y a des raisons pour ne pas te juger comme un petit Américain normal, ni même comme un petit nullard normal. Tout ça pour dire que ta mère et moi étions proches, et pas du tout les monstres décrits par ces chacals et ces hyènes de la presse à scandale. Personne ne peut comprendre combien nous étions proches, unis par le cœur… quand on a eu des enfants avec une femme, et quand on a perdu un enfant. »

Brusquement Bix se tut. Son front profondément plissé s'était couvert de sueur, et il l'essuya sur une manche de chemise. Lorsque la serveuse lui apporta son verre, elle fut déçue qu'il ne lui accorde pas un regard. Il contemplait Skyler d'un air sombre. « Son "fiancé", ce "Nathan Kissler"… Betsey a refusé d'écouter mon détective, qui avait dégoté la preuve flagrante que Kiss-couilles aurait été arrêté pour abus de confiance – et plutôt trois fois qu'une, une escroquerie de collecte de fonds à Darien dans le Connecticut, et une histoire de faux chèques – s'il n'avait pas chanté la sérénade à des veuves âgées, pas du genre à "porter plainte". Bref, Betsey m'a téléphoné pour me dire qu'elle m'envoyait un "document précieux" en recommandé, je pouvais le lire "si je le souhaitais", mais je devais lui promettre de ne pas lui en parler Alors, eh bien, j'ai promis. Betsey m'a dit que ce "document précieux" était une lettre qu'elle voulait t'écrire depuis des années. Et qu'avec cette lettre, il y aurait une vidéo : "Tu te souviens, Bix." »

Une vidéo ! Skyler se rappelait vaguement une vidéo. Le cœur serré pensant *Peut-être que je n'ai pas envie de savoir finalement. Peut-être que je fais une erreur.*

« … tu comprends, fils, avant cette opération, Betsey a eu une "prémonition". Betsey était une femme à "prémonitions" – la plupart du temps, ça ne se réalisait pas, mais cette fois, elle avait raison. À ma connaissance, elle avait déjà eu une demi-douzaine d'"interventions chirurgicales" secrètes. Ce grand éditeur new-yorkais qui est venu la trouver après le suicide de ce pervers sexuel de Roosha en lui offrant une "somme non divulguée" pour écrire ses mémoires – elle n'avait pas vraiment à les "écrire", évidemment, il y a des gens payés pour ça, comme pour les discours, l'important c'est de savoir si on passe bien à la télé, si on réussit le test de la télé, et Betsey Rampike l'a réussi haut la main. Mais pour la télé et pour ses "apparitions promotionnelles", il fallait qu'elle se fasse opérer, et l'éditeur payait la note.

– Des opérations ? Pour son… cancer ?

– Non, Skyler. Pas pour son cancer.

– Mais elle avait un cancer du… » Skyler recula devant le mot *service*. « C'est de ça qu'elle est morte, non ? »

Bix porta son verre à ses lèvres. Un long moment, il contempla le visage anxieux de son fils. Puis, comme s'il parlait à un très jeune enfant, il dit : « Non, Sky. Ce n'était pas un "cancer du cevrix" ni d'autre chose. Toutes les opérations de ta mère étaient esthétiques. Déjà à Fair Hills, elle s'était fait retoucher les paupières. Des injections – botox, collagène, traitement des rides au laser. Son premier lifting, nous étions séparés à ce moment-là, ça devait être en 1999. L'opération qui l'a tuée était la plus horrible, fils : une "liposuccion". » Bix frissonna et avala une autre rasade de whisky.

« Lippe-o-succion… ?

– Naturellement, pour la presse, on a laissé filtrer que c'était un cancer. L'équipe RP de Betsey est très douée pour organiser des "fuites", et la presse gobe sans problème. Si elle gobe de l'intox, elle peut toujours "rectifier" dans le numéro suivant ou à la télévision, tu comprends. Un tas de foutaises, mais des foutaises lucratives. Soit dit entre nous, fils, j'ai investi dans certains de ces "tabloïds de caniveau", ils font des bénéfices et c'est la ligne de touche. Le tragique de l'histoire, c'est que Betsey est morte d'une "liposuccion", pas d'un cancer, et Touche Céleste tient désespérément à ce que ça ne s'ébruite pas. Parce que Betsey Rampike était un "modèle" pour la communauté des consommateurs chrétiens. La pauvre Betsey disait qu'aucun régime ne pouvait la débarrasser de ses bourrelets de graisse à la taille et sur les hanches, Dieu sait qu'elle a essayé, la malheureuse, c'était infernal de vivre avec elle quand elle faisait un "régime"... et si elle arrivait à perdre quatre ou cinq kilos, c'était la Nuit obscure de l'âme, sans parler de la peau qui pendouillait. Elle me faisait pitié, je t'assure. On aurait dit un ballon-éléphant à moitié dégonflé. Son pauvre postérieur, si lisse, si rebondi... ça faisait mal au cœur, Skyler. Il y a des spectacles, des seins affaissés, qu'on a connus fiers et fermes, par exemple, qu'on aimerait ne pas voir, fils. Ton père te protégera de ces découvertes prématurées. Bref, l'opération s'est mal passée, un désastre, et Kiss-couilles m'a appelé. Ce sale petit intrigant m'a appelé, *moi*. "La liposuccion a mal tourné. Des morceaux de l'estomac de Betsey ont été avalés par l'aspirateur. Et un peu de ses intestins..." Le pauvre type beuglait comme un veau. Peut-être qu'il l'aimait. Peut-être qu'il n'avait pas encore réussi à lui faire changer son testament. "Elle ne va pas s'en sortir, Bix. Le médecin dit que son cœur..." Elle a été sous assistance artificielle pendant trois jours. Il prétendait être son associé et son fiancé, mais il n'avait pas de procuration, et je lui ai dit : "Écoutez, je ne suis plus son plus proche parent, il y a des années que Betsey et moi avons divorcé." Kiss-couilles était noyé. Cet escroc à la mie de pain avait raté son coup, et il le savait. Ça me rend malade de les imaginer au lit ensemble, alors je n'y pense pas, et je te conseille de faire pareil. Tu vois, fils... »

La voix de Bix était devenue pâteuse. Des larmes montèrent à ses yeux et coulèrent sur ses joues empourprées. Skyler s'efforçait de comprendre : sa mère n'était pas morte d'un cancer mais d'une « liposuccion »... d'une opération de chirurgie esthétique. Sa mère était morte, et c'était pour ça qu'il était là.

« Tiens, fils, c'est à toi. »

Le père de Skyler ouvrait enfin la serviette. D'une main étonnamment ferme, il en sortit une enveloppe couleur pêche et une cassette vidéo bosselée et tachée d'éclaboussures. « C'est à toi, Skyler. Ta mère les avait préparés "pour le cas où Dieu l'appellerait", elle souhaitait que tu en fasses ce que tu voulais – y compris les détruire, fils, ce que ton père te recommande de faire *toot sweet*. Betsey me les a confiés parce que j'étais le "grand amour de sa vie"

– ou peut-être le "grand amour tragique de sa vie". Car, vois-tu, ta mère et moi avions convenu de ne jamais révéler ce qui s'était passé entre nous. Ce qui est arrivé à ta sœur, cette terrible nuit. Je n'étais pas là, mais j'étais tout de même responsable, comme tu verras. Je suis peut-être ivre et je suis peut-être un salaud sans âme, mais je reconnais volontiers ce fait existentiel, à savoir ma responsabilité dans la tragédie de notre famille, car je crois à la vérité sans broncher. La vérité est la base de la méthode scientifique, fils. Et la méthode scientifique est la base de la civilisation occidentale. Ce pionnier controversé de l'inconscient, S. Freud, a dit que la femelle de l'espèce n'est pas aussi *évoluée sur le plan moral* que le mâle et par conséquent, nous, les hommes, devons parfois assumer la responsabilité des actes des femmes. Ta mère et moi avions beau être divorcés et ne jamais apparaître ensemble en public, nous avons gardé des rapports "amiables" – comme deux pays nucléarisés prêts à s'entre-tuer. Maintenant que cette pauvre Betsey est partie, je peux te donner ça en espérant que ce que tu y découvriras te permettra de prendre un nouveau mirage... pardon, un nouveau virage. Je n'ai pas lu chacun des mots de la lettre que ta mère t'a écrite du fond du cœur, Skyler : c'était trop douloureux. Je n'ai pas non plus regardé de nouveau cette fichue vidéo, qui m'avait donné une si fausse idée de toi, fils. Inutile de rouvrir des plaies purulentes ! Quand tu auras examiné ces documents, j'espère que tu m'appelleras et que tu me pardonneras de t'avoir mal jugé pendant toutes ces années ; j'espère que nous pourrons être père et fils à nouveau, comme à Fair Hills en des temps plus heureux. Je paierai tes frais de scolarité dans l'université où tu pourras t'inscrire – à condition que tu restes sobre ! – et je te laisse libre d'étudier ce que tu veux, mais sans perdre de vue les défis de l'avenir – "Évolution permanente", c'est l'axiome de New Genesis, Inc. Ton vieux père serait si fier si tu étudiais un domaine, la biologie moléculaire, mettons, ou le séquençage des gènes, qui te permette de rejoindre notre équipe. Et je vais t'acheter une voiture : franchement, j'ai été choqué de voir ton tas de ferraille dans l'allée de Betsey. Tu seras le bienvenu dans ma "nouvelle famille", Skyler, tu n'as sans doute pas envie de vivre avec nous, et ce serait injuste de l'imposer à Danielle, mais j'espère que tu viendras nous voir souvent, dans l'appartement de Central Park ou à la "ferme Harmony", notre propriété de campagne de quatre-vingts hectares dans le Jersey. Fils ? »

Skyler s'extirpa du box. Il fallait qu'il parte ! Maintenant qu'il avait ce qu'il était venu chercher, il était désolé de décevoir son père, désolé de ne pas faire la connaissance de sa « nouvelle femme », bégaya merci, merci papa, serra la main-étau de papa, et quand papa ivre-pataud se leva à demi pour l'étreindre et laisser une traînée de salive baveuse sur sa joue gauche, Skyler serra les dents et se laissa embrasser, se laissa étreindre, une dernière fois : « Rappelle-toi que ton père t'aime fort, fils.

– Je sais, papa. Moi aussi je t'aime. »

DANS LE HALL À COLOMBAGES OBSCUR DE LA WASHINGTON Irving Inn boitant au trot vers une caverne d'ascenseurs, Skyler fut distrait par la vue de… Mme Klaus ? La mère blonde, belle et froide du meilleur ami de Skyler, Calvin Klaus ? Mais en regardant mieux cette femme en long manteau de zibeline, il vit qu'il se trompait, car Morgan Klaus avait l'âge de la mère de Skyler, autour de quarante-cinq ans ; et cette femme était nettement plus jeune. Elle se dirigeait vers l'Old Dutch Tavern et son regard – bleu acier, opaque – traversa Skyler comme un rayon laser. Dans l'ascenseur qui le conduisait à sa chambre du quatrième étage, serrant contre sa poitrine l'enveloppe parfumée couleur pêche et la cassette vidéo tachée d'éclaboussures, il se dit *Ce doit être Danielle.*

## « TA MÈRE QUI T'AIME – MAMAN »

*"Ta Mère qui t'aime – maman"*

*21 février 2007*

*Cher Skyler –*

*Ce n'était pas voulu que ta sœur meure. Et pourtant – c'est ma faute.*

*Le courroux de Dieu est terrible comme Sa ~~mitié~~ – miséricorde – une vraie "Plaisanterie divine" que celle qui aimait Bliss plus que personne sur Terre – sa mère – soit devenue le vaisseau indésiré de sa mort.*

Pardonne-moi Je t'en prie,
Skyler — J'ai eu peur de "confesser"
ce que J'avais fait — l'ignomie
de la honte de l'Humanité —
le Jugement de Mme Rampike
mère — Je ne pouvais pas le
supporter.

Il a été indiqué à ton père que
toi — un enfant de 9 ans — était
responsable — et par conséquent
ton père a conspirré avec moi
pour te protéger, toi. C'était par
amour pour toi — parce qu'il te
chérissait. Il disait — "Ce que Skyler
a fait est un acte d'enfant et il
doit être protégé." J'avais persuadé
ton père que Bliss et toi Jouaient à
cache-cache et à "s'attacher" et que

par accident tu avais cogné la tête de Bliss contre ce mur si dur. Mais la vérité c'est que ta Mère a été l'instrument de la Mort et cela par Vanité — pour que ton père m'aime de nouveau comme avant — c'est pour cela que ma faiblesse a permis à un démon de pénétrer dans mon âme — le démon de la Jalousie — Jésus m'a mise en garde "Laisse partir ton mari et un Jour il renoncera à ses prostituées et reviendra mais si tu t'accroches à lui et essaie de le ligoter, il ne reviendra pas." Mais dans l'aveuglement de l'alcool Je ne pouvais pas écouter. J'ai écrit la "note de ranson" comme une

plaisanterie — Je crois — votre père
l'aurait trouvée en venant chercher
Bliss ce matin-là pour l'emmener
à New York et il aurait été très
inquiet et l'aurait cherchée — et il
l'aurait trouvée dans la chaufferie
où elle se serait cachée — les bras
et les poignets attachés comme
dans un Jeu — et il aurait
compris que Bliss était sa fille
bien-aimée et qu'il ne devait pas
abandonner sa famille. à ce
moment là J'étais "médicamentée"
et J'avais bu, Je n'avais pas les
idées claires — Je crois — car Je
n'avais pas prévu que Bliss n'était
plus une toute petite fille mais
qu'elle avait 6 ans et qu'elle se

rebiferait contre le "Jeu de cache-
cache" prévu par maman — tout
endormie d'abord et J'ai été
contrariée qu'elle ait <u>sali</u> ses draps
et voulu me les <u>cacher</u> et puis Je
lui ai dit que nous allions "Jouer
un tour amusant à papa" et puis
dans la chaufferie elle s'est rebelée
et s'est débattue, elle a dit "Je ne
veux pas rester ici maman" et
elle a dit quelque chose qui m'a
blessée — "Tu es <u>ivre</u> maman" — et
alors le démon m'a possédée et Je
l'ai attrappée par les épaules et
puis tout est devenu noir Skyler —
l'horreur avait été faite qui ne
pouvait être défaite — alors Je suis
allée dans ta chambre — et J'ai

planté le germe — que c'était toi
qui avais fait du mal à ta petite
sœur — et J'ai appelé ton père
pour qu'il vienne et quitte sa prostituée de l'époque qui a eu le culot
ensuite d'envoyer des fleurs et une
lettre de condoléances et de me
regarder en face à l'enterrement
de Bliss — c'est à elle que Je ne
pardonnerai Jamais.

Alors ton père a vu — ce qui
était arrivé — qui ne pouvait être
défait — et la vidéo où Je t'avais
filmée et que Je regrette si fort
— car après ton père croirait tou-
Jours que c'était toi qui avais tué ta
sœur — mais quand ce "prévers
sexuel" Ruscha est apparu — il a

fini par sembler qu'il pouvait être
l'assassin — car lui a avoué —
c'était très étonnant pour moi
mais il a fini par me sembler —
et à ton père aussi — que Ruscha
était un "don de Dieu" aux
Rampike à l'Heure de leur
Épreuve et beaucoup ont fini par
croire que c'était ainsi — que cet
homme avait fait du mal à Bliss
il y avait le désir de croire car G.
R. était un pervers sexuel de son
propre aveu. Et ton père a dit —
"Voilà qui va sauver Skyler."

J'ai prié Jésus qu'il me
pardonne de laisser un "innocent"
être calomnié à ma place — et
Jésus a dit "C'était pareil pour

moi Betsey — un innocent qu'on crucifie" et dans un meilleur moment Jésus a dit "Et maintenant tu sais Betsey — tu es crucifiée toi aussi — tu as perdu ton petit ange chéri Jusqu'à ce que vous soyez réunies au Ciel."

J'espère que tu trouveras dans ton cœur de me pardonner Skyler — tu ne liras ceci que si "quelque chose m'est arrivé" et voudras-tu alors prier pour ta Mère qui cherchait seulement à garder notre belle famille réunie et qui n'a Jamais cessé de t'aimer.

Ta Mère qui t'aime —
"Maman"

Quant à la cassette vidéo mystérieuse – bosselée, tachée d'éclaboussures, quasi inutilisable – elle se révélerait être la cassette « perdue », ces soixante-douze secondes sordides de film tournées par la mère de Skyler peu après la mort de Bliss, qu'elle lui avait ensuite montrées, comme elle les montrerait au père de Skyler, qui ferait disparaître la vidéo de la maison avant l'arrivée de la police.

Quel choc pour Skyler de voir cette vieille vidéo cauchemardesque qu'il avait longtemps crue détruite par son père ! De revoir, avec une fascination nauséeuse, la silhouette floue de l'enfant – « Skyler » – petit visage pâle abruti de sommeil, innocents cheveux châtains ébouriffés et pyjama de flanelle ; de réentendre la voix off affolée, accusatrice, presque inaudible *Skyler dis    où as sœur*    tandis que le visage défait de l'enfant se brise en particules, comme la voix de maman se brise    *Skyle    je t'en prie    dis dans cette maison ?    cache-cache ?    où est    ne serez pas punis maman promet* et sur la cassette sous-marine granuleuse l'enfant coupable pleure comme si son petit cœur diabolique s'était brisé.

## LA RÉVÉLATION

*PAS COUPABLE !* DANS UN DÉFILÉ DE PHARES MIROITANTS traversant le grand pont au-dessus de l'Hudson trompeusement paisible, quasi invisible dans l'obscurité, et dans le New Jersey essuyant les larmes brûlantes qui lui piquaient les yeux. *Ce n'était pas moi. Pas moi* stupéfait et assommé comme si on lui avait asséné un coup de maillet, mais souriant pour montrer qu'il n'était pas blessé, qu'il était en fait très heureux. Et béni. Forcément béni. Car sa misérable vie difforme lui avait été rendue, transformée. Se déportant vers la gauche dans une circulation chaotique pour prendre la voie NEW JERSEY TURNPIKE SOUTH. Il conduisait avec plus d'assurance maintenant. Se disant *Ce n'était pas moi ! Ça n'a jamais été moi.* Approchant des guirlandes de lumières de l'aéroport international de Newark il regarda les avions descendre du ciel, descendre et se poser impeccablement sur des pistes invisibles derrière les terminaux gigantesques et Skyler le cœur serré pensa *Mais ça pourrait se passer autrement, cet avion pourrait s'écraser en un instant.* Pensa *N'importe lequel de ses avions, n'importe quand.* Et pourtant, il avait été épargné. Si longtemps il s'était cru damné, et pourtant il avait été épargné. Il n'avait rien fait à sa sœur. Il n'avait pas cogné la tête de sa sœur contre un mur de béton, ne l'avait pas laissée mourir dans la nuit étouffante de la chaufferie. *Pas moi ! Jamais moi* souriant, secouant la tête, il conduisait, la vue brouillée par les larmes. Il avait dû quitter l'hôtel. Impossible de rester dans cette chambre une minute de plus. Sachant que son père ivre voudrait le voir, viendrait frapper à sa porte. Et il n'aurait pas supporté

de voir Bix Rampike. N'aurait pas supporté d'être présenté à la
« nouvelle » épouse/« belle-mère » qui ressemblait de façon troublante à une jeune sœur de la mère de Calvin Klaus. Il ne pouvait
risquer de voir la flamme tremblante de son nouveau bonheur
menacée par la présence d'autres. Car personne ne pouvait savoir
la violence avec laquelle *Pas coupable ! Pas le meurtrier de ma sœur !*
battait en lui.

Dans son impatience enfonçant la pédale d'accélérateur. Tant
pis si le break se mettait à vibrer à quatre-vingt-dix à l'heure car il
était désespérément pressé d'arriver à New Brunswick, de retrouver
sa famille. Car c'était le pasteur Bob que Skyler aimait, et non Bix
Rampike. C'était au pasteur Bob que Skyler faisait confiance, et
non à Bix Rampike. Comment son père avait-il pu croire pendant
les longues années d'exil de Skyler, dix longues années, banni de sa
famille, que lui, Skyler, était un assassin ! L'assassin de sa sœur,
qu'il aimait ! Jamais il ne pardonnerait à Bix Rampike. Jamais il ne
reverrait Bix Rampike, s'il pouvait l'éviter. Il avait une nouvelle
famille maintenant, la vieille malédiction des Rampike s'était
dissipée. Pourquoi Bix Rampike l'avait-il crue, *elle*, et pas Skyler ?
Pourquoi s'était-il fié à *elle*, et pas à Skyler ? Un soulagement
immense comme s'il avait été libéré de l'étreinte mortelle des serpents géants surgissant avec une logique de cauchemar de la mer
grecque pour étouffer le prêtre Laocoon et ses jeunes fils innocents
*Ô Dieu, viens-nous en aide* voilà le cri terrible qui jaillit de la gorge
dans ces moments-là mais il n'y a pas d'aide, il n'y a pas d'espoir
car c'est sur l'ordre de Dieu que les serpents géants ont frappé. Le
jour où Skyler s'était mis en route pour son pèlerinage en enfer il
avait prié tout haut : « "Je crois : viens au secours de mon manque
de foi" » et sa prière avait été exaucée. Bien que Skyler ne crût pas
en un Dieu qui exauce les prières, il lui semblait pourtant que, oui,
sa prière avait été exaucée. Sa misérable vie mutilée d'avorton lui
avait été rendue, intacte et transformée. *Non coupable* c'était le
verdict. *Non coupable* depuis toujours.

Dépassant maintenant ELIZABETH dans un brouillard sinistre
de miasmes chimiques à l'odeur âcre d'œufs pourris. À l'extérieur

du break, un paysage industriel nocturne, lumières au clignotement fou, cheminées d'usines couronnées de langues de flammes d'un rouge surnaturel. Les narines de Skyler se contractèrent, il était au bord de la nausée. Et à la sortie RAHWAY survint cette pensée *Mais le « prévers » est mort, mort de sa main* et dans le même instant Skyler faillit perdre le contrôle de son véhicule, zigzaguant hors de la voie de droite, manquant être embouti par un dix-huit roues qui fonçait sur lui, affolé Skyler ramena le break dans la voie de droite, salué par un coup de klaxon railleur, le cœur battant se disant *Mais je ne peux pas être privé de mon bonheur, j'ai attendu si longtemps.* Une image éclair du petit visage en larmes sur la vidéo, les épaules maigres, la poitrine étroite, cette vulnérabilité absolue, et cependant : elle n'avait pas eu pitié de lui pour autant. Elle l'avait sacrifié pour se sauver : sa mère. Une pesanteur de plomb descendait sur son cerveau. Un lourd pied botté sur sa nuque car le fait était là *Dix ans de ma vie, perdus ; ma sœur, perdue.*

Juste avant la sortie de New Brunswick, la circulation fut canalisée sur une seule voie, très lente. Près du muret central avait eu lieu une collision spectaculaire entre plusieurs véhicules et maintenant il y avait des feux, des véhicules de secours, les gyrophares rouges de voitures de patrouille, des éclats de verre sur la chaussée sur lesquels Skyler fut bien obligé de rouler, serrant les dents comme s'il était pieds nus. Il s'efforça de ne pas tourner la tête pour ne pas voir les blessés, s'il y en avait. Pour ne pas voir des corps mutilés. Il vit tout de même un véhicule à la verticale grotesquement fracassé ressemblant à l'un des SUV militaires de Bix Rampike et l'espace d'un instant il craignit follement que son père n'eût été au volant. Et quand il prit enfin la sortie NEW BRUNSWICK, il eut une autre conviction, plus forte, celle d'avoir trahi quelqu'un, de ne pas avoir aidé quelqu'un qui avait besoin de son aide. *Mais pendant tout ce temps j'ai été en vie, et Bliss était morte.* Ce n'était pas une révélation car chez Skyler ce genre de réflexion était permanent et pourtant l'horreur l'en frappa avec une force neuve. L'euphorie qu'il avait ressentie pendant la première partie du trajet s'était évanouie. Comme une eau sale s'écoulant d'une baignoire, le bonheur de Skyler s'en était allé. Il ne comprenait plus pourquoi il avait été aussi heureux… Jubilant de savoir qu'il n'avait pas tué sa sœur alors qu'il n'avait rien fait pour empêcher qu'elle ne soit tuée par leur mère ivre. Ce voyage avait été un pèlerinage en enfer et Skyler avait cru échapper à l'enfer sans comprendre qu'il le traînerait après lui parce que c'était la demeure naturelle de Skyler Rampike. *Le désespoir démoniaque est la puissance la plus élevée du désespoir, celle où l'on veut être soi… Il veut être lui-même en haine de l'existence et selon sa misère.*

D'une voix rauque éraillée parlant tout haut dans la voiture trépidante et peut-être (qui sait ? sur la Jersey Turnpike, rares sont les victimes de carambolages « spectaculaires » qui prévoyaient, en prenant leur ticket au péage, que tel serait leur sort) futur cercueil : « Je ne suis pas assez fort pour le bonheur. Le désespoir est ma seule force. »

## « FILS ? RÉVEILLE-TOI »

BIEN QU'ÉPUISÉ PAR L'ÉPREUVE TRAVERSÉE IL FALLAIT TOUT de même qu'il ramène le break au garage du presbytère. Et dans le garage, qu'il remette la voiture à l'endroit précis où elle se trouvait le jour où il l'avait sortie en marche arrière. Les mâchoires d'un étau : *il faut.*

Dans l'Arche il leur dit – il interrompit ce qu'ils croyaient être en train de faire pour leur dire – qu'il fallait qu'il parle au pasteur ce soir-là. Et quand ils essayèrent de l'en dissuader, il répéta qu'il fallait qu'il parle au pasteur ce soir-là.

*Il fallait.*

(Et sinon ?)

*Il faut* éclipser *sinon.*

Dans l'Arche ils tentèrent de dissuader ce garçon au visage en feu, à la bouche frémissante et aux yeux fous comme ils dissuadaient souvent les individus désespérés attirés par les mystères évangéliques de l'Église de la Nouvelle Canaan qui étaient convaincus qu'ils devaient, dans l'heure, voir le révérend Bob Fluchaus pour le salut de leur âme ; tentèrent d'expliquer que le pasteur Bob avait passé la moitié de la journée auprès d'une femme désespérée détenue à la maison d'arrêt du Middlesex pour homicide, et à négocier entre cette femme et sa famille de jeunes enfants, et l'autre moitié de la journée au chevet d'un ami à l'agonie dans un hospice de la région, qu'il ne rentrerait au presbytère que très tard et totalement épuisé, et Skyler écouta ou parut écouter puis dit qu'il attendrait le pasteur dans l'église, pas dans le presbytère mais dans l'église où il pourrait être seul avec ses pensées ; et ils tentèrent encore de dissuader Skyler Rampike, qui irradiait une chaleur violente comme une artère battante, il était près de 11 heures, pourquoi ne pas rentrer chez lui – où qu'il habite – et revenir le lendemain – et avec impatience Skyler expliqua qu'il fallait qu'il voie le pasteur ce soir-là, que sa vie en dépendait. Et Miriam arriva, en pantalon, chandail Rutgers, pieds maigres chaussées de tongs, sa tenue hors heures de service, avec une sollicitude grondeuse Miriam l'accompagna jusqu'à l'église obscure, déverrouilla une porte de derrière, alluma quelques lumières pour Skyler qui entra en trébuchant si égaré qu'il pensa à peine à la remercier.

« Aide-moi, Jésus. Ou... quelqu'un. »

Que l'église de la Nouvelle Canaan était nue et ordinaire à cette heure-là ! Un lieu aussi peu romantique et mystérieux que l'intérieur d'un entrepôt. Mis à part l'autel modeste et la croix au-dessus, et, se fondant dans l'obscurité, les lugubres rangées de chaises pliantes et vides dont un observateur neutre aurait pu dire *Personne d'éminent ou d'important ne s'assiéra jamais sur des chaises pareilles*. Par mortification, Skyler s'agenouilla sur le sol de béton. Skyler s'agenouilla malgré son genou douloureux, comptant rester agenouillé jusqu'à l'arrivée du pasteur Bob : il se punirait mais punirait aussi subtilement le pasteur Bob s'il ne se hâtait pas de le rejoindre. Pourtant... il se sentait mal à l'aise dans cette église vide ! Cette sensation à laquelle S. Freud avait attaché le terme d'*inquiétante* l'envahissait. Car jamais de sa vie il n'avait vu une église autrement qu'avec des gens – des « fidèles » – à l'intérieur ; jamais il n'avait vu l'église de la Nouvelle Canaan autrement que pleine à craquer de monde, et de vie ; car l'église de la Nouvelle Canaan rassemblait des gens remplis d'espoir et d'attente, qui venaient préparés à entendre de bonnes nouvelles. Et Skyler n'avait jamais été dans ce lieu sans voir devant lui, telle une flamme vibrant de chaleur et d'énergie, le pasteur Bob Fluchaus. Mais à présent il n'y avait personne. Mis à part Skyler, personne. Il frissonna d'effroi en regardant les rangées de chaises vides se fondant dans une ombre épaisse au fond de la salle *Et si c'était la vie après la mort ?* Il remarqua que la croix de bois très simple au-dessus de l'autel était beaucoup plus petite que la majestueuse croix de cuivre qui flottait au-dessus de l'autel de l'Assemblée de Dieu. Car cette croix-ci, comme disait le pasteur Bob, avait à peu près la taille de la « vraie » croix sur laquelle Jésus-Christ avait été crucifié ; comme le disait le pasteur Bob à ses fidèles : « Notre ministère est à la mesure de l'homme, défaillant et imparfait, car nous ne sommes que les créatures de Dieu, nous ne pouvons être des dieux. »

Le pasteur Bob ne parlait jamais des miracles de Jésus, ni dans ses sermons ni ailleurs. Le pasteur Bob ne croyait pas que des « miracles » puissent se produire dans les parages de New Brunswick, New Jersey.

Au bout de quelques minutes à peine, Skyler ne supporta plus le béton contre ses genoux. La douleur infligée à ses os par ce sol inébranlable dépassait ses capacités de mortification et d'humilité, et il s'affala donc sur une chaise pliante, hébété de fatigue mais résolu à ne pas s'endormir avant l'arrivée du pasteur Bob. Il était certain qu'il ne lui ferait pas défaut dans l'épreuve. Les bras serrés autour de sa poitrine pour s'empêcher de trembler et pour contenir son excitation qui menaçait de déborder, comme une électricité crépitante. Elle lui était insupportable, cette certitude soudaine de *ne pas* être coupable ; pendant des années, sans le savoir *Skyler Rampike n'avait pas tué sa sœur.* Ce fait stupéfiant enflait comme un ballon – enflait à éclater – et Skyler parlait vite en faisant des gestes, anxieux et agressif comme l'ancien professeur de Bliss, Rob Feldman – s'efforçant de convaincre un public d'inconnus silencieux qui le regardaient sans sympathie. Sans vergogne Skyler espérait convaincre ce public, l'apaiser et le séduire en combinant la logique de Rob Feldman et les sourires grimaçants de gamin avec lesquels il avait affronté son père dans l'Old Dutch Tavern qui lui apparaissait maintenant, avec la brutalité d'un coup de tonnerre, comme une autre antichambre de l'enfer.

« Fils ? Réveille-toi. »

UNE MAIN D'HOMME SUR SON ÉPAULE. UNE BOURRADE PLU-
tôt qu'une caresse.

À bout de souffle et de patience, le visage renfrogné, le pasteur
Bob se penchait sur Skyler, groggy de sommeil. « Que se passe-t-il,
Skyler ? Il paraît que tu as quelque chose à me dire qui ne peut pas
attendre demain matin. »

Un reproche très peu voilé que Skyler choisit de ne pas
entendre.

Bon Dieu, qu'il était gêné ! Il aurait voulu que le pasteur Bob le
découvre à genoux en train de prier, et non vautré sur une chaise,
dormant si profondément qu'il avait eu l'impression que son cœur
faisait une embardée hors de sa poitrine. Le cou raide, la tête presque sur le bas-ventre et un ruisselet de bave sur le menton.

Skyler raconta au pasteur ce qui était arrivé à Spring Hollow.

Une partie de ce qui était arrivé.

Sa mère était morte quelques heures à peine avant son arrivée.
Il était allé à son enterrement. La lettre de sa mère que son père lui
avait remise de sa part, et la cassette vidéo que Skyler n'avait pas
vue depuis dix ans et qu'il avait crue détruite… Skyler bégayait
tellement que le pasteur Bob lui demanda de parler plus lentement et plus clairement. Skyler voulut lui montrer la lettre de
Betsey Rampike, huit feuilles de papier parfumé, mais le pasteur
se recula en fronçant les sourcils : « Je ne crois pas que ce soit une
bonne idée, fils. Ta mère ne la destinait qu'à toi seul. » Et Skyler
dit, d'un ton implorant : « Mais j'ai b… besoin de vos conseils,
pasteur Bob. Autant que quand j'étais malade, en désintox. Quand
je voulais mourir et que vous avez dit : "Il est plus difficile de vivre
que de mourir, Skyler. Tu dois être un combattant de ta propre
vie." C'est comme si j'étais de nouveau en désintox… Mes pensées
sont en miettes. La peau me démange de partout. Je n'arrive pas à
penser, à imaginer la semaine prochaine, ou demain… ou l'heure
qui vient… Je vous en prie, pasteur, aidez-moi ? »

Et le pasteur Bob étonna Skyler car il ne souriait pas de façon
à encourager Skyler mais de façon à le décourager, comme on
repousserait un chiot enthousiaste qui saute après vos jambes ; et

le pasteur dit : « T'aider comment, Skyler ? Tu n'es pas un enfant, tu as presque vingt ans, que veux-tu que je te dise ? » Et Skyler eut envie de protester *Mais je suis un enfant ! Je suis un Pygmée !* mais dit tout haut, plus raisonnablement : « Ce que je dois faire de la lettre et de la vidéo, pasteur. » Et le pasteur Bob dit : « Examine ta conscience. » Et Skyler dit : « Je… ne crois pas avoir une conscience. Je n'ai pas d… d'âme. » Et le pasteur dit, avec patience : « Alors, tu dois acquérir une conscience. Tu dois acquérir une âme, car personne ne peut t'en donner une. » Skyler dit : « Pasteur Bob ! Est-ce que je d… dois essayer de penser à ce que J… Jésus ferait ? À ma place ? » Et le pasteur dit : « Pourquoi mêler Jésus à ça ? Tu prends Jésus pour une béquille ? » Et Skyler dit : « Ce sont des preuves… des aveux, dans une affaire criminelle… est-ce que je dois les remettre à la police ou les détruire pour que personne ne les voie jamais ? » Et le pasteur dit : « C'est une décision que tu vas devoir prendre seul, Skyler. » Sortant de la poche de sa veste en nylon polyester un vieux mouchoir en boule, il y moucha son nez rougi tandis que Skyler insistait, avec plus d'agressivité : « Je ne peux pas lui pardonner ce qu'elle a fait à Bliss, tout ce qu'elle a fait à Bliss pendant des années, et je ne lui pardonnerai jamais ce qu'elle m'a fait. » Comme le pasteur gardait le silence, il poursuivit, d'un ton furieux et résolu : « Bon Dieu, j'aimerais qu'il y ait un en… enfer, que "Betsey Rampike" souffre comme elle le mérite. Je les d… déteste tous les deux, "Bix" et "Betsey", j'aimerais qu'il y ait un putain d'enfer pour qu'ils souffrent comme ils nous ont fait s… s… souffrir. » Et comme Bob, qui fouillait dans ses poches à la recherche d'un autre mouchoir, ne disait toujours rien : « … remettre ces "preuves" à la police de Fair Hills ou au FBI… pour la dénoncer… la p… punir », et comme le pasteur Bob se taisait toujours, sa voix monta encore d'un cran : « … ou peut-être que je vendrai cette merde. La "Lettre d'aveu de Betsey Rampike", la vidéo qui fait d'un enfant de neuf ans un meurtrier psychotique – les tabloïds s'arracheront cette merde, ils paieront des millions, et ils auront une interview de Sk… Skyler en prime. » Skyler continua à divaguer de la sorte dans l'église lugubre, et le pasteur

écouta ou sembla écouter avec une sympathie forcée ; assis maintenant sur une chaise pliante qui craquait sous son poids, et peu à peu
à travers ses larmes de fureur Skyler fut bien obligé de voir que le
pasteur, un homme entre deux âges qui ne débordait pas de santé,
était manifestement épuisé. Des rides de fatigue sur son visage en
ruine comme des sillons d'érosion sur une façade rocheuse. Dans la
maigre lumière jaunâtre, les cicatrices de Fluchaus, luisantes comme
des écailles, ses yeux humides injectés de sang, et même en pleine
crise d'apitoiement sur soi-même, Skyler comprit que dans la mer
peu profonde où le pasteur s'avançait bravement, il y avait des
bancs de piranhas vif-argent (comme Skyler Rampike) ne demandant qu'à le dévorer pour apaiser leur faim terrible et insatiable.
Une mer peu profonde, un homme, et une faim infinie ; et voilà
que Bob Fluchaus ne pouvait retenir un bâillement, un bâillement
si gigantesque que son visage se déforma comme dans un dessin
animé ; puis il se frotta les yeux de ses deux gros poings ; Skyler
sentait – quoi donc ? – une odeur d'alcool ? – dans l'haleine du
pasteur, et Skyler sentait en plus de l'odeur de sa panique l'odeur
du corps de son aîné, car le pasteur Bob était un homme massif qui
transpirait vite et il n'avait pas pris de douche depuis le matin,
peut-être même n'avait-il pas eu le temps de se doucher du tout ;
son menton lourd était couvert d'une rude barbe argentée, et ses
cheveux étaient emmêlés, ébouriffés et grisonnants, comme ses
sourcils ; sa veste en nylon polyester, violet foncé, une veste de prof
de gym, était tachée de graisse et son pantalon, terriblement chiffonné ; des ongles cassés et bordés de noir comme si Bob Fluchaus
n'était pas un pasteur, pas un « homme de Dieu », mais un tra-
vailleur manuel, à la fin d'une longue journée. Et le pasteur dit :
« Quelle que soit ta décision, Skyler, elle doit venir de toi. D'un
coin de ton cœur qui est purement toi. » Et Skyler dit, avec fureur :
« Le "cœur", la "conscience", l'"âme"… est-ce que je sais ce que
c'est ? J'ai besoin de savoir ce que je dois *faire*, la peau me démange
tellement que je vais l'arracher » – se grattant le visage, le cou, les
mains, jusqu'à ce que le pasteur ne puisse faire autrement que de
lui saisir les mains pour le calmer ; et Skyler se laissa calmer ; et

Skyler dit : « Cette lettre est une "preuve"… de mon innocence. Je devrais la montrer au monde, non ? » Et le pasteur dit : « Mais tu as toujours dû savoir que tu étais innocent, Skyler » et Skyler dit d'un air malheureux : « Non, je ne le savais pas », et le pasteur dit avec un rire sans joie comme un prof de gym qui voit l'un de ses joueurs rater un coup facile : « Évidemment que tu savais, bon Dieu. Tu n'es pas un assassin, comment as-tu pu penser que tu en étais un ? » et Skyler dit, les idées confuses : « Je… je ne s… savais pas. Il y a une différence entre "penser" et "savoir" », et le pasteur dit : « Fallait-il que tu croies pouvoir être l'assassin de ta sœur pour t'épargner de savoir qui l'était ? » et Skyler dit aussitôt : « N… non » et de nouveau, avec plus de force, devant l'expression incrédule du pasteur : « Non. » Et le pasteur Bob dit : « Mais maintenant tu te demandes si tu dois révéler ces "preuves" au monde pour établir que tu es innocent. » Et Skyler dit : « Est-ce que ce n'est pas mon devoir ? Ma "conscience" ? Gunther Ruscha – le "prévers sexuel" – l'homme qui a "avoué" et s'est "suicidé" en prison – il faut qu'il soit innocenté, lui aussi. Même si ce pauvre type est mort depuis dix ans. » Et le pasteur Bob dit : « Ces "preuves" que tu as, cette lettre de ta mère… à mon avis, légalement, elles ne prouveront rien du tout. » Et Skyler dit, implorant : « Pasteur, dites-moi ce que je dois faire. C'est l'enfer. » Et le pasteur dit : « L'enfer, oui. Que je t'explique, fils : mon ministère s'adresse à ceux qui demeurent en enfer. C'est un ministère qui a des failles, de même que mon visage et mon corps sont marqués de cicatrices, je fais face à mes paroissiens et au monde avec mes failles, je ne me présente pas comme un homme "parfait". J'ai beaucoup de sympathie pour Pilate qui a dit : "Qu'est-ce que la vérité ?"… du diable si je le sais. Tu as peut-être entendu dire que j'allais prêcher à des téléspectateurs sur le câble – ces rumeurs sont fausses, car j'ai dit aux producteurs en puissance que je ne suis qu'un ministre de chair et de sang qui prêche à des gens de chair et de sang. Pour passer à la télévision, il faut être maquillé pour "se ressembler"… Des conneries ! Tout ce qui n'est pas chair et sang, face à face, n'est que connerie. Tu as entendu dire que j'avais été surveillant de prison à Rahway avant de devenir pasteur, ce sont des rumeurs que j'essaie de corriger : je n'étais pas surveillant, mais détenu. "Bob Fluchaus" a purgé trois ans et demi d'une peine de sept ans pour homicide au volant, fils. À vingt-neuf ans, j'ai conduit en état d'ivresse avec ma jeune épouse et mon fils de trois ans. J'ai conduit en état d'ivresse sur la Turnpike – trop vite – j'ai doublé un semi-remorque sur la droite et je me suis rabattu trop court et l'instant d'après ma voiture a dérapé, fait un tête-à-queue, heurté une autre voiture et été heurtée par un autre camion qui a écrabouillé ma petite voiture comme tu écrabouillerais une boîte de conserve avec un marteau de forgeron. Mon fils est mort sur le coup, et ma femme, vingt-six ans, que je connaissais depuis le lycée, est morte dans l'ambulance. Le conducteur de l'autre voiture est mort. Et "Bob Fluchaus" a survécu. Sous assistance artificielle pendant deux semaines, brûlé à trente pour cent, fracture du crâne et onze os cassés, j'aurais dû mourir, je voulais mourir, mais j'ai survécu. Pourquoi ? Le diable seul le sait. Alors, j'ai plaidé coupable de tous les chefs d'accusation qu'on a pu accumuler contre moi et on m'a mis à l'écart pour me donner le temps de réfléchir. Il n'y a pas un jour, une heure, où je ne pense pas à ma jeune femme, et à mon petit garçon qui aurait aujourd'hui l'âge de ma femme s'il lui avait été permis de vivre. Et j'essaie de comprendre pourquoi Dieu m'a épargné, si c'était intentionnel ou juste un accident atroce de plus sur la Turnpike. Parce que ma vie m'a tout l'air d'un atroce accident. Parce que à l'hôpital je me suis demandé : "Pourquoi ai-je été épargné ?" et que Dieu a dit : "Tu as été épargné pour vivre le restant de ta misérable vie misérablement", et je n'ai pas protesté, j'ai trouvé cela logique, mais ensuite Dieu a dit : "Tu as été épargné pour apporter au monde le pardon que toi-même tu ne recevras jamais." Et j'ai dit : "Je ne crois pas en toi. Dieu, c'est un tas de merde, et Bob Fluchaus a été créé à son image." Alors, Dieu s'est mis à rire : "Ce que je suis ne dépend pas de ce que tu crois, crétin." Je devais être camé au Demerol dans cet hôpital, jamais plus je n'ai entendu Dieu aussi clairement. À Rahway, j'avais tout le temps de réfléchir, et il y avait un aumônier avec qui je parlais beaucoup, on lisait la Bible ensemble, et les Évangiles, et je trouvais que le Jésus-Christ des Évangiles était un visionnaire rendu fou par sa vision, qu'il avait fait l'erreur de se laisser avoir par ses miracles parce que les "multitudes" étaient comme de petits enfants à qui il fallait toutes sortes de conneries pour "croire" – mais c'était un vrai voyant, avec une violence en lui, et aucune peur de la torture ni de la mort – et pendant ma deuxième année de prison, j'ai décidé un jour que j'essaierais de transmettre le message des Évangiles du mieux que je pourrais. Car si je ne crois pas à grand-chose, je "crois" à l'humanité et à notre besoin de "croire" qui est un besoin comme la faim. Et si je ne suis pas ce qu'on appelle un homme heureux, je suis doué du pouvoir de rendre les autres heureux. Et je vois quelque chose d'un peu pareil chez toi, Skyler. Au centre de désintox, l'an dernier. Si tu exprimais ce que tu as dans le cœur, Skyler. Tu n'es pas forcé de "croire" dans le Christ si le Christ est en toi. Si l'angoisse de la crucifixion est en toi. Et c'est ton cas, Skyler. J'en ai eu l'impression, du moins. Je ne me trompe presque jamais dans mes jugements sur les gens, fils, laisse-moi me vanter un peu et dire que je vois en toi quelque chose de moi, plus jeune, sauf que c'est plus fin chez toi, ou que cela le sera peut-être un jour. Je me trompe ? »

Il était alors 2 h 20 du matin. Skyler retournerait à l'Arche avec Bob Fluchaus et dormirait douze heures dans une chambre libre et il se réveillerait avec un grand sentiment de bonheur et de calme en pensant *Rien n'a été décidé. Encore.*

# CONDOLÉANCES

RÉEXPÉDIÉE À SKYLER À SON ADRESSE DE PITTS STREET, NEW Brunswick, cette lettre postée de Cambridge, dans le Massachusetts :

2 MARS 2007

CHER SKYLER,

JE TE PRÉSENTE MES CONDOLÉANCES POUR LE DÉCÈS DE TA MÈRE. BETSEY RAMPIKE ÉTAIT UNE FEMME TERRIBLE (À MON AVIS) MAIS C'ÉTAIT TA MÈRE.

CORDIALEMENT,

*E. Grubbe*

PS : JE SUIS MAINTENANT EN PREMIÈRE ANNÉE D'ÉTUDES À HARVARD (MUSICOLOGIE, BIOLOGIE MOLÉCULAIRE). VOICI MON ADRESSE ÉLECTRONIQUE : EGRUBBE@HARVARD.EDU

# Épilogue

IL PARDONNA. PAS POUR BLISS, IL NE POUVAIT PARDONNER
pour Bliss mais pour lui-même, il leur pardonna.

Il brûla les lettres. Et cette satanée vidéo.

Huit pages ultrafines d'un papier délicatement parfumé couleur pêche, et les deux lettres précédentes qu'il avait cachées dans sa penderie enveloppées dans du papier journal. Et cette satanée vidéo, qui fut plus difficile à brûler et dégagea une puanteur écœurante.

Dans le parc pelé au bord du Raritan il brûla ces objets. Un matin venteux et miroitant du mois de mars. Un ciel scintillant comme du verre lavé, un soleil d'un rouge sombre de braise mourante derrière des lambeaux des nuages préférés de Skyler – Des « altocumulus ». Il eut plaisir à savoir les reconnaître et à prononcer leur nom à voix haute.

Il avait été un élève prometteur, un jour. Il retournerait bientôt à cette vie-là, pensait-il.

*Ta sœur est morte. Tu es vivant. Et alors, ensuite ?*

Voilà ce qu'avait dit le pasteur Bob.

Il avait acheté ce qu'il lui fallait dans le 7-Eleven du quartier. Dès qu'il y était entré, une vague de *déjà vu* l'avait submergé. *Pas encore ! Pas ici ! Pas moi.* Un instant, assommé, il avait été incapable de penser ou de vouloir.

PETITE SŒUR, MON AMOUR

Pourquoi avait-il si peur ? Il avait juré au pasteur Bob qu'il avait pris sa décision.

Il y avait une pendule au-dessus de l'entrée. Plate comme un disque, brillant d'un éclat menaçant. Longue aiguille noire sur le 8, petite aiguille noire sur le 11. À l'ère du numérique, la « face ronde » des horloges disparaîtrait vite, avait prédit Bix Rampike. Mais Skyler savait : cette fois, c'était le matin.

*Déjà vu !* Une faible odeur sépia, évoquant un feu de feuilles mortes, qui prit Skyler aux narines et lui piqua les yeux.

Derrière la caisse, l'employé indien. L'air jeune mais qui ne l'était pas, courtois, méfiant. Il était en train de taper les articles d'un autre client, Skyler vit ses lunettes à monture d'acier étinceler dans sa direction. Skyler s'arrêta pour lui sourire et le saluer d'un geste négligent de la main, car à l'Arche on apprenait à saluer les autres d'une sourire, d'une main levée, paume ouverte, doigts écartés. Chez Skyler, le geste était un peu gauche mais bien intentionné.

« Bonjour !

– Bonjour, monsieur. »

*Monsieur.* Était-ce de l'ironie ? Ou simple courtoisie ? Derrière les lunettes, les yeux de l'employé étaient dissimulés par le miroitement des verres, et son sourire s'était crispé.

Cette fois, Skyler savait exactement où aller. L'étagère qu'il lui fallait. Deux articles seulement : un bidon d'essence à briquet Hercules de quinze centilitres et une unique boîte d'allumettes de sûreté (petit modèle) Five Star.

À la caisse l'employé enregistra rapidement les achats de Skyler. Puis avec hésitation, comme un acteur qui se rappelle son texte mais est frappé d'un doute : « Autre chose, monsieur ? Des cigarettes ? »

Poliment Skyler répondit : « Non merci. »

Des flaques de *déjà vu* à ses pieds. Des brumes toxiques, une bouffée de caoutchouc brûlé. Skyler se passa la main sur les yeux avec contrariété. Skyler remercia l'employé indien avec plus de brusquerie qu'il n'en avait l'intention, oubliant de sourire dans sa hâte de déguerpir.

Cinq cents mètres jusqu'au parc. Skyler connaissait des raccourcis : ruelles, terrains vagues. Il devait être dans l'un de ses beaux jours, car il ne boitait pas : sauf que n'importe quel autre boiteux un peu observateur aurait remarqué quelque chose de crispé dans sa démarche.

Malgré tout, c'était l'un de ses bons jours. Il fallait s'en réjouir. Et l'autre jour, il avait reçu la lettre d'Elyot Grubbe qui signifiait qu'il lui avait pardonné.

Penser à Elyot Grubbe était douloureux, car Skyler était alors obligé de penser à Heidi Harkness. Et Skyler ne voulait pas penser à elle, pas maintenant*.

Dans onze jours, Skyler Rampike aurait vingt ans. Cet événement d'une importance discutable à ses yeux serait fêté à l'Arche. Comme le disait le pasteur avec ironie Fête ce que tu peux. Une autre occasion ne se représentera peut-être pas de sitôt.

Skyler traversait maintenant le parc. Il se dirigeait vers le sentier au-dessus du fleuve. *J'espère j'espère que je vais y arriver* cette pensée comme un déchet soulevé par le vent, plaqué contre son visage. Ou était-ce une phrase musicale ? *Espère ! espère y arriver.* Sous ce soleil de mars à l'éclat féroce, le Raritan, agité et scintillant, semblait une rivière de flammèches. Un vent âpre soufflait en rafales du nord-ouest et ne sentait donc pas le New Jersey chimique et toxique. Sur le sol la glace fondait en ruisselets brillants. Si étincelants qu'on pouvait les confondre avec les bouts de papier cellophane/aluminium, nombreux dans le parc. Au bord des choses, dans les crevasses sombres du ravin, des serpentins de neige sale pareils à des entrailles, lents à fondre, recroquevillés. Skyler se rappelait ces journées de *faux*-printemps précoce du New Jersey. Une douceur dans l'air, un frémissement de (*faux* ?) espoir. Il n'était pas seul dans le parc ravagé par l'hiver : de jeunes mères poussaient des poussettes, des enfants et des adolescents braillaient, des clochards se chauffaient au soleil sur les bancs. Et sur ce qui restait du terrain

---

* En fait, Skyler a commencé plusieurs lettres mais après avoir écrit *Heidi peux-tu me pardonner, je t'aime* il abandonnait, atterré et écœuré.

de basket, de grands costauds noirs, baggys gangsta, tee-shirts aux manches arrachées, se passaient un ballon et visait le panneau délabré au-dessus du cerceau nu et tordu – « Hé mec ! », « Merde mec ! » – Skyler grimaça en se rappelant la raclée qu'il avait reçue, parmi ces joueurs exubérants il y en avait très vraisemblablement qui avaient cogné et abîmé sa sale gueule de Blanc, mais il ne pouvait en être sûr, et il n'avait aucune intention de s'en assurer. Même le pasteur Bob n'aurait pas conseillé à Skyler de rechercher ses agresseurs et de leur pardonner.

Comme aurait dit papa *Batta !*

Skyler quitta le sentier bétonné pour l'abri d'un énorme rocher de granit difforme, couvert de graffitis. Puis, comme il n'y avait personne aux environs, personne qui semble l'observer, Skyler s'accroupit et sortit de sa poche la vidéo et les lettres froissées de sa mère qu'il plaça entre deux rochers, arrosa d'essence à briquet, et aussitôt, avant d'avoir le temps de réfléchir, non seulement à l'énormité ce qu'il s'apprêtait à faire mais à son caractère irrévocable, il gratta une allumette, les doigts tremblants il gratta une allumette, cette fichue allumette ne s'enflamma pas et se brisa entre ses doigts, alors il recommença et à la seconde allumette une flamme jaune bleuâtre jaillit et Skyler lâcha l'allumette sur les feuilles parfumées couleur pêche et sur la vidéo et avec un petit *pouf !* étonné les lettres prirent feu puis avec plus de mauvaise volonté la cassette se mit à brûler. En quelques secondes le papier ultrafin n'était plus que cendres – *Ta Mère qui t'aime* – *Maman* – une poignée de cendres impalpables ; tandis que la cassette brûlait, plus paresseusement, une fumée malodorante flotta aux narines de Skyler, lui piqua les yeux.

Puis quelqu'un, un homme, cria soudain d'une voix forte : « Hé, toi ! Qu'est-ce que tu fous ? »

Tiré de sa transe, Skyler vit un jeune agent de police furieux qui gesticulait de l'autre côté du ravin. « R... rien, bégaya-t-il aussitôt. R... rien, monsieur », corrigea-t-il aussitôt, avec le réflexe de l'élève de bonne famille qui s'aplatit devant l'autorité. Comme un personnage de série policière, il leva les mains pour montrer qu'elles étaient vides et sans armes ; qu'il était inoffensif. L'agent ne devait avoir que cinq ou six ans de plus que lui mais il débordait d'une assurance brusque ; son visage rude luisait comme une botte dans l'air hivernal. D'un ton écœuré, il dit à Skyler d'éteindre le feu : « Tu te crois où, dans une décharge ? » Skyler se hâta d'obéir, piétinant les flammes, retenant sa respiration contre l'odeur de plastique brûlé qui empuantissait l'air. L'empressement qu'il mettait à obéir aux ordres sembla apaiser le jeune agent, car, écœuré mais peu disposé à faire le tour du ravin pour rejoindre Skyler, il se détourna avec ce mouvement dédaigneux de la main qui signifie, dans toutes les langues : *Connard.*

Skyler se sentait honteux, mortifié. Cela ressemblait bien à Skyler Rampike de rater le geste le plus magnifiquement « symbolique » de sa jeune vie.

Le vent eut vite dispersé le gros des cendres et, d'un coup de pied, Skyler envoya les restes de la vidéo compromettante rejoindre les siècles de détritus accumulés au fond du ravin. Personne ne saurait avec certitude qui avait tué sa sœur. L'identité de l'assassin demeurerait à jamais inconnue. Personne ne saurait quel avait été le secret qui avait cimenté la famille Rampike, un secret à ne jamais révéler à voix haute même à Jésus.

« Je vous "pardonne", enfoirés. À tous les deux : "maman", "papa". Mais pas pour Bliss, je ne vous pardonne pas pour Bliss, il n'y a qu'elle qui puisse vous pardonner pour elle. Pour Bliss, vous pouvez rôtir tous les deux en enfer. »

Il lui vint à l'esprit que, depuis qu'il s'était installé à l'Arche, il avait cessé d'entendre la voix plaintive de sa sœur, la nuit    *Skyler aide-moi        aide-moi Skyler*

Skyler ne pleurait pas. Bon Dieu, non, il ne pleurait pas.

Skyler s'appuya à la rambarde, au-dessus du fleuve. Des vagues moutonneuses couleur de plomb, une odeur de détergent, de produits chimiques mystérieux. Le pasteur Bob mettait de si grands espoirs en Skyler : il voyait en lui quelqu'un que Skyler lui-même ne pouvait voir, et en qui il ne pouvait croire. Il reprendrait ses études, reprendrait son ancienne vie qui avait déraillé. Il n'accepterait pas un sou de Bix Rampike, pas un seul ! Si Betsey Rampike l'avait couché sur son testament, ce que, rongée de culpabilité, elle avait sûrement fait, Skyler n'accepterait pas un sou de cet argent souillé de sang, *pas un seul* !

Il prendrait contact avec Elyot Grubbe. Il irait à Harvard au printemps rendre visite à Elyot Grubbe. Il renouerait avec son ami car il comptait renouer avec ce qu'il y avait de plus précieux dans son ancienne vie.

« M... monsieur ? Vous pouvez venir aider ma maman ? »

Une enfant d'environ quatre ans s'approchait de Skyler avec précaution, un index dans la bouche. Son petit visage brillait de larmes et de morve. Sa parka de nylon rose était sale, ses cheveux brun moineau poissés et emmêlés. Jambes nues, en tennis et socquettes blanches, elle était trop légèrement habillée pour la saison. Non loin de là, une jeune femme qui devait être sa mère était affalée sur un banc, l'air hébété. Lorsque Skyler était entré dans le parc, il l'avait remarquée, une jeune femme titubante qui tirait un petit enfant par la main, qui se comportait bizarrement, comme si elle était ivre ou droguée. Elle secouait un téléphone portable, étonnée et furieuse qu'il ne veuille apparemment pas marcher ; il lui échappa des mains, et elle lui donna un coup de pied. Elle non plus n'était pas habillée comme il fallait : une courte veste violette d'un tissu duveteux, un genre de jupe drapée, des bas ou des collants vert vif, des chaussures à semelles compensées en plastique rouge. Ces cheveux méchés volaient en désordre dans le vent. Ses lèvres enflées remuaient, elle marmonnait tout bas. Elle devait avoir vingt-cinq ou trente ans. Skyler avait l'impression de l'avoir déjà vue quelque part, et récemment : dans l'église du pasteur Bob, dans la boutique de livres d'occasion où il traînait parfois, peut-être au centre de désintox. Très probablement en désintox. Elle avait cet air post-désintox que Skyler reconnaissait. Il ne lui avait jamais parlé et elle ne lui avait jamais parlé et Skyler doutait qu'elle l'eût jamais remarqué et même maintenant, alors que sa fille pleurnichait et implorait, debout devant lui, elle ne l'avait toujours pas remarqué. Toutes les fibres de Skyler lui criaient *Tire-toi de là* !

*Vite !* Il devinait que la petite fille avait dû aborder d'autres passants, qui s'étaient dérobés. Et comme lui ne le faisait pas, la petite fille implora : « Monsieur ? Ma maman est bizarre, ma maman ne se sent pas bien… » Ce que cette maman avait précisément, Skyler supposait qu'il ne tarderait pas à le savoir.

*J'espère*             *J'espère que je vais y arriver*

# Extrait du catalogue
## Littérature étrangère

### Peter Ackroyd
*Le complot de Dominus*
Roman, traduit de l'anglais par Bernard Turle.

*Chaucer*
Récit, traduit de l'anglais par Bernard Turle.

*William et Cie*
Roman, traduit de l'anglais par Bernard Turle.

*Shakespeare, la biographie*
Traduit de l'anglais par Bernard Turle.

*La chute de Troie*
Roman, traduit de l'anglais par Bernard Turle.

*Edgar Allan Poe, une vie coupée court*
Récit, traduit de l'anglais par Bernard Turle.

### Giovanni Arpino
*Parfum de femme*
Roman, traduit de l'italien par Nathalie Bauer.

### Pat Barker
*Sourde angoisse*
Roman, traduit de l'anglais par Marie-Odile Fortier-Masek.

### David Czuchlewski
*Anna et la lumière*
Roman, traduit de l'anglais (États-Unis) par Bernard Turle.

### Mylène Dressler
*Le témoin du mensonge*
Roman, traduit de l'anglais (États-Unis) par Bernard Turle.

*Petits ouragans en famille*
Roman, traduit de l'anglais (États-Unis) par Bernard Turle.

*L'arbre à méduses*
Roman, traduit de l'anglais (États-Unis) par Bernard Turle.

Helen Garner
*La chambre d'amie*
Roman, traduit de l'anglais (Australie) par Bernard Turle.

Sophie Gee
*Le scandale de la saison*
Roman, traduit de l'anglais par Bernard Turle.

Michiel Heyns
*Jours d'enfance*
Roman, traduit de l'anglais (États-Unis) par Françoise Adelstain.

Anosh Irani
*Le chant de la cité sans tristesse*
Roman, traduit de l'anglais (Inde) par Florence Colombani.

Michelle de Kretser
*L'affaire Hamilton*
Roman, traduit de l'anglais par Françoise Adelstain.
*La mangeuse de roses*
Roman, traduit de l'anglais par Françoise Adelstain.

Kyung-Ran Jo
*Mise en bouche*
Roman, traduit du coréen par Hui-Yeon Kim.

Rebecca Lee
*La ville est une marée montante*
Roman, traduit de l'anglais (États-Unis) par Florence Colombani.

Christine Leunens
*Le ciel en cage*
Roman, traduit de l'anglais (États-Unis) par Bernard Turle.

Jeffrey Moore
*Les artistes de la mémoire*
Roman, traduit de l'anglais (Canada) par Hélène Rioux.

Joyce Maynard
*Long week-end*
Roman, traduit de l'anglais (États-Unis) par Françoise Adelstain.

Taslima Nasreen
*Vent en rafales*
Récit, traduit du bengali par Philippe Daron.
*Rumeurs de haine*
Récit, traduit du bengali par Philippe Benoît.
*De ma prison*
Traduit de l'anglais par Pascale Haas et du bengali par Philippe Benoît.

Lucia Nevaï
*Comment les fourmis m'ont sauvé la vie*
Roman, traduit de l'anglais (États-Unis) par Françoise Adelstain.

Joyce Carol Oates
*Délicieuses pourritures*
Roman, traduit de l'anglais (États-Unis) par Claude Seban.
*La foi d'un écrivain*
Essai, traduit de l'anglais (États-Unis) par Claude Seban.
*Les chutes* (prix Femina étranger 2005)
Roman, traduit de l'anglais (États-Unis) par Claude Seban.
*Viol, une histoire d'amour*
Roman, traduit de l'anglais (États-Unis) par Claude Seban.
*Vous ne me connaissez pas*
Nouvelles, traduites de l'anglais (États-Unis) par Claude Seban.
*Mère disparue*
Roman, traduit de l'anglais (États-Unis) par Claude Seban.
*Les femelles*
Nouvelles, traduites de l'anglais (États-Unis) par Claude Seban.

Cet ouvrage a été achevé d'imprimer
en décembre 2010 dans les ateliers de
Normandie Roto Impression s.a.s.
61250 Lonrai

N° d'imprimeur : 104527
Dépôt légal : octobre 2010
ISBN : 978-2-84876-169-5
*Imprimé en France*